रॉ, आईएसआई और शांति का भ्रम

रॉ, आईएसआई और शांति का भ्रम

एक जासूसी वृत्तांत

ए. एस. दुलत, असद दुर्रानी,
आदित्य सिन्हा

अनुवाद : महेन्द्र नारायण सिंह यादव

मंजुल पब्लिशिंग हाउस

मंजुल पब्लिशिंग हाउस

कॉरपोरेट एवं संपादकीय कार्यालय

•द्वितीय तल, उषा प्रीत कॉम्प्लेक्स, 42 मालवीय नगर, भोपाल-462 003

विक्रय एवं विपणन कार्यालय

•7/32, अंसारी रोड, दरियागंज, नई दिल्ली-110 002

वेबसाइट : www.manjulindia.com

वितरण केन्द्र

अहमदाबाद, बेंगलुरू, भोपाल, कोलकाता, चेन्नई,
हैदराबाद, मुम्बई, नई दिल्ली, पुणे

मूल अंग्रेजी पुस्तक हार्पर कॉलिन्स द्वारा 2018 में प्रकाशित

ए. एस. दुलत, असद दुर्रानी और आदित्य सिन्हा
द्वारा लिखित मूल अंग्रेजी पुस्तक *द स्पाय क्रॉनिकल्स - रॉ आईएसआई ऐंड द इल्युशन ऑफ़ पीस* का हिन्दी अनुवाद

यह हिन्दी संस्करण 2019 में पहली बार प्रकाशित

ISBN 978-93-88241-83-0

हिन्दी अनुवाद : महेन्द्र नारायण सिंह यादव

मुद्रण व जिल्दसाज़ी : रेप्लिका प्रेस प्राइवेट लिमिटेड

मेरे स्वर्गीय माता-पिता, शमशेर और राज को समर्पित,
जिन्होंने भारत में दो क्रमवार रहे पाकिस्तानी उच्चायुक्तों :
मेरे पिता के पूर्व आईसीएस साथी सैयद फ़िदा हुसैन, और
अब्दुल सत्तार के साथ घंटों ब्रिज खेलते हुए बिताए।

—ए.एस. दुलत

उन सारे गुमनाम एजेंटों को समर्पित, जो अपने देश
की सेवा के लिए भारी ख़तरे उठाते हैं।

—असद दुर्रानी

मेरे माता-पिता नीलम और चंद्रेश्वर नारायण सिन्हा को समर्पित,
जो 1965-71 के दौरान इंग्लैंड में लाहौर से गए प्रवासियों गुलशन और
नाज़िर हुसैन के सबसे अच्छे दोस्त थे।

—आदित्य सिन्हा

अनुक्रम

अगर किसी तरह तुम मेरे हो जाते,
तो दुनिया में क्या मुमकिन नहीं था?

—आगा शाहिद अली,
'द कंट्री विदाउट अ पोस्ट ऑफ़िस'

प्राक्कथन

किताब के समर्पण वाले हिस्से में ए.एस. दुलत और मैंने, भारत-पाकिस्तान की मैत्री का ज़िक्र किया है, जो कि गहरी और सुंदर है, भले ही यह कितनी भी मूर्खतापूर्ण लगे। यह डर बढ़ता जा रहा है कि टीवी पर चिल्लाने वाले लोगों और अति-राष्ट्रवादी एनआरआई के दौर में, हम किसी बीते दौर की याद ताज़ा कर रहे हैं। सारी आशाएँ ख़त्म नहीं हुई हैं—मेरी बड़ी बेटी न्यू यॉर्क यूनिवर्सिटी में अपनी ग्रेजुएशन की पढ़ाई के दौरान कराची के एक स्टूडेंट की बेस्ट फ्रेंड थी, हालाँकि, कुल मिलाकर वह एक सिकुड़ते अल्पसंख्यक समुदाय का हिस्सा लगती है और दोनों देशों के लोगों के बीच सद्भावना के अवसर की खिड़की बंद होती लग रही है। इस खिड़की को खुला रखने, और यह दिखाने के लिए कि इस खिड़की से अपार संभावनाएँ देखी जा सकती हैं, यह किताब लिखी गई।

नियंत्रण रेखा पर संघर्ष विराम के उल्लंघन के रूप में युद्ध की स्थिति अक्सर बन जाती है, लेकिन शांति की लंबी अवधियों का यह मानक है। इसी तरह से, आज़ादी के 71 वर्षों में भारत और पाकिस्तान के बीच चार बार सशस्त्र संघर्ष हुआ है। यहाँ तक कि आतंकवाद का छद्म युद्ध भी हिंसा के तीव्र विस्फोट के तौर पर ही माना जाता है, जो अक्सर रोज़ की शांति को भंग कर देता है।

दोनों देशों के बीच उनकी खुफ़िया एजेंसियों द्वारा चलाया जा रहा शीतयुद्ध जारी है। कोई कमी नहीं आई है। ऐसी कोई समरूप प्रणाली या विरोध का उपाय नहीं है, जो आतंकवादियों को आसान लक्ष्य के लिए बाध्य करे। जासूस और उनके नेटवर्क अपने आपको चौबीसों घंटे भारी ख़तरे में डाले रहते हैं। वे रक्षा की अंतिम पंक्ति होते हैं। अगर कहीं कोई करगिल जैसी घटना होती है, तो आख़िरकार उसे इंटेलीजेंस की ही असफलता माना जाता है। आतंकवाद को इन एजेंसियों द्वारा खड़े किए अदृश्य जाल के ज़रिए एक फिसलन के तौर पर देखा जाता है।

सेना का इंटर सर्विसेज़ इंटेलीजेंस निदेशालय पाकिस्तान में उसकी आज़ादी के तुरंत बाद से ही उसकी मुख्य खुफ़िया एजेंसी है। 1962 के चीन के साथ और 1965 में पाकिस्तान के साथ हुए युद्ध में कथित असफलता के कारण, सितंबर 2018 के हिसाब से अब से 50 साल पहले इंटेलीजेंस ब्यूरो से कैबिनट सचिवालय की रिसर्च एंड एनालिसिस विंग(रॉ) की स्थापना की गई थी। पाकिस्तान के विशिष्ट इतिहास के कारण भारत में उसका आभामंडल बहुत बड़ा माना जाता है और पाकिस्तान की मुख्य निर्णायक संस्था उसे माना जाता है।

रॉ की भी अपने नागरिकों के बीच ना सही, लेकिन कम-से-कम पश्चिमी सीमा के पार तो ऐसी ही भयानक छवि है।

इस किताब में ऐसे दो लोगों को साथ में पेश किया गया है, जिनमें से हरेक अपनी-अपनी एजेंसियों के प्रमुख के तौर पर काम कर चुके हैं। उस रूप में ये लोग अपने-अपने देशों के बड़े रहस्यों के राज़दार रहे हैं—चाहे वे संवेदनशील विदेशी स्थानों पर गुप्त एजेंटों की तैनाती से संबंधित हों, या परमाणु हथियारों, सामरिक इंटेलीजेंस से संबंधित हों, या फिर विदेशी एजेंसियों और सरकारों से गुप्त संबंधों से संबंधित हों। इनके पास अपने-अपने देशों के गुप्त रहस्य हैं।

भारत और पाकिस्तान एक दूसरे से बातचीत करने की कोशिश करते रहते हैं। राजनेता और राजनयिक अपने-अपने समकक्षों से बात करते हैं, शांतिदूत आपस में टिप्पणियों का आदान-प्रदान करते हैं, खिलाड़ी अपने कमरों की बातें एक-दूसरे को बताते हैं और व्यापारी एक दूसरे के बाज़ारों पर निगाह रखे रहते हैं। यह सब खुले में होता है। खुफ़िया प्रमुख शायद ही कभी एक दूसरे से बात करते हैं—आप कह सकते हैं कि वे कभी बात नहीं करते, हालाँकि, ऐसे भी अवसर होते हैं, जब उनकी सरकारें ही उनसे बात करने को कहती हैं। पिछले दो दशकों में, कुछ पूर्व खुफ़िया प्रमुख ट्रैक-2 संवाद में विचारों के आदान-प्रदान के लिए एक साथ आए, लेकिन खुले में उनमें कभी बात नहीं हुई।

जैसा कि ये दोनों खुफ़िया प्रमुख कहते हैं, उन्हें ख़तरों का आभास है। वे अपने सुरक्षाकर्मियों को दूर करके मेज़ पर जो कुछ भी बात करेंगे, उसका कुछ अर्थ होता है। उनकी बातचीत भारत-पाकिस्तान संबंधों के दिलों की गहराई तक जाती है, अगर आप चाहें तो वह नीति-निर्माण पर गहरा असर डालती है।

2015 में दोनों ने मिलकर एक किताब लिखी थी, *कश्मीर : द वाजपेयी इयर्स।* उसकी उत्साहजनक सफलता के बाद यह किताब लिखने का सुझाव ए. एस. दुलत का था। वे और असद दुर्रानी मिलकर दो आलेख पहले ही लिख चुके थे, इसलिए उनका सुझाव उसी प्रारूप को अपनाने का था। जगरनॉट बुक्स के प्रकाशक चिकी सरकार ने सुझाव दिया कि ज़्यादा पाठकों तक पहुँचाने के लिए, साथ ही अधिक मज़ेदार बनाने के लिए इसे बातचीत के रूप में रखा जाना चाहिए। उन्होंने उदाहरण देने के लिए अपनी लिविंग रूम की लाइब्रेरी से हिचकॉक/त्रुफ़ो की किताब निकालकर दिखाई। मेरे हिसाब से यह सुझाव बहुत आकर्षक था।

दुलत और दुर्रानी के बीच सहमति हो जाने पर, उन्होंने ओटावा यूनिवर्सिटी के सेंटर फॉर इंटरनेशनल पॉलिसी स्टडीज़ के पीटर जोंस को सहायता के लिए तैयार किया। वे भारत और पाकिस्तान के बीच होने वाले ट्रैक-2 'सैन्य गुप्त सूचना संवाद' का संचालन करते हैं, और उन्होंने उदारतापूर्वक मुझे इस्तांबूल (मई 24-26, 2016) और बैंकॉक (फ़रवरी 1-3, 2017 और अक्टूबर 28-30, 2017) में बैठकों में बुलाया, ताकि हम लोग इस किताब के वास्ते उपयोगी सामग्री जुटाने के औपचारिक काम के लिए कुछ दिन बिता सकें। एक बैठक हम लोगों ने अपने स्तर पर काठमांडू, नेपाल (मार्च 25-29, 2017) में की, हालाँकि शुरू से ही इस प्रोजेक्ट के प्रबल समर्थक रहे ऑब्जर्वर रिसर्च फाउंडेशन के सुधींद्र कुलकर्णी ने इसमें मदद का प्रस्ताव किया था।

इन बैठकों में कुल 1 लाख 70 हजार शब्द तैयार हुए। प्रकाशन के लिए तैयार पांडुलिप इसके आधे आकार की थी। प्रतिलिपि में बहुत सारी स्वाभाविकता थी और दोनों पूर्व प्रमुख हर बातचीत में भावनाओं में आ जाते थे। हर बिंदु पर प्रत्येक प्रतिभागी की दूसरी राय होने के बावजूद मैंने पांडुलिपि में वही सुर बरकरार रखने की कोशिश की है। मैं वही धाराप्रवाह साहित्यिक शैली उपलब्ध कराने की भी कोशिश की है, जिसके बारे में डॉ. फ़ारूक़ अब्दुल्ला ने कहा था कि वह *कश्मीर : द वाजपेयी इयर्स* में बहुत अच्छी लगी थी।

कश्मीर : द वाजपेयी इयर्स तो अनिवार्य रूप से दुलत का वर्णन थी और इस प्रकार उसे ऐतिहासिक कालक्रम के अनुसार पढ़ने की ज़रूरत थी, लेकिन उसके विपरीत, दुलत, दुर्रानी और मेरे बीच के इस संवाद को अलग तरह से भी पढ़ा जा सकता है : इसके अध्याय या खंड अलग-अलग से भी पढ़े जा सकते हैं, इच्छानुसार इसे आगे या पीछे से पढ़ा जा सकता है। इच्छा पाठक की है।

इसके आभार में जिनका ज़िक्र होना ज़रूरी है, उनमें कृष्ण चोपड़ा, जिन्होंने दोनों हाथों से इस प्रोजेक्ट को सँभाले रखा और इसे अपने हाथों से जाने नहीं दिया, सिद्धेश इनामदार, जिन्होंने इस पुस्तक को तैयार करने में बहुत मेहनत की, मेरे मित्र मयंक तिवारी, जिन्होंने कठिन पलों में मुझे याद दिलाया कि फ़िलिप रॉथ ने इस प्रोजेक्ट को 'दमदार' माना होता, वी सुदर्शन, जिन्होंने मुझे याद दिलाया कि यह प्रोजेक्ट ईर्ष्या योग्य काम है और पी कृष्णकुमार, जिन्होंने मुझे *मिड-डे* में सहारा दिया था, जो कि कई तरह से मूल्यवान था और मेरी पत्नी बोनिता बरुआ, जिसे मैं 51 प्रतिशत की अर्धांगिनी मानता हूँ, इत्यादि शामिल हैं।

—आदित्य सिन्हा

नई दिल्ली, भारत
मार्च 2018

प्रस्तावना

"क्षितिज, जहाँ समुद्र और आकाश मिलते हैं, उस ओर इशारा करते हुए बोला, "यह केवल एक भ्रम है, क्योंकि वे दोनों वास्तव में कभी नहीं मिलते, लेकिन यह मेल है तो सुंदर, भले ही वह वास्तव में वहाँ नहीं है।"

—सआदत हसन मंटो

काश! हम दोस्त होते।

जनरल असद दुर्रानी और मैं तभी से काम में लग गए थे, जब हम थाईलैंड की चाओ फ्राया नदी के नाम पर हुए ट्रैक-2 संवाद में मिले थे। यह बैठक 26/11 के परिणामस्वरूप पश्चिमी देशों की भविष्य के प्रति आशंका को देखते हुए हुई थी। कौन जानता है, कभी कोई पागल आदमी के नियंत्रण में होता, तो हम सभी 1971 या यहाँ तक कि 1947 के प्रतिशोध में दूसरी दुनिया में पहुँचा दिए गए होते या बम से उड़ा दिए गए होते।

जनरल साहब दोस्त रहे हैं। उनकी साफ़गोई कमाल की है। वे किसी तरह की व्यर्थ बात नहीं करते। वे जो हैं, उसे उसी रूप में कहते हैं और कई बार ये बात मुझे निराश करती है। वे मदद के लिए बोलने या करने में कभी नहीं हिचकते।

जब प्रधानमंत्री नरेंद्र मोदी 2014 में अपने पद की शपथ लेने की तैयारी कर रहे थे, तब श्रीनगर से दो जाने-माने लोगों ने संपर्क किया और सुझाव दिया कि पाकिस्तान के प्रधानमंत्री मियाँ नवाज़ शरीफ़ को आमंत्रित किया जाना चाहिए। उन्होंने बताया कि वे आने के इच्छुक हैं। चूँकि वे शुरुआती दिन थे, उच्च्च पदों पर बैठे लोग सुनने को तैयार थे, इसलिए मैंने यह संदेश आगे बढ़ा दिया।

सरकार में उत्साह था, लेकिन कुछ दिग्गज़ चाहते थे कि ऐसा आश्वासन मिलना चाहिए कि अगर उन्हें बुलाया जाए, तो वे आएँ भी।

पुष्टि करने के लिए, मैंने सबसे पहले पाकिस्तान के एक वरिष्ठ राजनयिक से बात की। उनकी सलाह इस बारे में ख़तरा ना लेने की थी, क्योंकि हो सकता है, नवाज़ शरीफ़ को भारत आने की इज़ाज़त ना दी जाए। कुछ निराश होते हुए मैंने जनरल को फ़ोन किया। उनकी प्रतिक्रिया एकदम स्पष्ट थी। नवाज़ शरीफ़ के ना आने का कोई कारण ही नहीं है। पाकिस्तान में जनरल लोग अक्सर सही होते हैं, और असद दुर्रानी तो निश्चित ही होते हैं।

हमारी पत्नियाँ दिसंबर 2015 में जॉर्डन में डेड सी रिसॉर्ट में कश्मीर के बारे में हुई ट्रैक-2 की बैठकों के दौरान एक बार मिल चुकी थीं। मेरी पत्नी परन और बेगम एकदम अलग स्वभाव की हैं। परन कभी-कभी जनरलों के बीच सिगरेट पी लेती है, जबकि बेगम को ना सिगरेट पीना पसंद है और ना ही शराब पीना। इसके बावजूद दोनों के बीच आसानी से अच्छी दोस्ती हो गई। संयोग से, उस बैठक में कुछ पाकिस्तानियों ने जानना चाहा कि क्या भारत और पाकिस्तान के बीच आगे बढ़ने की कोई उम्मीद है। मैंने अपनी जान आफ़त में डालते हुए कह दिया कि कुछ ना कुछ ज़ल्द ही ज़रूर होना चाहिए। और देखिए, क्रिसमस पर जब हम अबू धाबी में अपने घर जा रहे थे, तभी हमें पता चला कि मोदी जी लाहौर में उतर गए हैं। हालाँकि, तबके बाद से शांति प्रक्रिया आगे कहीं नहीं बढ़ी।

अगर इसमें दिलासा की कोई बात थी, तो यह कि पाकिस्तान में हमारे यहाँ से भी ज़्यादा गड़बड़ है। भारत में ऐसा माना जा रहा था कि नवाज़ शरीफ़ को उनके परिवार समेत सेना अगस्त 2018 में होने वाले चुनावों में सत्ता से बाहर करने वाली है। सेना की पसंद मौजूदा प्रधानमंत्री शाहिद ख़ान अब्बासी थे, जिसे मियाँ साहब ने अपनी जगह लेने के लिए चुना था।

भारत-पाकिस्तान की किसी भी वार्ता में कश्मीर का मुद्दा अनिवार्य रूप से आता ही है। जनवरी 2018 में, मुझे अपनी गोवा की वार्षिक तीर्थयात्रा में एक टेलर की दुकान पर एक कश्मीरी मिला था। उसने मुझसे कहा था कि कश्मीर आज़ादी चाहता है।

"किस लिए?" मैंने पूछा था।

"आप बताइए, अगर आप मेरी दुकान में आएँ और मुझे तमाचा मार दें, तो मुझे क्या करना चाहिए?" उसने कहा।

उसने दावा किया कि कश्मीर में सुरक्षा बल यही कर रहे हैं। किसी को भी रोक लिया जाता है, पिटाई कर दी जाती है। हल्का सा भी विरोध प्रदर्शन या पथराव हो, तो सीधे आँसू गैस या पैलट गन का इस्तेमाल कर दिया जाता है। कश्मीर उबलता जा रहा है। नियंत्रण रेखा और सरहद पर पहले से ज़्यादा अस्थिरता है और सरकार की बलप्रयोग की नीति के बारे में सवाल किए जा रहे हैं।

कभी लश्कर-ए-तैयबा के साथ काम करने के बाद अब सुधर चुका एक उग्रवादी मेरे पास हाल ही में आया था और उसने मुझे घाटी में कट्टरता बढ़ने के ख़तरे के बारे में बताया था। उसने बताया कि दक्षिण कश्मीर के युवा शहादत के लिए तैयार हैं और उनका पाकिस्तान से कोई मतलब नहीं है, क्योंकि वे तो मानते हैं कि वे अल्लाह के लिए लड़ रहे हैं। जैसा कि पाकिस्तान के पूर्व विदेश सचिव रियाज़ मोहम्मद खान ने माना है कि 2008 का मुंबई हमला कश्मीर के लिए कभी पूरा ना होने वाला नुक़सान है और उसने पाकिस्तान की भी छवि ख़राब की है। पाकिस्तान तभी से इससे बाहर रहा और 2016 में हम ही उसे वापस दृश्य में लाए थे।

आतंकवादी से ज़्यादा एक प्रोफेसर लगने वाले इस उग्रवादी ने चेतावनी दी कि जिस जमात-ए-इस्लामी का असर कभी केवल सोपोर, शोपियाँ, कुलगाम और पुलवामा में कहीं-कहीं था, वह अब युवाओं को हर जगह कट्टर बनाता दिख रहा है। इसने राज्य सरकार में भी

जगह बना ली है और जम्मू-कश्मीर पुलिस में भी घुसपैठ कर ली है। अपने निजी अनुभव के आधार पर उसने बताया कि श्रीनगर की केंद्रीय जेल तो कट्टरपन की शिक्षा का गढ़ है। उग्रवाद का व्यवसाय तेज़ी से बढ़ रहा है, जिसमें यथास्थिति बनाए रखने में हर किसी का स्वार्थ है, लेकिन यह यथास्थिति हमेशा स्थिर नहीं रहनी चाहिए। शांति से जीने की ख़्वाहिश रखने वाले कश्मीरी डर में जीते हैं, और उन्हें पता नहीं कि कब कहाँ विस्फोट हो जाए। श्रीनगर जैसे शानदार शहर में 1960 के दशक से 1980 के दशक के आरंभ तक कितना बदलाव आ गया है।

कश्मीर की स्थिति हमारे पाकिस्तान के साथ संबंधों की तरह हैं। एकदम जस के तस बने हैं। अब एक और वाजपेयी का इंतज़ार है। बहुत सारी समानताएँ रखने वाले जनरल परवेज़ मुशर्रफ़ और डॉ. फ़ारूक़ अब्दुल्ला को एक मौक़ा दिया जाए कि वे नियंत्रण रेखा पर कोई समाधान निकाल सकें? कश्मीरी शांति चाहते हैं, लेकिन जब तक कश्मीर को भारत-पाकिस्तान संबंधों की तरह, देश के अन्य राज्यों में चुनावी मुद्दा बनाया जाता रहेगा, तब तक वहाँ शांति या कोई सुधारवादी आंदोलन संभव नहीं है। जैसा कि फ़रवरी 2018 को तत्कालीन मुख्यमंत्री महबूबा मुफ़्ती ने विधानसभा में एंटी-नेशनल कहे जाने के ख़तरे के बीच कहा था, "पाकिस्तान के साथ बातचीत के अलावा कोई विकल्प नहीं है।" या, जैसा कि बुजुर्ग कश्मीरी स्तंभकार यूसुफ तरीगामी ने कहा था, "बुनियादी तौर पर राजनीतिक समस्या का 'सुरक्षा समाधान' निकाल पाना कभी सफल नहीं होगा।"

किसी भी विवाद का हल निकालने के लिए सुनने की इच्छा होनी चाहिए। इसके ज़रिए ही हम कश्मीर और अपने आप से भी जुड़ते हैं, हालाँकि, हम अपने आस-पास के शोरगुल में इतने फँसे रहते हैं कि हमारे पास सुनने का वक्त ही नहीं रहता। भावनाएँ ऐसे में तथ्यों पर हावी हो जाती हैं। कश्मीर को समझने के लिए परस्पर सहानुभूति ज़रूरी है।

मैंने ट्रैक-2 से काफ़ी कुछ सीखा है, जिसमें कश्मीर, अफ़गानिस्तान और बलूचिस्तान के बीच समानताएँ भी शामिल हैं। जाने-माने पाकिस्तानी लेखक अहमद रशीद ने एक बार कहा था कि अगर कश्मीर का हल निकल गया, तो अफ़गानिस्तान में बहुत आसानी हो जाएगी। हमारी एक बैठक में पाकिस्तानी नौकरशाह, राजनयिक और एक नायाब इंसान रुस्तम शाह मोहम्मद ने कहा था कि पाकिस्तान को कश्मीर में भारत की गलतियाँ तलाशने के बजाय बलूचिस्तान में अपना घर ठीक करना चाहिए।

यह बात आश्चर्यजनक लग सकती है कि 2001 में प्रधानमंत्री कार्यालय में आने के बाद, 2004 में उसे छोड़ते हुए मुझे ख़ुशी हो रही थी, जबकि सरकार में ये मेरे सबसे बेहतरीन साल रहे थे। हाँ, रॉ छोड़ते समय उदासी की एक भावना ज़रूर थी, क्योंकि मुझे उसमें मज़ा आना शुरू ही हुआ था। प्रमुख के रूप में 17 महीने का कार्यकाल पर्याप्त नहीं होता, हालाँकि, दुनिया बहुत बड़ी है और बहुत कुछ करने को भी है। रिटायरमेंट जीवन की शुरुआत है, अंत नहीं। किसने सोचा था कि मैं बातचीत करते-करते लेखक बन जाऊँगा? जैसा किसी ने कहा था, "कुछ करने को ना होने में कोई ख़ुशी नहीं होती, मज़ा तो तब है, जब बहुत कुछ करने को हो, और किया कुछ नहीं जाए।"

अपनी ज़्यादातर ज़िंदगी गोपनीय तरीके से जीने के कारण जासूसी मुझसे अब भी चिपकी हुई है। एक कश्मीरी मित्र जिसे पता नहीं था कि हम नई दिल्ली की डिफेंस कॉलोनी में रहने लगे हैं, मुझसे मिलने आया और पूछने लगा, "क्या यह मेरा नया सुरक्षित मकान है।" पाकिस्तानी मित्रों को अब तक यक़ीन नहीं होता कि मेरी एकमात्र ई-मेल आईडी मेरी पत्नी की है। और मेरी पत्नी अपने मित्रों से कहती है कि इस जासूस से कोई कभी पूरी सच्चाई नहीं जान सकता। कई बार 'कवर स्टोरी' उपयोगी भी होती है।

पीटर जोंस ने जब इस्तांबूल में ट्रैक-2 बैठकों में जॉइंट प्रोजेक्ट का विचार रखा था, तब जनरल हँस पड़े थे और बोले थे, "अगर हम कहानी भी लिखेंगे, तो कोई यक़ीन नहीं करेगा। हम लोगों ने जितना हो सकता था, उतना सच के क़रीब होने की कोशिश की है, क्योंकि हमारा मानना है कि इसे गप भी कहा जाता है। सच्चाई यह है कि आमतौर पर अधिकतर कहानियों के दो से ज़्यादा पक्ष होते हैं। सच तो कैलाइडोस्कोप की तरह होता है।"

मैं जानता हूँ कि हमारी बिरादरी में ऐसे भी लोग होंगे, जो कहेंगे कि ये सुअर इतने घनिष्ठ मित्र कैसे हो गए। कौन किसके लिए काम कर रहा था?

आख़िरकार, हम किसी भी तरफ़ के हों, लेकिन हम में से हरेक को छल-कपट का लाइसेंस जो मिला हुआ है।

हमने जो कहा है, उससे हर कोई सहमत नहीं होगा, शायद कोई भी नहीं होगा, हालाँकि, यहाँ भविष्य में कभी स्थिरचित्तता होने की आशा में भारत-पाकिस्तान की समस्या को समझने की कोशिश की गई है।

मुझ पर अक्सर आशावादी होने का ठप्पा लगा दिया जाता है। अगर ऐसा है तो ज़िंदगी का यही एक तरीक़ा भी है और मुझे इसका कोई खेद नहीं है, या जैसा कि जनरल साहब कहते हैं, वे कोई परवाह नहीं करते। मैं यही कह सकता हूँ कि यह शानदार ज़िंदगी रही है। जैसा कि मार्क ट्वेन ने कहा है, "अच्छे दोस्त, अच्छी किताबें और एक सुप्त चेतना : यही आदर्श ज़िंदगी है।" और, मेरा मानना है कि जनरल और मैं इसी तरह से आगे बढ़े हैं, हालाँकि वे कुछ अधिक यथार्थवादी हैं।

आख़िर में, यह प्रोजेक्ट हमारे मित्र, दार्शनिक और मार्गदर्शक आदित्य सिन्हा के प्रयास के बिना कभी पूरा नहीं हो सकता था।

—ए.एस. दुलत

नई दिल्ली, भारत
मार्च 2018

मेरा जन्म भारतीय के तौर पर हुआ था—उस समय पाकिस्तान था ही नहीं। मेरा जन्मस्थान रावलपिंडी अब पाकिस्तानी सेना का मुख्यालय है, जिसमें मैंने तीन दशक से ज़्यादा तक काम किया। रिटायरमेंट के बाद भी मैं वहीं रहता हूँ। जब ब्रिटिश भारत का विभाजन हुआ, तो

मैं शेखूपुरा का स्कूल जाने वाला बच्चा था, जो कि पाकिस्तान की तरफ़ पड़ने वाला एक शहर है। इस भारी बँटवारे से मैं बचा रहा, बस, 1947 में हम अपने कुछ रिश्तेदारों के पास गर्मियों की छुट्टियों में दिल्ली गए थे, तब थोड़ा इससे सामना हुआ था। दंगों के कारण हमें तय दिनों से पहले ही लौटना पड़ा था, लेकिन अज़ीब बात है कि वापसी की यात्रा की मुझे कोई याद नहीं है। वह ज़रूर कोई खुशनसीब ट्रेन रही होगी, जो बच गई थी।

विभाजन के बाद एक बदलाव मुझे याद है, वह था मटके का ना होना। हमारे स्कूल जाते समय आधे रास्ते में एक दुकान पड़ती थी, जहाँ अक्सर हम पानी पीने के लिए रुकते थे। उस दुकान पर नया मालिक बैठा था। दुकान के पूर्व हिंदू मालिक के विपरीत, जीवन अमृत रखने वाले मटके की उसे कोई ज़रूरत नहीं थी। अगली घटना जिसने मुझे याद दिलाया कि सबसे बुरी बात अभी नहीं हुई है, वह यह थी कि हम लोग मटका से मक्का तक पहुँच गए। मुझे याद नहीं कि हाल ही में अलग हुए दोनों जुड़वाँ भाइयों के बीच 1950 में किस बात को लेकर तनाव हुआ, लेकिन मुझे इतना याद है कि हमारे प्रधानमंत्री ने मुट्ठी उठाते हुए जवाब दिया था, जिसे 'लियाकत का मक्का' कहा गया। उन सालों में हालाँकि कश्मीर का मसला पृष्ठभूमि में कहीं सुलग रहा था, लेकिन हमारे स्कूलों में पढ़ाया जाने वाला इतिहास भारत में मुस्लिम शासकों के गौरव से भरा पड़ा था। थोड़ी हैरानी की बात है कि इसने सत्ता की कुर्सी के प्रति कुछ आकर्षण पैदा किया, राजनीतिक भी और आध्यात्मिक भी : मोटे तौर पर दिल्ली, आगरा और अजमेर के इलाके में। इस तरह से हमारे पूर्वी पड़ोसी से संबंधित किसी भी बात को हमारे यहाँ बड़ी दिलचस्पी से लिया जाता था।

मैं भारतीय फिल्मों को देखता हुआ बड़ा हुआ था। यहाँ तक कि मैं बंबई के शो बिज़नेस से जुड़े सारे बड़े नामों को जानता था। मुझे ये नाम अब भी मुंबई से ज़्यादा परिचित लगते हैं। वास्तव में, यह जानकारी मुझे किसी ने थोड़ी बाद में दी थी कि दिलीप कुमार और मीना कुमारी जैसे मुस्लिम अदाकारों को किस वज़ह से गैर-मुस्लिम नाम रखने पड़े थे। मुगल काल से जुड़े घटनाक्रमों को अक्सर पुरानी यादों के तौर पर याद किया जाता था, हालाँकि उन सालों की मेरी ज़्यादातर यादें खेल-कूद के दृश्यों से जुड़ी थीं। दोनों देशों की क्रिकेट के बारे में बहुत दिलचस्पी से सुना जाता था, क्योंकि उन दिनों उसके बारे में जानने का रेडियो कमेंटरी ही एकमात्र ज़रिया थी, हालाँकि आज की तरह वह जीने-मरने का सवाल नहीं था।

मॉन्टगोमेरी में एक टेस्ट मैच में भारतीय बल्लेबाज संजय मांजरेकर भीड़ के पसंदीदा थे। मॉन्टगोमेरी अब साहीवाल कहलाता था और वहीं हमारे पास विश्वस्तरीय स्टेडियम था। उसी शहर में जब राष्ट्रीय खेल हुए थे, जिनमें भारतीय पंजाब ने भी हिस्सा लिया था। खेलों के बाद कुछ सिख लोग मेरे पिता से मिलने रुक गए थे, जो उस समय सेंट्रल जेल के इंचार्ज थे। वे लोग कुछ दरियाँ लेने आए थे, जिनके लिए वह स्थान मशहूर था। उन लोगों ने वह सामान तुरंत देने का अनुरोध किया था, जिससे वे उसे निजी सामान के तौर पर 'ड्यूटी फ्री' ले जा सकें। समय के साथ-साथ अतीत की बातें पीछे छूट गईं, क्योंकि व्यावहारिक राजनीति उन पर हावी हो रही थी।

मैं 1959 में ही सेना में भर्ती हो गया होता, क्योंकि अयूब ख़ान ने एक साल पहले ही उथल-पुथल मचा दी थी, या क्योंकि लाहौर के मेरे गवर्नमेंट कॉलेज की लड़कियाँ उन

लोगों की तरफ़ स्पष्ट तौर पर आकर्षित होती थीं, जो वर्दी में होते थे, हालाँकि जब मैं भर्ती हुआ, तो पता चला कि मुझे अपने पूर्व साथियों की तुलना में लड़ाई में ज़्यादा जाना पड़ेगा।

लड़ाई की ट्रेनिंग के दौरान हमें सिखाया गया था कि हमें अपने से बड़े दुश्मन से बेहतर तरीक़े से लड़ना है, लेकिन यह भी याद रखना है कि हमारा दुश्मन भी अपने वतन के लिए यही काम कर रहा है। और, जब हमने देखा कि 1965 और 1971, दोनों युद्धों में भारतीय और पाकिस्तानी सेनाओं ने जानबूझकर गैर लड़ाकू सैनिकों पर हमले नहीं किए और सभ्य लोगों की तरह युद्ध लड़ा। दूसरे शब्दों में कहे तो लड़ाई में लगाई गईं दोनों सेनाओं ने एक दूसरे का सम्मान किया, लेकिन यह यक़ीन भी था कि दोनों देशों के ज़ल्द ही किसी समय दोस्त बनने की संभावना नहीं है। 1971 के पहले, सेना के लोगों के बीच भी—पेशेवराना सच्चाई के बावजूद-दुश्मन का आकलन निर्दयी हो गया था और रवैया कड़ा हो गया था।

उचित समय पर मैं ट्रेनिंग के लिए गया और विदेश यात्रा पर भी गया। तटस्थ देशों में अपने पूर्वी पड़ोसियों से मिला। उन्होंने बुरे संबंधों से बेहतर परिणाम लेने में मेरी मदद की। एक बार उत्तरी जर्मन शहर हैम्बर्ग में एक कोर्स के दौरान संयोग से मैं एक दक्षिण भारतीय प्रोफ़ेसर से मिला। अगले दिन वे अपनी पत्नी के साथ हमारे अपार्टमेंट में आए और उन्होंने मुझे अपने घर आने के लिए आमंत्रित किया। शिष्टाचार के प्रतिदान के तौर पर मैंने उनसे पूछा कि क्या वे ख़ान-पान में किसी तरह का परहेज़ करते हैं। उन्होंने बताया कि ब्राह्मण होने के नाते वे अंडे तक नहीं खाते, हालाँकि उनकी जर्मन पत्नी ने हम लोगों को आश्वासन दिया कि उन्हें जो भी परोसा जाएगा, वह उसे अपने पति को खिला देंगी।

जब मैं एक राजनयिक कर्मचारी के तौर पर जर्मनी लौटा, तो मेरे भारतीय समकक्ष पहला मौक़ा मिलते ही अपना परिचय देने के लिए मेरे पास आए, हालाँकि हमारे मेजबान द्वारा विशेष ख़याल रखे जाने से थोड़ा चिढ़े भी, क्योंकि पाकिस्तान अफ़गानिस्तान में अग्रणी सहयोगी था, लेकिन उन्होंने राजनयिक लड़ाई का हमारे निजी संबंधों पर असर नहीं पड़ने दिया। यह उस काल की बात थी, जब पहला भारतीय अधिकारी जर्मन जनरल स्टाफ कोर्स के लिए आने वाला था और पूर्व छात्रों में से वे सलाह के लिए सबसे पहले मुझसे ही मिलने वाला था। मेरे रवाना होने के तुरंत बाद ऑपरेशन ब्ल्यू स्टार हुआ। अगर मैं वहाँ होता, तो मैं उन्हें यह कहकर चिढ़ाता कि किसी सिंह या जर्मनी में भारतीय सेना का प्रतिनिधित्व करने वाले अन्य किसी के दिन अब लद गए, और मुझे यक़ीन है कि वे इसे खेल भावना से लेता। तभी से, 'हमारे पूर्वी मोर्चे पर कभी शांति नहीं' रही।

सियाचिन की चढ़ाई, इंदिरा गाँधी की हत्या, ब्रासटैक्स—भले ही वह इसकी डिज़ाइन पर आधारित कोई अभ्यास या ऑपरेशन था, सिख उग्रवाद और कश्मीर की उथल-पुथल, परमाणु परीक्षण, करगिल की चढ़ाई और 9/11 के पहले की सारी उथल-पुथल ने यह सुनिश्चित किया कि हमारे संबंध जीवित थे और अक्षरशः झटका दे रहे थे। वास्तव में यह अवधि छिटपुट रूप से ही सही समग्र वार्ता, वाजपेयी की बस यात्रा, 'उनका आगरा में मिलना' और कश्मीर बस सेवा, जैसे शांति प्रयासों से भरी हुई थी। ज़हरीले या ज़हरीले किए गए, मिश्रित सहायता वाले मेरे जैसे लोग, जो महत्त्वपूर्ण पदों पर थे या रह चुके थे,

रिटायरमेंट के बाद सदैव बढ़ते क्लब में शामिल होते हैं, जिसे मूर्खतापूर्ण ढंग से 'सामरिक समुदाय' कह दिया जाता है।

इसलिए इस बात में कोई आश्चर्य नहीं है कि हम में से कुछ लोगों के अंदर ऐसा ज्ञान जमकर भरा हुआ था, जिसे किसी के साथ बाँटने का इंतज़ार करना मुश्किल था। ऐसा करने के लिए अधिक उपयोगी साधनों में से एक निश्चित ही यह भी था कि दूसरे पक्षों के प्रमुख लोगों से विचार-विनिमय किया जाए—जिसमें बेशक़ हम लोग अपनी कमियाँ छिपाने तथा अलग नज़रिया, यहाँ तक कि वैकल्पिक तथ्य भी पेश करने को तैयार थे। मेरे 'कॉमरेड इन आर्म्स'—जैसा कि वे हमारे समीकरण को बताते हैं—अमरजीत सिंह दुलत और मैं इस मिशन में कितना सफल हुए हैं, यह पाठकों को ही तय करना है।

—असद दुर्रानी

रावलपिंडी, पाकिस्तान
मार्च 2018

I

मंच की तैयारी

शुरुआती अध्यायों में दुलत और दुर्रानी बताते हैं कि किस तरह से यह किताब तैयार हुई और क्यों वे इसे प्रासंगिक मानते हैं। वे पेशेवर ख़ुफ़िया अधिकारियों के रूप में अपनी पृष्ठभूमि के बारे में बताते हैं और उस घटना के बारे में भी बताते हैं, जिसने ना केवल उनकी दोस्ती को प्रगाढ़ किया, बल्कि इस विश्वास को भी मज़बूत किया कि नकारात्मक पहलुओं की तुलना में भारत-पाकिस्तान के स्वस्थ संबंधों के फ़ायदे ज़्यादा हैं।

दृश्य की तैयारी

25 मई, 2016 : हमारी पहली मुलाक़ातें इस्तांबूल में ऐतिहासिक ओल्ड टाउन में एक महँगे होटल में हुईं। हम तीनों की पहली मुलाक़ात एक रूफटॉप रेस्टोरेंट में दोपहर के भोजन पर हुई। खिड़कियों से हल्की धूप चमक रही थी, कुछ दूरी पर तटीय नगर दिख रहा था। जनरल दुर्रानी ने मेरी ओर गहरी निगाह डाली, जैसे वो मुझे नाप रहे हों। पीटर जोंस तो और भी ज़्यादा सतर्क दिख रहे थे, जो शायद तुर्की कबाब की फुल प्लेट का असर था।

1

‘अगर हम कोई फ़िक्शन लिखें, तो भी हम पर कोई यक़ीन नहीं करेगा’

आदित्य सिन्हा : आपके और दुलतजी के बीच का विश्वास आम आदमी को अस्वाभाविक लग सकता है। यह कैसे हुआ?

असद दुर्रानी : मेरा अनुभव है कि जब लोग एक बार मान लेते हैं कि वे पेशेवर के तौर पर मिलने जा रहे हैं और अपने विचारों का आदान-प्रदान करने वाले हैं, तो अक्सर उन्हें कोई समस्या नहीं होती। इसके अलावा, जब हम बोलते हैं और कोई सुनता है—किसी समय हम किसी ख़ास स्थिति को ऐसे ही समझते हैं और फिर दूसरा बोलता है—ख़ैर, हम इसे ऐसे ही समझ रहे थे। इससे काफ़ी पारस्परिक लाभ होता है।

उदाहरण के लिए, जब मैंने दुलत की पहली किताब[1] पढ़ी, तो मैंने कई चीज़ें फ़ायदेमंद पाईं, बल्कि स्पष्ट भी पाईं। मसलन, किसी ख़ास घटना पर दूसरे पक्ष की प्रतिक्रिया कैसी है।

सिन्हा : आँख खोलने वाली घटना का कोई उदाहरण?

दुर्रानी : कश्मीर की बग़ावत। मैं कुछ सालों के पहलुओं में शामिल था। जब यह हुआ तब मैं सैन्य ख़ुफ़िया का मुखिया था। हम और ज़्यादा जानकारी चाह रहे थे। यह मेरा विषय नहीं था, बल्कि विदेश कार्यालय या आईएसआई डायरेक्टरेट का विषय ज़्यादा था। और यह बेनज़ीर भुट्टो की पहली सरकार के वक्त हुआ था, शायद 1990 की शुरुआत में, उन्होंने तीनों से अपने आकलन देने को कहा था।

कुछ लोग कह रहे थे कि यह पहले हुआ, यह एक दूसरे प्रकार की घटना हो रही है, अधिक युवा हैं और जल्द ही ख़त्म होने वाला नहीं है। ऐसे लोगों को कश्मीर में व्याप्त बेचैनी के बारे में पता था।

बेशक़, यह जितना सोचा था, उससे भी लंबा चला। हमारे पक्ष की कमी यह थी कि जो इसमें शामिल हुए, वे हैरान थे। वे विशेषज्ञ नहीं थे, शायद अनभिज्ञ रहे होंगे और उनका आकलन सटीक नहीं था।

दुलत की किताब ने एक दूसरा पक्ष दिखाया। इन लोगों के पास एक ऐसा इंसान था, जो लंबे समय से, मुझे लगता है कि दस सालों से अलग-अलग पदों पर रहते हुए कश्मीर के मामले देख रहा था। उसके बाद वह रॉ का प्रमुख बना। उनसे इस बारे में कुछ करने को कहा गया था, जितने जल्दी संभव हो, यह सब सँभालने को कहा गया था, और यह ज़ोर लगातार बना रहा। इससे व्यक्तियों की, जानकारी और अनुभवों की और शायद नीति की निरंतरता बनी रही।

हमारी तरफ़, पाकिस्तान की तरफ़, अधिकांश समय हम, व्यक्ति के रूप में जो सही लगा, उस तरह से एक घटना से दूसरी घटना तक ही निपटते रहे। बहुत समय बाद पता चला कि वास्तव में हुआ क्या था, और यह कितनी दूर तक जाएगा। और अगर किसी को सबसे अच्छा तरीक़ा सूझता भी था, तो सरकार बदल जाती थी, व्यक्ति बदल जाते थे, और यहाँ तक कि नीति भी बदल जाती थी, इसलिए निरंतरता नहीं रह पाई। दुलत की किताब पढ़ते हुए ही यह बात मुझे स्पष्ट हुई। यह पूरी तरह से आश्चर्य की बात नहीं थी। उनके बारे में और दूसरे पक्ष के कार्यकालों की जानकारी थी।

मुझे याद है कि एमआई में मुझसे किसी ने कहा था कि जम्मू की तरफ़ एक लेफ़्टिनेंट कर्नल वहाँ 15-16 सालों से तैनात है। मुझे उसका कार्य याद नहीं आ रहा है। मेरा मन उसे भर्ती करने को हुआ था। वह शायद हमारे लोगों की तुलना में हमें ज़्यादा जानता होगा, क्योंकि हमारे लोगों के अक्सर तबादले हो जाते थे। यह इस सिस्टम की अज़ीब बात हो सकती है।

सिन्हा : इस किताब से आपको क्या उम्मीद है?

दुर्रानी : साफ़ कहूँ तो, यह आइडिया अमरजीत का था। उन्होंने कहा था कि यह किताब लिखते हैं। हम लोगों ने ज्वॉइंट प्रोजेक्ट किए थे, पहला ख़ुफ़िया सहयोग पर था, जो कि बर्लिन में 2011 की पगवाश कॉन्फ़्रेंस[2] के बाद किया था और इसका अनुभव बहुत अच्छा था। दूसरी बार, ओटावा यूनिवर्सिटी ने कश्मीर के बारे में 2013 में एक पेपर प्रकाशित किया था और यह भी बहुत उत्साहजनक था।

दुलत की किताब लंदन में हुए विमोचन के कारण भी दिलचस्प थी। भारतीय और पाकिस्तानी लोग वहाँ थे, जिनमें कुछ पाकिस्तानी विद्वान और अन्य लोग भी थे जिनके साथ मैंने शाम बिताई थी। उनमें से एक ने मुझे मैसेज किया था, "हम बुक लॉन्च में थे और रॉ के पूर्व प्रमुख ने जिस तरह से आराम से, थोड़ा हँसी-मज़ाक़ के साथ अपनी बात रखी, उससे हम लोगों को आपसे हमारी मुलाक़ात की याद आ गई। और हमने सोचा कि समान पृष्ठभूमि का कोई व्यक्ति ही इस तरह के प्रोजेक्ट पर काम करे।"

अगर हम लोगों का साथ होना लोगों का ध्यान खींचता है और उनमें दिलचस्पी जगाता है, तो कुछ मसलों पर विचार दिए जा सकते हैं। अगर स्पष्ट रूप से और साफ़गोई से, बिना आक्रामक या रक्षात्मक हुए, इस किताब पर राय दी जाए, तो यह प्रोजेक्ट ज़रूर करने लायक था।

अमरजीत सिंह दुलत : हम लोगों ने दो पेपर किए थे। कुछ लोगों ने हमें उकसाया और

प्रेरित किया कि "आप दोनों एक दूसरे के साथ सहज लगते हैं, आप लोग कुछ लिखते क्यों नहीं?" आइए, कुछ अधिक गंभीर करने की कोशिश करते हैं और हम लोगों ने ख़ुफ़िया सहयोग पर लिखा। जैसा कि जनरल साहब कहते हैं, जब पेशेवर लोग मिलते हैं, तो अपने विचारों का लेन-देन करते हैं। मैं सहमत हूँ कि हमारे बीच सहजता का स्तर है।

हमारे व्यक्तित्व अलग-अलग हैं। हमारी पृष्ठभूमि अलग है। बस, समानता यही है कि हम ख़ुफ़िया एजेंसियों में काम कर चुके हैं, हालाँकि कुछ समानताएँ और भी हैं। ये टीवी देखने की ज़हमत नहीं उठाते और मैं भी नहीं। मुझे अहसास हुआ कि वे शांत चित्त हो सकते हैं। मुझे लगा कि केवल वही शांत चित्त हैं। इससे आपको सहजता मिलती है।

मज़ेदार बात यह है कि ये मेरे सीनियर हैं। जब मैं उनसे मिला था, तो मैं वास्तव में ट्रैक-2 के काम में ऐसे किसी व्यक्ति की तलाश में था, जो आईएसआई से हो। यह बहुत बड़ा अवसर था और मैं इसे राजनयिकों के साथ बातें करने और व्हिस्की पीने में नहीं बिता सकता था। मैं अपनी तरह के काम के बारे में बात करना चाहता था। सबसे पहले मैं पाकिस्तान बलूसा ग्रुप[3] की बैठक के लिए जनवरी 2010 में पाकिस्तान गया था, जिसका श्रेय सलमान हैदर को जाता है।[4] जब मैं लाहौर में उतरा, तो वहाँ मौजूद जनरलों से सबसे पहले मैंने यही पूछा था, क्या लाहौर में कोई आईएसआई का आदमी नहीं रहता। मैंने बिलकुल यही पूछा था।

"नहीं, आपको इसके लिए पिंडी जाना पड़ेगा," मुझे जवाब मिला था, "या फिर कम-से-कम इस्लामाबाद तो जाना ही पड़ेगा। अगर आपने पहले बताया होता, तो हम इसका इंतज़ाम कर देते।"

और, तब मेरी मुलाक़ात जनरल साहब से हुई।

दुर्रानी : चाओ फ्राया डायलॉग[5] की बात है। हम लोगों ने आतंकवाद पर हुए एक सत्र की सह-अध्यक्षता की थी।

दुलत : मैं कुछ बातें कहना चाहता था, लेकिन यह मेरा पहला मौक़ा था। हम आमतौर पर जितना सच बोलते हैं, मैं उससे ज़्यादा सत्यवादी होना चाहता था, लेकिन मैंने अपने को कुछ डगमगाता पाया था। और जब वे बोले, तो बिलकुल सीधे बोले, छद्म युद्धों के बारे में और यह भी बोले कि प्रत्येक ख़ुफ़िया एजेंसी के लिए वे कितने वैध हैं।

कॉफी-ब्रेक के दौरान मैंने पूछा, "जनरल साहब, आप छद्म युद्धों के बारे में क्या कह रहे थे?"

"क्यों?" उन्होंने कहा। "क्या आप छद्म रूपों का इस्तेमाल नहीं करते? आपने बांग्लादेश में क्या किया? मुक्ति वाहिनी क्या थी?"[6]

वो इंसान एकदम साफ़ बात कह रहा था। नहीं, सर, मैं समझता हूँ, मैंने कहा। मैं समझ गया हूँ।

हम अपनी पहली कुछ बैठकों में विकी सूद[7] समेत तीन लोग थे और हम लोग मस्ती के पलों के बारे में बात करते हुए हँस रहे थे। जनरल साहब ने कहा, "यह सत्र चलते रहने

चाहिए, लेकिन हम तीनों को अलग से बात करनी चाहिए।" हम तीनों व्हिस्की के गिलास लेकर बैठे और बातें करने लगे। ज़्यादा खुलकर और ज़्यादा ईमानदारी से।

उनकी कही बातों से मैं चकित था। उन्होंने ऐसी अद्भुत बातें कहीं, जो ईमानदारी से मैं सोच भी नहीं सकता था, क्योंकि, गुप्तचर आसानी से बात नहीं करते। और यहाँ, आईएसआई का एक पूर्व प्रमुख ईमानदारी से बात कर रहा था। यहाँ तक कि विकी को भी प्रसन्नता मिश्रित आश्चर्य हुआ।

दूसरी बैठक के बाद विकी यूरोप में हरे-भरे इलाके में चले गए थे। हम लोग बचे थे, और एक ख़ास तरह का रिश्ता बन चुका था।

इस्लामाबाद में 2011 में, जब हमें जनरल साहब की कार से एक ब्लैक लेबल (व्हिस्की) की बोतल मिली और हमने मेरे कमरे में ड्रिंक किया, तो उन्होंने मुझे बताया कि हमारे बीच समझ हो, तो कैसा रहेगा। उदाहरण के लिए, अगर मुंबई[8] दोबारा होता, तो एक समझ है कि भारत जवाब देता। और इसे सँभाला जा सकता था। यह भी कि भारत वह करता, जो मोदी (प्रधानमंत्री) ने किया यानी सर्जिकल स्ट्राइक कर देता।

यह मज़ेदार बात थी। एक अच्छी-ख़ासी प्रतिष्ठा वाला पूर्व आईएसआई प्रमुख बता रहा था कि सर्जिकल स्ट्राइक कैसे की जाती है। क्या इससे ज़्यादा ईमानदार कोई व्यक्ति हो सकता है?

आईएसआई के बारे में माना जाता है कि उसके पास सबसे ज़िद्दी ठग हैं। मुझे जनरल साहब को जाने काफ़ी समय हो गया था, लेकिन वे मुझे आश्चर्य पर आश्चर्य दिए जा रहे थे।

ये सत्र चलते गए। एक मज़ेदार सुबह, हम दोनों इस्तांबूल में एक कॉन्फ्रेंस में साथ में बैठे, और *द हिंदू* की मालिनी पार्थसारथी इतनी उत्साहित हुईं कि उन्होंने अपना फ़ोन निकालकर हमारी तसवीर ली, और बोलीं, "मुझे दो जासूस साथ में मिल गए।" यह बात बहुत मज़ाक़िया लगी।

इसी सत्र में पीटर जोंस[9] ने यह सुझाव दिया था कि हम लोगों को मिलकर कुछ लिखना चाहिए।

दुर्रानी : कोई जॉइंट पेपर।

दुलत : हम लोगों ने ख़ुफ़िया सहयोग पर एक जॉइंट पेपर लिखा था। जनरल साहब ने शुरू में ही यह टिप्पणी की थी कि हम लोग कोई कहानी भी लिखें, तो भी कोई यक़ीन नहीं करेगा, लेकिन ठीक है, कोशिश करते हैं। वह पेपर *द हिंदू* और *डॉन* में एक साथ प्रकाशित हुआ था।

इसके बाद पीटर ने कश्मीर के बारे में एक पेपर लिखने को कहा। अब वह पेपर ओटावा यूनिवर्सिटी की वेबसाइट पर है।

सिन्हा : आप लोगों के जॉइंट पेपर पर क्या प्रतिक्रिया थी?

दुर्रानी : (अमेरिकी विद्वान) स्टीफन पी कोहेन ने एक मैसेज भेजा कि वह ख़ुफ़िया सहयोग

के बारे में हमारे पेपर से बहुत प्रभावित हुए हैं। वे भारत-पाक मामलों के विशेषज्ञ हैं। मुझे अन्य जगहों से भी ईमेल मिले।

सिन्हा : इस तरह की बैठकों और पेपरों के बारे में सरकारें क्या कहती हैं?

दुर्रानी : कुछ भी नहीं।

दुलत : यहाँ भी ऐसा ही रहा। और चूँकि जनरल साहब अंतरराष्ट्रीय स्तर पर ख्यातिप्राप्त हैं, इसलिए स्टीफन कोहेन ने उन्हें कॉल किया, लेकिन मुझे किसी ने कॉल नहीं किया!

दुर्रानी : मुझे यक़ीन है कि कुछ लोग आपकी तरफ़ भी ऐसे होंगे, जैसे कुछ लोग हमारी तरफ़ थे, जो काफ़ी नाराज हैं और कहते हैं, "ये आदमी? ये जानते ही क्या हैं? अपने कार्यकाल में तो ये अच्छी तरह से लड़ते-भिड़ते रहे, और अब ये संयुक्त आतंकवाद निरोधक तंत्र बनाना चाहते हैं, संयुक्त खुफ़िया तंत्र बनाना चाहते हैं? ये एक नया ही काम करना चाहते हैं?" उन्हें लगता है कि हम ना केवल नाम चाहते हैं, बल्कि आगे रोज़गार भी चाहते हैं।

ब्रुकिंग्स इंस्टीट्यूट जैसे अमेरिकी थिंक टैंक का भी यही हाल है, जो कि 'बेल्टवे में' है। वे भी लगातार पेपर निकालते रहते हैं, और सीनेट की समितियों के पास भेजते रहते हैं। जब तक उनमें मौजूदा सरकारी नीति का समर्थन ना करें, उन पर कोई ध्यान नहीं देता। वे सिफ़ारिशें करते हैं, लेकिन सरकार की नीति यही है कि वह जो कर रही है, सही कर रही है। शायद ही कोई रिपोर्ट देखी जाती है, और शायद ही वह किसी काम आती है।

दुलत : बिलकुल सही, सर। यही अहमियत आईडीएसए या अब विवेकानंद फाउंडेशन की है, क्योंकि वे लोग एक निश्चित दिशा में ही चलते हैं। ये तक़रीबन सरकारी थिंक टैंक ही हैं।

सिन्हा : ये यथास्थिति बनाए रखते हैं।

जनरल साहब, दूसरी तरफ़ के कुछ प्रमुखों से बातचीत के बाद, क्या आप दुलत साहब को भारतीय गुप्तचरों के प्रतिनिधि के रूप में देखते हैं या ये स्वतंत्र विचारों वाले व्यक्ति हैं?

दुर्रानी : बेशक़, वे अलग हैं। हम सब अपनी-अपनी तरह से अलग हैं, लेकिन वे कई तरह से अलग हैं।

सबसे पहले तो उनका व्यावहारिक अनुभव है। पहले आईबी में, फिर रॉ के प्रमुख के तौर पर, फिर प्रधानमंत्री कार्यालय में रहते हुए दस साल से ज़्यादा समय तक उनकी कश्मीर पर नज़र रही है। वे आईबी में रहने के बाद रॉ के प्रमुख बनाए गए थे और उनसे अपेक्षा थी कि उनका तरीक़ा अलग होगा। मैं जानता हूँ कि अपने क्षेत्र में घुसने वाले बाहरी लोगों का संस्थाओं में प्रतिरोध होता है। संस्थाएँ यह बताना चाहती हैं कि यह घुसपैठिया नाक़ाम है, अन्यथा, बाहरी लोगों की तैनाती आम बात हो जाएगी। मैं निजी अनुभव और सेना के अनुभव से भी यह बात जानता हूँ।

निश्चित ही यह किताब दिखाती है कि वे किसी ख़ास विचार से जुड़े नहीं हैं। वे कश्मीर मसले के मूल कारणों को समझते हैं, ऐसा नहीं सोचते कि अब क्या करना है, क्या जवाब दें, जैसे को तैसा, बल्कि ज़्यादा बड़ी तसवीर, और वहाँ के लोगों को देखते हैं।

आप कश्मीर को सँभाल सकते हैं या इसमें सफल हो सकते हैं, लेकिन आख़िरकार इसका स्थायी समाधान तलाशना ही होगा। यह वही बात है, जब वे कहते हैं कि हमें कुछ अलग करना होगा, हालाँकि मेरा आकलन यह है कि हमारे बहुत कुछ अलग करने की संभावना है नहीं, इसलिए नहीं कि हम इसके आदी हो चुके हैं, बल्कि इसलिए कि हम सरकारी नीति के तौर पर ये नतीज़े निकाल चुके हैं कि हम जितना ज़्यादा लंबे समय तक कोशिश कर सकते हैं, करते रहेंगे और इसे बनाए रखेंगे।

इंटेलीजेंस में मेरा अपना अनुभव सीमित था, केवल साढ़े तीन साल का, इसलिए उनके पास बताने के लिए ज़्यादा था और मेरे पास कम, हालाँकि, हम कुछ ख़ास नतीज़ों पर पहुँचे कि मसला यह है और शायद यह हमें घिसी-पिटी लकीर से अलग चलने और आगे का रास्ता सुझाने में मदद कर सकता है। जो बातें हमने सुझाई हैं, उनके बारे में किसी को संदेह तो हो सकता है, लेकिन अगर कुछ विचार भी उन्हें समझ आने लगें, तो यह नीति-निर्माताओं तक भी यह बात पहुँच सकती है।

दुलत : जी हाँ, कश्मीर के ज़रिए मैंने पिछले 30 सालों में यह आश्चर्यजनक बात सीखी। कश्मीर को समझने के लिए आपको कश्मीर के साथ सहानुभूति रखनी होगी, आपके पास ऐसा दिल होना चाहिए, जो कोशिश करे और देखे कि क्या हो रहा है। और अगर आप कश्मीर को समझना शुरू करते हैं, तो आपको पता लगेगा कि आप दुनिया में हो रहे बहुत कुछ को समझते हैं।

कश्मीर मुझे पाकिस्तान तक ले गया। और पाकिस्तान को समझने के लिए अफ़गानिस्तान तक गया। अफ़गानिस्तान को देखकर मुझे पता लगा कि कश्मीर के साथ कई सारी समानताएँ हैं।

(पाकिस्तानी लेखक) अहमद राशिद ने एक बार कहा था कि अगर हम कश्मीर का हल निकाल लें, तो अफ़गानिस्तान का काम बहुत आसान हो जाएगा। कश्मीर आपको मध्य एशिया तक भी ले जाता है। जब मैं दुनिया की ओर देखता हूँ, तो मैं पाता हूँ कि कश्मीर में जो हो रहा है, उससे बहुत कुछ सीखने की ज़रूरत है।

जनरल साहब ने एक बार फ़िलीस्तीन समस्या का ज़िक्र किया था। कई तरह से वह मसला भी वैसे ही फँसा है, जैसा हम कश्मीर में फँसे हैं।

मज़ेदार बात यह है कि हमारे जुड़ाव की ख़बर कश्मीर पहुँच चुकी है। कुछ कश्मीरी मुझसे कहते हैं कि इस पूरे मसले से निपटने का एक तरीक़ा यह है कि कुछ ऐसे भारतीय लिए जाएँ, जो कश्मीर को समझते हों और साथ में कुछ आईएसआई के पूर्व प्रमुख लिए जाएँ और उनमें सबसे पहला नाम हमेशा जनरल साहब का होता है। लोग कहते हैं कि अगर आप हमें अपने साथ बैठने का मौक़ा दें, तो हम समाधान निकाल सकते हैं।

यह रोचक बात है कि अलगाववादी कश्मीरी इस बात को इस तरह से देखता है। वे जानते हैं कि यह पाकिस्तान के बिना नहीं हो सकता। अब मुख्यधारा की सोच भी इसी नतीज़े पर आ रही है। मुफ़्ती साहब[10] यह बात कहा करते थे। महबूबा[11] कुछ नहीं कहती हैं, वे पाकिस्तान का ज़िक्र ही शायद कभी नहीं करतीं। विचित्र बात है, डॉ. फ़ारूक़[12] बार-बार यह बात कहते रहे हैं कि जब तक भारत और पाकिस्तान मिलकर नहीं बैठेंगे, तब तक हम कश्मीर का हल नहीं निकाल पाएँगे।

सिन्हा : जैसा कि जनरल साहब ने किताब का ज़िक्र किया, आपकी इस बात के लिए आलोचना हुई और यह कहने के लिए भी कि कश्मीर में धन की भी भूमिका है, हालाँकि किसी अनुभवी व्यक्ति के लिए यह कोई राज़ की बात नहीं है।

दुलत : आप मुझे तिहाड़ (जेल) भिजवाने पर तुले हैं! जब यह किताब निकली, तो मुझसे किसी ने कुछ नहीं कहा। ना सरकारी तौर पर, ना प्रत्यक्ष तौर पर, हालाँकि, मैं समझ गया कि व्यवस्था को यह अच्छा नहीं लगा है। और ऐसे लोग भी थे, जो आलोचक थे। भले ही सीधे कुछ ना बोलते हों। जैसा कि आप ने सुना, मुझे भी हैरत नहीं हुई, बाक़ी लोगों ने भी मुझे बताया कि लोग ख़ुश नहीं हैं। मैंने कहा, चाहे जो हो, मैंने तो किताब लिख दी, तो लिख दी।

धन के मामले में बड़ी बात क्या है? यह हर किसी के लिए बड़ी चीज़ है। (वरिष्ठ पत्रकार) हरिंदर बवेजा केवल धन के बारे में ही बात करने के लिए मुझे लंच पर ले गए थे। धन पूरी दुनिया में दिया जाता है।

दुर्रानी : (हँसते हैं)

दुलत : मैंने किसी ख़ास संदर्भ में यह बात कही थी कि 2004 में सरकार और पीएमओ से अलग होने के बाद, कुछ लोगों ने मुझे इस बात के लिए दोष दिया कि कश्मीर में सब कुछ ग़लत हो गया। यह इस आदमी की ग़लती है, इसने कश्मीरियों को रिश्वत दी। एक सीनियर, सीनियर अफ़सर ने कहा कि मैंने कश्मीर के ज़रिए रिश्वत दी।

मेरी प्रतिक्रिया थी : आप क्यों नहीं कश्मीर से निपटने की कोशिश करते? या काम करने का इससे बेहतर कोई तरीक़ा मुझे बताइए?

2

इत्तफ़ाक़ से बने जासूस प्रमुख

आदित्य सिन्हा : जनरल साहब, आप आईएसआई में कैसे पहुँचे? दुलत साहब से मिलने से पहले क्या आप दूसरे पक्ष की एजेंसी के किसी समान पद वाले से मिले थे? उदाहरण के लिए, क्या आप उन्हें सींगों और पूँछों वाला मानते थे?

असद दुर्रानी : इंटेलीजेंस में मेरी एंट्री एक्सीडेंटल थी। मेरी ट्रेनिंग इस काम के लिए नहीं हुई थी। मैं एक ठीक-ठाक करियर वाला सामान्य लाइन ऑफ़िसर था।

पहली बार मुझे आईएसआई नाम के संगठन ने 1980-84 में नामांकित किया था, जब मैं फुल कर्नल था और पश्चिम जर्मनी में अपने दूतावास में डिफेंस अताशे था। वैसे यह पोस्ट ओपन होती है।

आपको पता है, मेरा नाम इस पोस्ट के लिए किसने मंज़ूर किया था? मैं कमांड एंड स्टाफ कॉलेज में सीनियर इंस्ट्रक्टर था, जो हम लोगों के लिए पुरस्कार का पद माना जाता है। जब जर्मनी में पोस्टिंग के लिए मेरा नाम आया, तो इसे कई एजेंसियों से मंज़ूर होना था। एक एजेंसी मेरे बारे में जानने के लिए लाहौर में मॉडल टाउन में मेरी ससुराल तक गई। घर पर कोई नहीं था, तो उन्होंने पड़ोसियों के चौकीदार से पूछा, "ये कैसे लोग हैं?" उस इंसान ने जवाब दिया, "ये अच्छे लोग हैं।" मुझे हरी झंडी मिल गई और मैं हमेशा कहता हूँ कि मेरे पड़ोसी के चौकीदार ने मुझे वह सर्टिफिकेट दिया, जो इंटेलीजेंस एजेंसी चाहती थी।

सिन्हा : तो, अगर आपके ससुराल वाले घर पर होते, तो शायद आप डिफेंस अताशे ना बन पाते?

दुर्रानी : बहुत मुमकिन है। आप इन ससुराल वालों को नहीं जानते!

डिफेंस अताशे के रूप में, आईएसआई मेरा ध्यान रख रही थी, लेकिन मुझे कोई गुप्त कार्य नहीं दिया गया था। मैं जर्मनी में जासूसी नहीं कर रहा था। मेरे मेजबान मुझे जानते थे, मैं जाता था और उनसे जानकारी ले लेता था। मेरी तक़दीर थी कि मुझे अफ़गानिस्तान में सोवियत संघ के धावे[1] के तुरंत बाद वहाँ जाने का मौक़ा मिला, क्योंकि पाकिस्तान के रवैये के कारण हमारे हमेशा पश्चिमी देशों से असाधारण रूप से अच्छे रिश्ते रहे हैं। जर्मन

लोगों से जानकारी हासिल करना कोई बड़ी बात नहीं थी और नाटो अताशे के बाद, मैंने अधिकतम जानकारी हासिल की। कई बार तो मैंने एक्सक्लूसिव जानकारी भी हासिल की।

मैं पाकिस्तान लौट आया और फिर से लाइन ऑफ़िसर का अपना काम करने लगा। ज़िया[2] का विमान आसमान से गिरा और नए सेनाध्यक्ष जनरल मिर्ज़ा असलम बेग ने मुझे मिलिटेरी इंटेलीजेंस का प्रभार सौंप दिया, जिनके साथ मैं पहले काम कर चुका था। यह एक आकस्मिक घटना थी।

आईएसआई की तरफ़ जाना भी एक्सीडेंटल रहा। बेनजीर भुट्टो[3] की अगस्त 1990 में बर्खास्तगी के बाद वे ऐसा आदमी चाह रहे थे, जो कोई ढंग का आदमी मिलने तक यह पद सँभाले रहे। मैं दो साल से मिलिटेरी इंटेलीजेंस में मैनेजर था, और सेना से था। सैन्य मोर्चे पर सैन्य आकलन करता था। इसी वजह से उन्होंने मुझे पकड़ लिया। मैं अफ़गानिस्तान से परिचित था, कश्मीर से परिचित था, इराक़/कुवैत के भावी ख़तरे से परिचित था, इसलिए वह काम मुझे दे दिया गया।

मैंने आईएसआई में क़रीब 18 महीने काम किया। आश्चर्य की बात है कि जब मैं एमआई में आया था, तो मैंने एक भारतीय गोपनीय रिपोर्ट देखी, जिसमें मुझे बाज़ बताया गया था। जर्मनी में आपके अताशे के अलावा किसी भी पक्ष के किसी भी व्यक्ति ने मुझसे कभी बात नहीं की थी। विदेश में आप युद्धकारी या शांतिवादी नहीं होते, आप तीसरे देश में काम करने वाले एक सहयोगी होते हैं, कई बार 'नाजुक' मसलों पर विचारों का लेन-देन करते हैं, और उन पर बातचीत करते हैं।

सिन्हा : जर्मनी जाने से पहले इंटेलीजेंस के काम की आपकी छवि कैसी थी?

दुर्रानी : पाकिस्तान या भारत में या कहीं और भी, कोई भी सामान्य इंसान जासूसी के काम में लगे किसी इंसान से चौकन्ना ही रहता है। यह आदमी बॉस के कान भरने वाला होगा। ख़ुदा जानता है, ये इंटेलीजेंस के लोग किसी चीज़ के बने होते हैं, वे छिपे रूप में आते हैं, चुपचाप और सबकी नज़रें बचाकर आते हैं। इसलिए, सतर्क रहो।

जब मैं काम में था, तो मैंने कहा, अरे वाह। हम देश के सामने मौजूद बाहरी, आंतरिक और बाह्य-प्रायोजित ख़तरों का आकलन कर रहे थे, जिन हिस्सों में ये ख़तरे उभर रहे थे, उन्हें चेताने की कोशिश कर रहे थे कि ये ख़तरनाक हैं। यह ऐसा नहीं था, जो मैं सोचा करता था, गुप्त कार्य नहीं था, लेकिन सम्मानजनक काम था।

यही कारण है कि मैंने पाकिस्तानी सेना में इंटेलीजेंस कोर बनवाई थी। यह विचार काफ़ी समय से दिमाग़ में था, लेकिन मैंने कहा चलो, इसे करके देखते हैं। इंटेलीजेंस के कुछ पहलू विशेषज्ञों द्वारा ही निपटाए जाने चाहिए। इसके पहले पूर्वाग्रह थे और यह समझ ग़लत नहीं थी कि इस काम में विशेषज्ञ लोग किसी माफिया का रूप ले लेंगे, और उनका गुट बन जाएगा। और तब, देश तो छोड़िए, इस माहौल में हर किसी को ख़तरा हो जाएगा, हालाँकि मैं अपने विचार पर आगे बढ़ा।

एक चीज़ होती है समानांतर नुक़सान। मैं ऐसे लोगों की तलाश कर रहा था, जो किसी दुश्मन देश के कर्मचारी हों, किन्हीं ऐसे लोगों के वेतनभोगी कर्मचारी हों, जिसके हित

मुझसे मिलते-जुलते ना हों, और इस प्रक्रिया में संयोग से ऐसी गतिविधि मिल गई, जिसका देश के हितों से कोई लेना-देना नहीं था। मुझे इससे निपटना अच्छा विचार लगा। वैसे कोई ब्लैकमेल भी कर सकता था। देखिए, मैं आपको किसी लड़की के साथ पकड़ लूँ, तो इसका राष्ट्रीय सुरक्षा से कोई लेना-देना नहीं है, लेकिन चूँकि आपके विवाहेतर संबंध के बारे में कोई जान गया है, इस वजह से वह उसे दबा सकता है।

ये चीज़ें होती हैं। ये हमारा मुख्य काम नहीं है और अगर ये होती हैं, तो इनका समाधान किया जाता है, हालाँकि इससे लोगों के मन में यह सोच बनती है कि इंटेलीजेंस के लोगों को दूर ही रखना चाहिए। गुप्त एजेंट वे चीज़ें जान सकता है, जो हम नहीं चाहते कि वह जाने, और वह किसी ख़ास स्तर पर हो सकता है, लेकिन उच्च स्तरों पर जा सकता है, क्योंकि उसके काम की प्रकृति ही ऐसी है। अगर लोग सोचते हैं कि उनका शोषण हो जाएगा, दुरुपयोग हो जाएगा, तो वे डर जाते हैं।

सिन्हा : आपने नवाज़ शरीफ़ के तहत भी काम किया?

दुर्रानी : जब मियाँ साहब पहली बार सरकार के मुखिया बने और मैं जब आईएसआई का डीजी था, तब उनके साथ कभी कोई योजना नहीं बनी। लोग उनकी केमिस्ट्री या चीज़ों को देखने के उनके तरीक़े के बारे में बात कर सकते हैं। बस, कुछ हुआ नहीं।

सिन्हा : आपने उनकी बौद्धिक क्षमता को कोई ज़्यादा नहीं माना।

दुर्रानी : यह भी है। मुझे यह भी लगा कि वे कुछ चीज़ों के बारे में भ्रम के शिकार हैं। सेना को क्या करना चाहिए, आईएसआई को क्या करना चाहिए, क्या उनके अपने आदमी को आईएसआई को मुखिया नहीं होना चाहिए?

जब मेरे बॉस असलम बेग गए और चूँकि आईएसआई का डीजी सेना से अलग, प्रधानमंत्री की इच्छा से ही काम करता है—सेना कभी नहीं कहती, 'इसी को लगाओ'—तो मैं भी जाने को तैयार था। मैंने तो टू-स्टार जनरल के तौर पर काम किया था, जो कि कामचलाऊ इंतज़ाम माना जाता है।

आख़िरकार मैं तीन-स्टार जनरल बना और पद पर बना रहा, क्योंकि मियाँ साहब ने कहा कि असलम बेग जा चुके हैं और आसिफ नवाज़ (जंजुआ) उनकी जगह सेनाध्यक्ष पद पर आ चुके हैं। यह पागलपन है : यह सोचना कि अगर आसिफ़ नवाज़ का आदमी आईएसआई का डीजी होगा, तो सेना-आईएसआई का गठजोड़ तैयार हो जाएगा, जिसका उन्हें सामना करना पड़ेगा। शरीफ़ के मेरे बारे में अपने शक़ थे, लेकिन, उनकी अपेक्षाएँ अचानक बदल गईं, और अब उन्होंने सोचा कि उनका अपना आदमी है।

यह उस ग़लत धारणा का उदाहरण था कि नागरिक राजनेता अपने सेवा कार्य में कैसी संबद्धताएँ और निष्ठाएँ रखते हैं। हम किसी के आदमी नहीं होते। आपका कोई पसंदीदा हो सकता है, लेकिन जब काम की बात आती है, तो आप केवल संस्था के वफ़ादार होते हैं। यह अब भी हम लोगों के लिए प्लस पॉइंट है, और कई भिन्न-भिन्न स्तरों पर होता है।

उदाहरण के लिए, असलम बेग के साथ 1991 के पहले खाड़ी युद्ध पर मेरी सहमति नहीं थी। नवाज़ शरीफ़ के साथ मैं अफ़गानिस्तान पर सहमत नहीं था। वे मानते थे कि हम ना केवल व्यापक सहमति के लिए काम कर रहे हैं, बल्कि हम लोग संयुक्त राष्ट्र (बेनॉन सेवान विशेष दूत हुआ करते थे पूर्व में, महासचिव के निजी प्रतिनिधि) से भी लोया जिरगा के लिए काम करने के लिए पूछ रहे थे, क्योंकि पाकिस्तान अकेले या पाकिस्तान-ईरान या सऊदी अरब यह करने के क़ाबिल नहीं होते। हम अफ़गानिस्तान में आगे नहीं बढ़ रहे थे, इसलिए समझौता संयुक्त राष्ट्र की अगुवाई में इस्लामिक सहयोग संगठन के समर्थन से होना चाहिए था। विदेश कार्यालय ने शायद वह ख़ास रणनीति बनाई होगी और हमने उसका समर्थन किया था।

यह जानी-मानी बात है कि असलम बेग पहले खाड़ी युद्ध को किस तरह से देखते थे। सैन्य अभियान के महानिदेशक के तौर पर जहाँगीर करामत उनसे सहमत नहीं थे। आईएसआई के महानिदेशक के तौर पर मैं उनसे सहमत नहीं था, लेकिन उन्होंने इस बात को हमारे ख़िलाफ़ नहीं समझा। वास्तव में जब एक बार उनका आकलन ग़लत निकला, तो उन्होंने सार्वजनिक रूप से इसे क़बूल भी किया था कि वे ग़लत थे। यह उस इंसान की महानता है।

शरीफ़ के मामले में ख़ासतौर पर देखें, तो उनके मन में यह आशंका थी कि इस आदमी पर यक़ीन नहीं किया जा सकता। इसलिए छह महीने बाद उन्हें एक मौक़ा मिला और उन्होंने अपना आदमी नियुक्त कर लिया। मैं निकल गया।

मेरे लिए यह अच्छा था। मैं फिर मेनस्ट्रीम में आ गया। मैं तो ऐसी संस्था की अगुवाई कर रहा था, जो मेरी तरह सैन्य प्रशिक्षण की पृष्ठभूमि के किसी व्यक्ति ने पहले कभी नहीं सँभाली थी। यह मुख्य रूप से पैदल सेना थी और मैं तोपख़ाने का सैनिक था, बंदूकची था। मैंने पैदल सेना के संगठन में काम किया था, लेकिन उसकी अलग कहानी है। मैं पहला गैर-पैदल सेना का अधिकारी था, जो सेना की प्रशिक्षण शाखा का प्रमुख बना था, जिसके पास निगरानी का भी काम होता है। उस काल में मैं प्रसन्न था और उसके बाद में नेशनल डिफेंस कॉलेज गया। अगर हम में से किसी को सारे सशस्त्र पद मिलते, तो यह वह विशेष उपलब्धि होती थी।

सिन्हा : आप पहली बार अपने आईएसआई के दिनों की बात कर रहे हैं ना?

दुर्रानी : भारतीयों में एक बात समान रूप से मिलती है, चाहे वो पाकिस्तान के प्रति दोस्ताना रवैया रखते हों, या दुश्मनी का, लेकिन जब किसी आईएसआई के आदमी को नीचा दिखाया जाता है, तो इससे ज़्यादा ख़ुशी उन्हें कभी नहीं मिलती।

दो बार यह मामला हुआ : 2004 में दिल्ली में पगवाश कॉन्फ्रेंस में, और लंदन में तहलका मीटिंग में। मैंने उनका अच्छा समूह पाया, तरुण तेजपाल और उनकी बहन, उनके पिता जी फौजी रह चुके थे, हालाँकि मंच पर दोनों मौक़ों पर, जब उन्होंने मुझसे कुछ कहने को कहा, तो आमतौर पर यही था कि मैं भारत में घुसपैठिए भेजता रहा हूँ।

आप ऐसी शर्मिंदगी से कैसे बच सकते हैं, या आप कैसे बचाव कर सकते हैं? मैंने बात हल्के में ली और कहा, आप ग़लत समझे। हम घुसपैठिए नहीं भेज रहे हैं, हम लोग भेज रहे हैं, क्योंकि आपके वीज़ा नियम बहुत कठोर हैं। हम लोगों के आपसी संवाद के लिए उन्हें भेज रहे हैं। जाइए और उनसे मिलिए! जाइए और उनसे बात कीजिए!

दुलत : जनरल ने बहुत उचित बात कही है, जिसे सेवा में रहते हुए कोई इंसान नहीं कहता। मुझे अक्सर डॉ. फ़ारूक़ अब्दुल्ला का आदमी कह दिया जाता था, जिसे संयोग से मैं अपनी प्रशंसा मानता हूँ, लेकिन 2002 में जब नेशनल कॉन्फ्रेंस विधानसभा चुनावों में हार गई, तो मुझे मुख्य विलेन बना दिया गया। तब मैं ब्रजेश मिश्रा का 'चमचा' था और अक्सर नॉर्थ ब्लॉक में ग़लत तरफ़ रहता था।

3

बचाव के लिए भाईचारा

असद दुर्रानी : जब आपने पाकिस्तान के प्रति शत्रुता के अभाव का ज़िक्र किया था, तो मैं किसी ऐसी घटना के बारे में सोच रहा था, जिसे इस किताब में जगह दी जा सके। वह यह था कि जब मिस्टर दुलत और कुछ साथियों ने मेरे बेटे उस्मान को बचाया था, जो मई 2015 में भारत में फँस गया था।

अमरजीत सिंह दुलत : रात को 11 बजे के क़रीब डिनर के वक्त मेरे पास जनरल साहब का फ़ोन आया। वे काफ़ी बेचैन लग रहे थे।

दुर्रानी : उस्मान उस समय कोच्चि में था और किसी कंपनी के लिए वहाँ काम कर रहा था। जर्मनी में उस कंपनी की सह-स्थापना में उसका योगदान था, और उसने हाल ही में भारत में ऑफ़िस बनाया था। कंपनी के सॉफ़्टवेयर डिवीज़न का हेड होने के नाते उस्मान ताज़ा भर्ती और नई टीम में टीम भावना पैदा करने के लिए एक सप्ताह के लिए वहाँ गया था। वहाँ एक रिवाज है, जो कई दूसरी जगह नहीं मिलता। कंपनी की सफलता केवल उत्पाद से नहीं होती, बल्कि सहकर्मियों के बीच में माहौल पर भी निर्भर करती है। जापानी ऐसा ही करते हैं।

मूल घटना यह है कि मेरे बेटे के पास पाकिस्तानी पासपोर्ट था, हालाँकि वह तक़रीबन 20 सालों से जर्मनी में रह रहा था, और 15 सालों से तो इसी कंपनी में काम कर रहा था, लेकिन उसने पाकिस्तानी नागरिकता ही क़ायम रखी थी। वह कहता था, "मैं देशभक्त पाकिस्तानी हूँ।"

और, कोच्चि के लोग उसकी तरफ़ आकर्षित होते थे। "आप पाकिस्तान से हैं, आपसे मिलकर कितना अच्छा लग रहा है," लोग कहते थे। वे एक पाकिस्तानी को देखकर बहुत खुश थे, क्योंकि उन्होंने कभी किसी पाकिस्तानी को देखा ही नहीं था। और वे लोग उर्दू भाषी नहीं थे। वहाँ वह अंग्रेज़ी में बात करता था। किसी ने उससे कहा, "अगली बार आप अपनी पत्नी और परिवार को लेकर आइए। हम पाकिस्तानी महिला को देखना चाहते हैं।"

उस यात्रा में उसने चार-पाँच दिनों में अपना काम पूरा कर लिया। उसने मुंबई के लिए फ्लाइट पकड़ने की सोची। कोच्चि के लोगों ने उसे मुंबई किसी दुर्भावना के कारण नहीं भेजा था, बल्कि नादानी में ऐसा किया था। उन्हें यह पता नहीं था कि अगर कोई इंसान

पाकिस्तानी पासपोर्ट पर आया है, तो उसे कुछ निश्चित प्रक्रिया का पालन करना होता है। उसे उसी शहर से रवाना होना होता है, जहाँ के लिए उसे वीज़ा मिला होता है। कंपनी वालों का वास्ता तो केवल जर्मनी पासपोर्ट धारकों से पड़ा था, अपना रजिस्ट्रेशन कराओ और उड़ जाओ। उन्हें पता ही नहीं था कि पाकिस्तानी पासपोर्ट धारक को पुलिस स्टेशन जाना होता है, उसे फॉरनर्स रीजनल रजिस्ट्रेशन ऑफ़िस जाना था और देश से बाहर जाते समय उसे फिर दोनों ऑफ़िसों में जाकर क्लीयरेंस लेनी थी।

हालाँकि, मुंबई हवाई अड्डे पर इमग्रेशन अधिकारियों ने पूछा कि आपका वीज़ा तो केवल कोच्चि के लिए है, आप मुंबई में क्या कर रहे हैं? और उसे हवाई अड्डे से ही वापस भेज दिया गया।

तब उसने मदद और सलाह के लिए मुझे फ़ोन किया, और मैंने दिल्ली में उच्चायुक्त अब्दुल बासित से बात की और अमरजीत सिंह दुलत को फ़ोन किया।

दुलत : यह सब मुंबई में हुआ था, शायद इसलिए हमारे लिए मदद करना आसान रहा। दिल्ली में यह हुआ होता, तो कुछ मुश्किल होती। जनरल साहब ज़्यादा ही चिंतित लग रहे थे और पूछ रहे थे कि उस्मान के लिए मुंबई में रुकना सुरक्षित रहेगा या उसे कोच्चि लौट जाना चाहिए। मैंने कहा कि इसका मतलब तो यह हुआ कि आप लोग मान रहे हैं कि हम कुछ नहीं कर सकते, लेकिन हम कुछ करेंगे, यह बहुत छोटी बात है। अभी सो जाइए, हालाँकि मुझे नहीं लगता कि जनरल साहब चैन से सो पाए होंगे।

मैंने रॉ के अपने एक पूर्व साथी से बात की, जिसके बारे में मुझे यक़ीन है कि उसने बिना कोई श्रेय लिए मदद की थी। और भी बड़ी बात तो 2003 में हुई थी, जब रॉ से मिली सूचना के आधार पर आईएसआई ने जनरल परवेज़ मुशर्रफ़ की जान बचाई थी।

दुर्रानी : उस्मान किसी ऑफ़िस में तीन से चार घंटे फँसा रहा, जहाँ उससे कोई बात नहीं करना चाहता था। वह कोई साधारण उपमहाद्वीपीय नौकरशाही दफ़्तर था। वहाँ जब भी वह किसी से बात करने को कहता था, तो उसे एक ही जवाब मिलता था, साहब तो सीट पर नहीं हैं। दो बार ऐसा हुआ। मैंने उसे जो नाम बताया और उसे बताया गया कि वह अधिकारी सीट पर नहीं है। मैं उस्मान से फ़ोन पर बात कर रहा था और मैंने कहा, ज़ाहिर है कि वो कुछ नहीं करना चाहते।

हम लोग भयभीत थे, क्योंकि हमें पता नहीं था कि क्या होने वाला था।

हालाँकि उन लोगों ने उससे यह नहीं कहा, "तुम्हारे पास मुंबई का वीज़ा नहीं है, तुम क्या कर रहे हो, पकड़ो, अंदर करो। ये सब हो सकता था, लेकिन ऐसा हुआ नहीं।

इस सबके बीच मेरी पत्नी और मेरी चिंताएँ अलग थीं कि अगर किसी ने बता दिया कि उस्मान आईएसआई के पूर्व प्रमुख का बेटा है, जो मुंबई के आस-पास घूम रहा था, वो भी बिना वीज़ा के, तो क्या होगा, जबकि मुंबई में 26/11 की याद ताज़ा थी?

यहाँ तक कि उसके टैक्सी ड्राइवर को भी अच्छी तरह से पता था कि क्या हो रहा है, क्योंकि वह कैब में उसके सामान को लिए बाहर चार घंटे तक खड़ा रहा। एक कुली ने उसे कोच्चि वापस चले जाने की सलाह दी, हमें पता है, आप किस तरह से जाना चाहते थे।

दुलत : जनरल ने अगले दिन मुझे छह से सात बार फ़ोन किया और अक्सर हर बार वही बात पूछ रहे थे, "क्या मैं उसे वापस कोच्चि भेज दूँ?" मैंने उनसे कहा, हमारे लड़के काम पर लगे हैं, इंशाअल्लाह, वह शाम तक मुंबई में फ्लाइट पकड़ लेगा। आप अल्लाह में यक़ीन करते हैं और मेरा भी पूरा यक़ीन वाहेगुरु में है, सब कुछ ठीक होगा।

दिन गुज़र गया और मामला मुंबई में पुलिस की स्पेशल ब्रांच में ही अटका रहा। वह शनिवार का दिन था, तो दफ़्तर बंद थे। मुझे आईबी के अपने पुराने मित्र जीवन वीरकार का पता चला। मैं मुंबई पुलिस कमिश्नर को भी जानता था, लेकिन वो पहचान पुरानी थी और उनसे संपर्क में नहीं था, जबकि जीवन और मैं लगातार मिलते रहते थे। हमारा सामाजिक दायरा एक ही था, इसलिए वह हर तरह से दोस्त था। मैंने जीवन से बात की और कहा, भाई, यह करना है।

संयोग से, जीवन जनरल साहब से मिल चुका था, क्योंकि वह ट्रैक-3 की बैठकों में से कुछ में शामिल हुआ था। उसने नामला निपटाने का वादा किया।

दुर्रानी : कुछ चीज़ें इस दौरान इधर-उधर हुईं, जो केवल आज की साइबर-सेवी जनरेशन ही सुलझा सकती है। उदाहरण के लिए, जब उस्मान ने पहले फ्लाइट पर चढ़ने की कोशिश की थी, और उसे रोक दिया गया था, तब इमग्रेशन ऑफ़िस के आदमी ने उससे पूछा था, "हमें कैसे पता चलेगा कि तुम कभी कोच्चि गए थे? हो सकता है, तुम वहाँ कभी गए ही ना हो!"

उस्मान ने तुरंत अपना सेल फ़ोन निकालकर उस पर इंटरनेट चालू किया और कोच्चि पुलिस रजिस्ट्रेशन के दस्तावेज़ डाउनलोड कर दिए। बाद में जीवन के दख़ल से ऑफ़िस की महिला प्रभारी पहुँची और उसने अनिच्छुक स्टाफ पर दबाव डाला कि वह उस्मान को ज़रूरी क़ागज़ात मुहैया कराए।

डेस्क पर बैठे आदमी ने उस्मान से पूछा, "म्यूनिख के लिए वह कौन-सी फ्लाइट लेगा। उसने तो तब तक बुकिंग कराई ही नहीं थी, इसलिए वह तुरंत लुफ्थांसा की वेबसाइट पर गया और अगली फ्लाइट में ऑनलाइन एक सीट रिज़र्व करा ली। इसके बाद उसने अपना रिज़र्वेशन दिखाया, तब वे संतुष्ट हुए।

यह साइबर एक्स्पर्टीज़, क़िस्मत और दुलत एंड कंपनी से मिली मदद के मिले-जुले कारणों से हो सका था कि वह वहाँ से छूट गया।

वह चौबीस घंटों से फ़ोन पर था और जिस काम को नामुमकिन बता दिया गया था, वह आख़िरकार हो गया।

सिन्हा : आईबी की पृष्ठभूमि वाले रॉ के पूर्व प्रमुख ने आईएसआई के पूर्व प्रमुख की मदद की।

दुर्रानी : इस कांड के बाद उसकी कंपनी ने ज़ोर दिया कि वह जर्मनी का पासपोर्ट ले ले। वे बोले, "हम आपसे नागरिकता बदलने के लिए कह रहे हैं, इसके बाद भारत में पाकिस्तानी नागरिकों पर लगने वाले तमाम प्रतिबंधों का आपको सामना नहीं करना पड़ेगा। आप अपने पिता के दोस्त की वजह से बाल-बाल बच गए, वरना आप मुसीबत में फँस जाते। ज़रा

सोचिए, 2008 के बाद मुंबई में होना, पाकिस्तानी होना और पिता का आईएसआई का चीफ़ रहना। वे तो कह सकते थे, वाह, क्या शानदार कैच पकड़ा है!"

अब वह अपनी पत्नी और दो बेटियों के साथ मिलकर जर्मनी की घटती आबादी को रोकने में मदद कर रहा है।

दुलत : जब उस्मान आख़िरकार मुंबई से रवाना हुआ, तो जनरल ने मुझे कॉल किया और बोले, "आपके वाहेगुरु में विश्वास ने उस्मान की मदद की।"

हमारे गुरु नानक ने कहा था, ना कोई हिंदू है, ना मुसलमान, मैंने उनसे कहा था। हम किसी धर्म में पैदा होते हैं। बचाने वाला तो परमेश्वर है।

मैंने जीवन को फ़ोन लगाया और बार-बार धन्यवाद दिया। तब मुझे अहसास हुआ कि मुझे रॉ के अपने पूर्व साथी को धन्यवाद देना चाहिए, तो मैंने फ़ोन लगाया। "बिलकुल नहीं, सर," उसने कहा। उसके जवाब का जो हिस्सा सबसे अच्छा था, और जिसने मुझे बहुत ख़ुश किया, वह था जनरल साहब का रेफरेंस।

"यह तो हमारी ड्यूटी है," उसने कहा, "आख़िरकार, वे हमारे कलीग हैं।"

दुर्रानी : मैं इस बात की बहुत क़दर करता हूँ और आशा करता हूँ कि उस जेंटलमैन का निजी तौर पर शुक्रिया अदा करने का मौक़ा मिलेगा।

II

दूसरा सबसे पुराना पेशा

इन चार अध्यायों में, दुलत और दुर्रानी जासूसी के काम की चर्चा करते हैं। हम आईएसआई के विचारों से निपटते हैं, आमना-सामना करते हैं, और रॉ से इसकी तुलना करते हैं। वे अन्य ख़ुफ़िया एजेंसियों के कामकाज का आकलन करते हैं, ख़ासतौर पर, अमेरिका, इंग्लैंड, रूस और जर्मनी की। इसके बाद वे ख़ुफ़िया एजेंसियों के प्रमुखों के बीच वार्ता, और भारत तथा पाकिस्तान के बीच गुप्तचरों के स्तर पर संपर्क को औपचारिक बनाने के लाभ बताते हैं, और एक दूसरे के देश की राजधानियों में एक ओपन पोस्ट बनाने का अनोखा आह्वान करते हैं।

मंच की तैयारी

इस्तांबूल, 25 मई, 2016 : दिन में काफ़ी काम करते रहने के बाद हम लोग शाम को 'फ़ुर्सत का समय' बिताने के लिए दुलत के कमरे में मिलते हैं। चूँकि टेप रिकॉर्डर ऑफ़ है, इसलिए कुछ अन्य सेवानिवृत्त ख़ुफ़िया प्रमुख कमरे में आते हैं, और उनकी (चिकनी) ज़बान फिसलने लगती है और चुटकुलेबाजी शुरू हो जाती है। अब यह बात उजागर की जा सकती है कि जासूस भी दोस्ताना माहौल में कुछ हद तक खुलेपन का मज़ा लेते हैं।

4
पाकिस्तान की 'छिपी हुई' सरकार

आदित्य सिन्हा : लोग कहते हैं कि आईएसआई पाकिस्तान की छिपी हुई सरकार अर्थात् 'डीप स्टेट' है, जो अहम मुद्दों को प्रभावित करने वाली संस्था है।

असद दुर्रानी : अनेक खुफ़िया एजेंसियों को 'डीप स्टेट' कहा जाता है। सीआईए, केजीबी। यह शब्द उन संस्थाओं के लिए इस्तेमाल होता है, जो पर्दे के पीछे से सरकारी कामकाज चलाती हैं। यह नाम बताता है कि ये अदृश्य होते हुए भी बहुत प्रभावशाली होती हैं। मेरी शब्दावली में यह स्पाई-वार है। यह पाखंडवाद भी है। अमेरिका में एक 'डीप स्टेट' है और इसके पास बहुत सारा धन है, सैन्य औद्योगिक कॉम्प्लेक्स है, और यहूदी लॉबी है।

अमेरिका में 'डीप स्टेट' राष्ट्रपति की नीति भी तबाह कर सकता है, जैसा कि इसने राष्ट्रपति बराक ओबामा के अफ़गानिस्तान और मध्य पूर्व में युद्ध समाप्त करने के प्रयासों के साथ किया था। सीआईए, विदेश विभाग, पेंटागन और सैन्य-औद्योगिक परिसर राजनीतिक नेतृत्व को असहाय बना देते हैं। यह पाकिस्तान ही नहीं कहता है, कुछ पूर्व सीआईए प्रमुखों समेत कई अमेरिकी भी यही कहते हैं, हाँ, तमाम संगठनों के बीच कोई तालमेल नहीं है, इसलिए हमें जो उचित लगता है, वह करते हैं।

'डीप स्टेट', संयोगवश, राष्ट्रपति डोनाल्ड ट्रंप की ज़िंदगी भी मुश्किल कर रहा है, रूस के साथ संबंधों को सुधारने से रोककर या विदेशी सैन्य अभियानों से अलग होने के चुनावी वादों को पूरा करने से रोककर।

सिन्हा : क्या पाकिस्तान के 'डीप स्टेट' ने ओसामा बिन लादेन को छिपाए नहीं रखा था?

दुर्रानी : मैंने टीवी पर अपनी राय रखी है, चाहे, उनको छुपा कर रखा हुआ है, या किसी स्तर पर हमें पता हो, हम मज़बूत स्थिति में थे। किसी स्तर पर शायद आईएसआई को यह पता था और आपसी सहमति की प्रक्रिया के तहत उसे अमेरिका को सौंपा गया। शायद हम ही लोग अकेले ऐसे थे, जिन्होंने अमेरिकी लोगों से कहा था, इसको ले जाओ, हम अनजान बनने की कोशिश कर रहे हैं।[1] अगर हमने अपनी भूमिका से इनकार किया, तो शायद राजनीतिक परिणामों से बचने के लिए किया। ऐसे आदमी को ख़त्म कराना सरकार के लिए शर्मिंदगी का कारण हो सकता था, जिसे पाकिस्तान में कई लोग हीरो मानते थे।

ए.एस. दुलत : हमारा आकलन ऐसा ही है कि उसे पाकिस्तान ने ही सौंपा था।

दुर्रानी : यह हमारे लिए काफ़ी असहज करने की बात थी।

दुलत : भारत में हमने कुछ साल पहले तक 'सैन्य-औद्योगिक परिसर' शब्द सुना तक नहीं था कि यह ताक़तवर बन रहा है।

जहाँ तक आईएसआई का सवाल है, तो यह बड़ी संस्था है, वरना भारत में हर दिन इसका नाम नहीं लिया जाता। भारत में कुछ भी गड़बड़ हो, तो उसके पीछे आईएसआई का ही नाम लिया जाता है। यह बहुत प्रभावशाली है, अब चाहे आप इसे 'डीप स्टेट' कह लें या स्टेट के अंदर स्टेट। यह सबसे ज़्यादा रोमांचक ख़ुफ़िया एजेंसियों में से है।

सिन्हा : हालाँकि नरेंद्र मोदी के प्रधानमंत्री बनने के बाद आईएसआई का नाम अब कुछ कम आता है। अब सारा दोष उदारवादियों और बुद्धिजीवियों को दिया जाता है, आईएसआई को नहीं।

दुलत : एक बार कराची में किसी टीवी चैनल ने मुझसे पूछा था कि मैं आईएसआई के बारे में क्या सोचता हूँ। मैंने कहा, आईएसआई ग्रेट है, मैं आईएसआई का डीजी बनना चाहूँगा।

सिन्हा : क्या पाकिस्तान में प्रधानमंत्री आईएसआई से भयभीत, दुविधाग्रस्त या मोहित रहते हैं?

दुर्रानी : बहुत शंकालु रहते हैं। मुझे नहीं लगता कि कोई आईएसआई को किसी काम का पूरा ब्योरा देना चाहता है, जबकि उसका यह हक़ है।

अहम मसलों पर, आईएसआई ख़ुद ही हावी हो जाती है, क्योंकि उसमें फैसले की ज़रूरत होती है। हमें कोई ख़ास कदम उठाना था, लेकिन हम सेना, राजनीतिक नेतृत्व या नौकरशाही को आगाह नहीं करना चाहते।

कुछ लोग सोचते हैं कि आईएसआई इतनी ताक़तवर है कि सबको पकड़कर लाइन में खड़ा कर सकती है। अगर यह सही हो, तो भी जब तक वे ना चाहें, आईएसआई को नागरिक सहयोग नहीं मिल सकता।

दुलत : आप ठीक कहते हैं, लेकिन मूल बात यह है कि यह छोटा देश है, यह तानाशाही है। जब आईएसआई किसी काम में लगती है, तो उनके पास उसे कई तरह से करने के लिए आदमी और क्षमता होती है। वे किसी ना किसी तरह से उसे कर ही लेते हैं।

दुर्रानी : आईएसआई का ज़ोर शायद 1980 के दशक में अफ़गान जेहाद के कारण बढ़ा। संगठन विकसित किया गया और उसे बहुत सारे संसाधन और सहयोग मुहैया कराया गया, क्योंकि सोवियत रूस अफ़गानिस्तान में घुस चुका था, अन्यथा इसे वे साधन कभी नहीं मिल पाते, जो ऐसे देश को मिले, जो कई तरह के बाहरी और अंदरूनी ख़तरों का सामना कर रहा था। यह अब भी छोटा ही रहता, और गुणवत्ता पर ज़ोर देता। ये ज़्यादा कर्मचारी वहन नहीं कर सकता तथा और कम से ही काम चलाना पड़ता।

इसने सक्षमता की छवि विकसित की। इसने ऐसी प्रतिष्ठा इसलिए बनाई, क्योंकि बहुत सारे लोग हितों के टकराव के कारण आईएसआई के काम को पसंद नहीं करते थे। एक उदाहरण सोवियत संघ के जाने के बाद का था, तब अमेरिका असहज हो गया था : अब काम ख़त्म हो गया, तो हम आईएसआई का क़द कैसे घटाएँ, यह तो हम पर ही भारी पड़ जाएगी।

यह ख़ास वजह थी, जो जनरल ब्रेंट स्कोरॉफ्ट ने स्वीकार की थी। वे अमेरिकी राष्ट्रपति जॉर्ज एच.डब्ल्यू.बुश के राष्ट्रीय सुरक्षा सलाहकार थे। 1991 के खाड़ी युद्ध के दो साल बाद उन्होंने लंदन में कहा था कि इराक़ी सेना ने जब कुवैत पर क़ब्ज़ा किया, तो उसके बारे में आईएसआई का आकलन, सीआईए के आकलन से बेहतर था। यह मेरा आकलन था कि सीआईए ने ख़तरे को ज़्यादा ही बड़ा मान लिया था। हमारे पास ज़मीन पर कुछ नहीं था और हमें सख्त, निष्ठुर, व्यवस्थित आकलन की ज़रूरत थी।

सीआईए ने या तो अपने राजनीतिक मालिकों को खुश करने के लिए जानबूझकर ख़तरे को बढ़ा-चढ़ाकर बताया, जो युद्ध के लिए तत्पर थे या वे संदिग्ध सैटेलाइट चित्रों के सहारे सुरक्षित खेल खेलना चाहते थे। मुझे नहीं पता, 1998 में जब भारत पोकरण में परमाणु परीक्षण की तैयारी कर रहा था, तब ये सैटेलाइट क्या देखने में लगे थे।

दुलत : जनरल साहब ने इलेक्ट्रॉनिक निगरानी को खारिज़ किया और मैं सहमत हूँ। मैं ऐसे किसी इलेक्ट्रॉनिक सामान पर भरोसा नहीं करता, जब तक कि उसे इंसानी बुद्धि का समर्थन प्राप्त ना हो।

दुर्रानी : अगर मैं सीआईए में होता, तो मैं इस बात की भी चिंता करता कि आईएसआई किस प्रकार का आकलन करने में सक्षम है। मैंने कुछ साल पहले *अटलांटिक* में छपे एक लेख में यह बात कही थी। अगली बार जब आप इराक़ में व्यापक नरसंहार के हथियारों के बारे में बढ़ा-चढ़ाकर बात करना चाहें, जैसा कि 2003 में इराक़ में हुआ और अगर आईएसआई इसे बकवास कहे, तो आपको फ़िक्रमंद हो जाना चाहिए।

इन सब चीज़ों से आईएसआई का नाम हुआ। लार्जर दैन लाइफ? शायद कुछ अतिश्योक्ति थी, हालाँकि पाकिस्तान के परिवेश को देखते हुए इसे सक्षम होना पड़ा था। भारत काफ़ी बड़ा है, अफ़गानिस्तान काफ़ी गर्म है, ईरान काफ़ी अनुभवी है, और कई बार काफ़ी स्वतंत्र भी है और अमेरिका भी इस क्षेत्र के मसलों में अब भी दख़लंदाजी करता है। आईएसआई को कई सारी चीज़ें सँभालनी थीं।

आप लोगों ने शायद चीज़ों को ज़्यादा सावधानी से किया। आप अफोर्ड कर सकते थे। आपके पास वक्त था, हम लोग अक्सर हड़बड़ी में रहते थे। हमें इस हद तक ख़तरा महसूस होता था कि हम तुरंत नतीज़े वाला विकल्प चाहते थे। ठंडे दिमाग़ से, सोच-समझकर, अच्छे परिणाम पाने के बुनियादी उसूल को हमने खो दिया था।

दुलत : आईएसआई चीफ़ की बात अंतिम होती थी, वह कुछ भी कह सकता था, और उससे मुकर सकता था। सही हो या ग़लत। अगर वह कह रहा है, तो सही ही होगा। हमारे लोग

किसी आकलन को लेकर ज़्यादा चौकन्ने होते थे, जो ज़्यादा गंभीर माना जाता था।

दुर्रानी : राजनीतिक आकलन करने की आईएसआई की क्षमता काफ़ी सीमित है। याह्या ख़ान[2] आगे बढ़े और 1970 का चुनाव करा बैठे, क्योंकि ख़ुफ़िया एजेंसियों ने उनसे कहा था कि त्रिशंकु परिणाम सामने आएँगे और उनकी सत्ता चलती रहेगी। हालाँकि मुज़ीबुर रहमान[3] ने पूर्वी पाकिस्तान में स्वीप किया, भुट्टो[4] ने पश्चिमी पाकिस्तान में स्वीप किया और याह्या ख़ान कहीं नहीं ठहरे।

जब मैं आईएसआई का प्रमुख बना, तो लोगों ने 1990 के चुनावों के बारे में आकलन और संभावित नतीज़े बताए। मैंने कहा था कि पीपुल्स पार्टी को नुक़सान होगा, लेकिन थोड़ा-सा होगा। नतीज़ों ने बताया कि पीपीपी बहुत पिछड़ गई। उस आकलन से बहुत ज़्यादा पीछे रह गई।

जब ज़मीनी गुप्त सूचना की बात आती है, तो पुलिस ज़्यादा कारगर होती है। पुलिस की स्पेशल ब्रांच से बेहतर कोई नहीं होता।

उदाहरण के लिए, लाल मस्जिद[5] कांड को लें, जिसमें बहुत सारे बच्चे और महिलाएँ नरसंहार में मारे गए थे। मैं इसे महाविपदा मानता हूँ। अधिकारियों ने बहुत ख़राब तरीक़े से इससे निपटा। ग़लत चेहरे इस्तेमाल किए, साधन भी ग़लत थे। ऐसे मौक़ों पर, जब आवाजाही के लिए खुले मैदान में सैकड़ों बच्चे और महिलाएँ हों, दर्जनों आतंकवादियों के होने की आशंका हो और पर्याप्त जानकारी उपलब्ध हो और आपको आतंकवादियों को बाहर लाना हो, तो सबसे अच्छा तरीक़ा स्पेशल फ़ोर्सेज़ का इस्तेमाल होता है। ये छिपकर काम करते हैं और बेकसूरों को बचाते हुए आतंकवादियों को पकड़ लेते हैं, लेकिन उन लोगों ने रेंजर्स को भेज दिया, जिन्होंने उस जगह को जला दिया।

उस घटना के बाद से फिदायीन हमलावरों को बढ़ावा मिला।

कुछ सप्ताह बाद मैं रावलपिंडी में था। इन सैनिक शहरों में फ़ोटाग्राफी स्टूडियो हैं, दर्जियों की दुकानें हैं, जहाँ सेना के लोग जाते हैं, वर्दी सिलवाते हैं, और फ़ोटोग्राफ खिंचवाते हैं। मैं मशहूर भट्टी स्टूडियो गया, जैसा कि पहले भी कई बार गया था, और एक एसएचओ अंदर आया। उसने मुझे पहचान लिया और बोला, "जनरल साहब, एक एसएचओ दा काम सी, तुस्सी सारी फ़ौज लेकर उथे पहुँच गए?" (यह एक एसएचओ का काम था, आप सारी सेना लेकर वहाँ क्यों पहुँच गए?)

एक अकेला एसएचओ वहाँ जा सकता था, देख सकता था कि कितने आतंकवादी वहाँ हैं, और शायद उनमें से कुछ को रिश्वत दे देता या उनमें से कुछ के परिजनों को कब्ज़े में ले लेता और उनका इस्तेमाल बंधकों को छुड़ाने में कर सकता था। और इसके पहले कि हमें कुछ पता चल पाता, 10-12 आतंकवादी धर लिए जाते, लेकिन सरकार ने पुलिस की काबिलियत पर यक़ीन ही नहीं किया।

फिर, पेशावर स्कूल की घटना,[6] जो घृणित काम था। ख़ुफ़िया एजेंसियों ने आगाह किया था कि किसी बड़ी जगह पर हमला होगा, लेकिन सैकड़ों ऐसी जगहों में से किस पर होगा? आर्मी पब्लिक स्कूल निगरानी में था और स्पेशल ब्रांच ने वहाँ पर कुछ असामान्य

हरकतें देखी थीं, और वहाँ की सुरक्षा बढ़ा दी गई थी। उस तरह की तुरत-फुरत वाली जानकारी ज़्यादा उपयोगी होती है। और फिर आतंकवादी हमलों की बड़ी तसवीर बनाने का काम आईएसआई, रॉ और आईबी का होता है।

ताक़तवर आईएसआई कहेगी, इस पर अमल कौन करेगा? स्थानीय लोगों से बेहतर कौन जानेगा, जिनसे आख़िरकार हमें निपटना होता है? इसी के लिए तो लोकल पुलिस होती है। हम केवल यह सुनिश्चित कर सकते हैं कि पुलिस कारगर रहे।

दुलत : मुझे खुशी है कि ये सारे तर्क जनरल साहब ने दिए, मुझे नहीं देने पड़े, क्योंकि मैं तो आईबी का पुराना आदमी हूँ, लेकिन वे जनरल हैं और आईएसआई के चीफ़ थे।

सिन्हा : भारतीय लोगों की नज़र में सबसे ज़्यादा बदनाम आईएसआई चीफ़ स्वर्गीय जनरल हामिद गुल थे[7]। पाकिस्तान के लिए जो अजित डोभाल हैं, वही वे भारत के लिए थे।

दुर्रानी : हामिद गुल मुझसे पहले थे, ठीक पहले नहीं। मैं उन्हें तब से जानता हूँ, जब हम दोनों लेफ़्टिनेंट कर्नल होते थे। वे एक प्रोफ़ेशनल इंटेलीजेंस मैन थे। बहुत दिमाग़दार। बहुत पढ़े हुए थे। उनकी ख़ासियत थी कि वे चीज़ों को आज़माते थे, कल्पना करते थे, और उन्हें ख़ास संदर्भ में प्रस्तुत कर देते थे। मुझे नहीं पता कि वे क्या गढ़ लेते थे, लेकिन उनका एक ख़ास मक़सद होता था। उनका प्रेज़न्टेशन हमेशा बहुत प्रभावशाली होता था। इतिहास आदि की जानकारी ज़बर्दस्त थी। अगर वे बाद में मशहूर हुए, तो इसलिए कि वे इन्हीं थ्योरीज़ या परिकल्पनाओं के बारे में बात करते थे।

हामिद को ज़रूरी असर के लिए चीज़ों को आकर्षक बनाना पसंद था। हम लोग अलग तरह के लोग थे, लेकिन उनके इंतकाल तक हमारी दोस्ती बनी रही। हम लोग कुछ बातों पर सहमत थे और कुछ पर नहीं। मैं उनकी, उनकी जानकारी, प्रतिबद्धता और समर्पण की तारीफ़ करता था।

दुलत : जी हाँ। हम कहा करते थे कि वे विलेन हैं, गॉडफादर हैं, सर्वश्रेष्ठ हैं। और उनके गुज़र जाने के बाद भी, उन्हें कई श्रद्धांजलियाँ दी गई थीं, जिनमें से कुछ अच्छी नहीं थीं।

सबसे मज़ेदार चीज़, तो एके वर्मा[8] ने *द हिंदू* के लेख में लिखी थी कि एक वक्त हामिद गुल ने हम लोगों को शांति प्रदान की थी। यह सकारात्मक श्रद्धांजलि थी। वास्तविकता और धारणा दोनों हमेशा एक समान नहीं होतीं। और, हमारी तरफ़ अगर आप लोग शातिरों की तलाश करें, तो एके वर्मा शातिर हैं। इसके बावजूद, वे हामिद गुल को श्रेय देना चाहते हैं।

दुर्रानी : जब हामिद गुल आईएसआई के डीजी थे, तब वे 1988 के चुनावों की निगरानी कर रहे थे। मैं मिलिटेरी इंटेलीजेंस में था। उन्होंने कहा था कि पीपुल्स पार्टी जीतेगी और उस समय जितनी उसकी सीटें थी, उसके निकट पहुँच जाएगी, हालाँकि वे पंजाब और सिंध में ग़लत साबित हुए, नतीज़े उनके अनुमान से उलटे थे, उतने ही अंतर के साथ उलटे थे। सिंध में उन्होंने पीपीपी को नुक़सान का अनुमान जताया था, लेकिन पीपीपी ने वहाँ स्वीप किया। पंजाब में पीपीपी को ज़्यादा सीटें मिलने का अनुमान था, लेकिन वहाँ कम मिलीं।

सिन्हा : उस वक्त मेरे जैसे रिपोर्टरों के लिए *द बियर ट्रैप*[9] बाइबिल का काम करती थी।

दुर्रानी : *द बियर ट्रैप* जैसी कई किताबें हैं, जो उस ख़ास शैली में एक एजेंडे का साथ हैं। मैं यही कहना चाहता हूँ। यह किसी ख़ास शख़्सियत या दौर या योगदान को हाईलाइट करना चाहती है। यही समस्या हो जाती है। जब यह छपी, मुझे लगता है मेरे कार्यकाल में ही, तो मेरे पास कोई आया और बोला, देखिए, क्या लिखा है। हमें क्या करना चाहिए? क्या हम उस इंसान को पकड़ें, उसका कोर्ट मार्शल कर दें, खंडन जारी करें? मैंने कहा अभी तो इसे केवल 20 लोगों ने ही पढ़ा होगा, लेकिन अगर हम कुछ करेंगे, तो इसे 200 लोग पढ़ेंगे।

मैं ऐसी बातों से खुश नहीं होता, जो संदर्भ से हटकर पेश की जाएँ या ऐसा संदेश भेजें, जो देश या संगठन के लिए मददगार ना हों।

मुझे ठीक-ठीक याद नहीं कि उस समय हमें ऐसा क्या मिला था, जिसके बारे में कहा जाए कि उसे ठीक किया जाना चाहिए था या उसकी जाँच की जानी चाहिए थी, हालाँकि किसी ने कहा था, इसे रहने दो। जो कुछ भी आप किताब के बारे में कहेंगे, वह उतना प्रभावशाली कभी नहीं होगा, जितनी की प्रभावशाली यह किताब है। इसके अलावा यह बहुत अच्छी तरह से लिखी गई थी, एक विदेशी आदमी इसमें शामिल था। लेखक मोहम्मद यूसुफ़ के कामों के बारे में अच्छी बातें ही सुनी गई थीं। उन्होंने अफ़गान जेहाद के महत्त्वपूर्ण चरण में जनरल अख़्तर अब्दुर रहमान[10] के तहत आईएसआई की अफ़गान शाखा के प्रमुख के तौर पर काम किया था।

सिन्हा : आईएसआई तो सेना का हिस्सा है, तो क्या बिना सैनिक पृष्ठभूमि के लोग इसमें ऊँचे पदों पर पहुँच सकते हैं?

दुलत : यहाँ मैं यह कहना चाहता हूँ कि हमें थोड़ा अधिक 'सतर्क' होना चाहिए।

दुर्रानी : इस मामले में हम असहाय थे। आईबी, स्पेशल ब्रांच पुलिस में अनुभव और निरंतरता है।

आईएसआई ने अपना नाम अलग कारणों से बनाया—अफ़गानिस्तान, सैनिक शासन—लेकिन इसकी कुछ कर्मचारियों से संबंधित परेशानियाँ हैं। एमआई मुझे तब मिली, जब मैं मुख्यधारा का अधिकारी था और आईएसआई में मुझे इसलिए भेजा गया, क्योंकि मैं दोनों ही मोर्चों से जुड़ा था।

यह कोई असाधारण बात नहीं थी। कई सारे कारणों से आईएसआई और एमआई के अनेक प्रमुख ऐसे बने, जिनके पास खुफ़िया कार्य का कोई तज़ुर्बा नहीं था। जब तक आपको फील्ड जॉब या स्पेशलाइज़्ड जॉब की समझ होती है, तब तक आपका प्रमोशन हो जाता है। यह एक कमी है, जबकि सेना इसे आंतरिक फेरबदल मानती है।

एक एयरफ़ोर्स ऑफ़िसर था, जो आईएसआई छोड़कर आईबी गया था। कुछ लोग ऐसा इसलिए करते हैं, क्योंकि आईबी मूल रूप से पुलिस या सरकारी कैडर के नागरिक अधिकारियों का संगठन है। कुछ सेवानिवृत्त सैन्य अधिकारियों ने आईबी के प्रमुख का काम

सँभाला, लेकिन वे अपवाद हैं। हमें उस आदमी की कमी नहीं अखरी, लेकिन उसने आईबी में शानदार काम किया। मज़ेदार बात तब हुई, जब वह राजनीतिक नेतृत्व की उलझन में पड़ा। उन्होंने उसे घर पर रख दिया, लेकिन उसका वेतन देते रहे और वह चुप्पी साथे रहा, अपना फ़ुर्सत का वक्त लिखने-पढ़ने आदि में लगाता रहा। सेना में ऐसा नहीं होता।

एक और बात। 2010 में अमानुल्लाह गिलगिटी[11] 27[12] अक्टूबर को अपने समर्थकों को मुजफ़्फ़राबाद से लेकर नियंत्रण रेखा पर चकोटी जा रहा था। मैं साथ में गया। यह बटालियन का एक मज़बूत नाका है, जो लोगों को नियंत्रण रेखा के ज़्यादा पास जाने से रोकने के लिए है और मैंने सोचा कि एक बार तो मैं उन्हें बता दूँ कि मैं कौन हूँ। एक जूनियर ऑफ़िसर ने मुझे रोका और बोला, "साहब, आप कभी थे तो थे, अभी तो नहीं हैं ना।"

दुलत : यह तो हमेशा होता है। वे खुलकर तो नहीं कहते, लेकिन जब आप सिस्टम से बाहर हो जाते हैं, तो आप पर कोई ध्यान नहीं देता।

दुर्रानी : जब मैं इंटेलीजेंस के काम में आया, तो सबसे पहले जिस काम में मैं शामिल हुआ, वह मालदीव की चढ़ाई[13] थी। उस समय नेपाल भी सक्रिय था, क्योंकि उसने चीन से छह एमपीए (मास्टरपीस आर्म्स) ख़रीदे थे। उसके बाद राजीव गाँधी[14] ने हथियारबंदी[15] लागू की थी। मैंने कहा, अगर नेपाल और भारत के बीच यह स्थिति है, तो हम इसमें कहाँ फिट बैठते हैं? इच्छा तो हमारी बहुत लंबे समय से थी, लेकिन उस तरफ़ देखना अभी शुरू किया था। हम इसका इस्तेमाल कैसे करें?

बेनज़ीर की सरकार ना तो इच्छुक थी और ना ही उसे पता था कि क्या करना है। कुछ साथियों के साथ मैंने कहा, जनरल ज़िया क्या करते थे? हम लोग इस बात पर सहमत थे कि ज़िया प्रो-एक्टिव होते थे। लोग कुछ करते दिखते थे—बयान, यात्राएँ, मुलाक़ातें, राजदूतों को बुलाना, काम-धाम सब लगा रहता था।

तो, मैं गया और नेपाली राजदूत से मिला। नेपाल आमतौर पर सेना के सेवानिवृत्त अधिकारियों को राजदूत बनाता था। उन दिनों एक के बाद एक कुछ सैन्य अधिकारी आए थे। श्रीलंका वाले भी ऐसा ही करते थे। मैं गया और उनसे पूछा, हम क्या मदद कर सकते हैं?

सिन्हा : उन्होंने जनरल ज़िया के कारण सेना के आदमी को भेजा था?

दुर्रानी : शायद। मेरे लिए यह भारतीय इलाके में हुई घटना थी। हम इसका कैसे इस्तेमाल कर सकते थे?

दुलत : हम इसका दोहन कैसे कर सकते थे?

दुर्रानी : काठमांडू डिनर में हम तीन लोग थे। मैंने आपकी मौजूदगी के बावजूद, अपने मेजबान से पूछा, "क्या भारत नेपालियों को नाखुश करता है। उन्होंने कहा, "हाँ, बेशक़। चूँकि, भारत एक विशाल देश है, उसकी वर्चस्व की आकांक्षाएँ हैं। वह हम पर हावी होता है, हमसे कहता है तुम्हारे यहाँ कैसी व्यवस्था होनी चाहिए, चाहे वह हमारे लिए अच्छी हो

या ना हो। यह भी कि हमें दयापूर्वक, सकारात्मक रूप से, भारत का हिस्सा होना चाहिए, एक बड़ा प्रांत होना चाहिए। उन्होंने सिक्किम में क्या किया था?"

हालाँकि, केवल नेपाल और भारत की ही बात क्यों करें? अफ़गानिस्तान और पाकिस्तान को लें। हम भारत से काफ़ी छोटे हैं, लेकिन अफ़गानिस्तान से काफ़ी बड़े भी हैं, अधिक ताक़तवर हैं और नेपाल की तुलना में ज़्यादा समस्याकारक भी। इसके बावजूद, अफ़गान जनरल आते हैं और कहते हैं, "आपको लगता है कि हम आपके पाँचवें या छठे प्रांत हैं, क्या बात कर रहे हो? हमारे कुछ लोग कहते हैं, तुम हमारे छोटे भाई हो।" उनका तुरंत जवाब होता है, "छोटा भाई? हम तुम्हारे वजूद में आने के 200 साल पहले से हैं। अफ़गानिस्तान में तो हमने तुम्हारे बारे में कभी सुना तक नहीं।"

एक ताक़तवर देश और उसके पड़ोसी के बीच यही समीकरण हमारे तरफ़ भी है।

दुलत : नेपाली हमेशा यह मानने को तैयार रहते थे कि वे छोटे भाई हैं।

सिन्हा : उस राजदूत का क्या हुआ, जो सैन्य अधिकारी था?

दुर्रानी : उसने कहा, "हम चीन के निकट जाने की कोशिश मात्र कर रहे हैं। यही उनसे मदद मिली थी। भारत अकेला नहीं है।" सारे अंडे एक ही टोकरी में कभी नहीं रखना चाहिए।

हालाँकि कुछ नहीं हुआ। पाकिस्तान मालदीव या नेपाल में भी ज़्यादा कुछ करने की हालत में नहीं था।

सिन्हा : वह राजदूत आपका दोस्त बन गया था।

दुर्रानी : मैं गया था और उससे एक या दो बार मिला था। जब तक मैं प्रमुख रहा, आईएसआई प्रमुख प्रीतिभोज, विदेशी राष्ट्रीय दिवस आदि में शामिल नहीं होते थे। मैं केवल दो राष्ट्रीय दिवस समारोहों में गया। एक बार तब जब मणि दीक्षित[16] ने विदेश सचिव मुचकुंद दुबे की इस्लामाबाद यात्रा के समय मुझे आमंत्रित किया था।

मैं मणि को अच्छी तरह से जानता था। मैं उनसे तब मिला था, जब मैं मिलिटेरी इंटेलीजेंस में था और सेनाध्यक्ष के कमरे में बैठा था। मणि ने भारतीय उच्चायुक्त का पदभार सँभाला था और असलम बेग से पहली बार मिलने आए थे,जो बहुत अच्छी तरह से चीज़ें सँभालते थे, भले ही अख़बारों में कई बार ख़राब लिखा जाता था। आधे एक घंटे बाद असलम बेग बोले, "हम लोग एक बड़ा अभ्यास (ज़र्ब-ए-मोमिन) करने जा रहे हैं। ऑपरेशन ब्रासटैक्स के बाद हम कोई ग़लत संदेश भेजना या डर पैदा नहीं करना चाहते।" उन्होंने कहा, "हम इसे सीमा से काफ़ी दूर करने जा रहे हैं।"

मणि दीक्षित सुप्रशिक्षित, कुलीन वर्ग के राजनयिक थे। वे केवल इतना बोले, "जनरल, मैं आपका संदेश अपने यहाँ के लोगों तक पहुँचा दूँगा।"

मेरे आईएसआई में जाने के बाद दुबे पाकिस्तान आए थे और मुझे स्वागत समारोह में आमंत्रित किया गया था। आईएसआई का डीजी अनुकूलतम परिस्थितियों में भी भारतीय

समारोह में नहीं जाता, लेकिन मैं गया और मणि दीक्षित इस बात के लिए कृतज्ञ थे। हमने उनकी बेटी आभा से बात की, जो सिंध में रिसर्च कर रही थी और इसके बाद मैंने दुबे से सीधे वन-टू-वन बात की।

दूसरा समारोह वह था, जब नेपाल ने अपने राष्ट्रीय दिवस पर आमंत्रण भेजा था। वह राजदूत, जनरल, बहुत चालाक आदमी था। समारोह में और कोई नहीं था। केवल मैं ही था। नेपाल का राजदूत और मैं आईएसआई का चीफ़। वह इंसान इतना चालाक था कि जब उसे पता चला कि मैं आ रहा हूँ, तो उसने बाक़ी सबके आमंत्रण रद्द या स्थगित कर दिए थे। वह अकेले में केवल मुझसे वन-टू-वन बात करना चाहता था। बाक़ी कोई समारोह नहीं था।

दुलत : मैंने नेपाल में साढ़े तीन साल काम किया, तीन राजदूतों के तहत। वही राजनयिक के रूप में मेरा एकमात्र अनुभव था। मैंने बहुत सारे दोस्त बनाए और उस दोस्ती का मुख्य कारण क्रिकेट था, क्योंकि मैं बहुत खेलता था।

शुरुआत छोटे स्तर पर हुई। नेपाल की अब राष्ट्रीय क्रिकेट टीम है, जिसने 2017 में बांग्लादेश का दौरा किया था। उन दिनों वहाँ पाँच-छह क्रिकेट क्लब थे। एक क्लब भारतीय दूतावास का था। दो टूर्नामेंट होते थे। एक लीग था और एक नॉकआउट। मैं भारतीय दूतावास की तरफ़ से खेलता था और कई सारे नेपालियों के संपर्क में आया। मेरे कई दोस्त थे।

उन साढ़े तीन सालों में भारतीय दूतावास की टीम गंभीर टीम बन गई थी। अंत में तो हम लीग जीते, नॉकआउट भी जीते, और फिर शान में आकर हम लोगों ने संयुक्त नेपाल टीम से भी मैच खेला और उसे भी हराया।

सिन्हा : यही कारण है कि वे आपको बड़ा भाई बोलते थे।

दुर्रानी : उन्हें हराना अच्छी बात नहीं थी। हम ब्रूनेई में पोलो टूर्नामेंट खेला करते थे और अमेरिकी टीम ने हमें सलाह दी थी कि सुलतान की टीम को मत हराना। यह सुझाव इसलिए था, ताकि आपको बार-बार बुलाया जाए।

दुलत : हो सकता है, उन्हें हराना अच्छी बात ना रही हो। नतीज़तन, नेपाली क्रिकेट टीम तो बन गई। मेरे काठमांडू छोड़ने से पहले मुझे नेपाल के लिए खेलने को बुलाया गया। वे थाईलैंड में खेलने के लिए बैंकॉक गए थे, वहाँ कोई क्लब रहा होगा। मैंने कहा, मुझे आना अच्छा लगेगा, लेकिन मैं नेपाली नहीं हूँ। मुझे उससे बाहर रहना होगा।

क्रिकेट की वजह से यहाँ मशहूर हो गया था। वहाँ एक बड़ा परेड ग्राउंड है, जिसे टुंडीखेल कहते हैं, जहाँ परेड होती हैं, और जहाँ उन दिनों क्रिकेट खेला जाता था।

वहाँ खेल चल रहा था। हम काठमांडू में एक मुख्य क्लब से खेल रहे थे, जेंटलमैन्स क्रिकेट क्लब। मैं बाउंड्री से देख रहा था। बल्लेबाज़ आउट हो चुके थे, और एक लड़का मेरे पास आया और नेपाली में बोला, "कौन खेल रहा है।" मैंने बताया भारतीय दूतावास वर्सेस जीसीसी। वह मुझे नहीं पहचाना और बोला, "दौलत की कती हो," मतलब, दौलत ने कितना स्कोर किया। मुझे हँसी आ गई।

हालाँकि, अंतिम परिणाम यह रहा कि मेरे आख़िरी राजदूत ने दिल्ली भेजी रिपोर्ट में लिख दिया कि मैं क्रिकेट खेलने के अलावा कुछ नहीं करता हूँ।

दुर्रानी : यही तारीफ़ मुझे एक मशहूर कोर कमांडर से मिली थी। उससे पूछा गया था कि क्या मुझे कोर के बजाय कहीं और तैनात किया जा सकता है। उसने जवाब दिया था, "हाँ, जब तक वह यहाँ होने वाले गोल्फ टूर्नामेंट में कोर टीम से खेलने के लिए उपलब्ध है, तब तक उसे बिलकुल ले जा सकते हो।" उसके लिए उसका ब्रिगेड कमांडर किसी काम का नहीं था।

सिन्हा : मिलिटेरी इंटेलीजेंस के दिनों की कोई घटना?

दुर्रानी : एक वाकया है ए.क्यू. ख़ान[17] का। एमआई का डीजी कुछ ख़ास समारोहों में जाता है और मैं एक बार एक ख़ास राष्ट्रीय दिवस समारोह में गया था। कई कारें आईं, लोग उतरे और अंदर पहुँचे। एक बार वे बाहर आते, तो गेट पर खड़ा आदमी ऐलान करता। जनरल दुर्रानी साहब की गाड़ी ले आएँ।

उस मौक़े पर द्वारपाल बोला, "जनरल साहब, आप एक तरफ़ खड़े हो जाएँ, मुझे आपसे बात करनी है।" मैंने कहा, क्या हुआ। वह बोला, "ए. क्यू. ख़ान ऐसे समारोहों में आकर क्या कर रहे हैं?" मतलब, इस इंसान को ऐसे चर्चा में आने से बचना चाहिए। उसने कहा, "साहब, मैं अपनी ड्यूटी करता हूँ, मैंने कभी नहीं कहा, ए.क्यू. ख़ान साहब की गाड़ी ले आएँ। मैं हमेशा कहता हूँ, ड्राइवर फ़ज़लू ख़ान, गाड़ी ले आएँ, ताकि किसी को पता ना चले कि ए.क्यू. ख़ान यहाँ हैं। मैं अपनी तरफ़ से इनको गुप्त रखने की पूरी कोशिश कर रहा हूँ। यह इंसान आता है और हर जगह शामिल होता है।"

मुझे यह बात पसंद आई, लेकिन ए.क्यू. ख़ान को अच्छा लगता था कि सब लोग उन्हें देखें और पहचानें। कई जगह उनकी तारीफ़ होती होगी, लेकिन ऐसे लोग भी बहुत सारे थे, जो इसे पसंद नहीं करते थे। आत्म-प्रचार उनकी कमज़ोरी थी, लेकिन हमारे परमाणु कार्यक्रम में उनका योगदान एकदम निर्णायक ना सही, पर बहुत अहम तो था ही।

मैं राष्ट्रपति गुलाम इसहाक़ ख़ान के पास गया, जो कि हमारे परमाणु कार्यक्रम के संरक्षक थे। उन्हें यह भूमिका ज़िया-उल-हक़ से मिली थी। ज़ुल्फ़िकार अली भुट्टो प्रधानमंत्री के तौर पर उस कार्यक्रम के जनक थे। ज़िया ने उनसे कार्यभार लिया था और उन्होंने इसे गुलाम इसहाक़ ख़ान को दिया था। हमारा कार्यक्रम सही तरीक़े से चले, यह सुनिश्चित करने के लिए सबसे सही आदमी वही थे, क्योंकि वह जानते थे कैसे चीज़ों से निपटना है। अगर अमेरिकी आएँ, तो वे उनसे बात नहीं करते थे। अगर कोई और पूछता, तो वे हमारे लिए इसकी ज़रूरत समझाते थे।

मैंने कहा, सर, ए.क्यू. ख़ान का बार-बार समारोहों में जाना, सार्वजनिक बयान देना, सही नहीं है। वे बहुत बुद्धिमान बुज़ुर्ग थे। उन्होंने कहा, "हाँ, मैं जानता हूँ। हर किसी को एक पैकेज के रूप में स्वीकार करना होता है। वे उपयोगी हैं, वे इस कार्यक्रम के लिए ज़रूरी हैं, और इस तरह से हमें उनके साथ ही रहना होगा।"

अगर मैं किसी और के पास गया होता, तो वह यही कहता, प्लीज़ जाइए और राष्ट्रपति से बात कीजिए। कुछ कहते, जाने दो। बाक़ी लोगों के लिए वह कहते, उनसे क्या मतलब है। वे सुनिश्चित करते कि कार्यक्रम को कोई ना छू सके, कोई हेराफेरी ना कर सके, यहाँ तक कि कोई इसे पटरी से उतारने की कोशिश ना करे।

सिन्हा : तो आपके दोस्तों को 'डीप स्टेट' से डर नहीं लगता था?

दुर्रानी : हल्के रूप में देखें, तो आईएसआई के तौर पर मुझे मेरे एक पुराने दोस्त ने छोटे डिनर पर आमंत्रित किया। शराब पेश की गई। कुछ मेहमान डर गए और बोले, "या ख़ुदा, हम यहाँ शाम को मज़े करने आए हैं, और यहाँ तो एक चीफ़ स्पाईमास्टर बैठा है। वह सबको बता देगा कि हम लोग शराब पीते हैं।" और उनमें से कुछ तो वर्दीधारी अधिकारी भी थे।

मेरे दोस्त ने उन्हें यक़ीन दिलाया, "मैं इस साथी को जानता हूँ, और उसकी अभी कुछ मज़बूरियाँ हैं, लेकिन वह बाहर जाकर किसी को नहीं बताएगा कि फलाना-फलाना शराब पीता है।" शायद उसके बाद वे कुछ आश्वस्त हुए और बोले, "ठीक है, हम इससे छिपे रह सकते हैं।"

लोग शायद इसलिए डर रहे थे, क्योंकि जो शराब पीते पकड़े जाते थे, उन पर कड़ी कार्रवाई होती है। कानून और धर्म की तमाम पाबंदियों से अलग, मुझे याद नहीं कि शराब के शौकीन किसी इंसान को कोई नुक़सान पहुँचा हो। जनरल ज़िया ख़ुद ऐसे लोगों से घिरे रहते थे, जो शराब के शौक़ीन थे। यह यक़ीन ना करने वाली बात है। और ये लोग इसलिए डर रहे थे कि मैं वहाँ था।

5
आईएसआई बनाम रॉ

आदित्य सिन्हा : बेहतर कौन है, आईएसआई या रॉ?

एएस दुलत : रॉ से तुलना करना सही नहीं होगा, क्योंकि आईएसआई काफ़ी पुरानी है, जबकि रॉ को क़रीब 50 साल ही हुए हैं, जब सितंबर 1968 में उसे आईबी से अलग करके बनाया गया था। इसका गठन '62 और '65 के युद्धों का नतीज़ा था, और श्रीमती गाँधी[1] को अनुभव हुआ कि विदेशों में उनके स्तर पर इंटेलीजेंस पर पर्याप्त ध्यान नहीं दिया जा रहा था।

असद दुर्रानी : एक बार एक दुबला-पतला अमेरिकी पत्रकार एक कॉन्फ्रेंस में मेरे पास आया और उसने ऐसे ही हल्के रूप में एक सवाल किया था, "आप रॉ को कैसे आँकते हैं?"

अब ज़ाहिर है, यह कोई हल्का सवाल नहीं था, और शायद उसका इरादा मुझे अनजाने में फँसा लेने का था, ताकि मैं उत्तेजित होकर कुछ विश्लेषण कर बैठूँ या कुछ ना कहूँ। शायद वह रॉ के चीफ़ के पास जाता और कहता, "देखिए, यह दूसरा आदमी क्या कह रहा है," और फिर उसका जवाब लेता।

ऐसे में सीधा जवाब देने के बजाय, "मैंने बीती बातों के संदर्भ में कह दिया। 'कम-से-कम उतनी बेहतर जितने कि हम हैं।"

आईएसआई अफ़गानिस्तान में मेरे काम सँभालने से पहले ही शामिल हो चुकी थी, लेकिन मैंने हर किसी को इसकी तारीफ़ करते सुना था : दोस्त, पुराने दोस्त, नए दोस्त, छद्म दोस्त। कई लोग आते और तारीफ़ों के पुल बाँधते कि आईएसआई सक्षम बन गई है, यह हर किसी को क़ाबू करती है, इसका बड़ा नाम है।

जब (विदेश सचिव) दुबे के शिष्टमंडल के एक सदस्य से मेरी सीधी बातचीत हुई, तो उसने पूछा था, "आईएसआई का मुख्य ज़ोर किस पर है?" बेशक़ उस वक्त हमारा मुख्य ध्यान अफ़गानिस्तान पर था, लेकिन मैंने सोचा कि ज़रा साउथ ब्लॉक को काम पर लगाया जाए। इसलिए मैंने कह दिया, 'बेशक़, भारत पर।'

दुलत : मैं जनरल साहब से सहमत हूँ कि अगर आप रॉ और आईबी को आईएसआई या पाकिस्तानी एजेंसियों के मुक़ाबले देखें, तो पेशेवर तौर पर वे उतनी ही अच्छी हैं। हमारी

एजेंसियों ने बहुत सारा काम ऐसा किया है, जिसे लोग नहीं जानते या उन्हें नहीं जानने देना चाहिए। ख़ुफ़िया जगत में भारत ने बीएन मलिक[2] और आरएन काओ[3] और एमके नारायणन[4] तथा अब अजित डोभाल[5] जैसे कई बड़े नाम पैदा किए हैं।

दुर्रानी : क़रीब दस साल पहले एक रेटिंग वेबसाइट स्मैशिंग लिस्ट्स ने कई अन्य सूचियों के साथ दुनिया की दस सर्वश्रेष्ठ ख़ुफ़िया एजेंसियों की सूची जारी की थी। अप्रत्याशित रूप से इनमें आईएसआई पहले नंबर पर थी, उसके बाद मोसाद, सीआईए और बाकियों के नाम थे।

बेशक़, घर के लोग इसके बारे में ख़ुश हुए थे। मुझसे पूछा गया, तो मैंने कहा, मुझे पता नहीं, लेकिन रेटिंग का क्राइटेरिया काफ़ी अच्छा है। इनमें से एक क्राइटेरिया पाकिस्तान के सामने आंतरिक और बाहरी ख़तरों का था। दूसरा, इसे उपलब्ध संसाधनों का था। जब हमें सऊदी अरब और अमेरिका से धन मिलता था, उन दिनों को छोड़ दें, तो हमारे पास बजट बहुत कम रहता है और धन पर कड़ा नियंत्रण करना पड़ता है।

बात यह नहीं है कि कौन नंबर एक है, कौन दो या तीन या चार है। आप अच्छा काम करते हैं, लो प्रोफाइल रहते हैं, कोई श्रेय नहीं लेता, कोई दोष नहीं देता, कोई दावा नहीं करता। जैसा आपकी मुक्ति वाहिनी ने चुपचाप काम किया था।

मेरे लिए आईएसआई को आँकने का सबसे अच्छा तरीक़ा यह था कि अफ़गानिस्तान पर सोवियत कब्ज़े के दौरान इसे सारी मदद मुख्य तौर पर पश्चिम के बड़े देशों से मिली, लेकिन इसने अपने काम में किसी तरह की दख़लंदाजी की अनुमति नहीं दी, प्रतिरोध को संगठित किया, हालाँकि, तब तक शीत युद्ध ख़त्म हो चुका था और हमें इलाके में अपने मक़सदों में तब्दीली लानी पड़ी थी, और आईएसआई की उसमें सबसे मुख्य थी।

एक और उपलब्धि यह है कि हमारा कोई भी आदमी ना तो कभी दूसरे पक्ष में जाकर मिला, और ना ही कभी कैमरे पर पकड़ा गया।

सिन्हा : भारत के खिलाफ़ आईएसआई की सबसे बड़ी असफलता क्या रही? इसी तरह का सवाल मैं इनसे (दुलत से) पूछूँगा।

दुर्रानी : तो, फिर मैं चाहूँगा कि मेरे साथी ही यह शुरुआत करें।

दुलत : पाकिस्तान के ख़िलाफ़ हमारी सबसे बड़ी असफलता यह है कि हम किसी आईएसआई अधिकारी को अपनी तरफ़ नहीं मिला पाए और ना ही किसी आईएसआई अधिकारी को अपनी तरफ़ से काम पर लगा पाए। या फिर मेरी जानकारी उस स्तर की नहीं है, जहाँ यह सब देखा जाता हो।

अगर आप शीत युद्ध के दिनों की ओर देखें, तो सीआईए अधिकारी का मुख्य काम क्या होता था? किसी ना किसी दलबदलू की तलाश करो। अगर सीआईए का आदमी किसी दलबदलू को ढूँढ लेता था, तो उसे बाक़ी ज़िंदगी कुछ और करने की ज़रूरत नहीं रह जाती थी, क्योंकि वह सबसे बड़ी ज़रूरत तो पूरी कर ही चुका होता था।

हमारी तरफ़, मुझे नहीं लगता कि हमने इस बारे में सही तरीक़े से सोचा भी है, और मुझे नहीं लगता कि हम सफल हुए हैं।

सिन्हा : अगर हमारी तरफ़ कोई भेदिया होता भी, तो भी किसी को पता नहीं चलता।

दुलत : दलबदलू की तुलना में भेदिया रखना ज़्यादा आसान होता है।

जनरल साहब डबल एजेंट के बारे में बात कर रहे थे। डबल एजेंट दलबदलुओं के बाद सबसे अच्छे माने जाते हैं। अगर कोई आदमी पाकिस्तान के लिए काम कर रहा है और मैं उसे पकड़ लूँ, तो मेरे पास वहाँ पहुँचने के आसार होते हैं, जहाँ मुझे पहुँचना चाहिए। इस तरह आईएसआई में दलबदलू ना ढूँढ़ पाना हमारी सबसे बड़ी नाक़ामी रही।

दुर्रानी : अभियानों के स्तर पर, 1965 के युद्ध में हम दूसरे पक्ष से अच्छी जानकारी हासिल करने का दावा कर सके थे कि वे किस तरह से युद्ध के लिए इकट्ठे हो रहे हैं, हालाँकि इस कोशिश का नतीज़ा नहीं निकला।

1971 के युद्ध में आईएसआई पूर्वी पाकिस्तान में हमले का अनुमान लगाने में नाक़ाम रही।

अपने समय में मैंने अनुमान जताया था कि कश्मीर में बग़ावत के बाद भारत की सेना की बढ़ोतरी युद्ध के इरादे से नहीं है। मैं इसके लिए अपनी पीठ थपथपा सकता हूँ।

हालाँकि, सबसे बड़ी नाक़ामी यह थी कि जब कश्मीर में बग़ावत शुरू हुई, तो हमें यह नहीं पता था कि यह कहाँ तक चलेगी। आमतौर पर ये चीज़ें छह महीने या एक साल तक चलती हैं। जब यह स्थायी बन गई, तो हमने सोचा कि इससे कैसे निपटा जाए। हम इसे इस तरह से क़ाबू से बाहर नहीं होने देना चाहते थे कि कोई युद्ध ही हो जाए, जो कि कोई भी पक्ष नहीं चाहता था। क्या हम इसका माइक्रो-मैनेजमेंट कर पाए? यह हमारी चुनौती थी। कश्मीरी उग्रवाद के मसले पर आईएसआई की ताक़त सफलता के रूप में सामने नहीं आई।

ख़ासतौर पर मैं इस बात का खेद आज तक करता हूँ कि हमने अमानुल्लाह गिलगिटी को ज़्यादा गंभीरता से क्यों नहीं लिया। उसका संगठन बग़ावत की अगुवाई कर रहा था। उसने इसकी शुरुआत की, आगे बढ़ाया और इसके बारे में बोला। मैं जब आईएसआई में था, तब उससे मिला था। उस समय वह अहम नहीं लगा था। किसी भी स्थिति में, आज़ादी का तीसरा विकल्प खामखाँ पानी को गंदा कर रहा था। और, आख़िरकार आज़ादी का मतलब क्या था?

हालाँकि, गिलगिटी शायद सर्वाधिक गंभीर, केंद्रित और जुड़ा हुआ था। चकोटी की रैली की तरह। हमारे तरफ़ हर साल 27 अक्टूबर को काला दिवस मनाते हैं। गिलगिटी अकेला ऐसा आदमी था, जो अपनी भीड़ लाता था। भीड़ अनुशासित होती थी, सभ्य होती थी, शांत होती थी। बिना हंगामे के सभा की कार्यवाही होती थी। बाक़ी लोग गंभीर नहीं थे। वे यहाँ-वहाँ से आते थे और अपने भाषण देकर चले जाते थे।

हालाँकि, 1990 के दशक में कश्मीर में बग़ावत शुरू होने के दिनों की बात करें, तो प्रतिरोध को राजनीतिक दिशा देने के लिए हुर्रियत[6] का गठन एक अच्छा आइडिया था।

आंदोलन को संचालित करना छोड़ने का मतलब यह नहीं था कि गुटों को वह करने दो, जो कुछ भी बकवास वे करना चाहें।

दुलत : मैं एक बात स्पष्ट कर देना चाहता हूँ। जनता की निगाह में दाऊद[7] या हाफ़िज़ सईद[8] या मसूद अज़हर[9] को ना पकड़ पाना ज़्यादा बड़ी असफलताएँ हैं, हालाँकि दाऊद की सुपारी देने के बजाय अगर आप आईएसआई के दिल्ली में स्टेशन चीफ़ को 'मोड़' देते, तो मिलने वाली सैन्य गुप्त सूचना ज़्यादा बड़ी होती।

कश्मीर में पाकिस्तानी नज़रिए के बारे में वे अक्सर किसी को यहाँ रखने या किसी को वहाँ फेंक देने, या किसी को कोई संगठन बनाने के लिए मज़बूर करना, या अलोकप्रिय आदेश जारी करने जैसे काम करते रहे हैं। यह ठीक है, कुछ हद तक काम करता है।

कश्मीर बहुत मेहनत वाला काम है और उसके लिए धीरज की ज़रूरत है। वहीं पर पाकिस्तान मात खा गया।

इसका कारण यह है कि कुछ समय बाद सोच यह थी, जैसा कि जनरल साहब ने कहा, जाने दो। यह मुंबई हमले के बाद, पिछले दस सालों में पाकिस्तानियों के साथ बातचीत के आधार पर कह रहा हूँ। आम प्रतिक्रिया यह थी कि वे कश्मीर के बारे में बाद में बात कर सकते हैं, और फिलहाल के लिए वे इसे किनारे रख सकते हैं।

हालाँकि, अब यह पिछले तीन सालों से फिर से 'खेल जारी' है, जिसका कारण हमारे द्वारा पैदा अनिश्चितता है। यथास्थिति की जो गड़बड़ी हम पैदा करते हैं, उससे पाकिस्तान की दिलचस्पी फिर जाग जाती है।

मैं ट्रैक-2 में पाकिस्तानी मित्रों से कहता था, आइए, मूल मुद्दे कश्मीर पर चर्चा करते हैं। यहाँ तक कि जनरल साहब ने भी कहा था, "कश्मीर में पर्याप्त हित नहीं हैं। कुछ समय के लिए इसे भूल जाइए।"

इस तरह से यह सब रहा है। यह विशुद्ध सैनिक प्रतिक्रिया है, किसी समस्या से निपटने का विशुद्ध सैनिक तरीक़ा। सर, यह संभवतः आईएसआई की एक कमी रही है।

दुर्रानी : वह हमारे सिस्टम में है।

दुलत : आप अपना रास्ता रौंदते हैं। कश्मीरी जानते हैं दोनों तरफ़ से कैसे खेला जाए।

सिन्हा : तो, खुफ़िया खेल में कश्मीरी जीत जाते हैं, भले ही वे नुक़सान उठा रहे हैं।

दुलत : ऐसा आदमी, जिसे मैं सालों से जानता हूँ, वह मुझसे एक बात कहेगा, और छह माह बाद कोई दूसरी बात कहेगा, उसकी सोच, उसकी कहानी, सब कुछ बदल जाएगा।

इस बीच, वह जनरल साहब के सामने गुगली फेंक देगा।

हालाँकि, कश्मीर को वक़्त चाहिए। अगर आप इसे समझना चाहते हैं या इसमें शामिल होना चाहते हैं, तो इसके लिए समय, सब्र और सहानुभूति की ज़रूरत है।

दुर्रानी : मैं सहमत हूँ। इस बात से भी सहमत हूँ कि इन परिस्थितियों में कश्मीरी या अफ़गानी जीना सीख लेते हैं, जिसका मतलब हुआ कि आपको दो या तीन विभिन्न पक्ष अच्छे मूड में रखने होंगे। और, तब भी वे बचे रहते हैं और भारतीय सेना या अमेरिकी सेना से लड़ते रहते हैं।

दुलत : अफ़गानिस्तान के बारे में, हमें हमेशा से पता था कि यह हमारे लिए प्रतिघात करने वाला होने जा रहा है। अगर सीआईए, अफ़गानिस्तान में आईएसआई को खुला छोड़ देती, तो आप हिज्ब[10], लश्कर और जैश को कश्मीर में खुला छोड़ देते। आप कह सकते हैं कि यह प्रत्यक्ष रूप से जुड़े हैं, लेकिन इसके बारे में एक अपरिहार्यता है। अगर अमेरिकी लोगों को लगता था कि आईएसआई क़ाबू से बाहर हो रही है और जल्द ही उन्होंने यह महसूस किया, तब हमारी शंका सही साबित हुई कि इसका कश्मीर पर दीर्घकालीन असर होने जा रहा है।

दुर्रानी : संभावनाओं और परिदृश्यों के बारे में बात करना आसान होता है, जब आप वह करते हैं, तो वे यह करते हैं। क्षमता, प्रदर्शन की संभावनाएँ, सहायक स्थिति : कई कारक तसवीर में आते हैं। यह नहीं होता कि आपके लोग अफ़गानिस्तान में हैं, और हमारे लोग कश्मीर चले जाएँगे। यह कोई साइबर गेम नहीं है, जिसमें आप एक तरफ़ से जैश-ए-मोहम्मद को निशाना बनाते हैं और दूसरी तरफ़ रॉ समर्थित समूह को। क्या इससे दख़ल होता है? क्या स्थानीय लोग इसमें सहयोग करेंगे?

उसी समय, अगर हम किसी संगठन को तैनात करने का इरादा करते हैं, तो मुझे नहीं लगता कि कोई भारतीयों या अमेरिकी लोगों के क़दम उठाने का इंतज़ार करता है, और फिर, प्रतिकार के रूप में इसे करता है। हम शायद इसे पहले से कर रहे होते हैं। अगर डंके की चोट पर नहीं, तो कम से कम किसी ना किसी रूप में तो कर ही रहे होते हैं। ज़रूरी नहीं कि यह टिट-फॉर-टैट (जैसे को तैसा) हो।

दुलत : यह टिट-फॉर-टैट नहीं था, सर। टिट तो हम पहले से झेल चुके थे! अब हम टैट किए जा रहे थे।

दुर्रानी : कई बार यक़ीन कर सकते हैं कि यह ऐसा है। कई बार आप इसे करते हैं, क्योंकि अगर आप कश्मीर में इसे नहीं करने जा रहे हैं, तो आप कहीं और इसे करने जा रहे हैं।

दुलत : तो हम सहमत हैं कि जब आईएसआई की लार्जर-दैन-लाइफ इमेज बनी, तो वह उसके यौवन का दिन था?

दुर्रानी : कश्मीर की बात?

दुलत : अफ़गान की बात और फिर कश्मीर की।

दुर्रानी : अफ़गान की बात। कश्मीर?

दुलत : कश्मीर में अफ़गान की बात का अनुसरण हुआ।

दुर्रानी : जब कोई कश्मीर की ओर देख रहा था, तो यह संभव था कि वह पूरी तसवीर सही तरह से देखने में असमर्थ हो, हालाँकि शुरुआती तौर पर अगर क्षमता संदिग्ध है, तो हमें इंतज़ार करना चाहिए और देखना चाहिए।

दुलत : सही बात है, सही बात है।

दुर्रानी : तब हम कहते हैं कि उन समस्याओं के कारण, जो आपके पास कहीं और हैं, यह सही वक्त नहीं है कि सिख कार्ड, कश्मीर कार्ड, उल्फा कार्ड खेलना शुरू करें।

आख़िरकार, आइडिया यह था कि अगर यह एक बग़ावत है, तो इससे कोई ऐसा विवाद नहीं होना चाहिए, जो कोई भी पक्ष ना चाहता हो। इसका विस्फोट हो सकता है, दोनों देशों को युद्ध में उलझा सकता है, जबकि कोई भी पक्ष यह नहीं चाह रहा है।

यह विचार कठोर नियंत्रण रखने का था। हम इन चीज़ों को नियंत्रित कर सकते थे या नहीं, यह बिलकुल अलग बात थी। बहुत सारी बड़ी चीज़ों से निपटने में हमारी सीमित क्षमता के बारे में किसी की विचार अच्छा था और किसी पर क्षमता से अधिक वज़न डालना अच्छा विचार नहीं था।

हालाँकि, अगर उस चीज़ की गतिशीलता हमारी क्षमता से परे थी, तो यह एक अलग मामला है। यद्यपि राष्ट्र का इरादा इस रास्ते पर बढ़ते रहने और आख़िरकार लाल किले पर हरा झंडा फहराने का नहीं था।

वास्तव में, किसी ने कहा था—अब सोवियत संघ नहीं रहा—ज़िया या हामिद गुल की महत्त्वाकांक्षाएँ अफ़गानिस्तान से आगे थीं! हालाँकि, मूल रूप में हम केवल व्यापारिक और सांस्कृतिक संबंधों के बारे में सोच रहे थे। उस वक्त, 'मध्य एशिया से बिजली' जैसी परियोजनाएँ भी शीर्ष से कुछ ऊपर लग रही थीं। अब सीएएसएसए 100 और सीपीईसी के साथ ऐसा लग रहा था कि कुछ भविष्यगामी सोच हमेशा व्यवस्था में रही थी।

उस समय यह बात शानदार लगी थी, लेकिन मैंने जो एकमात्र ठोस चीज़ सुनी थी, वह यह थी कि हमें पश्चिम एशिया से बिजली लेनी चाहिए। मैंने कहा, क्या बकवास कर रहे हैं आप, वख़ान कॉरिडोर के ऊपर से हम लाइन कैसे निकालेंगे? हालाँकि अब 25 साल बाद चीन-पाकिस्तान इकॉनॉमिक कॉरिडोर उसी के बारे में है।

दुलत : प्रोफेशनलिज़्म के सवाल की ओर लौटते हुए, मैंने उन कश्मीरियों से पूछा जिन्होंने हमें देखा था और जो दूसरी तरफ़ थे कि किस एजेंसी के पास बेहतर आदमी हैं या कौन बेहतर पेशेवर है? आम प्रतिक्रिया यह थी कि हमारे आदमी आमतौर पर बेहतर हैं। पाकिस्तान के पास कुछ अच्छे अधिकारी हैं, लेकिन उसके पास कोई अजित डोभाल नहीं है।

दुर्रानी : ख़ुदा का शुक्र है।

दुलत : मैं तो कहूँगा, रॉ या आईबी के पास एक जनरल असद दुर्रानी ज़रूर होना चाहिए।

सिन्हा : रॉ के पास भी कमजोर नेतृत्व काफ़ी है।

दुलत : मैं हमेशा यही तर्क दूँगा कि यह बात दुनिया भर की एजेंसियों के लिए सही है। कई बहुत असाधारण चीफ़ होंगे और कुछ एकदम मामूली। जनरल साहब ने सीआईए के बारे में अपनी राय दी कि वह एक महान संगठन है, लेकिन ख़ुफ़िया एजेंसी के तौर पर यह तीसरे दर्जे का है।[11] अगर सीआईए तीसरे दर्जे की है, तो इसके चीफ़ भी साधारण ही होंगे।

तो, साधारण चीफ़ हर कहीं होते हैं, आईबी में, आईएसआई में।

सिन्हा : क्या आईएसआई को लगातार मज़बूत लीडरशिप मिली है?

दुर्रानी : आमतौर पर हम भारतीय व्यवस्था को ज़्यादा कारगर मानते हैं। यह संस्थागत है। यह किसी की सनक पर नहीं चलती, जैसे कि तारिक अज़ीज़ को रेवेन्यू सर्विस से निकालकर हमारा नेशनल सिक्योरिटी एडवाइज़र बना दिया गया था। एक और वफ़ादार था, जो सिक्योरिटी ऑफ़िसर था, लेकिन उसे आईबी चीफ़ बना दिया गया था।

आईएसआई के डीजी को सेना प्रमुख अनुशंसित कर सकता है, लेकिन उसे नियुक्त करने का अधिकार प्रधानमंत्री का होता है। ज़रूरी नहीं कि वह उसकी बात मान ही ले, क्योंकि वह किसी का दोस्त है। उसके पास विचार होंगे, विशिष्ट योग्यता होगी, अंतरराष्ट्रीय मामलों की कुछ जानकारी होगी, प्रबंधन की जानकारी होगी, और सही मानसिकता होगी। इन सारी बातों पर सोचने में समय लगाइए। कुछ ऐसे बेअदब थे, जिन्होंने संगठन को सिर के बल खड़ा करने की कोशिश की, लेकिन शुक्र रहा कि संगठन में इतनी लचक है कि वह ऐसे अस्थायी झटकों को सह लेता है।

दुलत : एक समस्या यह है कि अन्य एजेंसियों के विपरीत, हमारे ऊपर ना केवल ख़ुफ़िया जानकारियाँ जुटाने का भार रहता है, बल्कि ख़ुफ़िया विश्लेषण भी हमें करना होता है। मुझे लगता है कि आईएसआई इस मामले में हमारी तरह ही है। दोनों एजेंसियों में विश्लेषण पर काफ़ी ज़्यादा ज़ोर दिया जाता है और जानकारी जुटाने पर कम। हमारी एजेंसियों को अधिक व्यावहारिक होना पड़ेगा।

ऐसा नहीं होने पर, उन पर भार बहुत ज़्यादा हो जाता है। किसी एजेंसी से क्या उत्पादन की अपेक्षा होती है? अगर आप वह सब कुछ जानना चाहते हैं, जो होता है, तो आप मूल बातों से चूक जाते हैं। हमारा फ़ोकस क्या है? क्या हम पाकिस्तान की ओर देख रहे हैं? अफ़गानिस्तान की ओर देख रहे हैं? कश्मीर, तमिलनाडु, पंजाब को देख रहे हैं? आंतरिक सुरक्षा, बाहरी सुरक्षा देख रहे हैं? काउंटर-इंटेलीजेंस देख रहे हैं? काउंटर-टेररिज्म देख रहे हैं? यह कभी ख़त्म ना होने वाला सिलसिला है।

एक और दिक्क़त यह है कि हमारा अपना एक कार्यकाल होता है।

दुर्रानी : मोसाद के चीफ़ का कार्यकाल छह साल का होता है।

दुलत : एमआई6 के चीफ़ का कार्यकाल ज़्यादा हो सकता है, और इसके बाद उसे नाइट की पदवी दी जाती है। मैं केवल 17-18 महीने चीफ़ रहा, जनरल साहब की तरह। जैसे ही आप काम सँभालते हैं, और सारी चीज़ें समझना और करना शुरू करते हैं, तब तक आपका

वक्त ख़त्म हो जाता है। अब भारत में चीफ़ को दो साल मिलते हैं, लेकिन यह भी पर्याप्त नहीं हैं। इसे तीन साल होना चाहिए, लेकिन कार्यकाल जितना लंबा होगा, उतने ही ज़्यादा लोग चीफ़ बनने का मौक़ा खो देंगे। इसमें संतुलन बनाना होगा।

जनरल साहब ने कहा कि आईएसआई तंग बजट में काम करती है। ऐसे तो हमारे पास कोई बजट था ही नहीं, क्योंकि हमें तो सीआईए से कभी धन नहीं मिला।

एक सवाल लो प्रोफाइल रहने का भी है। भारत में एक समय था, जब लोग किसी आईबी चीफ़ की तसवीर तक नहीं देख पाते थे। मिस्टर काओ की तसवीर कभी नहीं खींची गई। अब ख़ुफ़िया एजेंसियों के प्रमुखों की तसवीरें आना और उनका सार्वजनिक रूप से सामने आना हाल का बदलाव है। मुझे लगता है कि यह दुनियाभर में एक समान है।

सिन्हा : मज़बूत प्रधानमंत्री होने से क्या ख़ुफ़िया एजेंसियों के प्रमुखों को दिक्क़त होती है?

दुलत : दिक्क़त तो होती है, लेकिन बेहतर भी रहता है। कार्य तय करना ज़्यादा कठिन होता है। एजेंसियाँ ख़ुद अपना काम तय करना पसंद करती हैं। हमें लगता है कि किसी अन्य की तुलना में हम यह काम बेहतर जानते हैं। जब काम ऊपर से तय होकर आने लगता है, कैसे करना है, कैसे आगे बढ़ना है, यह ऊपर से तय होने लगता है, तो यह काफ़ी अधिक कठिन हो जाता है।

जैसा कि जनरल साहब ने संकेत दिया, अगर आप किसी ख़ास सत्ता, या ख़ास विभाग की ज़रूरत पूरी कर रहे हैं, तो यह कठिन हो जाता है। प्रधानमंत्री के ताक़तवर होने और मोदी जैसा मज़बूत होने पर ख़ुफ़िया एजेंसियों का काम अधिक कठिन हो जाता है। इसे आसान करना होगा, लेकिन यह आसान है नहीं।

संयोग से भारत में ऐसे भी प्रधानमंत्री हुए हैं, जिन्हें इंटेलीजेंस में कोई दिलचस्पी नहीं थी। मुझे नहीं लगता कि मोरारजी देसाई (1977–79) इंटेलीजेंस को किसी काम का समझते थे। पीवी नरसिंह राव (1991–96) भी काफ़ी समझदार थे और मानते थे कि यह सब धोखाधड़ी और चुगलीबाज़ी है। यहाँ तक कि इंद्रकुमार गुजराल (1997–98) को भी इंटेलीजेंस को लेकर शंकाएँ थीं। राजीव गाँधी (1984–89) जैसे प्रधानमंत्रियों को यह पसंद थी और इसका कारण शायद उनका युवा होना था। वे एजेंसियों के प्रति काफ़ी आकर्षित थे और इन पर बहुत यक़ीन करते थे। कहानी यह है कि आईबी का निदेशक उनके साथ हर रात 10:30 बजे कॉफी पीता था और चॉकलेट खाता था।

मैंने जिस प्रधानमंत्री के साथ काम किया, वे थे अटल बिहारी वाजपेयी (1998–2004)। वे सुनना पसंद करते थे। जानकारी लेना उन्हें पसंद था। वे कुछ बोलते नहीं थे, लेकिन वे आपको ख़ास होने का अहसास कराते थे और ऐसा अहसास कराते थे कि जो आप कहना चाहते हैं, उसे वे सुनना चाहते हैं। वे इसे खारिज़ नहीं करते थे। आश्चर्यजनक रूप से वे बहुत कम बोलते थे। वे सब्र के साथ आपकी बात सुनते थे।

सिन्हा : क्या आईबी और रॉ एक साथ अच्छा काम करते हैं?

दुलत : मैं यह नहीं कह रहा हूँ कि हम साथ काम नहीं करते हैं, करते हैं। खुफ़ियागिरी के काम की प्रकृति ऐसी है कि उसमें कुछ हद तक ईर्ष्या और एकाधिकारवाद रहता ही है, हालाँकि आप इसे किस सीमा तक लेते हैं? अमेरिका में सीआईए और एफ़बीआई के बीच हमेशा दिक्क़तें रहती हैं। यह कहने की ज़रूरत नहीं कि ऐसा अन्य जगहों पर नहीं होता। इसका श्रेय सीआईए के बहुत ज़्यादा बड़ा बन जाने को है। ज़मीन पर, उसी तरह का काम कर रहे लोगों को यह बात नागवार गुजरती है।

दुर्रानी : अगर भारत में आप साथ में काम कर रहे हैं, तो आप हमसे एक क़दम आगे हैं। हमारे यहाँ एजेंसियों के बीच किसी तरह का सहयोग देखने को नहीं मिलता।

दुलत : पाकिस्तान हमसे एक क़दम पीछे है? मुझे अच्छा लगा। कम-से-कम किसी बात में तो वे हमसे पीछे हैं।

दुर्रानी : पाकिस्तान में सरकारी विभागों, नागरिक-सैन्य के बीच सहयोग आमतौर पर दूर की बात है। ऐसा शायद हमारे इतिहास के कारण है।

दुलत : मैं आईबी में बड़ा हुआ। वहाँ मैंने 30 साल गुज़ारे और अज़ीब बात है, कि मेरे दिमाग़ में कभी धुँधला सा भी विचार यह नहीं आया कि रॉ में क्या हो रहा है। आईबी में हम लोग रॉ की उपेक्षा करते थे। जब मुझसे पूछा गया कि क्या मैं उसका प्रमुख बनना चाहूँगा, तो मैंने तुरंत स्वीकार कर लिया था, अन्यथा, मैं तो आईबी में नंबर दो के पद से रिटायर हो रहा था। इसके पहले गृह सचिव ने मुझे एक अर्धसैनिक बल की कमान सँभालने का प्रस्ताव दिया था, लेकिन मैंने मना कर दिया था और कहा था, मैंने पूरा जीवन इंटेलीजेंस में बिताया है, तो मैं इससे बाहर क्यों जाना चाहूँगा।

जब मैं रॉ में गया, तो वहाँ के लोगों को यह बात पसंद नहीं आई। समझने वाली बात थी कि वे मुझे बाहरी मान रहे थे। वहाँ जमने और उन लोगों को यह स्वीकार करने में थोड़ा समय लगा कि मुझे काम आता है। मज़े की बात यह रही कि हर कोई इस फ़िक्र में था कि रॉ में आईबी से बहुत सारे लोगों की घुसपैठ होगी। मेरे पुराने मित्रों ने सोचा कि मैं अब भी रॉ का ही आदमी हूँ। ऐसे में, जब भी दोनों संगठनों के बीच थोड़ी बहस या चर्चा होती, तो आईबी प्रमुख कहते थे, "अरे यार, तुम तो हमारे ही आदमी हो।" मैं कहता, बेशक़, लेकिन अब मैं रॉ की कमान सँभालता हूँ और उसके हित मेरे दिमाग़ में सबसे ऊपर हैं।

कैबिनेट सचिव प्रभात कुमार ने एक दिन कहा, "दुलत, मैं देखता हूँ, इधर-उधर आईबी वाले को, रॉ वाले को भी देखता हूँ, तुमने तो दोनों को देखा है। तुम बताओ, बेहतर कौन है।" मैंने कहा, दोनों बेहतर हैं। आईबी अधिक मज़बूत है, क्योंकि इसमें बुनियादी तौर पर पुलिस वाले हैं। यहाँ कई तरह के लोगों का मिश्रण है, इसलिए आपस में कोई जुड़ाव नहीं है।

सिन्हा : टीम भावना?

दुलत : हाँ, कई बार, हालाँकि अलग-अलग इंसान के रूप में देखें, तो रॉ में कई अच्छे लोग हैं, इसलिए हमें इसे कमतर नहीं समझना चाहिए। मेरे रॉ में रहने के दौरान मिलकर काम करना ज़्यादा आसान था, क्योंकि मैं श्यामल[12] को बुलाकर कह सकता था कि आइए, बैठकर हल निकालते हैं।

दुर्भाग्य से यह लंबा नहीं चला। हमारे बाद वह फिर से पहली जगह पहुँच गया, वही पहले की तरह झगड़े आदि होने लगे। कई बार दौर अच्छा होता है, लेकिन ऐसा हमेशा नहीं होता।

सिन्हा : क्या ख़ुफ़िया एजेंसियों में अफ़सरशाही की ढिलाई मौजूद है?

दुलत : हाँ, दो तरह से है। पहली, ढिलाई तो संगठन के अंदर ही विकसित होती है। ख़ुफ़िया एजेंसियाँ एक अर्थ में ब्यूरोक्रेटिक हैं, लेकिन आपको ब्यूरोक्रेटिक तरीक़ा ख़त्म करना पड़ेगा। हम एजेंसी में जो करते हैं, वह आधिकारिक नहीं होता और ना ही किसी किताब में लिखा होता है। कई ऐसे काम किए जाते हैं, जिनकी अनुमति कोई भी नियम नहीं देता। ऐसे में अगर आप किसी ख़ुफ़िया संगठन में अफ़सरशाही लाएँगे, तो ढिलाई आएगी ही।

दूसरी दिक्क़त यह है कि एजेंसी के तौर पर आपको अफ़सरशाही से निपटना ही होता है, जो हर सरकार में अलग-अलग तरह की होती है। जैसे मोदी सरकार में मुझे नहीं लगता कि कोई दिक्क़त है, क्योंकि वहाँ केवल मोदी और डोभाल से ही निपटना है। कोई और अफ़सरशाही नहीं है। यहाँ तक कि बाक़ी मंत्रियों की भी कोई गिनती नहीं है।

इसी तरह से वाजपेयी सरकार में मूल रूप से वे और उनके एनएसए ब्रजेश मिश्रा ही थे। बाक़ी की कोई अहमियत नहीं थी।

हमारे कामकाज में रक्षामंत्री या विदेशमंत्री दख़ल नहीं देता। जब मैंने रॉ ज्वाइन की और कैबिनेट सचिव से मिलने गया, तो उन्होंने कहा, “मैं यहाँ आपको प्रशासनिक तौर पर मदद करने के लिए हूँ। पेशेवर तौर पर या संचालन के तौर पर आप जो करते हैं, उसे मैं नहीं जानना चाहता। बॉस को बताइए।” वह हमसे एक तरह से भयभीत दिखे थे।

अफ़सरशाही का इस तरह का रवैया एकदम सही है, हालाँकि ऐसा हमेशा नहीं होता। गृह सचिव और कैबिनेट सचिव आपके लिए दिक्क़तें पैदा कर सकते हैं। यह बीच के आदमी पर निर्भर करता है। समय-समय पर ऐसा भी हुआ है कि प्रधानमंत्री और किसी एजेंसी के बीच की बातचीत में एनएसए ने बात काट दी। दुर्भाग्य से, चीफ़ का दर्ज़ा उस संबंध पर निर्भर होता है और हर कोई आप पर नज़र रखता है, आपकी पहुँच किस तक है, आप किसको रिपोर्ट करते हो।

यही कारण है कि ब्रिटेन में शानदार परंपरा है कि चीफ़ प्रधानमंत्री से कभी भी मिलने का समय माँग सकता है।

सिन्हा : सेना में भी अफ़सरशाही होती है। जब आप आईएसआई चीफ़ थे, तो क्या आपको अफ़सरशाही की ढिलाई का सामना करना पड़ा या हर कोई ‘डीप स्टेट’ से भयभीत था?

दुर्रानी : अफ़सरशाही तो है, इसमें कोई शक़ नहीं कि सेना में भी है और रक्षा मंत्रालय में भी। उनके पास ताक़त है कि सेना उन्हें हल्के में नहीं ले सकती। यहाँ तक कि जब सेना का शासन हो, तब भी मंत्रालय लोगों को उलझा सकता है।

सैनिक अफ़सरशाह वे होते हैं, जो तमाम मुख्यालयों में, स्टाफ ऑफ़िसर वगैरह के तौर पर होते हैं। इन लोगों का रवैया आम अफ़सरशाही से बेहतर रहता है। इसलिए नहीं कि वे समस्याएँ नहीं पैदा करना चाहते या असहमति की टिप्पणियाँ नहीं करते। ऐसा इसलिए है कि ऐसी संस्कृति ही नहीं है कि कोई स्टाफ ऑफ़िसर किसी फाइल को दबाकर बैठ जाए। सिविल अफ़सरशाही अलग है। यह किसी फाइल को रोक सकती है, माँगें घटिया नहीं हो सकतीं। वह अफ़सरशाही ऐसा नहीं होने देगी।

भारतीय और पाकिस्तानी अफ़सरशाहियों में तुलना यह है कि हमारे पास इसकी ताक़त है और कुछ कमियाँ हैं। ताक़त यह है कि कोई पसंद करे या ना करे, लोग मानते हैं कि आपको आपका काम करना है। कमज़ोरी यह है कि पाकिस्तान में सेना मिली हुई है। राजनीतिक आकाओं को नियंत्रित करने की अफ़सरशाही की काबिलियत सीमित है।

भारत में यह अच्छी है : मज़बूत, सक्षम, कनेक्टेड, पोषित, कार्यात्मक। यह संगठित रहती है। यह राजनेताओं को आपे से बाहर नहीं होने देती। इसकी दिक्क़त वही है, जो अमेरिकी तंत्र में है। यह तंत्र किसी को लाइन से बाहर नहीं होने देता। अगर प्रधानमंत्री ताक़तवर है, जैसे कि मोदी हैं या वाजपेयी रहे, तब भी यह निगरानी रखती है कि ये किस हद तक जा सकते हैं। अफ़सरशाही मामलों को उलझा सकती है या सुलझा सकती है।

अमेरिका के मामले में तंत्र का रवैया ऐसा था, चलिए, ओबामा साहब, देखते हैं, आप कहाँ तक जाते हैं।

दुलत : आप जो बता रहे हैं, वह बहुत मज़ेदार है, सर, क्योंकि भारतीय लोकतंत्र दुनिया भर में बेहतर माना जाता है। मैंने 1990 से अफ़सरशाही को देखा है। कश्मीर से वापस आने के बाद 2004 में सरकार से अलग होने तक। मैंने जो बात देखी, वह यह कि गड़बड़ी राजनेता में नहीं, बल्कि अफ़सरशाही में है। दिल्ली में अपने 14 सालों में जिन दिग्गजों को मैंने देखा, उनमें से कुछ अपवाद को छोड़कर, बाक़ी केवल अफ़सरशाह ही थे। वे कहीं नहीं टिकते।

हालाँकि, डॉ.मनमोहन सिंह के मामले में, वे पाकिस्तान नहीं जा सके और ऐसा नहीं कि उनकी पार्टी ने उनका समर्थन नहीं किया था, बल्कि दुःख की बात है कि अफ़सरशाही ने उनका समर्थन नहीं किया था। जब कभी कुछ गड़बड़ हुई, उंगलियाँ उनकी तरफ़ उठा दी गईं।

दुर्रानी : अफ़सरशाही कहीं भी लोकप्रिय नहीं है, चाहे अमेरिका हो, जर्मनी हो या यहाँ हो।

आपकी टिप्पणी मज़ेदार है कि राजनेताओं की गलतियाँ नहीं निकालनी चाहिए। हमारे मामले में हम अब भी चीज़ों को लोकतांत्रिक ढंग से करना पसंद नहीं करते। जब यह होता है, तो ना केवल राजनेताओं को, बल्कि कई बार तो सैन्य नेतृत्व को भी पाकिस्तान की अफ़सरशाही संस्कृति बर्बाद करने का दोष दिया जाता है, जिससे वे गैर असरदार हो जाते हैं और अपनी माँगों से पीछे हटने पर मज़बूर हो जाते हैं। यह पुरानी संस्कृति है, जो बदलना नहीं चाहती।

दुलत : एक और अहम बात जनरल साहब ने अफ़सरशाही की परंपरागत तटस्थता के बारे में कही। अब यह कहाँ वजूद में है? भारत में तो यह श्रीमती गाँधी के साथ ही ख़त्म हो गई थी। हो सकता है, ब्रिटेन में बची हो, लेकिन अगर यह वजूद में है तो वह अलग-थलग पड़ा देश होगा।

दुर्रानी : अयूब ख़ान[13] ने इसे ठीक करने की कोशिश की थी, लेकिन कमोबेश यह स्थायी ही रही।

दुलत : जब आप ठीक करने की बात कहते हैं, तो अंग्रेज़ों के जाने के कितने सालों तक यही क़ायम रही?

दुर्रानी : (ज़ुल्फिकार अली) भुट्टो के सामने यह सड़ना शुरू हो गई थी, ज़िया-उल-हक़ के समय इसकी रफ़्तार तेज़ हुई। भ्रष्टाचार की संस्कृति ने इसे और बिगाड़ दिया। सैन्य अफ़सरशाही भी अप्रभावित नहीं रही।

सिन्हा : एक बार आपने सोवियत प्रणाली की दिक्क़त का ज़िक्र किया था कि उसमें असहमति की इजाज़त नहीं थी, हालाँकि क्या सैन्य प्रणाली में असहमति की जगह है?

दुर्रानी : हमारी संस्कृति इस तरह से विकसित हुई है कि अगर आप किसी को पसंद नहीं करते, तो आप कहेंगे, तुमको ज़्यादा पता है? संस्कृति ऐसी है कि बॉस अपने से अलग विचारों के लोगों को पसंद नहीं करता।

एक बार मैं जर्मनी की सेना के साथ युद्धाभ्यास में शामिल था। शाम को हम स्थानीय कमांड, एक सार्जेंट, कुछ अधिकारियों के साथ बार में थे। हर किसी ने अपने-अपने ड्रिंक का भुगतान किया। और वे आपस में एक दूसरे से असहमत होने के लिए आज़ाद थे। हम अब भी ऐसे नहीं हैं।

सिन्हा : इस्लामाबाद में रॉ के आदमियों की मुश्किलें दिल्ली में आईएसआई के आदमी से ज़्यादा हैं?

दुर्रानी : मुझे नहीं पता। मेरे समय में हालाँकि कश्मीर उबाल पर था, लेकिन मुझे याद नहीं कि किसी भी तरफ़ से कोई 'असामान्य' शिकायतें थीं, हालाँकि जब वे अपनी सरकार पर प्रतिद्वंद्वी के साथ बराबरी से कड़ा ना होने का आरोप लगाते हुए शिकायत करते हैं, तो मैं समझ जाता हूँ।

दुलत : वास्तव में सर, इसे हुए ज़्यादा दिन नहीं हुए हैं, लेकिन कुछ साल पहले, हमारे कुछ अधिकारियों के साथ पाकिस्तान में हिंसक बर्ताव हुआ था। उनके अनुभव बुरे थे।

सिन्हा : 80 के दशक के आख़िर में उत्तराखंड में एक आईपीएस अधिकारी था, जिसके चेहरे पर चोट पहुँची थी। उसकी फ़ोटो अखबारों में छाई थी।

दुलत : सही बात है। उत्तरप्रदेश या उत्तराखंड का कैडर था। उस पर हमला किया गया था।

दुर्रानी : मैं मिलिटेरी इंटेलीजेंस का महानिदेशक था, इसलिए मुझे याद नहीं।

दुलत : मुझे उसका नाम याद नहीं, क्योंकि मुझे यही नहीं पता कि उसका नाम असली था या कवर नाम।

दुर्रानी : चूँकि यह किताब अधिक व्यापक विषयों पर है, इसलिए यह कह सकते हैं कि दोनों तरफ़ के राजनयिकों, राजनयिक कर्मचारियों, संबंधित अधिकारियों और कवर अधिकारियों को एक दिक्क़त का सामना करना पड़ता है। उन्हें मुश्किलें होना कोई अपवाद नहीं होता।

सिन्हा : दोनों एजेंसियों और उनके मीडिया के इस्तेमाल के बारे में क्या कहेंगे?

दुर्रानी : दोनों में एक बात समान है, वह है मीडिया वार। यहाँ तक कि वे टीवी चैनलों को भी धन देते हैं और मानते हैं कि वे उनके लिए काम करेंगे। उन्हें इस बारे में कुछ नहीं पता कि यह कैसे करना है।

ऐसा पहला चैनल भारतीय था, जिसे धन दिया गया था।

दुलत : किसने दिया था? आईएसआई ने?

दुर्रानी : आईएसआई तो इस मैदान में बहुत बाद में आई।

दुलत : वे कह रहे हैं कि सबसे पहले किसी भारतीय टीवी चैनल को किसी भारतीय ख़ुफ़िया एजेंसी ने धन दिया था।

दुर्रानी : रॉ ने दिया था। अगर मुझे सही तरह से याद है, तो ढाई करोड़ रुपए दिए थे। उन दिनों यह कोई छोटी रकम नहीं होती थी।

सिन्हा : आज भी यह छोटी रकम नहीं है।

दुलत : लेकिन किस लिए दी गई थी यह? इसके बारे में कभी सुना नहीं।

दुर्रानी : रॉ के लिए काम करने वाला चैनल शुरू करने के लिए। हर कहीं ख़ुफ़िया एजेंसियाँ ऐसा ही मानती हैं कि मनोवैज्ञानिक युद्ध छेड़ने के लिए मीडिया को धन देना ही चाहिए।

जहाँ तक मैं मानता हूँ, सीआईए एक तीसरे दर्जे की सेवा है और इस मोर्चे पर वे मीडिया को प्रभावित करने का इंतज़ाम करते हैं। यह पत्रकारों को मूल मुद्दों पर लाती है, जैसे पाकिस्तान से भिड़ंत या नागरिक परमाणु सौदे के फ़ायदे।

एक बार जब मीडिया संगठन की विश्वसनीयता बन जाती है, तो एजेंसियाँ मूल उद्देश्यों पर काम शुरू करती हैं : माइक्रो-मैनेजिंग, उंगलियों पर नचाना, पर्दे के पीछे से प्रबंधन, कवरेज के तरीक़े निर्धारित करना आदि।

मेरे देश ने इस मोर्चे पर बहुत प्रभावशाली काम नहीं किया है। अमेरिकी और ब्रिटिश लोगों ने बहुत अच्छा किया है। तथ्यों का निर्माण, युद्ध पर जाने के लिए माहौल तैयार करना, यह सब काम ये मीडिया की मदद से करते हैं।

सिन्हा : आईएसआई किसी भारतीय चैनल को धन क्यों नहीं देती है?

दुर्रानी : मेरा मानना है कि एक प्रधानमंत्री और राष्ट्रीय सुरक्षा परिषद ने इस विचार पर ध्यान दिया था और कहा था कि भारत में संपत्तियाँ बनाना और विचार प्रबंधन करना अच्छा आइडिया है। उन लोगों ने सही संपत्ति बनाई या नहीं, यह मुझे नहीं पता।

ये कितनी तेज़ अक्ल के हैं, इसकी एक मिसाल देता हूँ। लाहौर के *नेशन* में किसी हिंदू या सिख नाम से एक बार एक लेख प्रकाशित हुआ था। मैंने देखा और समझ गया कि इसे किसी आईएसआई अधिकारी के अलावा कोई और नहीं लिख सकता। जिस इंसान को यह लेख छपवाने के लिए दिया गया था, उसने इसकी शब्दावली तक बदलकर भारतीय नहीं की थी।

मैं आप लोगों का शुक्रगुज़ार हूँ कि आप लोग हँसे नहीं। ये मूर्ख इस तरह के काम कर सकते हैं। इन्हें आकर हमसे सबक़ सीखना चाहिए।

6
सीआईए और अन्य एजेंसियाँ

असद दुर्रानी : मैंने कभी सीआईए के आकलनों को ऊँचे दर्जे का नहीं माना। कभी नहीं। वे मानते ही नहीं कि उन्हें अच्छा आकलन करना चाहिए, क्योंकि उन्हें तो हर हाल में आग ही लगानी है। बम फोड़ना ही है।

वास्तव में वे प्रौद्योगिकी पर बहुत ज़्यादा यक़ीन करते हैं। यह तो केवल सहायक है और आख़िरकार आकलन तो इंसान ही करते हैं। भारतीय परमाणु परीक्षण की तरह, मुझे नहीं पता कि क्या यह डिज़ाइन था, लेकिन हर सूरत में उनकी इंटेलीजेंस फेल रही।

यही स्थिति तब थी, जब रॉबर्ट गेट्स[1] मई 1990 में भारत और पाकिस्तान भागते हुए आए थे। उस साल की शुरुआत में कश्मीर में उपद्रव को देखते हुए, भारत ने अपनी सेना को आंशिक रूप से पाकिस्तान से लगने वाली अपनी सीमा पर इकट्ठा कर लिया था। आईएसआई का आकलन था कि भारत का इरादा युद्ध शुरू करने का नहीं है, क्योंकि बहुत सारा ज़रूरी सामान छावनियों में ही पड़ा था। उनकी सरकार केवल जनता के सामने दिखाना चाहती थी कि वह बहुत गंभीर है। यही कारण है कि हमने अपनी ज़्यादातर सेना को शांतिपूर्ण इलाक़ों में ही रखा था। हमने सही भाँप लिया था।

हालाँकि, अमेरिका ने जब भारतीय सैनिकों की हलचल देखी, साथ ही कई क्रेनों को हमारे ठिकानों से अंदर-बाहर होते देखा, तो उन्होंने निष्कर्ष निकाला कि ये मिसाइलें हो सकती हैं, हालाँकि गेट्स किसी संभावित परमाणु युद्ध को रोकने के लिए भागे-भागे आए थे।

मूल बात यह है कि जब इंसानी खुफ़ियागिरी या विश्लेषण की बात आती है, तो मैं अमेरिका को ज़्यादा महत्त्व नहीं देता हूँ। मैंने पहले ही बताया कि खाड़ी युद्ध के बारे में उनका आकलन किस तरह से ग़लत रहा। वे केवल अपनी सैन्य कार्रवाई का बहाना दे रहे थे।

आदित्य सिन्हा : आपने बताया कि ब्रिटिश व्यवस्था में मिलिटेरी इंटेलीजेंस6 विश्लेषण नहीं करती है।

ए.एस. दुलत : नहीं करती, हालाँकि मैं इंसानी गुप्त सूचना की बात कर रहा था। आपको

अपने लिए काम कराने के वास्ते लोगों की ज़रूरत होती है। अगर आप केवल हिज़्बुल मुजाहिदीन की बात सुनने के भरोसे रहते हैं और संदर्भ या संगठन की जानकारी के बिना बने रहते हैं, तो आपको अक्सर ग़लत जानकारी मिलेगी। प्रौद्योगिकी से आपको कितना हासिल होगा, इसकी एक सीमा है। अगर इसके बारे में पता चल जाता है, तो दुश्मन सचेत हो जाता है और इसको आपके खिलाफ़ इस्तेमाल कर सकता है।

केजीबी, सीआईए, मोसाद : ये बड़े नाम हैं, लेकिन मैं जनरल साहब से सहमत हूँ कि सीआईए के आकलन हमेशा सही साबित नहीं हुए। कई बार इच्छानुसार सोच लिया जाता है। आप किसी नतीज़े पर पहुँचते हैं और रिपोर्ट तैयार कर लेते हैं। गुप्त सूचनाएँ इस तरह नहीं जुटाई जातीं।

उदाहरण के लिए मैं फ़रवरी 1980 में नेपाल छोड़ने वाला था। भारत में चुनाव हुए ही थे और श्रीमती गाँधी बहुमत के साथ सत्ता में वापस आ गई थीं। चुनाव से पहले मैंने काठमांडू में सीआईए के कुछ लोगों से बात की थी और उन्हें पूरा यक़ीन था कि बाबू जगजीवन राम अगले प्रधानमंत्री होंगे। एक ने तो मुझसे शर्त लगाई थी। मैंने कहा था, नहीं, श्रीमती गाँधी वापस आएँगी, मैं चार साल से भारत में नहीं हूँ लेकिन मैं आपको यह बता सकता हूँ।

वे अक्सर ग़लत घोड़े की सवारी करते हैं।

केजीबी अधिक कठोर है, लेकिन उसका अपना कच्चापन है। वे सर्वाधिक अत्याधुनिक नहीं हैं। केजीबी के लोग तमाम देशों में मुश्किलों में फँस चुके हैं।

लोग कहते हैं कि मोसाद सबसे ज़्यादा पेशेवर है, लेकिन मुझे पता नहीं। वह बहुत कड़े हैं और वे केवल अपने एजेंडे से मतलब रखते हैं। यह कह पाना कठिन है, लेकिन मोसाद के कई चीफ़ बड़े अच्छे हुए हैं।

सिन्हा : अगर मोसाद इतनी ही महान है, तो क्या इस्राइल की समस्याएँ सुलझ ना जातीं?

दुलत : अगर आप पहले से दिमाग़ बनाए बैठे हैं कि यह ऐसा है, यही सही है, हम जो जानते हैं, वही सही है, और हम जिसे ग़लत कहें, वह ग़लत है, तो समस्याएँ नहीं सुलझतीं। ऐसे में आप क्या करेंगे? सब कुछ तो पहले ही किया जा चुका है, और आपके लिए पता करने या हासिल करने को कुछ बचा ही नहीं है। आप सब जानते ही हैं।

आपको अपना दिमाग़ भी खोलना पड़ता है। मेरे समकालीन इफ़्राइम हैल्वी जैसे मोसाद चीफ़ भी हुए हैं, जो अलग थे।

दुर्रानी : मोसाद के कई प्रमुख विश्वसनीय हुए हैं। उनमें से एक बर्लिन में पगवाश कॉन्फ्रेंस में था, और एक उसका पूर्ववर्ती भी था। मैंने पाया कि रिटायरमेंट के बाद दोनों ने खुलकर और पूरी हिम्मत के साथ बताया कि इस्राइल की सरकार ईरान पर हमले के बारे में जो सोचती है, वह पागलपन है।

दुलत : जी हाँ, यह सही बात है।

दुर्रानी : केजीबी ने उन परीक्षाओं को पास नहीं किया, जो मैंने इंटेलीजेंस एजेंसियों के लिए कीं। प्राथमिक तौर पर यह ऐसे सिस्टम में है, जहाँ अलग राय को सराहा नहीं जाता। कोई अधीनस्थ अधिकारी यह नहीं कह सकता, कॉमरेड आपका आकलन इस बारे में सही नहीं है, यह इस तरह से होता है।

दुलत : सर, आप हर एजेंसी के साथ यही पाएँगे। इस काम की प्रकृति ऐसी ही है। केजीबी की समस्या यह थी कि वह अभिजात्यवादी है। यही कारण है कि आज पुतिन[2] दुनिया पर राज कर रहे हैं, उनके पास भी वही लोग हैं। ये पुराने शीतयुद्ध के योद्धा उन बदलावों से तालमेल नहीं बैठा पाए हैं, जो रूस में हुए हैं। यही कारण है कि पुतिन इसे उस दौर में ले जाना चाहते हैं, जब सोवियत संघ प्रभावशाली था।

दुर्रानी : मैं मानता हूँ कि जर्मन बीएनडी तरीक़े से और गंभीरता से काम करता है। जर्मन किसी भी तरह से गंभीर लोग ही होते हैं, हालाँकि कई बार उनके उत्पाद स्तरीय नहीं होते।

बीएनडी ख़ुद के संपूर्ण होने की इच्छा का शिकार है। सब कुछ त्रुटिरहित होना चाहिए, अंतिम ब्योरे तक सब कुछ सही होना चाहिए।

सिन्हा : तो यह बड़ी तसवीर को नहीं देख पाता?

दुर्रानी : यही चीज़ है, जो समय के साथ सीखनी होती है। हर चीज़ के रिसकर आने के लिए आप चिरकाल तक इंतज़ार नहीं कर सकते, और फिर आप कहें कि अब हमारे पास सब कुछ है, आइए, कोई प्लान बनाते हैं। किसी को कहना होता है, यह चीज़ इस तरह से विकसित होती लगती है, तो आइए, ऐसा करते हैं। यह उस इंसान का काम है, जिसे सामरिक आकलन करना होता है, सामरिक ज़रूरतें पूरी करनी होती हैं।

बीएनडी में इसी बात की कमी है। जर्मनी के एकीकरण के बाद किसी ने कहा कि अर्थव्यवस्था उससे ज़्यादा बुरी हो गई है, जैसी हमने अपेक्षा की थी। आप कहाँ थे बीएनडी? जिस विभाग को यह आकलन करना था, उसमें एक आदमी था और मुझे लगता है, उसका जवाब था कि हमारे पास गुप्त सूचना आई थी, जिसकी हम छान-बीन कर रहे थे, विश्लेषण कर रहे थे, और अपने कंप्यूटर के ज़रिए छान रहे थे, लेकिन यह इतनी ज़्यादा थी कि हम केवल 1950 और 1960 के दशकों तक पहुँच पाए, जब तक पतन हो चुका था।

आप किसी ख़ुफ़िया एजेंसी से यह अपेक्षा नहीं कर सकते, जो आपके विश्लेषण से 30 सालों के पीछे के आँकड़ों से भरी है।

इस तरह से, अन्य एजेंसियाँ भी एकदम ग़लत रही हैं। इसके बाद वे कोई तर्क बना लेते हैं। अगर, कोई एजेंसी आपको समय पर सामरिक या रणनीतिक चेतावनी नहीं मुहैया करा पाती, तो इस भारी मशीनरी में रखा है क्या फिर?

दुलत : हर ख़ुफ़िया एजेंसी यही मानती है कि उसे बाक़ी सबसे ज़्यादा आता है। पेशेवर तौर पर मुझे लगता है कि ब्रिटेन के लोग काफ़ी अच्छे हैं। वे बात कम करते हैं और चुपचाप अपना काम करते हैं।

सिन्हा : और उनके पास जेम्स बॉन्ड है।

दुर्रानी : जेम्स बॉन्ड के बारे में मैं नहीं जानता, लेकिन 7/7[3] के हमले के बाद, ब्रिटिश लोगों के काम करने का तरीक़ा शांतिपूर्ण है, अन्यथा यह काम का नहीं होता।

सिन्हा : यहाँ तक कि वेस्टमिंस्टर[4] हमले के बाद भी उनका रवैया शांत रहा, व्यवस्थित रहा।

दुर्रानी : ब्रिटिश लोगों की छवि ऐसी है कि वे सौ साल आगे हैं। इस तरह से आप कई शताब्दियों तक अपने युग की सुपर पावर बने रहे। अमेरिका 1990-91 में एकमात्र सुपर पावर था और वह जितना ताक़तवर था, उतना तो ब्रिटेन भी नहीं रहा। उसके पास ज़्यादा उद्योग थे, सैन्य शक्ति थी, सहयोगी ज़्यादा थे और ज़्यादा ख़तरे भी थे। चुनौती कोई नहीं थी। सर्वशक्तिमान था।

दस साल बाद, पतन शुरू हुआ। आज उसे कौन गंभीरता से लेता है? वे बम ज़रूर ज़्यादा फोड़ सकते हैं, लेकिन वे बस वही कर सकते हैं।

दुलत : ब्रिटेन को यह फ़ायदा है कि उन्हें हर समय, हर दिन विश्लेषण तैयार नहीं करना होता है। वे किसी काम पर बहुत लंबे समय से काम कर रहे हैं, पूरा समय लेते हैं, और वे जो बहुत ज़रूरी होता है, उसे ही अपने कार्यकारी प्रमुख को बताते हैं। और एमआई6 और एमआई5 के चीफ़ जब चाहें, प्रधानमंत्री से मिल सकते हैं।

दुर्रानी : उनका एक कल्चर है। वे सब क्राउन के लिए काम करते हैं।

सिन्हा : अमेरिकी अपनी एजेंसियों के बारे में बहुत सारा साहित्य निकालते हैं, लेकिन हम नहीं ऐसा करते।

दुलत : मलिक साहब ने अपने संस्मरण लिखे थे।

सिन्हा : यह कितने पहले की बात है? भारत और शायद पाकिस्तान में साहित्य की कमी है।

दुलत : मुझे नहीं पता, ऐसा क्यों है। दस साल पहले हमारे एक आईबी चीफ़ थे, नेहचल संधू, जो इंटेलीजेंस ब्यूरो का इतिहास लिखवाने के काफ़ी इच्छुक थे, हालाँकि किसी ने कहा, "नहीं, अभी बहुत जल्दी हो जाएगा।" फिर यही चलता रहा।

सिन्हा : बहुत जल्दी! यह दुनिया का सबसे पुराना ख़ुफ़िया संगठन है।

दुलत : पुरालेख नहीं खोले जा सकते। यह तो पागलपन है, क्योंकि अमेरिकी या रूसी तो अपनी एजेंसियों के बारे में बात कर सकते हैं, यह उनका श्रेय है और विश्वसनीयता भी। भारत में लोगों को यह तक नहीं पता कि आईबी क्या है। आईबी और सीबीआई के बारे में ग़लतफहमी रहती है। जैसा कि जनरल साहब ने कहा, "लोग इलाके के थानेदार को जानते हैं, लेकिन स्पेशल ब्रांच के बारे में कुछ नहीं जानते।"

सिन्हा : आईएसआई ने *द बियर ट्रैप* के साथ शुरुआत की थी।

दुर्रानी : ऐतिहासिक विवरण लिखने की हमारी प्रभावशाली परंपरा नहीं रही और इसको देखते हुए *द बियर ट्रैप* काफ़ी हद तक सही प्रयास था, भले ही इसकी सटीकता सवालों के घेरे में थी। भारत में तो कुछ किताबें हैं, लेकिन सीआईए प्रायोजित लेखन काफ़ी भयानक है।

सिन्हा : उसमें संस्मरण शामिल हैं या पत्रकारिता संबंधी विवरण?

दुर्रानी : आमतौर पर यह ख़राब ही है। कोई कहीं छह महीने बिताता है और वापस जाकर इसे मोटी किताब के तौर पर लिख देता है। अफ़गानिस्तान से सोवियत संघ की वापसी के बाद पीटर टॉमसन को अमेरिकी राष्ट्रपति का विशेष दूत नियुक्त किया गया था। मेरे आईएसआई में रहने के दौरान ही वे इस पद पर थे। अमेरिकी राजदूत ने एक बार मुझसे कहा था, "आप उनसे मिलते क्यों नहीं?" मैंने कहा कि मैंने उनके बारे में सुना ही नहीं और वे आख़िर करते क्या हैं? इसके बावजूद, मैंने उनसे मिलने की कोशिश की। वे तो ज़िक्र करने लायक ही नहीं हैं।

उनके बारे में अलग बात सुनाई पड़ी कि उन्होंने एक मोटी किताब लिख डाली है (*द वॉर्स ऑफ़ अफ़गानिस्तान,* 2011), जिसमें उन्होंने अपने साल-छह महीने किस तरह से अखबार पढ़ते हुए बिताए, यह बताया था। उनका किसी से संपर्क नहीं था। किताब में एक अध्याय तो मेरे ऊपर भी था। उसमें यह भी लिखा था कि एक वही थे, जो अफ़गानिस्तान को चला रहे थे, और मैं उनका डिप्टी था। इस बात के अलावा, मुझे उस किताब की बाक़ी बातें चापलूसी ही लगी थीं।

सिन्हा : कितनी सतही बात है, हालाँकि उनका संगठन अब भी उनके लेखन को महत्त्व देता है।

दुलत : सीआईए का एक विभाग है, जो प्रचार का काम देखता है। वे इसमें अच्छा-ख़ासा समय देते हैं।

दुर्रानी : हालाँकि, पुराने समय की ख़ातिर भी, मेरा उस किताब को खोलने तक का मन नहीं किया, क्योंकि ये लोग बहुत कचरा लिखते हैं।

उनके सिस्टम में राष्ट्रपति ही सीआईए के चीफ़ को चुनता है और इसी का नतीज़ा वूलसी[5] जैसे हल्के आदमी के रूप में सामने आता है। उसने भी एक मोटी किताब[6] लिखी। और एक और इंसान का तो लगातार झूठ बोलने का रिकॉर्ड है। मुझे इसका नाम याद नहीं आ रहा है। झूठ बोलने का उसका रिकॉर्ड लाजवाब है।

दुलत : पनेटा?[7]

दुर्रानी : पनेटा तो भ्रष्ट इंसान था, लेकिन यह तो वह इंसान था, जिसने इराक़ी नरसंहार के हथियारों[8] तक का मामला उठाया था।

मुझे यह बात माननी चाहिए कि हमें लगता है कि अगर यह बात किसी सीआईए के आदमी ने कही है, तो ज़रूर सही होगी। उसकी कलम को एक मज़बूत तलवार का समर्थन रहता है। हम में से किसी के पास वह तलवार नहीं है।

7
ख़ुफ़िया एजेंसियों के बीच संवाद

आदित्य सिन्हा : आपका दुलत साहब से जो संवाद रहा है, उसे आईएसआई किस तरह से देखती है? क्या वह रॉ को कपटी के तौर पर देखती है?

असद दुर्रानी : इस बारे में मुझसे किसी ने कभी कोई बात नहीं की, लेकिन मेरे पिछले अनुभवों को देखते हुए मैंने जो भी कहा या लिखा, उसको लेकर मुझे कभी आगाह नहीं किया गया। मेरी सारी संस्थाओं, नागरिक या सैन्य, सभी को मेरी गोपनीयता की क्षमता पर पर्याप्त भरोसा रहा। इसमें कोई हैरत की बात नहीं कि हम लोग कभी ऐसे मामलों में मानसिक भ्रम की स्थिति में नहीं रहे।

सेवा की शर्तों से मुक्त होने के बाद मैंने रॉ के एक पूर्व प्रमुख के साथ मिलकर संयुक्त आलेख लिखे हैं और ओसामा बिन लादेन को मारे जाने के बारे में अपना आकलन दिया था, जो सरकारी कथन के अनुरूप नहीं था। किसी ने मुझ पर मूर्खता का आरोप नहीं लगाया।

सिन्हा : आपके साथ क्या रहा, दुलत साहब? क्या आपसे किसी ने पूछा, "यह आप क्या कर रहे हैं? या मज़ाक़ में कहा हो, दुलत साहब तो आईएसआई के आदमी हैं।"

ए.एस. दुलत : यह मज़ाक़ की बात है, मैं ऐसा नहीं मानता। जैसा कि जनरल साहब ने कहा, हम जो कर रहे हैं, खुलकर कर रहे हैं। किसी भी स्थिति में रॉ मुझसे अब यह नहीं कहेगी कि मुझे क्या कहना चाहिए। मुझे नहीं पता कि आईबी या रॉ में इस समय क्या हो रहा है, और मैं टीवी पर आने वाले लोगों की राय से सहमति नहीं रखता। यहाँ तक कि यह किताब भी यही इशारा करती है।

दुर्रानी : इस स्तर पर किसी को दोष नहीं दिया जाएगा। दुलत साहब के बारे में कोई यह सोच भी नहीं सकता।

दुलत : वे इसलिए फ़ायदे में हैं कि उनके पास हमारी तरफ़ के एक अधिकारी से मिलने का अनुभव है। वे सीधे चीफ़-टू-चीफ़ बात कर चुके हैं। मैंने ऐसा कभी नहीं किया। उनसे मिलना और फिर आईएसआई के अन्य समकक्ष लोगों से मिलना, यह मेरे लिए यह एकदम अनोखी बात है।

दुर्रानी : आईएसआई के एजेंट होने का आरोप चाहे जिस किसी ने लगाया हो, मैंने पाया है कि हमारे लिए कोई काम नहीं कर रहा है। आईएसआई का उस इंसान को काम पर लगाने का कोई इरादा नहीं रहा। वह या तो बेहद बेकार था या बेहद अविश्वसनीय।

सिन्हा : हमारे बारे में यही कहा जाता है।

दुलत : मैं ख़ुद भी किसी काम का नहीं हूँ।

दुर्रानी : कोई उसे भर्ती करने की कोशिश भी नहीं करेगा, क्योंकि वह शायद भर्ती नहीं किया जा सकेगा।

हालाँकि, तब क्या होता है, जब कोई ख़ुद जाकर कहे, "आपको पता है, मैं किसके लिए काम करता हूँ?" केवल अपनी छवि बनाने के लिए। मुझसे भी यह किसी ने कहा था, लेकिन वह इंसान ज़रूर आपके लिए काम कर रहा था। ऐसा नहीं कि कोई किसी ना किसी तरह से यह बात कहेगा ही। हालाँकि, या ख़ुदा, ऐसा ही होता है!

हमारे ऊपर यह ख़ास इल्ज़ाम कोई लगाएगा तो लगाने वाला अपनी कमज़ोरी या गैर विश्वसनीयता के कारण लगाएगा। अन्यथा, ऐसा नहीं है, जो इस दरवाज़े से निकलकर आया है, उस पर आईएसआई या रॉ के एजेंट होने का आरोप लग ही जाएगा।

सिन्हा : आप बतौर आईएसआई चीफ़ रॉ के किस चीफ़ से मिले थे?

दुर्रानी : यह सिंगापुर की बात है। 1991 में किसी समय की बात होगी। बाजपेयी[1] रॉ की कमान सँभाले थे। हमारी मुलाक़ात दो दिनों तक हुई, हमने घटनाओं के बारे में बात की। मुझे यक़ीन है कि कश्मीर का उपद्रव हमारी बातचीत के केंद्र में था, क्योंकि अगस्त 1990 में मेरे आईएसआई ज्वाइन करने से पहले ही ये मूर्त रूप ले चुका था। कथित गेट्स मिशन के बाद, 'गर्मी' बढ़ती जा रही थी, इसलिए, हमारे विदेश विभाग की पहल पर क़रीब छह माह बाद हम लोग मिले थे। सारा श्रेय विदेश विभाग को ही जाता है।

जब आप पहली बार किसी से मिलते हैं, तो आप ज़्यादातर वक्त तो उसको परखने में ही लगा देते हैं, यही हिसाब करते रहते हैं कि वे कितना खुलना चाहते हैं या कितनी बात करना चाहते हैं। हमेशा दूसरी, तीसरी, या चौथी मुलाक़ात में ही आप ये सब समझ पाते हैं, लेकिन पहली मुलाक़ात में तो हमेशा पड़ताल ही होती है।

ज़मीन को हिला देने वाली कोई बात नहीं हुई थी। हम लोग मिले। मेरे मन में एक बात साफ़ थी कि बात करने के लिए मेरे सामने जो इंसान बैठा है, वह अनुभवी ख़ुफ़िया अफ़सर है। वह रॉ का चीफ़ है। उसकी ज़िंदगी नौकरी करते बीती है। इस तरफ़ मैं था, जो अभी सीख ही रहा था और मुझे नहीं लगता कि एक साल में, या एमआई और आईएसआई में मिलाकर मैंने जितने साल काम किया था, उतने सालों में कोई सीख सकता है। मुझे बेहद सावधानी बरतनी थी।

दुलत : यह मज़ेदार बात है कि जनरल साहब कह रहे हैं कि हमारे चीफ़ अनुभवी और

अच्छे विशेषज्ञ होते हैं, जबकि हमारा विचार हमेशा यह रहा है कि आईएसआई बहुत ख़ास है। उसके लोगों के पास बहुत ज़्यादा अधिकार हैं और वे जो चाहे कर सकते हैं। यह कहा जाता है कि यह सरकार के अंदर सरकार है।

दुर्रानी : तो, बाजपेयी और मैं एक बार मिले थे, लेकिन उसके बाद कोई फॉलो-अप नहीं हुआ। अगर दोनों देशों के पास बेहतर समझ होती, तो वे इसको सही ढंग से आगे बढ़ाते, हालाँकि उन्होंने अपनी सनक के कारण ऐसा नहीं किया, वरना हामिद गुल की एके वर्मा से मुलाक़ात, मेरी मुलाक़ात, और अन्य[2] लोगों की मुलाक़ात को संस्थागत रूप दिया जा सकता था। हर बार ऐलान करने की ज़रूरत ही नहीं रहती।

हालाँकि, वे लोग मिलते नहीं हैं, इसलिए, जब भी कोई दो चीफ़ मिलते हैं, तो हर बार नई शुरुआत होती है। प्रक्रिया में कोई निरंतरता नहीं है। ऐसा नहीं होता कि (मुशर्रफ़ की) चार बातों के बाद आप वहीं से बात आगे बढ़ा लें।

दुलत : क्योंकि यह सब संस्थागत नहीं है। अगर आपको लगता है कि इंटेलीजेंस चीफ़ ज़्यादा बड़े पड़ जाते हैं, तो एक स्तर नीचे आ जाइए या मध्यम स्तर पर आइए, लेकिन मुलाक़ातें होने दीजिए। अगर यह सब संस्थागत रहेगा, तो कुछ ना कुछ इससे हासिल होगा ही।

दुर्रानी : किसी भी हालत में, मुल्क़ के कामकाज को जानने वाला हर इंसान यह जानता है कि कोई चीज़ केवल इसलिए तो हो नहीं जाएगी कि रॉ के चीफ़ और आईएसआई के चीफ़ ऐसा चाहते हैं। इसमें तो पूरी व्यवस्था शामिल होती है।

दुलत : मैं आपसे पूरी तरह सहमत हूँ। मैं बीच में केवल यह कहना चाहता हूँ कि आईएसआई चीफ़ और रॉ के चीफ़ को एक मौक़ा तो दो। एक ऐसा निष्पक्ष मौक़ा दो, जिस पर वे यक़ीन करें। हमारे लिए यह यक़ीन करना अब आसान है, क्योंकि अब हम इससे बाहर आ चुके हैं, हालाँकि अगर आपके पास ऐसा आईएसआई चीफ़ और ऐसा रॉ चीफ़ है, जो विश्वास करता है, तो चीज़ें हो सकती हैं, भले ही छोटी-मोटी हों।

दुर्रानी : यह मौक़ा केवल इस आसान कारण से नहीं दिया जाता कि जब मैं अपने समकक्ष से मिला था, तो ना तो मैं उन्हें जानता था और मुझे लगता है ना ही वो मुझे ढंग से जानते थे। हमारा नतीज़ा यह था कि हम इसे जारी रखेंगे, हालाँकि उन्हें इसकी इजाज़त नहीं मिली। मेरे मामले में किसी को इतना भर कहना था, "हाँ भाई, करते रहो।" इसके बजाय, एक बहरा कर देने वाली चुप्पी थी।

दुलत : अब ऐसा लगता है कि कोई मुलाक़ात नहीं होती। कुछ नहीं होता है।

दुर्रानी : आपको यक़ीन है कि अब ऐसी मुलाक़ात नहीं होती?

सिन्हा : क्या रॉ और आईएसआई के मौजूदा चीफ़ मिलते हैं?

दुलत : क्या पता? हमें जानना नहीं चाहिए।

दुर्रानी : यही सबसे सही जवाब है। अगर वे सचमुच गंभीरतापूर्वक मिल रहे हैं, तो हमें पता नहीं चलना चाहिए।

दुलत : मुझे बिलकुल भी नहीं पता। मुझे यह भी नहीं पता कि वे आख़िरी बार कब मिले थे। जनरल साहब मिले थे, एहसान साहब मिले थे।

सिन्हा : आप जनरल महमूद[3] से नहीं मिले थे?

दुलत : नहीं तो, मैं नहीं मिला।

दुर्रानी : जब मैं बाजपेयी से मिला था, तो केवल चार-पाँच लोगों को पता था। और कई सालों तक, मैं इससे इनकार करता रहा—बी रमन ने अपनी किताब में इसके बारे में लिख दिया था, तब भी मैं इनकार ही करता था। उसके बाद ऐसा वक्त आया, जब मैंने यह कहने का निश्चय किया, हाँ, मैं रॉ के चीफ़ से मिला था।

दुलत : यही मैं हमेशा से करना चाहता था। मैंने काफ़ी कुछ किया भी। पाकिस्तानी दोस्तों ने मदद की, और मैं अकेला रॉ चीफ़ हूँ, जो पाकिस्तान गया था, कोई एक बार नहीं, बल्कि चार-चार बार। मैं पाकिस्तान के टीवी पर भी आया। हमारे दोस्त ऐजाज़ हैदर मुझे टीवी पर ले गए और बाद में हम लोगों ने साथ बैठकर चाय पी थी। वे बोले थे, "शुक्रिया।" मेरे लिए यह सबसे बड़ी बात है, क्योंकि पाकिस्तान में रॉ चीफ़ को टीवी पर कोई और नहीं ला सका था।

दुर्रानी : मेरे पास किसी ऐसे इंसान का फ़ोन आया था, जिसे पता था कि मैं टीवी कभी नहीं देखता। मैं बैठा कुछ और कर रहा था, जो निश्चित ही ख़ास ज़रूरी काम नहीं था। वह बोला, "जल्दी, जल्दी, वह चैनल चालू करो," और मैंने देखा, टीवी पर दुलत साहब थे। वे कह रहे थे, "हाँ, बेशक़, पाकिस्तान में मेरे एक दोस्त हैं," और उन्होंने मेरा नाम लिया था।

सिन्हा : आपने अपनी किताब में कहा था कि अपने असर के कारण आईएसआई सर्वश्रेष्ठ ख़ुफ़िया संगठन है।

दुलत : मैं उस पर क़ायम हूँ। जनरल साहब रॉ के प्रति कुछ आदरभाव रखते लग रहे हैं, लेकिन सच तो यही है कि हम दूसरे पक्ष के बारे में जो सोचते हैं, वह हमेशा सटीक नहीं होता। इसके बारे में कितनी भी किताबें लिखी जाएँ, इससे फ़र्क़ नहीं पड़ता। जब वे और मैं बात करते हैं, और हम लोग ईमानदार हैं, तो हम लोग तथ्यों की बात करते हैं, वरना तो यह सब केवल एक हिसाब है और बाक़ी सब तो गप हैं।

सिन्हा : ख़ुफ़िया एजेंसियों के पूर्व प्रमुखों की ट्रैक-2 बैठकें कैसी चल रही हैं? क्या कोई कटुता है?

दुलत : ट्रैक-2 का मेरा अनुभव यह है कि बैठकें जब बिना राजनयिकों के होती हैं, तब हम कुछ आगे बढ़ते दिखते हैं।

जब ओटावा यूनिवर्सिटी ने मिलिटेरी-टू-मिलिटेरी डायलॉग (भारत और पाकिस्तान के बीच) शुरू किया, तो यह बढ़िया चला। जनरल दुर्रानी ने बताया कि सेवानिवृत्त ख़ुफ़िया अधिकारियों के बीच भी इसी तरह का डायलॉग हो रहा है और यह बिलकुल सही चल रहा है। कम-से-कम कोई झगड़ा तो नहीं है। हम हर बात पर तो सहमत नहीं हो सकते हैं, लेकिन यह सब सुखद है।

2008 के बाद से मैं कई सत्रों में शामिल हुआ और उन सारे सत्रों में सबसे सुखद वे थे, जिनमें ख़ुफ़िया अधिकारी शामिल थे। विदेश सेवा के अधिकारी ख़ुद को इतना गंभीरता से लेते थे कि ऐसा लगता था कि वे अब भी आगरा सम्मेलन[4] या इस्लामाबाद में ही हैं। वे भूल जाते थे कि यह ट्रैक-2 है और वे यहाँ कोई राजदूत या विदेश सचिव नहीं हैं।

दूसरे दिन किसी ने एक लंबा प्रेज़ेंटेशन दिया। मैंने कहा हमें प्रेज़ेंटेशन की ज़रूरत क्यों है? हम सब यहाँ दोस्तों की तरह बात कर रहे हैं। प्रेज़ेंटेशन में ग़लत कुछ नहीं है, लेकिन ऐसा लगता है कि जैसे आप यहाँ किसी काम के लिए तैयारी करके आए हैं।

कई बार ऐसा वक़्त आया, जब मूड बेहतर था और ऐसा भी हुआ, जब मूड बेहतर नहीं था। मैं आपको इस बार[5] बताऊँगा कि यह अच्छा था, हालाँकि, जनरल या पाकिस्तान की तरफ़ से मुझे ऐसा लगा कि वे सोच रहे हैं कि इस बार पहले से ख़राब हालत है। चीज़ें फिसल रही हैं।

दुर्रानी : मैं सहमत हूँ। जब हम लोगों ने यह डायलॉग शुरू किया था, तो कई सत्र उत्साहजनक नहीं थे। कोई आतिशबाज़ी नहीं थी। मुझे तो यह भी चिंता होने लगी थी कि हम ज़्यादा उकसाऊ बातों पर बात ही नहीं कर रहे हैं, हालाँकि ख़ुफ़िया एजेंसियों के लोगों का काम करने का तरीक़ा यही होता है। मुश्किल से गुस्से में आने वाले, ठंडे दिमाग़ से आकलन करने वाले, किसी पर दोष ना देने वाले और क्या चल रहा है, ये सब वे समझते हैं।

बाद में ना केवल यह डायलॉग, बल्कि एक अलग ट्रैक-2 सत्र में, ख़ासतौर पर कश्मीर के कारण स्थिति अलग तरह की थी। उस परिस्थिति में चर्चा पर ध्यान केंद्रित करने के लिए हमारे एक साथी को मज़बूती से और एक ख़ास क्रम से, पृष्ठभूमि बताने पर मज़बूर होना पड़ा था। प्रेज़ेंटेशन का कारण यह था।

अगर इस बार गरमा-गरम बहस हुई थी, तो इसका कारण कश्मीर में हालत ख़राब होना था, जो और ख़राब होती जा रही थी। इसके ऐसे नतीज़े हो सकते थे, जिनका वास्तव में कश्मीर से कुछ लेना-देना नहीं था, लेकिन इससे भारत-पाकिस्तान संबंधों पर असर पड़ता, और हम क्या चाहते हैं, इससे कुछ फ़र्क़ नहीं पड़ना था। ऐसे में कुछ आक्रामक और कुछ रक्षात्मक विचार सामने आते हैं।

दुलत : मैं इस पर जनरल से बात करना चाहूँगा। सर, आपको याद होगा, जब हम सितंबर 2016 में मिले थे, तब बात करने या बुराई करने को काफ़ी कुछ था। कश्मीर का मुद्दा उस वक़्त काफ़ी गरम था, यानी जुलाई, अगस्त, सितंबर, अक्टूबर में। ये चार महीने काफ़ी ख़राब

थे। सितंबर में उस समय भी हम कश्मीर की गंभीरता में उलझे थे। आपके पक्ष के पास यह सब ज़्यादा उठाने और पूछने की वैधानिकता थी कि हम क्या कर रहे हैं।

कश्मीर में स्थिति शांत हो चुकी थी। किसी भी सूरत में सर्दियों में ठंडक हो ही जाती है। ऐसे में यह गरमी पैदा होने का कारण यह है कि पाकिस्तान में यह धारणा लगातार मज़बूत होती जा रही है कि जब तक मोदी प्रधानमंत्री हैं, तब तक कुछ नहीं हो सकता।

दुर्रानी : मेरा मतभेद यहाँ यह है कि सितंबर 2016 में पाकिस्तान की वजह से ऐसा नहीं था। अभी तो माहौल शांत है, लेकिन उरी और कथित सर्जिकल स्ट्राइक हुई, जिसने माहौल हमेशा से ज़्यादा गरम कर दिया है।

पाकिस्तान में चिंता यह है कि यह दोबारा होने की आशंका है। यहाँ तक कि हम अगर इसमें ना भी पड़ें, तो भी उरी कांड और ज़्यादा सर्जिकल स्ट्राइक्स के रूप में यह सब होता रहेगा। यह कारण हो सकता है कि हमारे लोग उतने शांत नहीं थे, जितना कि हमारे भारतीय साथी अपेक्षा कर रहे थे।

दुलत : सब अच्छी तरह से शांत था, सर। कोई भी उत्तेजित नहीं हुआ था, हालाँकि इस बार आपने कश्मीर के बारे में ज़्यादा सोच लिया था। कश्मीर तो वहाँ हमेशा से रहा है, यह कभी ग़ायब नहीं हुआ। कई बार चीज़ें एकदम सामान्य या ठंडी थी, लेकिन वे अपवाद रहे हैं।

यही कारण है कि मैंने हमेशा यह माना है कि ना केवल हमारे पाकिस्तानी दोस्तों, बल्कि हमारे भारतीय दोस्तों को भी यह समझना पड़ेगा कि हम इस बात को क्यों नहीं मानते कि कश्मीर मूल मुद्दा है? कश्मीर पर बात कीजिए। कश्मीर में हमें किस बात का डर है, किस बात की शर्म है?

इस समूह के बीच, प्रतिक्रिया 'ठीक' है।

दुर्रानी : मसलन, आपके यहाँ आपके साथी क्या सोचते हैं?

दुलत : अगर आप इसमें राजनयिकों को लाते हैं तो, "ओह माइ गॉड, क-अक्षर तक का ज़िक्र मत करना!"

ये लोग इसे समझते हैं। एक फ़ायदा यह है कि सीडी (सहाय)[6] और केएम (सिंह)[7] दोनों कश्मीर में काम कर चुके हैं। वे मुझसे सहमत नहीं होंगे, लेकिन बैठकों में वे सहमत होते हैं कि हमें कश्मीर पर बात करने की ज़रूरत है।

सिन्हा : दुलत साहब, आप हाल ही लंदन[8] में एक कार्यक्रम में आईएसआई के एक और पूर्व चीफ़ जनरल एहसान-उल-हक़ से मिले थे। यह कैसे हुआ?

दुलत : यह तो बड़ी मज़ेदार बात थी। साउथ एशिया फोरम फॉर द फ्यूचर नाम का थिंक टैंक चलाने वाले आमिर गौरी ने क़रीब छह माह पहले मुझे फ़ोन किया और पूछा कि क्या मैं लंदन जाना और बात करना चाहूँगा। मैंने कहा, मैं लंदन जाने के लिए हमेशा तैयार रहता

हूँ, लेकिन बात किससे करनी है? और, सर, सच में उसने कहा, "क्या जनरल असद दुर्रानी से बात करने में आपको कोई दिक्क़त तो नहीं है ना?" मैंने कहा, कोई दिक्क़त नहीं। उनसे बेहतर कोई नहीं हो सकता। अगली बार उसने पुष्टि करने के लिए फ़ोन करके बताया, "जनरल एहसान वहाँ होंगे।" मैंने कहा, ठीक है।

6 अक्टूबर को लंदन स्कूल ऑफ़ इकॉनॉमिक्स में कार्यक्रम था। क़रीब 300 लोगों की क्षमता वाला हॉल पूरी तरह से भरा था। उसमें छात्र, कर्मचारी, विद्वान, पत्रकार और राजनयिक थे।

एक रात पहले उन्होंने हमें डिनर पर बुलाया था और मैंने कहा था, हाँ, एहसान साहब और मैं एक साथ होंगे, तो हम लोग एक दूसरे को संबोधित करने के बजाय, एक दूसरे से सीधे बात कर सकेंगे। विषय उन्होंने इंटेलीजेंस कोऑपरेशन का बताया था। कार्यक्रम की हेडलाइन कुछ इस तरह की थी, 'क्या इंटेलीजेंस कुछ अच्छा करती है?' या 'इंटेलीजेंस किसी काम की है?'

हालाँकि, जनरल एहसान ने भारत-पाकिस्तान संबंध पर बात करने का निश्चय किया था। उन्होंने कहा कि यह 70 साल पुराना रिश्ता है और हमें इस पर बात करने की ज़रूरत है। उनके दिमाग़ में बुनियादी तौर पर कश्मीर था। मैंने कहा, सर, विषय तो इंटेलीजेंस है। वे बोले, "नहीं, नहीं, कश्मीर में इतना कुछ हुआ है, भारत-पाकिस्तान-कश्मीर।" मैंने कहा, ठीक है। उन्होंने कहा, "अगर आप बुरा ना मानें, तो मैं पहले बोलूँ।" मैंने कहा, मैं तो चाहता ही हूँ कि पहले आप बोलें, ताकि मैं जवाब दे सकूँ।

उन्होंने कश्मीर, मानवाधिकार और कश्मीर में क्या हुआ, इससे शुरुआत की और फिर भारत-पाकिस्तान संबंध पर बोले। मैंने इसका जवाब दिया और उनकी कही कई बातों पर सहमति जताई और कुछ बातों से असहमति जताई, लेकिन यह सब हँसी-मज़ाक़ और हास्य-परिहास में हुआ था।

मैं उन्हें वापस इंटेलीजेंस पर लाया। वास्तव में, मैं सहाय का नाम लिए बिना, इसका श्रेय उन्हें और सहाय को देना चाहता था, इसलिए मैंने कहा, 'आप और आपके मित्र ने यह अच्छा काम किया कि आप लोग एक दूसरे से बात करते रहे। इंटेलीजेंस कोऑपरेशन का यही नतीज़ा है। 2003 में हमने युद्ध विराम किया था, आप दोनों ने वही किया था, जो आपके आका चाहते थे।' मैंने वह कहानी भी सुनाई जब हम लोगों ने खुफ़िया जानकारी मुहैया कराई थी, जिससे मुशर्रफ़ की ज़िंदगी बचाई जा सकी थी। मैंने कहा, 'बधाई हो, अच्छा काम किया है।'

दो जासूसों को इतनी आसानी से बात करते देखकर लोग खुश थे। एक प्रश्नोत्तर का सत्र था, और हम लोगों ने हर बात का जवाब देने की कोशिश की। एक बात पर एहसान साहब फँस गए। कुछ बलूच लड़के वहाँ थे और उन्होंने कुछ असहज सवाल कर दिए। एहसान साहब ने सवाल से बचने की कोशिश की और मैं उन्हें इसका दोष नहीं देता। आख़िरकार, संचालक ने पूछ लिया, "जनरल, आप प्रश्न का उत्तर देंगे या नहीं?" उन्होंने उससे कहा, "मैं राजनेता नहीं हूँ। यह प्रश्न राजनेताओं से करना चाहिए।" उन्होंने इसका अच्छे तरीक़े से सामना किया, लेकिन उन लोगों ने उन्हें शर्मिंदा किया।

इसको छोड़ दें, तो बाक़ी कार्यक्रम बहुत सुंदर रहा और इसके बाद हम बगल के पब में गए, जहाँ मीडिया हमारे सामने था। अधिकतर मीडिया वाले पाकिस्तान के थे और एक ग्रुप पंजाबी में ही बात कर रहा था। मैंने उनके सवालों के जबाव पंजाबी में ही दिए। वे बहुत ख़ुश हुए।

सिन्हा : क्या मौजूदा संवाद में उस बातचीत की चर्चा हुई थी?

दुर्रानी : मेरे पहल करने पर वह दौर लंदन मीट के विवरण से शुरू हुआ था। मैंने सोचा था कि यह अहम हाई-प्रोफाइल कार्यक्रम होने जा रहा है। दूसरी बात, इससे हमारी प्रक्रिया सुखद माहौल में शुरू होगी। बाद में पता चला कि क्या हो रहा है। तीसरा कारण, मेरा निहित स्वार्थ था। दुलत साहब हमेशा कहते हैं, बॉस फ़र्स्ट, इस बार आप इससे बच नहीं पाएँगे। उन्होंने बॉस बदल लिए थे और एहसान को बॉस कहना शुरू कर दिया था, लेकिन कम-से-कम उन्हें पहले बोलना चाहिए था।

एहसान ने अच्छा काम किया और हमारे नज़रिए को बेहतर तरीक़े से रखा। उन्हें ताज़ा मामलों की जानकारी भी ज़्यादा है, क्योंकि मेरे बाद वह दस साल तक आईएसआई का हेड रहा। उसके बाद वह चेयरमैन, ज्वाइंट चीफ्स ऑफ़ स्टाफ भी रहा और इन सारे मुद्दों से व्यापक संदर्भ में निपटता रहा।

दुलत : एहसान अच्छा आदमी है, लेकिन हम दोनों के बीच जो केमिस्ट्री है, वह हमें ज़्यादा स्पष्टवादी होने का मौक़ा देती है।

दुर्रानी : सही बात है, सही बात है। मुझे ख़ुशी है कि मेरा साथी ईमानदार है। मैं यथासंभव ईमानदार होने की कोशिश करता हूँ, और जब मुझसे यह नहीं हो पाएगा तो मैं शायद बता दूँगा।

मेरी समस्या उनसे है, जो साथियों के दबाव में होते हैं। हमेशा अपने हमवतन लोगों का मुँह देखते रहते हैं, सोचते रहते हैं, घर जाकर क्या बोलेंगे।

दुलत : यह साथियों का दबाव नहीं होता, सर।

दुर्रानी : हर कोई अपने को सीमित रखता है। यहाँ इस समूह में मैं निष्पक्ष रहा, मुझे नहीं लगता कि कोई दबाव है, मैं अपने पर पाबंदी नहीं लगाता। एलएसई जैसे पब्लिक फोरम में मुमक़िन है कि मैं कुछ चीज़ों से बचने लगूँ, हालाँकि वहाँ भी कई अन्य साथियों की तुलना में शायद ज़्यादा स्पष्टवादी हुआ जा सकता है।

दुलत : इसी में तो सारा मज़ा है। गोपनीयता का यह काम और जैसा कि आपने कहा, एक दूसरे को पीछे सींगों से खरोंच रहे लोगों की अपनी सीमाएँ होती हैं। अगर कोई अधिक स्पष्टवादी होना चाहे, अधिक सहयोग करना चाहे, तो उसकी सीमा तो आकाश तक जाती है।

सिन्हा : जनरल एहसान और सहाय साहब के बीच अभी क्या समीकरण है?

दुर्रानी : फिर वे मिले, क्योंकि उनके आकाओं को ज़रूरत थी। शायद यह ठीक रहा। तब से किसी के ऊपर सकारात्मक या नकारात्मक बोझ नहीं है। हर कोई आज़ादी से बोलता है, हालाँकि शाबाशी की बात हो सकती है कि वे संकोची नहीं हैं। यह सब अच्छी बात है।

सिन्हा : वे एक दूसरे के प्रति सहज हैं?

दुर्रानी : वे लोग शायद किसी दूसरी जगह भी यही बात कहेंगे। ऐसा इसलिए नहीं कि वे एहसान या सीडी हैं। हमारे मामले में अगर दुलत साहब सामने हैं, तो मैं कोई चीज़ साफ़गोई से कहूँगा। अगर कोई दूसरा सामने होगा, तो मैं फिर परवाह नहीं करूँगा। मैं इस हद तक उदार हूँ।

दुलत : यह आपकी दूसरे इंसान के प्रति सहजता के स्तर की चाल है। मैं पूरी कोशिश करूँगा कि इसे हल्के-फुल्के तरीक़े से लूँ, चुटकुले सुनाता रहूँ। इन बातों को लेकर इतना गंभीर क्यों होना? इससे दूसरे इंसान का बोझ कम होता है। उसे लगता है कि मैं यहाँ उससे या पाकिस्तान से लड़ने नहीं आया हूँ। हम यहाँ मज़े के लिए आए हैं, और यही कारण है कि हमने साथ बैठकर बात की।

दुर्रानी : यह रवैया हमें कहीं और पहुँचने में मदद करता है।

दुलत : हम एक दूसरे की पड़ताल कर रहे होते हैं, लेकिन हम हँसते हैं, और यह सब हँसी-मज़ाक़ में होता है।

III

कश्मीर

ये छह अध्याय भारत और पाकिस्तान के बीच मौजूद जम्मू और कश्मीर की समस्या के मूल पर केंद्रित हैं। द्विपक्षीय संबंध यथास्थिति में फँसे हैं, और ए.एस. दुलत तथा असद दुर्रानी, दोनों की अपनी-अपनी व्याख्याएँ हैं कि उनके देशों के लिए 'यथास्थिति' का अर्थ क्या है, और कौन-सी बात इसे उनके प्रतिष्ठानों के लिए आकर्षक बनाती है। उन्होंने 'समग्र वार्ता' में शांति के जारी प्रयासों पर चर्चा की, जिनमें आईएसआई द्वारा कश्मीरी आज़ादी के सबसे आरंभिक पैरोकार की ख़ातिरदारी, नरेंद्र मोदी के प्रधानमंत्री रहते कश्मीरियों की अधूरी रही आकांक्षाओं और फ़ारूक़ अब्दुल्ला की पेंचदार बातों पर चर्चा शामिल थी। दोनों लोग सहमत हैं कि कश्मीरियों के लिए आगे बढ़ने का एकमात्र तरीक़ा एक बार में सारे समाधान की अपेक्षा करने के बजाय 'जो मिले, उसे ले लो' होना चाहिए।

मंच की तैयारी

आठ माह के अंतराल के बाद प्रोजेक्ट फ़रवरी 2017 में बैंकॉक में फिर से शुरू हुआ। बारहवीं मंजिल पर स्थित मेरे कमरे से हमें चाओ फ्राया नदी के साथ-साथ शहर के दक्षिणी क्षितिज का सुंदर दृश्य दिखता था। कड़क कॉफी पीने के बाद जनरल और दुलत साहब दोनों को अपनी विदेश नियुक्तियों के मनोरंजक क़िस्से याद आने लगे।

8

यथास्थिति

असद दुर्रानी : जहाँ तक मुझे याद आता है कि भारत यथास्थिति वाली ताक़त माना जाता रहा है। साफ़ कहूँ तो पाकिस्तान के लिए इसका अर्थ है कि कश्मीर में कोई हलचल नहीं। उस वक्त हम कश्मीर से ज़्यादा कुछ नहीं सोच रहे थे। पाक अधिकृत कश्मीर आपका है, इस बारे में आपने कई बातें शामिल की होंगी, जो कि महज मोलभाव की बात थी, लेकिन मुझे लगा कि जब भी कभी ज़रूरत पड़ी, हमने कहा, आइए बैठकर मामला निपटाते हैं। किसी ने इसे गंभीरता से नहीं लिया। पाकिस्तान ही चाहता था कि यथास्थिति बदले, क्योंकि वह कश्मीर के मामलों के हालात से खुश नहीं था।

मैं इस नतीज़े पर पहुँचा था कि 1998 में संपन्न हुई समग्र वार्ता भारत-पाकिस्तान विवादों को सुलझाने या सँभालने का शानदार उपाय था। इसका फ़ॉर्मूला अच्छा था, हिसाब का तरीक़ा बेहतरीन था। यह कहना चाहिए कि कम हठीले मुद्दों पर चर्चा करके हम यक़ीन का माहौल तैयार कर सकते हैं। इसके बाद, हम सुरक्षा और कश्मीर जैसे तमाम मसलों पर शुरुआत कर सकते हैं। किसी बाद की स्थिति में हम 'आतंकवाद' पर भी चर्चा कर सकते हैं।

कई शुरुआती झटकों के बाद समग्र वार्ता का नतीज़ा निकला, जब आपके विदेश मंत्री 'मील का पत्थर' कहे जा सकने वाले समझौते पर हस्ताक्षर करने 2006 में इस्लामाबाद आए। यह बहुत काम का रहा और इसको लेकर बहुत सारा उत्साह भी था। जिन लोगों को घोषणा के लिए मैरियट होटल आमंत्रित किया गया था, उनमें मैं भी शामिल था। मैं यूरोप से आया था। अपेक्षा यह थी कि दोनों पक्ष नियंत्रण रेखा के दोनों ओर के कश्मीरी नेताओं को बातचीत करने का मौक़ा देकर शांति वार्ता शुरू करेंगे।

हम में से कुछ लोग हॉल के बाहर टहल रहे थे, मज़ाक़ कर रहे थे कि ये लोग बस शुरू करने जा रहे हैं, लेकिन अगर कोई बस उड़ा दी गई तो क्या होगा? अचानक लोग प्रकट हुए और बोले, "हाँ, एक बस चलेगी।" मैंने कहा, यह कुछ ख़तरनाक लगता है, लेकिन शांति वार्ता शुरू करने का यह अहम संकेत है।

इसे केवल प्रतीकात्मक माना जा गया था। मूल चीज़ों में से जो आसान थीं, वे रास्ते में होने वाली थीं। और जब कुछ नहीं हुआ, सबसे आसान मसले भी नहीं सुलझे, तो मैंने निष्कर्ष निकाला था कि भारत यथास्थिति बनाए रखने को लेकर गंभीर है।

मेरा तर्क यह है। भारत मानता है कि अगर यथास्थिति भंग हुई, तो परिवर्तन की गति को नियंत्रित करना कठिन हो जाएगा। अगर स्थिति निश्चित सीमा से नीचे जाती है, तो यह ना केवल पाकिस्तान, बल्कि भारत को भी नुक़सान पहुँचाएगा। इसी तरह से, ऊपर की ओर जाना भी भारत के हित में नहीं है। पाकिस्तानी अधिक विश्वास से भरे हो सकते हैं, अधिक गुस्ताख़ हो सकते हैं, कश्मीरी अधिक मुखर, अधिक उग्र हो सकते हैं, और उन्हें यह लग सकता है कि नई स्थिति में वे कुछ हासिल कर सकते हैं। ऐसे में मौजूदा स्थिति भारत के लिए भले ही सुविधाजनक ना हो, लेकिन उसने यह नतीज़ा निकाला होगा कि ऊपर की ओर जाने वाले किसी भी रुझान को क़ाबू में रखा जाए।

भारत सहज है कि पाकिस्तान के साथ दिक़्क़तें हैं। भारत अच्छा कर रहा है, दूसरी जगहों पर जाता है, दुनिया के देश उसे लुभा रहे हैं। भारत 70 से 80 अरब डॉलर का व्यापार चीन के साथ कर रहा है। खेल क्यों बिगाड़ा जाए?

ये ठोस कारण लगते हैं। महाद्वीप के बाहर बहुत बड़ी संख्या में लोग भी हैं, लेकिन भारत पर भी नज़र रखने से समान प्रभाव पड़ता है। 'हम यही संदेश पाते हैं,' ऐसे लोगों ने बताया है।

इस तरह, भारत केवल सामान्य यथास्थिति पर नहीं है, बल्कि कड़ाई से यथास्थिति की शक्ति बना हुआ है। यह उसे बचाने के लिए सब कुछ करेगा और ऐसी दिशा में हिलेगा तक नहीं, जिससे इसे फ़ायदा हो सकता हो, क्योंकि ऐसा करने का मतलब उन पुराने दोस्तों को छोड़ना है, जिनके साथ वह सहज है। काम तो उन्हीं के साथ करना है, जिन्हें हम जानते हों, भले ही उन्हें पसंद करें या ना करें, वाला तर्क यहाँ लगता है।

ऐसे में मैं समझ सकता हूँ कि क्यों भारत ने मुशर्रफ़[1] की पहलों का जवाब नहीं दिया था। अगर आपको कोई चीज़ पसंद नहीं आती है, तो आपका जवाब यही होता है, शुक्रिया, हम इसका अध्ययन करेंगे, और उचित समय में आपको जवाब मिल जाएगा। इस तरह की चुप्पी से मुझे इशारा मिल गया था कि भारत की जवाब देने की इच्छा नहीं है। कूटनीतिक शब्दों में भारत ने हमसे निकल जाने और खंभे पर चढ़ जाने को कहा और कहा कि हम इसे अपने तरीक़े से देख लेंगे।

ए.एस. दुलत : गतिरोध के बारे में हमने हमेशा यही तर्क दिया। अगर भारत और पाकिस्तान के बीच कुछ है ही नहीं, तो किस बात की यथास्थिति? यहाँ तक कि आना और जाना भी एक समस्या है। अगर संबंध बेहतर हों, तो हम यह बातचीत दिल्ली और लाहौर में करते, हर सप्ताह करते।

मेरा हमेशा से यह मानना रहा है कि यथास्थिति कुछ नहीं है और हमें आगे बढ़ने की ज़रूरत है। वास्तव में अगर यथास्थिति से किसी को फ़ायदा है, तो पाकिस्तान को ही है।

इस यथास्थिति के बारे में मैं एक ठोस उदाहरण देता हूँ। आज कश्मीर की बात लेते हैं। 2012 से वह यथास्थिति में फँसा है, लेकिन आज यथास्थिति पाकिस्तान के पक्ष में है, क्योंकि भाजपा-पीडीपी[2] की गठबंधन सरकार ने कश्मीरियों को कई तरह से निराश किया

है। महबूबा यह जानती हैं, लेकिन वे फँसी हैं और वे तथा पाकिस्तान दोनों कश्मीर में बढ़ रहे असंतोष को जानते हैं।

आंदोलन शुरू होने के बाद से पहली बार घाटी में उग्रवाद बहुत ज़्यादा स्वदेशी है। लड़कों की समस्याएँ हैं या वे भेदभाव महसूस करते हैं या निराश महसूस करते हैं। यह केवल 20-30 लड़कों की बात है, लेकिन यही पर्याप्त रूप से बुरा है। पूरी आबादी उनके पीछे चलना चाहती है। हमारे लिए यह परेशान करने वाली बात है, तो इसमें यथास्थिति कैसे मददगार हो सकती है?

लेकिन, हाँ, ऐसे समय में, यह पाकिस्तान के लिए मददगार है, हालाँकि, व्यापक परिदृश्य में यथास्थिति कभी मददगार नहीं हो सकती।

दुर्रानी : एक या दो साल पहले दुलत साहब ने यह कहना शुरू किया था कि यथास्थिति पाकिस्तान के लिए ज़्यादा मददगार है, क्योंकि कश्मीर में समस्या है। मैं उनके इस तर्क को नहीं समझा था और बुरहान वानी की हत्या[3] तक ना ही मैं इतनी गहराई में गया था। इसके बाद मैंने इस विचार में दिलचस्पी लेनी शुरू की कि घाटी में जो कुछ हो रहा है, उसके कारण पाकिस्तान को आराम से बैठ जाना चाहिए और 'देखकर मज़ा लेना' चाहिए। शायद भारत अपनी मूल नीति, अपनी पुरानी धमकियाँ और अपने पुराने तरीक़े बदलने पर मज़बूर हो जाए। और तब हम शायद एक नई यथास्थिति पा जाएँगे।

यह कहा जा सकता है कि इस समय यथास्थिति पाकिस्तान के लिए प्रतिकूल नहीं है। अगर कश्मीरी मरें नहीं, तो पाकिस्तान इस अस्थिरता के साथ सहज हो सकता है। इसके अलावा, अगर यह अनिवार्य रूप से जारी रहती है और आप इसका हिस्सा नहीं भी बनना चाहते हैं, तो नियंत्रण रेखा के इस पार स्थिति बिगड़ेगी। इसके बावजूद, हम इसके साथ ना केवल रह सकते हैं, बल्कि अन्य चीज़ें भी पा सकते हैं। कई बार मैं कहता हूँ कि हमारे संबंध सामरिक स्थिरता प्राप्त कर चुके हैं।

दुलत : अब कोई स्थिर गतिरोध सकारात्मक कैसे हो सकता है?

अगर हम इंटेलीजेंस पर मिलकर पेपर तैयार कर सकते हैं और अगर हर बैठक में हम मिलकर इस बात की पैरवी कर सकते हैं कि ख़ुफ़िया एजेंसियों के प्रमुखों की बैठक होनी ही चाहिए, तो यह यथास्थिति नहीं है। मैं तो यह प्रस्ताव देने की हद तक भी गया हूँ कि दोनों राजधानियों में स्थानीय प्रमुखों के पद खुले होने चाहिए।

हमारे यहाँ इस तरह की आदत थी कि ऑल पार्टी हुर्रियत कॉन्फ्रेंस को दिल्ली में पाकिस्तान उच्चायोग में जाकर चाय पीने से रोक दिया जाता था। उसके बाद, जब 1995 में राष्ट्रपति फ़ारूक़ लेघारी जब दिल्ली आए, तब नरसिंहराव ने कहा कि ये फ़ालतू बात बंद कीजिए। जो कोई भी जाना चाहे, उसे जाने दो। वाजपेयी ने इसे और आगे बढ़ाया तथा हुर्रियत को वास्तव में पाकिस्तान यात्रा करने की सुविधा दी।

तो, यह अग्रगामी क़दम था, फिर इसे बंद कर दिया गया और हम अब पीछे की ओर लौट रहे हैं। हम आज यहाँ हैं, तो इसी कारण से हैं। भारत की मानसिकता है कि हुर्रियत

से बात करने की कोई ज़रूरत नहीं है। यहाँ तक कि फ़ारूक़ अब्दुल्ला से भी बात करने की ज़रूरत नहीं है, भले ही कश्मीर और दिल्ली और दुनिया के बारे में फ़ारूक़ अब्दुल्ला से ज़्यादा जानकार कोई अन्य नहीं है। इसलिए, वे अपने परिवार के साथ दक्षिण अफ़्रीका या दुबई या कहीं और छुट्टियाँ मनाते घूमते रहते हैं।

इसमें दोनों में से किसी भी पक्ष की जीत नहीं है।

दुर्रानी : यथास्थिति का मतलब यह नहीं कि कोई बैठक ना हो, कोई हलचल ना हो, कोई आना-जाना ना हो। वास्तव में, आप वह सब कुछ करते हैं, जिससे कि ये सुनिश्चित रहे कि राजनीतिक व्यवस्था में कोई परिवर्तन नहीं होगा। भागीदारी में कोई परिवर्तन ना हो, जो आगे किसी बदलाव के लिए लाभदायक हो सके। इस तरह का कुछ नहीं कि यह बस चलनी शुरू हो गई, तो कुछ और हो ही जाएगा। इससे तो बस ही रास्ते में रुक गई।

बात इस हद तक है कि जब मुशर्रफ़ ने एक चार-सूत्रीय फ़ॉर्मूले की बात की, जिसे वे तार्किक और कुछ हद तक दूसरे पक्ष के विचार की ओर झुका मानते थे, तब भी (भारत में) उसे लागू करने की अनिच्छा दिखाई दी। चूँकि आज हम कह सकते हैं कि व्यापार के लिए एलओसी अप्रासंगिक है, तो कल वे यूरोपीय संघ की तरह की व्यवस्था चाह सकते हैं। इसीलिए मैंने कहा था कि सामरिक गतिरोध ही भारत का मक़सद है।

मेरे ऐसा मानने का कारण यह है कि पाकिस्तान के साथ संबंध सुधारने का मतलब सिर्फ शांति ही नहीं है, बल्कि कुछ नीतियों पर समझौता करना भी है, चाहे यह कश्मीर तक ही सीमित क्यों ना हो, क्योंकि यह गिव एंड टेक का मामला है। इसलिए यह कहा जाता है कि शांति की क़ीमत कई बार झगड़े की क़ीमत से भी ज़्यादा होती है।

संघर्ष तो सँभाले जा सकते हैं, सीमा पार कभी-कभार ही गोलीबारी होगी और कभी-कभार ही लोग मर सकते हैं, लेकिन शांति की क़ीमत में कश्मीर का पुराना विभाजन या पाकिस्तान के साथ समझौता स्वीकार करना, पूर्व सिंधु जल संधि आदि में बदलाव स्वीकार करना है। इससे अन्य मसले भी बदलने लगेंगे।

दुलत : मैं सहमत हूँ कि सबसे आसान दिखने वाली चीज़ें भी नहीं हो पाती हैं। जिस चार-सूत्रीय फ़ॉर्मूले के बारे में मैं बड़बड़ाता रहा हूँ, वह पाकिस्तान की तरफ़ से आया है और कश्मीरियों ने इसे स्वीकार किया है। हमें कोई ज़्यादा आपत्ति नहीं थी, इसलिए यह किए जाने योग्य लगता है और तब भी जब इस पर ध्यान दिया गया तो वे केवल बातें करते रहे। हमें ज़रूरत बैठकर मुशर्रफ़ के चार या छह सूत्रों पर चर्चा करने की थी, और उसमें से जो हमें पसंद नहीं, उसे हटा देने की थी, लेकिन हमने यह नहीं किया, हालाँकि डॉ.मनमोहन सिंह ने पदत्याग करते समय कहा था कि समझौता लगभग हो गया था। हुआ था, लेकिन नहीं हुआ। भारत-पाक संबंध इस तरह के विचित्र हैं।

2006-07 की खिड़की मुशर्रफ़ के जाने से पहले ही बंद हो गई, और उनके ग़ायब होने के बाद हमने कहा, अगर वे होते, तो बहुत कुछ हो सकता था। ये वही इंसान था, जिसे हम करगिल का खलनायक बताकर उसकी निंदा करते थे। मुशर्रफ़ को कहना चाहिए था, "करगिल को भूल जाइए और आगे बढ़िए, मैंने वह ग़लती की थी।"

मुशर्रफ़ ने बार-बार कहा कि जो कश्मीर और कश्मीरियों को क़बूल होगा, वह पाकिस्तान को भी क़बूल होगा। उनका चार-सूत्रीय फ़ॉर्मूला इस बयान को ध्यान में रखकर था।

आदित्य सिन्हा : आज से बीस साल बाद भी क्या हम यही यथास्थिति पाएँगे?

दुर्रानी : मुझे नहीं पता, कौन-सा शब्द इस्तेमाल किया जाना चहिए, लेकिन आमतौर पर, जब यह नकारात्मक लगता है, तब यह यथास्थिति होती है और परमाणु परीक्षण के पहले यह सामरिक स्थिरता थी। हम आंतरिक तौर पर अक्सर इसकी चर्चा करते हैं, और हमारे रक्षा मंत्रालय ने एक पत्रिका में मेरे विचार प्रकाशित भी किए हैं।

इसमें मुख्य बात यह थी कि सामरिक स्थिरता सभी स्तरों पर मौजूद है। यह स्थैतिक नहीं है, स्थिरता भी गतिशील होती है। कभी जब इसमें गड़बड़ होती है, मान लीजिए, भारत की सेना को कोई शानदार प्रौद्योगिकी की ज़रूरत है, मसलन, बैलेस्टिक मिसाइल डिफेंस (बीएमडी), तो पाकिस्तान उसी तरह के कोई सामरिक परमाणु हथियार के ज़रिए इसे बहाल करने की कोशिश करेगा। इससे यथास्थिति बनी रहती है।

आज से बीस साल बाद आसार हैं कि हमारे पास अलग तरह की स्थिरता होगी। 20 साल में जो घटनाक्रम होंगे, हमें पता नहीं, ये अगले साल भी हो सकते हैं, लेकिन ये 'नई सामान्य स्थिति' 1980 और 90 के दशकों की तरह की यथास्थिति नहीं होगी।

दूसरी तरफ़, अगर मैं पीछे देखूँ, तो 20 साल पहले भी हमारे सामने यही दिक्क़तें थीं : कश्मीर, भारत-पाकिस्तान संघर्ष, अफ़गानिस्तान। कहानी कमोबेश वही है, दबाव बना हुआ है।

सिन्हा : आज से बीस साल बाद चीज़ें कुछ अलग दिखने लगेंगी, लेकिन मूल बातें समान ही रहेंगी।

दुर्रानी : यथास्थिति मतलब, एक ख़ास तरह की स्थिरता। हम जितना ज़्यादा बदलते हैं, उतना ही ज़्यादा समान बने रहते हैं।

दुलत : आज से बीस साल बाद, उमर अब्दुल्ला[4] जम्मू-कश्मीर के मुख्यमंत्री बने रह सकते हैं। मैं इसे इस तरह से देखता हूँ। सच में।

सिन्हा : अब्दुल्ला ख़ानदान से ज़्यादा यथास्थिति आपको नहीं मिलेगी।

दुर्रानी : आज से बीस साल बाद उमर अब्दुल्ला, मान लीजिए, कश्मीर मुस्लिम कॉन्फ़्रेंस के एक सदस्य होते हैं।

दुलत : वह किसी भी संगठन के सदस्य हो सकते हैं, सर। उमर अब्दुल्ला उमर अब्दुल्ला हैं। वे अभी 50 साल के भी नहीं हुए हैं, तो आज से 20 साल बाद भी वे 60 प्लस के ही होंगे। एकदम सही उम्र।

दुर्रानी : पक्के तौर पर कौन कह सकता है कि यह नहीं होगा?

दुलत : कोई नहीं कह सकता, लेकिन अगर आप मुझसे पूछें, तो ऐसा होने के आसार सबसे ज़्यादा हैं। इसके अलावा, महबूबा के बाद वे मुख्यमंत्री भी होंगे।

दुर्रानी : इस बात में दम है। अमेरिका और रूस के बीच की ज़्यादा बड़ी दुश्मनी को देखिए। बीस साल पहले सोवियत संघ का पतन हुआ और अमेरिका एकमात्र सुपरपावर के रूप में बचा रहा, अड्डे पर हुकूमत जमाए रहा। आज हम फिर से देखते हैं कि दो सबसे बड़ी ताक़तें हो गई हैं : अमेरिका और रूस अकेला, या रूस-चीन। यूरोप अब अमेरिका का उस तरह का सहयोगी नहीं रह गया, जैसा कि वह पहले होता था। ऐसी स्थिति है, जिसमें बहुत सारे ध्रुव संतुलन बनाए हुए हैं। यह स्थिर नहीं दिखती, लेकिन यह टिकाऊ ज़रूर है।

हालाँकि, हम 'यथास्थिति' पर क्यों अटके हैं? मैंने केवल हल्के मूड में इसका ज़िक्र किया था, वह भी कश्मीर के संदर्भ में। अब मैं देखता हूँ कि यह यथास्थिति मज़बूरी बन गई है, जिसके विकल्प, नीतियाँ, रणनीतियाँ कुछ ज़ोखिम भरे हो सकते हैं, और यही कारण है कि आप इससे चिपके हैं।

सिन्हा : क्या सार्क आज से 20 साल बाद बचा रहेगा?

दुर्रानी : मुझे नहीं पता था कि सार्क है या नहीं, या इसका कोई मतलब है भी। इसका मतलब भारतीय परमाणु नीति के 'नो फ़र्स्ट यूज़' से कम है, जो केवल अपने हित साधने की बात है। अगर सार्क कुछ है, तो यह केवल एक मंच है, जहाँ आप कुछ अल्फाज़ का लेन-देन करने के लिए इकट्ठे हो सकते हैं।

दुलत : 'जंगलों की सैर'[5] तक नहीं। कैनेडी और ख्रुश्चेव के बीच एक मज़ेदार पत्राचार है, जिसमें ख्रुश्चेव ने एक नदी के पुल की बात की थी। उन्होंने कहा था, "लोगों से कहिए, नदी पर पुल है। पुल ना भी हो, लेकिन लोग ऐसा यक़ीन भर कर लें तो भी काम हो जाएगा। कितनी लुभावनी बात है।"

दुर्रानी : पाकिस्तान ने जब दिखाया था कि उसके पास परमाणु बम है, तब उसके पहले लोगों को यह शक़ या यक़ीन था कि हमारे पास परमाणु शक्ति है, फिर भी इससे हमारा मक़सद पूरा हो गया था। तो, मैं सहमत हूँ, लेकिन इस मामले में इसके मतलब ज़रा गहरे हैं।

दुलत : उनका मतलब था कि वे नदी पर पुल बनाने में मदद करेंगे। लोगों को यक़ीन करना चाहिए कि पुल है। भारत-पाकिस्तान संबंधों में यह ज़रूरी है। अगर आपको 'उम्मीद' शब्द पसंद नहीं है, सर, तो लोगों को यक़ीन करना चाहिए कि पुल है।

जब अप्रैल 2005 में मुशर्रफ़ क्रिकेट देखने दिल्ली में आए थे, तक़रीबन उसी समय मैं अपने कुछ मित्रों और परिवार के साथ लॉन में बैठा था और मेरा एक कज़िन अपने एक पाकिस्तानी दोस्त के साथ आया था। वह लाहौर या कराची में कारोबारी था। मैंने कहा,

स्वागत है, एक ड्रिंक लीजिए। जब वह जा रहा था, तब बोला, मुझे बिलकुल लाहौर या कराची जैसा लगा। यहाँ और वहाँ कोई अंतर नहीं है।

पंजाब-पंजाब का रिश्ता ऐसा ही है। यही कारण है कि इंसान का इंसान से संबंध अहम होता है और यक़ीन अहम है, मैं इसे उम्मीद नहीं कहूँगा।

इसे विडंबना ही कहा जाएगा कि जब मैं आईबी में था, तो मैं माना करता था कि इंसान-इंसान का संबंध एकदम बकवास है। मैं कहता था कि पाकिस्तान हमें कश्मीर में पेल रहा है, तो ऐसे में इंसान-इंसान का संबंध क्या मदद कर सकता है? हालाँकि तब से अब तक बहुत कुछ घटित हुआ है। बहुत सारे अनुभव हुए हैं।

दुर्रानी : इसमें आकलन का संदर्भ है। जब एक बार कोई आकलन हो जाता है, तो नेता जनता को उम्मीद बँधाता है कि चीज़ें सुधरेंगी। यह उसका काम है।

दुलत : एक और चीज़ है कि भारत पाकिस्तान के विपरीत एक विशाल देश है। पाकिस्तान थोड़ा बहुत कम या ज़्यादा पंजाब है। और भारत में, जब आप दिल्ली से बाहर जाते हैं, तो पाकिस्तान की परवाह करता कौन है? जो चर्चा करते हैं, वे कोलकाता या दक्षिण के बुद्ध जीवी हैं, जो पाकिस्तान के साथ बेहतर रिश्ते चाहते हैं। यह दिल्ली और उत्तर भारत या पंजाब की ही संस्कृति है, जिसमें हम हमेशा बकवास करने को तैयार रहते हैं और मानते हैं कि कुछ नहीं हो सकता, हालाँकि कोलकाता या हैदराबाद या चेन्नई या बेंगलुरु जाइए, आपको पता लगेगा कि वहाँ के लोग अलग सोचते हैं।

दुर्रानी : समझने योग्य बात है। वे लोग अलग हैं और हो सकता है, उनमें से कुछ को यही जानकारी ना हो कि कश्मीर की समस्या वास्तव में है क्या, हालाँकि हम ज़्यादा बड़े परिवेश की बात कर रहे हैं, जिसमें दोनों देशों को आगे बढ़ने में कुछ ख़ास ख़तरे या बाधाएँ मिलती हैं। जब चीज़ें बहुत ज़्यादा ना बढ़ रही हों, तो उसे ही तो यथास्थिति कहते हैं, हालाँकि अब मुझे इस शब्द से बचने दीजिए।

दुलत : कश्मीर बीच-बीच में आता रहेगा, हालाँकि, आप बुरहान वानी का ज़िक्र कर रहे थे।

दुर्रानी : जब अशांति का दौर पैदा हुआ, तो मैंने लोगों से पूछा था, कश्मीर मसले में कौन लोग शामिल हैं, आधिकारिक तौर पर नहीं, वैसे ही। उनमें से कुछ पुराने कश्मीरी लोग थे : क्या चीज़ें भिन्न होंगी? हाँ, यह अलग लगता तो है, लोग गुस्से में हैं। लड़ाई की बात करने के बजाय, वे शहादत अपनाने की बात कर रहे हैं। 'शहादत संप्रदाय', किसी ने कठोरता से कहा था।

अगर यह असामान्य होने जा रहा है, तो भारतीय इससे निपटने के असामान्य तरीक़े ही अपनाएँगे। इससे कोई मतलब नहीं कि भारत क्या करता है, लेकिन यह कई अवसरों पर हालात को सँभालना जारी रखेगा। इसमें वह सब शामिल होगा, जो होता है, इसमें कश्मीरियों का दमन हो सकता है, उन्हें ख़ुश करना हो सकता है, उन्हें समायोजित करना हो सकता है। यह हो चुका है, यह होता रहेगा। अगर यह आज से 20 साल बाद भी जारी

रहेगा, जब उमर अब्दुल्ला मुख्यमंत्री रह सकते हैं, लेकिन समस्या घाव बनी रहेगी, हालाँकि कश्मीर की अशांति तक़रीबन 28 साल के आस-पास की है, लेकिन ऐसी भी चीज़ें हैं, जो 50, 60, 70 साल तक गई हैं।

हमारे पास भी उदाहरण है, बलूचिस्तान का, भले ही उतना तीव्र ना हो। पिछले 70 सालों में पाँच बार अशांति हुई। कुछ लोग शामिल हैं, मुख्य तौर पर 5,000-10,000 नाराज़ युवक हैं, लेकिन यह इलाक़ा काफ़ी फैला हुआ है, इसलिए वे छितरे हुए हैं। वे एकजुट नहीं हैं। हम हर बार इसे सँभाल लेते हैं और 34 में से 5 या 6 जिलों तक इसे सीमित कर चुके हैं। अधिकतर बलूच लोगों के लिए पाकिस्तान कम बुरा विकल्प है।

उनकी कमजोरियों के बावजूद, और उपद्रव सँभाल लेने की अपनी काबिलियत के बावजूद, समस्या बनी रहेगी। यह कोई 5,000 लोगों की समस्या नहीं है। ऐसे लोग भी कम नहीं हैं, जिन्होंने वह रास्ता नहीं अपनाया है और जो अब भी पाकिस्तान में यक़ीन रखते हैं, लेकिन वे भी परेशान हैं। नीतियों और अर्थशास्त्र में अंतर्निहित संरचनात्मक कमियाँ हैं, सभी जटिल हैं, इसलिए ये बनी रहेंगी। इससे संकेत मिलता है कि किसी समस्या को अनेक अल्पकालिक और दीर्घकालिक चतुर उपायों से हल किया जाता है।

इसी तरह से कश्मीर में चीज़ें होती हैं।

सिन्हा : तो, आने वाले 20 सालों में और भी बुरहान वानी होते रहेंगे?

दुर्रानी : मान लीजिए कि नियंत्रण, कठोर कार्रवाई, राजनीतिक प्रबंधन से ज़्यादा कुछ नहीं है और इस नीति पर अटके रहना है कि कश्मीर हमारा है।

कश्मीर कई गुना ज़्यादा बढ़ा-चढ़ाकर दिखाया जा चुका है, इसलिए नहीं कि हम कुछ कर रहे थे। इस बार इसे इस एक कारण से बड़ा किया गया है, अगली बार किसी अन्य कारण से बड़ा किया जाएगा। चूँकि कश्मीर जटिल है और किसी कश्मीर विशेषज्ञ के सरल प्रबंधन से ज़्यादा कुछ की इसके लिए ज़रूरत है।

दुलत : कोई विशेषज्ञ नहीं है, सर। कश्मीर का सवाल 20 या 50 सालों से कहीं नहीं बढ़ रहा है, कश्मीर वहीं छूट रहा है, जहाँ था, हालाँकि अगर हमने कश्मीर के बारे में सोचने के अपने ढंग को नहीं बदला, तो कई और बुरहान वानी हो सकते हैं। इसका कारण वास्तव में यही है कि हम कश्मीर के प्रति ईमानदार नहीं हैं।

सिन्हा : कश्मीरियों को घाटी में आबादी के बदलाव का डर है और कट्टरपंथी यही चाहते हैं। अगर अगले 20 सालों में यह होना शुरू होता है, तो क्या इससे ज़मीनी स्थिति में बदलाव नहीं होगा, और इस तरह से यथास्थिति नहीं बदलेगी?

दुर्रानी : बस यात्रा या उरी जैसे किसी 'धमाका' जलसे के ज़रिए यथास्थिति बदलना एक तरीक़ा है। मैं कुछ अधिक सूक्ष्म और आवश्यक इशारों का सुझाव दे रहा हूँ।

उदाहरण के लिए हम दोनों बात कर रहे हैं, यह कोई शोशा नहीं है, जिसके ज़रिए लोगों का ध्यान भटकाया जा रहा हो, बल्कि किसी चर्चा के लिए यह कर रहे हैं। हो सकता

है, एक-दो सालों के बाद इसी बात पर अधिक गंभीरता से चर्चा की जाए। यथास्थिति का यह बदलाव बेहतरी के लिए होगा।

कश्मीर के मुद्दे पर अक्सर भेदिया भेजने की बात की जाती रही है। हम जानते हैं कि इस तरह के शोर से दोनों तरफ़ किस तरह का शोर होगा, इसलिए इसे सरकारी तौर पर नहीं किया जाता। अनौपचारिक तौर पर इसे पहले से ही किया जाता रहा है। सार्वजनिक मंचों से दूर, लोग स्वतंत्र कश्मीर के ख़तरों या मुसीबतों की बात करते हैं। एक टीवी चैनल ने इस पर चर्चा की कि इससे क्या होगा और इसके क्या परिणाम होंगे। क्या पाकिस्तान को भारत से ज़्यादा नुक़सान होगा? ऐसी चर्चाएँ ढाँचा तोड़ देती हैं।

भारत का विभाजन भारत और पाकिस्तान के तौर पर हुआ। पाकिस्तान का विभाजन, पाकिस्तान और बांग्लादेश के तौर पर हुआ। ऐसा होने से पहले अगर किसी ने भारत को तोड़ने की बात की होती, तो उसका सिर धड़ से अलग कर दिया जाता, लेकिन एक स्तर पर आकर यह सब हुआ।

ऐसे में विचार उस तरह का विमर्श शुरू करने का है, जैसा कि क्यूबेक को लेकर हुआ था। आप आज़ादी चाहते हैं, आगे बढ़िए, और उसके लिए वोट डालिए। हम यथास्थिति बदलना चाहते हैं और इसमें सुधार करना चाहते हैं, लेकिन साथ ही हम विश्वास के अपने सामान पर सवाल नहीं करना चाहते। यह यथास्थिति ख़त्म नहीं होगी, बल्कि और बिगड़ती जाएगी, जैसा कि यह छह माह में हुई है। एक और यथास्थिति पैदा की गई थी, एक और स्थिर-संबंध पर पहुँच गए। अगली बार कुछ होता है, तो स्थिति और ज़्यादा ख़राब होगी।

हम ऐसे घटनाक्रम की उम्मीद कर रहे हैं, जो स्तर ऊँचा कर सके।

दुलत : सर, हम युद्ध के ये खेल खेल सकते हैं, लेकिन किसे पता कि क्या होगा। दिल्ली में बैठे लोगों को लगता है कि पाकिस्तान एक-ना-एक दिन टूटेगा ही, जो कि बेहद बकवास बात है।

दुर्रानी : तो, हमें पाकिस्तान की टूट के नतीज़ों पर विचार करना चाहिए। चर्चा करो, भाई, हमारे लिए अच्छा है या बुरा है।

दुलत : अरे नहीं, हमारे लिए ज़्यादा बुरा है।

दुर्रानी : इस पर लोगों को चर्चा करने दीजिए और उसके बाद, अगर यह हमारे लिए बेहतर नहीं है, यह हमारे लिए बेहतर नहीं होने जा रहा है, तो...

दुलत : बिलकुल यही कारण था कि वाजपेयी जैसा होशियार राजनेता तमाम सलाहों को दरकिनार करते हुए मीनार-ए-पाकिस्तान गया था।

दुर्रानी : हामिद गुल भारत के बारे में कहा करते थे कि भारत हमसे बहुत ज़्यादा बड़ा है और हमें इसके टुकड़े करने के लिए पूरा ज़ोर लगा देना चाहिए। हम केवल हँस देते थे, लेकिन उस समय यह कोई नहीं कह रहा था कि ऐसा नहीं होगा, और किसी ने कहा था कि अगर

ऐसा होता है, तो बेहतर होगा। अनौपचारिक तौर पर लोग दैत्य को तोड़ने की बात करते हैं।

दुलत : ऐसे भी लोग हैं, जो अखंड भारत में विश्वास करते हैं।

दुर्रानी : मुझे अखंड भारत की चर्चा पर कोई आपत्ति नहीं है। हम इतने दूर आ गए हैं, लेकिन हमारे पास कोई समाधान नहीं है।

दुलत : जैसा कि आदित्य ने कहा, ये सब बौद्धिक चर्चाएँ हैं।

दुर्रानी : हम एक परिसंघ पर विचार कर सकते हैं और फिर एकीकृत भारत की ओर बढ़ सकते हैं। हम इस चक्र को उल्टा कैसे कर सकते हैं? कम-से-कम इस पर चर्चा तो कीजिए। यूरोपीय लोग लंबे समय से यह करते आ रहे हैं। चर्चिल ने जिस एकीकृत यूरोप की कल्पना की थी, उसे हासिल करने में आधी शताब्दी लग गई।

सिन्हा : यूरोप एक संघ बन गया और अब यह फिर अलग हो रहा है।

दुर्रानी : हाँ, ऐसी कोई चीज़ आख़िरी नहीं होती। कोई सीमा रेखा दोबारा नहीं खींची जा सकती? सीमाएँ तो हर समय दोबारा खींची जाती हैं।

दुलत : डॉ. मनमोहन सिंह ने अमृतसर में नाश्ता, लाहौर में दोपहर के ख़ाने, और काबुल में रात का भोजन करने की बात की थी। क्या वे ख़्वाब देख रहे थे?

दुर्रानी : जब यह चर्चा होगी, तो इस पर बात की जा सकती है।

दुलत : यही कारण है कि भारत की ओर से एक पहल के रूप में हमारे प्रधानमंत्री के लिए सबसे आसान यह है कि वे पाकिस्तान के प्रधानमंत्री को फ़ोन करें और कहें कि हैदराबाद हाउस में मेरे साथ लंच करने आइए। लाहौर से दिल्ली आने में केवल 35 मिनट लगते हैं।

दुर्रानी : हाँ, हम भी जा सकते हैं। और जब वे लोग लंच कर रहे होंगे, तब ऐसे भी लोग हैं, जो चाहेंगे कि...

दुलत : क्यों नहीं, सर, क्यों नहीं।

9

मूल (क) वाला शब्द

आदित्य सिन्हा : अंत में कश्मीर की बात आती है।

अमरजीत सिंह दुलत : आश्चर्यजनक बात है कि कश्मीर में कुछ हक़ीक़तें हैं। कश्मीरी स्वीकार करते हैं कि वह कहीं जाने वाला नहीं। भारत जाने नहीं देगा और एक सीमा से आगे पाकिस्तान मदद नहीं कर सकता। पाकिस्तान दोस्त है और अच्छी तरह से तैयार है। घुसपैठ या हमले या युद्ध के ज़रिए पाकिस्तान कोशिश कर चुका है, लेकिन वह कश्मीर पर दावा करने के क़ाबिल नहीं हुआ है और ना होगा।

हालाँकि, कुछ होना तो चाहिए, ज़मीन पर कुछ तो सकारात्मक होना चाहिए, अन्यथा (क) वाला शब्द हो या नहीं - कश्मीर एक मुद्दा है और विवाद में यह एक समस्या है। हम इसे विवाद या समस्या नहीं मानते, लेकिन सच्चाई यही है कि यह मुद्दा है। कहानी पूरी नहीं हुई है। सामान्य समझ कहती है कि सबके भले के लिए हमें कोशिश करनी चाहिए और आगे बढ़ना चाहिए, भले ही धीरे-धीरे बढ़ें।

कश्मीर में मेरा क्या है? मैं कश्मीरी नहीं हूँ, मैं किसी से जुड़ा नहीं हूँ, हालाँकि कश्मीरी से बात करता रहता हूँ, क्योंकि उसे लगता है कि दिल्ली में कोई उसकी सुनना नहीं चाहता। यह भावना जीवित रखना अहम है। सरकार में मेरे इतने सालों में केवल गृहसचिव के. पद्मनाभैया ही कश्मीरियों की सुनते थे, अन्यथा कोई उनकी नहीं सुनता है। इस तरह मैं अपने ही भारतीय दोस्तों से असहमत हूँ। हमें (क) वाले शब्द या के-फ़ैक्टर का सीधे सामना करना चाहिए।

सिन्हा : क्या इसमें पाकिस्तान की भूमिका शामिल है?

दुलत : हमने 1989-90 में कश्मीर के घटनाक्रम को पाकिस्तान से प्रेरित, निगरानीशुदा और समर्थित देखा है। मज़े की बात यह है, जैसा कि जनरल साहब ने कहा और जैसा कि कश्मीरियों ने भी हमसे कहा है, यह मसला अब उससे ज़्यादा बड़ा बन गया है, जितना कि पाकिस्तान ने सोचा था या मोल-भाव किया था या जिसके लिए वह तैयार था। कुछ चीज़ें क़ाबू से बाहर हो गईं। यह चलता ही रहा। यही कारण है कि आख़िर में—और 9/11 जैसी

घटनाओं के कारण—जब यह असफल रहा, तो कश्मीरी संवेदना को ना समझने के लिए एक बार फिर पाकिस्तान को दोष दिया गया था।

दुर्रानी : कश्मीर मसले पर मैं अपने दोस्त की राय का सम्मान करता हूँ, क्योंकि उनकी जानकारी और अनुभव ज़्यादा है।

दुलत : बड़ी कृपा है, सर।

दुर्रानी : उन्हें ज़मीन की जानकारी है, लोगों की जानकारी है, उन्होंने वहाँ काम किया है, उनका आना-जाना रहा है। मैं तो सीमा भी पार नहीं कर सकता, हालाँकि मैंने कई सालों तक (कथित) 'आज़ाद' कश्मीर में काम किया है।

सिन्हा : अगर भारत कश्मीर को मुख्य मुद्दा मान ले, तो क्या यह द्विपक्षीय संबंधों के लिए कोई बड़ी सफलता होगी?

दुलत : मुझे नहीं पता। इस पर निर्भर करता है कि पाकिस्तान की प्रतिक्रिया क्या होगी।

दुर्रानी : कुछ मौक़ों पर मैंने कुछ भारतीयों को यह कहते सुना है कि वे कश्मीर को मुख्य मुद्दा मानते हैं। पहले थे, सलमान हैदर, जो 'समग्र वार्ता' के सह-लेखक थे। मुझे ठीक से याद नहीं कि उन्होंने क्या कहा था, लेकिन हाँ, उन्होंने इसे मुख्य मुद्दा माना था।

एक समग्र वार्ता में मुख्य मुद्दे पर शुरुआत में चर्चा करने की ज़रूरत नहीं होती, लेकिन शांति प्रक्रिया के आगे बढ़ने के साथ उस पर चर्चा होती है। शुरुआती ज़ोर माहौल सुधारने पर होता है। इसके बाद ही कठिन मुद्दे जैसे कश्मीर पर बात का वक्त आता है। और बाद में आतंकवाद पर चर्चा होती है। भारत में कुछ लोग यह मानेंगे कि कश्मीर एक बड़ी समस्या है, लेकिन इसे 'मुख्य मुद्दा' कहने से बचते हैं, हालाँकि इसके साथ ही वे यह भी कहते हैं कि पाकिस्तान मानता है कि मुख्य मुद्दे पर शुरुआत में ही चर्चा की जानी चाहिए।

मेरे लिए समग्र वार्ता शांति निर्माण करने को सीखने की प्रक्रिया थी। इसके पहले केवल युद्ध करना सीखा और सिखाया जाता था। मैंने यह देखने की कोशिश की कि क्या सैन्य रणनीति के सबक़ लागू किए जा सकते हैं। सलमान हैदर समेत पर्याप्त लोग सहमत थे।

'आप और शमशाद (हमारे विदेश सचिव) हमारी अभियान रणनीति के मूल को बिलकुल सही समझे हैं,' मैंने उनसे कहा। अभियान रणनीति के दो छोर होते हैं : एक युद्ध और दूसरा तिकड़म। आप एक जगह लड़ते हैं, तिकड़म या भाग निकलने का सही माहौल तैयार करते हैं। यह इस तरह से होना चाहिए कि यह युद्ध के लिए अनुकूल परिवेश तैयार करे। यह युद्ध और दाँव का चक्र है। 'आप यह कर चुके लगते हैं,' मैंने कहा था।

यह समग्र वार्ता तिकड़म थी और यह अनिवार्य रूप से युद्ध के लिए अनुकूल माहौल तैयार कर रही थी, जो कि कश्मीर का समाधान था। कश्मीर के लिए युद्ध का नागरिक स्वरूप।

एएस दुलत (बीच में खड़े हुए) 1973 में चंडीगढ़ में कपिल देव के कोच डीपी आज़ाद (उनकी दाईं ओर) के साथ क्लब क्रिकेट खेलते हुए।

भारत के महान स्पिनर और दुलत के पुराने मित्र बिशन सिंह बेदी ने 2018 में दुलत से उनके निवास पर मुलाक़ात की।

इस्तांबूल में 2016 में आयोजित ट्रैक-टू बैठक के दौरान जनरल के साथ हँसी-म़ज़ाक करते हुए।

तत्कालीन प्रधानमंत्री पी.वी. नरसिंह राव से राष्ट्रपति पुलिस पदक ग्रहण करते हुए।

तत्कालीन प्रधानमंत्री अटल बिहारी वाजपेयी के साथ सन् 2000 में रॉ मुख्यालय में।

अपनी पत्नी परन, सीआईए के चीफ़ जॉर्ज टेनेट और उनकी पत्नी स्टेफ़नी के साथ मई 2000 में आगरा के ताजमहल के समक्ष।

आतंकवाद से निपटने में सहयोग के उपायों पर चर्चा के लिए सितम्बर 2000 में एफ़बीआई मुख्यालय में डायरेक्टर लुइस फ़्री से मुलाक़ात करते हुए।

2015 चंडीगढ़ में किताब *कश्मीर : द वाजपेयी इयर्स* के विमोचन के मौके पर कैप्टन अमरिंदर सिंह के साथ।

मार्च 2017 में काठमांडू में जनरल के साथ टहलते हुए।

अक्टूबर 2017 में लंदन के स्कूल ऑफ़ इकॉनॉमिक्स में आईएसआई के पूर्व चीफ़ एहसान-उल-हक के साथ।

दुलत दम्पति की शादी की 40 वीं वर्षगाँठ के मौके पर दिसम्बर 2006 में नई दिल्ली के अशोका होटल में आयोजित समारोह में डॉ. फ़ारूक अब्दुल्ला ने भी शिरकत की।

प्रिंस ऑफ वेल्स ने नवम्बर 1980 में जब कोलकाता स्थित सिस्टर्स ऑफ़ चैरिटी की यात्रा की, तब प्रिंस को सुरक्षा प्रदान करते हुए दुलत।

2015 में नई दिल्ली में पाकिस्तान के पूर्व विदेश सचिव शहरयार खान के साथ। ट्रैक-टू बैठकों के दौरान दोनों की मुलाक़ात होती रही है। दोनों ही क्रिकेट का शौक भी रखते हैं।

इम्पीरियल पुलिस के दिग्गज रहे स्वर्गीय अश्विनी कुमार और पी.ए. रोशा (आइकोन्स ऑफ़ सर्विस) नई दिल्ली में दुलत के निवास पर लंच के दौरान गर्मजोशी से मिलते हुए।

यूके के पार्लियामेंट हाउस स्थित हेनरी जैक्सन सोसायटी में अक्टूबर 2017 में अपने विचार व्यक्त करते हुए।

चेन्नई में जनवरी 2016 में आयोजित हिंदू लिट् फ़ॉर लाइफ़ के दौरान मीडिया आइकॉन बरखा दत्त के साथ।

नई दिल्ली में जुलाई 2015 में किताब *कश्मीर : द वाजपेयी इयर्स* के विमोचन के मौके पर तत्कालीन उपराष्ट्रपति हामिद अंसारी, जम्मू-कश्मीर के पूर्व मुख्यमंत्री फ़ारूक़ अब्दुल्ला और बरखा दत्त के साथ।

बैंकॉक में हिन्दुस्तान-पाकिस्तान के बीच ट्रैक-टू चाओ फ़्राया संवाद के अनेक दौर चले। ऐसी ही एक बैठक में शिकरत करने वालों में शामिल पाकिस्तान के राजनेता शेरी रहमान, पाकिस्तान की वकील और मानवाधिकार कार्यकर्ता आस्मा जहाँगीर, हिन्दुस्तान के नेता हरदीप सिंह पुरी, बैजयंत पांडा और अन्य।

मैंने देखा कि यह अवधारणा फ़िट हो सकती है। मैंने आठ वार्ताओं पर आगे बढ़ने के लिए इन लोगों की तारीफ़ की। सैन्य रणनीति में आप कई बार रक्षात्मक होते हैं और देखते हैं कि किस मोर्चे पर तरक्क़ी हो रही है। वह जो आपके मुख्य युद्ध के लिए माहौल तैयार करता है, और वह नहीं, जहाँ आप दुश्मन के प्रतिरोध के कारण आगे नहीं बढ़ पाए हैं।

हाँ, सलमान ने कहा था, "जब कभी हमने समग्र वार्ता के विकास पर काम किया, लोग लिडेल-हार्ट की 'एक्सपेंडिंग टॉरेंट्स'[1] की रणनीति के बारे में बोले।" आप कोई धारा शुरू करते हैं और फिर लोग उसमें शामिल हो जाते हैं और सारी चीज़ फैल जाती है।

हठीले मसलों पर जब तक आप पुरानी परतें नहीं उधेड़ते, तब तक आप मूल में नहीं पहुँच पाते। मैंने अपने घर में भी यही बात कही है कि मूल मुद्दे पर जाने के लिए आपको पहले किनारे के मुद्दों पर चर्चा करनी होगी।

सिन्हा : क्या आप इस पर यक़ीन करते हैं, दुलत साहब?

दुलत : चीज़ों को समझने का यह श्रमसाध्य तरीक़ा है। कश्मीर को कुछ ज़्यादा प्रत्यक्ष तरीक़े से निपटने की ज़रूरत है।

ऐसे-ऐसे अफ़सरशाह हैं, जो कभी श्रीनगर नहीं गए, लेकिन कश्मीर के ठेकेदार बने हुए हैं।

हम कहते हैं कि 2001-08 कश्मीर के लिए अच्छा था और उसका कारण यह था कि पाकिस्तान को 26/11 के बोझ के साथ पाँच-छह साल तक रहना पड़ा था। उसने कश्मीर का मसला नहीं उठाया। 26/11 ने ट्रैक-2 बैठकों में फिर से पाकिस्तान को शर्मिंदा किया। कुछ पाकिस्तानी बोले थे, "हमने अगर अब भी नहीं सीखा, तो हम डूब जाएँगे।" मैं पाकिस्तानी राजनयिकों या अन्य लोगों को काफ़ी लोगों के बीच छेड़ा करता था, तुम्हारे मुख्य मुद्दे का क्या हुआ यार? आओ, कश्मीर की बात करते हैं। इसके एजेंडे में ना रहने पर पाकिस्तान सहज महसूस करता था। अब हमने इसे मिटा दिया है।

दुर्रानी : यहाँ तक कि करगिल के झटके, परमाणु परीक्षणों, मुशर्रफ़ की आगरा यात्रा के बाद भी मैं मानता था कि हम समग्र वार्ता पर लौट आएँगे। संवेदनशील लोगों ने इसे मज़बूत बनाने के लिए शानदार काम किया था।

तभी, इसी बीच मुझे कश्मीर से संबंधित घटना का पता चला, जिसने मुझे चकित किया, क्योंकि मैं सोचता था कि माहौल सुधरने तक कश्मीर पीछे की सीट पर पड़ा रहेगा, हालाँकि भारत और पाकिस्तान, दोनों के नीति निर्माता कश्मीर पर प्रतीकात्मक भाव बनाना चाहते थे और उन्होंने कश्मीर के दोनों हिस्सों के बीच चलने वाली बस की योजना पेश की। मुझे उम्मीद थी कि यह प्रतीकात्मक बस अधिक ज्वलंत मुद्दों को शांत करेगी, कश्मीरी इसमें शामिल होंगे और फिर पाकिस्तान तथा भारत दुनियावी मसलों में जुटेंगे, सांस्कृतिक आदान-प्रदान होगा, और अन्य मतभेदों का राजनीतिक समाधान होगा, हालाँकि, वीज़ा या संस्कृति जैसे सबसे आसान मुद्दों पर भी कोई प्रगति नहीं हुई। सबसे चुभने वाले मसले, कश्मीर पर एकमात्र प्रगति हुई और वह थी बस का चलना।

मैंने कहा, इसका ज़रूर कुछ कारण होगा, जो भारत सबसे छोटे मसलों पर भी आगे नहीं बढ़ा। इससे एक और धरती दहला देने वाला निष्कर्ष निकला कि भारत यथास्थिति में बदलाव नहीं चाहता है, क्योंकि यह उसके अनुकूल है।

मुशर्रफ़ की पहल तो भारत और कश्मीर में लोकप्रिय थी, लेकिन उसका भी कोई जवाब नहीं आया। मुझे यक़ीन है कि भारत दोनों देशों के बीच स्थिर संबंधों में किसी तरह के बदलाव का ख़तरा मोल नहीं लेगा, क्योंकि इससे ऐसा कुछ घटनाक्रम हो सकता है कि स्थिति नियंत्रण के बाहर हो सकती है। भारत का उद्देश्य कुछ ऐसा लगता है कि "ज़मीन ना जुंबद गुल मोहम्मद" (धरती हिल जाए तो हिल जाए, गुल मोहम्मद नहीं हिलेंगे।)

मेरी सोच हिल गई थी।

वानी कांड के बाद भी यह हिल गई थी। भारतीय पक्ष के लिए चीज़ें इतनी कठिन थीं कि मैं बैठकों के दौरान तमाम भारतीय वार्ताकारों के चेहरों पर डर पढ़ लिया करता था। वे चिंतित दिखते थे। दुलत साहब ने कहा था कि कुछ होगा।

हुआ भी और यह हमारे लिए बहुत बुरा नहीं लगा। नियंत्रण के लिए इससे चतुराईपूर्वक निपटा गया। किसी वास्तविक सफलता के लिए आपको कुछ और चाहिए होता है। कुछ ऐसा जो कठिन होता है, जिसमें लगता है, जिसके लिए समझौतों की ज़रूरत होती है। यह सामान्य रूप से होता नहीं है, तो हमारे लिए सबसे अच्छी बात वापस बैठना और देखते रहना है।

सिन्हा : अविभाजित भारत—जहाँ कश्मीरी लोग काम करने जा रहे थे, प्रवास कर रहे थे? जहाँ उनके सांस्कृतिक, व्यापारिक और राजनीतिक संपर्क थे? आधुनिक भारत या पाकिस्तान के साथ?

दुर्रानी : अच्छा सवाल है। आँकड़े शायद इसका उत्तर दे सकते हैं। समय के साथ-साथ अनेक कश्मीरी आए, जैसे इक़बाल और नवाज़ शरीफ़ और सलमान तासीर या उनके पिता तथा अन्य। मुख्य मार्ग श्रीनगर-मुजफ़्फ़राबाद था। आज भी वह सड़क आने-जाने योग्य है।

दुलत : मुझे नहीं लगता कि यह प्रश्न कोई अहमियत रखता है। हाँ, जनरल साहब की बात सही है, उन दिनों घाटी छोड़ने वाले अधिकतर कश्मीरी स्वाभाविक रूप से सियालकोट या इस्लामाबाद की ओर आकर्षित हुए थे, हालाँकि पंजाबियों के लिए भी यही बात सही है। बहुत कम पंजाबी दिल्ली गए थे। इलाके का सर्वाधिक कॉस्मोपॉलिटन शहर लाहौर ही था, जहाँ हर कोई जाना चाहता था। अगर आप लाहौर जिमख़ाना में टेनिस खेले या गवर्नमेंट कॉलेज, लाहौर गए हों, तो पाया होगा कि यह बेजोड़ था।

सालों बाद, जब मुझे कॉलेज जाना था, तो मेरी माँ ने पूछा था, "क्या आपको नहीं लगता कि उसे सेंट स्टीफेंस कॉलेज जाना चाहिए?" मेरे पिता ने जवाब दिया था, "सेंट स्टीफेंस कॉलेज है क्या?" वे गवर्नमेंट कॉलेज, लाहौर के पढ़े थे, इसलिए उन्हें लगता था कि दिल्ली यूनिवर्सिटी पंजाब यूनिवर्सिटी का मुक़ाबला कभी नहीं कर सकती।

इसलिए, मुझे नहीं लगता कि यह प्रासंगिक है।

अगर आप ऐतिहासिक रूप से देखें, तो कश्मीर के संपर्क अरब की बजाय ईरान और मध्य एशिया से ज़्यादा हैं। श्रीनगर में अब धनी लोगों का एक वर्ग है, जैसे कि हमारे दिल्ली और अन्य शहरों में है। जिन लोगों ने पैसा कमा लिया है, अपर मिडिल क्लास के हैं, वे अपनी शॉपिंग के लिए दुबई जाना पसंद करते हैं। यहाँ तक कि सेनेटरीवेयर भी दुबई से लाते हैं।

निःसंदेह, कश्मीरी लोग भारत की विकास गाथा का अंग बनना चाहते हैं, भले ही इसका मतलब बेंगलुरू या मुंबई या गोवा जैसे शहरों में जाना होता हो, लेकिन आख़िरकार वे घाटी के भी विकास की आकांक्षा रखते हैं। अगर दक्षिण में सूचना प्रौद्योगिकी की क्रांति हो सकती है, तो वहाँ क्यों नहीं?

कश्मीर अब भी हमारे सबसे प्रभावशाली राज्यों में है। श्रीनगर में आपको ज़्यादा भिखारी नहीं मिलेंगे। अधिकतर कश्मीरियों के पास मकान हैं। वे बढ़िया गोश्त खाते हैं, कुछ लोग बीफ़ खाते हैं, केवल ग्रामीण लोग मटन का खर्चा नहीं उठा सकते, इसलिए वे लोग बीफ़ खाते हैं।

उन्हें तो बाक़ी देश वालों से अलग बर्ताव अखरता है।

दुर्रानी : पाकिस्तान सरकार का कश्मीर में प्रति व्यक्ति निवेश मुल्क़ में सबसे ज़्यादा है। किसी और इलाके को इतना धन नहीं मिलता। इसे ज़मीन पर देखा जा सकता है। 1990 के दशक के आस-पास तक वहाँ का इन्फ्रास्ट्रक्चर बाक़ी देश के मुक़ाबले बेहतर था। लोगों को मनाना होता है, इसलिए सड़कें बनानी चाहिए। कश्मीरियों के अंदर तालीम की चाहत पाकिस्तान में सबसे ज़्यादा है। स्कूल जाते बच्चे दिख जाना आम बात है। सुबह 7 बजे मैं ठंड से ठिठुर रहा था, लेकिन मैंने देखा कि कश्मीरी बच्चे आधी बाँह के कपड़े पहने, पीठ पर बस्ता लादे स्कूल जा रहे थे।

शायद दूसरी तरफ़ के कश्मीरियों को लगा कि उनकी देखभाल उतनी अच्छी तरह से नहीं की जाती, जितनी कि पाकिस्तान की तरफ़ के कश्मीर में की जाती है।

दुलत : मुझे ऐसा नहीं लगता। आपने पाकिस्तान अधिकृत कश्मीर का ज़िक्र किया। मैंने जान-बूझकर कश्मीर की बात नहीं की। मुझे उसके बारे में ज़्यादा नहीं पता, इसलिए चुप रहना बेहतर है, हालाँकि मैं जानता हूँ कि दूसरी तरफ़ भी दिक्क़तें हैं। ऐसा नहीं है कि दूसरी तरफ़ हरियाली ही हरियाली है, क्योंकि कश्मीरियों ने कई मौक़ों पर मुझे बताया है, जाने दीजिए इनको। उन्हें सीमा पार जाने दीजिए और खुद देखने दीजिए। उनका भ्रम दूर हो जाएगा और वे तुरंत लौट आएँगे।

हमारे यहाँ के कश्मीरी लड़के हैं, जो पाकिस्तान में छूट गए थे। कुछ ने शादी कर ली, व्यवसाय जमा लिए और बस गए। वे सब ठीक हैं, हालाँकि कुछेक लौटना चाहते हैं। सलाहुद्दीन युवा नहीं है, लेकिन वह लौटना चाहता है और गिलानी साहब की जगह लेना चाहता है। समय-समय पर उसने अपनी राजनीतिक महत्त्वाकांक्षा ज़ाहिर की है।

दुर्रानी : सबसे अच्छी बात कश्मीरियों को शामिल करने की है, चाहे वे ट्रैक-2 हो या कोई

औपचारिक बैठक। कुछ उस तरफ़ के लोगों को बुलाइए, कुछ इस तरफ़ के लोगों को बुलाइए। शुरू में भले ही उन्हें संकोच हो, लेकिन वे अपनी बात तो रखेंगे ही कि दिल्ली, तुम दुष्ट हो और इस्लामाबाद, तुम भी हमारे बेस्ट फ्रेंड नहीं रहे हो। उसके बाद हम उनकी भावनाएँ सुन पाएँगे, अन्यथा आप भारत में कश्मीरियों का हवाला दे रहे हैं, जिनके पास भारत का हिस्सा बने रहने के सिवाय कोई और चारा नहीं है। इनको जाकर देखने तो दें दूसरी तरफ़।

सिन्हा : जनरल साहब ने स्थायी गतिरोध पैदा करने वाली बात बताई। इन बातों से ऊपर भारत-पाकिस्तान के बेहतर रिश्ते कश्मीर में भारत के लिए स्थिति और ख़राब कर सकते हैं।

दुलत : इसके उलट, बेहतर रिश्ते होंगे, तो कश्मीरी अधिक ख़ुश होंगे। उनका डर यह है कि जब कभी भारत और पाकिस्तान के बीच तनाव होता है, तो भुगतना उन्हें ही पड़ता है।

इस पर पहले प्रतिक्रिया व्यक्त ना करने वाले एकमात्र कश्मीरी नेता फ़ारूक़ अब्दुल्ला थे। अब उन्होंने बार-बार यह बात दोहराई है कि पाकिस्तान के साथ बेहतर रिश्ते रखने के सिवाय कोई और रास्ता नहीं है। वे समझते हैं। सवाल यह है कि रास्ता क्या है? आप कह सकते हैं कि कश्मीर पाकिस्तान के अधूरे एजेंडे में मुख्य है, लेकिन बात यथास्थिति से आगे बढ़ने की है।

दुर्रानी : भारत ने अतीत में बस जैसे प्रतीकात्मक समझौते किए हैं। सत्ता को ऐसा भ्रम है कि बेहतरी से कश्मीरी लोगों में आत्मविश्वास आएगा। इससे उन्हें अपनी भावनाओं को ज़ाहिर करने के लिए प्रोत्साहन मिलेगा, वे भावनाएँ जो धीरे-धीरे उबलेंगी, जिनसे तकनीकी तौर पर निपटा गया।

पाकिस्तान-भारत के बीच दोस्ती से कश्मीरी कितना अच्छा महसूस करेंगे? उनमें से कुछ का विश्वास बिलकुल सही है कि एक बार हमारे संबंध सुधर जाएँ, तो पाकिस्तान की तरफ़ का कश्मीर प्राथमिकता में पीछे चला जाएगा। हम कारोबार कर रहे हैं, तो इस झगड़े के मसले को बीच में क्यों लाना? ये (क) वाला शब्द ही राजनीतिक नेतृत्व को चिढ़ पैदा करता है। फिर कश्मीर? बड़ी मुश्किल से किया।

दुलत : कश्मीरियों से भी हमें यही सुनने को मिलता है। भारत को कश्मीर केवल तभी याद आता है,जब कोई दिक्क़त होती है। मीरवाइज़ ने यह बात कही है। दूसरों ने भी कही है।

मेरा मानना रहा है कि अगर कश्मीरी ख़ुश हैं, तो आपने जो पीछे की स्थिति मुहैया कराई है, वह ख़त्म हो जाएगी और उम्मीद की जानी चाहिए कि समय के साथ-साथ ख़त्म हो जाएगी। अगर कश्मीरी ख़ुश हैं, तो उन्हें पाकिस्तान की ज़रूरत क्यों है? उन्हें उसकी ज़रूरत तभी होती है, जब वे मुश्किल में होते हैं।

दुर्रानी : कश्मीर में सुधार का मतलब पाकिस्तान का ज़्यादा बड़ा प्रभाव भी होगा। भूगोल, इतिहास, धर्म और साठ साल का दमन तथा दूसरे दर्जे का व्यवहार, आज भी वहाँ सुरक्षा बल तैनात हैं।

आपके अच्छे प्रबंधन को इस बात का श्रेय है कि वहाँ चीज़ों का ख़याल रखा जा रहा है, लेकिन मुझे कश्मीरियों के चेहरों पर खुशी नहीं दिखती। जिनके पास पासपोर्ट हैं, जो बाहर यात्रा करते हैं, जो जागरूक हैं, जिन्हें चाओ प्राया और बाक़ी जगह जाने की अनुमति है, वे ठीक लगते हैं, लेकिन उन्हें जब भी मौक़ा मिलता है, वे यही कहते हैं कि उनके यहाँ अब भी सुरक्षा चौकियाँ हैं।

पाकिस्तान शायद इस सबके साथ सहज है। अगर यह जारी रहता है, तो इसका असर भारत के ख़िलाफ़ होगा। कुछ वक्त उन्हें झेलने दीजिए। किसी भी मामले में हम ज़्यादा कुछ करने के क़ाबिल नहीं होंगे। कश्मीरियों या मुसलमानों के लिए पाकिस्तान फ़ैक्टर ज़रूरी नहीं कि हमेशा बेहतर ही हो।

दुलत : कश्मीर में सुधार का मतलब पाकिस्तानी प्रभाव बढ़ना भी होगा, बॉस के इस आकलन पर मैंने कभी ध्यान नहीं दिया। क्या वास्तव में ऐसा होगा?

हालाँकि, कश्मीरियों के नज़रिए, भारतीय नज़रिए और शांति के नज़रिए से आगे बढ़ने के कुछ क़दम होते रहने चाहिए। जनरल साहब ने उस बस का ज़िक्र किया, जो चलाई गई थी। ट्रेनें शुरू कीजिए, आना-जाना शुरू कीजिए, सेबों के ट्रकों का आना-जाना होने दीजिए, ज़िंदगी को आसान बनाइए। नियंत्रण रेखा पर जहाँ लगातार गोलीबारी होती रहती है, वहाँ शांति होने दीजिए। कितने स्थानीय लोग हैं, जो ज़िंदगी से अपाहिज हैं, व्हीलचेयर पर हैं। अगर और कुछ नहीं हो सकता तो, कम-से-कम सीमा के लोगों को शांति का भरोसा तो दिलाया ही जा सकता है। आप समझ सकते हैं कि जब कभी तनाव बढ़ता है, तो श्रीनगर में लोग असुरक्षित महसूस करते हैं। ऐसे में सीमा पर लोग कितना असुरक्षित महसूस करते होंगे।

कश्मीरी मित्र कई बार पूछते हैं, “अब जंग तो नहीं होने वाली है?”

दुर्रानी : भारत-पाकिस्तान, कश्मीर, ज़मीनी हक़ीक़त और संभावनाओं पर मेरा आकलन उम्मीदों और इच्छाओं के बारे में नहीं है। मैं केवल ज़मीनी तथ्य देखता हूँ। यथार्थवादी या तथ्यपरक दृष्टिकोण मैं शायद ही कभी छोड़ता हूँ। दो मौक़ों पर इसका अपवाद रहा।

एक तो अमृतसर था।[2] ऐसा नहीं कि पाकिस्तान की पहले आलोचना नहीं हुई, लेकिन इसमें ये सारे क़ायदों के ख़िलाफ़ शर्मिंदा हुआ। पाकिस्तान अंदरूनी तौर पर कह सकता है कि वह इस चीज़ से परेशान है, हालाँकि एक बार जब यह भारत की ज़मीन पर होता है, तो मोदी, अशरफ़ ग़नी (जिन्हें मैं गैर-अफ़गानी कहता हूँ) ने दक्षिण एशियाई तहज़ीब, राजनयिक मर्यादाओं का उल्लंघन किया था और ऐसी बातें कही थीं, जो खुद उनके लोगों को शर्मिंदा करने वाली थीं।

दूसरा, कश्मीर में जो ये सब हो रहा है, वानी से पहले, जब कश्मीरी नेतृत्व, महबूबा आदि बैठ गए थे, असहाय महसूस कर रहे थे, और उनके पास अपने लोगों की तकलीफ़ का प्रतीकात्मक उत्तर भी नहीं था, तब लगा कि जैसे लड़ाई में हार हो गई हो। सब कुछ ख़त्म हो गया।

दुलत : इसी कारण तो सर, भारत और पाकिस्तान कश्मीर में बहुत कुछ कर सकते हैं। जैसा कि हमने अफ़गानिस्तान में किया। मैं कश्मीर के बारे में यह इसलिए कहता हूँ, क्योंकि हम कश्मीरियों के बारे में आपसे बेहतर जानते हैं। यह हमारे देश का हिस्सा है, हमारा उसका रोज़ का वास्ता है। वे आपकी बात सुनते हैं, वे आपसे डरते हैं, लेकिन उन्हें ज़्यादा बेहतर हम ही जानते हैं।

दुर्रानी : किसी कठोर, निष्ठुर, सख्त आकलन पर मैं अब यही कह सकता हूँ, मुझे ऐसा होता नहीं दिखता।

दुलत : नहीं, नहीं, मैं आपसे हर मसले पर असहमत नहीं हो सकता।

दुर्रानी : ऐसा है, अगर आपको लगता है कि यह बदलेगा, तो मुझे बताइए।

दुलत : मुझे नहीं पता कि यह बदलेगा या नहीं, लेकिन हम बदलाव करना चाहें, तो काफ़ी कुछ बदलाव कर सकते हैं।

दुर्रानी : हम कर सकते हैं।

दुलत : दोनों जगह, कश्मीर में भी और अफ़गानिस्तान में भी।

दुर्रानी : तो कहानी का सबक़ यह है कि भारत और पाकिस्तान को यह प्रबंधन हमारे हवाले कर देना चाहिए। क्या यह सब इस किताब में आना चाहिए?

दुलत : एक कश्मीरी है, जिसका नाम देना ठीक नहीं होगा, क्योंकि पिछली बार नाम देकर मैं मुसीबत में पड़ गया था। अन्य कश्मीरियों की तरह वह भी जानता है, वे हम दोनों से ज़्यादा जानते हैं, सर। वे जानते हैं कि हम ट्रैक-2 बैठकों में मिलते हैं, किताब, चित्र, व्हिस्की और बाक़ी सब बातों के कारण। वे इस सबका मज़ा लेते हैं।

यह कश्मीरी मुझसे कहता है, आप जब दुर्रानी साहब से मिलते हो, तो हमें भी ले चलिए। हम तीनों फ़ैसला करा सकते हैं।

सिन्हा : जनरल साहब कब कश्मीर की यात्रा कर सकेंगे?

दुलत : जब कभी मैं मुर्री जा सकूँगा, वे श्रीनगर जा सकेंगे।

दुर्रानी : इनके लिए मुर्री जाना कोई बड़ी बात नहीं है।

दुलत : यह केवल कहने की बात है, क्योंकि जब एक बार मैंने इनसे पूछा था कि क्या मैं मुर्री जाकर बियर पी सकता हूँ, तो इनका जवाब था, नहीं, मैं आपको इस्लामाबाद में ही मुर्री वोदका पिला दूँगा।

10

अमानुल्लाह गिलगिटी का आज़ादी का ख़्वाब

आदित्य सिन्हा : क्या आप कभी सलाहुद्दीन[1] या अमानुल्लाह से मिले?

असद दुर्रानी : अमानुल्लाह से मिला हूँ। जब अशांति शुरू हुई, तब हम केवल वक़्त की नज़ाकत परख रहे थे, देख रहे थे कि क्या होता है। अमानुल्लाह शुरुआती लड़ाकू विद्रोही था। तीसरे विकल्प का, आज़ादी का उसका विचार बुरा नहीं था, लेकिन उसने कई पाकिस्तानियों को, ख़ासकर सत्ता में बैठे लोगों को नाराज़ कर दिया था। उसके समर्थन को कमज़ोर बताया जाना इंसाफ़ नहीं होगा, वह भी केवल इस कारण से कि कुछ लोग उसे बिलकुल पसंद नहीं करते थे। उसकी कही और की गई कुछ बातों की मैंने सराहना की, मसलन, नियंत्रण रेखा की 27 अक्टूबर की यात्रा के लिए उसकी धार्मिक प्रतिबद्धता। और यह हमेशा बहुत व्यवस्थित रहती थी।

हमसे नाराज़ होने के अमानुल्लाह के पास कारण थे। हमारी बहुत ज़ोर की ख़्वाहिश थी कि कश्मीर पाकिस्तान को स्वीकार कर ले, सरदार कय्यूम[2] को माने, 'कश्मीर बनेगा पाकिस्तान' के नारे को माने, जमात-ए-इस्लामी[3] को माने। इसे हमारा राजनीतिक समर्थन मिला। हमने उससे कहने की कोशिश की, हाँ भाई, अमानुल्लाह, तुम सही हो, और वह आदमी भी सही है, हालाँकि अमानुल्लाह धोखेबाज़ था और वह इसे जानता था, और वह सही था। मुझे बाद में अपनी ग़लती का अहसास हुआ, लेकिन तब तक मेरे लिए बहुत देर हो चुकी थी और मैं अपने स्तर पर कुछ करने लायक नहीं रह गया था।

सिन्हा : वह आईएसआई का प्रिय नहीं था?

दुर्रानी : बेशक़ वह आईएसआई का पसंदीदा नहीं था। ना तो वह आईएसआई का पसंदीदा था और ना ही पाकिस्तान का था।

मूल्यांकन करना हमारा काम नहीं था। तथ्यात्मक रूप से हमें पूछना चाहिए था कि अगर कश्मीर आज़ाद हो गया, तो किस देश को ज़्यादा नुक़सान होगा। मेरा आकलन था कि भारत को ज़्यादा नुक़सान होता, क्योंकि भारत के पास कश्मीर का ज़्यादा हिस्सा था।

अगर 60-70 साल भारत में रहने के बाद भी वे आज़ादी चाहते हैं, तो उनकी भावनाओं को अहमियत दी जानी चाहिए थी।

अगर वह आज़ाद होता, तो वे लोग भारत के साथ बेहतर रिश्ते रखते, मुझे यक़ीन है। चीन की ओर वे तमाम दूसरे कारणों से जाते, लेकिन कश्मीर का दिल उसके पश्चिमी पड़ोसी में ही रहता।

यही कारण है कि जब कोई आज़ादी की बात कहता है, तो उसमें बीच में पड़ने का हमारा कोई मतलब नहीं बनता। इसीलिए अमानुल्लाह को हमारे यहाँ अहमियत नहीं दी गई।

अमरजीत सिंह दुलत : आज़ादी का विकल्प पाकिस्तान में क़बूल नहीं है।

दुर्रानी : भारत ने 370[4] के तहत इसे ख़ास दर्ज़ा दिया है। हम यह मानना पसंद करते हैं कि वह एक अलग तरह का राज्य है, जहाँ राष्ट्रपति था, प्रधानमंत्री था। ठीक है, मुद्रा उनकी वही है, प्रशासनिक ढाँचा और तमाम बातें वही हैं, हालाँकि अगर वे आज़ादी का फ़ैसला करते हैं, तो यही कहना काफ़ी है : क्यों नहीं? हमारा हमेशा से दावा रहा है कि कश्मीर का दिल हमारे पास है, इसलिए आज़ाद कश्मीर को हमारी तरफ़ आकर्षित होना चाहिए। मुझे आज़ादी से कोई आपत्ति नहीं है।

दुलत : लेकिन, हुकूमत को तो है।

दुर्रानी : हुकूमत भरसक ऐहतियाती है। कुछ मूर्खतापूर्ण तरीक़े से कहते हैं कि आज़ाद कश्मीर विनाशकारी होगा।

दुलत : यह आपने सही कहा।

सिन्हा : विनाश का तर्क क्या है?

दुर्रानी : पागलपन।

दुलत : पागलपन और क्या कश्मीरी भरोसेमंद हैं। क्या उन पर भरोसा किया जा सकता है?

दुर्रानी : कुछ लोग कश्मीरियों की अविश्वसनीयता की बात करते हैं, लेकिन यह विशुद्ध रूप से पाकिस्तान या उपमहाद्वीप या दुनिया की ही ख़ासियत है कि वे अपने सिवाय किसी दूसरे पर यक़ीन नहीं करते। पाकिस्तान में पंजाबी लोग पख़्तून, बलूच और बाद में मुहाजिरों की भी बुराई करते हैं। पंजाबी लोग कहते हैं कि हम सबसे बड़ा समुदाय हैं, लेकिन हम ब्रिटिश सरकार या मुगल शासकों के भी सबसे भरोसेमंद थे। वे—और पख़्तून—भाड़े के टट्टुओं की तरह काम करते थे, तो उन्हें क्यों 'ज़्यादा भरोसेमंद' माना जाए?

उनमें से कोई नहीं मानता कि आज़ाद कश्मीर बेहतर रहेगा। उन्हें इसकी ज़्यादा चिंता है कि मंगला बाँध का क्या होगा। उसका पानी दूसरे देश से होकर आएगा, वे सवाल करते हैं।

सबसे बुरा तर्क एक समझदार आदमी का था कि अगर कश्मीर आज़ाद हो गया, तो उसे ज़्यादा आर्थिक मदद और सैनिक मिलेंगे, अमेरिका, जर्मनी, जापान सब वहाँ पहुँच जाएँगे। वे इसलिए पैसा देंगे, क्योंकि कश्मीर सामरिक तौर पर अहम है। वे वहाँ उसी तरह से ठिकाने बनाना चाहेंगे, जैसे कि उन्होंने अफ़ग़ानिस्तान में बनाए हैं। पाकिस्तान और भारत दोनों का प्रभाव कम हो जाएगा और शक्तिशाली पश्चिमी देश कश्मीर पर हावी हो जाएँगे।

यही कारण है कि मैं हमारी तमाम ट्रैक-2 बैठकों में आज़ादी के विकल्प पर चर्चा करने का सुझाव देता हूँ। युद्धाभ्यास का अलग नज़ारा होता है। विकल्प दिए जाने पर अगर कश्मीरियों का एक बड़ा वर्ग या बहुमत भी आज़ादी चुनता है, तो उन्हें आज़ादी दे देनी चाहिए।

दुलत : मैंने एक बार यासीन मलिक[5] के साथ आज़ादी के विकल्प पर चर्चा की थी, क्योंकि वे बोले थे, "आपके साथ क्या बात करेंगे, हम तो आज़ादी चाहते हैं।"

'अगर आप आज़ादी ले सकें, तो मैं आपके साथ कश्मीरी झंडा फहराऊँगा,' मैंने उनसे कहा था। यह कठोर हक़ीक़त है कि कश्मीर को आज़ादी नहीं मिलेगी। भारत इसे कभी स्वीकार नहीं करेगा।

पाकिस्तान भी घबराया हुआ है और अमानुल्लाह के मामले में यह स्पष्ट हुआ है। वह जम्मू कश्मीर लिबरेशन फ्रंट के शुरुआती प्रतिरोध का हिस्सा था या क्रांतिकारियों में शामिल था। वह इंग्लैंड में रवींद्र म्हात्रे[6] हत्याकांड में शामिल था। ब्रिटिश सरकार के पास पर्याप्त सबूत नहीं थे, इसलिए उसे वहाँ से निकाल दिया गया। इसके बाद वह ब्रसेल्स गया और आख़िर में बेल्जियम ने भी उसे निकाल फेंका। इसके बाद वह इस उम्मीद से पाकिस्तान पहुँचा कि वहाँ उसे एकमात्र कश्मीरी नेता के तौर पर उतनी ही बड़ी मान्यता मिल जाएगी, जैसे कि शेख़ साहब को मिली। मज़े की बात यह है कि अमानुल्लाह समेत इन सारे क्रांतिकारियों की पृष्ठभूमि नेशनल कॉन्फ़्रेंस वाली रही।

अमानुल्लाह मूल रूप से गिलगित का था। कुछ समय वह कुपवाड़ा में रहा और फिर विदेश में बस गया था, हालाँकि घाटी में वह प्लेबिसाइट फ़्रंट का महासचिव था, और शेख़ साहब की गिरफ़्तारी के दौरान उसने मिर्ज़ा अफ़ज़ल बेग[7] के काफ़ी क़रीब रहकर काम किया था। जेकेएलएफ़ के लड़कों की भी यही पृष्ठभूमि थी।

1982 के बाद जनरल ज़िया के समय जब वह पाकिस्तान आया, तो वह केवल एक विचारक बनकर रह गया, क्योंकि उसकी आज़ादी के विचार की क़दर करने वाला कोई नहीं था। वह घर बैठ गया, जुलूस निकालता था और इसी दौरान, जैसा कि कश्मीरी कहते हैं, वह अंकलजी बन गया। उसकी कहानी का यह दुखांत है। उसकी बेटी बहुत होशियार है और उसकी शादी सज्जाद लोन से हुई है।

दुर्रानी : पाकिस्तान में तीसरा विकल्प बेचने के क़ाबिल है। नवाज़ शरीफ़ ने अपने पहले कार्यकाल में ईरान यात्रा के दौरान बिना सोचे-समझे एक बार इसके बारे में बोला था। गुलाम इसहाक ख़ान ने कहा था कि संयुक्त राष्ट्र सुरक्षा परिषद के प्रस्ताव में हमें इस मामले में

पक्ष माना गया है और इसे छोड़ा नहीं जाना चाहिए, लेकिन हम अन्य विकल्पों पर विचार कर सकते हैं। अगर ज़्यादा हो-हल्ला ना हो, तो यह विचार भुनाने योग्य है।

सिन्हा : लेकिन अमानुल्लाह तो इसे नहीं भुना सका।

दुलत : अमानुल्लाह तो नहीं भुना सका। यहाँ तक कि यासीन मलिक भी नहीं भुना सके।

दुर्रानी : वे भुना भी नहीं सकते।

दुलत : इस तरह से हिज़बुल मुजाहिदीन निकलकर आया।

सिन्हा : आपने कहा कि वह विद्रोह की पहली लहर था, लेकिन वह इसे बेच नहीं पाया।

दुर्रानी : कोई कश्मीरी इसे नहीं बेच पाएगा। सुनियोजित तरीक़े से कई पाकिस्तानियों को राज़ी किया जा सकता है। समस्या यह है कि पाकिस्तानी बहुत चतुर नहीं होते। और भारतीय 'डीप स्टेट' ऐसा होने नहीं देगा।

दुलत : यहाँ आपने एक बात नहीं बताई, सर कि क्या आपकी तरह ऐसे लोग ज़्यादा नहीं हैं, जिनके अंदर यह विश्वास हो कि यह बिकाऊ प्रस्ताव है। आपने मंगला बाँध का ज़िक्र किया, लेकिन उससे बड़ी बात कश्मीरी लोग हैं, उनसे आप कैसे निपटेंगे?

दुर्रानी : जी हाँ, जी हाँ, मैंने पहले ही मान लिया है कि कुछ लोग इसे संकीर्ण विचार के अलावा और कुछ नहीं मानेंगे। वे कहेंगे, "तुम भी? तुम भी चाहते हो कि पाकिस्तान को तकलीफ़ हो? तुम कश्मीर को गँवा देना चाहते हो?"

यह आलोचना सबसे ज़्यादा डराती है। यही कारण है कि अगर ठीक ढंग से समझाया जाए, तो आज़ादी के पक्षधर लोग पाँच से दस प्रतिशत तक जा सकते हैं। एक सुनामी आ सकती है, ऐसा मेरा विचार है, हालाँकि यह सब करेगा कौन?

सिन्हा : अमानुल्लाह ख़ान का दामाद, तो जम्मू-कश्मीर सरकार का ही हिस्सा है।

दुलत : वह तो आधा भाजपाई है।

दुर्रानी : सही बात है। मुझे लगता है, उसमें चतुराई नहीं है, अक्ल की कमी है।

दुलत : विश्वास की कमी।

दुर्रानी : आत्मविश्वास की कमी।

दुलत : आत्मविश्वास की कमी है। यही कारण है कि जब आंदोलन शुरू हुआ, तो यह पाकिस्तान के क़ाबू से भी बाहर हो गया। आपने तुरंत जमात को बीच में खींच लिया, क्योंकि आपको ज़्यादा भरोसेमंद प्यादे चाहिए थे।

1989 के आख़िर में कश्मीर में इस पर बहस थी कि जमात को शामिल होना चाहिए या नहीं। गिलानी[8] साहब ने ऑन रिकॉर्ड यह कहा था कि ये लड़के आतंकवादी हैं। इसके बाद उन्हें काठमांडू में हुई बैठक में बुलाया गया था और चीज़ें बदल गईं।

दुर्रानी : आंदोलनों को अक्सर बेहतर संगठित दल हथिया लेते हैं।

दुलत : बिलकुल सही।

दुर्रानी : जैसे कि ईरानी क्रांति एक कम्युनिस्ट संगठन तुदेह पार्टी ने शुरू की थी, लेकिन बाद में इसे (अयातुल्लाह) ख़ुमैनी की अगुवाई में धर्मगुरुओं ने हाईजैक कर लिया था। मिस्र का अरब वसंत कुछ लोगों ने शुरू किया था, लेकिन कुछ विराम के बाद इसे सेना ने हथिया लिया था। अफ़गानिस्तान की समस्या वहाँ के कम्युनिस्ट गुटों—ख़लीक, परचमी आदि के बीच अंदरूनी लड़ाई से शुरू हुई थी, लेकिन जब सोवियत संघ वहाँ घुस गया, तो ज़मीन पर मुजाहिदीन तथा उनके इस्लामी समर्थकों ने क़ब्ज़ा कर लिया, जो कि कम्युनिस्टों के कतई क़रीबी नहीं थे। अब वे लोग हैं जिन्होंने अमेरिकी मदद से काबुल में सोवियत रूस के लोगों से गठबंधन किया है।

कश्मीर में अमानुल्लाह और अन्य लोगों ने विरोध की अगुवाई की, लेकिन जमात का संगठन ज़्यादा दुरुस्त था और हमारी तरफ़ उसका असर ज़्यादा था। यह दुनिया का दस्तूर है कि जब कोई आंदोलन शुरू होता है, तो कुछ समय बाद आंदोलन शुरू करने वाले किनारे कर दिए जाते हैं। ये लोग विचारक होते हैं, लोगों के दिलों में उनके लिए इज़्ज़त हो सकती है, लेकिन आख़िर में आंदोलन चलाने की क्षमता बहुत कम होती है।

11
कश्मीर : मोदी का कार्यकाल

आदित्य सिन्हा : जनरल साहब ने बार-बार 2016 में बुरहान वानी की मौत के नतीज़े का ज़िक्र किया है। 2017 की गर्मियों का माहौल हालाँकि अलग था। माहौल तुलनात्मक रूप से शांतिपूर्ण था। क्या यही आपकी अपेक्षा थी?

अमरजीत सिंह दुलत : बुरहान वानी की मौत केवल उत्प्रेरक थी। आख़िरकार, बुरहान वानी कौन था? एक सुंदर दिखने वाला लड़का, जिसकी फ़ोटो फेसबुक पर थी। कुछ तो यहाँ तक कहते हैं कि वह सीआईडी का स्रोत था, लेकिन सच्चाई तो केवल ईश्वर जानता है।

इसके लिए दिसंबर 2014 के चुनावों तक जाना पड़ेगा, जिसके परिणाम किसी के लिए संतोषप्रद नहीं थे। भाजपा ने मिशन 44[1] का सपना देखा था और मेरे मित्र 'पॉम्पी' गिल श्रीनगर में भाजपा का प्रचार सँभाल रहे थे। उन्होंने कहा था कि पाँच-छह सीटें निश्चित ही आएँगी, लेकिन उनकी उम्मीद आठ सीटों की थी। उन्हें एक भी सीट नहीं मिली।

इससे भाजपा हतोत्साहित हुई और पीडीपी भी, क्योंकि यह 45 सीटें पाने का सपना देख रही थी। उसकी 28 सीटें आईं। मुफ़्ती साहब मज़बूत मुख्यमंत्री बनने के लिए 3-4 सीटें और ला सकते थे। वे असुरक्षित थे और उनके पास भाजपा के साथ जाने के अलावा कोई और चारा नहीं बचा था।

उन्होंने मुझे 1 मार्च को होने वाले शपथ ग्रहण समारोह में आमंत्रित किया था। उस समय तक सर्दियाँ चल रही थीं। भाजपा के दिग्गज नेता मंच पर थे, गले मिल रहे थे। जैसे ही प्रधानमंत्री वहाँ से गए, उनके साथ आए लोग भी चले गए, यानी आडवाणी, मुरली मनोहर जोशी, अमित शाह, आरएसएस के राम माधव और भी कई लोग। मुफ़्ती साहब ने प्रेस को बुलाने और अलगाववादियों तथा पाकिस्तान को धन्यवाद देने की ग़लती कर दी।

दिल्ली में बैठे लोग तुरंत ही कहने लगे थे, "अरे यार, यह किसे बना दिया चीफ़ मिनिस्टर? यह तो पाकिस्तानी है।" पत्रकार ज्योति मल्होत्रा ने मुझसे फ़ोन पर कहा, "अपना संतुलित विचार दीजिए, प्लीज़।" मुझे मुफ़्ती साहब के लिए बुरा लगा। जम्मू और कश्मीर के मुख्यमंत्री के तौर पर उन्हें कुछ तो कहना था। उन्हें पाकिस्तानी कहने का क्या मतलब? वे जीवन भर भारतीय रहे। कई सालों तक वे काँग्रेस में रहे थे।

उसके बाद मुफ़्ती को कुछ हासिल नहीं हुआ।

मुफ़्ती ने मोदी को कमतर आँक लिया था और अपने को ज़्यादा ताक़तवर मान लिया था। अब वे फँस गए थे, हालाँकि मोटी चमड़ी के पुराने राजनेता होने के कारण उन्होंने चीज़ें सँभाल लीं। सबसे ज़्यादा निराशाजनक बात यह थी कि सितंबर 2014 की बाढ़ के समय राहत के तौर पर कुछ नहीं आया, जिसमें कई लोग मरे थे, संपत्ति का नुक़सान हुआ था। कश्मीरियों ने सोचा था कि पीडीपी-भाजपा गठबंधन से कुछ मिलेगा, लेकिन ऐसा कुछ नहीं हुआ।

यह गतिरोध बना रहा। मुफ़्ती साहब दुःखी अवस्था में गुज़र गए। यही कारण था कि महबूबा ने पद की शपथ लेने में तीन माह लगा दिए थे। और मुफ़्ती साहब के बिजबेहरा में हुए अंतिम संस्कार में केवल 3000-3500 लोग शामिल हुए थे।

असद दुर्रानी : यह कहने के लिए शुक्रिया। हम आपके लोगों की गलतियाँ गिन रहे थे।

दुलत : इससे बुरा तो अभी होना बाक़ी था। महबूबा एक बार मुख्यमंत्री बन गईं, तो वे भारी दबाव में आ गईं। आरएसएस टाइप के लोग सैनिकों और पंडितों आदि के लिए विशेष शिविरों की बात कहने लगे, और जब-तब यह भी इशारा देने लगे कि अनुच्छेद 370 गैरज़रूरी है।

कश्मीरियों को लगा कि उन्हें अहमियत नहीं दी जा रही है, और वे अपनी ही ज़मीन पर अल्पसंख्यक बना दिए जा सकते हैं। तब वे कहाँ जाएँगे? असली डर यही है। यह इतना सुस्पष्ट कभी नहीं था, जितना कि अब था। यही कारण है कि मुफ़्ती साहब के वफ़ादार साथी रहे गिलानी साहब भी दुविधा में आ गए कि महबूबा ठीक हैं या नहीं? हालाँकि, कोई और चारा नहीं है।

जून 2016 में मैं श्रीनगर में था और हर कोई कह रहा था कि चीज़ें अच्छी दिख रही हैं, पर्यटन पूरे ज़ोरों पर था, उड़ानें आ रही थीं, कोई जगह खाली नहीं थी, हालाँकि मुझे समझ आ रहा था कि कुछ होने जा रहा है। ऐसी फुसफुसाहट थी, देखते हैं, ईद के बाद क्या होता है। हम लोग, सर, लंदन में कहीं मिले थे और मैंने कहा था, कश्मीर में कुछ होने जा रहा है। और हुआ भी।

कश्मीर के बारे में पूर्वानुमान लगा पाना कठिन होता है, क्योंकि वहाँ रातों-रात तब्दीली आ जाती है, जैसा कि बुरहान वानी की हत्या के बाद हुआ, हालाँकि यह स्पष्ट था कि कश्मीरी लोग पीड़ित और थके हैं और शांति चाहते हैं। ऐसे में पत्थरबाजी, विरोध-प्रदर्शन अनिश्चितकाल तक चल सकते हैं।

सुरक्षा बलों को श्रेय देना होगा कि उन्होंने 2017 में उग्रवाद या आतंकवाद के बड़े नामों को शांत कराके अच्छा काम किया था। आतंकवादी या तो गिरफ़्तार कर लिए गए थे या मार दिए गए थे, या वे भूमिगत हो गए थे, हालाँकि अज़ीब चीज़ें तब भी हो रही हैं, जैसे कि महिलाओं के बाल काट देना। लोग कहते हैं कि ये भूत की करतूत है।

दिल्ली से देखने पर ज़मीन पर स्थिति सामान्य लग सकती है, लेकिन कश्मीर में सब कुछ अच्छा नहीं है।

इसी कारण से विशेष प्रतिनिधि की नियुक्ति का स्वागत किया गया, चाहे इसके कारण कुछ भी रहे हों। कम से कम हम लोगों से बात करना तो शुरू कर रहे हैं। हम तो बात करना ही बंद कर चुके हैं।

कश्मीर में हमारे पास मुख्यमंत्री है, जो लंबे समय से चुप थी। इस नियुक्ति से उन्हें हिम्मत बँधी और उन्होंने इसका स्वागत किया, "यही आप चाहते थे। चीज़ें अब सुधरेंगी," उन्होंने अपने लोगों से कहा था।

डॉ. फ़ारूक़ अब्दुल्ला ने भी इसे अच्छा कहा था। हाँ, यह ज़रूर कहा था कि पाकिस्तान से भी बात करनी चाहिए। उमर को कुछ आपत्तियाँ थीं। गुलाम नबी ने कहा, "इस काम में आपने तीन साल क्यों लगा दिए?" गृहमंत्री रह चुकने के बाद, कश्मीर पर नियमित टीकाकार बन चुके चिदंबरम ने भी कहा कि यह इस बात की स्वीकारोक्ति है कि सरकार की बलनीति काम नहीं कर पाई, हालाँकि उन्होंने इसका स्वागत किया।

सिन्हा : 2016 की घटनाओं पर पाकिस्तान की क्या प्रतिक्रिया है?

दुर्रानी : पाकिस्तान में इस बात पर आम सहमति है कि वानी के बाद के दौर की घटनाओं में इसे ना दख़ल देना चाहिए और ना दख़ल देता दिखना चाहिए। कुछ परपीड़कों की बात समझी जा सकती थी, लेकिन उरी तथा कथित सर्जिकल स्ट्राइक के बाद हमने महसूस किया कि वापस बैठ जाना और कुछ ना करना कोई विकल्प नहीं है। हमें अनिवार्य रूप से शामिल होना पड़ेगा। मुझे यक़ीन है कि अब चिंता यही है कि 2016 की घटनाएँ उसी तरह से होती हैं, जिस तरह से भारत चाहता है, तो क्या करना होगा।

दुलत : बुरहान वानी के छह-आठ माह पहले अलगाववादियों और मुख्यधारा के लोगों के साथ आने संकेत थे, जैसा कि जनरल साहब ने कहा। दोनों पक्षों के तरफ़ से आने वाले बयानों और टिप्पणियों ने यह संकेत दिया था और यह कश्मीरियों के लिए सबसे अच्छी बात थी कि कश्मीरियों को साथ बैठकर सोचने की ज़रूरत है।

हालाँकि यूपी चुनावों[2] के पहले, समानता की कोई बात नहीं थी। यह दोनों के लिए ही ठीक था। भारत सरकार के लिए भी जो अलगाववादियों से बात नहीं करना चाहती थी और पाकिस्तान सरकार के लिए भी जो अलगाववादियों को अपनी तरफ़ रखना चाहती थी।

सिन्हा : उनका सीमित मक़सद हुर्रियत को अपनी तरफ़ रखना है?

दुलत : हाँ। हुर्रियत पाकिस्तानी टीम है। भारत की अपनी टीम है, पाकिस्तान की अपनी और कश्मीरी बीच में हैं।

सिन्हा : जनरल साहब, क्या आप इस आकलन से सहमत हैं?

दुर्रानी : सबसे अच्छी चीज़ जो हो सकती है और मुमकिन भी लगती है, वह यह कि कश्मीर को पुल बनाया जाए। हम दोनों ही ना तो आज़ादी के लिए या पुनः एकीकरण के लिए काम करना पसंद करेंगे, लेकिन लोगों को आराम का अहसास कराने के लिए काम कर सकते हैं।

जब हमें इजाज़त मिलती है, हम इसके बारे में बात ही नहीं करते। किसी भी पक्ष को यह नहीं कहना है कि यह आतंकवाद के बारे में है या यह कश्मीर का हल है, बल्कि इस प्रक्रिया को हक़ीक़त में बदलना कैसे है, यह देखना है।

दुलत : मैं और ज़्यादा सहमत नहीं हो सकता। कश्मीर को पुल होना चाहिए, यह सही शुरुआती बिंदु है। मैंने हमेशा से यह कहा है कि हमें बात करनी चाहिए, कश्मीर की बात करनी चाहिए। अगर आप कश्मीर पर आगे बढ़ते हैं, तो आप आतंकवाद पर भी अपने आप आगे बढ़ जाएँगे। जब हम आतंकवाद की शिकायत करते हैं, तो हम ऐसा ना कहते हुए भी कश्मीर की बात कह रहे होते हैं कि वहाँ आतंकवाद है।

इस पर आगे बढ़ने का यही तरीक़ा है, लेकिन मुझे नहीं लगता कि यह हो रहा है।

अहम चीज़ यह है कि कश्मीरियों की नाक ज़मीन पर और ज़्यादा ना रगड़ी जाए, उन्हें हार का अहसास ना कराया जाए। ऐसे में ही कश्मीरी लोग पत्थरबाजी करना शुरू कर देते हैं।

उदाहरण के लिए, सियाचिन की बात करें। विचलन के कारण मैं इसके बारे में बात कर-करके थक गया हूँ। जब तक कश्मीर के बारे में कुछ प्रगति नहीं होती, तब तक यह नहीं हो सकता।

सिन्हा : अगर मोदी ऐलान कर दें कि वे अनुच्छेद 370 ख़त्म कर देंगे, तो क्या होगा?

दुर्रानी : मैं ऐसे अचानक लिए गए फ़ैसलों से प्रभावित नहीं होता हूँ, जो बिना सोचे-विचारे किए गए हों या टिकाऊ ना हों। वास्तव में, उसके बाद मीडिया को मज़ा लेने का मौक़ा मिलता है। बाद में, जब बुलबुला फटता है, तो कोई और नई चाल ले आते हैं।

दुलत : जी हाँ, 370 की चर्चा समय-समय पर होती रहती है, भले ही उसमें गंभीरता ना हो। अगर यह होता है तो भारत में जश्न की उम्मीद की जा सकती है, लेकिन इसका कश्मीर पर नकारात्मक असर पड़ेगा। अब यह बेकार चीज़ है, कुछ लोग कहते हैं कि यह केवल नाटक है, क्योंकि 370 में बचा क्या है? कुछ भी तो नहीं। इसको इतना कमज़ोर कर दिया गया है कि उसमें कुछ बचा ही नहीं है। और, आप इस आख़िरी निशान को भी हटाना क्यों चाहते हैं?

सिन्हा : नोटबंदी ने काले धन का कुछ नहीं बिगाड़ा, लेकिन लोगों को यह विश्वास हुआ कि मोदी बहुत सख़्त हैं।

दुलत : मुझे लगता है कि 370 इसलिए नहीं हटाई जाती, क्योंकि इससे कश्मीरियों को यह कहने का मौक़ा मिलेगा कि देखो, हमारे साथ क्या हो रहा है। कश्मीर में इस पर बहस होती है कि अगर यह हो गया,तो हम क्या करेंगे?

सिन्हा : जनरल साहब, पूर्व आईबी चीफ़ दिनेश्वर शर्मा को कश्मीरियों से बातचीत के लिए नया प्रतिनिधि नियुक्त किए जाने को आप कैसे देखते हैं?

दुर्रानी : अगर आप पाकिस्तान से समर्थन चाहते हैं, तो दुलत साहब जैसे इंसान को तैनात कीजिए। वे कश्मीरियों की स्वाभाविक परेशानियों से निपट सकते हैं। अगर सरकार का ही कोई आदमी होगा, तो इससे ज़्यादा फ़र्क़ नहीं पड़ेगा, सिवाय अस्थायी तौर पर गुस्सा कुछ शांत करने के। वह ऐसा कोई बदलाव नहीं ला पाएगा, जो पाकिस्तान को उत्साहित करे।

हालाँकि, उन्होंने किसी और को तैनात किया है। चलिए, देखते हैं।

अच्छा या बुरा कहने वाला मैं कौन होता हूँ? मेरी तरफ़ से कोई उत्साह नहीं है। हमारे विदेश कार्यालय ने सही कहा है। विदेश कार्यालय यही करते हैं। ऐसे किसी मामले में क्यों अपनी गर्दन फँसाएँ, जो कश्मीरियों के लिए और हमारे लिए बुरा साबित हो सकता हो?

सिन्हा : उस समय ऐसा करने के पीछे क्या प्रेरणा हो सकती है, आपके हिसाब से?

दुर्रानी : मुझे लगता है यह एक और तिकड़म थी, क्योंकि टिलरसन[3] क्षेत्र में आ रहे थे। पाकिस्तान में ऐसे मौक़ों पर हम कुछ लोगों को पकड़ते हैं, ताकि सहयोग का भ्रम बना रहे। अच्छे पुराने दिनों में भारतीयों के पास अद्‌भुत योजना होती थी। जब कोई अमेरिकी भारत आने वाला होता था, तो उसके कुछ सप्ताह पहले वे दुश्मनी का माहौल पैदा कर देते थे, ताकि यहाँ आकर वह रक्षात्मक हो जाए। भारत कोई छोटा देश नहीं है, जिसे अपने आपको बहुत अच्छी तरह से प्रस्तुत करना हो।

अब भारत, अमेरिका और इस्राइल के बीच गठजोड़ है, जिसमें काबुल खिलौना बना हुआ है। वे जिस ब्लॉक पर निशाना लगाते हैं, वह पाकिस्तान-चीन है, जिसमें तात्कालिक मक़सद सीपीईसी (चीन-पाकिस्तान आर्थिक गलियारा) में छेद करना है।

भारत टिलरसन से कहना चाहता था कि कश्मीर के बारे में चिंता ना कीजिए। आपको वह मसला उठाना तक नहीं चाहिए। हमने इसका ख़याल रखने के लिए एक सक्षम आदमी को तैनात किया है—जैसे कि आपके अफ-पाक दूत होते हैं। किसी भी सूरत में टिलरसन को सहमत होना ही था। अगर वे इसका ज़िक्र करते, तो शायद यही कहते, देखिए, कश्मीर लगातार दिक्क़तें पैदा कर रहा है। वे ज़्यादा शोर-गुल नहीं करने वाले थे, लेकिन उन्हें पहले से ही रोक दिया गया था।

दुलत : चलिए, मान लेते हैं कि यह टिलरसन के कारण है। जैसा कि आप जानते हैं, मैं आशावादी हूँ। मैं दिनेश्वर को जानता हूँ। हम साथ काम कर चुके हैं और कश्मीर में भी साथ काम कर चुके हैं। वे सरल, स्पष्टवादी, सुलझे इंसान हैं, जो कश्मीर के बारे में सोचते हैं। वे अच्छी तरह से दूसरों की बात सुनते हैं। ऐसे नहीं हैं, जो केवल अपनी बक-बक करते रहें।

सिन्हा : लेकिन डोभाल ने उन्हें तैनात किया है, भले ही ऐलान राजनाथ ने किया हो। तो वे तो वही करेंगे, जो डोभाल चाहेंगे। है ना?

दुलत : बिलकुल सही। तो हमने उसी तरह से इसका स्वागत किया। मैंने जनरल साहब से कहा, इसे छह माह का मौक़ा देते हैं।

दुर्रानी : सचमुच। उन्हें यह मौक़ा मिलना चाहिए।

सिन्हा : जनरल साहब ने ऐसा कुछ कहा था कि कश्मीर का मसला अगले 200 सालों तक चलने वाला है।

दुर्रानी : नहीं, नहीं, नहीं। यह बात नहीं है। मेरा मतलब था कि अगर यह बेमियादी तौर पर चलता रहता है, तो इसका मतलब यह नहीं कि हमें कश्मीर में कुछ करना ही नहीं चाहिए।

दुलत : बिलकुल सही बात।

दुर्रानी : सड़कें बनाना, इन्फ्रास्ट्रक्चर बनाना, लोकतांत्रिक भागीदारी। मेरा आशय इससे था।

दुलत : मैं इससे सहमत हूँ। मैं दिल्ली में ब्लैकलिस्टेड कर दिया जाऊँगा, लेकिन मैं यह कहता हूँ कि किसी और चीज़ से पहले कश्मीर पाकिस्तान में है। हमें ज़्यादा समझाने की ज़रूरत नहीं है। हाँ, तब और अब चीज़ें ऐसी नहीं हैं, जैसी कि होनी चाहिए, जैसी कि 2016-17 में थीं।

हालाँकि, जब हम अपने पाकिस्तानी मित्रों से बात करते हैं, तो उनसे कुछ प्रश्न पूछना चाहता हूँ, "आप लोग यह क्यों कर रहे हैं? आप कश्मीर को कुछ बेहतर क्यों नहीं समझते?"

सिन्हा : जब तक यह पुस्तक प्रकाशित होगी, तब तक कश्मीर में क्या परिदृश्य होगा?

दुलत : यह कह पाना कठिन है। पाकिस्तान फ़ैक्टर है। अगर हम कश्मीरियों से बात करना शुरू करते हैं, तो हमें पाकिस्तान से भी बात करने की ज़रूरत होती है। आख़िरकार, जब हम कश्मीरियों के साथ कुछ शिष्टाचार पर पहुँचते हैं, तो उन्हें पाकिस्तान के साथ बात करने की अनुमति देनी चाहिए। अतीत में यह हो चुका है।

गर्मियों में क्या होता है, यह इस पर निर्भर करता है कि पहले सर्दियों में क्या होता है। आमतौर पर एक बार जम्मू[4] और कश्मीर सरकार जम्मू शिफ्ट हो जाती है, तो तुलनात्मक तौर पर शांति हो जाती है।

जब सरकार जम्मू शिफ्ट हो जाती है, तो कार्रवाई भी वहीं शिफ्ट हो जाती है। सेना के शिविर, अर्धसैनिक बल, जम्मू और कश्मीर पुलिस। जम्मू काफ़ी ख़राब है, लेकिन हाल ही में हमने पंजाब में ऐसी घटनाएँ देखी, जो कि जम्मू की सीमा से लगा है। गुरदासपुर में एक घटना हुई और एक पठानकोट में हुई, जिससे मुझे चिंता हुई थी। मान लीजिए, दिल्ली से तक़रीबन लगने वाले जालंधर या अंबाला में ग्रांड ट्रंक रोड पर कोई घटना हुई होती।

तो, पहले सर्दियों को देखिए, कैसे गुजरती हैं।

जनरल साहब ने कहा कि बुरे वक्त में, अगर आप बात करते हैं, तो इससे मदद मिलती है। कुछ लोगों का तर्क है कि जब हम बात करते हैं या बात करना शुरू करते हैं, तभी कुछ गड़बड़ हो जाती है। गड़बड़ी हो सकती है, लेकिन लंबे समय में यह हमें फ़ायदा देगा। थोड़ा समय बीतने दीजिए, थोड़ा खिंचने दीजिए।

दुर्रानी : क्या किया जाना चाहिए, यह समझने के लिए आपको किसी रॉकेट साइंस की ज़रूरत नहीं है। कई बार यह किसी को मुसीबत में डालने में मदद कर सकता है और कह सकते हैं कि यह होने वाला है। सिंड्रोम जाना-पहचाना है। किसी रूप में उपद्रव शुरू होता है और राज्य की पहली प्रतिक्रिया कड़ी कार्रवाई करने की होती है। उसे डर रहता है कि अगर उसने इंतज़ार किया, तो उपद्रव फैल सकता है। पहला इस्तेमाल होने वाला साधन सेना है। इसके बाद, लोग चाहे कुछ कहें, स्थिति नियंत्रण में है और आप बात करने तथा उनकी दिक्क़तें दूर करने के लिए तैयार हैं, हालाँकि एक बार यह हो जाता है, तो प्रतिक्रिया आमतौर पर यह होती है कि अब कुछ करने की ज़रूरत नहीं। चलिए, अब कुछ और करते हैं।

सरकार ताक़त इस्तेमाल कर सकती है, कई बार बहुत क्रूरता से करती है, और नतीज़ों के बारे में बिलकुल नहीं सोचती। उपद्रव से सामरिक रूप से पीछे हटना पड़ सकता है या बिगाड़ हो सकता है, हालाँकि अनिवार्य तौर पर यह पुनरुत्थान है। ये सही कह रहे हैं। यह छह माह या छह साल बाद हो सकता है।

चाहे कश्मीर हो या बलूचिस्तान, यह फिर खड़ा होगा। अगर प्रतिरोध ज़ोरदार है, तो वह ज़्यादा हिंसक रूप से वापस आएगा। जैसे कश्मीर में बुरहान वानी के पहले हुआ। यह कांड 10 या 20 साल पहले किसी बहुत मामूली बात से शुरू हुआ होगा, लेकिन इसका प्रस्फुटन ज़्यादा ताक़तवर रहा, ज़्यादा गंभीर रहा।

अफ़गान मुजाहिदीन नुक़सान करने वाले नहीं थे, उनका ध्यान विदेशी कब्ज़े के विरोध तक सीमित था। कुछ तालिबान बन गए, कुछ और उग्र है अल-कायदा। अगर अल-कायदा को कम समझते हैं, तो डॉइश है। यही चलन है।

चाहे मुझे कमियाँ निकालने वाला कहिए या शून्यवादी, लेकिन मुझे लगता है कि यह कहना यथार्थवाद है कि निकट भविष्य में भारत और पाकिस्तान के बीच कोई सार्थक बातचीत नहीं होगी।

दुलत : अगर यह वार्ताकार सफल रहता है, तो आख़िरकार कश्मीरी राजनीतिक बातचीत चाहेंगे। दिनेश्वर शर्मा यह तय नहीं कर सकते।

हम भूल जाते हैं कि कश्मीर कोई सैन्य समस्या नहीं है। जनरल साहब बिलकुल सही कह रहे हैं, जब भी कोई बवाल होता है, तो पहली प्रतिक्रिया यही होती है कि पहले इसे शांत कराओ, और फिर देखेंगे। यह ठीक है, लेकिन यह नहीं भूलना चाहिए कि यह मामला राजनीतिक है। कश्मीर में यह भावनात्मक मुद्दा है।

गैर ज़रूरी बातें बोलकर कश्मीरी मानसिकता को मत छेड़िए, जैसा कि सेनाध्यक्ष ने अपनी नियुक्ति के बाद किया था कि इससे सैन्य अभियानों पर असर नहीं पड़ेगा। हर कोई जानता है कि यह नहीं रुकने वाला, लेकिन यह कहने की ज़रूरत क्या है? जब आप ऐसा करते हैं, तो इसका मतलब यही है कि दिनेश्वर शर्मा का कोई नतीज़ा नहीं निकलेगा।

इसी तरह से, जब हम कश्मीरियों से बात करने को तैयार होते हैं, तो एक लाइन तय होती है कि हम संविधान के तहत ही बात करेंगे। आप इतने नादान हैं क्या, जो यह सोच सकते हैं कि केंद्रीय गृहमंत्री या प्रधानमंत्री...

सिन्हा : या भारत का राष्ट्रपति

दुलत : ... संविधान के बाहर बात कर सकते हैं। प्रोफेसर बट[5] ने यह बात मुझसे कही थी, "ये बातें आप क्यों कहते हैं? यह कश्मीरियों के घावों पर नमक छिड़कने की बात है। कहना तो यह चाहिए कि आओ, हम आपसे बात करना चाहते हैं। हम खुले मन के हैं।"

यही बात आडवाणी ने कही थी, जो कि एनडीए-1 में बाज़ माने जाते थे। आप हुर्रियत वालों से बात कीजिए, जो उनके साथ दो दौर की वार्ताएँ कर चुके हैं। वे बताएँगे कि आडवाणी समझदार थे। हुर्रियत की पहली माँग उनके जेल में बंद कुछ साथियों की रिहाई की थी। आडवाणी जी ने कहा, "ठीक है, लिस्ट दीजिए। और फिर : और आप क्या चाहते हैं?" प्रोफेसर बट ने कहा, "सर, हम एक रोडमैप लेकर वापस आते हैं।" मई 2004 में उन्हें रोडमैप पेश करना था, लेकिन भाजपा चुनाव हार गई, हालाँकि, भाजपा अगर जीत भी जाती, तो भी वह रोडमैप मेज़ पर पेश नहीं हो पाता, क्योंकि वह केवल दिमाग़ में था। यथास्थिति से बहुत थोड़ा ही आगे कहा जा सकता है, सिवाय समायोजन और सम्मानजनक शांति के।

मैं यह कह रहा हूँ कि ऐसी कोई बात कहने की ज़रूरत नहीं, जो सामने वाले को नाराज़ करती हो। कश्मीरी अपनी सीमाएँ अच्छी तरह से समझते हैं और जानते हैं कि क्या व्यावहारिक है।

12
अप्रिय डॉ. फ़ारूक़ अब्दुल्ला

अमरजीत सिंह दुलत : जब हम कश्मीर की बात करते हैं, तो मुझे यक़ीन है कि जनरल साहब और मैं संयुक्त रूप से फ़ारूक़ अब्दुल्ला का विकल्प चुनेंगे तथा हम तीनों एक साथ बैठ सकते हैं। कश्मीर के बारे में बहुत कुछ किया जा सकता है। किसी कारण से, अगर सिर्फ फ़ारूक़ अब्दुल्ला स्वीकार्य नहीं हैं, तो दो लोगों को शामिल कीजिए : फ़ारूक़ और एक अलगाववादी प्रोफेसर ग़नी। दो हम लोग और दो कश्मीरी। हम कुछ उत्साह पैदा कर सकते हैं। ज़रूरत केवल औचित्य की है।

यह मेरे दिमाग़ में रहा है। फ़ारूक़ बहुत लंबे समय से पाकिस्तान नहीं गए हैं। उन्हें अपने फ़ैक्ट फाइंडिंग मिशन पर वहाँ जाने की ज़रूरत है।

असद दुर्रानी : क्या इत्तफ़ाक़ है। 1990 में बवाल शुरू होने के तुरंत बाद गिलगिटी और अन्य लोगों के साथ बैठक में फ़ारूक़ अब्दुल्ला को बुलाने का सुझाव था। सत्ता से जुड़े लोगों ने इस विचार की मुखालफ़त की और मुझे भरोसा नहीं है कि यह सब किस तरह से हुआ।

मैं उनसे केवल एक बार लंदन में तहलका सम्मेलन के दौरान मिला था। उन्होंने मेरी अनदेखी करने की बहुत कोशिश की, लेकिन मुझसे बात करने के बाद वे नाख़ुश नहीं थे। मेरा यक़ीन है कि बुरहान वानी कांड के बाद उन्होंने सकारात्मक बातें की थीं। मेरी तरफ़ से उन्हें हैलो बोलिएगा।

दुलत : हर कोई मुझसे कहता है कि फ़ारूक़ मेरे मित्र हैं और मैं इससे बहुत खुश होता हूँ, लेकिन फ़ारूक़ का नाम सुझाने का कारण यही है कि वे ही एक ऐसे कश्मीरी हैं, जो ना केवल कश्मीर को समझते हैं, बल्कि नई दिल्ली को भी अच्छी तरह से समझते हैं। वे दिल्ली और श्रीनगर के बीच सबसे अच्छे पुल हैं। अब वे उस स्तर पर पहुँच चुके हैं, जहाँ उन्हें पाकिस्तान को भी समझने की ज़रूरत है और अगर वे ऐसा करते हैं और वे नई दिल्ली को पहले से समझते ही हैं, तो इससे मदद मिलेगी। उनके शामिल होने से आगे बढ़ने में बहुत ज़्यादा मदद मिलेगी।

उनके विचार जाने-माने हैं, लेकिन वे लगातार यह कहते रहे हैं कि आपके पास पाकिस्तान के बिना कोई समाधान नहीं है, जो वे पहले कभी नहीं कहते थे। उन्हें नया ज्ञान हुआ है।

दुर्रानी : अगर इस किताब के प्रकाशित होने के बाद यह होता है, तो हमारे पास ख़ुश होने के कारण होगा। बात यह है कि यह एक विचार है। इसकी कोशिश की नहीं गई है। इसमें कोई पैसा नहीं लगना है। हम में से कोई जाए और हमारे राष्ट्रीय सुरक्षा सलाहकारों को यह सुझाव दे, उससे बेहतर यही है कि यह किताब के ज़रिए ही सामने आए।

दुलत : आप इस बात को अपने आप मान सकते हैं कि भारत फ़ारूक़ को कश्मीर पर वार्ताकार कभी नियुक्त नहीं करेगा। यह केवल तभी हो सकता है, जब वे पाकिस्तान जाएँ और पाकिस्तान को यक़ीन हो कि फ़ारूक़ सही वार्ताकार हैं। इसके बाद प्रस्ताव पाकिस्तान की तरफ़ से यानी प्रधानमंत्री, या सेना प्रमुख, या आईएसआई चीफ़, या एनएसए आदि की ओर से आए। इस तरह से यह हो सकता है।

दुर्रानी : सही बात। तरीक़ा यही होता है। कुछ होने देने का तरीक़ा यह है कि यह दूसरे इंसान का विचार लगे।

दुलत : मुझे 2002 की याद आती है, जब फ़ारूक़ (विधानसभा) चुनाव हार गए थे। उन्होंने अचानक पाकिस्तान जाने का फ़ैसला किया, और एनसीपी मंत्री प्रफुल्ल पटेल उनके साथ गए। उन्होंने दिल्ली में प्रेस को बुलाया और इसका ऐलान किया। मैं हतप्रभ रह गया, और मैंने पूछा, क्या आपने प्रधानमंत्री से बात की? उन्होंने कहा कि वे दोनों अब जाएँगे और प्रधानमंत्री से मिलेंगे। वाजपेयी ने केवल इतना कहा था, "कुछ खाइए।"

तो, इस तरह का आमंत्रण पाकिस्तान से आना चाहिए, क्योंकि यह दिल्ली से नहीं आएगा।

जब फ़ारूक़ (अप्रैल 2017) में श्रीनगर का उपचुनाव लड़े और जीते, तो आम सोच यह थी कि भारत फ़ारूक़ को संसद में नहीं आने देना चाहता। विडंबना यह रही कि पाकिस्तान सरकार भी फ़ारूक़ को संसद में नहीं चाहती है। अलगाववादियों की तरफ़ से यही संदेश है, जिसका मतलब पाकिस्तान से है। इसमें उनकी राजनीतिक सोच गूँजती है, "फ़ारूक़ क्यों? वे भरोसेमंद नहीं हैं। उन्होंने किया क्या है? ये परिवार, ये ख़ानदान है क्या? वे भारत-समर्थक हैं। शेख़ साहब भी यही करते थे।"

विडंबना यह है कि फ़ारूक़ ने मुख्य सबक़ तब सीखा, जब उनके पिता शेख़ अब्दुल्ला ने 1975 में श्रीमती गाँधी के साथ सुलह की थी। उनके महान पिता ने 23 साल जेल में बिताने के बाद यह ज़रूरी समझा कि दिल्ली के साथ सुलह की जाए, उसके बाद वे हमेशा दिल्ली के पक्ष में रहे। शुरुआत में उन्होंने डेढ़ साल दिल्ली की अवहेलना करने की कोशिश में बिताए और 1984 में अपनी बर्खास्तगी का रूखा झटका उन्हें झेलना पड़ा।

अन्य राजनेता यह सोच सकते हैं कि फ़ारूक़ मसखरे हैं, वे फ़ारूक़ के बारे में कुछ भी सोच सकते हैं, लेकिन फ़ारूक़ की अनदेखी नहीं की जा सकती। उनकी उपस्थिति की

अनदेखी नहीं की जा सकती। 2019 के चुनावों के हिसाब से देखें, तो वे विपक्षी एकता में भूमिका निभाएँगे।

मेरा यह भी मानना है कि फ़ारूक़ कमाल के विदेशमंत्री साबित होंगे।

आदित्य सिन्हा : इस सरकार में तो नहीं।

दुलत : नहीं, किसी भी सरकार में नहीं, अगर ख़ुद उनकी भी सरकार हो तो भी नहीं। लोग उन्हें गंभीरता से नहीं लेते। यह बदनसीबी है।

दुर्रानी : हम उन्हें डिप्टी प्राइम मिनिस्टर बना सकते हैं। हम कह सकते हैं कि भले ही वे आपकी तरफ़ से आते हैं, लेकिन वे हैं हमारे। इसलिए, हम उन्हें डिप्टी पीएम बनाते हैं। फ़ारूक़ को यह प्रस्ताव स्वीकार करने में दिक्क़त होगी और पाकिस्तानियों की तरफ़ से यह मास्टर स्ट्रोक रहेगा।

हालाँकि, बिल्ली के गले में घंटी कौन बाँधेगा?

सिन्हा : कोई गति-अवरोध करना नहीं चाहता।

दुलत : मुफ़्ती को मरणोपरांत पद्मश्री दिया जाना था, लेकिन महबूबा वगैरह राज़ी नहीं हुए। पद्मश्री कूका परे को उग्रवाद से निपटने के लिए दिया गया, लेकिन फ़ारूक़ अब्दुल्ला ने भारत की इतनी सेवा की, लेकिन उन्हें कोई सम्मान नहीं मिला।

दुर्रानी : फ़ारूक़ को कुछ नहीं मिला?

दुलत : कुछ नहीं मिला

दुर्रानी : यही होना था।

13
जितना ले सको, ले लो

असद दुर्रानी : कश्मीर के बारे में एक पुरानी रेसिपी है। दोनों देशों का क्या दाँव पर लगा है, यह जानने के लिए यथार्थवादी होना पड़ेगा। विवाद का मसला परस्पर टकराव का मुद्दा है। हम हमेशा कह रहे हैं कि मसले को सुलझाओ, कोई समाधान ढूँढो। हमारे लिए यह मूल मुद्दा है आदि, आदि।

हालाँकि, काया पलट सकती है। कश्मीर पर दोनों देशों के सहयोग को केंद्रित करके इसका सबसे अच्छा समाधान निकाला जाता है। 'विवाद से समाधान की ओर' समझदारी भरा स्लोगन हो सकता है।

अमरजीत सिंह दुलत : बिलकुल सही, बिलकुल सही।

दुर्रानी : तो, हमारी रेसिपी यह है कि आज़ादी की तरफ़ मत देखो, 370 की तरफ़ मत देखो, और नियंत्रण रेखा की तरफ़ मत देखो।

आदित्य सिन्हा : कश्मीर में इस सहयोग के लिए पहला क़दम क्या होगा?

दुर्रानीः हमें इसको फिर तैयार करना होगा। हम से पहले के लोगों ने, बुद्धिमान लोगों ने जनता के स्तर पर इसे शुरू करने का तरीक़ा खोजा था। साधारण आना-जाना, थोड़ा-बहुत व्यापार, इन सब मामलों में उन्हें शामिल होने दें और दिल्ली तथा इस्लामाबाद एक किनारे हो जाएँ।

एक बार लोग सहज महसूस करने लगेंगे, तो वे खुद ही कहेंगे, "हम दोनों देशों के बीच ऐसा मुख्य मुद्दा नहीं बनना चाहते, जो युद्ध की तरफ़ ले जाता हो, इत्यादि। हम जैसे हैं, वैसे ही ठीक हैं। ना स्थिति में कोई बदलाव, ना कोई और बड़ी चीज़। बेहतर रहेगा कि दोनों देश भी हमारे उदाहरण पर चलें।"

हालाँकि, तरीक़ा परोक्ष होना चाहिए। यह कहने के बजाय कि हम विभाजित या संयुक्त रूप से प्रशासित कश्मीर चाहते हैं, या चर्चा किए जा चुके किसी अन्य फ़ॉर्मूले के बजाय, मैं एक परोक्ष तथा वृद्धि संबंधी तरीक़ा सुझाता हूँ, बस और व्यापार जैसे छोटे-छोटे क़दमों से शुरू करें।

दुलत : विश्वास बहाली के उपाय।

दुर्रानी : आप आख़िरकार जो भी चाहते हों, उसे कहे बिना आगे बढ़िए। जब विवाद के समाधान की बात आती है, तो यह विकासात्मक प्रक्रिया होनी चाहिए। और हर किसी को यह परंपरागत ज्ञान याद रखना होगा कि "हमेशा वह नहीं मिलता, जो आप चाहते हैं।"

सिन्हा : तब तो, जो मिल रहा है, उसे लेने की बात सबसे समझदारी भरी लगती है।

दुर्रानी : 2000 में, एहूद बराक ने यासिर अराफ़ात[1] को एक पैकेज का प्रस्ताव दिया था। पूर्व रक्षामंत्री और बेहद सम्मानित सैनिक बराक इस्राइल के इतिहास के सबसे महान प्रधानमंत्री भले ही ना हों, लेकिन जो सतह पर उन्होंने प्रस्ताव पेश किया था, वह अच्छा था। अगर आप गहराई से देखें, तो आप उसमें कमियाँ निकाल सकते हैं, लेकिन उसमें वह समझदारी थी, वह भावना थी।

खुदा जानता है कि मैं पैगंबर के हुदेबिया[2] की संधि स्वीकार करने का विशेषज्ञ नहीं हूँ। मैंने उसके बारे में पढ़ा भर है। हो सकता है, उसका इरादा हमें समझौता करने तथा समय की अहमियत के बारे में सिखाने का हो। जब फ़िलिस्तीनियों ने प्रस्ताव के तमाम प्रावधानों पर आपत्ति की, तो बात यह थी कि अगर इस्राइल सभी रियायतों पर सहमत हो, तो वे समझौता करने को तैयार हैं। यह ग़लती थी। सम्मेलन नाक़ाम रहा।

जो मिल सकता है, ले लो। आपको यह बिलकुल नहीं कहना है कि सब हो गया। ख़त्म, छुट्टी। आप उसे लें, अपनी स्थिति सुधारें, और पाँच, आठ या दस साल के ठीक-ठाक अंतराल के बाद वापस आइए और कहिए, लेकिन शरणार्थियों की वापसी का क्या होगा?

कश्मीर के मामले में, इस तरह से आप लोग समाधान पर चर्चा कर सकते हैं।

दुलत : कहानी यह है कि शेख़ अब्दुल्ला जब 1975 में अफ़ज़ल बेग समझौते पर आगे बढ़े, तो उन्होंने डॉ. फ़ारूक़ अब्दुल्ला को पाकिस्तान भेजा। डॉ. फ़ारूक़ गए और ज़ुल्फिकार अली भुट्टो से मिले, जो उनसे कहने वाले थे, "इस बिंदु पर हम आपकी मदद के लिए कुछ नहीं कर सकते। इसलिए, जो आप ले सकते हों, वह ले लीजिए। अगर आपको कश्मीर में शांति और सत्ता दी जा रही है तो ले लीजिए।" कश्मीर में एक और कहानी यह है कि यासीन मलिक को कुछ अमेरिकी लोगों ने दिल्ली के साथ मसले उठाने का सुझाव दिया था। जब यासीन ने कहा कि दिल्ली वाले गैरसमझदारी का व्यवहार करते हैं, तो उन्होंने कहा था, "आप जो ले सकते हैं, उसे ले लेना चाहिए।" उन्होंने कहा कि यह कोई आख़िरी समझौता नहीं है, लेकिन जो कुछ मिल रहा है, तो उसे तो ले लीजिए।

इसे सेमीफाइनल या क्वार्टर फाइनल कह लीजिए, और क्या होगा, किसे पता है?

"जो आप ले सकते हैं, ले लीजिए, यही बहुत अच्छा है," डॉ. फ़ारूक़ अब्दुल्ला जो बात बार-बार कहते रहते हैं, उसका सार यही है। कश्मीर में, आप कुछ नहीं बदल सकते। जो उनका है, वह उनका है, जो हमारा है, वह हमारा है। दिखावा करने से कोई फ़ायदा नहीं। हमें नियंत्रण रेखा पर सहमत होना पड़ेगा। यह कई तरीक़े से किया जा सकता है,

और हो सकता है, यह उतने अनगढ़ तरीक़े से भी ना हो, जिस तरीक़े से फ़ारूक़ कहते हैं, हालाँकि यह मुशर्रफ़ के चार सूत्रीय फ़ॉर्मूले का भी सार था : एलओसी-प्लस। नियंत्रण रेखा को इस तरह से सँवारा जा सकता है कि दोनों पक्षों की जीत रहे, हार किसी की ना हो। आगे बढ़ने की बात इसमें निहित है।

पाकिस्तान आराम से चैन की बंशी बजा रहा है, क्योंकि कश्मीर की ये सूरत उसके अनुकूल है। भारत यह सोचता लगता है कि हम बिलकुल ठीक हैं। कश्मीर में कोई दिक़्क़त नहीं है।

दुर्रानी : भुट्टो की सलाह बहुत बेहतर थी। मुझे नहीं पता ये चीज़ें कैसे गड़बड़ हो गईं, क्या हम सब कुछ चाहते हैं या फिर कुछ भी नहीं? या तो लो या फिर छोड़ दो की बात है क्या? जब हम या तो सब कुछ चाहें या सब कुछ छोड़ दें की स्थिति में हों, तो हमें कुछ भी मिलने की संभावना नहीं रहती, हालाँकि यह भी है कि जो आपसे कहता है कि या तो इसे ले लो, या इसे छोड़ दो, वह भी हो सकता है कि आपको परख रहा हो। इसीलिए, भुट्टो ने कहा था, "जो ले सकते हो, ले लो।"

IV

राजनीतिक घटनाचक्र

ये सात अध्याय भारत-पाकिस्तान संबंधों के सार और इसे परिभाषित करने वाले व्यक्तित्वों पर ही हैं। इनमें केवल जनरल परवेज़ मुशर्रफ़ और उनके देश के नेता ही शामिल नहीं हैं, बल्कि प्रधानमंत्री नरेंद्र मोदी और अजित डोभाल भी शामिल हैं, जिनके बारे में पाकिस्तानियों की सोच कड़ी है। इसमें भारतीय सरकार के एक तबके के बारे में भी बताया गया है, जिसे पाकिस्तानी लोग सबसे ज़्यादा लड़ाकू मानते हैं। ऐसा भी नहीं कि हम भूल जाएँ कि हमारे मुल्क़ों के इतिहास में एक दूसरे के साथ सकारात्मक बातें भी हैं।

मंच की तैयारी

काठमांडू, मार्च 26, 2017 : हम अपने होटल की शोरगुल भरी लॉबी में एक किनारे दिन बिताते हैं, लेकिन तब भी हम वहाँ के कोलाहल और मेहमानों की आवाजाही के शोरगुल से नहीं बच पा रहे हैं। हम थामेल में लंच के लिए जाते हैं, लेकिन नेपाली राजधानी के प्रदूषण तथा दो साल पहले आए विनाशकारी भूकंप के बाद से अब तक शांत ना हुई धूल भरी धुँध के कारण यह देख पाना मुश्किल हो रहा है कि हम जा किस ओर रहे हैं।

14

भारत और पाकिस्तान : 'तक़रीबन' दोस्त

अमरजीत सिंह दुलत : 1980 या '81 में एक दिन मुझे आईबी के मेरे वरिष्ठ साथी विनोद कौल ने बुलाया। दिल्ली में हमारे आरके पुरम कार्यालय में वे नीचे सीढ़ियों पर बैठ गए। कौल मेरे ही कैडर (राजस्थान) के थे और मुझसे काफ़ी वरिष्ठ थे। मुझे कुछ ही दिनों पहले पदोन्नत करके उपनिदेशक बनाया गया था। पाकिस्तान समेत कुछ मामलों के वे शीर्ष विश्लेषक थे। उन्होंने मुझे नीचे बैठा लिया और बोले, "तुम इन पाकिस्तानियों को ढंग से जानते हो, क्या तुम हमारी मदद करोगे?"

मैं स्तब्ध रह गया। "सर, आपने इसे ग़लत समझा है," मैंने कहा। "मैं किसी पाकिस्तानी को नहीं जानता। वास्तव में मैं तो पाकिस्तानियों से बहुत दूर रहता हूँ।"

"तुम्हारी कार का नंबर पाकिस्तानी सलाहकार के यहाँ नोट किया गया था, जहाँ एक कॉकटेल पार्टी थी," वे बोले। "तुम वहाँ थे।"

नहीं, मैंने उनसे कहा। मैं ऐसे किसी कार्यक्रम में नहीं गया। उन्होंने मुझसे फिर सोचने को कहा। इसके बाद उन्होंने कहा, "तुम्हारे माता-पिता भी पाकिस्तानियों के अच्छे दोस्त हैं?" "हाँ," मैंने कहा। यह बात सही भी थी।

मुझे लगा, शायद मेरी कार मेरे किदवई नगर आवास से चुरा ली गई है। मैं घर गया और मैंने अपनी पत्नी से पूछा कि क्या उसने अपनी कार किसी को दी थी, क्योंकि उसे पाकिस्तानी कार्यक्रम में देखा गया था। उसने कार किसी को नहीं दी थी। उसने पूछा, "कार्यक्रम का पता क्या था।"

"हे भगवान," मैंने कहा। वसंत विहार में, जहाँ पाकिस्तानी सज्जन रहते थे, वहाँ एक नर्सिंग होम था, जिसमें मेरे बहनोई एक एक्सीडेंट के बाद भर्ती कराए गए थे। हमारी कार वहीं आस-पास पार्क की गई होगी और किसी ने उसका नंबर नोट कर लिया होगा।

इसके बाद बारी आई कौल के दूसरे सवाल की, जो मेरे माता-पिता के बारे में था। वे दिल्ली में पाकिस्तान हाउस के दाहिनी ओर, सागर अपार्टमेंट्स में तिलक मार्ग पर रहते थे। मेरे माता-पिता को ब्रिज खेलना पसंद था—जैसा कि दो अनुवर्ती दूतों को भी था, तो वे

साथ में ब्रिज खेला करते थे, अक्सर मेरे माता-पिता के घर पर और कई बार जिमख़ाना क्लब में।

पहले दूत थे सैयद फ़िदा हसन, जिन्हें 1976 में राजदूत नियुक्त किया गया था। वे मेरे पिता के पुराने मित्र थे, क्योंकि दोनों ही पंजाब कैडर के थे और दोनों सियालकोट में साथ में तैनात रहे थे। उन्होंने दिल्ली आते ही अपने पुराने दोस्तों की तलाश शुरू की, तो उन्हें पता चला कि मेरे पिता पड़ोस में ही रहते हैं।

उनके बाद आने वाले सज्जन थे अब्दुल सत्तार, जो ब्रिज के बहुत ही शौक़ीन थे और वे सागर अपार्टमेंट्स में आए थे, तो तक़रीबन छह सालों तक मेरे माता-पिता का संपर्क पाकिस्तानी दूतों से लगातार बना रहा। उनके लिए यही काफ़ी था, वे सभी पंजाब से थे।

आदित्य सिन्हा : ब्रिज ही उनके बीच का ब्रिज था। उनके साथ कोई और ख़ास व्यक्ति भी खेलने आता था?

दुलत : एक प्रमुख भारतीय राजनयिक समर सेन (जिन्हें आमतौर पर टीनू सेन कहा जाता था)। वे पुराने आईसीएस थे। जब वे ढाका में उच्चायुक्त थे, तब उनके कंधे पर गोली लग गई थी। वे एकदम बिंदास थे, एक अनोखे अफ़सरशाह, जिनके पास सालों की नौकरी के बाद भी कुछ नहीं था। सत्तार साहब ने एक बार उन्हें 'फ़क़ीर' बोला था। वे पेइंग गेस्ट के तौर पर रहते थे। उनके पास कार भी नहीं थी और वे टैक्सी से ही आना-जाना करते थे। कुछ साल बाद जब उन्होंने सुना कि मुझे कश्मीर मामले में शामिल किया गया है, तो उन्होंने मुझे क्लब में बुलाया और पूछने लगे, "क्या तुम भी उन खूँखार लोगों में शामिल हो? तब ठीक है, हम लोग सज्जनों की तरह बात कर सकते हैं।"

असद दुर्रानी : इससे मुझे लालू[1] की कहानी याद आ गई। वे (2003 में) पाकिस्तान गए थे और वहाँ उन्होंने अपने देशी तौर-तरीक़ों और देशी बोली से बहुत असर छोड़ा था। किसी बाज़ार से गुज़रते समय वे एक आलू उठा लेते और बोलते, "लालू के हाथ में आलू।" लोग हँस-हँसकर पागल हो जाते।

मैं उनसे सबसे ज़्यादा प्रभावित तब हुआ, जब हमारे यहाँ एक टीवी पर चर्चा में वे शामिल हुए। उसमें तीन पाकिस्तानी और लालू थे। हमारी तरफ़ से एक इंसान ज़्यादा ही आक्रामक था। उसने कहा, "मुझे पता ही नहीं है कि भारत की कश्मीर को लेकर क्या नीति है।" होशियार लालू कुछ भी नहीं बोले। वे जानते थे कि अगर वे नीति के बारे में बोलेंगे, तो माहौल ख़राब हो जाएगा।

हालाँकि वह इंसान अड़ा ही रहा। आख़िरकार, बहुत ही धीमे से लालू ने कहा, "भारत की नीति यह है कि कश्मीर उसका अभिन्न अंग है।" हमारा वह आदमी निरुत्तर हो गया।

जवाब देने की लालू की अनिच्छा ने साबित किया कि वे मँजे राजनेता हैं, जो शांति और सहयोग का संदेश देना चाहते थे। सरकारी नीति के बारे में वे क्यों बोलते, जबकि इससे मामला और ज़्यादा उलझ जाता?

दुलत : लेकिन, सर, भारत और पाकिस्तान के बीच बुनियादी दिक्क़त क्या है? आपके उच्चायुक्त जब चंडीगढ़ में थे, तो उन्होंने कहा था कि भारत और पाकिस्तान के बीच दिक्क़त मिसअंडरस्टैंडिंग की है। जब कोई अंडरस्टैंडिंग ही नहीं है, तो मिसअंडरस्टैंडिग कैसी!

अविश्वास है, बेहद अविश्वास, सबसे ज़्यादा अविश्वास।

दुर्रानी : यह बात सही हो सकती है, लेकिन कह पाना मुश्किल है। क्या इसकी वजह बँटवारा है? 1000 सालों का इतिहास है? क्या यह वजह है कि हमारी शुरुआत ही बहुत ख़राब ढंग से हुई थी, और स्थिति लगातार जटिल होती गई? क्या इसलिए कि सरकारों का रवैया बड़ी सफलताएँ पाने या नाटकीय बदलाव लायक नहीं है? क्या इसलिए कि हम अलग-अलग दिशाओं में चल दिए और अब लगता है कि अपनी दिशा बदलेंगे, तो इतना कुछ होगा कि उसे सँभालना मुश्किल हो जाएगा?

मैं इसे बहुत ज़्यादा फ़लसफ़ाना माना करता था, लेकिन समय के साथ-साथ आप परिकल्पनाएँ या सिद्धांत विकसित कर लेते हैं। बड़ी-बड़ी बातें मत कीजिए, ऐसे लक्ष्य रखिए, जो पाए जा सकते हों, और समय गुज़रने दीजिए और देखिए, क्या होता है।

लेकिन, क़दम-दर-क़दम चलते हुए, चतुराई से चीज़ें सँभालते हुए, आप वास्तव में केवल बेमक़सद भटक रहे हैं। किसी ख़ास बड़े मक़सद को हासिल करने के लिए ज़रूरी तत्वों पर नियंत्रण नहीं कर पाएँगे।

भारत से अमन के रास्ते में बहुत सारी चीज़ें आएँगी। समग्र वार्ता की रूपरेखा तैयार करने पर सहमत होना, एक ख़ास बड़ा क़दम था।

आप एक क़दम आगे बढ़ाते हैं और फिर एक झटका आपको लगता है। आपने इसे सँभाला, और चार-पाँच साल बाद वाजपेयी कहते थे, "शांति को एक मौक़ा और दीजिए।" बीच में रुक-रुककर चलने से रफ़्तार कभी नहीं बन पाती। हम कभी ऐसे स्तर पर नहीं पहुँचते, जहाँ हम कह सकें कि ये चार पॉइंट हैं, जिनमें से हम इस पॉइंट को लेते हैं और अगर मोर्चेबंदी ना की गई, तो इससे बदलाव आएगा, प्रक्रिया टिकाऊ बनेगी।

सिन्हा : आपको समस्या क्या दिखती है?

दुलत : हज़ार या दस हज़ार साल पीछे जाना, तो इतिहास में ज़्यादा पीछे चले जाना होगा। विभाजन ने अपना काम किया, घाव छोड़ गया। पंजाब की सरहद से लगे इलाके हैं, जहाँ के लोग अब भी बँटवारे को नहीं भूले हैं। जब भी पाकिस्तान के साथ अच्छे संबंधों की बात होती है, तो लोग कहते हैं, "अच्छे संबंध किसके साथ?"

एक और चीज़ है कि इसका संबंध उनसे हैं, जिनके पास सत्ता है। जैसा कि मैंने ज़िक्र किया, दिल्ली के बाहर पाकिस्तान के प्रति कम बैर है। दिल्ली में बैर है, वहाँ रहने वाले लोगों तक में बैर की भावना है। सत्ता का केंद्र रहते हुए इससे निपटना आसान नहीं है।

बुनियादी दिक्क़त अविश्वास की रही है। यह सालों से बढ़ता रहा है, क्योंकि विभाजन हुआ और पाकिस्तान इस बात से खुश नहीं था कि कश्मीर भारत को दिया जाए, कश्मीर पर हमला हुआ और फिर उसके दो टुकड़े भी हुए। हमने ऑपरेशन जिब्राल्टर, '65 का

युद्ध और फिर '71 का युद्ध भी किया। यह ऐसे ही रहा है। कुछ शत्रुता का भाव हमेशा से रहा है। मुझे लगता है कि '75 के पहले ही, जब शेख़ अब्दुल्ला ने नई दिल्ली या श्रीमती गाँधी के साथ सुलह की, तब चीज़ें शांत हुईं। श्रीमती गाँधी कड़क महिला थीं और शांति के मसले पर एक स्थिति ले सकती थीं, लेकिन '71 के युद्ध के बाद पाकिस्तान उनके लिए किसी ख़ास नतीज़े लायक नहीं रहा।

मोरारजी देसाई, चंद्रशेखर और गुजराल साहब काफ़ी नेकनीयत थे, लेकिन मणि दीक्षित और अन्य की तरह, उनमें से कोई ज़्यादा समय तक टिका ही नहीं, इसलिए भारतीय पक्ष इतना मज़बूत नहीं रहा कि वह आगे बढ़ने का आह्वान करे और हाथ मिलाए। यह स्थिति वाजपेयी के आने तक रही। उनकी सोच अलग तरह की थी, उनका एक स्तर था, अधिकार था और वे हमेशा महसूस करते थे कि यह पागलपन ख़त्म होना चाहिए, पाकिस्तान के साथ लगातार विवाद फ़ालतू बात है। मनमोहन सिंह ने पंडित नेहरू की तरह करने की कोशिश की थी, जिन्होंने कोशिश तो की थी, लेकिन कोई समझौता वे नहीं कर पाए।

सिन्हा : पाकिस्तानी दिमाग़ में कौन-सा भारतीय नेता लार्जर दैन लाइफ है?

दुर्रानी : कुछ थे। सबसे पहले तो थे देसाई। मुझे यक़ीन है कि इस क्षेत्र से बाहर की कुछ ताक़तें चाहती थीं कि वे ज़ुल्फिकार अली भुट्टो के लिए परेशानियाँ पैदा करें क्योंकि वे परमाणु कार्यक्रम नहीं छोड़ रहे थे। ऐसी ताक़तों में अमेरिका को हमेशा ही शामिल किया जा सकता है। देसाई ने ना केवल इनकार किया, बल्कि यह भी साफ़ कर दिया कि क्षेत्रीय विवादों में बाहरी ताक़तों को लाना बर्बादी को न्योता देना है। इसके बाद चंद्रशेखर थे, जिन्होंने प्रधानमंत्री पद के अपने कुछ ही महीनों के कार्यकाल में हमारे द्विपक्षीय संबंधों पर अच्छा ध्यान दिया। तमाम विषयों पर उन्हें सुनना बहुत आनंददायक रहता था।

गुजराल बहुत बौद्धिक थे और शायद समग्र वार्ता की पहल के पीछे उनका ही दिमाग़ था। अगर उप-क्षेत्रीयकरण गुजराल डॉक्ट्रिन का मुख्य आधार था, तो मैं समझता हूँ कि यह नवीन पहल के लिए आधारशिला का काम कर सकता है, हालाँकि चंद्रशेखर की तरह वे भी अल्पमत सरकार चला रहे थे और उनके पास चीज़ें बदलने का ना तो समय था और ना ही ताक़त।

वाजपेयी ही एकमात्र व्यक्ति थे, जो यह कर सकते थे और कुछ हद तक उन्होंने किया भी। मनमोहन सिंह का दिल तो साफ़ था, लेकिन आलोचकों के सामने खड़े रहने की प्रतिबद्धता उनमें नहीं थी, हालाँकि ये सब आख़िरकार भारत के विशाल सत्ता प्रतिष्ठान की अवहेलना करने में असफल रहे।

दुलत : नहीं, सर, नहीं-नहीं-नहीं-नहीं-नहीं-नहीं। यहाँ मैं आपसे पूरी तरह से असहमत हूँ। वाजपेयी पर कभी प्रतिष्ठान हावी नहीं था। वे ख़ुद प्रतिष्ठान थे। उनसे कोई सवाल नहीं करता था, बैठकों तक में नहीं।

केवल एक बार, आईसी-814[3] के दौरान आडवाणी[2] नाराज़ हुए थे। बताया जाता है कि वे आतंकवादियों और विमान अपहरणकर्ताओं को छोड़ने के ख़िलाफ़ थे। उन्होंने यह काम

होशियारी से किया और जिस बैठक में यह फ़ैसला लिया गया, उसमें वे शामिल ही नहीं हुए थे, हालाँकि उन्होंने वाजपेयी के खिलाफ़ बोला एक शब्द भी नहीं।

दुर्रानी : लेकिन वाजपेयी आख़िरकार क़ामयाब तो नहीं हुए। मैं यह बात कह रहा हूँ।

दुलत : कुछ नहीं होता है, कोई बात नहीं। भारत का प्रधानमंत्री कौन है, यह देखना बुराई निकालने वाला तरीक़ा है। ये पूरा प्रोजेक्ट चीज़ों को सकारात्मक तरीक़े से देखने के बारे में है। जनरल साहब मोरारजी देसाई और चंद्रशेखर और गुजराल साहब जैसे लोगों के समर्थन में ऑन रिकॉर्ड हैं, क्योंकि वे गुजराल डॉक्ट्रिन के बड़े भारी प्रशंसक हैं।

वाजपेयी और डॉ.मनमोहन सिंह, दोनों ने अपनी तरफ़ से भरसक कोशिश की। वाजपेयी उतने युवा नहीं थे, वे सतर्क थे और वे धीरे-धीरे आगे बढ़े, लेकिन वे बढ़ते रहे। वे लाहौर[4] तक बस ले गए और करगिल[5] के बावजूद, उन्होंने मुशर्रफ़ को आगरा[6] आमंत्रित किया था। दुर्भाग्य से, यह नाक़ाम रही और वाजपेयी आगरा से बेहद निराश होकर लौटे। इसके बावजूद वे 2004 में सार्क सम्मेलन के लिए फिर से पाकिस्तान गए। उनके राष्ट्रीय सुरक्षा सलाहकार ब्रजेश मिश्रा ने मुझसे स्पष्ट कहा था कि मैं कश्मीर पर काम करना जारी रखूँ, जबकि वे पाकिस्तान पर काम कर रहे थे, ताकि दोनों धाराएँ कहीं ना कहीं मिल जाएँ। वाजपेयी के दिमाग़ में वे हमेशा इस काम के लिए बिलकुल सही थे और शायद उन्हें लगता था कि उनके पास वक्त है। उन्हें उम्मीद नहीं थी कि 2004 में उन्हें हटना पड़ेगा।

दुर्रानी : वाजपेयी की पहल से भारत को फ़ायदा होता रहा, क्योंकि करगिल के लिए हर कोई हमें दोष देता था, जो हर लिहाज़ से एक मूर्खतापूर्ण अभियान था। लाहौर बस सेवा शुरू होने के बाद ही यह हुआ था। मुशर्रफ़ को श्रेय कौन देता?

दुलत : आप बिलकुल सही कह रहे हैं, सर। एक के बाद एक कई चीज़ें होती गईं, और करगिल के बाद भी हमने मुशर्रफ़ को आगरा बुलाया था।

दुर्रानी : जी हाँ, करगिल के बाद ही बुलाया था। इससे मुशर्रफ़ के ख़िलाफ़ माहौल बन गया था। आगरा की वार्ता हो जाने के बाद लोगों ने इसे असली विचार बताया था। मुशर्रफ़ ने दोबारा ज़मीन हासिल की और यह केवल पाकिस्तान में ही नहीं हुआ। कुछ सम्मानित भारतीय वार्ता की असफलता के लिए आडवाणी को दोष देते थे।

हालाँकि, वाजपेयी उतने ही शर्मिंदा हुए, जितने कि वे करगिल के बाद हुए थे...

सिन्हा : और संसद पर हमला।

दुर्रानी : हाँ, संसद पर हमला, हालाँकि काठमांडू में जब मुशर्रफ़ उनके पास चलकर आए और उनसे हाथ मिलाया था, तो वाजपेयी के चेहरे पर झिझक देखी जा सकती थी। लोगों ने इसे महान भाव-भंगिमा कहा था, लेकिन भारत के प्रधानमंत्री ने ज़ाहिर तौर पर इसे पसंद नहीं किया था। वे ऐसे देख रहे थे, जैसे किसी छोटे देश का सैनिक शासक उनके पास चलकर आया हो, और उससे अब गरिमापूर्ण व्यवहार की अपेक्षा थी।

तब भी, उनके दिल में क्षेत्र की भलाई थी। इसमें कोई शक़ नहीं कि उन्होंने पूछा था, "आप पाकिस्तान के लिए ऐसे भाव क्यों रखते हैं?" उन्होंने कहा था, "हमें नहीं पता कि इस क्षेत्र में अमेरिका का क्या काम है।" कम बोलने वाले इंसान के लिए यह एक वाक्य ही काफ़ी था।

कुछ लोग इसे समझ नहीं पाए। वहीं दूसरी ओर, अमेरिका की तरफ़ इशारा करना अच्छा विचार कभी नहीं रहा।

दुलत : जब मनमोहन सिंह प्रधानमंत्री बने, तब सब कुछ थाली में पेश किया जा चुका था। बस, इसे आगे ले जाने का सवाल था। उस भले आदमी ने भरसक कोशिश की, वे इसे चाहते भर नहीं थे, बल्कि इसके लिए तड़प रहे थे। वे पाकिस्तान जाना चाहते थे। यह एक भावनात्मक बात थी। अपनी तरह के अर्थशास्त्री और विश्व-नेता होने के कारण, वे अपने पीछे कुछ छोड़ जाना चाहते थे। जैसा कि उन्होंने भी कहा था, और पाकिस्तानी पक्ष ने भी कहा था कि समझौता तक़रीबन हो चुका था।

दुर्भाग्य की बात है कि काँग्रेस का रवैया सहयोगात्मक नहीं था। उनके अफ़सरों का रवैया सहयोग वाला नहीं था—जिनमें एक प्रमुख सचिव, एक राष्ट्रीय सुरक्षा सलाहकार और अन्य लोग शामिल थे। वे अलग-थलग पड़ गए थे। मुझे नहीं लगता कि सोनिया गाँधी ने कभी उनके इस विचार का विरोध किया होगा, लेकिन वे भी दूर रहीं।

जनरल साहब से मैं सहमत हूँ कि समझौते तक़रीबन हो जाते रहे, लेकिन हुए नहीं, यह दुःख की बात है, हालाँकि यह क्यों नहीं हुआ? इसे 2007 तक पूरा हो जाना चाहिए था। जब मुशर्रफ़ नियंत्रण में थे, तो हमारे पास अवसरों की खिड़की थी।

दुर्रानी : लेकिन 'तक़रीबन' का मतलब होना नहीं होता। पाकिस्तान में नसीरुल्लाह बाबर, ख़ुदा उनकी आत्मा को शांति दे, बेनज़ीर की दूसरी सरकार में गृहमंत्री के तौर पर उन्होंने कराची में आतंकवादियों के खिलाफ एक ऑपरेशन 'तक़रीबन' कर ही लिया था, लेकिन 1996 में सरकार ही गिर गई। इसी तरह से हमने तब एक सफलता 'तक़रीबन' पा ही ली थी, जब शेख़ अब्दुल्ला (1964 में) पाकिस्तान में थे, लेकिन नेहरू की मौत हो गई। और, निःसंदेह, मुशर्रफ़ अगर 2007 में घरेलू संकट में ना फँसते तो कश्मीर पर भी एक समझौता 'तक़रीबन' हो ही गया था।

ये 'तक़रीबन' तो कई बार हो चुके हैं। एक गणितज्ञ ने कहा था कि अगर कोई 'तक़रीबन' पूरा हो चुका काम नहीं होता है, तो इस बात के 100 फीसदी आसार होते हैं कि वह काम होगा ही नहीं।

दुलत : डॉ. मनमोहन सिंह के मन में हमेशा पाकिस्तान और कश्मीर रहते थे। दुर्भाग्य की बात है कि उनकी अपनी सीमाएँ थीं। मैं जनरल साहब से इस बात से सहमत हूँ कि बकौल उनके, भारतीय प्रतिष्ठान या भारतीय अफ़सरशाही बहुत सशक्त है, इसमें कोई दो राय नहीं है, हालाँकि कहा जाता है कि हमारे अफ़सरशाह ख़तरों से बचते हैं। वे इतने चतुर होते हैं कि वे उसी की तलाश करते हैं, जो राजनेता चाहते हैं। आजकल अफ़सरशाही पूरी तरह से मोदीजी के हिसाब से चल रही है।

यद्यपि राजनीति और नेतृत्व इस पूरे मामले में सर्वप्रमुख हैं। वाजपेयी की लाहौर बस के बाद दिल्ली में उल्लास का ऐसा माहौल था, जैसे कि पाकिस्तान के साथ सारी समस्याएँ अब सुलझ चुकी हैं, निपट चुकी हैं, खल्लास हो चुकी हैं।

दुर्रानी : संस्थाओं को व्यक्तियों से मज़बूत होना ही चाहिए, और भारत 'आमतौर' पर इन्हीं संस्थाओं द्वारा मिलकर चलाया जाता है, राष्ट्रीय नीतियों पर सहमति तैयार की जाती है, उनके संरक्षण के लिए रास्ता बदलने से इनकार कर दिया जाता है, हालाँकि इसका नकारात्मक पहलू यह है कि इससे एक 'स्थायी प्रतिष्ठान', अफ़सरशाही का निर्माण हो जाता है, जो ख़ुद को नीति के गॉडफादर की भूमिका में मान लेता है। वे जो करते हैं, उसमें वे इस हद तक शामिल हो जाते हैं कि उसकी बेहतरी के लिए या उसे युगचेतना के अनुरूप बनाने के लिए भी किया गया कोई बदलाव तक़रीबन नामुमक़िन हो जाता है। इससे यह बात समझी जा सकती है कि दोनों तरफ़ की जनता तथा राजनेताओं की इच्छा के बावजूद, मामूली वीज़ा नियमों तक को उदार नहीं किया जा सका है। बुजुर्गों के लिए भी जिन रियायतों का ऐलान किया गया था, या कहा गया था कि इस या उस श्रेणी के लोगों को वीज़ा ऑन एराइवल मुहैया होगा, तो उन सबके भी अमल में लाए जाने के कोई आसार नहीं बने। इमग्रेशन पर बैठा आदमी बस यह कह देगा, "भाई, मुझे तो लेटर अब तक आया नहीं है।" मुशर्रफ़ के सत्ता सँभालने के बाद, मणि दीक्षित से पूछा गया था कि अब संबंध किस दिशा में जा रहे हैं। उन्होंने जवाब दिया था कि इतिहास बताता है कि जब पाकिस्तान में सेना के हाथ में सत्ता होती है, तब भारत-पाक संबंध सुधरते हैं।

इसका एक कारण है। सेना के पास आंतरिक रूप से काफ़ी कुछ होता है। जब आपके हाथ में सत्ता का डंडा होता है, तब आप पूर्वी सीमा को यथासंभव शांत रखना चाहते हैं, साथ ही अच्छा संदेश भी भेजना चाहते हैं। इसका यह व्यावहारिक कारण है। संस्थागत रूप से, पाकिस्तान में सेना भारत-विरोधी नहीं है। यह तब देखने में आता है, जब जनरलों के बीच एक दूसरे से बातचीत होती है, तो वे सख्ती नहीं दिखाते। वे कहते हैं कि वे संबंधों को सँभाल सकते हैं, मैं किसी राजनीतिक ताक़त के संकोच में नहीं हूँ।

भारत को राज्य की क्षमता या काबिलियत का फ़ायदा है। मोदी और डोभाल बनाम नवाज़ शरीफ़ और जंजुआ[7] है।

सिन्हा : डबल्स का मैच है।

दुर्रानी : कोई मैच नहीं है! नरसिंह राव और नवाज़ शरीफ़ को लीजिए। वह मेरा वक्त था, मैंने कहा, हमारे लिए समस्या है। नरसिंह राव सत्ता के गलियारों में 50 साल गुज़ार चुके थे, अच्छी समझ उनके पास थी, और हमारी तरफ़, पहली बार प्रधानमंत्री बना शख़्स था, जिसका अनुभव केवल थाने और कचहरी तक सीमित था। उसे लगता था कि वह भारत-पाकिस्तान संबंधों को बदलकर रख देगा।

उसे नाक़ाम होना ही था। नरसिंह राव जानते थे कि उनसे किस तरह निपटना है। नवाज़ शरीफ़ के प्रस्ताव पर वे छह महीने तक चुप बैठे रहे। इस तरह से खेल किया गया।

सालों बाद मुशर्रफ़ की पहलों पर भी यही खेल किया गया। जब नरसिंह राव ने छह माह तक कोई जवाब नहीं दिया, तो मियाँ साहब बोले, "हम्म, जवाब ही नहीं आता, अब हम क्या करें?"

जब आपकी गैंग के पास यह फ़ायदा है, तो रिश्ते ख़राब होने का दोष पाकिस्तान को क्यों दिया जाता है? हमारी गैंग को यही नहीं पता कि कश्मीर की घटनाओं का किस तरह से इस्तेमाल करना है, या ऐसे ही किसी और मामले में क्या करना है। इन दिनों जो हो रहा है, वह अपने आप हो रहा है। शायद पाकिस्तान का बचाव इसी से होता है, ना कि आपकी टीम की गलतियों से, जो इस धुन में है कि पाकिस्तान को कोई राहत नहीं देना है या ना रिश्तों में कोई बदलाव करना है।

सिन्हा : आप तो अपने सियासी नेतृत्व के आलोचक लगते हैं।

दुर्रानी : मेरे हिसाब से भारत-पाकिस्तान संबंधों पर सबसे अच्छा काम ज़िया-उल-हक़ के समय हुआ।

दुलत : हमारे किस प्रधानमंत्री के साथ?

दुर्रानी : राजीव गाँधी के साथ।

पश्चिमी मोर्चे पर दिक्क़तों के बावजूद ज़िया आगे बढ़े, क्योंकि वे समझते थे कि पश्चिमी मोर्चे पर अमन रखना ज़रूरी है। लोगों की इच्छा थी कि हमारे प्रधानमंत्री भी इस बात को ध्यान में रखते। मुशर्रफ़ के पास सही आइडिया था, लेकिन वे बेसब्र थे।

उरी[8] होने के बाद *आउटलुक* के एक संवाददाता ने मुझे फ़ोन किया था और मुझसे पूछा था, "मुझे क्या लगता है, अब क्या होगा।" मैंने जवाब दिया, 'मेल-मिलाप के लिए खड़े होने वाले नवाज़ शरीफ़ आख़िरी इंसान होंगे। क़िस्मत से, मोदी ने उन्हें यह मौक़ा नहीं दिया।'

इससे भी ज़्यादा मज़ेदार बात वह है, जो दुलत साहब नेताओं के बारे में कहते रहते हैं : अगर किसी ने अपने कार्यकाल की शुरुआत में कोई काम नहीं किया, तो उसे वह काम करने का मौक़ा कभी मिलता ही नहीं। मैं राजनेताओं को कतई पसंद नहीं करता। वे लोग अपनी इज़्ज़त बचाने के लिए बिलकुल आख़िरी पल में कोई बात लाते हैं, जिसके होने के कोई आसार होते ही नहीं। वे कोई पहल करना चाहते होंगे, लेकिन नहीं कर पाए और जाते समय करने की कोशिश करेंगे, जिसका मक़सद केवल यह बताना होगा कि वे भी महानतम नेताओं में से एक हैं।

ज़रदारी के राष्ट्रपति होने के कार्यकाल में वे ईरान के साथ पाइप लाइन प्रोजेक्ट पर दस्तख़त करने की हिम्मत नहीं जुटा पाए। ऐसा करने से उन्हें किसी अंतरराष्ट्रीय क़ानून ने नहीं रोका था। पद छोड़ने से कुछ ही दिनों पहले, आख़िरकार उन्होंने ऐसा किया, शायद भविष्य की पीढ़ी के लिए। किसी को बेवकूफ नहीं बना सके वे।

अगर मनमोहन सिंह ने अपने कार्यकाल के अंतिम दिनों में कहा था कि वे पाकिस्तान के साथ एक समझौता तक़रीबन कर ही चुके थे, तो वे भी इसी किस्म के लोगों में शुमार

होते हैं। निजी स्तर पर मैंने मनमोहन सिंह को ईमानदार और सक्षम पाया। 1990 में जब मैं मिलिटेरी इंटेलीजेंस से आईएसआई में गया, तो मैं भारत की ओर देख रहा था, उसकी अर्थव्यवस्था को गिरते हुए देख रहा था। स्टॉक मार्केट नीचे था। भारत जैसा विशाल देश असफल हो रहा था। काफ़ी लंबे समय बाद हमें अच्छा महसूस हो रहा था।

सिन्हा : लोग खुशियाँ मना रहे थे।

दुर्रानी : मेरे काम सँभालने के तुरंत बाद चुनाव हुए थे। नरसिंह राव ने मनमोहन सिंह को वित्तमंत्री बनाया था और भारत की काया पलटने लगी। इसी समय हमारे सिस्टम में उलटा हुआ, क्योंकि एक नई लोकतांत्रिक व्यवस्था ने काम सँभाला, जो पिछले तीन दशकों से चली आ रही 6 फ़ीसदी या उससे ज़्यादा की विकास दर की रफ़्तार को क़ायम नहीं रख सकी। राजनेता इसी नशे में थे कि आख़िरकार उन्हें सत्ता मिल गई और वे अपनी नीतियाँ चलाने में लग गए थे।

मैं बेनज़ीर को संदेह का लाभ देता हूँ कि उनकी टीम नई थी और उसे पता नहीं था कि चीज़ें किस तरह से चल रही हैं, इसलिए उनकी नीतियों पर असर पड़ा। उसके बाद मियाँ साहब आए और उनकी नीतियाँ भी कम विनाशकारी नहीं थीं। उनकी टीम थोड़ी अनुभवी थी, इसलिए वे अर्थव्यवस्था को हल्का-सा स्थायित्व दे सके, हालाँकि उनका राजनीतिक प्रबंधन बिलकुल ठीक नहीं रहा, जो कि थोड़े-बहुत आर्थिक सुधारों की तुलना में बहुत ज़्यादा मायने रखता था।

सिन्हा : क्या राजनेता राष्ट्रीय हितों में कम और अपनी छवि के प्रबंधन में ज़्यादा दिलचस्पी लेते हैं?

दुर्रानी : लंबे समय में उन चीज़ों से राष्ट्रीय हित पूरे किए जा सकते हैं, जिनके बारे में हमें लगता है कि ऐसा किया जाना चाहिए या जिनके बारे में दुलत साहब कहते हैं कि उन्हें होना चाहिए, हालाँकि थोड़े समय में या उनके राजनीतिक कार्यकाल में या उनके राजनीतिक छवि प्रबंधन के लिए, इन लोगों ने अपने लिए काफ़ी बेहतर किया। अपने लिए काफ़ी बेहतर किया।

व्यापक रूप में मैं वाजपेयी, ब्रजेश मिश्रा और अमरजीत सिंह दुलत जैसे लोगों से सहमत हूँ। वे सही रास्ते पर थे, और इसे क़ायम रख सकते थे, हालाँकि सरकार बदले और अगर इसे क़ायम ना रखा गया,तो क्या होगा? पाकिस्तानी सेना को कई बातों के लिए दोष दिया जा सकता है, लेकिन इसने कुछ काम बेहद ईमानदारी से और स्पष्ट सोच के साथ भी किए।

जैसे 1988 में नागरिक सरकार की बहाली की, चाहे वे बेनज़ीर हों या नवाज़ शरीफ़ वगैरह। नया गणतंत्र स्थापित किया गया, अब ये आप लोगों पर है कि नीतियों का संचालन करें। कृपया विपक्ष को साथ में रखिए। मैंने इसे निजी तौर पर देखा है। अगर आपने 5 फ़ीसदी भी बदलाव या सुधार किया और अगर विपक्ष सरकार में आ गया और उसने इसे बदल दिया या क़ायम नहीं रखा, तो हमारे सामने मुसीबत हो जाएगी।

कोई भी नागरिक सरकार यह स्वीकार करने को तैयार नहीं थी कि उसके पास ऐसे मसलों पर विपक्ष के साथ कोई न्यूनतम साझा कार्यक्रम था।

दुलत : मैं राजनेताओं के अनिवार्य रूप से सहमत होने या असहमत होने या बैठक करने की बात नहीं कर रहा हूँ। आमतौर पर जब हम राजनयिक संबंधों की बात करते हैं, तो पहला बेरोमीटर होता है कि क्या विदेश सचिवों की बैठक हो रही है या नहीं हो रही है? ठीक है, विदेश सचिवों की बैठक क्यों नहीं होनी चाहिए, बैठक करना उनका काम है।

दुर्रानी : यही मेरा पॉइंट है। भारत या अमेरिका जैसे देशों में जहाँ प्रतिष्ठान मज़बूत हैं, मसलन, ओबामा या ट्रंप, या वाजपेयी या मोदी जैसे नेता आगे आ सकते हैं, और माहौल में बारीक़ बदलाव कर सकते हैं, लेकिन नीतियाँ वहीं रहती हैं।

एक और घटनाक्रम जो कि ज़्यादा गंभीर है, वह यह कि समय के साथ-साथ जब आगे बढ़ने के तरीक़ों के बारे में दी गई सलाह पर अमल नहीं किया जाता, तो प्रतिबद्ध अमन पसंद लोग या वार्ता के पक्षधर लोग या अमन की पक्षधर लॉबी नाराज़ हो जाती है। शांति के लिए काम करने पर उनका यक़ीन लंबे समय से रहा है और जब वे देखते हैं कि सारी बातें बिगड़ रही हैं, तो वे कहते हैं कि इसे भाड़ में जाने दो।

दुलत : यही कारण है कि बहुत धैर्य रखने की ज़रूरत होती है।

दुर्रानी : हाँ, यह बात सही है। सब्र चाहिए, एक निर्धारित समय के लिए तो चाहिए ही।

दुलत : असीमित सब्र।

दुर्रानी : वे कौन लोग हैं, जिनके पास असीमित सब्र है?

दुलत : आख़िरकार, आपको विश्वास में ही निवेश करना पड़ेगा।

दुर्रानी : और मानसिकता के बारे में बात करना बंद कीजिए। अंतरराष्ट्रीय समुदाय, विश्व मीडिया, हमारा अपना मीडिया, हमारे नव-उदार लोग, वे सब कहते हैं, "हमें मानसिकता पर ध्यान देना चाहिए।" उन्हें कई बार निराश किया जा चुका है, चाहे शांति बनाने की बात हो, या ज़मीन के बारे में बातचीत हो, या अधिक अधिकारों की बात हो, वे भ्रमित होते हैं।

यह सलाह सबसे बुरी है कि मानसिकता पर ध्यान दो, मदरसा बंद करो। वे लोग मदरसे गए तक नहीं होंगे, और एक बार मेरा यक़ीन अमेरिका के साथ अपने गठजोड़ में था। मैंने भारत के साथ शांति प्रक्रिया का विश्लेषण किया है। अमन के नाम पर यह तिकड़में क़ामयाब नहीं होंगी, यह समझने के लिए मुझे किसी मदरसा जाने की ज़रूरत नहीं पड़ी।

15

अकेले परवेज़ मुशर्रफ़

अमरजीत सिंह दुलत : जनरल साहब ने कहा था कि वे बताएँगे कि वाजपेयी के लाहौर जाने के तुरंत बाद करगिल कैसे हुआ था। तो, सर, कैसे हुआ था यह सब?

असद दुर्रानी : यह जुनून मुशर्रफ़ का था लंबे समय से। 65 के युद्ध के पहले करगिल सेक्टर में पाकिस्तान फ़ायदे की स्थिति में था, और एक ख़ास ज़रूरी सप्लाई लाइन पर उसका क़ब्ज़ा था। 71 के युद्ध में भारत ने कुछ अहम चोटियों पर क़ब्ज़ा कर लिया, तो यह सप्लाई लाइन भी उसके पास चली गई।

दुलत : आपके कहने का मतलब है कि इसका संबंध सियाचिन से था।

दुर्रानी : लेह की सड़क भारत के लिए अहम थी। 65 और 71, दोनों ही युद्धों में भारत ने पाकिस्तान को रोकने के लिए लड़ाई लड़ी थी। चूँकि इलाक़ा आबादी विहीन है, इसलिए भारत ने आसानी से करगिल की चोटियों पर क़ब्ज़ा कर लिया था।

65 के युद्ध के बाद समझौता हुआ था कि दोनों ही पक्षों ने जिस इलाके पर क़ब्ज़ा किया था, उसे वह वापस करेगा, चाहे वह चंब हो, करगिल हो या राजस्थान आदि हो। मैं दोनों युद्धों में शामिल रहा हूँ और 71 के युद्ध के दौरान मैं रेगिस्तान में था, लेकिन युद्ध के तुरंत बाद मैं कश्मीर सेक्टर में था और मुझे पता चला कि समझौता हो गया है। समझौता था कि पाकिस्तान चंब इलाके को रखेगा और नई नियंत्रण रेखा खींची जाएगी और करगिल की अधिकतर चोटियाँ भारतीय पक्ष की तरफ़ रहेंगी।

मुशर्रफ़ के मन में उन्हें वापस पाने की धुन थी।

टू-स्टार सैन्य अभियान महानिदेशक होने के नाते उन्होंने बेनज़ीर भुट्टो के द्वितीय कार्यकाल में ऐसा करने का सुझाव दिया था। "प्रधानमंत्री जी, हम यह कर सकते हैं," ऐसा उन्होंने कहा था। बेनज़ीर का जवाब था, "आप कर सकते हैं, लेकिन राजनीतिक रूप से यह टिकाऊ नहीं होगा।"

जब वे सेनाध्यक्ष बने, तो उन्होंने परमाणु परीक्षणों के बाद कहा था कि पाकिस्तान कार्रवाई के लिए बेहतर स्थिति में है। उन्हें लगा कि परमाणु संपन्न होने के बाद शत्रुता नहीं

बढ़ेगी, लेकिन उन्होंने कहा, "मैं आपको आश्वस्त करता हूँ कि हम करगिल की चोटियों को वापस ले लेंगे। भारतीय क्या कर सकते हैं?"

यह परमाणु संपन्न होने का सिद्धांत कई मायनों में ग़लत आकलन था, लेकिन उन्होंने 'परमाणु बचाव' को अपना आधार बनाया कि परमाणु परीक्षण करने के बाद, हम कई चीज़ों से बच जाएँगे। जहाँ पर वे ग़लत थे, वह बेशक़ यह था कि अगर आप यह करेंगे, तो इससे परमाणु युद्ध तो नहीं होगा, लेकिन आप पर लापरवाह और नासमझ होने का आरोप लग जाएगा। यह माना जाएगा कि आप इस यक़ीन के साथ परमाणु टकराव का ख़तरा मोल ले रहे हैं कि 95 फीसदी आसार इसके ना होने के हैं, लेकिन बाक़ी 5 फ़ीसदी का क्या होगा?

दुलत : आप किन करगिल चोटियों की बात कर रहे हैं, सर? क्या उनके दिमाग़ में सियाचिन नहीं था?

दुर्रानी : मैं सियाचिन पर आऊँगा। इस प्रतिक्रिया ने उन्हें निश्चित ही स्तब्ध कर दिया होगा। उन्होंने माना था कि उन्होंने इस प्रतिक्रिया का अनुमान नहीं लगाया था।

दुलत : कौन-सी प्रतिक्रिया?

दुर्रानी : बाक़ी दुनिया ने उनकी इस गैरज़िम्मेदाराना हरकत पर जिस तरह से प्रतिक्रिया दी थी।

उन्होंने भारत की तरफ़ से कड़े जवाब के बारे में भी शायद ग़लत अनुमान लगाया था। वाजपेयी जल्दी चुनाव कराने जा रहे थे, इसलिए इस मामले में ढिलाई बरतना उन्हें बहुत महँगा पड़ने वाला था।

कोशिश नाक़ाम हुई और चोटियाँ खाली करनी पड़ गई थीं। इस मंसूबे की जानकारी बहुत कम लोगों को थी। नवाज़ शरीफ़ को थोड़ा-बहुत पता था, लेकिन सारी बात उन्हें भी पता नहीं थी, लेकिन उन्होंने इसकी मंज़ूरी दे दी थी, इसलिए उन्हें राजनीतिक ज़िम्मेदारी लेनी पड़ी। मैं उन्हें संदेह का लाभ इसलिए देता हूँ, क्योंकि उन्हें पूरे मंसूबे का पता नहीं था। उन्होंने सोचा होगा कि शायद कोई छोटा-सा इलाक़ा लिया जाएगा।

सियाचिन कनेक्शन बाद का विचार था। जब उनसे पूछा गया कि उन्होंने यह क्यों किया, तो उनका जवाब था कि ऐसा ना करते तो भारतीय एक और सियाचिन कर बैठते। 84 में उन्होंने सियाचिन ग्लेशियर तब छीन लिया था, जब हम दूसरी ओर देख रहे थे। मुशर्रफ़ के मुताबिक़, "भारत फिर से घुसने की सोच रहा था, और इसलिए उन्होंने पहले से कार्रवाई कर दी।"

सियाचिन की कार्रवाई की आपके एक और जनरल, छिब्बर[1] ने पुष्टि की थी, जो 2000 में इस्लामाबाद आए थे और तब उन्होंने कहा था, "आप पाकिस्तानी लोग वहाँ जाना चाहते थे और सियाचिन पर क़ब्ज़ा करना चाहते थे, लेकिन मैं पहले पहुँच गया था।"

दुलत : यही उन्होंने तब कहा था, जब यह हुआ था।

दुर्रानी : मैंने मुशर्रफ़ के तर्क पर यक़ीन नहीं किया था। उनकी पूर्व की कोशिशों को मैंने परमाणु हथियारों की बाद की स्थिति से ग़लत तरीक़े से जोड़ लिया था।

दुलत : पहले आपने कहा था, "नवाज़ शरीफ़ एक ऐसे कमअक्ल हैं, जिन्हें कभी वॉशिंगटन नहीं जाना चाहिए था। उनके पास कोई चारा नहीं था। उन्हें तो बुलाया गया था।"

दुर्रानी : मेरा एक पुराना दोस्त मुझे घटनाओं से परिचित कराता रहता था। मैं रिटायर्ड हो चुका था और रावलपिंडी में रहता था, जहाँ कि रक्षा मंत्रालय स्थित है। जब मैं एनडीसी का कमांडेंट था, तब रक्षा सचिव जनरल इफ़्तिख़ार[2] अली ख़ान ने मेरे साथ काम किया था। अब वे नहीं रहे। जब कभी मैं उन्हें फ़ोन लगाता, तो इफ़्ती उन गिने-चुने लोगों में से थे, जो हमेशा मुझसे बात करने का वक्त निकाल लेते थे। वे कहते थे, "आओ, बातें करते हैं।"

आप कहते हैं कि नवाज़ शरीफ़ के पास कोई चारा नहीं था, लेकिन मैं समझता हूँ कि पाकिस्तान के पास अपने विकल्प थे। एक तो था, यह कहना कि यह सब अनियमित हैं, और चूँकि उनके पास ज़मीन पर क़ब्ज़ा नहीं था, इसलिए चुपचाप चोटियाँ खाली कर देते। और चूँकि हम चीन से बात कर रहे थे, जिसने कहा था, "क्या हम दोस्त नहीं हैं? आपने अपनी बात रख दी, अब पीछे हट जाओ।"

और तब, चूँकि वाजपेयी नवाज़ शरीफ़ को फ़ोन पर कह चुके थे, "क्या कर रहे हो भाई? मेरी अंतरिम सरकार है और चुनाव होने वाले हैं। आप उन्हें वापस क्यों नहीं ले जाते?"

वे ऐसा कहने का दावा कर सकते थे, "अच्छा, आप कहते हो, तो ले जाता हूँ, वरना पता नहीं हमने आपको क्या कर लेना था।" सबसे ख़राब विकल्प 4 जुलाई को जाने और यह कहने का था, "मेरी जान छुड़ाओ।"

अगर विचार क्लिंटन पर अहसान करना था, क्योंकि जब उन्होंने करगिल की चोटियों से हट जाने को कहा था और इस प्रकार अमेरिकी राष्ट्रपति से अपनी सरकार बचाने की अपेक्षा करना था, क्योंकि शरीफ़ सेना से उलझ चुके थे-मियाँ साहब अपने आपको धोखा दे रहे थे।

नवाज़ शरीफ़ की वॉशिंगटन डीसी की यात्रा के दौरान मैं मुशर्रफ़ से मिला था। मैंने कहा था, "ठीक है, जाने की क्या ज़रूरत थी?" हालाँकि वे चुप रहे, क्योंकि शायद वे पहले ही दबाव में आ चुके थे।

आदित्य सिन्हा : करगिल युद्ध के दौरान सरकार ने जनरल मुशर्रफ़ और जनरल अज़ीज़ के बीच हुई बातचीत का एक टेप जारी किया था, जिसे रॉ ने रिकॉर्ड किया था। दुलत साहब ने अपनी किताब में कहा था, वे इसके पक्ष में नहीं थे, लेकिन चीफ़ यह चाहते थे। एक प्रोफेशनल या एक पूर्व सैनिक के तौर पर आपकी प्रतिक्रिया क्या थी?

दुर्रानी : इस्लामाबाद में आपके उच्चायुक्त जी पार्थसारथी ने मुझे टेप की प्रतियाँ और उसकी लिखित प्रतिलिपि भेजी थीं। जब मैंने उसे पढ़ लिया, तब सुनकर भी देखा। मुझे खुशी नहीं हुई।

दुलत : अगर आप रॉ के चीफ़ होते और टेप आपके पास आते, तो आप क्या करते?

सिन्हा : क्या आपको हैरानी नहीं होती कि भारत आपके सेनाध्यक्षों की बातचीत रिकॉर्ड कर रहा है?

दुर्रानी : हमारे सेनाध्यक्ष ने नासमझी से काम किया कि खुली लाइन पर बात की। भारत के लोग अपना काम कर रहे थे।

दुलत : जब वह टेप मेरे चीफ़ की डेस्क पर रखा गया, तो मैं उत्साहित हो गया और उसे लेकर सीधे प्रधानमंत्री के पास गया और उन्होंने इसे सार्वजनिक करने का निर्णय किया, ताकि दुनिया को, ख़ासकर अमेरिका को बता सकें कि हमारे पास टेप हैं। मैंने कहा, सर, आपने इन्हें सार्वजनिक क्यों किया? अभी हम जिस चैनल से उनकी बातचीत सुनते आ रहे थे, वह अब बंद कर दिया जाएगा।

दुर्रानी : जहाँ तक इंटेलीजेंस का संबंध है, तो इस बात में दम है। हमने कहा होगा कि अब हम इसे सुन चुके हैं, तो इसे सार्वजनिक करके कितनी पूँजी हम कमा सकते हैं? या क्या हम चुप रह जाएँ और देखें कि क्या कुछ और होता है? मुझे यह तक नहीं पता था कि कौन-से चैनल हैं, मैंने सोचा था कि यह कोई खुला बकवास चैनल होगा।

दुलत : यह खुला चैनल था, लेकिन मुद्दा यह है कि मुशर्रफ़ और अज़ीज़ के बीच एक लाइन थी, जिसे हम सुना करते थे। इसका इस्तेमाल बाद में भी हुआ होगा।

दुर्रानी : सही बात है। अगर यह कोई ख़ास लाइन थी, तो इसे पब्लिक करना बहुत बड़ी ग़लती थी, हालाँकि हम एक दूसरे की दख़लंदाज़ी करने की क्षमता जानते हैं, ख़ासकर अगर लाइन पूरी तरह से सुरक्षित ना हो तो। मैं इस बात से सहमत हूँ कि जब तक गाय का पूरा दूध ना दुह लिया जाए, तब तक इसे उजागर नहीं करना चाहिए।

दुलत : बॉस यह कह रहे हैं कि हम सुनते थे बहुत कुछ, लेकिन आपको बताते नहीं हैं।

दुर्रानी : जी हाँ, इसे पब्लिक नहीं करना चाहिए, लेकिन यही तो कारण है कि आप टेलीफ़ोन, ईमेल, मैसेजिंग, स्काइप का इस्तेमाल नहीं करते, जिन्हें आजकल सुरक्षित कहा जाता है, या वॉट्सएप, इसको भी लोग गोपनीय जानकारी के लिहाज़ से सुरक्षित कहते हैं।

सिन्हा : क्या मुशर्रफ़ ने नहीं कहा था कि मियाँ साहब नहीं टिक पाएँगे?

दुलत : वे बीजिंग से फ़ोन कर रहे थे और उन्होंने अज़ीज़ से पूछा था कि स्वदेश में क्या माहौल है। अज़ीज़ बोलते थे, "हाँ, हाँ, बिलकुल ठीक है।" उत्साहित करने वाली बात यह थी कि मुशर्रफ़ ने तब कहा था, "मुझे उम्मीद है कि ये राजनेता डरे नहीं हैं।" यही कठिनाई थी।

दुर्रानी : जैसा कि मैंने पहले ही बताया था कि जी पार्थसारथी ने मुझे टेप की प्रति और

लिखित प्रति भेजी थी। उन्होंने बस इतना कहा था, "आपकी जानकारी के लिए है।" हालाँकि, अच्छा या बुरा, पूरे अभियान पर इससे कोई असर नहीं पड़ा।

सिन्हा : आप मुशर्रफ़ से प्रभावित नहीं लगते।

दुर्रानी : मुशर्रफ़ से मुझे निजी तौर पर कोई बुराई नहीं है। नौकरी के दौरान वे नम्र रहते थे। मेरी जानकारी के मुताबिक़, उन्हें मेरे चार साल बाद कमीशन दिया गया था। मैं तब कैप्टन था। सत्ता सँभालने के बाद उन्होंने मुझे एक बढ़िया प्रस्ताव दिया था, सऊदी अरब में राजदूत बनने का।

जब मैंने उनकी नीतियों को विनाशकारी पाया, तो मैंने उनकी सार्वजनिक आलोचना करना शुरू किया। हमारे पास अपने लड़ाके थे, उग्रवादी थे, कट्टरपंथी थे, लेकिन पाकिस्तान में आतंकवाद का मौजूदा दौर इसलिए शुरू हुआ, क्योंकि मुशर्रफ़ ने 2004 में वज़ीरिस्तान में सेना भेजी थी, हालाँकि इस बात के लिए उनकी तारीफ़ करनी पड़ेगी कि उनकी आलोचना करने पर भी किसी ने मुझे धमकाया नहीं।

सिन्हा : दुलत साहब की किताब में लिखा है कि मुशर्रफ़ भारत के साथ शांति समझौता कर सकते थे।

दुर्रानी : उन्होंने शायद उस तरफ़ होने के कारण इसे क़रीब से, अधिक तटस्थता से देखा था। मुशर्रफ़ संबंध सुधारना चाहते थे, लेकिन उनके तरीक़े में ख़राबी थी। आप भारत या दिल्ली पर प्रस्तावों की बमबारी नहीं शुरू करते। एक सप्ताह आप कोई प्रस्ताव देते हैं और अगले सप्ताह कोई दूसरा। अगर मैं दिल्ली में होता और पाकिस्तान से प्रस्तावों की यह सुनामी आती, तो मैं कहता, कोई ज़रूरत नहीं जवाब देने की। जो होगा, हम देख लेंगे। जब तक वे भारत के हिसाब से सही लगने वाला कोई प्रस्ताव नहीं करते, तब तक हम इंतज़ार करेंगे।

या, उनके प्रस्ताव आना कोई चाल है? क्या वे ज़्यादा फ़ायदा लेंगे और हमें फँसा लेंगे? इसलिए, अभी वक्त बीतने दो।

तरीक़ा भी अलग होना चाहिए। यह मीडिया के ज़रिए नहीं किया जाना चाहिए, क्योंकि भले ही यह भारत के लिए अच्छा लगे, लेकिन इससे वह पाकिस्तान को 'अभूतपूर्व' पहल करने का श्रेय देने के लिहाज़ से अनिच्छुक हो सकता है।

दुलत : भारत ने जवाब क्यों नहीं दिया, मैं सहमत हूँ, सर। हमने 2006-07 की उस खिड़की को बेकार कर दिया। ख़ुर्शीद महमूद कसूरी ने एक किताब लिखी है, सती लांबा ने भी कहा है कि हम इसे तक़रीबन कर चुके थे। इसका क्या मतलब है? हमने तो बहुत कुछ तक़रीबन कर लिया था।

मैं मुशर्रफ़ को नहीं जानता हूँ, हालाँकि उनसे बातचीत मुझे पसंद आती। मैंने कश्मीर के संदर्भ में जो देखा था, उसकी वजह से मैं उनकी तारीफ़ करता हूँ। बिना किसी हिचक या शक़ के, कश्मीर पर पिछले 25 सालों में मुशर्रफ़ से ज़्यादा सकारात्मक या तार्किक कोई अन्य पाकिस्तानी नेता नहीं हुआ है। उनका यह बार-बार कहना भारत के लिए अच्छा रहा

कि जो कुछ कश्मीरियों को क़बूल होगा, वह पाकिस्तान को भी क़बूल होगा। हम इसे ले चुके होते और इसे बना चुके होते, लेकिन हमने दोबारा अपने क़दम पीछे खींच लिए।

मुशर्रफ़ 9/11 के कारण अमेरिकी दबाव में थे, लेकिन यह जो भी था, उन्होंने अलगाववादियों से कहा कि या तो लाइन में आ जाओ, वरना बेकार हो जाओगे। और, अगर उनके अंदर चुनाव लड़ने की राजनीतिक महत्त्वाकांक्षा है, तो जाकर चुनाव लड़ें। आज पाकिस्तान हुर्रियत को साथ लेने के लिए बेसब्री से कोशिश कर रहा है। मुशर्रफ़ ने ऐसी कोई कोशिश नहीं की। जब उन्होंने पाया कि गिलानी अड़चन बन रहे हैं, तो उन्होंने किसी बैठक में कह भी दिया था, 'रास्ते से हट जाओ, ओल्ड मैन।'

वे निश्चित तौर पर आगे की सोचने वाले थे। अगर आप, गिलानी साहब को छोड़कर, और किसी कश्मीरी से आज पूछें, तो वह कहेगा कि करने लायक कुछ है तो बस चार-सूत्रीय फ़ॉर्मूला ही है।

मुशर्रफ़ के जनरल के तौर पर, आर्मी चीफ़ के तौर पर, राष्ट्रपति के तौर पर, मैं उनके बारे में बस उतना ही जानता हूँ, जितना अमेरिकी कहते हैं कि वे अच्छे आदमी हैं, अंग्रेज़ी बोलते हैं, व्हिस्की पीते हैं। हम उनके साथ संवाद कर सकते हैं।

दुर्रानी : मुशर्रफ़ दुबई में हैं, जब कभी आप जाते हैं...

दुलत : सर, मेरा परिचय कराना पड़ेगा।

दुर्रानी : वे आपसे मिलकर खुश होंगे। एहसान मिलवा देगा। मेरा मामला अलग है। वे पिछले दस सालों से मुझसे ख़ुश नहीं हैं। मैंने उनकी प्रमुख परियोजना, 'हस्तांतरण' नीति की भी आलोचना की, जिसके ज़रिए शासन को लोगों की दहलीज़ तक ले जाना था। विचार तो अच्छा था, लेकिन उन्होंने और तनवीर नक़वी ने इसे बर्बादी का सामान बना दिया। यह मेरी मीडिया के साथ पहली बातचीत थी, और एक पूर्व सैनिक की तरफ़ से आने वाली आलोचना उन्हें पसंद नहीं आई थी। मुझसे उनकी तरफ़ होने की अपेक्षा थी। इस कारण, वह मेरा नाम लिए जाने से ख़ुश नहीं होंगे।

सिन्हा : नवाज़ शरीफ़ ने करगिल के तुरंत बाद ही मुशर्रफ़ को क्यों नहीं हटा दिया?

दुर्रानी : वे मुशर्रफ़ को हटाना ही चाहते थे। बाद में उन्होंने हटाया भी।

दुलत : वह तो बहुत बाद में हटाया।

दुर्रानी : मुझे यक़ीन है कि कुछ समझदार सलाहकार उन्हें पीछे खींच रहे थे। मुशर्रफ़ के पूर्ववर्ती जहाँगीर करामात ने इस्तीफा दिया था या उनसे इस्तीफा दिलवाया गया था—ठीक एक साल पहले। शरीफ़ के प्रधानमंत्री बनने के तुरंत बाद एक नौसेना प्रमुख को हटाया गया था। सेना जैसी संस्था पर प्रहार करना बहुत अच्छा कभी नहीं माना जाता था। हमारे इतिहास में कुछ अधिक सोच-विचार वाले काम की सिफ़ारिश की जाती रही है, लेकिन हाँ, मियाँ साहब ने कुछ ज़्यादा ही इंतज़ार कर लिया था।

सितंबर में, नवाज़ शरीफ़ ने नतीज़ा निकाला कि मुशर्रफ़ इस ताक़तवर पद पर रहेंगे, तो उन्हें दिक्क़त होती रहेगी। उन्हें रास्ते से हटाने का एक तरीक़ा उन्हें पदोन्नत करके, सेनाध्यक्षों का चेयरमैन बनाना था। यह ऐसी पोस्ट है, जिसके पास एक पीए और एक अर्दली रहता है। एक गुप्तचर इस प्रस्ताव को लेकर गया था, लेकिन मुशर्रफ़ ने इनकार कर दिया। नवाज़ शरीफ़ ने तब प्रस्ताव किया कि वे थल सेनाध्यक्ष भी रहें और पदोन्नत होकर चेयरमैन भी बन जाएँ। मुशर्रफ़ ने कहा, "हाँ, यह कर सकता हूँ।"

मुशर्रफ़ को यह बात समझ में आ गई थी कि पहली फ़ुर्सत में ही उन्हें हटा दिया जाएगा, इसलिए उन्होंने एक आपात योजना बना डाली।

अगस्त में, मुशर्रफ़ और मेरी सीधी बात हुई। मुशर्रफ़ ने मुझे अपने ऑफ़िस बुलाया था और कहा था कि करगिल की नाक़ामी पर सार्वजनिक आलोचना से सरकार परेशान है। ठीक है, मैंने कहा, तो क्या? उन्होंने कहा कि वे मेरी राय जानना चाहते हैं कि क्या होगा।

मैंने कहा, जहाँ तक मुझे नवाज़ शरीफ़ के बारे में पता है, वे आपके साथ असहज महसूस करते रहेंगे, जैसा कि वे बेग के साथ, आसिफ नवाज़ के साथ, और यहाँ तक कि जहाँगीर करामात के साथ महसूस करते थे, जो कि एक शांत स्वभाव के सेनाध्यक्ष थे, पेशेवराना तौर पर मज़बूत थे और अपना हक नहीं जताते थे। यहाँ तक कि 1998 में भारत के परमाणु परीक्षणों के बाद भी करामात ने महज़ इतना कहा था, "प्रधानमंत्री जी, यह सेना का नज़रिया है और राजनीतिक तथा आर्थिक नतीज़े आपको देखने हैं।" लेकिन उनके साथ वह भी नहीं चल पाए। अपने रिटायरमेंट के तीन महीने पहले ही, उन्होंने कटुता और बढ़ाने से बेहतर समझा कि अपने पद से इस्तीफा दे दें।

तो, मैंने मुशर्रफ़ से कहा कि आपके साथ यह नहीं चल पाएगा। वे आपसे छुटकारा पाने का मौक़ा देखेंगे, लेकिन राजनीतिक तख़्ता-पलट के लिए यह सही माहौल नहीं है। यहाँ तक कि औद्योगिक रूप से अविकसित छोटे देश भी आजकल लोकतंत्र का दिखावा करते हैं। मैंने यही कहा था, मुझे याद है। तो, आगे बढ़िए और अगले क़दम के बारे में सोचिए। इसके बाद मैं चला आया था। यह स्पष्ट था कि मुशर्रफ़ तब तक तख़्ता-पलट नहीं करेंगे, जब तक कि उन्हें बहुत ज़्यादा उकसाया ना जाए।

यह आधार भी जल्द ही नवाज़ शरीफ़ ने ही दे दिया। 12 अक्टूबर को नवाज़ ने उन्हें बर्खास्त कर दिया। यह सिर्फ फ़ैसला ही नहीं था, बल्कि उसे करने का तरीक़ा भी अलग था। अरे, आर्मी चीफ़ हवा में हैं, और आप ऐलान करते हैं कि उसे बर्खास्त कर दिया गया है, और हुक्म देते हैं कि उनके हवाई जहाज़ को अमृतसर या कहीं और ले जाया जाए। काम करने का यह ख़राब तरीक़ा था, लेकिन मियाँ साहब का तरीक़ा यही था। यह बहुत महँगा पड़ा।

दुलत : मुझे इस बात ने हैरान किया कि जो जनरल उनके सबके क़रीबी थे, जिन्होंने तख़्ता-पलट के दौरान उनकी मदद की, जो मुशर्रफ़ के वफ़ादार माने जाते थे, उन्होंने भी उनके सत्ता छोड़ते ही उनका साथ छोड़ दिया।

दुर्रानी : दरअसल, मुशरर्फ़ ने 'साजिश में शामिल' लोगों को किनारे कर दिया था। अज़ीज़ को थोड़ा नीचे कर दिया गया। उन्हें फोर्थ स्टार तो दिया गया, लेकिन सेना के बाहर, महमूद को बर्खास्त कर दिया गया, 5 कोर के कमांडर उस्मानी भी कुछ समय बाद बाहर हो गए, जिन्होंने मुशर्रफ़ के विमान को कराची में उतरवाया था।

दुलत : महमूद को तो अमेरिका के कारण हटाया गया था।

दुर्रानी : हाँ, अमेरिका के कारण।

दुलत : अज़ीज़ हर तरह से फ़ायदे में रहे, लेकिन वे भी मुशर्रफ़ की तारीफ़ नहीं करते। क्यों?

दुर्रानी : दुनिया का यही दस्तूर है। ज़िया-उल-हक़ ने भी फज़ल हक़ जैसे इंसान को निकाल फेंका था, जो कहते थे 'इकट्ठे आए थे, इकट्ठे जाएँगे', और चिश्ती भी जिन्हें वे अपना मुर्शाद (गुरु) कह दिया करते थे। ज़िया बहुत चालाक थे। किंगमेकर्स के साथ काम करते रहने के लिए उन्हें थोड़ा नीचे लाना ज़रूरी होता है। नए लोग आते हैं, उनका काम करते हैं, और फिर बाहर फेंक दिए जाते हैं।

दुलत : यह बड़े दुःख की बात है कि आप जिसके लिए काम करते हों, वही आपके साथ ऐसा करे। वफ़ादारी नाम की चीज़ नहीं रह गई है।

दुर्रानी : कुछ लोग वफ़ादार हैं।

दुलत : लेकिन, वफ़ादारी की क़दर करने वाले बहुत कम लोग होते हैं।

दुर्रानी : असली वफ़ादार इंसान किसी शख़्सियत का वफ़ादार नहीं हो सकता है, बल्कि किसी आंदोलन, तख़्ता-पलट का हो सकता है या फिर देश का वफ़ादार होता है।

दुलत : सर, जब हम वफ़ादारी की बात करते हैं, तो निजी वफ़ादारी ही बात करते हैं, लेकिन चीज़ें यहीं ख़त्म नहीं होतीं। मुशर्रफ़ के बारे में अच्छा बोलने वाला केवल एक जनरल है, और वे हैं जनरल एहसान। और सिकंदर[3] का भी उनके साथ ठीक है।

दुर्रानी : एहसान मुशर्रफ़ का क़रीबी था। वह कुछ नीतियों से नाखुश था, लेकिन वह उन लोगों में से नहीं था, जो बाहर होने पर, ख़ुद को फ़ायदा पहुँचाने वाले के ख़िलाफ़ बुरा बोलने लगे। एक और था, जिसे उतना ही फ़ायदा हुआ, जितना कि एहसान को। वह रिटायर्ड हो चुका था और उसे संघीय मंत्री बनाया गया था। एक बार जब उससे काम निकल गया...

दुलत : तो बाहर फेंक दिया गया।

दुर्रानी : बिलकुल बाहर कर दिया गया, हालाँकि उसने भी मुशर्रफ़ को बख़्शा नहीं था। दो-तीन लोग ऐसे हैं, जिन्होंने मुशर्रफ़ को बख़्शा नहीं। मैं दोनों के नज़रिए समझता हूँ। एक, जब आपको फ़ायदा हुआ हो, और आप बोलते नहीं। दूसरा, अगर आपको यक़ीन हो

कि कुछ गड़बड़ हुआ है, तो अंदरूनी विचार रखने से आपको किसी चीज़ से रुकना नहीं चाहिए।

दुलत : तब भी, करगिल के बावजूद, वाजपेयी ने मुशर्रफ़ को आगरा बुलाया। सर, आपको तो आगरा सम्मेलन के बारे में बहुत कुछ पता होगा।

दुर्रानी : बहुत ज़्यादा नहीं, सिवाय उसके जो आपने मुझे बताया।

दुलत : यह महज़ अटकलबाज़ी हो सकती है, क्योंकि मैं उसमें शामिल नहीं था, लेकिन मुझे लगता है, यह शानदार काम था।

दुर्रानी : सचमुच? अच्छा।

दुलत : हाँ, बिलकुल। वाजपेयी की एनडीए कैबिनेट में असाधारण प्रतिभा वाले असाधारण लोग थे। सब तो नहीं, लेकिन अरुण जेटली और प्रमोद महाजन जैसे अपेक्षाकृत युवा लोग, हालाँकि, इसमें कई दिग्गज़ भी थे : वाजपेयी, आडवाणी, जसवंत सिंह, यशवंत सिन्हा आदि और जॉर्ज फर्नांडीस, जिन्हें इन सबमें कमतर आँका जाता था।

जॉर्ज बड़े खिलाड़ी थे और अच्छे रक्षामंत्री थे। ब्रजेश मिश्रा के साथ उनकी बिलकुल सही जमती थी और ब्रजेश मिश्रा तथा वाजपेयी की तरह, वे भी बैठक में एक भी लफ़्ज़ नहीं बोले, हालाँकि अगर आप उनके पास जाते, तो वे खुलकर वन-टू-वन बात करते। जब कभी वाजपेयी मुसीबत में होते थे, वे जॉर्ज का इस्तेमाल करते थे।

आगरा सम्मेलन जिस तरह से किया गया, वह उल्लेखनीय था। मेरी जानकारी दो चीज़ों पर आधारित है। एक, ब्रजेश मिश्रा वापस आए और मुझसे उन्होंने जो कहा था, वह उनकी कुंठा दर्शाता था। उससे भी ज़्यादा वह था, जो काज़ी अशरफ़ ने बताया था। उन्होंने मुझे बहुत विस्तार से बात बताई थी, उच्चायुक्त के रूप में भी बताई थी और जब 2014 में मैं उनसे मिला था, तब बताई थी।

ब्रजेश मिश्रा प्रधानमंत्री कार्यालय में एक समानांतर विदेश मंत्रालय चलाते थे, और उन्होंने इसकी योजना बनाई थी। अगर आपको याद हो, तो मुशर्रफ़ को बुलाने का विचार आडवाणी का था। ब्रजेश मिश्रा के पास काज़ी से सीधी लाइन थी और उन्होंने जॉर्ज फर्नांडीस के ज़रिए काज़ी को आडवाणी से दोस्ती करने को प्रोत्साहित किया था। उन्होंने शायद जॉर्ज फर्नांडीस को इस सबका इंतज़ाम करने को कहा था। उन्होंने ही इस काम को अंज़ाम दिया था।

काज़ी और आडवाणी दोस्त बन गए थे। आडवाणी ने आगरा सम्मेलन का प्रस्ताव किया था। इसके बाद उन्होंने काज़ी से पूछा, “क्या आप अब खुश हैं, और खुश तो वे थे ही।

बाद में मैंने काज़ी से पूछा, “आपके दोस्त के साथ आगरा में क्या गड़बड़ हुई थी?” उन्होंने बताया था कि आगरा के आडवाणी दिल्ली वाले आडवाणी से बिलकुल अलग थे। मुशर्रफ़ से मुलाक़ात में केमिस्ट्री बिगड़ गई थी।

इस योजना में कमी यह थी कि पाकिस्तानी, ख़ासकर काज़ी को आगरा में आडवाणी का ख़याल रखने के लिए ढंग से नहीं बताया गया था। जब किसी के स्वाभिमान

की बात आती है कि वह सब कुछ सँभाल सकता है, तब बात अलग है। सारा दाँव वाजपेयी पर लगा था, इसलिए आडवाणी को अपमान महसूस हुआ और सम्मेलन फेल हो गया।

सिन्हा : पाकिस्तान के साथ शांति बनाने के लिए, यहाँ तक कि सरकार के अंदर भी बहुत सारे षड्यंत्र होते हैं।

दुलत : यह कोई मामूली क़दम नहीं था। यह असाधारण था, जिसकी कोई अपेक्षा नहीं करता था। यह करगिल के बाद हुआ था, तख़्ता-पलट के बाद हुआ था, मुशर्रफ़ ने जब खुद को राष्ट्रपति नियुक्त किया था, उसके बाद हुआ था—जैसे ही इसकी घोषणा हुई थी, वैसे ही आमंत्रण भेजा गया था, तो इसमें कुछ तो राजनीति होनी ही थी।

सिन्हा : तो, यह तो ऐसा होना ही था, क्योंकि हमारे पीछे हमेशा कोई ना कोई करगिल या बंबई रहेगा ही।

दुलत : बंबई के बाद कुछ नहीं हुआ।

सिन्हा : जनरल साहब, भारत के साथ कुछ करने में क्या आपने इस तरह की कोई पैंतरेबाज़ी देखी?

दुर्रानी : दो-तीन बातें हैं, जो सम्मेलन से भी ज़्यादा अहम हैं। एक तो यह है कि अगर आप गए और विदेशमंत्री या उपप्रधानमंत्री को आपने बताया, तो आपका बॉस नाराज़ हो जाएगा।

दुलत : मुझे नहीं पता कि वे नाराज़ होते, लेकिन उनका आडवाणी या जसवंत सिंह से कोई संबंध नहीं था। आईसी-814 हाईजैकिंग से जसवंत सिंह को विदेश मंत्रालय से हटाकर वित्त मंत्रालय भेजने, तथा यशवंत सिन्हा को उनकी जगह लाने का मौक़ा मिल गया। जिस पल यशवंत शामिल हुए, ब्रजेश मिश्रा ने मुझसे कहा कि मैं कश्मीर पर उन्हें जानकारी दूँ।

दुर्रानी : यह हमारे सिस्टम में हो सकता है, लेकिन अधिकांश समय अगर मैं जाता और किसी को जानकारी देता, तो कोई इतनी ज़्यादा परवाह नहीं करता। आईएसआई के डीजी, मिलिटेरी इंटेलीजेंस के डीजी की कुछ हैसियत होती ही है। हम उस पर यक़ीन करते हैं। अगर वह बिना किसी की जानकारी के नजीबुल्लाह के इंटेलीजेंस चीफ़ से मिलता है, तो ठीक है, यह उसका फ़ैसला है, देखते हैं क्या होता है। यहाँ शायद हम अपने सिस्टम को ज़्यादा भरोसेमंद होने के लिए श्रेय दे सकते हैं। आपकी अफ़सरशाही अधिक सक्षम है और काफ़ी कड़ी मानी जाती है।

सिन्हा : आपके कहने का मतलब, सर, कि पाकिस्तान में सेना ही सर्वोच्च है।

दुलत : आपने इसे ग़लत समझा। यह पीएमओ तनावमुक्त था, वहाँ काम करना अद्भुत था। ब्रजेश मिश्रा ने मुझसे कभी नहीं कहा कि आडवाणी से कभी मत मिलो। इसके उलट, डॉ. मनमोहन सिंह ने 2002 (विधानसभा) चुनावों से ठीक पहले बुलाया था और कहा था,

"क्या आप कश्मीर के बारे में अपना आकलन मुझे समझा सकते हैं।" मैंने कहा था, निश्चित सर, लेकिन पहले मैं अपने बॉस को बता दूँ। ब्रजेश ने कहा था, "हाँ, हाँ, मनमोहन सिंह ने मुझसे बात की थी, प्लीज़ जाइए और उन्हें जानकारी दीजिए।" मैं गया और डॉ.मनमोहन सिंह के साथ लंबी बातचीत हुई। बातचीत के बाद मैंने कहा, सर, मेरे पास आपके लिए अच्छी ख़बर है। आप जम्मू में बहुत अच्छा करने जा रहे हैं। वे उछल पड़े थे और बोले थे, "क्या मैं जाकर मैडम को यह बता सकता हूँ?"

ऐसा नहीं कि पीएमओ में मेरे ऊपर पाबंदी थी। मुझे आज़ादी थी, लेकिन यह शायद मेरी कमज़ोरी थी कि अगर बॉस को नहीं लगता कि इन लोगों से मिलना ज़रूरी नहीं है, तो मैं क्यों मिलूँ।

दुर्रानी : मैं (सिन्हा की) टिप्पणी को अच्छी भावना से लूँगा कि कम से कम मिलिटेरी सिस्टम संदिग्ध या भ्रम का शिकार तो नहीं है।

आडवाणी की बात ने मुझे चकित किया था। उपप्रधानमंत्री, मशहूर इंसान और अनुभवी शख़्स ने इतनी ख़ास चीज़ को बिगड़ जाने दिया, या पलट दिया, या उसका समर्थन नहीं किया, वह भी बस इसलिए कि उन्हें पर्याप्त अहमियत नहीं दी जा रही थी? भारत-पाकिस्तान संबंध इसके कारण ख़तरे में पड़ सकते थे, मुझे लगता है।

मुशर्रफ़ ने पहले मुझसे बात की थी और मैंने उम्मीद की थी कि वे मुझे कूटनीतिक तैयारियों और दीग़र बातों के बारे में बताएँगे, लेकिन उन्होंने मुझे कुछ नहीं बताया। मुझे ऐसा समझ में आया था कि वे अनौपचारिक हो रहे थे। यही उनकी शख़्सियत थी। उन्होंने शायद सोचा था कि वे भारतीयों से बात करने जा सकते हैं, और कुछ देर बाद वे उनके हाथों से ख़ाना खा रहे होंगे। इस तरह का घमंड उन्हें लंबे समय तक रहा।

वे गए, और जैसा कि दुलत साहब कहते हैं कि आडवाणी और बाक़ी लोगों ने इसे चौपट कर दिया। सम्मेलन से पहले ब्रेकफास्ट मीटिंग पर अशरफ़ जहाँगीर काज़ी ने संपादकों को आमंत्रित किया था। उसका टेलीकास्ट होना था। यह कोई समझदारी की बात नहीं थी। किसी ज़रूरी यात्रा में आप मीडिया के ज़रिए अपने संदेश नहीं देते।

अगर कुल मिलाकर कुछ कहा जाता, तो बस यही है कि हम अपनी तरफ़ से सबसे अच्छा करेंगे।

सम्मेलन के बाद, जब लोगों ने देखा कि कुछ नहीं हुआ, अनुभवी, बेहद प्रतिष्ठित वाजपेयी ने मुशर्रफ़ को विदा नहीं किया। वे अपनी कार तक से बाहर नहीं निकले। हमारी तहज़ीब में यह गैरमामूली बात है। ज़िया-उल-हक़ चाहे किसी से छुटकारा पाने के बारे में सोचते थे, लेकिन वे कार तक जाते थे और दरवाज़ा खोलते थे। उनका यही तरीक़ा था। यात्रा पर आए राष्ट्रपति के साथ प्रधानमंत्री कार तक नहीं आया, यह ख़राब लगा था।

वाजपेयी ने हाथ मिलाया और चले गए, और कार तक कुछ क़दम चलना मुशर्रफ़ के लिए कभी ख़त्म ना होने वाली दूरी थी। ओह गॉड, उनकी भाव-भंगिमा से लग रहा था कि वे सोच रहे थे कि उन्हें कोई देख ना ले, या कोई तसवीर ना ले ले।

16

मोदी के चकित करने वाले निर्णय

अमरजीत सिंह दुलत : चाहे कितना भी आश्चर्यजनक लगे, लेकिन मोदी ने अपने पहले दो सालों में भारत-पाकिस्तान संबंधों के लिए अपने पूर्ववर्ती से ज़्यादा काम किया। यह एक अलग, स्वभाविक कूटनीति है, जिसमें विदेश मंत्रालय की ख़ास भूमिका नहीं है। यह पूरी तरह से पीएमओ से चलती है और इसलिए इसमें काफ़ी आसानी रहती है। राजनयिक लोग टकरावों में उलझे रहते हैं और पूर्वाग्रहों में फँसे रहते हैं, लेकिन मोदी को उन सबसे उबरने में कोई समस्या नहीं है। यहाँ तक कि विदेशमंत्री को भी अक्सर कोई बात नहीं बताई जाती।

आदित्य सिन्हा : आंतरिक टकरावों को शॉर्ट सर्किट करने का यह अच्छा तरीक़ा है।

दुलत : ऐसा नहीं कि सुषमा किसी तरह की बाधा हैं, क्योंकि वे इस सरकार की सबसे बेहतरीन मंत्रियों में से एक हैं।

मोदी का रिकॉर्ड दिखाता है कि उन्होंने शपथ-ग्रहण समारोह में मियाँ साहब को आमंत्रित करने की कल्पनाशीलता दिखाई थी, भले ही विदेश सचिव[1] ने इसे दुर्भाग्यपूर्ण ढंग से चौपट कर दिया था। और उसके बाद, जब लगा कि चीज़ें फिर से अटक गई हैं, चाहे वह काठमांडू[2] हो, या न्यूयॉर्क[3], तो वे बिना पूर्व योजना के लाहौर[4] पहुँच गए।

21 दिसंबर को हम लोग साथ में थे और उम्मीद कर रहे थे कि कुछ होगा।

असद दुर्रानी : जी हाँ।

दुलत : और, देखिए 25 तारीख़ को वे लाहौर पहुँच गए थे।

एक और सकारात्मक बात यह है कि दोनों राष्ट्रीय सुरक्षा सलाहकार निकट संपर्क में हैं। मुझे बताया गया कि वे आपस में बात करते हैं। दुर्भाग्य से हर किसी के इरादों के बावजूद संबंध तेज़ी से गतिरोध पर पहुँच गए। मुझे ऐसा लगने लगा है कि हम केवल समय पास कर रहे हैं।

दुर्भाग्य से, राजनीति भी बहुत उलझी हुई है, मनमोहन सिंह और वाजपेयी इसे पृष्ठभूमि में रखते थे, लेकिन अब इसके विपरीत है। हाँ, जब आप राजनीति से छुटकारा

पाना चाहते हैं, तो यह तसवीर में आती है। हर प्रधानमंत्री राजनीतिक होता है, लेकिन हम इसे इतना भोंडा नहीं बनाते।

सिन्हा : मोदी की पाकिस्तान नीति क्या है?

दुलत : साफ़ कहूँ, तो मुझे नहीं पता। कोई पाकिस्तान नीति है ही नहीं।

दुर्रानी : डोभाल ही उनकी पाकिस्तान नीति है।

दुलत : हाँ, लेकिन आपको पता है, डोभाल और मोदी एक ही हैं। आख़िरकार वे उनके राष्ट्रीय सुरक्षा सलाहकार हैं और वे कुछ अलग नहीं करेंगे।

यह अवसरवाद ज़्यादा है। वे लाहौर गए, लेकिन वे बेहतर दिनों की बात थी। हर किसी ने कहा कि मियाँ साहब और मोदी के बीच की केमिस्ट्री बढ़िया है, शायद इसलिए क्योंकि मियाँ साहब ने कुछ अलग किया था। उनकी राजनीतिक समझ ने उनसे कहा होगा कि भारत के साथ बेहतर सियासी ताल्लुक़ सियासी तौर पर और क़ारोबारी के रूप में मददगार होंगे। अगर रिश्ते सुधरते हैं, तो व्यापार भी सुधरता है, व्यापारिक संभावनाएँ और अन्य चीज़ें सुधरती हैं। पंजाब और पाकिस्तान में वे अधिक आश्वस्त होंगे।

एक समय, मोदी इसी के ही अनुसार चल रहे थे। ये पठानकोट की घटना होने तक रहा। इसके बाद, वे पठानकोट के हिसाब से चले, लेकिन उरी के बाद, मोदी की सोच यह रही कि लोगों, हमने तो कोशिश की, लेकिन तुम लोगों ने हमें नाक़ाम कर दिया, जब-तब कोई ना कोई पठानकोट या उरी हो जाता है, तो ऐसे में हम व्यापार कैसे कर सकते हैं?

मुफ़्ती साहब की गैरमौजूदगी ने भी बड़े सियासी मंज़र पर असर डाला। उनकी बेटी महबूबा भी तबाही साबित हुईं।

सिन्हा : जनरल साहब, आपने कहा था कि मोदी की आपके इलाक़े में बहुत अच्छी छवि नहीं है। प्लीज़ इसे विस्तार से बताइए।

दुर्रानी : मोदी के चुनाव पर पाकिस्तान में प्रतिक्रिया थी कि भारत के लिए यह बढ़िया रहा। अब मोदी को भारत सँभालने दो, उसकी छवि बिगाड़ो, और संभव हो तो उसके आंतरिक संतुलन को भी बिगाड़ो।

मुझे उनकी हरकतें अच्छी नहीं लगीं। अफ़गानिस्तान में पाकिस्तान को फटकार लगाने के बाद क्रैश लैंडिग से उनका मतलब क्या था? नवाज़ शरीफ़ की पोती की शादी में शामिल होने वे रायविंड आते हैं, और उनके नाटक तथा तमाशे ने एक बड़ा भ्रम ही पैदा किया था। लोग सदमे में थे और बस, खड़े देखते रह गए थे।

मुझे वाजपेयी जैसा इंसान ज़्यादा पसंद है, जिसने कुछ किया नहीं, लेकिन उनका रवैया सही था। रिश्तों को ठीक से सँभालने वाला इंसान आपको लटकाए नहीं रखेगा। ऐसा नहीं कि वाजपेयी से मोदी की बराबरी करने का इरादा है। फ़र्क़ की दुनिया है। अगर पाकिस्तान

में वाजपेयी जैसा कोई इंसान प्रधानमंत्री बने, तो हमें खुशी होगी। कवि, दार्शनिक, वह हमारे लिए अच्छे प्रधानमंत्री हो सकते थे।

दुलत : पाकिस्तान किसे प्राथमिकता देता है, डॉ. मनमोहन सिंह को या नरेंद्र मोदी को? इसमें विरोधाभास है, क्योंकि कहीं जनरल साहब कह चुके हैं कि भारत में कट्टरपंथ पाकिस्तान के हित में है। इसी कारण मुझे यक़ीन है कि अगर कश्मीर में बवाल होता है, तो पाकिस्तान खुश होता है।

बहुत सारे लोगों को लगता है कि मोदी का आना भारत के लिए सबसे महान बात है। मैंने पहले ही कहा है कि वाजपेयी एक अपवाद वाले प्रधानमंत्री थे और उनकी सरकार भी अपवाद थी, हालाँकि मोदी के पास कोई ढंग की कैबिनेट नहीं है, और उनके पीछे मीलों तक कोई नहीं है। मोदी के क़रीबी केवल डोभाल हैं।

यहाँ तक कि उनके गृहमंत्री भी एकदम असहाय हैं, जबकि वे काफ़ी भद्र पुरुष हैं और कश्मीर में कुछ करने के इच्छुक हैं।

दुर्रानी : राजनाथ?

दुलत : राजनाथ।

वाजपेयी तो मोदी से बहुत ऊपर थे, लेकिन तब भी उन्हें आडवाणी से निपटना पड़ता था। मोदी अपने रास्ते पर खुद चलते हैं। कई बार तो वे आरएसएस की भी परवाह नहीं करते।

सिन्हा : लेकिन दुनिया को लेकर उनका नज़रिया तो एक ही है। तो, मोदी ने आख़िर किया क्या?

दुलत : लोग कहते हैं कि उन्हें ज़्यादा समय चाहिए। 15 साल चाहिए।

इससे मुझे एक और पॉइंट मिलता है। जनरल साहब या पाकिस्तान की समस्या शायद वह नहीं थी, जो 2016[5] में दिल्ली में सरकार के साथ हुआ था। एक सख्त खुफ़िया अधिकारी के तौर पर उन्होंने कहा कि वे मोदी को पसंद करते हों या नहीं, पर हर हाल में भारत और पाकिस्तान के लिए आगे बढ़ने का यह अच्छा मौक़ा है। उन्होंने महसूस किया कि बीजेपी की हिंदू सरकार ही है, जिसके साथ पाकिस्तान व्यापार कर सकता है।

यह भारत में चलने वाले उसी तर्क की तरह है कि हम चाहते हैं कि पाकिस्तान में सेना ही वापस सत्ता में आ जाए। आडवाणी कहा करते थे कि अगर कोई बात आगे बढ़ेगी, तो भाजपा सरकार के रहते ही बढ़ेगी। अब मोदी सरकार विशुद्ध भाजपा सरकार हैं। इससे बेहतर तो और कुछ हो ही नहीं सकता। ज़्यादा हिंदू, या ज़्यादा संख्या बल। आप असहमत हो सकते हैं, लेकिन 2019 में मोदी को अब संसद में इतनी सीटें नहीं मिलने वाली हैं। भाजपा को अब दोबारा इतनी सीटें पाने में बहुत लंबा वक्त लग जाएगा।

दुर्रानी : आईएसआई की प्राथमिकता इसलिए है, क्योंकि कट्टरपंथी लोग कड़े फैसले ले सकते हैं।

इससे मुझे एक घटना याद आती है। 1997 के अंत में, 1998 के उन चुनावों से पहले जिनमें भाजपा जीती थी। मेरा *न्यूज़*, इस्लामाबाद में एक लेख प्रकाशित हुआ था, 'हू इज़ अफ्रैड ऑफ़ द इंडियन वोल्फ', जिसमें बताया गया था कि बीजेपी के सत्ता में आने से हमें चिंता करने की ज़रूरत नहीं, क्योंकि यह तो हमारे लिए बेहतर ही रहने वाला है। अगर और कुछ नहीं हुआ, तो कम से कम भारत की धर्म-निरपेक्ष देश की छवि तो ख़त्म हो ही जाएगी।

कुछ सप्ताह बाद, कोयंबटूर में आडवाणी की सभा के पहले एक विस्फोट हुआ था। इससे बीजेपी का जनाधार कुछ बढ़ा ही होगा, क्योंकि दक्षिण भारत में उसका आधार बहुत ज़्यादा नहीं है। इस विस्फोट के बाद, स्विट्ज़रलैंड के एक अख़बार ने मेरा लेख छापा और इसे कोयंबूटर विस्फोट से जोड़ते हुए कहा कि चूँकि दुर्रानी कहते हैं कि बीजेपी की जीत उनके लिए अच्छी रहेगी, इसलिए आईएसआई का हाथ इस विस्फोट के पीछे हो सकता है।

वे चुनाव जीत गए और मैंने कहा कि मुझे उनके परमाणु परीक्षण करने की उम्मीद है, क्योंकि इससे हमें भी वैसा ही करने का सुनहरा मौक़ा मिलेगा।

वाजपेयी सरकार ने हमें यह प्रभाव देने की कोशिश की कि भारत में मुस्लिम विरोधी दल का सत्ता में आना ज़रूरी नहीं कि बुरा ही हो। यह पार्टी वे फैसले ले सकती है, जो काँग्रेस करने में नाक़ाबिल थी।

सिन्हा : जब अमेरिका ने इराक़ पर धावा बोला, तो लोग बोले, इससे ज़्यादा बुरा नहीं हो सकता। अब वे जॉर्ज. डब्ल्यू. बुश को उदारवादी कहते हैं। अगर योगी आदित्यनाथ प्रधानमंत्री बन जाते हैं, तो आप कहेंगे, मोदी बड़ा शरीफ़ आदमी था।

दुलत : हम अब भी यही कहते हैं, मोदी बहुत सज्जन इंसान हैं। मुख्य बात यह है कि अगर उन्होंने सिस्टम को हिला दिया, तो वे एक अवसर पैदा कर देंगे। डॉ. मनमोहन सिंह के शुरुआती दिनों के दौरान, जब मैंने पीएमओ छोड़ा ही था, तब मैंने हुर्रियत नेता से कहा, हम लोग जो कर रहे हैं, आप उसमें साथ क्यों नहीं देते? वह हँसते हुए बोला, "आप चाहते हैं कि हम उसके साथ व्यापार करें। हमारी समस्या हिंदू भारत है।"

यही कारण है कि डॉ.मनमोहन सिंह को ग़लत समझा गया। वाजपेयी ने उन्हें सब कुछ थाल में परोसा हुआ दिया था, लेकिन भाजपा ऐसा नहीं करेगी। कई लोग ऐसा मानते हैं कि वे 10 जनपथ से ज़्यादा भाजपा से डरते थे। भाजपा उनके लिए हमेशा से ठीक थी।

दुर्रानी : ओबामा के आठ सालों में उन्होंने कभी अफ़गानिस्तान में, पाकिस्तान में, लीबिया में, मध्य-पूर्व में, कभी ख़तरा नहीं उठाया। इसलिए, क्यूबा और ईरान की तुलना में उनका उत्तराधिकार असफल रहा। इसी तरह, अगर मोदी को बाद में लगता है कि उनके सामने विदेशी मोर्चे पर असफलता खड़ी है और तब वे हाथ बढ़ाना चाहेंगे, तो कोई उन्हें गंभीरता से नहीं लेगा। वे सोचेंगे कि ख़त्म है? यह तो गया?

दुलत : मैं कुछ अलग कहने की अनुमति चाहता हूँ। मोदी, ओबामा नहीं हैं, जो कि अच्छे अमेरिकी राष्ट्रपति थे, बौद्धिक रूप से और अन्य तरीक़े से। अमेरिका में अश्वेत होना कम

मुश्किल वाली बात नहीं है। मुझे नहीं लगता कि इन लोगों के पास उस तरह की कल्पनाशक्ति है भी।

दुर्रानी : ओबामा काफ़ी बौद्धिक थे, इससे मैं सहमत हूँ। कार्टर भी ऐसे ही थे। ये सभी सारे बुद्धिजीवी दिग्गज़, उनकी बुद्धि से हासिल कुछ नहीं हुआ। रीगन बौद्धिक नहीं थे, बहुत कुछ डोनाल्ड डक या जो भी इसका नाम है, उसकी तरह। ट्रंप एक बड़ी डक ही हैं, लेकिन आख़िरकार, वे चतुर साबित होंगे। रीगन 20वीं सदी के सबसे सफल अमेरिकी राष्ट्रपति साबित हुए। वे कुछ नहीं जानते थे, लेकिन उन्होंने 12 बेहतरीन लोग चुने और सब कुछ बढ़िया होता गया। अमेरिका के लिए उन्होंने बहुत कुछ किया।

मोदी शोमैन हैं। वे अभिनय पसंद करते हैं। वे चाहते हैं कि लोग अंदाज़ा लगाते रहें। वे जानते हैं कि ढाका[6] और काबुल[7] में पाकिस्तान के कथित दंगे की करतूत के बाद अगर वे लाहौर अचानक पहुँच जाएँगे, तो लोग चौंक जाएँगे, और कहेंगे, यह बहुत शानदार इंसान है। इसके साथ काम किया जा सकता है, लेकिन इलाक़े के लिए कुछ बेहतर करने का उनका कोई इरादा है नहीं। वे केवल अपने देश में लोगों पर एक असर छोड़ना चाहते थे। वे बहुत चतुर हैं।

मियाँ साहब के साथ केमिस्ट्री का इसमें कोई काम नहीं है, क्योंकि मियाँ साहब केमिकली काम ही नहीं करते। वे यथासंभव सहज रूप में काम करते हैं या शायद क़ारोबारी और माली मामलों को ध्यान में रखकर करते हैं। वे अपने मुल्क़ में सियासी तौर पर वजूद बनाए रखना जानते हैं, लेकिन अंतरराष्ट्रीय संबंधों के बारे में उनकी अक्ल ऊँट की तरह है।

सिन्हा : डक, ऊँट, तो फिर मोदी?

दुर्रानी : लोमड़ी। मोदी चालाक हैं। बहुत चालाक हैं। डोभाल भी चालाक हैं। डोभाल और जंजुआ के बारे में हम कैसा सोचते हैं? डोभाल बहुत अच्छे खुफ़िया ऑपरेटर हैं, अच्छे विचारक हैं, उनका दिमाग़ चालाक है, लेकिन इसमें कोई बात नहीं है। जंजुआ बहुत ही मामूली इंसान। मुझे नहीं लगता कि कोर और डिवीज़न और सदर्न कमांड सँभालने के बाद उन्होंने भारत के साथ रिश्तों के बारे में कुछ और सीखा। मेरी उनसे कुछ मुलाक़ातें हुईं, और मेरा नतीज़ा यह है कि नहीं, वह डोभाल से बेहतर नहीं हो सकता।

दोनों मोर्चों पर, प्रधानमंत्री और एनएसए, आप फ़ायदे की हालत में हैं।

सिन्हा : दुलत साहब कह रहे हैं कि मोदी यह कर सकते हैं, आप कह रहे हैं कि मोदी नहीं कर सकते हैं। क्यों नहीं कर सकते हैं?

दुर्रानी : मैं पिछले 20-30 सालों से एक ही बात बोलते-बोलते थक गया हूँ। जब मैं मोदी और उनकी टीम की तरफ़ देखता हूँ, डोभाल जैसे लोगों के बारे में जो जानता हूँ, भारत के सियासी माहौल को देखता हूँ, तो मुझे लगता है कि वे नहीं कर सकेंगे। हाँ, वाजपेयी जैसे लोग जानते थे कि कश्मीरियत-जम्हूरियत-इंसानियत के साथ स्थिति शांत करके कैसे सँभाला जाता है, हालाँकि ये लोग ऐसा करने वाले हैं नहीं। उनके ऐसा करने की कोई संभावना नहीं है।

सिन्हा : तो, मोदी अपनी कड़क इंसान की छवि को हल्का नहीं कर सकते हैं?

दुलत : यह एक दिक्क़त है कि उनकी एक ख़ास इमेज है और वे इसे हल्का नहीं करना चाहेंगे। आगे बढ़ने में उन्हें इसका फ़ायदा है। मैं जनरल साहब से इत्तफ़ाक़ रखता हूँ कि जैसे-जैसे वक्त गुज़रेगा, वैसे-वैसे कुछ हो सकने की संभावना ख़त्म होती जाएगी।

दूसरी बात वह है, जो दुनिया भर के सारे राजनेताओं के लिए भी है। जो काम वे पहले छह माह या एक साल में ना कर पाएँ, उसे वे बाक़ी कार्यकाल में भी नहीं कर पाते। इसके अलावा, मोदी के लोग चुनावों की धुन में रहते हैं और चुनाव दर चुनाव लगे रहते हैं।

सिन्हा : तो आप जनरल साहब से सहमत हैं?

दुलत : ऐसा होने के आसार नहीं हैं, नहीं।

आपने पूछा था कि मोदी के कार्यकाल में जब हम आधी दूरी तय कर चुके थे, तो कैसा लगता है। यहाँ तक कि उनके प्रशंसक भी पूछते हैं कि हुआ क्या है।

मैं दिल्ली में जब भी कभी किसी सामाजिक मेलजोल वाली जगह जाता था, तो असहज महसूस करता था। मैं देखता था कि 20 में से 18 लोग मोदी समर्थक हैं। उनसे कुछ पूछ पाना तक कठिन होता था। दो साल बाद मैंने नाटकीय बदलाव देखा।

हरीश खरे ने लिखा कि पिछला चुनाव हिंदुत्व के मुद्दे पर जीता गया था। हिंदुत्व के साथ-साथ उच्च मध्यम वर्ग को लगा कि यह ठीक चल रहा है और मोदी इसे और भी बेहतर करेंगे। ऐसा नहीं हुआ।

सिन्हा : मोदी का अभी एक साल बाक़ी है। पाकिस्तान को उनमें क्या संभावनाएँ नज़र आती हैं?

दुर्रानी : पहला तो यह कि उन्हें दूसरा कार्यकाल मिलने की उम्मीद है। दूसरा, चाहे वे रहें या ना रहें, मेरी पुरानी थीसिस है कि रिश्ते वही रहते हैं, भले ही उनके प्रबंधन में फ़र्क़ आ जाए। कई बार थोड़े ज़्यादा शांत दिखते हैं, जैसे कि वाजपेयी या मनमोहन सिंह के भी वक्त में थे। तीसरा, भारत में माहौल ऐसा है कि आम जनता भी कहेगी कि एक और प्रयास करने का कोई मतलब ही नहीं बनता।

सिन्हा : जनरल साहब कहते हैं कि अगर 2019 में मोदी की वापसी नहीं भी होती है, तो भी चीज़ें नहीं बदलेंगी। क्या आपको लगता है, मोदी वापस आएँगे?

दुलत : मोदी तो शायद वापस आ जाएँ, लेकिन उनके लिए हालात काफ़ी कठिन हो जाएँगे। काँग्रेस और अन्य विपक्षी दल उनका ढंग से ख़याल रखेंगे, हालाँकि भारतीय मतदाता के बारे में क्या कह सकते हैं, ज़्यादातर समय वह हर किसी को बेवकूफ़ बना सकता है। मोदी भी चकित रह सकते हैं।

सिन्हा : तब क्या भारत-पाकिस्तान रिश्तों को फिर तय किया जाएगा?

दुलत : मैं जनरल साहब से पूरी तरह से सहमत नहीं हूँ। उन्होंने कहा कि यह हमेशा समान रहते हैं, व्यक्तियों की अहमियत ज़्यादा नहीं है, हालाँकि वाजपेयी और मोदी के बीच ज़ाहिर तौर पर फ़र्क़ है। वाजपेयी का एक बड़ा व्यक्तित्व था, वे दार्शनिक थे, और दुर्भाग्य से वे काफ़ी देरी से प्रधानमंत्री बने और तब तक वे सजग बुज़ुर्ग हो चुके थे। इसके बावजूद, वे काफ़ी चालाक राजनेता थे और अपनी तरह से चीज़ें तैयार कर सकते थे। जब वे कोई बात कहते थे, तो उसका एक असर होता था।

17
डोभाल के सिद्धांत

अमरजीत सिंह दुलत : अजित डोभाल का ज़िक्र हमारे सैन्य गुप्त सूचना वार्ता में आता रहता है। पाकिस्तानियों के लिए वे शैतान का रूप हैं।

असद दुर्रानी : मैं इसे इस तरह से नहीं रखना चाहता। हो सकता है कि कुछ पाकिस्तानी अख़बारों ने इस तरह की धारणा बनाई हो। व्यवहार में वे केवल एक इंसान हैं, जो अपना काम कर रहे हैं, और शायद अच्छी तरह से कर रहे हैं, हालाँकि उन्होंने ऐसा क्या किया, जिस वजह से उनका ज़िक्र हमारी किताब में किया जाए? अगर उनका कोई ज़िक्र किया जाएगा, तो नकारात्मक तौर पर ही होगा।

मैं डोभाल से दो-एक बार मिला, यहाँ तक कि दुलत साहब से मिलने से पहले भी मिला। पहली बार मस्कट, ओमान में मिला था 2005 में भारत-पाकिस्तान ट्रैक-2 में, जिसे इंटरनेशनल इंस्टीट्यूट ऑफ़ स्ट्रेटजिक स्टडीज़ ने कराया था। हाल ही में सेवा से मुक्त होकर वे वहाँ चुपचाप बैठे थे।

उन लोगों ने इंटेलीजेंस बैकग्राउंड के हम तीन लोगों को एक साथ बैठा दिया था, और इत्तफ़ाक़ की बात थी कि हमारे माइक्रोफ़ोन तारों से नहीं जुड़े थे। डोभाल ने बाहर क़दम रखे ही थे। मैंने चुटकी ली कि हमारे माइक्रोफ़ोन के तार वहाँ के सिस्टम से नहीं जुड़े हैं, क्योंकि हमारी निगरानी कहीं और से की जा रही है। डोभाल साहब हमारे चैनलों को एक्टिवेट करने गए हैं। इस बात पर ज़ोर का ठहाका लगा था।

वे उस तहलका मीट में भी थे, जिसका ज़िक्र मैंने किया था। शांत, गौर से देखने वाले, जिनको समझना मुश्किल हो। आख़िरकार वे भी बोले, और तभी उनका आकलन किया जा सका कि पाकिस्तान में उनके तज़ुर्बे ने उन पर अलग तरीक़े से असर डाला है। वे कोई मणिशंकर अय्यर[1] नहीं हैं।

दुलत : वे हमारे सैन्य गुप्त सूचना संवाद का हिस्सा थे और वे कुछ शुरुआती सत्रों में शामिल हुए थे।

मैं अजित को लंबे समय से जानता हूँ। वे साथी रहे हैं और अच्छे दोस्त भी। जब वे इस समूह में शामिल हुए थे, तो मैंने पीटर से कहा था, अब मुझे इस प्रक्रिया में

उम्मीद दिखती है, क्योंकि हमारे पास ऐसा सज्जन है, जो जगह-जगह जाने वाला है। हर किसी ने चारों तरफ़ देखा और महसूस किया कि मैं अजित के बारे में बात कर रहा था। वे जगह-जगह तो गए, लेकिन प्रक्रिया में मददग़ार नहीं बने और फिर उन्होंने उससे अलग होने का फ़ैसला कर लिया।

जहाँ तक उनकी क्षमताओं का सवाल है, वे हमारे बेहतरीन संचालन योग्य व्यक्तियों में से एक हैं। वे मैदान के आदमी हैं।

हालाँकि, अपने में बहुत ज़्यादा खोए रहने वाले लोगों की दिक्क़त यह होती है कि वे अकेले हो जाते हैं और अलग-थलग पड़ जाते हैं। *ए लीगेसी ऑफ़ स्पाइस*[2] में एक प्रासंगिक पंक्ति है, जिसमें कहा गया है कि जासूसों के साथ दिक्क़त यह है कि उन्हें विश्वास में निवेश करना कठिन लगता है।

अपने तक सीमित रहने वाले इन हाइ-प्रोफाइल लोगों के पास विश्वास का संकट होता है। अजित ऐसे इंसान हैं, जो किसी पर यक़ीन नहीं करते। हमारे काम में ऐसा होता है, किसी भी मामले में विश्वास करना आसान नहीं होता। संयोग से वे अकेले नहीं हैं। भारतीय ख़ुफ़िया जगत के अन्य बड़े नाम भी इसी तरह से अकेले ही रहे हैं।

आदित्य सिन्हा : आपने भारतीय अख़बारों में कभी पाकिस्तानी राष्ट्रीय सुरक्षा सलाहकार जनरल जंजुआ के बारे में उस तरह से नहीं पढ़ा होगा, जिस तरह से डोभाल का ज़िक्र पाकिस्तानी मीडिया में होता रहता है।

दुर्रानी : कई बार जब प्रेस को कोई निशाना मिल जाता है, तो उससे इंसान को फ़ायदा होता है। उन्होंने नीति नहीं बदली। वे थोड़ा हार्डलाइनर भर हैं, लेकिन मुझे लगता है कि भारतीय नीति काफ़ी लंबे वक्त से ऐसी ही रही है। वे चिल्लाते ज़्यादा हैं, जैसे ट्रंप चिल्लाते हैं, उकसाऊ बातें करते हैं। मसाला देते रहते हैं।

हम रिश्तों के सार की बातें कर रहे हैं, ना कि मुँह से बक-बक करते रहे वाले किसी इंसान की। इस सैन्य गुप्त सूचना संवाद में एक-दो बार उनसे मिला था। उन्होंने बहुत अकड़कर बातें कीं, जिससे मुझे लगा कि उन्होंने आत्म-विश्वास हासिल कर लिया है। मुझे नहीं पता था कि वे मोदी सरकार में एनएसए बनने जा रहे हैं और वे मनोनीत एनएसए की हैसियत से मुझसे सवाल-जवाब कर रहे थे।

इसका नतीज़ा यह है कि वे केवल वही कर रहे हैं, जो उनका बॉस कराना चाहता है। उसी को शायद वे ज़्यादा ताक़त से ज़्यादा मुखर होकर कर रहे हैं।

सिन्हा : आपने दुलत साहब के व्यावहारिक अनुभव की बात की। एनएसए भी बहुत सारे प्रत्यक्ष अनुभव रखने वाले इंसान हैं...

दुलत : मुझसे भी ज़्यादा।

सिन्हा : ...हालाँकि उनका रवैया अलग है, तो क्या यह उनके अनुभव के कारण है या उनके नज़रिए के कारण?

दुर्रानी : यह अच्छी बात है। लोगों के पास तज़ुर्बा तो होता है, लेकिन इसका उन पर असर किस तरह से होता है?

जब फ़िलीस्तीन की बात आती है, तो हम पाकिस्तानियों, अरब जगत और मुस्लिम जगत की प्रतिक्रियाएँ एक समान होती हैं। इसके बावजूद, हम इस पर यक़ीन नहीं करते कि तलवार लेकर सारे काफ़िरों के सर काट दिए जाएँ।

तो, आपके व्यावहारिक अनुभव पाकिस्तान में अलग हो सकते हैं। अजित डोभाल के मामले में शायद इसका असर उन पर हुआ था, जब उन्हें लगा था, 'हे भगवान, इस मुल्क़ से पहले तो लोहे की मुट्ठी से निपटना पड़ेगा।' और दुलत साहब का कश्मीर में काम करने के बाद नतीज़ा यह रहा होगा कि कुछ अलग नज़रिये भी थे।

सिन्हा : जनरल साहब, 2016 में पूर्व पाकिस्तानी उच्चायुक्तों का एक दल जब दिल्ली में डोभाल[3] से मिला था, तो वह मुलाक़ात कैसी रही थी?

दुर्रानी : छह उच्चायुक्तों को एस्पेन सेंटर ने आमंत्रण दिया था, जिसके पीछे सती लांबा[4] थे। जब एनएसए ने उन्हें कॉल किया, तो उन्होंने इसे सबसे अहम बैठक माना था। अजित डोभाल का बर्ताव उनसे एकदम अलग था। उनका कहना था, "हम आपकी निगरानी कर रहे हैं। अगर हमारी जाँच में कुछ अच्छा नहीं निकला, और अगर हमने पठानकोट तथा मुंबई एवं स्टेट स्ट्रक्चर में कोई कनेक्शन पाया, तो इसके नतीज़े सामने आएँगे।"

जब बैठक ख़त्म हुई, तो उन्होंने उन लोगों से हाथ तक नहीं मिलाया, जबकि वे लोग दोनों ही देशों में काफ़ी सम्मानित हैं। वे ऐसे ही निकल गए। संदेश जा चुका था।

दुलत : सर, ज़ाहिर है, उस बैठक में मौजूद किसी व्यक्ति से ही आपको यह जानकारी मिली होगी। दिल्ली में मुझे इसके उलटा सुनने को मिला। सभी उच्चायुक्तों को यह सुखद आश्चर्य हुआ था कि वे बहुत अच्छी तरह से मिले, जबकि उनकी छवि एक रूखे और कठोर इंसान की थी।

दुर्रानी : उन्होंने धीरे से यह संदेश दे दिया था कि भारत अच्छे रिश्ते नहीं चाहता, और आप लोगों का आने के लिए शुक्रिया।

दुलत : जी हाँ, अगर ऐसा कुछ कहा गया था, तो वह गैरज़रूरी था। यहाँ मैं यह कहना चाहता हूँ कि पाकिस्तान में शायद अजित डोभाल के बारे में कुछ ऐसे संदेह हैं, जिन्हें समझा जा सकता है।

दुर्रानी : यहाँ बात संदेहों की नहीं है। यहाँ बात हिस्सा लेने वालों की है।

सिन्हा : आपने बताया कि उनका नाम सैन्य गुप्त सूचना संवाद में आया था। हुआ क्या था?

दुलत : उनके बारे में जो बातें लिखी गई थीं, उनके कारण उनका ज़िक्र हर मीटिंग में होता था। डोभाल का साया वहाँ मँडराता रहता था। मुझे नहीं पता, उसमें कितनी सच्चाई है।

अजित के एनएसए बनने के बाद से मेरी उनसे बहुत कम बात हुई है।

दुर्रानी : इस ख़ास मीटिंग[5] में हमने मौजूदा माहौल के बारे में बात की और इस पर विचार किया कि क्या भारत के साथ किसी नतीज़े पर पहुँचा जा सकता है। मेरा कहना था, नहीं, हमें उसकी कोशिश भी नहीं करनी चाहिए।

दुलत : एक बार मैं भी ऐसी कुछ बैठकों में फँस चुका था। मैंने कहा था कि ये बातचीत किसी नतीज़े की तरफ़ नहीं जा रही है, मेरे पास एक आइडिया है, आप लोग अजित डोभाल को लाहौर या इस्लामाबाद क्यों नहीं बुलाते? मेरी समझ कहती है कि वे ज़रूर जाना पसंद करेंगे। हो सकता है कि इससे ही कुछ शुरुआत हो सके।

दुर्रानी : पहली आपत्ति मैंने उठाई थी।

दुलत : एहसान सहमत थे और बोले, "हाँ, इसमें कोई मुश्किल नहीं है।" हमारी तरफ़ से केएम सिंह ने कहा था, "सेनाध्यक्ष के साथ भी मीटिंग होनी चाहिए।" और एहसान का जवाब था, "जी हाँ, मुमक़िन है।"

ऐसा सुझाव देते समय मुझे शंका थी। आज के हालात में अजित डोभाल को ऐसा निमंत्रण मिलना कोई आसान काम नहीं है। ना उन्हें वह निमंत्रण मिला।

दोनों एनएसए के बीच एक रिश्ता है। मुझे बताया गया है कि वे दोनों फ़ोन पर बात करते हैं, लेकिन अभी लंबे समय से उनके बीच बात नहीं हुई है। यही कारण है कि रिश्ते किसी तरफ़ जाते नहीं दिख रहे। क्या आप इत्तफ़ाक़ रखते हैं सर?

दुर्रानी : मेरी दो आपत्तियाँ हैं। पहली, इस निमंत्रण को पाकिस्तान में अच्छा नहीं माना जाएगा। और, इससे बड़ी बात, मान लो अगर वे इनकार कर दें और कहें, मैं क्यों जाऊँ। यह भी मुमक़िन है कि वे हर कहीं यह भी कहते फिरें कि मैंने पाकिस्तान से इतना कुछ कहा, उसके साथ इतना कुछ किया, फिर भी वे मेरे पास घुटनों पर रेंगते हुए आए। वे ऐसा कर सकते हैं।

सिन्हा : यह तो थोड़ा ज़्यादा ही हो गया।

दुलत : दरअसल, उनके निमंत्रण स्वीकार करने का सवाल उठा था। इसकी जाँच की गई थी और जवाब था, हाँ, अजित डोभाल बहुत ख़ुश होंगे। जैसा कि मैंने सोचा था, फिर वह निमंत्रण आया ही नहीं।

सिन्हा : तो, एनएसए ही भारत-पाकिस्तान के बीच का गतिरोध ख़त्म करने वाला मुख्य इंसान हो सकता है?

दुलत : यह एनएसए सिस्टम पर निर्भर करता है, जो कि भारत में केवल तीन प्रधानमंत्रियों के समय जितना पुराना है। जिस तरह से यह विकसित हो रहा है, उस हिसाब से तो

एनएसए मुख्य चीज़ है। यह तो मोदी के एकदम वफ़ादार हैं। यह नंबर टू ही हैं, जिस तरह से वाजपेयी के लिए ब्रजेश मिश्रा थे, हालाँकि वह रिश्ता काफ़ी परिष्कृत था। इस बारे में किसी ने बात नहीं की।

दुर्रानी : यह कहना चाहिए कि मोदी और अजित डोभाल का काम जारी है। हमें नहीं पता कि यह कहाँ तक जाएगा। अभी तक संकेत मिले-जुले हैं, लेकिन अगर किसी को यक़ीन है कि वे नाटक ज़्यादा करते हैं, तो फिर इससे कुछ हासिल होने वाला नहीं है।

दुलत : इसमें कोई शुबहा नहीं कि संकेत मिले-जुले ही हैं। मुझे यक़ीन है कि इससे आप उलझन में पड़ जाएँगे, हम दिल्ली में बैठे लोग भी इससे उलझन में पड़ जाते हैं। मैं इसको इस तरह से देखता हूँ कि सफल होने की उत्सुकता है, एक तरह से बेचैनी की हद तक है। यह साबित करने की उत्सुकता है कि मोदी की रायविंड की यात्रा फ़ालतू में नहीं थी।

सिन्हा : दोनों एनएसए के बीच किस तरह का जोश है?

दुलत : जनरल साहब बेहतर जानते होंगे, लेकिन सुनने में यही आता है कि दोनों की केमिस्ट्री अच्छी है।

सिन्हा : यह तो पहेली हो गई।

दुलत : नहीं। अगर किसी की समझ के महत्त्व का सवाल है, तो ऐसा नहीं है। वे अच्छी तरह से आगे बढ़ते हैं, कोई दिक्क़त नहीं है। दोनों एक दूसरे से एक फ़ोन की ही दूरी पर तो हैं। वे एक दूसरे से बात करते हैं, मिलते हैं। अच्छा रिश्ता है, हालाँकि वे इसका फ़ायदा नहीं ले रहे हैं और इसके लिए दोनों ही पक्ष दोषी हैं। कुछ समय के लिए प्रधानमंत्रियों को भूल जाइए, अगर कुछ अच्छा हो रहा है, तो उन्होंने इसका फ़ायदा क्यों नहीं उठाया?

पाकिस्तान ने अजित डोभाल पर पर्याप्त ध्यान ही नहीं दिया। जब सब कुछ बंद हो जाता है, तो मौक़े की एक बड़ी खिड़की खुलती है और वह खिड़की अजित डोभाल ही है। अगर उन्हें लगता है कि इससे उनका भला होगा, वह ज़्यादा लाइट में आएँगे तो वे इस मौक़े को ज़रूर पकड़ेंगे।

दुर्रानी : देखिए, इंसान के तौर पर मैं डोभाल के बारे में ठीक राय नहीं रखता हूँ। अगर मेरा बस चले, तो मैं तो उनसे बात तक ना करूँ, हालाँकि आजकल उनकी अहमियत है, जैसे कि मोदी की अहमियत है। मैं मानता हूँ कि वे चतुर हैं और कोई और चमत्कार दिखाने का मौक़ा वे नहीं चूकेंगे। मोदी या अपनी छवि चमकाने का मौक़ा वे नहीं चूकेंगे, हालाँकि रिश्तों की कायापलट के लिए और उन्हें स्थिर बनाने के लिए मैं उन पर भरोसा नहीं कर रहा हूँ। अगली बार वे जब लाहौर या इस्लामाबाद में होंगे, तो भारत के लिए वाजिब कारणों से होंगे, लेकिन लंबे वक़्त के रिश्तों के लिए ग़लत कारणों से होंगे, हमारे लिए किसी तरह के फ़ायदे की उम्मीद नहीं होगी।

दुलत : मुझे लगता है कि इस वक्त रिश्तों में यह भी एक दिक्क़त है, और अब मैं कुछ लाचार हूँ क्योंकि, जैसा कि मैंने बताया, वे मेरे साथी रहे हैं, मित्र रहे हैं, तो मैं इसमें बहुत ज़्यादा दख़ल नहीं देना चाहता हूँ, लेकिन मुझे लगता है दुर्भाग्य से पाकिस्तान के दिमाग़ में डोभाल एक दिक्क़त बने हुए हैं और यही बात मायने रखती है।

सिन्हा : ऐसा लगता है, जैसे गहरा अविश्वास हो।

दुलत : यही तो मैं कह रहा हूँ। यह दुर्भाग्यपूर्ण है। आपने कहा, आप उनके बारे में सोचने तक की ज़हमत नहीं उठाना चाहते। ऐसा ही कोई हेनरी किसिंजर के बारे में कह सकता है, और वे भी कोई कट्टरपंथी नहीं हैं।

दुर्रानी : कौन?

दुलत : अजित डोभाल। वे मोदी की लाइन पर चलते हैं। वे मणि दीक्षित की लाइन पर भी चलते हैं। एक वक्त वे (एमके) नारायणन की लाइन पर भी चले। उन्हें पूरा यक़ीन है कि मोदी का होना भारत की सबसे महान घटना है। मैं इसकी गारंटी ले सकता हूँ।

दुर्रानी : तो, भविष्य में हमें डोभाल के साथ करना पड़ेगा, मोदी के साथ नहीं?

दुलत : डोभाल को इसमें मज़ा आएगा। इसी कारण से मैं कहता रहता हूँ कि उन्हें लाहौर बुलाओ। उन्हें पाकिस्तान प्यारा है!

18

कट्टरपंथी

आदित्य सिन्हा : आपने कहा कि भारतीय विदेश विभाग बुनियादी रूप से पाकिस्तान विरोधी है। प्लीज़ इसे समझाएँ।

असद दुर्रानी : ऐसा इस्लामाबाद और बाक़ी जगहों पर भारतीय राजनयिकों के साथ अनुभवों की बुनियाद पर कहा था। फ़रवरी 2004 में दिल्ली में पगवाश सम्मेलन में भारतीय विदेश सचिव ने डिनर दिया था, जहाँ पर मेरी मुलाक़ात कुछ लोगों से हुई थी। बातचीत हो रही थी और माहौल बिलकुल अच्छा था, लेकिन कुछ जूनियर राजनयिकों का बात करने का तरीक़ा मैंने देखा। एक चापलूस जैसे इंसान ने हमें धमकी दी कि अगर हमने अपना बर्ताव नहीं सुधारा, तो सब कुछ बदल जाएगा।

तवलीन सिंह ने एक लेख में लिखा कि विदेश विभाग को पाकिस्तान पर चोट करते रहने के लिए तैयार किया गया है। इससे मेरी सोच की पुष्टि हुई। वक्त के साथ-साथ संगठनों और संस्थाओं का रवैया समझ में आने लगता है। मेरा मानना है कि संस्थान अपना ख़ुद की तहज़ीब विकसित करते हैं और साउथ ब्लॉक पाकिस्तान को लेकर युद्धकारी मानसिकता का है।

अमरजीत सिंह दुलत : राजनयिकों की मानसिकता जड़ होती है। इसका कारण बँटवारा हो या विदेश विभाग की फाइलें, लेकिन मैं यह नहीं कहूँगा कि यह बात सब पर समान रूप से लागू होती है। कुछ लोग दोनों तरफ़ हैं, ख़ासकर वे जिन्हें एक दूसरे की राजधानी में तैनात किया गया है, जो ख़ास लोग रहे हैं। हमारे अधिकतर राजनयिक समझदार और बुद्धिमान हैं। आप इत्तफ़ाक़ रखेंगे कि इस्लामाबाद में हमारे उच्चायुक्त मेल-जोल बढ़ाने और दोस्त बनाने की कोशिश करते हैं और भरसक कोशिश करते हैं।

दिल्ली में जो होता है, उसमें थोड़ा फ़र्क़ है। इस्लामाबाद में काम कर चुके सत्यव्रत पाल पाकिस्तान-समर्थक हैं, क्योंकि वे पाकिस्तान विरोधी नहीं हैं। वे खुले दिमाग़ वाले हैं। बाक़ी लोग भी हैं। आपने मणि दीक्षित, शिवशंकर मेनन और सती लांबा का ज़िक्र किया ही है। बाद के कुछ उच्चायुक्तों ने बहुत बढ़िया काम किया है, जिनमें टीसीए राघवन हैं, और उनके पहले शरत सभरवाल थे।

हालाँकि, मैं सहमत हूँ कि कुछ लोग जड़ मानसिकता के भी हैं और मुझे यक़ीन है कि ऐसा ही पाकिस्तान की तरफ़ भी होगा।

दिल्ली आने वाला हर पाकिस्तानी उच्चायुक्त उससे पिछले वाले से बेहतर लगता है। भारत के उच्चायुक्त के लिए पाकिस्तान उतना आरामदायक नहीं है, जितना भारत पाकिस्तान के उच्चायुक्त के लिए है। वह यहाँ-वहाँ जा सकता है, लोगों से मिल सकता है, उसके बहुत सारे दोस्त बन सकते हैं। पाकिस्तान में बैर भाव ज़्यादा है। इसके अलावा, पाकिस्तानी उच्चायुक्त के नाम गिनाएँ, तो तुरंत ही जैसे को तैसा कहने वाले एक से एक कड़क नाम सामने आएँगे।

यह दुःखद है, क्योंकि यह वक्त की बर्बादी है। आगे बढ़ने के लिए हमें अधिक सकारात्मक होना पड़ेगा। नुक्ताचीनी करने का कोई मतलब नहीं कि यह ग़लत है, वह ग़लत है।

यहाँ मैं यह भी कहना चाहता हूँ कि जनरल लोग आपस में सबसे ज़्यादा सहज हैं।

दुर्रानी : विदेश विभाग को तो अपने देश की घोषित नीति को ध्यान में रखते हुए रवैया तय करना पड़ता है। तो यह सावधानी बरतने की बात है। यह ना केवल देश के रवैये को बनाए रखने की कोशिश करता है, बल्कि उसे लागू करने की भी कोशिश करता है।

एक और विदेश विभाग की बात करते हैं। अमेरिका के साथ हमारे रिश्ते ऊपर-नीचे होते रहते हैं। वहाँ सीआईए और पेंटागन, लेकिन ख़ासकर सीआईए बेहतरीन पुलिस का काम करती है और कहती है कि हमें निश्चिंत रहना होगा, यही हमारी नीति है, काँग्रेस सख्त है। दूसरी ओर, विदेश विभाग कठोर चेहरा बनाए रखता है, ऊपर का होंठ दबाए, कम बात करने वाला—ये सब यह पैगाम देने के लिए कि आप सावधान रहें। यह रिश्तों की प्रकृति हो सकती है, लेकिन यह उनका काम भी है। नीति से हटकर कहते हुए कुछ कहने की लापरवाही करते हुए पकड़ा नहीं जाना चाहिए।

दुलत : बिलकुल सही बात। राजनयिकों को सतर्क रहना चाहिए। उनके पास घंटों व्यतीत करते हुए भी कुछ भी उत्पादन ना करने का कौशल होता है।

सिन्हा : विदेश विभाग शायद हमेशा ऑन रिकॉर्ड रहता है, जबकि फ़ौज़ी और जासूस ऑफ़ द रिकॉर्ड रहते हैं।

दुलत : यह बात संभवतः सही है, लेकिन कारण यही अकेला नहीं है। यह विदेश विभाग की मानसिकता है। आप एक इंच जगह भी नहीं छोड़ने जा रहे हैं। राजनयिकों के बाधा पहुँचाने की अनेक कहानियाँ हैं। यहाँ तक कि आगरा में भी ऐसा हुआ। किसी को नहीं पता कि वहाँ वास्तव में हुआ क्या था। मुशर्रफ़ ने बताया कि विवेक काटजू ने सारी गड़बड़ कराई।

सिन्हा : वे लड़ाकू किस्म के हैं।

दुर्रानी : उन्हें होना ही चाहिए। उनके बारे में हमें कभी कोई शक़ नहीं रहा, ख़ासकर आईपीए दौर की वार्ताओं में। वे बोलते मीठा हैं, लेकिन वे जो बोलते हैं, उसमें उनकी मानसिकता और पैगाम दोनों झलकते हैं।

राजनयिकों की खूबियों पर फिर से आएँ, तो मैं इत्तफ़ाक़ रखता हूँ कि आपके जो अच्छे उच्चायुक्त होते हैं, वे वापस जाकर विदेश सचिव बन जाते हैं।

सिन्हा : दुलत साहब ने कहा कि पाकिस्तानी उच्चायुक्त भारतीय उच्चायुक्तों की तुलना में ज़्यादा सख्त होते हैं। क्या आप इत्तफ़ाक़ रखते हैं?

दुर्रानी : हाँ, यह बिलकुल मुमकिन है।

दुलत : यह सच्चाई है।

दुर्रानी : आप इसे किसी और पर नहीं लगा सकते। आप किसी को हमारे इलाक़े में देखते हैं, तो आप उस पर दबाव डालते हैं।

दुलत : इस्लामाबाद में भारतीय उच्चायुक्त का पीछा करने के लिए आईएसआई के पास ज़्यादा लोग हैं, जबकि भारत में आईबी के पास उतने लोग नहीं हैं।

दुर्रानी : यह उनकी क्वालिटी की झलक है। रिटायरमेंट के बाद कई लोग खुलकर बोलते और लिखते हैं और ट्रैक-2 के जानकार हैं, सिवाय रियाज़ खोखर के, जिन्हें कई बार सख्त माना जाता था। डॉ.मुबाशिर हसन अब नब्बे से ऊपर के हो चुके हैं, जो लाहौर से केवल दिल्ली जाते हैं, इस्लामाबाद कभी नहीं जाते। उनके और भारतीय कूटनीति के प्रमुख चेहरे महाराज कृष्ण रस्गोत्रा के बीच एक अनौपचारिक बातचीत तय की गई थी। मुबाशिर हसन ने अपनी अगली यात्रा के लिए दो नाम सुझाए थे, रियाज़ खोखर का नाम था और मेरा था। रस्गोत्रा ने कहा था कि दोनों नामों के साथ दिक्क़त होगी, और इस कारण हम लोग नहीं गए।

उनके अलावा, हर किसी को अच्छी इज्ज़त बख्शी गई, जैसे अज़ीज़ ख़ान जो कि दिल्ली में भीड़ के बहुत प्रिय हैं, तथा नियाज़ मलिक, जो ट्रैक-2 के वालिद माने जाते हैं। रिटायरमेंट के बाद उन्होंने आगे बढ़ने वाले सकारात्मक क़दम का अनुरोध किया था।

हर उच्चायुक्त पिछले वाले से बेहतर है, क्योंकि उसका काम धमकाना नहीं, बल्कि रिश्तों को सँभालना होता है।

सिन्हा : रियाज़ खोखर को तो सबसे ज़्यादा लड़ाकू माना जाता है, लेकिन वे दिल्ली में 'पेज 3' पर्सनाल्टी थे।

दुलत : उनमें उच्चायुक्त और उप उच्चायुक्त का कमाल का मेल है, जो काकाखेल नाम के सज्जन हैं।

दुर्रानी : शफाक़क काकाखेल।

दुलत : वे भी दिल्ली में ज़बर्दस्त खिलाड़ी थे, हर जगह दिख जाते थे।

दुर्रानी : निश्चित तौर पर वे अच्छे राजनयिक माने जाते थे। जब मैं जर्मनी में डिफेंस अताशे

था, तब वे मेरे साथ थे। कड़े परिश्रमी, सकारात्मक या अच्छे संबंधों के पक्षधर, लेकिन उप उच्चायुक्त के तौर पर उन्हें अपना काम करना था और उन्होंने वह किया।

दुलत : उन्होंने अपने काम से भी ज़्यादा किया!

दुर्रानी : क्या आप कहना चाह रहे हैं कि वे बाहर जाते थे और 'संभावित' निशानों से मिलते थे?

सिन्हा : आपने कहा कि कोई राजनयिक कितना प्रो-एक्टिव है, इससे फ़र्क़ नहीं पड़ता, लेकिन वे सत्ता प्रतिष्ठान से उबर पाने में नाक़ाम थे।

दुर्रानी : मणि दीक्षित दिल से बहुत नेक थे, लेकिन उन्होंने जो काम लिया था, उसे पूरा करने के लिए वे ज़्यादा वक्त तक जीवित ही नहीं रहे। 2004 में जब हम पगवाश में मिले थे, तो उन्होंने कहा था, "अब मैं काँग्रेस में हूँ, और इसके जीतने के आसार तो नहीं हैं, लेकिन यह पहले से बेहतर करेगी। काँग्रेस जीती और वे एनएसए बनाए गए। उन्होंने कहा, "अब चीज़ें सुधरेंगी, और हमारा जवाब मुशर्रफ़ के कारण हर मामले में बेहतर ही रहना था। मणि का गुज़र जाना संबंधों के लिए बड़ा झटका रहा।"

शिवशंकर मेनन जब अपने वक्त में इस्लामाबाद में थे, तो उनका दिल वहाँ लगता था और वे वहाँ काफ़ी लोकप्रिय थे। जब वे विदेश सचिव बनने के लिए वापस जा रहे थे, तब उन्होंने कहा था, "अब इसे मेरे ऊपर छोड़ दीजिए और देखते हैं, क्या कर सकता हूँ।"

सिन्हा : इस बार संयुक्त राष्ट्र महासभा (2017) में भारत और पाकिस्तान के बीच काफ़ी बातचीत हुई, साथ फ़ोटो वगैरह खिंचाए गए। यह विचित्र बात है कि हम दुनिया के मंच पर हर साल एक दूसरे पर हमला करते हैं।

दुलत : हर साल तो नहीं, लेकिन इस साल हम लोग फिर जुट गए थे।

सिन्हा : इससे हासिल क्या हुआ?

दुलत : यह शिकायत का स्तर है, बड़ा मंच है, दुनिया भर में प्रचार मिलता है। हम मेज़ पर हाथ ठोंकते हैं, और कहते हैं, देखो, ये लोग ऐसे हैं। और फिर, वे लोग और ज़्यादा ज़ोर से मेज़ ठोंकते हैं, और कहते हैं, देखो, ये लोग ऐसे हैं। ऐसा तब होता है, जब आप एक दूसरे से नज़रें नहीं मिलाना चाहते और बैठकर बात नहीं करना चाहते। बात ना करने का नतीज़ा होता है यह। जिनेवा में भी यही हुआ, जिसकी ज़्यादा चर्चा नहीं हुई। जब हमारे बीच बात हो रही होती है, तब ऐसी चीज़ें नहीं होतीं। यह केवल कुंठा और तमाशा है।

मैंने अपने पाकिस्तानी दोस्तों से कहा, जब आप कश्मीरियों की तकलीफ़ों या मानवाधिकारों की बात ज़्यादा करते हैं, तो मैं ख़ुद कश्मीरियों के समर्थन में इसे सहन करता हूँ, हालाँकि जब आप 5000 साल के युद्ध या संयुक्त राष्ट्र प्रस्तावों की बात करते हैं, तो कौन सुनता है? यहाँ तक कि कश्मीरी लोग भी कहते हैं, पाकिस्तानी तो हमारे बारे में गंभीर

नहीं हैं क्योंकि ये बातें तो बहुत पहले भुलाई जा चुकी हैं। अब इनको बार-बार आप क्यों उठाते हैं, जब मैं लंदन में जनरल एहसान से मिला, तो मैंने कहा, आप विवाद शब्द का इस्तेमाल क्यों करना चाहते हैं? अगर हम पीछे जाकर शिमला सम्मेलन की बात करें, तो भुट्टो और मिसेज़ गाँधी ने तय किया था कि जो भी मुद्दे होंगे, ख़ासकर कश्मीर का, वे सब द्विपक्षीय तरीक़े से निपटाए जाएँगे। संयुक्त राष्ट्र में ना जाने के पीछे यह भी एक कारण था।

सिन्हा : लेकिन मुख्य बात है कि जब आप बात नहीं कर रहे होते हैं, तो ये चीज़ें होती हैं।

दुलत : सर, एक बात पूछूँ। जब बाक़ी राजनयिक मिलते हैं, तो उसकी तुलना में हमारी और आपकी, या हमारे समूहों की मुलाक़ात काफ़ी आसान क्यों होती है? मैं दरअसल, पाकिस्तान के बारे में पूछ रहा हूँ, लेकिन यह नहीं कि हमारे राजनयिक कोई बेहतर हैं। राजनयिक तो सेना या इंटेलीजेंस के लोगों से भी ज़्यादा लड़ाकू होते हैं? यह बात मुझे परेशान करती है।

दुर्रानी : राजनयिक लोग अपने पूरे करियर में शब्दों को चबा-चबाकर बोलते रहते हैं, छिपाते हैं, चीज़ों की अहमियत घटाकर बताते हैं, क्योंकि यही तो उनका काम है। वो दूसरे इंसान को मारना तो चाहता था, लेकिन उसे ऐसा करना सिखाया नहीं गया था, और उसे सिखाया गया था कि अगर किसी को दोज़ख में भेजना हो, तो कुछ ऐसा कहो कि वह इंसान ख़ुद ही उस रास्ते पर चल दे।

अपने करियर में हमारे जैसे लोग ताक़त के ज़ोर पर, रफ़्तार पर, परमाणु बम वगैरह पर यक़ीन करते थे। एक बार आज़ाद होने के बाद यह कह सकते हैं कि हमें इसकी क़ीमत पता है। हमें पता है, हमने क्या किया है। इसे जारी रखने का कोई मतलब नहीं।

दुलत : यह सही बात है। हमें क़ीमत पता है।

दुर्रानी : जब राजनयिक समस्या नहीं सुलझा पाते, तो हम मोर्चे पर जाते हैं, हमें युद्ध की क़ीमत चुकानी पड़ती है। राजनयिकों के लिए बातें ही उनका हथियार हैं। यही कारण कि वे बयानों की अदला-बदली करते हैं।

हम ना केवल शब्दों की अदला-बदली करते हैं, बल्कि अन्य सामानों की भी। ऐसा कर चुकने के बाद हमारे अंदर इसके लिए कुछ भी ऐसा जारी रखने की कोई ख़्वाहिश नहीं है। यही वजह है कि हम अपेक्षाकृत शांत नज़रिए में यक़ीन करते हैं।

दुलत : जब कभी पाकिस्तानी राजनयिक जवाब देते हैं, तो वे किसके प्रति जवाबदेह होते हैं, आईएसआई या जीएचक्यू के? क्या इन्हें उनसे जानकारी मिलती है?

दुर्रानी : इनमें से किसी के प्रति नहीं, लेकिन जो मैंने पहले कहा था, वही शायद सही बैठता है। आपके राजनयिक आमतौर पर ज़्यादा आक्रामक होते हैं।

दुलत : हमारे?

दुर्रानी : साउथ ब्लॉक भारत का जीएचक्यू कहलाता है, लेकिन हक़ीक़त में ये उससे ज़्यादा कट्टरपंथी है।

दुलत : इन ट्रैक-2 में, आपको ये आक्रामक लोग क्यों मिलते हैं?

दुर्रानी : हमारी तरफ़ से?

दुलत : दोनों तरफ़ से।

दुर्रानी : जी हाँ, लेकिन हमारी तरफ़ से आप अज़ीज़ ख़ान, रियाज़ मोहम्मद ख़ान के बारे में सोच रहे होंगे। ये लोग आक्रामक नहीं हैं। आपको पता नहीं है, बाक़ी लोग कितने आक्रामक हैं।

दुलत : रियाज़ खोखर को मैं बहुत ज़्यादा नहीं जानता, लेकिन अज़ीज़ साहब को मैं काफ़ी वक्त से जानता हूँ। वे मुझे हमेशा अच्छे इंसान लगे, सज्जन और समझदार लगे, हालाँकि, हाल ही में हमारी एक मुलाक़ात[2] में वे काफ़ी आक्रामक थे। अब यह कैसे हो गया? कुछ तो स्पष्टीकरण होना चाहिए।

दुर्रानी : जब चीज़ें हमारी इच्छा के बावजूद लगातार जमी रह जाएँ, तो हमारे सबसे अच्छे लोग भी लड़ाकू बन जाते हैं।

दुलत : मैंने अज़ीज़ साहब को किसी मुलाक़ात में इतना लंबा, इतना फैला-फैलाकर बोलते नहीं सुना। आमतौर पर वे बहुत कम शब्दों में अपनी बात कहने वाले इंसान हैं। इस बार हर हस्तक्षेप में वे बहुत लंबा बोले। मैं उनके बगल में बैठा सोच रहा था, क्या ये वही अज़ीज़ ख़ान हैं?

सिन्हा : अमन की लॉबी छोटी होती जा रही है, जैसा कि जनरल साहब ने बोला।

दुर्रानी : उनका यही मानना रहा है।

दुलत : हमारे सारे राजनयिक, जो इस्लामाबाद में उच्चायुक्त रहे, वे अच्छे लोग थे।

दुर्रानी : सारे नहीं थे। जी पार्थसारथी को देखिए। जब करगिल हुआ, तो वे यहीं थे, लेकिन वे वापस चले जाते हैं ...

दुलत : तब भी मुझे लगता है पार्थ समझदार हैं। वे केवल अपनी बात को अंतिम मानना पसंद करते हैं।

दुर्रानी : लेकिन पार्थ से ज़्यादा कट्टरपंथी और कौन-सा उच्चायुक्त रहा है?

दुलत : वे ट्रैक-2 में नहीं थे, इसलिए मैं नहीं जानता। सभरवाल, जैसे लोग हैं, जिनके बारे में हर कोई कहता है कि काफ़ी सज्जन हैं।

दुर्रानी : सभरवाल उतने बुरे नहीं हैं।

दुलत : सत्यव्रत पाल।

दुर्रानी : मुझे यक़ीन है कि वे बेहतर इंसान हैं।

दुलत : शानदार इंसान हैं। हम दोनों साथ में टीवी पर आ चुके हैं, और मैंने पाकिस्तान के बारे में उतना जानकार किसी अन्य को नहीं पाया। टीसीए राघवन भी समझदार इंसान हैं।

दुर्रानी : यही तो मैंने कहा कि मुझे एक ही इंसान मिला, जो वापस गया तो फिर नहीं आया। ऐसे दो-चार लोग हैं, जिनके बारे में मुझे पता है कि रिटायरमेंट के बाद, एक डिवीज़न को कमांड कर सकते हैं।

19

बेनज़ीर, मियाँ साहब और अब्बासी

आदित्य सिन्हा : क्या आपको लगता है कि पाकिस्तान में लोकतंत्र ने ठीक से काम नहीं किया है?

असद दुर्रानी : यह तो बिना कहे ही सही बात है। जम्हूरियत का मतलब केवल चुनाव नहीं होता, बेशक़ वह सही दिशा में एक क़दम होता है। मैं एक आर्मी चीफ़ की बात दोहराता हूँ, जो सत्ता की कमान अपने हाथ में रखने की ख़्वाहिश के लिए जाने जाते थे। बेनज़ीर के पहले कार्यकाल के दौरान जब असलम बेग को हर तरफ़ से शोरगुल सुनाई पड़ा कि देखो, यह सही काम नहीं कर रहा है, नागरिक सरकार मिलकर काम नहीं कर रही है, तो उन्होंने एक बयान दिया था। किसी आर्मी चीफ़ का ऐसा बयान बहुत गैरमामूली बात थी, जिसके ज़रिए उन्होंने ना केवल सेना के नीचे के अधिकारियों को संदेश दिया, बल्कि जनता को भी संदेश दिया था। उन्होंने कहा था, "क़ौम ने अपनी डायरेक्शन चुन ली है। यही जम्हूरी रास्ता है। जो कोई इसके रास्ते में आने की कोशिश करेगा, उसे अच्छा नहीं माना जाएगा।"

अगर यह नहीं चला, तो इसका एक कारण शायद यह हो सकता है कि पाकिस्तान की संस्थाओं के पास भारत की तरह संस्थानिक सर्वसम्मति नहीं थी और ना ही काम करने का वह तरीक़ा था। आपके संस्थानिक निष्कर्ष पाकिस्तान या क्षेत्र के लिए भले ही बेहतर ना हों, लेकिन ये सर्वसम्मत तो हैं ना। हमारे मामले में अमुक व्यक्ति बॉस है और वह अपने तरीक़े से आगे बढ़ना चाहता है और संस्था कई बार अपनी राय दे देती है और कई बार केवल पीछे-पीछे चल देती है।

अमरजीत सिंह दुलत : क्या धर्म की भी भूमिका है? कितनी अहम है यह? क्या इसका कोई असर है या क्या यह कोई प्रभाव डालता है?

दुर्रानी : मुझे यक़ीन है कि इसकी भूमिका है, लेकिन उस तरह से नहीं जिस तरह से कुछ लोग मानते हैं। ज़िया-उल-हक़ को लीजिए, जिन्हें मैं जानता था। हमारे यहाँ वे सबसे धार्मिक रहे, जो आमतौर पर अपने हित के लिए घरेलू राजनीति में दख़ल नहीं देते थे, लेकिन अंतरराष्ट्रीय रिश्तों में, ख़ासकर भारत के साथ, मुझे नहीं लगता कि धर्म की कोई भूमिका है। लोग केवल एक ख़ास नीति को तर्कसंगत बताने के लिए इसका इस्तेमाल करते हैं।

दुलत : तानाशाह होने का यह फ़ायदा है। वह किसी के प्रति जवाबदेह नहीं होता। वे धार्मिक हो सकते हैं, लेकिन अगर वह व्यावहारिक या तथ्यात्मक है, तो वह सही काम करेगा और उस पर कोई सवाल नहीं उठाता। इस कारण से हम लोकतांत्रिक तरीक़े का पक्ष लेते हैं, क्योंकि हमारे पास कोई दूसरा रास्ता नहीं था। मुझे लगता है कि समस्याएँ, या जिन्हें आप घरेलू मज़बूरियाँ कहते हैं, प्रधानमंत्री मोदी के लिए कठिनाइयाँ पैदा कर रही हैं। मुझे नहीं पता कि वे क्या सोचते हैं, क्योंकि सच्चाई यह है कि उन्होंने शुरू किया-फिर रुक गए, शुरू किया और रुक गए, दो बार ऐसा हुआ। इसका मतलब है कि उन्हें कुछ परेशान कर रहा है, जबकि वे समस्याओं के समाधान कारक हैं।

सिन्हा : क्या वे शेर की सवारी नहीं कर रहे हैं, जिससे वे उतर नहीं सकते?

दुलत : क्या आपको ऐसा ही नहीं लगता? क्या आप ऐसा नहीं सोचते?

दुर्रानी : यह सही है। अगर आप शेर की सवारी करेंगे, तो आपको दिक्क़त होती है, लेकिन बहुत सारे सैनिक तानाशाह हुए, अयूब ख़ान, ज़िया-उल-हक़ और मुशर्रफ़, जिनमें सबसे ज़्यादा धार्मिक मानसिकता के ज़िया ही थे। जब दोनों देशों के संबंधों की बात आती थी, तो हर किसी का अपना तरीक़ा होता था।

दुलत : मुशर्रफ़ सबसे अच्छे थे, हमारे साथ सबसे समझदारी से पेश आते थे।

दुर्रानी : जी हाँ, मेरा मतलब है, ठीक है। इन तीनों तानाशाहों के काम में, और नागरिक सरकारों के काम में, धर्म की कोई भूमिका नहीं रही।

दुलत : किसी के दिल में पीछे से भी नहीं?

दुर्रानी : नहीं, नहीं। अगर ज़िया-उल-हक़ ने संबंध सुधारने का निश्चय किया, तो कोई विरोध नहीं हुआ। अगर मुशर्रफ़ ने अपने उच्च धर्मनिरपेक्ष या संदिग्ध योग्यताओं के बावजूद ऐसा तय किया, तो देश में किसी ने उनका विरोध नहीं किया।

सिन्हा : निजी तौर पर पूछ रहा हूँ कि पाकिस्तान में आपका सबसे पसंदीदा राजनेता कौन है?

दुलत : मुझे पाकिस्तान के बारे में बहुत ज़्यादा नहीं पता, लेकिन मैं कह सकता हूँ कि बेनज़ीर भुट्टो मेरी पसंदीदा राजनेता थीं।

दुर्रानी : यह बात है।

दुलत : उनके अंदर करिश्मा था, वे सुंदर दिखती थीं, आगे की सोच रखती थीं और जब उनकी हत्या हुई, तो मुझे दुःख हुआ, क्योंकि उनका भविष्य था। यह उन 'अगरों' में शामिल है, जिनके बारे में आप यह भी कह सकते हैं कि संभवतः ऐसा कुछ नहीं होता, हालाँकि

इसमें कोई शक़ नहीं कि वे जिस तरह से लोगों को साथ लेकर चलीं, उस तरह से पाकिस्तान में और कोई नहीं चल सका।

2011 में मैं कराची में था। कोई डिनर था, और बाहर काफ़ी गर्मी थी। मैं भुट्टो परिवार के किसी सदस्य के साथ बैठा था। वह मुझसे थोड़ा बड़ा था और खुलने लगा था। उसने पाकिस्तान की राजनीतिक व्यवस्था और राजनेताओं को गरियाना शुरू कर दिया। उसने कहा, "पाकिस्तान में केवल एक राजनेता था, ज़ुल्फिकार अली भुट्टो। वो राजनीतिज्ञ था, लीडर था, स्टेट्समैन था। बाक़ी तो सब बदमाश हैं।"

दो समानांतर रोचक बातें कही जाती हैं। कई लोगों को लगता है कि 1991 में राजीव गाँधी को दूसरी बार मौक़ा मिलता, तो वे बेहतर प्रधानमंत्री होते। इसी तरह से अगर बेनज़ीर की वापसी होती, तो पाकिस्तान में चीज़ें अलग हो सकती थीं। भारत-पाकिस्तान संबंधों में योगदान करने लायक उनका क़द था या नहीं, यह मैं नहीं जानता।

दुर्रानी : आपको पता होना चाहिए कि पाकिस्तान में ज़ुल्फिकार अली भुट्टो को बांग्लादेश बनने की बर्बादी का जनक माना जाता है। बुनियादी ज़िम्मेदारी याह्या ख़ान की थी, जिनके हाथ में तब सत्ता थी, लेकिन भुट्टो ने याह्या और मुज़ीब के दोनों इलाक़ों के हितों का ख़याल रखने की कई कोशिशों को तबाह कर दिया था और हक़ीक़त में वे तभी प्रधानमंत्री बन सके, जब अधिक आबादी वाला पूर्वी हिस्सा अलग हो गया।

उनकी कुशाग्रता, सूझबूझ, पकड़ और जानकारी को किनारे कीजिए, उनके क़रीबी साथी तक उन्हें फासीवादी मानते थे। वे असहमति कतई बर्दाश्त नहीं करते थे। मुशाबिर हसन, मेराज़ मुहम्मद ख़ान, मुस्तफ़ा खार और जलालुद्दीन अब्दुर रहीम से उनके संबंध ख़राब हो गए, क्योंकि भुट्टो की निगाह में कोई बड़ा नहीं हो सकता था। इतना ही नहीं, मीटिंग के बाद रात भर वे ड्रिंक करते थे, बिलियर्ड खेलते थे, लेकिन सुबह तुरंत ही एक बढ़िया टेलीग्राम लिखवा सकते थे।

मैं बेनज़ीर भुट्टो को निजी तौर पर जानता था, उनके दोनों कार्यकालों में मैंने काम किया। दोनों बार उन्होंने मुझे अच्छी ज़िम्मेदारी सौंपी थी। जब वे प्रधानमंत्री बनीं, तो उनकी और कम उम्र में उनकी तकलीफ़ के बारे में एक कहानी प्रचलित थी। उनके पिता को फाँसी दी गई थी, इन्हें निर्वासित कर दिया गया था। परियों की कहानियाँ इससे बेहतर नहीं होतीं। वे वापस आईं और दबे-कुचले लोगों की मदद से उन्होंने अपने पिता की गद्दी फिर हासिल की। तानाशाह का ख़याल अल्लाह ने रखा। कितना उत्साह था।

हालाँकि उन्होंने गरीबों के लिए कभी कुछ नहीं किया। ऐसा एक काम नहीं किया, जो उन्हें राजनीतिक रूप से मदद करता। 5 फ़ीसदी तक ऐसा कुछ नहीं किया। पहली बार इसलिए कि शायद उनके पति भ्रष्ट थे, दूसरी बार तो वे खुद भ्रष्टाचार में शामिल हो गई थीं, जैसा कि उनके क़रीबी सहयोगियों ने खुलासा किया है।

दूसरी बार तो उन्हें यक़ीन हो गया था कि उन्हें कोई नहीं रोक सकता। उन्हें अल्लाह की नेमत है और सारे बड़े दिग्गज़ उनकी तरफ़ हैं। पंजाब में सहयोगी दलों की हुकूमत थी।

वे अमेरिका की तरफ़ आकर्षित थीं, हालाँकि उनके दो बार-तीन बार अनुरोध के बावजूद वह उनकी मदद के लिए कभी नहीं आया।

उन्हें सबक़ मिल चुका था और वे दोबारा सेना से लड़ाई करने नहीं जा रही थीं। उन्हें लगा था कि वे अपना पहला कार्यकाल इसीलिए पूरा कर पाईं, क्योंकि उनके संबंध सेना के साथ बेहतर थे, और मैं इसका गवाह था, सेना को उससे कुछ लेना-देना नहीं रहा। हाँ, बिलकुल तो नहीं, जब उन्हें सत्ता से बाहर किया गया, तो सेना ख़ुश थी, लेकिन राष्ट्रपति गुलाम इसहाक़ ख़ान ने उन्हें बर्खास्त किया, तो वे हालात सेना ने पैदा नहीं किए थे।

मैं आमतौर पर राजनेताओं से सम्मोहित नहीं होता हूँ, लेकिन बेनज़ीर भुट्टो, ज़रदारी और शरीफ़ ने राष्ट्रीय खज़ाने को जितना लूटा, उसमें किसका कितना हिस्सा रहा, यह ज़रूर देखता हूँ।

जब राजीव दोबारा यात्रा[1] पर आए, तो मिलिटेरी इंटेलीजेंस के डायरेक्टर जनरल के तौर पर मैं सरकारी भोज में शामिल हुआ, जबकि आमतौर पर मुझे ऐसे कार्यक्रमों में आमंत्रित नहीं किया जाता था। वहाँ शिष्टाचार काफ़ी बेकार था, क्योंकि आमतौर पर होने वाले गंभीर प्रोग्राम की जगह बाज़ारू किस्म का प्रोग्राम रखा गया था। बेनज़ीर भुट्टो यह नहीं मानती थीं कि प्रोटोकॉल उन पर लागू होते हैं। इसी तरह से, जब जर्मनी के राष्ट्रपति आए, तो मैं राष्ट्रपति लेघारी के भोज में शामिल हुआ। उस समय मैं जर्मनी में राजदूत था। वे अपने दो बच्चों के साथ आईं, जैसे कि यह कोई पारिवारिक मामला हो। हो सकता है कि अमेरिकी लोग ऐसा कुछ करते हों।

राजीव उनके प्रति उदार नहीं थे। संयुक्त प्रेस कॉन्फ्रेंस में उनसे कश्मीर के बारे में पूछा गया, और उन्होंने जवाब दिया कि उन्होंने वहाँ चुनाव कराए हैं और हम किसके बारे में बात कर रहे हैं? बेनज़ीर भुट्टो को पता ही नहीं था कि क्या बोलना है। राजीव ने जो बोला, वह भारतीय नीति के हिसाब से था, लेकिन बेनज़ीर अपनी अनुभवहीनता के कारण सही जवाब नहीं दे पाईं। राजीव की यात्रा से बेनज़ीर को कोई फ़ायदा नहीं हुआ। लोग बातें करने लगे। इसे कुछ अता-पता भी है? क्या यह जवाब देना चाहती भी थी? क्या यह सुविधा का संबंध भर था और क्या यह उसके लिए कोई अहमियत रखता है? यही सवाल किए गए थे।

दुलत : बेनज़ीर भुट्टो मेरी पसंदीदा थीं, लेकिन जहाँ तक भारत का संबंध है, वाजपेयी और मियाँ साहब का रिश्ता ख़ास था। वाजपेयी उनकी बहुत इज़्ज़त करते थे और उनकी भारत-पाकिस्तान की समूची योजना पर नवाज़ शरीफ़ छाए रहते थे। जब तख़्ता-पलट हुआ, तो वे निराश हुए थे और नाराज़ थे। इसके बाद यूपीए-2 के अंतिम दिनों में 2013 में जब पाकिस्तान के चुनाव हुए, तो हमारे उच्चायुक्त शरत सभरवाल को सेवा विस्तार दिया गया था।

दुर्रानी : सभरवाल को एक्सटेंशन दिया गया था?

दुलत : जी हाँ। सभरवाल को एक्सटेंशन दिया गया था, क्योंकि उनके नवाज़ शरीफ़ से अच्छे ताल्लुक़ थे और यूपीए को उम्मीद थी कि नवाज़ शरीफ़ प्रधानमंत्री बनेंगे। नवाज़ शरीफ़ हमारी तरफ़ पसंदीदा रहे हैं।

दुर्रानी : मैं जानता हूँ और ऐसा क्यों है, यह भी समझता हूँ। वह इंसान जिस दिन से हुकूमत में आया, उसी दिन से एक कॉल, एक सीटी की दूरी पर रहा। उसने कभी कोई सबक़ नहीं लिया।

दुलत : बेनज़ीर भुट्टो?

दुर्रानी : नहीं, बेनज़ीर भुट्टो भारत-पाकिस्तान को लेकर कभी बहुत उदार या बहुत उग्र नहीं रहीं, लेकिन मियाँ साहब के मामले में, मोदी की ताजपोशी में उन्हें शामिल होने के लिए तैयार करने के वास्ते सारी कोशिशें की गईं। बाद में, किसी ने सोचा कि उनके नंबर दो बेहतर रहेंगे। ख़ैर, ठीक है, उनके साथ बुरा बर्ताव हुआ और उन्हें ज़ोरदार डाँट पड़ी।

ढाका और काबुल में, पाकिस्तान की बुराई करने के बाद मोदी का विमान अचानक रायविंड में उतर गया। हर किसी ने सोचा होगा, क्या बकवास तमाशा है। मियाँ साहब ने फिर भी स्वागत किया।

आप लोग कहते रहे कि यह मोदी की बहुत बड़ी पहल थी। नहीं, मियाँ साहब ने हक़ीक़त में ज़्यादा प्रतिबद्धता दिखाई थी। उनके भोलेपन के कारण हर किसी ने इसे हल्के में लिया कि वे ऐसा ही करते रहेंगे।

दुलत : भारत की तरफ़ से हम आगे बढ़ने के लिए नवाज़ शरीफ़ को बेहतर दाँव मानते हैं। पाकिस्तान के इसे देखने के तरीक़े से मैं सहमत नहीं हूँ, लेकिन हाँ, जब वे मोदी के शपथ ग्रहण समारोह में आए थे, तो उनके साथ बेहतर व्यवहार किया जाना चाहिए था।

दुर्रानी : मियाँ साहब की केवल एक बात से मैं खुश हुआ था,जब उन्होंने परमाणु परीक्षण करने का हुक्म दिया था। मैंने खुलकर ज़ाहिर तौर पर इसका पूरा समर्थन किया था। उन्होंने सही फ़ैसला किया था, बहादुरी भरा, हालाँकि उन्हें शायद परमाणु हथियारों या परमाणु क्षमता की भूमिका के बारे में कोई समझ नहीं थी। उन्होंने अपने समर्थकों की इच्छा के ख़िलाफ़ यह फ़ैसला लिया था, क़ारोबारी तबक़े की इच्छा के खिलाफ़ लिया था, और क्लिंटन के पाँच-दस फ़ोनों के ज़रिए पड़ने वाले दबाव के आगे भी डटे रहे थे। तब मैंने ज़ाहिराना तौर पर उनकी तारीफ़ की थी और इसके बारे में लिखा था।

सिन्हा : पाकिस्तान की मौजूदा राजनीतिक अस्थिरता के बारे में क्या राय है?

दुर्रानी : नहीं, यह कुछ जगहों पर दिखी है। हालात पर गहरी नज़र रखने वालों का मानना है कि मियाँ साहब के जाने के बाद चीज़ें शांत हुई हैं।[2] शरीफ़ परिवार के अदालती मामलों की लड़ाई को बढ़ा-चढ़ाकर भले ही बताया जा रहा हो, लेकिन क़ारोबारी तबक़े ने अपनी गतिविधि फिर शुरू की हैं और उसमें भरोसा दिखता है।

जो नए आए हैं, शाहिद खक़ान अब्बासी, उनके साथ मैं निजी तौर पर कभी सहज नहीं रहा, लेकिन वे अपना काम सँभालने की कोशिश कर रहे हैं और ठीक से कर रहे हैं। मेरे सारे साथी कहते हैं कि वे संस्थानिक व्यक्ति हैं, जो सुबह से लेकर देर शाम तक काम

करते रहते हैं। वे संस्थाओं से सलाह लेते हैं। उनकी अगुवाई वाली राष्ट्रीय सुरक्षा समिति की बैठक अक्सर होती है। अमेरिका से कठिन संबंधों को उनका सँभालना अच्छा माना जाता है। संयुक्त राष्ट्र में उन्होंने बेहतरीन भाषण दिया था। एशिया सोसायटी में एक इंटरव्यू में उन्होंने सही बातें बोली थीं।

टिलरसन आए थे, लेकिन राजनेताओं के बारे में एक बात कहने और सेना के बारे में दूसरी बात कहने का मौक़ा वे सँभाल नहीं पाए। एक ही संदेश देते हुए वे दोनों उनसे एक साथ मिले कि रक्षात्मक या शर्मिंदा होने के बजाय, हम जो करते हैं, अपने कारणों से करते हैं।

सिन्हा : क्या वे पूरी तरह से सेना के आदमी हैं, राजनेता नहीं?

दुर्रानी : वे सेना के आदमी नहीं रहे। मुशर्रफ़ हताश थे, क्योंकि शाहिद अब्बासी पूर्व सैनिक अधिकारी कोमोडोर खक़ान अब्बासी के बेटे हैं। मुशर्रफ़ के पक्ष ने कोशिश की उनको नवाज़ शरीफ़ से हटाकर अपनी तरफ़ लाया जाए, लेकिन अब्बासी अपने पार्टी नेता के वफ़ादार थे और सेना के सामने दोयम दर्ज़ा क़बूल करने के बजाय उन्होंने जेल जाना पसंद किया।

निजी तौर पर कहूँ तो एक वक्त था, जब मैं जो कुछ भी था, उसकी वजह से वे आदरकारी थे। जब मैं अलग हुआ और मियाँ साहब सेना से झगड़ रहे थे, तो अब्बासी मुझसे बचने लगे। इसके बावजूद, मुझे लगता है कि उन्होंने अच्छा काम करने की कोशिश की।

दुलत : मज़ेदार बात है। पाकिस्तानी दोस्तों से बात करते समय मैं यह जानने की कोशिश करता रहा हूँ कि पाकिस्तान में क्या होगा। जनरल एहसान से लंदन में मेरी बात हुई थी। उन्होंने कहा था, इमरान[3] का आना ठीक रहेगा। मैंने कहा था, सचमुच? कुछ सप्ताह बाद सब कहने लगे कि इमरान के कोई चांस नहीं हैं।

पाकिस्तानी दोस्तों से मैंने यही सुना कि अब्बासी 2018 में प्रधानमंत्री पद के लिए पसंदीदा होंगे, क्योंकि पीएमएल(एन) का क़ब्ज़ा पंजाब पर है, जो कि पाकिस्तान का तीन चौथाई हिस्सा है। पंजाब पर जिसका क़ब्ज़ा होता है, वही जीतता है। पीएमएल का पंजाब पर नियंत्रण है, पीपीपी हमेशा देखती रह जाती है, और इमरान को लाहौर और बाक़ी शहरों के अलावा ज़्यादा सीटें मिलती नहीं।

अब्बासी मियाँ साहब की पसंद हैं। मैंने पूछा था, उन्होंने शाहबाज़ पर अब्बासी को तरज़ीह क्यों दी? जवाब था, "अब्बासी से उनकी पीठ में छुरा घोंपने की उम्मीद नहीं की जा सकती।"

सिन्हा : नवाज़ शरीफ़ को अपने ही भाई[4] से डर था कि वे उनकी पीठ में छुरा घोंप सकते हैं?

दुलत : अब तो वे छुरा घोंपते भी हैं, तो छुरा ज़्यादा गहरा घाव नहीं करेगा। आपने कहा सेना, मैं इसे हल्का करके कहना चाहता हूँ, जैसा कि जनरल साहब 'संस्थानिक' शब्द का इस्तेमाल करते हैं, मैं कहूँगा कि व्यवस्था खुश है। चूँकि पीएमएल नियंत्रण में है और धारणा

यह है कि वे अच्छा काम कर रहे हैं, तो संभवतः 2018 में वे प्रधानमंत्री पद के लिए पसंद हो सकते हैं। डार्क हॉर्स अब भी इमरान ही हैं।

दुर्रानी : वे इतने चतुर भी हैं कि लगातार कहते रहते हैं कि वे नवाज़ शरीफ़ की नीतियों का पालन करेंगे।

सिन्हा : उनका भारत के प्रति क्या रवैया होगा?

दुर्रानी : वे मियाँ साहब की तरह हर बार दिल्ली के बुलाने पर दौड़े नहीं जा रहे हैं। शुरुआत में ही उनसे पूछा गया था, "अफ़गानिस्तान में भारत का क्या काम है?" उन्होंने कहा था, "ज़ीरो।" यह अलग बात है कि मैं मानता हूँ कि भारत की भूमिका है। उनका संदेश था कि अब यह मियाँ साहब का काम नहीं रह गया है।

दुलत : जनरल साहब जो बता रहे हैं, वह पाकिस्तान के अंदर की बात बता रहे हैं। आपने दुनियाभर की राजनीति और राजनेताओं को देखा है। इस वक्त वे केवल मियाँ साहब की जगह बैठे हैं। अगर वे 2018 में प्रधानमंत्री पद के दावेदार होते, तो वे अपनी तरह के इंसान होते। तब वे भारत या अमेरिका के साथ क्या करते, इसका इंतज़ार करना होगा और देखना होगा। वे काफ़ी चतुर हैं,अच्छे-ख़ासे पढ़े-लिखे हैं, इंजीनियर हैं। वे मूर्ख नहीं हैं।

सिन्हा : चुनाव कब हैं?

दुलत : एहसान साहब कह रहे थे कि अगस्त में होने की संभावना काफ़ी ज़्यादा है।

दुर्रानी : जी हाँ, क्योंकि नई जनगणना होनी है, नए संसदीय क्षेत्र तय होने हैं।

दुलत : कोई जल्दी नहीं है। पाकिस्तान में बहुत कुछ तय होना बाक़ी है। शरीफ़ परिवार, उनके बाक़ी भाई, सबका मामला है।

20

बेहतर सद्भाव, भारत-पाकिस्तान

आदित्य सिन्हा : क्या हम द्विपक्षीय संबंधों की सकारात्मक बातों की सूची बना सकते हैं? और उन चीज़ों की जो बनी रहेंगी?

असद दुर्रानी : मुझे जल्दी से वे बातें बताने दीजिए,जो ना केवल सकारात्मक हैं, बल्कि हमें कुछ ख़ास नतीज़ों की तरफ़ भी ले जाती हैं। सबसे पहली है सिंधु जल समझौता। आपत्तियाँ, पूर्वाग्रह और कमियाँ वगैरह हमेशा हो सकती हैं। यह समझौता ऐसा है कि हमारी शिकायतों के बावजूद पाकिस्तान में कोई इसे छोड़ना नहीं चाहता। भारत भी इसे नहीं छोड़ सकता, क्योंकि यह एकतरफ़ा प्रतिबद्धता नहीं है। यह समय की कसौटी पर खरा उतरा है।

दुलत : बिलकुल।

दुर्रानी : दूसरी बात, ख़ुद भागीदार रहने वाले सैनिक अधिकारी के तौर पर यह कह सकता हूँ कि सज्जनतापूर्ण युद्ध का कोई उदाहरण है, तो भारत के ख़िलाफ़ 65 और 71 में लड़े गए दो युद्ध हैं। दोनों पक्ष सोच-समझकर नागरिकों को निशाना बनाने से दूर रहे हैं।

दुलत : दोनों युद्धों में?

दुर्रानी : दोनों युद्धों में। तीसरा कम चर्चित है। दोनों मुल्क़ों के परमाणु परीक्षणों के तुरंत बाद,[1] दोनों तरफ़ ग़लतफहमी के कारण कोई काम होने से रोकना सुनिश्चित करने के लिए हॉटलाइन स्थापित करना था। मिसाइल परीक्षण को परमाणु हमला समझने की ग़लती नहीं होनी चाहिए। कोई हैरत की बात नहीं।

एक यही लाइन है, जो 'हॉट' रहती है। मुझे दोनों देशों के बीच की अन्य हॉटलाइन्स का भी पता है, यहाँ तक कि दोनों सेनाओं के बीच भी हैं, लेकिन जब कोई पक्ष कुछ ही घंटों में कोई जवाब देने से बचता है, तो वे ठंडी हो जाती हैं।

सिन्हा : क्या आप कोई उदाहरण दे सकते हैं?

दुर्रानी : युद्ध विराम के उल्लंघन के बाद आपको चुप रहने से फ़ायदा हो सकता है। आपका

सैन्य अभियान (एमओ) यही करता है। हमारी तरफ़ से अगर किसी कॉल का जवाब ना देने का कोई कारण हो, तो उसका जवाब नहीं दिया जाता, हालाँकि न्यूक्लीयर हॉटलाइन 'हॉट' रहेगी, क्योंकि दोनों पक्ष दाँव पर लगे हैं।

दुलत : मिलने, बैठने, बात करने, संवाद करने के बहुत सारे सकारात्मक नतीज़े निकले हैं। दोनों एनएसए का शामिल होना सकारात्मक था, जबकि अंत में पाकिस्तानी पक्ष कहता है कि अब कुछ नहीं। वे टेलीफ़ोन पर बात करते हैं और उससे आगे कुछ नहीं, जो कि दुर्भाग्यपूर्ण है, क्योंकि जब आपको कोई अच्छी चीज़ मिलती है और आप साथ बैठकर सिगरेट पीने वाले हों, संभवतः शराब पीने वाले हों। आप उसे जारी क्यों नहीं रखना चाहते? आपके पास खोने को कुछ नहीं है और जो मिलना है, वह मिलना ही है।

वाजपेयी के बारे में यह अविश्वसनीय था। जब वे लाहौर गए, तो पाकिस्तान और हुकूमत यह जानकर चकित हुए कि वे मीनार-ए-पाकिस्तान देखना चाहते हैं। जब वे वहाँ गए, तो उन्होंने वहाँ ज़ोरदार बयान दिया कि पाकिस्तान एक आज़ाद मुल्क़ है, जिसके साथ हम स्थायी और समृद्ध संबंध बनाना चाहते हैं।

गवर्नर के काफ़ी चर्चित भोज में वाजपेयी ने पाकिस्तानियों को भरसक खुश कर दिया, जितना वे कर सकते थे। "मेरी पार्टी के लोग नहीं चाहते थे कि मैं लाहौर जाऊँ," उन्होंने कहा था। "जब वे सुनेंगे कि विज़िटर्स बुक में मैंने क्या लिखा है, तब लोग कहेंगे, लाहौर जाना ज़रूरी था तो ठीक है, लेकिन वहाँ जाने की क्या ज़रूरत थी, मोहर लगाने की क्या ज़रूरत थी।" इसके बाद वे बोले, "पाकिस्तान को मेरी मोहर की ज़रूरत नहीं है, पाकिस्तान की अपनी मोहर है।"

इसके बाद उन्होंने कश्मीर में इंसानियत के बारे में जो कहा, उसके बारे में हर कश्मीरी कहेगा कि वाजपेयी जैसा कोई नहीं। सवाल यह है, क्या उन्होंने जो कहा, उसका मतलब भी वही था? यह प्रभाव का प्रश्न है और यह सकारात्मक था। इसी तरह से जब वे 17 अप्रैल 2003 को गए और एक जनसभा में बोले, "मैं पाकिस्तान के साथ वार्ता का प्रस्ताव करता हूँ।" भीड़ पागल हो गई थी।

जनरल साहब ने भारत और पाकिस्तान के बीच युद्ध के दौरान भी नागरिक संबंधों का हवाला दिया। हमारे मित्र डीआईजी शौक़त एक मनोरंजक कहानी सुनाते हैं। वे '71 के युद्धबंदी थे, जिसके बाद उन्होंने सेना छोड़ दी और पुलिस में भर्ती हो गए थे। एक सेकंड लेफ़्टिनेंट था, जो कैदियों की अच्छी तरह से देखभाल करता था। उन्होंने मुझे बताया, "क्या आप इस इंसान का पता लगा सकते हैं, ये जालंधर में रहते हैं और मैं उनसे मिलना चाहता हूँ और उनका शुक्रिया अदा करना चाहता हूँ।"

जब भारतीय और पाकिस्तानी शाम को बैठते हैं, तो चर्चा चाहे जितनी उकसाऊ हो, लोग ड्रिंक लेते हैं। जो कनाडाई और अमेरिकी लोग यह देखते हैं, वे चकित रह जाते हैं। ये सुअर, सोचते होंगे कि जमकर कीचड़ उछलेगा और इसके बाद भी वे अच्छी तरह से साथ रहते हैं।

दुर्रानी : युद्धबंदियों की बात करें, तो मेरी यूनिट ने भारत के एक लेफ़्टिनेंट को पकड़ा

था। सेकंड लेफ़्टिनेंट शर्मा और उसका रनर, चंबा सेक्टर में 65 के युद्ध में। एसओपी के अनुसार, फ्रंटलाइन यूनिट ने नंबर, नाम, रैंक लिख लिया और उसके बाद युद्धबंदियों को उच्च मुख्यालयों में भेज दिया। जब हमने उसे पकड़ा, तो वह हमसे बोला, "पिछले 24 घंटों से हमने कुछ भी नहीं खाया।" हालाँकि उस वक्त हम चाय नहीं दे रहे थे, लेकिन उस लड़के को तत्काल एक कप चाय दी गई।

सिपाही हमेशा की तरह बात कर रहे थे- किधर से आए हो भाई, अच्छा हाँ, मेरे माँ-बाप वहीं से हैं। हमारी तरफ़ का एक आदमी, जो भारतीयों को पसंद नहीं करता था, बोला, "ओह लाला ओए," जो कि हिंदू बनिया समुदाय के लिए एक तिरस्कारपूर्ण शब्द होता है। इस तरह का यह एक ही कमेंट था। हम भारतीयों के साथ मज़ाक़ करते कि उनके सारे सिपाही गुजरात और लालामूसा से हैं[2], उम्मीद है कि उनमें से कुछ भारत से भी होंगे।

और तब, एक उच्चतर स्तर पर, युद्ध कैसा चल रहा था, इससे अलग। दोनों सेनाओं में से मानेक शॉ[3] की पसंदीदा यूनिट 6 एफ़एफ़ (उनकी मूल बटालियन, 4/12 फ्रंटियर फ़ोर्स रेजीमेंट) पाकिस्तानी सेना में थी। युद्ध के दौरान वे पूछते थे, "6 एफ़एफ़ कैसी चल रही है?"

और, सर्वोच्च स्तर (मोरारजी) देसाई थे। अमेरिका प्रधानमंत्री को उकसा रहा था कि पाकिस्तानियों का पीछा करो, क्योंकि हम परमाणु कार्यक्रम पर अडिग थे। देसाई बोले, "अपनी तरफ़ से मैं अपने पड़ोसी के खिलाफ़ नहीं जाऊँगा।"

ये चीज़ें भी हुईं, जिनके पीछे निजी, ऐतिहासिक कारण थे, पड़ोसी होने का कारण था। ये सारी बातें सकारात्मक हैं।

सिन्हा : मोरारजी भाई ने यह पब्लिकली कहा था, सच में?

दुलत : मुझे याद नहीं, बहुत पहले की बात है।

दुर्रानी : उस वक्त हमें यही पैगाम मिला था। देसाई के बारे में माना जाता था कि वे मानते हैं कि पड़ोसियों को किसी दूसरे के कहने पर चाल नहीं चलनी चाहिए।

हमारे बीच समस्याएँ हो सकती हैं, लेकिन हम भारत के खिलाफ़ कुछ करेंगे, जो भारत को नुक़सान पहुँचाए, हमारी ओर से बाहर से उकसाने की बात हो, तो हमारी मूर्खता ही है। वे लोग तो दूर बैठे हैं, दूर चले जाएँगे, हम झोला पकड़े रह जाएँगे।

उदाहरण के लिए, सोवियत संघ के अफ़गानिस्तान में घुसने के बाद अमेरिका और पाकिस्तान साथ आ गए। अमेरिकी लगातार हमसे कहते रहे, ईरान से ज़्यादा दोस्ती मत पालो, उसके पास हमारे लोग बंधक हैं। ज़िया-उल-हक़ का जवाब हमेशा यही होता था, जैसे चीन तक हमारी बुनियादी पहुँच को आप पसंद नहीं करते, लेकिन हमने चीन से संबंध बनाए हैं, वैसे ही एक दिन ये भी मुमकिन है कि आप ईरान से बात करें और हम उसका ज़रिया बनें, हालाँकि ऐसा नहीं भी होता है तो भी हम अपने पड़ोस में दिक्क़त पैदा नहीं करेंगे।

एक बात बहुत सारे लोगों को पता नहीं है कि अमेरिकी नापसंद के बावजूद, और ईरान तथा पाकिस्तान के बीच कुछ किच-किच होने के बावजूद, हम वॉशिंगटन में ईरानी हितों को पेश करना जारी किए हैं।

दुलत : हर कोई यह मानता है कि जनरल ज़िया जनसंपर्क में माहिर थे। चाहे वह क्रिकेट डिप्लोमसी हो, कहीं आना-जाना हो, वगैरह वगैरह।

जैसा कि हर मुल्क़ में होता है, जब कोई बड़ा नेता आता है, तो उसकी सुरक्षा की देखरेख के लिए मेजबान मुल्क़ किसी को तैनात करता है। भारत में इंटेलीजेंस ब्यूरो यह काम करता है। जहाँ तक भारत का सवाल है, तो जनरल ज़िया बहुत बड़े नेता थे। जब वे भारत आए, तो उनकी सुरक्षा की देखरेख के लिए आमतौर पर तैनात होने वाले असिस्टेंट डायरेक्टर के बजाय, हमारे एक साथी ओपी शर्मा को लगाया गया, जो बाद में नागालैंड के राज्यपाल बने। अपनी ड्यूटी के बाद उन्होंने कहा था, "भाई यह ग़ज़ब का आदमी है। बहुत बढ़िया, बहुत उदार, बहुत विनम्र, सब कुछ है उसमें, सारे शिष्टाचार हैं।" और देखिए, पाँच दिन बाद ही जनरल ज़िया का एक निजी पत्र आया। ओपी शर्मा से रहा नहीं गया। उन्होंने वह पत्र हम लोगों को दिखाया, "यह देखिए, जनरल साहब की पर्सनल चिट्ठी आई है। मैंने अक्सर इस तरह की ड्यूटी की है, और अब तक जो सबसे बड़ी चीज़ मुझे मिली थी, वह मार्ग्रेट थैचर का फ़ोटोग्राफ था। प्रिंस ऑफ़ वेल्स के सिक्योरिटी ऑफ़िसर ने मुझे बकिंघम पैलेस आने का न्योता दिया था। यासिर अराफ़ात और भी मज़ेदार थे, क्योंकि वे आपको गले लगाते थे और साथ में तसवीर खिंचवाने का आग्रह करते थे, लेकिन पर्सनल लैटर मुझे किसी ने नहीं लिखा।

सिन्हा : क्या जनरल ज़िया ने मोरारजी देसाई[4] को कोई पदक या सम्मान नहीं दिया था?

दुर्रानी : जनरल ज़िया बहुत सावधान थे, और अगर ऐसा कुछ होता, तो जनरल ज़िया इसे मंज़ूरी दे देते। यही कारण है कि हम लोग मानते हैं कि उन्होंने कुछ मामलों को बहुत अच्छे ढंग से निपटाया।

तो, आपने देखा, इस तरह की घटनाओं का कोई अंत नहीं है।

V

मुख्य मुद्दे

इन पाँच अध्यायों में हाल के इतिहास के सबसे निचले बिंदुओं पर चर्चा की गई है, मसलन, नवंबर 2008 का मुंबई हमला, कथित जासूस कुलभूषण जाधव की गिरफ़्तारी और जम्मू-कश्मीर तथा पंजाब में बड़े आतंकवादी हमलों के बाद भारतीय सेना द्वारा नियंत्रण रेखा के पार सर्जिकल स्ट्राइक। दोनों ख़ुफ़िया प्रमुख 'बातचीत और आतंकवाद साथ-साथ नहीं चल सकते' जैसी निरर्थक धुन पर भी चर्चा करते हैं, और युद्ध के अच्छे-बुरे पहलुओं पर भी बात करते हैं।

मंच की तैयारी

काठमांडू, 27 मार्च, 2016 : गहन वार्ता के एक दिन बात, रात को हम दुलत साहब के एक पुराने दोस्त के घर डिनर के लिए गए। मेहमान पाकिस्तान के एक पूर्व ख़ुफ़िया प्रमुख को सामने देखकर हैरत में पड़ गए थे। जनरल दुर्रानी इस बात पर दुःख जता रहे थे कि पाकिस्तानी रुपया अब काठमांडू में स्वीकार नहीं किया जाता।

21
हाफ़िज़ सईद और 26/11

असद दुर्रानी : मुझे नहीं लगता कि करगिल और मुंबई हमले में कोई समानता थी, जबकि दोनों नागरिक सरकारों के रहते हुए थे। लोग भले ही अलग थे।

अमरजीत सिंह दुलत : सर, तो फिर मुंबई हमला क्यों हुआ?

दुर्रानी : मुंबई हमला एकमात्र ऐसी घटना है, जिसके बारे में मैंने तय किया था कि मैं भारत और पाकिस्तान के किसी चैनल पर यह बोलूँगा कि इसे जिसने भी किया हो, उसे पकड़ा जाए और सज़ा दी जाए, चाहे वह सरकार ने कराया हो, आईएसआई ने कराया हो, सेना ने कराया हो। बात केवल 168 लोगों के मारे जाने और चार दिनों की मार-काट वगैरह की नहीं है। उस वक्त पाकिस्तान अपने पूर्वी मोर्चे पर लड़ाई का सामना करने की हालत में नहीं था। पश्चिम में और देश के अंदर उस वक्त कई दिक्क़तें थीं। मुझे नहीं पता यह किसने किया, लेकिन आईएसआई के डेविड हैडली नाम के मेज़र का नाम आ रहा था। इसने हमारे लिए दिक्क़तें पैदा कीं।

दुलत : लेकिन कहानी तो यह है कि हैडली ने हाफ़िज़ सईद के साथ मिलकर इसको अंज़ाम दिया था।[1]

दुर्रानी : ये सारी कहानियाँ तो उड़ती रही हैं, तो लोग जाकर जाँच कर सकते हैं। आठ सालों तक हम दोनों संयुक्त जाँच, संयुक्त मुक़दमा, खुफ़िया साझेदारी, आतंकवाद विरोधी मशीनरी वगैरह की पैरवी करते रहे हैं और इसके पीछे एक आसान वजह केवल यह थी कि जब तक यह नहीं सुलझता, तब तक हम कुछ नहीं कर सकते। हाफ़िज़ सईद, आईएसआई, जैश-ए-मोहम्मद : हो सकता है, इनका इसमें कोई हाथ ना हो, और कोई तीसरी या चौथी या पाँचवीं पार्टी की करतूत हो।

सिन्हा : पिछली किताब में दुलत साहब, आपने ज़िक्र किया था कि जब संबंध आगे ना बढ़ रहे हों और पाकिस्तानी सेना को लगता है कि भारत को झटके की ज़रूरत है, तभी मुंबई जैसा कुछ हो जाता है।

दुलत : बिलकुल सही। मेरी थ्योरी या विश्वास यह भी था कि मुशर्रफ़ को 26/11 की जानकारी थी।

दुर्रानी : लेकिन वे तो सत्ता से बाहर थे। अगस्त-सितंबर 2008 तक वे हट चुके थे।

दुलत : जी हाँ, लेकिन सर, इसकी प्लानिंग तो पहले से होने लगी थी। मुशर्रफ़ उसमें पार्टी हो सकते हैं। मैंने जो कहा था, उस पर मैं क़ायम हूँ कि पाकिस्तान में जब भी कोई हताशा होती है, तो कुछ ना कुछ होकर रहता है।

सिन्हा : हाल ही में[2] हाफ़िज़ सईद को नज़रबंद किया गया। भारतीय टीवी चैनलों ने कहा कि यह ट्रंप का असर है।

दुलत : मुझे नहीं पता कि हाफ़िज़ सईद ट्रंप के लिए इतना अहम है। यह इत्तफ़ाक़ हो सकता है। जनरल एहसान के मुताबिक़, एक जाँच चल रही थी, जिसमें वह वांछित था और इसलिए तय किया गया कि उसे नज़रबंद किया जाए।

दुर्रानी : उसके खिलाफ़ (नया) कुछ नहीं था, लेकिन उसे कोर्ट में पेश किया गया। यह मुमकिन है कि उसे इसीलिए हिरासत में लिया गया हो, ताकि तूफ़ान थम जाए। छह माह में वह बाहर होगा।

सिन्हा : तो हाफ़िज़ सईद की नज़रबंदी भी एक नाटक है?

दुर्रानी : इसमें नया क्या है? जहाँ तक हाफ़िज़ सईद का संबंध है, क्या कोई नया सबूत उपलब्ध है? ऐसी अपेक्षा की जा सकती है कि हाफ़िज़ सईद के साथ कोई समझौता किया गया है।

क्या ज़्यादातर वक्त ऐसा ही नहीं होता है? गुजरात में मोदी जी को जाँच रिपोर्ट बरी नहीं करती, लेकिन अदालत उन्हें जाने देती है, लेकिन इस बारे में कोई बात नहीं करना चाहता। एक और बड़ा उदाहरण टोनी ब्लेयर का है। चिलकॉट रिपोर्ट[4] ने उन्हें दोषी ठहराया, लेकिन उन पर लगे आरोपों को लेकर कानूनी राय अलग-अलग है और उन्हें अब तक पेश नहीं किया गया है। 9/11 की रिपोर्ट में 28 पन्ने ग़ायब हैं, क्योंकि उनमें संवेदनशील जानकारी है, या अमेरिकी अक्षमता है, या संभावित मिली-भगत है। कुछ लोगों को रिहा कर दिया गया, क्योंकि उनके बुश परिवार से क़ारोबारी ताल्लुक़ हैं। इससे अमेरिका को अप्रिय कार्रवाई से बचने में मदद मिलती है।

सिन्हा : तो, हाफ़िज़ सईद की नज़रबंदी से भारत-पाक संबंधों को लेकर कोई सकारात्मक निहितार्थ नहीं है?

दुर्रानी : भारत-पाकिस्तान मोर्चे पर इस समय बहुत थोड़ी सकारात्मक बातें हैं, लेकिन इससे ऐसे देश को थोड़ी राहत की साँस लेने का मौक़ा मिल सकता है, जो लगातार दबाव में चल रहा है।

दुलत : मुझे नहीं लगता कि यह सब भारत के कारण किया गया, लेकिन जैसा कि जनरल साहब कहते हैं, यह सब जनरल जंजुआ ने अजित डोभाल को यह बताने के लिए किया होगा कि देखिए, हमने कार्रवाई की है और इस इंसान को छह माह के लिए हवालात में डाल दिया है, इसलिए अब रुकावट दूर हो चुकी है।

दुर्रानी : अफ़गानिस्तान में तालिबान या अशरफ़ ग़नी या अमेरिका की तुलना में हम छोटे अपराधी हो सकते हैं। हक्कानी नेटवर्क आख़िर नेटवर्क क्यों है? मुझे भी यह नहीं पता। आप ऐसी स्थिति पैदा करते रह सकते हैं, जिसमें अपराधी पाकिस्तान लगे और वे लोग दोषी ना लगें, जिन्होंने सचमुच ग़लत किया है और पाकिस्तान को नुक़सान पहुँचाया है : अमेरिका।

पिछले 15 सालों की अमेरिका की कोई भी रिपोर्ट उठा लीजिए, ऑडिटर जनरल की रिपोर्ट भी देख लीजिए, उनमें जवाबदेही, धन-खर्च, नागरिकों की मौतें, लड़ाके देखिए। रिपोर्टों में ये तथ्य सामने आते हैं, लेकिन आख़िर में, इनमें सज़ा राजनीतिक शर्मिंदगी की वजह हो सकती है, इसलिए नतीज़ा यही निकाल दिया जाता है कि पाकिस्तान की मिलीभगत है।

दुलत : हाफ़िज़ सईद हक़ीक़त में पाकिस्तान की किस तरह से मदद करता है?

दुर्रानी : यह संभवतः बाद की बात है। हाफ़िज़ सईद का पाकिस्तान क्या कर सकता है?

दुलत : यह एक अलग मामला है।

दुर्रानी : अलग मामला कैसे है?

दुलत : मैं मानता हूँ कि यह कोर्ट को तय करना चाहिए, लेकिन मेरा सवाल है : हाफ़िज़ सईद की क़ीमत है क्या?

दुर्रानी : अगर आप हाफ़िज़ सईद पर मुक़दमा चलाते हैं, तो पहली प्रतिक्रिया होगी कि यह भारत की तरफ़ से हो रहा है, आप उसे फँसा रहे हैं, वह निर्दोष है, इत्यादि। राजनीतिक क़ीमत अब काफ़ी बड़ी है।

दुलत : अपराध में सहभागिता के अलावा, उसकी वैल्यू उपद्रवी की है, क्योंकि वह लगातार भारत को भला-बुरा कहता रहता है, लेकिन पाकिस्तान के लिए उसकी क़ीमत क्या है?

दुर्रानी : उस पर मुक़दमा चलाने की क़ीमत काफ़ी बड़ी होगी।

22
कुलभूषण जाधव

आदित्य सिन्हा : कथित जासूस कुलभूषण जाधव[1] की कहानी क्या है, जिसे पाकिस्तान ने मौत की सज़ा सुनाई है? जासूसी के मामलों से मुल्क़ कैसे निपटते हैं?

अमरजीत सिंह दुलत : जनरल साहब हमें बताएँगे क्योंकि ये पाकिस्तान की घटना है, सर।

असद दुर्रानी : देखिए, आपको मुझसे ज़्यादा तज़ुर्बा है।

दुलत : मैं केवल इतना जानता हूँ कि जासूसी कभी बंद नहीं होगी।

दुर्रानी : कभी नहीं रुकेगी।

दुलत : यह दूसरा सबसे पुराना पेशा है। परंपरागत रूप से यह माना जाता है कि जब दो मुल्क़ों के बीच संबंध सुधरते हैं, तब जासूसी बढ़ती है। अमेरिका और इस्राइल के बीच सबसे ज़्यादा जासूसी तब होती है, जब उनके संबंध सबसे अच्छे होते हैं, हालाँकि जाधव के मामले में मुझे पता नहीं है, सर, आप बताइए।

दुर्रानी : नहीं, हाँ। दरअसल, यह हमेशा से होता आया है, लेकिन मैं इससे सहमत नहीं हूँ कि जासूसी सबसे पुराने पेशे के रूप में किसी से कम है। यही सबसे पुराना पेशा है। यह बहुत सम्मानजनक है। जासूस अपने देश की सेवा करते हुए बहुत ख़तरे उठाते हैं। यही कारण है कि ये लोग हर बार पकड़े जाते हैं।

आमतौर पर आप इसे ज़्यादा महत्त्व नहीं देते। सबसे पहले एक संदेश भेजते हैं, जैसे हमें पता है कि आपके पास हमारे दो आदमी हैं, अब हमारे पास आपका भी एक आदमी है। हम अदला-बदली करना चाहते हैं। आप अपने आदमी को ले जा सकते हैं, लेकिन बदले में हमें अपने दोनों आदमी चाहिए, वगैरह। इस तरह से यह किया जाता है। पाँच-दस सालों में आप इस तरह की अदला-बदली करते हैं।

इसके अलावा, आप यह भी ऐलान नहीं करते कि आप और सबूतों की तलाश में हैं। आप उसे पकड़ते हैं, उसके कॉन्टेक्ट, नेटवर्क के बारे में पूछते हैं। यही क़ायदा है।

अब यह वाला मामला कुछ जटिल लगता है। आमतौर पर ईरानी संवेदनशीलता को ध्यान में रखना चाहिए। और लंबे समय से लोग यह कहते रहे हैं, जिसमें मुझे कोई हैरत नहीं होती कि हर वह इंसान जो अहम है, वह बलूचिस्तान में मौजूद है। केवल भारतीय ही नहीं, ईरानी, यहाँ तक कि इस्राइली भी, अमेरिकी भी, रूसी भी, अफ़गान भी...

दुलत : चीनी?

दुर्रानी : ...चीनी भी, सभी मौजूद हैं। अलग मक़सदों वाला यह एक और अहम इलाक़ा है। कुछ लोग उस पाइपलाइन को उड़ाने के लिए हैं, जिसे ईरान और पाकिस्तान बनाना चाहते हैं या कुछ इकॉनॉमिक कॉरिडोर को नुक़सान पहुँचाना चाहते हैं, बाक़ी इसलिए क्योंकि पहले वाले क्या योजना बना रहे हैं, इसे नहीं छोड़ना चाहते। 'नए महान खेल' के लिए यह जगह अहम है।

जब पाकिस्तान ने यह ख़ुलासा (जाधव के बारे में) किया, तो उसका इरादा पठानकोट के बाद आ रही भारतीय धमकी का सामना करने का रहा होगा, हालाँकि वह चर्चित धमकी[2] बाद में, अप्रैल के आख़िर में आई और जाधव को मार्च में गिरफ़्तार किया गया था।

दुलत : वह धमकी क्या थी?

दुर्रानी : यही कि भारत पठानकोट और हमारे प्रतिष्ठान के बीच संबंधों की तलाश कर रहा है। इसलिए हम पहले से उस प्रतिवाद को सामने ले जाएँ कि हमें पता है कि आप (बलूचिस्तान में) यही कर रहे हैं।

दूसरी बात, पाकिस्तान बलूचिस्तान में पूरी तरह से लगा है, जवाबी क़दम कारगर तरीक़े से उठा रहा है। बलूचिस्तान के विरोध को अधिकतर कम आँका गया है। कादरी को फाँसी[4] पर लटकाए जाने के बाद शाहबाज़ तासीर[3] को बचाया गया। पाकिस्तान संभवतः अपने लोगों की हिम्मत के बारे में और भारतीय दिल में ख़ुदा का खौफ़ पैदा करने के बारे में आश्वस्त है। यह मेरा आकलन है।

वास्तविकता अलग हो सकती है। हमें भी पता है कि यह खेल कैसे खेले जाते हैं। आपने बहुत सारे पकड़े हैं, अब हमारे पास भी एक अहम पकड़ है। यह दूसरे पर हावी होने की आदत है।

एक और मज़बूत और भयावह कारण भी हो सकता है कि हमारी तरफ़ यह शक़ किया जाता है कि यह खेल और तेज़ होने जा रहा था।

पाकिस्तान जैसा देश कई बार चारों तरफ़ से घिरा महसूस करता है : भारत के साथ संबंधों को लेकर, अफ़गानिस्तान की हालत को लेकर, या बहुत सारे अमेरिकी लोगों के आपके बारे में ज़हर फैलाने को लेकर। जब यह सब कुछ हो रहा है, तो कुछ पैरोकार आपकी जनता के बीच यह भी संदेश देने का काम करते हैं कि हम हमेशा दूसरों की सुनते ही नहीं रह सकते, और यह भी हमेशा नहीं होगा कि हम कुछ ख़ुलासा नहीं कर सकते। यह ऐसा ही एक मामला है।

दुलत : मैं बॉस के साथ पूरी तरह से सहमत हूँ। मुझे हैरानी है कि उन्हें यह नहीं पता, क्योंकि स्पष्ट रूप से कहूँ तो मुझे नहीं पता। हमने भारत की तरफ़ से इनकार के अलावा कुछ नहीं सुना, जो कि समझ में आता है। अगर यह आदमी जासूस है, तो भी इनकार किया जाएगा और अगर वह नहीं है, तब तो इनकार किया ही जाएगा।

बहुत कम जानकारी के साथ भी कहूँ, तो अगर यह रॉ की कार्रवाई है और वह रॉ का जासूस था, तो यह बहुत ही लापरवाह कार्रवाई है।

दुर्रानी : हम्म।

दुलत : बलूचिस्तान या चमन में, या जहाँ कहीं से उसे पकड़ा गया, वहाँ आपको एक भी वरिष्ठ नौसेना अधिकारी घूमता नहीं मिलेगा। आख़िर वह कर क्या रहा था?

जासूस पकड़े जाते हैं, ज़रूर पकड़े जाते हैं, लेकिन यह इस तरह से नहीं होता जैसे हुआ है। हमारी शुरुआती मान्यताओं में से एक यह थी कि उसका अपहरण किया गया और फिर उसे वहाँ लाया गया।

दुर्रानी : हम्म।

दुलत : तब भी, वह कर क्या रहा था? इस बात का कोई स्पष्टीकरण नहीं है। करण थापर ने अपने टीवी कार्यक्रम में यह सवाल पूछा था और मैंने स्पष्ट इनकार किया था और कहा था कि अगर विदेश विभाग कहता है कि उसका अपहरण किया गया है, तो हमें देखना होगा कि उसे कहाँ से उठाया गया था।

और लीजिए, देखिए, अगले दिन उस आदमी ने टीवी पर इसे क़बूल किया। करण ने फ़ोन लगाया और कहा, "आपका आदमी तो भेदिये की तरह बोले जा रहा है!" मैं स्तब्ध रह गया। अगर यह इंटेलीजेंस की कार्रवाई थी, तो इसका कोई श्रेय किसी को नहीं दिया जा सकता।

सिन्हा : जब यह हुआ, तब आप चीफ़ होते, तो क्या आप किसी को बर्ख़ास्त करते?

दुलत : मैं यह नहीं कह रहा हूँ। मैं नहीं कह रहा हूँ कि मैं इसमें कुछ बेहतर करता, लेकिन इंटेलीजेंस ऑपरेशन के तौर पर यह बहुत लापरवाही का काम था। अगर यह आदमी जासूस था तो।

सिन्हा : वह मुंबई का है और उसके दो रिश्तेदार मुंबई पुलिस में हैं।

दुलत : जी हाँ, हैं, और वह अपना क़ारोबार कर रहा था।

सिन्हा : किसी ने बताया कि उसके पास नाव थी और वह नशीली दवाओं का काम कर रहा था, क्योंकि समुद्री रास्ता बहुत लंबा हो चुका है।

दुलत : यह तो मैंने नहीं सुना, लेकिन वह कुछ क़ारोबार तो कर रहा था।

मैं सहमत हूँ कि इस पर चुप्पी साधी जा सकती थी। वास्तव में इसे सद्भावना के रूप में इस्तेमाल किया जा सकता था। एनएसए की जिस वार्ता के बारे में हम सुनते रहते थे, उसे देखते हुए जनरल जंजुआ को बस अजित डोभाल को फ़ोन करना था और कहना था, हमारे पास आपका एक आदमी है, चिंता मत कीजिए। उसका ठीक से ख़याल रखा जाएगा। इस बीच में आप बता दें, उसका क्या करना है।

इसमें वही बुनियादी बात सामने आती है, क्या भारत और पाकिस्तान की एजेंसियाँ एक दूसरे को सहयोग करती हैं? और नहीं करती, तो क्यों नहीं करतीं?

सिन्हा : तो जाधव के मामले में सब कुछ गोलमाल है?

दुलत : आप किसी भी एनएसए को दोष नहीं दे सकते। उन तक बात पहुँचने से पहले ही वह टीवी पर आ चुका था। इसके बाद हर जगह बात फैल गई।

सिन्हा : तो अभी हमने कहा था कि आईएसआई और रॉ नंबर एक हैं, और अब यह गोलमाल सामने आया है।

दुलत : आईएसआई इतनी ही अच्छी है कि उसने उसे सीधे टीवी पर बैठा दिया! जैसा कि हमने करगिल युद्ध के दौरान किया था, जब हमने जनरल मुशर्रफ़ और जनरल अज़ीज़ के बीच की बातचीत को सार्वजनिक कर दिया था।

यह खेल राजनीति से अलग है और इसे कारगर बनाने के लिए अलग ही रखना चाहिए।

सिन्हा : शुरुआती हो-हल्ले के बाद इसमें ख़ामोशी आ गई।

दुर्रानी : अगर कुछ नहीं हो रहा है, तो मुझे ख़ुशी है। इस तरह के शोर-शराबे के लिए कोई जगह नहीं है। कुछ करने का एक तरीक़ा होता है। हमें इसका ख़ुलासा तब नहीं करना चाहिए था, जब बेचारे ईरानी राष्ट्रपति एक सम्माननीय अतिथि थे। और यह शर्मिंदगी की बात थी कि यह अभद्रता आर्मी चीफ़ ने की।

सिन्हा : हमें बलूचिस्तान से भी चर्चा करनी चाहिए थी। जनरल साहब?

दुर्रानी : बलूचिस्तान के मामले से पाकिस्तान के निपटने का तरीक़ा शुरुआत से ही ग़लत रहा है। कोई नहीं समझता कि यह मामला हमारे संस्थापक के समय से ज़्यादा जटिल था। जिन्ना को बहुत सारे मामलों की समझ नहीं होगी, लेकिन उन्होंने कहा था कि बलूचिस्तान हमारा प्रांत होने जा रहा है। यह अलग है, काफ़ी विभाजित है, उसकी आबादी छितरी हुई है। पख़्तूनों और बलूचों के बीच विभाजन है। बलूचों के बीच भी कबीले हैं, और उनमें सबसे ऊपर ब्राहुई है।

बलूचिस्तान में प्राकृतिक संसाधनों के सबसे बड़े भंडारों में से एक मौजूद है। शुक्र है कि उसका अभी तक ज़्यादा दोहन नहीं हो सका, क्योंकि हम तो सब कुछ बर्बाद कर

देने में माहिर हैं। मैं तो दुआ करता हूँ कि जब हम इसे निकालें, तो लोग इसका सही तरीक़े से दोहन करें, और सुई गैस की तरह इसे जला ना दें, और ना ही इसे राजनीतिक औज़ार बनाएँ। अफ़गान और बलूच की दिलचस्पी इसमें हो सकती है। सामरिक तौर पर यह अहम जगह है।

फारस की खाड़ी या हिंद महासागर, इसका विस्तार हैं; अरब सागर, हिंद महासागर और फारस की खाड़ी। इस इलाक़े में, इस कॉरिडोर में और प्राकृतिक गैस में सबकी दिलचस्पी है।

इसमें कोई हैरत की बात नहीं कि कुछ हज़ार बलूच नाराज़ हैं। वे लाखों में नहीं हैं, लेकिन ये तादाद भी अच्छी-ख़ासी है। उन्हें केवल हथियार जुटाने और प्रतिरोध को एकजुट करने के बाहरी प्रोत्साहन की ज़रूरत है। उस तरह के प्रोत्साहन के बिना भी कुछ लोगों ने काफ़ी कुछ किया है।

उनका नुक़सान यह है कि वे संख्या में कम हैं और लोग उनका समर्थन नहीं करते। ये लोग उस तरह का समुद्र नहीं हैं, जहाँ मछलियाँ रह सकें। समय के साथ-साथ उन्हें दबा दिया गया है या उन्हें क़ाबू कर लिया गया है। आख़िरी वाला शायद पाँचवीं[5] बार था।

हमारी फ़ौज एक तरफ़ या हमने जो कलत के. ख़ान से किया, उसे एक तरफ़ रखें, तो हमने अशांति उंगलियों पर गिने जाने वाले सालों में शांत कर दी। इस बार इसमें ज़्यादा वक्त लगा, क्योंकि कोई वास्तविक समाधान के बारे में नहीं सोचता। अगर मुझे कश्मीर के समानांतर रेखा खींचनी होती, तो आंदोलन को दबाना तो एक बात है, लेकिन उनके दिलो-दिमाग़ का क्या है? संसाधन पर्याप्त नहीं हैं, इच्छा है या मज़बूरी है।

मुशर्रफ़ शायद कुछ गंभीर करना चाहते थे और वे भी पैबंद लगाने सरीखे नौकरियों में भर्ती से आगे कुछ नहीं कर सके। बलूचियों के लिए उन परियोजनाओं की कोई अहमियत नहीं है, जिनमें उन्हें नौकरी मिलने की उम्मीद है। आप शायद कराची से मजदूर लाने की सोच रहे हैं, जो कि पास पड़ता है। बलूचिस्तान में पेशेवर लोग नहीं हैं, वे कहीं और से आते हैं।

बलूच ख़ास तरह से अधिक इज्ज़त और मान्यता चाहते हैं। उनकी वफ़ादारी पर संदेह मत कीजिए। यहाँ तक कि कभी असंतुष्ट रहे अताउल्लाह मेंगल ने कुछ साल पहले साफ़ कहा था, "हमारे साथ ठीक से व्यवहार नहीं किया गया, बल्कि पाकिस्तान हमारे लिए सबसे आख़िरी और बुरा विकल्प है।"

कुछ को हमने ख़रीद लिया, कुछ को ख़ुश किया, बाक़ी को रिश्वत दी। बलूचिस्तान एसेंबली में हमेशा 30 अलग-अलग समूहों के 60 लोग रहते हैं। ऐसे में तक़रीबन सभी को मंत्री बनाना पड़ जाता है। एक नेता प्रतिपक्ष बन जाता है और दूसरा स्पीकर। छोटी-सी जगह में पचास हुक्मरान।

जटिलता तो अलग बात है, हथियारबंद फ़ौज को सँभालने और सही जगहों पर भुगतान करने को सँभालने की हमारी क्षमता विचारणीय है। इस मामले में मज़बूरी थी कि चीन-पाकिस्तान आर्थिक गलियारे को जल्द से जल्द शुरू किया जाए। जल्दी इसलिए क्योंकि अफ़गानिस्तान उबल रहा है, हम जितना इसे सँभाल सकते हैं, उससे ज़्यादा कोई इसका दोहन कर लेगा।

तीसरी बात संभवतः वह है, जिसके कारण यह कांड हुआ। बाहरी कारक बलूची की तुलना में ज़्यादा बड़ा ख़तरा है। मैं इस बात से सहमत हूँ कि आप असंतोष और विदेश दख़ल पर तुरंत ध्यान देते हैं। लोगों की समस्याओं को दूर करने में ज़्यादा वक्त लगता है और यह काफ़ी जटिल काम है, और इसके लिए मुशर्रफ़ के नाच-गाने से ज़्यादा कुछ की ज़रूरत है। वैसे उन्होंने अपनी तरफ़ से जो कर सकते थे, किया था। उन्होंने कहा था कि उन्हें पता है क्या करना है, जबकि सच्चाई यह है कि करता कोई नहीं।

दुलत : मुझे खुशी है कि आपने इसकी तुलना कश्मीर से की। मुझे बलूचिस्तान के बारे में पता नहीं, लेकिन ज़ाहिर है कि यह मुद्दा है और वहाँ नाराज़गी है, क्योंकि ट्रैक-2 की अनेक बैठकों में बलूच लड़के खुलकर बताते हैं कि वहाँ क्या हो रहा है। उन्होंने यह भी बताया कि उनके लोग ग़ायब हो रहे हैं, इत्यादि। यह ऐसा मसला है,जिससे पाकिस्तान को निपटना होगा।

सवाल हमारे शामिल होने या दख़ल देने का आता है—जनरल साहब ने इसे आज नहीं उठाया है, वे अच्छे मूड में हैं।

ये बलूच नेता जाने-पहचाने हैं। रॉ या पाकिस्तान में हमारे राजनयिक उन्हें जानते होंगे और यह कोई बड़ी बात नहीं है। जब कोई कहता है कि हम असंतोष को हवा दे रहे हैं, उन्हें धन दे रहे हैं या बलूच आतंकवादियों को ट्रेनिंग दे रहे हैं, तो मुझे हैरत होती है। एक आरोप यह था कि जाधव बलूच आतंकवादियों को ट्रेनिंग दे रहा था। साफ़ कहूँ तो मैंने ऐसा कभी नहीं सुना। मैं रॉ का मुखिया रहा हूँ और हमारे वक्त में यह कभी नहीं हुआ। जनरल साहब ने माना है कि आईएसआई ने कश्मीर के अलावा, बलूचिस्तान में भी धन दिया है। अपनी किताब में भी मैंने ठीक यही लिखा है कि हर जगह सारी एजेंसियाँ धन को बतौर हथियार इस्तेमाल करती हैं।

सिन्हा : पाकिस्तान में ऐसा आरोप लगाया जाता है कि अफ़गानिस्तान में भारतीय वाणिज्य दूतावास का इस्तेमाल इसके लिए किया जाता है।

दुर्रानी : अगर भारतीय वाणिज्य दूतावास का इस्तेमाल होता है, तो हम सबको खुशी होगी। वहाँ चार वाणिज्य दूतावास और एक दूतावास हैं, लेकिन हमें उनकी संख्या बढ़ाने की ज़रूरत नहीं है। पाकिस्तान में कुछ लोग जिन्हें जानकारी नहीं है, या मूर्ख हैं, नौ वाणिज्य दूतावासों की बात करते हैं, 18 की बात करते हैं, मैंने तो 23 तक के बारे में सुना है। अगर भारत ने अपने वाणिज्य दूतावासों के ज़रिए जासूसी कराई, तो हमें खुश होना चाहिए, क्योंकि हम आगे बढ़ रहे हैं। ख़ैर, आमतौर पर जासूसी वहाँ से नहीं कराई जाती।

भारत की कुछ निर्माण कंपनियाँ हैं, जो कुछ जाधवों को तैनात कर सकती हैं। इनकी पहचान कर पाना कठिन है। बुनियादी तौर पर हम भारत के असर को बढ़ा-चढ़ाकर बताते हैं, जैसा कि हम वाणिज्य दूतावासों की संख्या बढ़ा-चढ़ाकर बताते हैं।

मुझे सबसे ज़्यादा चिंता इस बात की है कि जाधव का मामला ईरानी फ़ैक्टर है। पाकिस्तान में ऐसी धारणा है कि जब मुल्ला अख़्तर मंसूर[6] ईरान में किसी बैठक से लौट रहे थे, तो ईरानी इंटेलिजेंस ने उनके वाहन में एक चिप लगा दी थी, जिससे अमेरिकी लोगों

को उनका पता लगाने में मदद मिली। अगर यह सही है भी, तो मैं इसके बारे में बात नहीं करूँगा। यह ईरान और पाकिस्तान के बीच दिक्क़तें पैदा कर रहा है।

हालाँकि बलूचिस्तान के बारे में : जासूसी होती है, लोग शामिल रहते हैं। दूसरी बात, भारत के शामिल होने के बारे में मैंने हमेशा महसूस किया है कि इसे बढ़ा-चढ़ाकर बताया जाता है। अमेरिका ज़्यादा शामिल है। कुछ और लोग भी हैं, जिनके शामिल होने के पीछे ज़्यादा कारण हैं।

इसके बाद टेप के बारे में डोभाल की धमकी है। उनसे पूर्व उच्चायुक्तों ने इसके बारे में पूछा था।[7]

दुलत : उन्होंने क्या बताया था?

दुर्रानी : उन्होंने डोभाल को याद दिलाया कि उन्होंने कहा था कि बेशक़ पाकिस्तान से कोई अलग तरीक़े से नहीं निपटा जा रहा है, लेकिन हम शरारत तो कर ही सकते हैं। डोभाल ने कहा, "हाँ, लेकिन तब मैं आज़ाद था और यह एनएसए का काम सँभालने से पहले की बात है।" वह एक इंसान का निजी विचार था, जो अब एनएसए बन चुका है।

लेकिन, यह बहस गैर ज़रूरी है। अहम बात यह है कि ये चीज़ें निःसंदेह होती हैं।

दुलत : बेशक़ होती हैं, लेकिन आरोप हमेशा यह होता है कि यह सब भारतीय वाणिज्य दूतावास से होता है। जैसा कि आपने कहा, इनका इस्तेमाल जासूसी के लिए नहीं होता।

दुर्रानी : जासूसी कई अलग तरीक़े से की जा सकती है कि पकड़े भी ना जाएँ या पता भी ना चले। वाणिज्य दूतावास के आदमी का दर्ज़ा एजेंटों को प्रभावित करने और उनके साथ लंच करने का होता है। वह इतना चतुर हो सकता है कि वे लोग पकड़े ना जाएँ, या फिर वह मूर्खता से यह कर सकता है। सबसे अच्छी बात यह है कि आपका नाम आगे ना आए।

कई बार मैं हल्के मूड में कहता हूँ कि भारत बलूचिस्तान में कुछ नहीं कर रहा है, तो मैं फिर रॉ का जो पेशेवर तौर पर जो सम्मान करता हूँ, वह नहीं करूँगा। वह स्थिति किसी चीज़ के लिए ख़ास तौर पर तैयार रखी गई है।

सिन्हा : आपका मतलब कश्मीर की तरह?

दुलत : जी हाँ, कश्मीर की तरह। सबसे पहले मैंने यह बात एक पाकिस्तानी जानकार, अफ़गान विशेषज्ञ और बहुत अच्छे इंसान रुस्तम शाह मोहम्मद के मुँह से सुनी थी, जब एक ट्रैक-2 बैठक में उन्होंने यह कहकर सबको चकित कर दिया था कि कश्मीर में भारत को दोष देने से पहले पाकिस्तान को सबसे पहले बलूचिस्तान में अपना घर ठीक करना चाहिए। जनरल साहब ने यही बात ज़्यादा परिष्कृत तरीक़े से कही है। जब बलूच लड़के बाहर जाते हैं और अपने साथ हो रहे बर्ताव के बारे में बताते हैं, लोगों के ग़ायब होने के बारे में बताते हैं, तो यह गंभीर बात है और यह उस तरह से है, जैसे कोई कश्मीरी विदेश में किसी कॉन्फ़्रेंस में जाए और कहे कि हमारे यहाँ क़रीब 7000 या ऐसे ही कुछ लोग ग़ायब हैं। संख्या

भले ही बढ़ा-चढ़ाकर बताई जा रही हो, लेकिन आप यह नहीं कह सकते कि यह सही नहीं है।

जनरल साहब ने यह बहुत सही बात कही है कि अमेरिकी और अन्य ज़्यादा कर रहे हैं। भारत-पाकिस्तान संबंध के संदर्भ में पहली चीज़ भारत को दोष देने की है। कहा जाता है कि आप लोग बलूचिस्तान में छेड़छाड़ कर रहे हैं। मैं पिछले पाँच-छह सालों से यह सुनता आ रहा हूँ।

दुर्रानी : जुनदल्लाह एक सुन्नी संगठन है, जो बलूचिस्तान में शियाओं पर हमले करता है। ईरानी प्रांत सिस्तान में तोड़फोड़ और विनाश करने के लिए अमेरिका इसे समर्थन देता था। मैं उस इंसान को, ज़रदारी को श्रेय देता हूँ, जो शैतान से भी बुरा है, क्योंकि उसने इस देश को बिगाड़कर रख दिया है। उसकी निगरानी में पाकिस्तान और ईरान ने एक संयुक्त अभियान चलाया, चाहे वह उसके शियाओं से संबंध के कारण हों या किसी और कारण से। अब्दुल मलिक रिगी को सुपुर्द कर दिया गया और उसे मौत की सज़ा[8] दे दी गई और तभी से चीज़ें शांत हैं।

दुलत : अमेरिका का क्या फ़ायदा है?

दुर्रानी : पहला, ईरान। दूसरा, अगर बलूचिस्तान अशांत बना रहता है, तो वह उस इलाके में अपनी सेना की मौजूदगी को ज़्यादा उचित ठहरा सकता है।

बवाल होता है, तो अमेरिका न्यू ग्रेट गेम को ज़्यादा कारगर तरीक़े से खेल सकता है या बिगाड़ सकता है। यह सब मध्य एशिया और अफ़गानिस्तान में मौजूद संसाधनों को लेकर है। अफ़गानिस्तान के भूमिगत संसाधनों की क़ीमत एक ट्रिलियन डॉलर लगाई जाती है। बलूचिस्तान का भी ऐसा ही मामला है।

अमेरिका, चीन और रूस इस क्षेत्र में लगे हैं। इसमें दिलचस्पी रखने का एक कारण है कि क्या आप अपने विरोधियों को नीचा दिखा सकते हैं या नहीं। ईरान को दुश्मन माना जाता था और ईरान-पाकिस्तान पाइपलाइन पर अमेरिका की आपत्ति जारी है। पाइपलाइन के और ज़्यादा बड़े विरोधी स्वर हैं। कुछ धन की बात करते हैं, कुछ शिया फ़ैक्टर की बात करते हैं, लेकिन यह सब था दिलचस्पी के लिए और कई बार शरारत के लिए।

अमेरिकी लोग दबा-छिपाकर और चोरी से काम करने के लिए नहीं जाने जाते हैं। वे लोगों को रिश्वत और हथियार देते हैं, चाहे सोवियत संघ को निकाल बाहर करने के बाद अफ़गानिस्तान की बात हो, बलूचिस्तान की बात हो, या बाद के मध्य पूर्व की। किसी भी तरह से यह अनुकूल ताक़त नहीं है।

सिन्हा : शर्म-अल-शेख़[9] में भारत और पाकिस्तान का समझौता बलूचिस्तान के कारण ही नहीं हुआ था। क्या इससे शांति का रास्ता थोड़ा और लंबा नहीं होता है?

दुलत : बेचारे मनमोहन सिंह! शर्म-अल-शेख़ के उस बयान का राई का पहाड़ बना दिया गया। उन्होंने केवल इतना कहा था, “ओके, अगर आप कहते हैं कि ऐसा-ऐसा है तो हम

देखेंगे।" उनका मतलब था कि हम यह काम नहीं करते, लेकिन अगर आप कह रहे हैं, तो हम जाँच करेंगे। ना-ना-ना-ना कहने के बजाय तो यही कहना सही है।

प्रधानमंत्री से यह अपेक्षा नहीं की जाती कि वह हर छोटी-छोटी बात का ब्योरा जानता होगा, हर छोटी-मोटी कार्रवाई के बारे में जानता होगा, या दुनिया भर में होने वाली हर छोटी-बड़ी घटना की उसे जानकारी होगी। मुझे नहीं लगता कि मनमोहन सिंह ने कोई ग़लत बात कही थी।

दुर्रानी : दूसरा, इस खेल में ज़्यादा नुक़सानदायक कारक मीडिया और ये राजनीति के लाल बुझक्कड़ हैं। ये लोग ऐसा माहौल बनाते हैं कि आप ईमानदारी या निश्छल मन से कुछ कर ही नहीं सकते।

दुलत : सही बात है।

दुर्रानी : हम दोनों सहमत हैं कि संयुक्त आतंकवाद विरोधी तंत्र अच्छा विचार है। यह अब भी किया जा सकता है। बलूचिस्तान, हाँ, उन्होंने बस यही कहा था। तो? हम जाँच कराएँगे, यह कहने में क्या नुक़सान है?

दुलत : बदक़िस्मती से, यह बात डॉ. मनमोहन सिंह ने कही थी, वाजपेयी ने नहीं। कुछ लोग कहते हैं कि वाजपेयी ऐसी बात कभी नहीं कहते। शायद वाजपेयी का फ़ायदा यह था कि उनसे ऐसी बात कभी नहीं पूछी जाती। उन्हें कोई उलझन में नहीं डालना चाहता था।

डॉ. मनमोहन सिंह के मामले में उनकी कमज़ोर स्थिति के कारण ये मामले समय-समय पर आते रहे। उनके नेक इरादों के बावजूद इसके कारण वे और कमज़ोर दिखने लगे थे। मीडिया ने इसे ऐसे चलाया जैसे "आह! हमने हार मान ली, हमने स्वीकार कर लिया!!"

कोई प्रधानमंत्री क्या कह सकता है? कोई राष्ट्रपति क्या कह सकता है? पुल बनाने और बातचीत की संभावना तैयार करने में लगा कोई भी राजनेता क्या कहता?

23
बातचीत और आतंक

अमरजीत सिंह दुलत : जब कभी हमारे संबंध पाकिस्तान से अच्छे नहीं होते, तो हम कहते हैं, 'आतंक और बातचीत साथ-साथ नहीं चल सकते'। इसमें तर्क है, लेकिन यह नहीं हो सकता कि हमें पाकिस्तान से बातचीत करना ही नहीं चाहिए। पाकिस्तान को आतंकवाद से समस्या है। उन्होंने हमारे खिलाफ़ आतंक का इस्तेमाल भी किया है, तो हम उनसे बात ही क्यों करें?

जब आप बातचीत शुरू करते हैं और उसके पहले कहते हैं कि आतंक और बातचीत साथ नहीं चल सकते, तो या तो आप बात करना नहीं चाहते, या आप में अक्ल नहीं है। आपने बात शुरू क्यों की? आप लाहौर क्यों गए? आपने पीछे से रास्ता क्यों खोला? डॉ.मनमोहन सिंह क्यों इतना वक्त बर्बाद कर रहे थे?

जब भारत कहता है कि आतंक और बातचीत साथ-साथ नहीं चल सकते, तब यह जनता को प्रभावित करता है। जब वाजपेयी बस लेकर लाहौर गए थे, तो देश में ख़ुशी थी। आज भारत में किसी से पाकिस्तान की बात करो, तो वह समझेगा कि आप आधे पागल हो, जो बातचीत का सुझाव दे रहे हो। वह कहता है, हम क्या दे सकते हैं? और वही बात फिर आ जाती है। क्या हम कश्मीर पर समझौता कर सकते हैं?

समझौता कौन कर रहा है? जब सहयोग की बात कर रहे हैं, तो आप 'समझौता' शब्द का इस्तेमाल क्यों करते हैं? हम पाकिस्तान को कुछ नहीं दे रहे हैं और ना ही वह हमें कुछ देगा। सवाल यह है कि हमारे पास क्या है और हम किस हद तक सहयोग कर सकते हैं। जैसा कि नरसिंह राव ने कहा था, "जब आप सहयोग शुरू कर देते हैं, तो आसमान तक जा सकते हैं।"

असद दुर्रानी : 'आतंक और बातचीत साथ-साथ नहीं चल सकते', यह बयान मुझे उन बयानों की याद दिलाता है, जो बाहर से अच्छे लगते हैं। 'आतंक और बातचीत साथ-साथ नहीं चल सकते।' 'हमारे पास बातचीत के अलावा कोई और विकल्प नहीं है।' 'युद्ध से कुछ भी हासिल नहीं होता।' 'आप आतंकवादियों से बात नहीं करते।' यह बयान अक्सर इतनी बार दिए जाते हैं कि हम में से कुछ लोग इन पर यक़ीन करने लगते हैं।

दुलत : वाजपेयी ने ऐसे बयान कभी नहीं दिए।

दुर्रानी : ये बयान समझदारी भरे नहीं हैं।

आप आतंकवादियों से बात नहीं करते? दरअसल, आप हमेशा आतंकवादियों से ही बात करते हैं। किसी भी समझदार देश की एजेंसी के लिए बात करने को सबसे ज़्यादा ज़रूरी यही लोग होते हैं। अगर आपके पास बात करने का रास्ता नहीं है, मसलन, तालिबान से, तो आप ग़लती कर रहे हैं।

बातचीत के सिवाय कोई और चारा नहीं? जब दूसरे कहते हैं कि आप इतने लंबे समय तक बिना बात किए रह गए, तो फिर यह क्यों कहते हो कि कोई चारा नहीं है, तो कई बार जवाब देना मुश्किल हो जाता है।

युद्ध से कुछ भी हल नहीं निकलता? बहुत सारे हल युद्ध से निकले हैं। कुछ मामले नहीं सुलझे, क्योंकि युद्ध के लिए सबसे ख़ास ज़रूरत अनुकूल स्थिति तैयार करना होती है।

तो, बातचीत और आतंकवाद एक साथ नहीं चल सकते? वास्तव में, वे *बहुत ज़्यादा* साथ-साथ चल सकते हैं।

दुलत : ख़ासकर हमारे काम में, जनरल साहब की बात बिलकुल सही है। अगर आप बुरे लोगों से बात नहीं कर रहे हैं, तो फिर किससे बात करने में वक्त बर्बाद कर रहे हैं? साधु-महात्माओं से बात करने की आपको ज़रूरत नहीं है। अगर आप बुरे लोगों से कारगर तरीक़े से निपट रहे हैं, तो आप कुछ पा रहे होते हैं।

दुर्रानी : यह एकदम बचपन की बात की तरह है, जहाँ आपको जब कुछ नहीं आता हो, तो आपसे चुप रहने को कह दिया जाता है, हालाँकि अगर आप कुछ नहीं जानते, तभी तो आपको सीखने की ज़रूरत है और आप सीखेंगे तो तभी, जब आप सवाल करेंगे, और इसके लिए हर किसी से बात करनी पड़ेगी ही।

दुलत : इसीलिए मैंने एक अन्य किताब में कहा था कि डबल एजेंट सबसे अच्छे होते हैं। मुझसे अक्सर कहा जाता था, फलाने-फलाने से बात मत करो, वह आईएसआई के लिए काम करता है। मैं कहता था, ऐसे ही आदमी की तो मुझे तलाश है! अगर मेरी पहुँच आईएसआई तक हो नहीं हो सकती है, तो मुझे ऐसा आदमी तलाशना होगा, जो यह काम कर सके। डबल एजेंट बड़े काम के होते हैं।

सिन्हा : लेकिन दूसरी तरफ़ का क्या, आतंकवाद को क्यों नहीं रोकते और बातचीत क्यों नहीं शुरू करते?

दुलत : यही बात कश्मीरी लोग कई बार कह चुके हैं। अगर पाकिस्तान आतंकवाद रोकना चाहता है, तो वह कभी भी यह कर सकता है।

दुर्रानी : क्या रोकें?

हैम्बर्ग में 1975 में जर्मन जनरल स्टाफ़ कोर्स के दौरान पाकिस्तानी प्रेज़ेंटेशन के बाद कमांडेंट से चर्चा करते हुए जनरल असद दुर्रानी।

जनरल दुर्रानी की पत्नी का अभिवादन करते कमांडेंट।

दुर्रानी 1970 में जब पाकिस्तान सैन्य अकादमी में इंस्ट्रक्टर थे, तब अभ्यास के दैरान कुछ कैडेटों के साथ।

दुर्रानी 1984 में पाक अधिकृत कश्मीर में ब्रिगेड कमांडर के तौर पर सरहद पार हिन्दुस्तान की सेना की तैनाती के बारे में जानकारी प्राप्त करते हुए।

जनरल दुर्रानी कभी 12 हैन्डीकैप गोल्फ़ खिलाड़ी थे।

जनरल दुर्रानी 1990 में आईएसआई मुख्यालय में तत्कालीन प्रधानमंत्री नवाज़ शरीफ़ के साथ। उस वक्त जनरल दुर्रानी डीजी थे।

जनरल दुर्रानी 1994 से 1997 तक जर्मनी में पाकिस्तान के राजदूत थे। उस दौरान अपने निवास पर एक पूर्व सहयोगी (वर्तमान में जनरल हैं) की मेजबानी करते हुए।

जनरल दुर्रानी 1998 में आईएसआई के तत्कालीन चीफ़ ज़ियाउद्दीन बट, आईएसआई के पूर्व चीफ़ हमीद गुल और रूस के कर्नल बेली के साथ।

जनरल दुर्रानी 1994 में जर्मनी में राजदूत के तौर पर जर्मनी के तत्कालीन राष्ट्रपति रिचर्ड वॉन वाइज़ेकर के साथ।

जनरल दुर्रानी जर्मनी में नैशनल डे समारोह में सपत्नीक शिरकत करते हुए।

मिलिटरी इंटेलीजेंस के डायरेक्टर जनरल के तौर पर 1990 में वॉशिंगटन यात्रा के दौरान लिया गया चित्र।

1990 में वॉशिंगटन यात्रा के दौरान डिफ़ेंस इंटेलीजेंस एजेंसी के डायरेक्टर से मुलाक़ात करते हुए।

1992 में ट्रेनिंग एंड इवैल्यूऐशन के इंस्पेक्टर जनरल के तौर पर एवीएशन कमान का निरीक्षण करते हुए।

1992 में पाक सैन्य अकादमी के दौरे के दौरान जनरल दुर्रानी को
उस वक्त की तसवीर भेंट की गई, जब वे एक कैडेट थे।

जनरल दुर्रानी जब जर्मनी में पाकिस्तान के राजदूत थे, तब वहाँ फ़ंड एकत्रित करने हेतु एक
कार्यक्रम आयोजित किया गया था।
कार्यक्रम में पाक क्रिकेटर इमरान खान के साथ जनरल दुर्रानी।

दुलत : कश्मीर में उग्रवाद। जब कभी पाकिस्तान चाहता है, वह नल बंद कर देता है। ऐसे में यह सच पर्याप्त है। नियंत्रण हमेशा पाकिस्तान या उसकी सेना वगैरह के पास रहता है। अगर आप नहीं चाहते, तो कश्मीरी लड़के नहीं आ सकते और बिना सज़ा भुगते जा नहीं सकते।

दुर्रानी : उग्रवाद के बारे में मुझे यक़ीन है कि सरकार घटनाओं पर असर डाल सकती है, हालाँकि मेरी सलाह आमतौर पर इसके खिलाफ़ रहती है। अगर यह हक्कानी या कश्मीरी प्रतिरोध को शामिल नहीं करती, तो देश के अंदर बाक़ी तो कर सकते हैं, और, सरहदें इन संगठनों को नियंत्रण से बाहर रखने का मौक़ा देती हैं। यह भ्रम है कि सरकार हर कहीं है। हम इतने भयानक सक्षम राष्ट्र नहीं हैं। जो हमारे विरोधी हैं, उन तक हमारे औज़ार पहुँच तक तो पाते नहीं, बाक़ी बात तो छोड़िए।

हालाँकि, हम हालात का फ़ायदा उठाना नहीं छोड़ना चाहते। 94 में या आस-पास कश्मीर में यही हुआ था। राज्य-प्रायोजित आतंकवाद का आरोप भ्रम पैदा करता है। किसी ने बाहर निकलने का शानदार आइडिया दिया था, जिसका आशय था, कोई हाथ नहीं या कोई छूट नहीं। इससे अप्रिय स्थिति पैदा होगी।

हालात के फ़ायदे से मतलब सलाहुद्दीन के बेटे को धन देना एक तरीक़ा है जिससे हम हादसों पर क़ाबू पा सकते हैं और उन्हें रोक सकते हैं।

दुलत : हमारे यहाँ आतंकवाद की शुरुआत 1980 के दशक के शुरू में पंजाब से हुई थी। इसके बाद कश्मीर में ऐसा होने लगा। एक समय ऐसी भी समझ थी कि अगर ये दोनों जुड़े होते, तो ज़्यादा बड़ी दिक्क़त हो जाती।

80 के दशक के आख़िर में सिख और कश्मीरी उग्रवादियों के बीच बातचीत के कई मामले हमारे सामने आए। मैंने कश्मीरियों के साथ जेल में बंद सिख स्टूडेंट फेडरेशन के सिख लड़कों से बात की। कुछ मुखबिर भी बने। मैंने पूछा, कश्मीरियों के साथ मामला आगे क्यों नहीं बढ़ा। उनका जवाब था, "कश्मीरियों में 'हिम्मत' नहीं थी।" हमारे नज़रिए से यह सकारात्मक बात थी।

जब कश्मीर में अशांति शुरू हुई, तब मैं श्रीनगर में तैनात था। कश्मीरी लड़के जा रहे थे और आ रहे थे, और हम स्थानीय लोगों से पूछते थे कि क्या हो रहा है। उन्होंने बताया कि सरहद पार करना आम बात है, कोई बड़ी बात नहीं। शुरुआत कुछ लड़कों से हुई थी, जेकेएलएफ़ के 5 लड़के थे। एक के बाद एक चीज़ें होती गईं।

बदक़िस्मती से दिसंबर 1989 में मुफ़्ती साहब की बेटी का अपहरण कश्मीर में ऐतिहासिक घटना बन गई। इससे लड़कों में आत्मविश्वास आ गया कि वे भारत सरकार से अपनी माँगें मनवा सकते हैं। कश्मीरियों ने यह यक़ीन करना शुरू कर दिया कि उन्हें आज़ादी मिल सकती है। उन लोगों ने अपनी घड़ियों की सुइयाँ आधे घंटे पीछे तक कर दी थीं।

जनरल साहब ने माना है कि पाकिस्तान भी तेज़ी से घटने वाले इस घटनाक्रम और इसके स्तर को देखकर आश्चर्यचकित था। पाकिस्तान और ज़्यादा शामिल हो गया, जिससे हिज़बुल मुजाहिदीन सिर उठाने लगा।

कश्मीर में उग्रवाद ख़त्म नहीं हुआ। आतंकवाद कश्मीर के परिदृश्य का हिस्सा बन गया है। जब चीज़ें कुछ सुधरती हैं, तभी कुछ ना कुछ गड़बड़ हो जाती है। कई मामलों में हमें दोष दिया जाता है।

जेकेएलएफ़ या हिज़बुल मुजाहिदीन के बाद आतंकवाद दक्षिण के पीर पंजाल से जम्मू की ओर सफ़र करने लगा। इससे चिंता बढ़ी।

इसके बाद अन्य तंज़ीमें भी आईं, जैसे जैश-ए-मोहम्मद, लश्कर-ए-तैयबा और अन्य नाम हैं, जो समय-समय पर बदलते रहते हैं। हज़रतबल की घेराबंदी, राज्य विधानसभा पर हमला, टूरिज़्म सेंटर पर हमला जैसी बुरी घटनाएँ भी हुईं।

समय के साथ-साथ आतंकवाद का चरित्र भी बदला। पहले यह खुलेआम था, इन लड़कों की पहचान थी, श्रीनगर के बीचों-बीच उनकी परेड होती थी। यही कारण है कि रॉबिन राफेल[1] ने कश्मीरियों को आतंकवादी नहीं, स्वतंत्रता सेनानी मानने पर ज़ोर दिया था। हमें नहीं भूलना चाहिए कि अमेरिका अल फ़रान के अपहरण के बाद उत्तेजित हो गया था, जिसमें पाँच विदेशियों का अपहरण हुआ था। एक का सिर काट दिया गया था, एक भागने में सफल रहा और तीन ग़ायब हो गए।

आतंकवाद अब काफ़ी दबे-छिपे तौर पर होता है। यह कहना मुश्किल है कि आतंकवादी कौन है। 2015 के बाद से हम 40-50 लड़कों को बाहर आते देखते आ रहे हैं, जो संख्या में ज़्यादा नहीं हैं। ये लड़के इसमें शान समझते हैं। द रिटर्न ऑफ़ द फ्रीडम फाइटर।

बुरहान वानी की तरह ये लड़के फेसबुक पर हैं। कश्मीर में जो होता है, वह तो रोज़ होता है, लेकिन हमें तभी जोश आता है, जब सेना की छावनी या ठिकाने पर हमला होता है, या ख़तरा जब पंजाब तक पहुँचने लगता है, और उरी, पठानकोट और गुरदासपुर में घटनाएँ हो जाती हैं।

हम पाकिस्तान को दोष देते हैं और फिर मदद माँगते हैं, लेकिन कोई समझ या सहयोग या संचार तक तो है नहीं। इससे निपटने में हमारी तरफ़ कई सारी धारणाएँ हैं।

पाकिस्तान हो या कश्मीर, बातचीत से बेहतर कोई विकल्प नहीं है। हमारे पास कट्टरपंथी और सिद्धांतकार ऐसे भी हैं, जो कहते हैं कि अगर आपको बात करनी है, तो मज़बूत स्थिति रखकर ही करनी चाहिए। इसका मतलब है कि हम कभी बात नहीं करेंगे क्योंकि वह मज़बूत स्थिति कहाँ है? जब सारी चीज़ें सही हों, तो आप बात नहीं करना चाहते और जब चीज़ें ख़राब हों, तब भी बात नहीं करना चाहते।

सिन्हा : जिन्होंने मुंबई पर हमला किया था, वे तो किसी प्रकार से स्वतंत्रता सेनानी नहीं माने जा सकते।

दुलत : नहीं, स्वतंत्रता सेनानी 1990 के दशक के आरंभ तक ख़त्म हो गए थे। ये सब ख़तरा पैदा करने और हिंसा का स्तर बनाए रखने का काम है। आप ठीक कहते हैं, मुंबई 2008 पाकिस्तान और लश्कर के मत्थे मढ़ा जाता है।

सिन्हा : एक श्रेणी उन लड़कों की भी है, जो 2002 के गुजरात दंगों से प्रभावित हैं। इंडियन मुजाहिदीन उससे ही पैदा हुआ था। बताया जाता है कि उन्हें सीमा पार से प्रेरणा और इमदाद मिलती है।

दुलत : गुजरात में मुसलमानों के साथ जो हुआ, उसकी प्रतिक्रिया तो होनी ही थी। गुजरात दंगों के बाद इंडियन मुजाहिदीन का जन्म हुआ, या बाबरी मस्जिद विध्वंस और मुंबई में उसके बाद जो हुआ, उससे ऐसा हुआ, वह अनुमान का विषय है। जी हाँ, कुछ लड़के पाकिस्तान गए थे। यदा-कदा उन्हें ट्रेनिंग या कराची की बिनौरी मस्जिद से उन्हें प्रेरणा की बात सुनते रहते हैं। एक माहौल बनाया गया था।

अब सबसे नया आईएसआईएस[2] का काम है। इसका पूरी दुनिया पर असर पड़ा, यूरोप पर तो सबसे ज़्यादा। हम भारत में जब-तब आईएसआईएस की तलाश करते रहते हैं, लेकिन भारत जैसे बड़े देश में अगर 60-70 लड़के इराक़ या सीरिया जाते हैं, तो समुद्र में बूँद के समान हैं। यह कोई बड़ी बात नहीं है।

सारी हिंसा और शोरगुल के बावजदू, कश्मीरी आईएसआईएस की ओर नहीं खिंचे हैं। हताशा, गुस्सा और विरक्ति के कारण हरे झंडों के साथ काले झंडे ज़रूर आ जाते होंगे, लेकिन इससे आईएसआईएस के प्रति लगाव नहीं झलकता।

भारतीय मुसलमान शांत मुसलमान है : वह समझदार है, उदार है और फ़ालतू के पचड़ों में नहीं पड़ता। इस सब लफड़ों से वह बाहर रहता है। इसके बावजूद, कट्टरता बढ़ रही है, शायद यह हमारी बल-नीति का नतीज़ा है। जमात निश्चित रूप से बढ़ रहा है।

दुर्रानी : अमेरिका की बड़ी सफलता इतिहास को सँभाल सकने में उसकी सक्षमता है। हमारे क्षेत्र ने ज़्यादा आतंकवादी पैदा किए हैं, क्योंकि हम उन्हें आतंकवादी कहते हैं। इराक़-सीरिया अब हो चुके हैं। सिख, कश्मीरी, टीटीपी[3], अफ़गान तालिबान, बलूच के असंतुष्ट, संप्रदाय के उग्रवादी : ये नस्लीय असंतुष्ट हैं और राजनीतिक असंतुष्ट हैं, लेकिन इन सबको एक साथ 'आतंकवादी' का तमगा दे दिया जाता है।

आतंकवादी की अब एकमात्र परिभाषा लड़ाका होना हो गया है, हालाँकि इससे बुरा नुक़सान राष्ट्र द्वारा फैलाया जाने वाला आतंकवाद है। राष्ट्र गैर लड़ाकों पर अराजक तत्वों से ज़्यादा हमले करता है। अगर मैं आपको पसंद नहीं करता, तो मैं आपको आतंकवादी कह दूँगा, और मेरी जो मर्ज़ी होगी, वह मैं आपके साथ करूँगा। मैं कर सकता हूँ, क्योंकि आप आतंकवादी हैं।

जैसे सिख आतंकवादी कश्मीरी आतंकवादियों से भिन्न हैं, उसी तरह से हमारे पश्चिमी मोर्चे पर भी भेद है। अफ़गान तालिबान ने हमसे 'पंजाबी तालिबान' को उनसे दूर रखने को कहा। 'पंजाबी तालिबान' को असंयमित युद्ध छेड़ने का कुछ नहीं पता। इसके लड़ाके सुबह उठते हैं, नमाज़ पढ़ते हैं, और फिर अगले निशाने की इल्तिज़ा करते हैं। अफ़गान तालिबान बेहतरीन लड़ाके हैं। वे 35 सालों से टिके हैं तो हर दिन लोगों पर हमले करके नहीं, बल्कि अपने चौंकाने वाले अभियानों और काम करने के तरीक़ों की विविधता के कारण टिके हैं।

एक शुरुआती झटके के बाद कश्मीरी भी टिके रहे, जिसमें वे ज़्यादा कार्रवाई- उन्मुख थे। एक स्तर पर, उन्होंने नतीज़ा निकाला कि केवल उग्रवाद से वे अपना मक़सद हासिल नहीं कर सकते। यहाँ तक कि उनका आधार विस्तृत भी था, फिर भी आज़ादी की लड़ाई हमेशा से लंबा चलने वाला मामला होता है।

सिख उग्रवाद के मामले में भारतीय लोग स्वाभाविक तौर पर बेनज़ीर भुट्टो की पहली सरकार से मिली मदद के लिए आभारी थे (मुझे बेहद आश्चर्य हुआ था कि भारत ने इसका इस्तेमाल करने में बहुत ज़्यादा वक्त लगाया।) हालाँकि, सिख और कश्मीरियों के बीच संपर्क था : भारत की मदद करके, भारत सरकार के खिलाफ़ अपनी आज़ादी के लिए, अपने हकों के लिए और अपनी परेशानियों के लिए लड़ रहे कश्मीरियों को कितनी बुरी तरह से आप प्रभावित कर रहे हैं?

पश्चिमी मोर्चे पर भी ऐसी ही एक समानान्तर घटना में मुशर्रफ़ ने अफ़गान विद्रोहियों या तालिबान के प्रति सहानुभूति रखने वालों को घेरा और बिना उचित कानूनी कार्रवाई के सैकड़ों लोगों को गुआंतानामो बे में भेज दिया था। उन्होंने[4] अपनी किताब में इसे स्वीकार किया कि उन्होंने ऐसे सैकड़ों लोगों को भिजवा दिया था। इसके बाद मुशर्रफ़ ने कबाइली इलाक़ों में सेना भेजी। इसका नतीज़ा 40 विभिन्न संगठनों की तहरीक-ए-तालिबान पाकिस्तान है। इनमें से कुछ इसलिए इनके साथ आए क्योंकि हमने उनके साथी कबाइलियों के खिलाफ़ अमेरिका का साथ दिया, और कुछ अन्य कारणों से आए। पाकिस्तान पर 'आतंकवाद' का ठप्पा लगता है, लेकिन वास्तव में यह हमारी अपर्याप्त नीतियों के कारण है, अमेरिका के साथ फॉस्टियन व्यवहार के कारण है, और वास्तव में भारत के साथ हमारे संबंध के कारण है।

विदेशी सहयोग की बात को साबित करने वाली बात यह है कि टीटीपी जिस उपकरण का इस्तेमाल करता है, वह बाज़ार में उपलब्ध नहीं है : परिष्कृत हथियार, इलेक्ट्रॉनिक उपकरण, संचार वगैरह बाज़ार में नहीं हैं। तो यह आतंकवाद का उदाहरण कैसे हुआ?

अल फ़रान की बात करें, तो भले ही मुझे इसकी ठोस जानकारी नहीं है, लेकिन मैंने इसे कई नज़रिए से देखा। मैंने कभी इस संगठन के बारे में नहीं सुना, यह किसी और से...

सिन्हा : हरकत-उल-मुजाहिदीन से।

दुर्रानी : जी हाँ, बिलकुल सही। अल फ़रान को कोई नहीं जानता था, और बाद में भी किसी ने इसके बारे में बात नहीं की। यह शायद भारतीय इंटेलीजेंस की छद्म कार्रवाई थी।

इससे पाकिस्तान और कश्मीरियों के प्रति गुस्सा बढ़ा। अब वे स्वतंत्रता सेनानी नहीं रह गए थे। वे आतंकवादी थे, क्योंकि उन्होंने एक अमेरिकी, एक अंग्रेज़, एक जर्मन और एक नॉर्वे के नागरिक का अपहरण किया था।

हमने पाया कि उनमें से एक भाग निकला। कमाल है, लेकिन उसे जंगलों और बर्फ से ढके इलाके में हेलिकॉप्टर से उठाया जाता है। बाक़ी को कभी नहीं बरामद किया जा सका। सालों बाद, एक पति-पत्नी की टीम मिली और उन्होंने एक किताब लिखी।[5] उन्होंने कमोबेश वही बात बताई, जो हमने सोची थी, हालाँकि उन्हें कुछ मिला। बड़ी तसवीर में यह

बहुत छोटी बात कही जा सकती है, लेकिन इससे कश्मीरी उग्रवादी नहीं, बल्कि आतंकवादी कहलाने लगे।

यह समस्या इसलिए है, क्योंकि हर कोई आतंकवादी है, आप सबको एक लाठी से हाँकते हैं। एक ही साइज़ सब पर फ़िट होती है।

तो, किसी मज़बूत स्थिति से बात करना एक भुलावा ही है, लेकिन यह विश्वास की बात है, ख़ासकर सेनाओं के लिए, हालाँकि तब क्या होता है जब 'आतंकवादियों' को कमज़ोर करने के हमारे प्रयासों से वे और मज़बूत हो जाते हैं, जैसे कि अफ़गान तालिबान हुए? अगर वे कमज़ोर हो जाते हैं, तो क्या होता है? उग्रवादी दोबारा ताक़त हासिल करने के लिए पाँच से दस साल इंतज़ार करेंगे।

बार-बार कही जाने वाली इस बात का सबसे बुरा हिस्सा यह है कि जब दूसरा पक्ष नीचे होता है और आप मज़बूत स्थिति में होते हैं, तो आपके मोल-तोल करने से इनकार करने के आसार ज़्यादा होते हैं। जैसा कि 2002 में अफ़गान तालिबान के बारे में रम्सफेल्ड ने कहा कि वे अब वज़ूद में नहीं है, वे इतिहास बन चुके हैं। जाइए, खंभे पर चढ़ जाइए। नतीज़ा यह रहा कि 15 सालों बाद लोग बातचीत के लिए अनुरोध करते हैं और वे कहते हैं, "हम बात क्यों करें? अब तो हम अफ़गानिस्तान को लेने तक की स्थिति में हैं, अमेरिका तो यहाँ हमेशा के लिए रहने वाला है नहीं।" संभवतः वे ग़लत हैं। वे अफ़गानिस्तान को नहीं जीत सकते और भले ही अमेरिका हमेशा वहाँ रहने वाला ना हो, फिर भी सभी व्यावहारिक मक़सदों से वह निकट भविष्य में आस-पास रहने वाला है।

यही 'आतंक' है। यह युद्ध लड़ने का तरीक़ा है और राष्ट्र के लिए यह राजनीतिक औज़ार है।

दुलत : चर्चा के लिए मैं कुछ बार एड्रयिन लेवी से मिला हूँ। *द मीडो* का पहला हिस्सा सही है। संदेह दूसरे हिस्से के बारे में है, जो मुख्य तौर पर जम्मू-कश्मीर के एक वरिष्ठ पुलिस अधिकारी के ब्योरे पर आधारित है, जो कि बहुत ज़्यादा विश्वसनीय स्रोत नहीं है।

दुर्रानी : कौन? उसका नाम दिया है?

सिन्हा : हाँ, वह किताब का हीरो बन गया है।

दुलत : ख़ैर, वह मामूली बात है।

मैं भारत की नक्सल समस्या के बारे में भूल गया। शुक्र है, उसके लिए तो हम पाकिस्तान को दोष नहीं दे सकते।

सिन्हा : दुलत साहब, पूर्व प्रधानमंत्री राजीव गाँधी की हत्या जिन आतंकवादियों ने की थी, उनका भी पाकिस्तान के साथ कोई लेना-देना नहीं था। लिट्टे का।

दुलत : बेशक़ नहीं था। और यह भी है कि वे अपनी श्रीलंका की यात्रा के दौरान भी तक़रीबन मार ही दिए गए थे। गार्ड ऑफ़ ऑनर के दौरान एक श्रीलंकाई सिपाही ने अपनी

राइफल उठाकर उन पर मार दी थी। उन पर हमला हुआ था, लेकिन क़िस्मत से वे बच गए थे।

सिन्हा : भारत के लिए, आईएसआई तो शैतान है।

दुलत : यही कारण है कि आईएसआई सबसे अच्छा संगठन माना जाता है, क्योंकि भारत में जो कुछ भी होता है, वह सब आईएसआई कराता है।

सिन्हा : 1990 के दशक में मुझे याद है, आईबी के आदमी भारत को घेरने के आईएसआई के मंसूबे की बात करते थे। के2 यानी कश्मीर-खालिस्तान प्लान की बात करते थे।

दुलत : के2 था, घेरेबंदी थी, हजारों कट थे। साथ के लोग इसके बारे में बात कर चुके हैं। वे पाकिस्तान के विभाजन की भी बात कर चुके हैं, जिसके बारे में मेरा हमेशा से तर्क रहा है कि कई कारणों से वह नहीं होगा। यह कोई अविकसित देश या बनाना रिपब्लिक नहीं है, और फिर दुनिया में इसमें किसी की दिलचस्पी भी नहीं है।

सिन्हा : अब जनरल साहब से भारत के खिलाफ़ इन मंसूबों, के2, घेरेबंदी की बात करते हैं। आप बताएँ, ऑन द रिकॉर्ड।

दुर्रानी : जहाँ तक कथित ऑपरेशन 'टोपाक' की बात है, तो यह कभी था ही नहीं। यहाँ तक कि के.सुब्रमण्यम ने भी यह माना था, जब हम 1998 में इस्लामाबाद में मिले थे। (वे नीमराना डायलॉग के एक दौर की वार्ता के लिए आए थे। जी.पार्थसारथी के डिनर पर मैं उनसे मिला था, जो परमाणु परीक्षणों के मेरे समर्थन से पूरी तरह से प्रभावित थे।)

महमूद दुर्रानी[6] ने एक बार मुझसे पत्रकार भारत भूषण से मिलने को कहा था। जब मैं दिल्ली की पगवाश कॉन्फ्रेंस के लिए गया था, तब भारत भूषण ने कुछ घंटों के लिए मेरा अपहरण कर लिया था और मुझे एक क्लब ले गए थे, जहाँ मुझे सबसे बढ़िया जिन-एंड टॉनिक और फ़िश टिक्का लेने का मज़ा मिला था।

उन्होंने बताया था कि वे हामिद गुल से मिले हैं, जो उनके प्रशंसक थे और उन्हें जिसने एक संदेश दिया था। हामिद ने बताया था कि करगिल के बाद, भारत हमारे हिसाब से बहुत बड़ा था, इसलिए हमने इसे टुकड़ों में बाँटने का फ़ैसला किया था, लेकिन अगर पाकिस्तान को तोड़ पाना कठिन है, तो भारत को तोड़ पाना भी हमारी क्षमता से परे है। अगर भारतीय लोग ही भारत को तोड़ने का फ़ैसला करें, तब तो उन्हें कोई नहीं रोक सकता। आईएसआई नक्सलियों तक नहीं पहुँच सकती है और ना ही दक्षिण के लोगों तक पहुँच सकती है। इसे दोष भले ही दिया जा सकता हो, कुछ अधिकारी चापलूसी महसूस कर सकते हैं।

मैं कई बार पूछता हूँ, आप हर बात के लिए हमें दोष देते हैं, लेकिन जब मुरली मनोहर जोशी[7] ने कश्मीर में झंडा फहराने के लिए यात्रा निकाली थी, तब हमें दोष नहीं देते।

दुलत : वह 1992 की बात है।

दुर्रानी : किसी ने कहा था कि झंडे का खंभा आईएसआई ने तैयार किया था, इसलिए उन्होंने झंडा फहराया, तो वह गिर गया था।

सिन्हा : मोदी लाल चौक की उस यात्रा में थे। उन्होंने एकता यात्रा का आयोजन किया था।

दुर्रानी : ओह! यह बात है। मैं उस वक़्त आईएसआई का मुखिया था।

सिन्हा : तो, आप ना तो ध्वज स्तंभ तोड़ पाए और ना ही भारत के भावी प्रधानमंत्री को पहचान पाए।

दुलत : बहुत बड़ी नाक़ामी रही।

दुर्रानी : शायद हमारा वक़्त अच्छा नहीं चल रहा था, लेकिन किसी ने हमें दोष नहीं दिया। हमने शायद ध्वज स्तंभ तोड़ दिया था, लेकिन जोशी को बचा दिया था, क्योंकि उनके प्रधानमंत्री बनने का कोई चांस नहीं था।

दुलत : कश्मीर में ध्वज स्तंभ का समस्याओं का इतिहास रहा है। 2017 में स्वतंत्रता दिवस पर भी ऐसा ही कुछ हुआ था, जब महबूबा सलामी ले रही थीं। उन्होंने जाँच के आदेश दिए थे।

सिन्हा : क्या आईएसआई का हाथ मिला था?

दुलत : क्या पता, मैंने जाँच रिपोर्ट तो देखी नहीं। आईएसआई का हाथ ही रहा होगा।

24

सर्जिकल स्ट्राइक

आदित्य सिन्हा : क्या आप सर्जिकल स्ट्राइक के बारे में बता सकते हैं, क्या इसका मक़सद पूरा हुआ और क्या इसका असर भारत-पाकिस्तान रिश्तों पर पड़ा?

असद दुर्रानी : जैसा कि मैंने अगस्त-सितंबर 2016 में देखा, तो शुरू की बात होगी, कश्मीर में स्थानीय लोगों का विद्रोह। इसका दोष पाकिस्तान को नहीं दिया जा सकता, लेकिन इसे मोदी और उनकी टीम के चुने गए तरीक़ों से क़ाबू करना कठिन था। उपाय और भी थे, लेकिन मोदी की टीम को वे पसंद नहीं आए। जब उरी हमले के रूप में यह सामने आया, तब इनकी अनिवार्यता समझ में आई।

उरी वास्तविक कार्रवाई थी या झूठा छद्म अभियान, इसका महत्त्व नहीं है। इसने भारत को उचित जवाब देने का मौक़ा दिया। ये क्लासिकल 'सर्जिकल स्ट्राइक' थी या नहीं, लेकिन इसने सही संदेश दिया—ख़ासकर घर के अंदर—इसने मक़सद पूरा किया।

आपके मीडिया ने सही राग अलापा। आख़िरकार एक उचित जवाब का। उसने इज़्ज़त बचा ली, एक कठिन स्थिति से उबार लिया। कुछ समय के बाद कश्मीर शांत हो जाएगा। पाकिस्तान ने अक्लमंदी से भारत को इज़्ज़त बचाने दी और ऐलान कर दिया कि स्थिति से निपटा जाएगा।

वास्तव में अगली बार तक के लिए—एक नई यथास्थिति आ गई। देखते हैं, अब क्या होता है!

सेना के शब्दों में सर्जिकल स्ट्राइल आमतौर पर उसे कहते हैं, जब दुश्मन की लाइन के 200 किलोमीटर आगे जाकर विशेष सेवाओं को उतारा जाए और किसी संवेदनशील ठिकाने पर कोई असाधारण हमला किया जाए, जैसे कि किसी परमाणु संयंत्र, किसी जीएचक्यू या ओसामा बिन लादेन पर। नियंत्रण रेखा के पार गोलीबारी करना और दुश्मन के इलाके में कुछ सौ मीटर घुसकर छापा मारना तथा कुछेक लोगों को मार डालना, इसके मापदंड पर खरा नहीं उतरता, हालाँकि तब भी एक बड़ा मक़सद—सियासी मक़सद—पूरा किया जा सकता है। यही कारण है कि कुछ लोगों के लिए यह सामान्य सर्जिकल स्ट्राइक है, तो कुछ के लिए सियासी सर्जिकल स्ट्राइक, और कुछ के लिए तो यह नकली सर्जिकल स्ट्राइक है ही। सभी मामलों में इसने सामरिक मक़सद पूरे किए।

सिन्हा : तो, यह एक तेज़ छापामार कार्रवाई ही थी, जिसे राजनीतिक सर्जिकल स्ट्राइक का रूप दे दिया गया?

दुर्रानी : जी हाँ, ये तेज़ छापे का ही बदला हुआ रूप था। तेज़ छापा आमतौर पर वह माना जाता है, जब किसी ऐसे ठिकाने पर हमला किया जाए, जहाँ से शत्रुतापूर्ण कार्रवाइयाँ संचालित हो रही होती हैं। इस मामले में आपको यही नहीं पता कि यह कहाँ से हो रहा है, लाहौर से या कहीं और से, लेकिन इसकी अहमियत नहीं है। भारतीय जनता को एक संदेश देना था।

अक्टूबर 2016 को मैं हेरत में था, जब किसी ने पाकिस्तान को बुरी स्थिति में पाकर ख़ुशी ज़ाहिर की थी। वह हमारा दोस्त नहीं था। उसने यह कहकर मुझे हैरत में डाल दिया, "अफ़गानिस्तान पर चर्चा करने से पहले क्या मैं इस कथित सर्जिकल स्ट्राइक के बारे में आपके विचार जान सकता हूँ?" मैंने सोचा, जब संदेह इस हद तक पहुँच ही गया है कि कोई भी इसे वास्तविक नहीं मान रहा है, तो हमारे लिए यह कोई बुरी स्थिति नहीं है।

अमरजीत सिंह दुलत : 9 सितंबर की इस सर्जिकल स्ट्राइक के बारे में मैं ज़्यादा कुछ नहीं कह सकता, क्योंकि मैं सेना का आदमी नहीं हूँ। मुझे नहीं पता कि 'सर्जिकल स्ट्राइक' का मतलब क्या है। मैं सरहद से ज़रूर परिचित हूँ, क्योंकि मैं कश्मीर में तैनात रहा हूँ और वहाँ कई बार गया हूँ।

मुंबई की पृष्ठभूमि में जनरल साहब और मैं एक दिन[1] बात कर रहे थे, और उन्होंने कहा था, "ऐसा वक्त और सूरत बन सकती है, जब आप कुछ करने पर मज़बूर हो जाएँगे। अगर हमारे बीच एक उचित रिश्ता या समझ रहे, तो हम आपको बता सकते हैं कि आपको क्या करना चाहिए।"

सर्जिकल स्ट्राइक का मेरा विचार यही हो सकता है कि ठीक है, अब आपके लिए कुछ करना ज़रूरी हो गया है, तो मुजफ़्फ़राबाद या उसके आस-पास कहीं आइए। आप कहेंगे, लीजिए, कर दिया; और हम कहेंगे, बिलकुल, बिलकुल, बहुत अच्छा, या हम इसका विरोध करेंगे, लेकिन उसका कोई मतलब नहीं होगा।

जब ये स्ट्राइक हुई, तब मैं दिल्ली में नहीं था, और किसी टीवी वाले ने फ़ोन किया। टीवी पर डीजीएमओ ने बोला, "हमने एक सर्जिकल स्ट्राइक की, जो पूरी हो चुकी है, और हमारा इरादा अब और कुछ करने का नहीं है।" इस बीच, पाकिस्तानी जवाब आने लगा, जो एकदम विपरीत था, जैसा कि कुछ हुआ ही नहीं था।

मैंने अपने आप सोचा और टीवी पर कहा, यह एकदम बढ़िया सर्जिकल स्ट्राइक है। चूँकि हमें ज़ाहिर तौर पर कुछ करने की ज़रूरत थी, इसलिए हमने इसे किया। डीजीएमओ का यह कहना है, और पाकिस्तान कहता है, ठीक है। यह जवाब है।

जनरल साहब के कहने से यह मामला ख़त्म नहीं हुआ, राजनीतिक फ़ायदा उठाया गया। इसी कारण मीडिया लगा रहा, लगा रहा। हमें कॉंग्रेस और पूर्व एनएसए शिवशंकर मेनन से यह पता चला कि यह पहले भी कई बार होती रही है।

बात यह है कि इस तरह की घटनाएँ सरहद पर होती हैं। पाँच साल पहले, सरहद पर भारतीय सैनिकों के सिर काट दिए गए थे[2] और मैं प्रधानमंत्री डॉ.मनमोहन सिंह से मिला था, जो इस घटना से परेशान थे। मैंने कहा था, सर, सरहद पर ये चीज़ें होती रहती हैं। उन्होंने कहा, "लेकिन इसे टीवी पर दिखाया जा रहा है।" अब क्या होगा, प्रधानमंत्री के तौर पर उनकी चिंता यह थी।

दुर्रानी : दुलत साहब, जब हमने संयुक्त पत्र लिखा था, उसकी संभावना से इसका यह एक मज़ेदार कनेक्शन है, दुलत साहब। यह 2001 के संसद पर हमले, या 2008 के मुंबई हमले जैसा कांड हो गया और ऐसा नहीं है कि भारत कभी जवाब देगा ही नहीं। भारत का जवाब होगा : क्या पाकिस्तान इससे बचकर निकल जाएगा? हम इतनी बड़ी सेना क्यों रखे हैं? भारत की सेना सोच सकती है कि कैसे जवाब दिया जाए, और इस नतीज़े पर आएगी : पाकिस्तान पर हमला कर दो।

कई कारणों से यह ख़तरनाक है, इसलिए वे किसी और चीज़ के बारे में सोचेंगे। यहीं पर कोल्ड स्टार्ट डॉक्ट्रिन फिर प्रासंगिक बन जाता है। यह अच्छी बात है, क्योंकि आपने अपना जवाब चुना है। हमारी तरफ़ ख़ुद को ख़ुश करने वाले तर्क है कि 'परमाणु की छाया' में यह नहीं हो सकेगा।[3] लेकिन यह हो सकता है। परमाणु युद्ध का ख़तरा दो-तीन दिन की गोलीबारी नहीं रोक सकता। परमाणु परीक्षणों के बाद करगिल हुआ था ना।

हालाँकि कोल्ड स्टार्ट के कारण हमें अपनी खुद की तकनीक से जवाब देना पड़ेगा। उदाहरण के लिए, एक रणनीतिक परमाणु सहारा, जिसका युद्ध के मैदान के अलावा अवधारणात्मक तथा तकनीकी तौर पर थोड़ा ही महत्त्व है, क्योंकि इसके बारे में कुछ कहा नहीं जा सकता। भारत-पाकिस्तान के संदर्भ में रणनीतिक परमाणु हथियारों के भी सामरिक नतीज़े हो सकते हैं। अमृतसर और लाहौर रणनीतिक निशाने नहीं हैं, उनके बीच केवल 50 किलोमीटर की दूरी है। बहुत सारा भारत और पाकिस्तान छूट जाता है।

नहीं, दो देश अगर संवेदनशील हैं, तो वे अपने बैक चैनल से बात करेंगे : दुलत साहब, आप उस तरफ़ के असद दुर्रानी को जानते हैं, आइए बात करते हैं कैसे निपटना है। दोनों कहेंगे, जी हाँ, क्योंकि भारत की मज़बूरी के कारण तीन-चार जगह हैं, जहाँ आप बम फेंक सकते हैं, लेकिन ध्यान रखिए ज़्यादा नुक़सान ना हो।

मैं 'कोरियोग्राफ्ड रेस्पॉन्स' शब्द का इस्तेमाल करता हूँ। या कोरियोग्राफ्ड सर्जिकल स्ट्राइक। हम समझते हैं, भारत, आपको कुछ करना होता है।

हमारी राजनीतिक बाध्यता है कि हमें जवाब देना होता है। तो, आपके दस बमों पर, एक हम भी फेंक देंगे, बुरा मत मानना। ज़मीन पर बिना ज़्यादा नुक़सान किए हम इस मुश्किल स्थिति से निकल सकते हैं। आप पाकिस्तान को उचित जवाब देते हैं, और हम यह कहते हुए जवाब देते हैं, हम सोते नहीं रहेंगे। (पुनश्चः इस बीच में पश्चिमी देशों ने भी यही तरीक़ा सीख लिया है। सीरिया में खाली ठिकानों पर हमले किए जाते हैं, ताकि अमेरिका और उसके सहयोगियों को 'सज़ा दे देने' का दावा करने का मौक़ा मिल जाए।

अब यह होता है। मैं शुक्रगुज़ार हूँ कि मेरे दोस्त ने आज उस कनेक्शन के बारे में सोचा। क्या यह उस तरह से हुआ? मुझे नहीं पता और ना मुझे पता होना चाहिए था। और अगर मैं जानता होता, तो मैं बताता नहीं।

'कोरियोग्राफ्ड रेस्पॉन्स' का यह फ़ायदा होता है। मैं सहमत हूँ कि मोदी, भाजपा और अन्य हैं, जो कड़ा रुख अपनाए हैं, जबकि ये शांति स्थापित करने की सबसे अच्छी स्थिति में हैं। मियाँ साहब के साथ वे अमन के लिए बेहतरीन हाल में थे, वे अच्छे भागीदार थे और अच्छा माहौल था, लेकिन यह नहीं हुआ। मोदी और उनकी टीम इसे नहीं करेगी। उनका कड़ा रुख बना रहेगा।

सिन्हा : एक और पठानकोट हो जाए, तो इसे कैसे सँभाला जाएगा, या उसका नतीज़े क्या होंगे?

दुलत : पठानकोट या गुरदासपुर या उरी या अखनूर जैसी चीज़ें कई बार हो चुकी हैं। काफ़ी शोरगुल होगा और अगर आप भविष्यवाणी के बारे में पूछते हैं, तो हम एक और सर्जिकल स्ट्राइक करेंगे।

मीडिया हाउस बहुत सारी दिक्क़तें पैदा करते हैं, क्योंकि चीज़ें बढ़ा-चढ़ाकर बताई जाती हैं।

दुर्रानी : मीडिया तो अमन का दुश्मन है। अगर अमन होगा, तो मीडिया वालों की नौकरियाँ ख़त्म हो जाएँगी, चैनल बंद होने लगेंगे। बहुत सारे लोग, जो बक-बक करते रहते हैं और सिर हिला-हिलाकर चिल्लाते रहते हैं, उनकी ओर कोई देखेगा तक नहीं।

दुलत : अगर आप कश्मीर गए हों, ख़ासकर सरहद पर तो बहुत सारी चीज़ें होती हैं, जिनका ज़िक्र तक नहीं होता और ना उनके बारे में जानने की ज़रूरत होती है। अनेक बेकसूर नागरिक मारे जाते हैं और अनेक घायल हो जाते हैं या व्हीलचेयर पर आ जाते हैं। सरहद के दोनों तरफ़ के लोग हमारी बेरहमी के कारण तकलीफ़ उठा रहे हैं। ये चीज़ें होती रहेंगी।

जैसा कि जनरल साहब ने अफ़गानिस्तान में मौजूद अमेरिकी लोगों के बारे में बारे में कही कि वे बोलते हैं, चलो, लड़कों, बाहर चलो और कुछ को गोली मार दो। यही हमारी सरहद पर होता है। बिना उकसावे के गोलीबारी होने लगती है। दोनों तरफ़ के लोग दावा करते हैं कि दूसरी तरफ़ से ऐसा कई बार हो चुका है।

दुर्रानी : संसद पर हमले के बाद की लामबंदी हम देख चुके हैं, और उससे भी ज़्यादा गंभीर, मुंबई हमले के बाद हमने देखा कि भारतीयों ने संभवतः तय किया कि उसी तरह का जवाब अनुत्पादक होगा। अगली बड़ी घटना तो मोदी सरकार के रहते हुए ही हुई, जिससे वह ख़ुद ही मुसीबत में पड़ गई थी।

मुझे नहीं पता कि पठानकोट के बाद हिंसक और तेज़ जवाब क्यों नहीं दिया गया। शायद 2002 का सबक़ था, शायद नई सरकार के कारण, शायद नवाज़ शरीफ़ के कारण, या फिर कोई आपसी समझ रही होगी, हालाँकि उरी के बाद एक सर्जिकल स्ट्राइक का ऐलान

हुआ था और उसकी वाह-वाही हुई थी। यही कारण है कि मैं इसे मुसीबत में पड़ने की बात कहता हूँ। अगले कांड से दबाव पड़ेगा कि सर्जिकल स्ट्राइक से ऐसी घटनाएँ रुकने की अपेक्षा नहीं की जाती? अब क्या करेंगे?

या तो आप अपने मुक्के तानेंगे या ऐलान करेंगे कि आपको कुछ और करने की मज़बूरी है। क्रिया-प्रतिक्रिया का चक्र कई तरह से चलाया जा सकता है, लेकिन कई बार चीज़ें आपके हाथ से निकल जाती हैं। ऐसे में यह सही कह रहे हैं, भविष्यवाणी नहीं की जा सकती।

हालाँकि, मुझे इसमें कोई शक़ नहीं कि संबंधों की गति और क्रिया-प्रतिक्रिया को सीमित किया जा सकता है, लेकिन यह निर्भर करता है कि कमान किसके हाथ में है। स्थितियाँ बनती हैं, मानसकिता बनती है। वाजपेयी इसे सँभाल सकते थे।

दुलत : जनरल साहब की बात सही है कि वाजपेयी या डॉ.मनमोहन सिंह की तुलना में इस सरकार को अपने को रोके रखने में ज़्यादा दिक्क़त होगी, क्योंकि यह ज़्यादा लड़ाकू या बाहुबली सरकार है, और यह अधिक बकवास नहीं सुन सकती।

मुझे किसी गुरदासपुर या पठानकोट या अखनूर की चिंता नहीं है, लेकिन ईश्वर ना करे, अगर एक और मुंबई हो गया तो क्या होगा? या एक और संसद हमला हो गया, तो क्या होगा? भारत सरकार को रुक पाने में दिक्क़त होगी। मुझे यक़ीन है कि उनके मन में ये सब बातें होंगी।

जब कभी ऐसा हुआ, अमेरिकी और बाक़ी देश तुरंत आ जाते हैं और मदद का प्रस्ताव करते हैं। इसे सँभालने के और भी रास्ते हैं, तथा वाजपेयी के वक्त एक प्रतिरोधी कूटनीति भी चली थी, हालाँकि जब आप अपने को किसी ख़ास छवि में फँसा लेते हैं, तो आपके आस-पास के लोग आपसे तुरंत कड़े जवाब की अपेक्षा करने लगते हैं।

अब इसे छोटी-मोटी झड़पों या छोटे-मोटे हमलों तक सीमित करने पर केंद्रित करें, जो कि सेना के शिविरों या पुलिस के वाहनों पर होते हैं। ये चलते रहते हैं।

दुर्रानी : मैं डरा नहीं रहा हूँ, लेकिन अनेक तत्वों को देखिए, अराजक तत्वों को देखिए, सरकारी कारकों को देखिए, जो उपद्रव पैदा करने में दिलचस्पी लेते हैं, जिनकी स्थायित्व में दिलचस्पी नहीं है।

दुलत : यह बात सही है। थिंक टैंक आदि के बारे में बात करते समय, जब हम कहते हैं कि हम आतंकवाद से पीड़ित हैं, हमने इसे भुगता है, तो यह सच्चाई है, हालाँकि बेचारे कश्मीरियों को देखिए। आपने पूछा 2017 की गर्मियों में पिछले साल की तुलना में ज़्यादा शांति क्यों रही। जैसा कि जनरल साहब ने ज़िक्र किया, ये सरकारी और गैर सरकारी तत्व भी यह महसूस करते हैं कि बेचारे कश्मीरियों को कुछ राहत की साँस लेने देने की ज़रूरत है।

25
युद्ध की राजनीति

आदित्य सिन्हा : पिछली बार यथास्थिति को 2002 के 'ऑपरेशन पराक्रम' से ख़तरा हुआ था और तब दुलत साहब सरकार में थे।

अमरजीत सिंह दुलत : बहुत अच्छा उदाहरण दिया, क्योंकि पराक्रम से आख़िर हासिल क्या हुआ? पीछे से नज़र डालें, तो शायद वाजपेयी के पास केवल यही उपाय बचा था, क्योंकि युद्ध तो आप कर नहीं सकते थे, जनरल ही लड़ने को तैयार नहीं थे। आप कौन-सी लड़ाई करने जा रहे हैं, इससे हासिल क्या होगा? तो सैनिकों को सरहद की तरफ़ बढ़ा दो। इसे हमने प्रतिरोध की कूटनीति नाम दिया था।

सिन्हा : पाकिस्तान ने इस लामबंदी को किस तरह से देखा था?

असद दुर्रानी : 9/11 के तुरंत बाद और ख़ुदा जाने, भारतीय संसद पर हमले के पीछे असल बात क्या थी, लेकिन इसने बहुत दिक्क़त पैदा कर दी थी।

अगर किसी को यक़ीन हो कि 9/11 के बाद हम एकमात्र बचे सुपरपावर के 'अग्रणी साथी' होने का लुत्फ़ ले रहे थे, तो उसके बाद वह एकमात्र नहीं रह गया, और सुपरपावर बने रहने के लिए जूझने लगा, तो उसे अपने दिमाग़ की जाँच करानी चाहिए। अगला युद्ध अफ़गानिस्तान में डूरंड रेखा पर था, और हम फ़ौज का अड्डा थे। इसके अलावा, भारत ने वह मशहूर ऑफ़र दिया था कि पाकिस्तान तो समस्या का हिस्सा है, और अफ़गानिस्तान वग़ैरह में हम ज़्यादा अच्छे सहयोगी हो सकते हैं। अब उसके बाद पूर्वी मोर्चे पर समस्याएँ बढ़ाने के बारे में कौन सोचेगा? अगर कोई चूक होती, तो उसकी छाप लोगों के मन पर हमेशा के लिए रह जाती।

लामबंदी के बारे में यह समझा गया कि अमेरिका ने पहले ही दंडात्मक कार्रवाई का संदर्भ मुहैया करा दिया था। 9/11 के बाद उन्होंने अफ़गानिस्तान पर हमला किया और संसद पर हमले के बाद भारत को उसी लाइन पर चलने का आधार मिल गया था। पाकिस्तान पर हमला करना शायद वाजपेयी के मन में नहीं था, लेकिन कुछ ना कुछ गंभीर करते दिखना न्यूनतम सियासी मज़बूरी थी।

भारत का जवाब कैसा होता है? यह समस्या 2001 से रही है और हम अब भी मुंबई, संसद, पठानकोट और उरी से निपटने के संतोषजनक ढंग की तलाश कर रहे हैं। उस वक्त मैं सऊदी अरब में था, लेकिन यहाँ स्वदेश में लिए गए इस निर्णय से सहमत था कि कोई युद्ध नहीं होगा।

जब चीज़ें ज़्यादा ही बड़ा रूप ले लें, तब ही युद्ध गैर इरादतन नतीज़ा हो सकता है। जैसे कि सेना की आवाजाही कई बार बड़ा रूप ले लेती है। तार्किक तौर पर सेना की आवाजाही एक बाध्यता थी, क्योंकि लेकिन युद्ध का फ़ैसला पसंद से होना चाहिए और इस पसंद को आज़माए जाने की संभावना नहीं थी। परमाणु हथियारों का साया और अमेरिकी मौजूदगी पाकिस्तान को एक आरामदायक स्थिति मुहैया कराएगी। इसे परंपरागत-गैर परंपरागत रणनीतिक विरोधाभास कहिए।

सेना की तैनाती हो जाए और आपको वापस होना पड़े, तो आपको पता लगता है कि आपने थोड़ा-बहुत कुछ हासिल किया भी हो, लेकिन ज़्यादा तो आपको कुछ नहीं मिला। पगवाश प्रायोजित भारत-पाकिस्तान वार्ता के दौरों में मणि दीक्षित, आईडीएसए के एयर कोमोडोर जसजीत सिंह और अन्य लोगों ने मेरे इस नतीज़े से सहमति जताई थी, जो मैंने एक आलेख के तौर पर प्रस्तुत किया था। 'द लॉ ऑफ़ डिमिनिशिंग थ्रीट्स' जिसे कोमोडोर ने बाद में प्रकाशित किया था—इसमें कहा गया था कि दोनों देशों के धमकी कार्डों का ठीक असर यह हुआ है कि ये शायद आख़िरी बार चले गए हैं—जिनमें पाकिस्तान के परमाणु युद्ध और भारत के परंपरागत युद्ध के कार्ड शामिल हैं।

पाकिस्तान के लिए यह सकारात्मक घटना है। हमारी सेना लंबी अवधियों के लिए गैर सैनिक कार्यों में लगाई जाती थी और आपकी लामबंदी के कारण समूची सेना आठ से दस माह तक युद्ध की स्थिति में थी। युद्ध के लिए जिस रिफ़्रेशर ट्रेनिंग की बहुत ज़्यादा ज़रूरत थी, वह इसके ज़रिए हो गई थी।

सिन्हा : क्या सेना की लामबंदी से पाकिस्तान में बेचैनी नहीं हुई थी?

दुर्रानी : अगर जब दोनों विरोधी सेनाएँ एक दूसरे की आँखों में आँखें डाले खड़ी हों, तो कोई भी आराम से बैठकर मज़े नहीं कर सकता। कुछ ग़लत होने के आसार परेशानी पैदा करने वाले हो सकते थे। मैंने आकलन के कुछ जानकारों से बात की थी। एक समय आईएसआई के मुखिया एहसान (उल हक़) ने बताया था, "नहीं, युद्ध की आशंका नहीं है। सेना की तैनाती तो मज़बूरी है और यह तो होनी ही थी। इसके लाभ भी थे, इसकी क़ीमत भी चुकानी पड़ी।"

इस मामले से जुड़े ज़्यादा लोगों को नहीं लगता था कि कोई युद्ध होगा, लेकिन आप मीडिया पर भरोसा कर सकते हैं, जो लगातार ख़तरे की घंटी बजाता रहता है।

दुलत : जी हाँ, मुझे लगता है कि हम इस बात पर सहमत हैं कि युद्ध कोई विकल्प नहीं है। अतीत में हमारे बीच कुछ युद्ध हुए हैं और किसी भी पक्ष को कुछ हासिल नहीं हुआ है, सिवाय पूर्वी पाकिस्तान खोने के, लेकिन उसका भी कारण 71 का युद्ध नहीं था, बल्कि पहले हो चुकी कई मूर्खताएँ रहीं।

जी हाँ, वाजपेयी लाहौर गए और बोले, "हम जंग नहीं होने देंगे।" मियाँ साहब भी उसमें शामिल थे। उसके बाद मुशर्रफ़ ने कहा कि युद्ध कोई व्यावहारिक उपाय नहीं है। मनमोहन सिंह आख़िरी आदमी थे, जिन्होंने युद्ध के बारे में सोचा होगा।

हालाँकि कोई पागल तो हमेशा हो सकता है, जो उनके दिमाग़ में भर देता था कि सर्जिकल स्ट्राइक तो रूटीन काम है। तो, भले ही युद्ध ना हो, लेकिन इतना तो कोई कह ही सकता है कि हम पाकिस्तान को सबक़ सिखाने जा रहे हैं। इसकी शुरुआत या ख़ात्मा कैसे होता है? यह अंदाज़ा लगा पाना कठिन है कि क्या होगा या हो सकता है।

अमेरिकी हमेशा बहुत जोश में रहते हैं। 2001 में उन्हें चिंता थी कि संसद पर हमले के बाद क्या होगा, क्योंकि वाजपेयी ने कहा था, "मैंने पाकिस्तान के साथ अमन क़ायम करने की अपनी तरफ़ से भरसक कोशिश की, और करगिल के बावजदू, मैंने ऐसे इंसान को भी आमंत्रित किया था, जिसने पाकिस्तान में तख़्ता पलट किया था और जो राष्ट्रपति बन गया था, और अब यह।" वे मुश्किल में थे।

'ऑपरेशन पराक्रम' से कुछ हासिल नहीं हुआ। यह धन की बर्बादी थी और इसने सैनिकों के लिए मुश्किलें पैदा कीं, जिन्हें उन गर्मियों में बेहद प्रतिकूल परिस्थितियों में रहना पड़ा। जैसलमेर में तापमान 47 डिग्री तक हो जाता है और फिर आप सरहद पर बैठे कर क्या रहे थे? मुझे लगता है कि यह वाजपेयी के पास एकमात्र विकल्प था।

अपनी तरफ़ से तो मेरा एक ख़याली पुलाव यह रहता है कि पाकिस्तान टिकाऊ देश नहीं है। यह टूट जाएगा। उसी वक्त मुशर्रफ़ ने सत्ता सँभाली थी, कुछ जिम्मेदार लोगों ने कहा था कि पाकिस्तान हमारा चहेता है, लेकिन यह टूटने जा रहा है। मैंने कहा था, मुझे पाकिस्तान के टूटने जैसे कोई संकेत नहीं दिखते। दुनिया पाकिस्तान को टूटने नहीं देगी। अमेरिका ऐसा नहीं होने देगा।

दुर्रानी : युद्ध के आसारों के बारे में बात यह है कि आख़िरकार इससे अनिश्चितता, तनाव वृद्धि और अनभिप्रेत नतीज़ों की नौबत आती है।

दुलत : अनभिप्रेत नतीज़े?

दुर्रानी : कोई कह सकता है : दो-तीन दिन समझ में आते हैं, आपने मज़े किए, फायरिंग रोकी और वापस घर चले गए। दिल्ली, रावलपिंडी, इस्लामाबाद, वॉशिंगटन, बीजिंग यही कहेंगे, कोई मैडमैन अपने मैड बटन पर हाथ दबाए, उसके पहले रुक जाइए, क्योंकि तब सारा खेल हो चुका होगा।

हालाँकि, तब हमारा सारा आकलन और रणनीतियाँ यही मानी जाएँगी कि हम तार्किक तत्व हैं। पाकिस्तानी लोग आत्मघाती नहीं हैं। हमारी तरफ़ से परमाणु हथियार की किसी भी पहल का उचित जवाब दिया जाएगा। वास्तव में कोई दृश्य या अदृश्य दहलीज़ पार करने की अनिश्चितता एक वास्तविक बाधा हो सकती है।

सिन्हा : कुछ दार्शनिकों ने कहा है कि युद्ध इंसान की अधिक स्वाभाविक अवस्था है।

दुर्रानी : युद्ध शुरू करना तो आसान है ही–कोई भी मूर्ख ऐसी हरकत कर सकता है–अमन बनाना और क़ायम रखना मुश्किल है। उसके लिए हर ऐसे इंसान की ज़रूरत है, जो क़दम बढ़ा सके और डटा रहे। इसके बाद वे लोग होते हैं, जिन्हें युद्ध से फ़ायदा होता है–और दरअसल, अमेरिका में सैन्य–औद्योगिक परिसरों और बाक़ी जगह के युद्ध-पिपासुओं के बारे में सुना है। ये लोग हम सबको बार-बार धकिया कर कहते रहते हैं कि कुछ लोग तो केवल बंदूक की ज़बान ही समझते हैं। मुझे लगता है कि राष्ट्र राज्य की अवधारणा के परिणाम राष्ट्रवाद और राष्ट्रीय हित ने हथियारबंद लड़ाइयों में ज़्यादा योगदान दिया है। शायद इसी वजह से इक़बाल ने राष्ट्रवाद को नया ख़ुदा कहा था।

दुलत : जी हाँ, राष्ट्रवाद मुसीबत बन सकता है।

दुर्रानी : मैं सहमत हूँ। अगर आपके दिल में इलाके का हित नहीं है, तो आपके दिल में आपके मुल्क़ का हित हो ही नहीं सकता। यह तो उसी तरह से हुआ, जैसे कोई कहे, "नहीं, मुझे बाक़ी पाकिस्तान में क्या होता है, उसकी ज़्यादा परवाह नहीं है, लेकिन फ़ैसलाबाद में यह ज़रूर होना चाहिए।" पाकिस्तान फ़र्स्ट कहना या यह कहना कि हमें अपने राष्ट्रीय हित में अफ़गान सरहद सील कर देनी चाहिए, यह केवल मूर्खता ही है।

हालाँकि, अभी पर्याप्त संख्या में हमारे स्वदेशवासी इस पर यक़ीन करते हैं कि उन्हें अपने पड़ोसियों से कोई लेना-देना नहीं, पड़ोसी अपनी लड़ाई ख़ुद लड़ें, और हमें तो केवल पाकिस्तान की ही फ़िक्र करनी चाहिए। जब पड़ोसी देश युद्ध लड़ते हैं, तो वह पाकिस्तान के बारे में ही होते हैं।

दुलत : कराची में 2011 में 'अमन की आशा' सम्मेलन में मैं शामिल हुआ था। उसकी सबसे ज़्यादा मज़ेदार बात यह थी कि पाकिस्तान में फ्रांस और जर्मनी, दोनों के राजदूत बोले थे। पहले फ्रेंच राजदूत ने युद्ध के प्रभावों के बारे में बताया और बताया कि कैसे यूरोप एकजुट हुआ। जर्मन राजदूत होशियार था। शब्दों के खेल से बचते हुए उसने कहा कि दूसरे विश्वयुद्ध के बाद जर्मनी ने सोच-समझ कर यह फ़ैसला किया था कि युद्ध अब कोई विकल्प नहीं बचा है। युद्धों में उसे इतना नुक़सान हुआ था कि अब वह युद्ध के दौर में फिर से नहीं जाना चाहेगा।

2009 में बहुत सारे राजदूत अफ़गान विशेषज्ञ बन गए थे। एक नाटो समूह जर्मनी से दिल्ली आया था, और क्लैरिज होटल में उसने शांति और बातचीत के अलावा कोई बात नहीं की। इस पर मैंने कहा था, मुझे लगता है कि आप लोग नाटो की तरफ़ से आए हैं, नाटो को क्या हो गया है?

दुनिया बदल रही है। दस साल पहले हेनरी किसिंजर दिल्ली आए थे और बोले थे, "अगर ईरान लाइन पर नहीं आता, तो उसे दुनिया से उड़ा दिया जाएगा।" ईरान तो अब भी उसी तरह वहीं है, जैसे कि हर कोई अपनी-अपनी जगह है।

दुर्रानी : नाटो राजदूत आएँगे और अक्सर अमन के बारे में बात करेंगे, जबकि नाटो एक युद्ध संगठन ही है।

दुलत : बिलकुल है ही।

दुर्रानी : एक युद्ध गठबंधन है और अगर युद्ध ना हों, तो वे परेशान हो जाते हैं। वारसा संधि के भंग हो जाने के बाद नाटो से उसी राह पर चलने की अपेक्षा थी, लेकिन यह अपने स्थायीकरण को जायज़ ठहराने के लिए नए-नए मिशनों की तलाश करता रहा। शुरुआत में यह यूरोपीय देशों के बीच शांति क़ायम करने के लिए था, लेकिन बोस्निया संकट और पूर्व सोवियत संघ के कुछ राष्ट्रों द्वारा 'पार्टनरशिप फॉर पीस' में इसकी असफलता के बाद नाटो अब कुछ राहत की साँस ले रहा है, क्योंकि इसे अफ़गानिस्तान और बाक़ी जगह ना ख़त्म होने वाले युद्ध शुरू होने से इसे दोबारा रोज़गार मिल गया।

दुलत : दरअसल, किसिंजर ने नई दिल्ली में यह भी कहा था कि अगर अफ़गानिस्तान में नाटो नाक़ाम रहता है, तो यह नाटो का ख़ात्मा होगा।

दुर्रानी : नाटो का पुनर्चक्रण अच्छा नहीं लगता, हालाँकि युद्ध से कुछ ख़ास मक़सद पूरे होते हैं, लेकिन हमें अपनी आँखें बंद नहीं करनी चाहिए। पाकिस्तान में भी बहुत थोड़ी संख्या में लोग कपटपूर्ण तरीक़े से छोटे-मोटे विवादों की ज़रूरत बताते रहते हैं, ताकि अमेरिका को इस इलाक़े में लगाए रखा जा सके। उनके तर्क अलग-अलग रहते हैं, जिनमें वित्तीय फ़ायदे से लेकर भारत के 'आधिपत्यवादी' स्वभाव को क़ाबू में रखना तक शामिल हैं।

अफ़गानिस्तान में तालिबान को ही लीजिए। बेशक़ उनमें से बहुत युद्ध का ख़ात्मा चाहते हैं, लेकिन कुछ की मंशा ज़रूर बदहाली से बेहतरीन फ़ायदा उठाने की है। नाटो से हर साल 500 मिलियन डॉलर जो लेने हैं।

हालाँकि ऐसे भी मक़सद हैं, जो बिना जंग के हासिल नहीं हो सकते। बांग्लादेश बिना जंग के नहीं बन पाता। कुवैत युद्ध के बिना अमेरिका उस इलाक़े में पैर जमाने की जगह नहीं पा सकता था। बिना अफ़गानिस्तान पर हमला किए 9/11 का उचित राजनीतिक जवाब घरेलू स्तर पर दे पाना मुमक़िन नहीं था।

जंग को सिरे से नकारना ग़लत है, लेकिन जहाँ जंग नीति का औज़ार बन जाता है, और किसी अन्य साधनों द्वारा नीति का विस्तार भर नहीं रह जाता, जैसा कि क्लाउज़विट्ज़ ने कहा था, तो यही वास्तविक नीति बन जाता है, जिसके बाद सबको इसका पालन करना ही पड़ता है।

अमेरिका सबसे ज़्यादा बिक्री किस चीज़ की करता है? हथियारों की। कुछेक सप्ताह पहले एक सेमिनार हुआ था, जिसमें अमेरिकी विदेश उपमंत्री शामिल हुए थे। वे यहाँ अपने सामरिक संवाद के लिए आए थे, हालाँकि पाकिस्तान और अमेरिका के रिश्ते सामरिक हैं नहीं। और उन्होंने कहा था, "भारतीय ढेर सारे हथियार ख़रीद रहे हैं और इससे उन्हें ख़ुशी होती है।" यही सही बात है, लेकिन उन्होंने यह भी इशारा कर दिया था कि आपके रिश्ते किस बात से तय होते हैं।

दुलत : पाकिस्तान ज़्यादा हथियार क्यों नहीं ख़रीद रहा है?

दुर्रानी : लगता है, हमारे पास धन की कमी है।

दुलत : वे आपको धन भी देंगे।

दुर्रानी : अगर हम एफ़-16 विमान भी ख़रीदना चाहते हैं, तो वे कहते हैं, जब तक हम हक्कानी नेटवर्क के खिलाफ़ क़दम नहीं उठाते, तब तक कोई सब्सिडी नहीं मिलेगी, और यह काम भी एक और आत्मघाती काम होगा।

दुलत : बेशक़, बांग्लादेश युद्ध के बिना नहीं बन सकता था, लेकिन 71 के बाद से बहुत कुछ हो चुका है।

दुर्रानी : जी हाँ।

दुलत : आज की तारीख़ में युद्ध बहुत ज़्यादा गंभीर मसला है।

सिन्हा : तत्कालीन रक्षामंत्री मनोहर पर्रिकर के 'नो फ़र्स्ट यूज़' पॉलिसी को ख़त्म कर देने के बयान के बारे में क्या कहेंगे?

दुर्रानी : यह बात कहने के लिए शुक्रिया। किसी और से यह सुनना अच्छा लगा क्योंकि इत्तफ़ाक़ से पेशेवर लोग आमतौर पर इससे सहमत नहीं होते। हमारे बीच तक़रीबन बेमेल बहस इस बात पर रही है कि इसका वास्तविक मतलब क्या है।

दुलत : इसका मतलब कुछ नहीं है।

दुर्रानी : मैं सहमत हूँ और इस बात से प्रभावित हूँ कि कोई नागरिक किसी सेना के आदमी से ज़्यादा इस बात को समझता है। घोषित सिद्धांत हमेशा वास्तविक नहीं होते–परमाणु युद्ध के मामले में, अगर कभी ये होते भी हैं, तो कभी-कभार ही होते हैं। इसका कारण आसान है : परमाणु युद्ध कौशल का पहला सिद्धांत मिले-जुले भाव वाला होता है। मसलन, एनएफ़यू (नो फ़र्स्ट यूज़) और एनएनएफ़यू (नो नो फ़र्स्ट यूज़)। भारत को अपनी परंपरागत श्रेष्ठता का विश्वास जताने के लिए एनएफ़यू की घोषणा करनी होगी। अगर पाकिस्तान ने कभी यह कहा कि हमने इसे अधिक सशक्त पड़ोसी को डराने के लिए हासिल किया है, तो ना केवल इसकी कोई विश्वसनीयता नहीं होगी, बल्कि इससे हमारे लोगों को भी ग़लत पैगाम भी जाएगा।

याद रखिए, परमाणु संपत्तियाँ प्राथमिक रूप से राजनीतिक और मनोवैज्ञानिक हथियार होती हैं।

दुलत : (पर्रिकर का बयान) केवल राजनीतिक बयान था।

दुर्रानी : जब ज़रदारी ने कहा था कि पाकिस्तान को भी 'नो फ़र्स्ट यूज़' पॉलिसी रखनी होगी, तब किसी ने कहा था, "ज़रदारी साहब, आपको परमाणु और अन्य सौदों में दलाली की जानकारी हो सकती है, लेकिन आपको परमाणु सिद्धांतों के बारे में पता क्या है?"

उनका राजनीतिक संदेश ग़लतफहमी, उत्तेजना, बेचैनी पैदा कर सकता है। पर्रिकर ने दोबारा धमकी दी थी कि जब आपके पास नया आर्मी चीफ़ हो, तीसरा या चौथा गोरखा कतार में हो या ऐसा ही कुछ हो, तो आप फिर से कोल्ड स्टार्ट की बात कर रहे हैं। यह बहस हमेशा चलती रह सकती है, लेकिन बुनियादी तौर पर पेशेवर कहते हैं, उन परिस्थितियों में वह बयान देना ज़रूरी था। उससे मौजूदा भारत-पाकिस्तान तनाव बढ़ा, लेकिन यह गुज़र जाएगा, क्योंकि इसका मतलब उतना ज़्यादा नहीं है, जितना लोग सोचते हैं।

सिन्हा : तो, यथास्थिति बनी हुई है और किसी का भी कोई ख़ास मतलब नहीं है।

दुर्रानी : आख़िरकार, हर देश की घरेलू राजनीति ही मायने रखती है। 9/11 पर अमेरिकी प्रतिक्रिया हमला करने की थी, जिसको केवल उस तथ्य से उचित ठहराया जा सकता है कि फ़ोर्ट्रेस अमेरिका में सेंध लगी थी। अमेरिकी लोगों को तो ख़ून चाहिए था, किसी ज़ोरदार हमले के अलावा कोई और चीज़ उन्हें संतुष्ट नहीं कर सकती थी। पाकिस्तान ने निर्धारित समय में ओसामा बिन लादेन को बाहर निकालने का प्रस्ताव किया था, ताकि अमेरिका आकर आक्रमण ना करे, लेकिन इससे अमेरिकी लोग संतुष्ट होने वाले नहीं थे।

सिन्हा : जनरल साहब, आप 65 और 71 के युद्धों में शामिल थे। इन युद्धों के दौरान भारत के बारे में आपके क्या विचार थे?

दुर्रानी : सैनिकों के बारे में एक ग़लतफहमी होती है कि यदि वे एक दूसरे से लड़ रहे हैं, तो वे एक दूसरे के सबसे बुरे प्रतिद्वंद्वी होंगे।

एक बार अमेरिकी प्रतिनिधिमंडल हमारे प्रशिक्षण सिद्धांतों के बारे में जानकारी लेने आया था। आईएसआई में काम करने के बाद मैं जीएचक्यू में ट्रेनिंग ब्रांच में जा चुका था। एक मेहमान ने पूछा था, "क्या 'भारत से नफ़रत' हमारे प्रशिक्षण पाठ्यक्रम का हिस्सा है?" मैंने कहा, इसके विपरीत, हमारे सैनिक इस बात के लिए तैयार किए जाते हैं कि जब मौक़ा आए तो लड़ सकें, लेकिन याद रखें कि दूसरे सैनिक भी अपने देश के लिए यही काम कर रहे हैं। यही हमारा प्रशिक्षण सिद्धांत है। मैं नाराज़ था, इसलिए मैंने यह भी कह दिया, अमेरिकी सेना में आपको 'अमेरिका के शत्रुओं' को मार डालने को कहा जाता है। इसके विपरीत, बाक़ी सब अपने देश की रक्षा की भावना से प्रेरित होते हैं।

यही भावना मुझे आपके पक्ष की तरफ़ भी मिलती है।

हमारी सेनाओं को प्रशिक्षण दिया जाता है कि आपको लड़ना है। अगर आप चूक भी गए, तो दूसरा तो चूकने वाला है नहीं, हालाँकि याद रखिए, जब दुश्मनी ख़त्म हो जाती है, तब फ्लैग मीटिंग होती है, तो आप हँसी-मज़ाक़ करते हैं, साथ में चाय-कॉफी पीते हैं।

दुलत : मैं उत्तर भारत से हूँ और मेरे बहुत सारे परिजन और मित्र सेना में हैं। युवा के रूप में उनके मन में युद्ध को लेकर जोश होता है, लेकिन जल्द ही आपको पता चल जाता है कि युद्ध कोई नहीं चाहता है, यह गंदा काम है। यह बेहद दर्दनाक हो सकता है।

एक कज़िन 65 में चंबा में था और सदमे की अवस्था में लौटा था। उसने बताया कि कैसे एक गोली उसकी पगड़ी में होकर गुजरी थी, जिसकी वह स्पष्ट तौर पर कल्पना कर सकता था। कुछ इलाक़ों में हाथापाई वाली लड़ाई भी हुई थी। उसने एक कहानी सुनाई, जिसके बाद वह कई रातों को सो तक नहीं पाया था। इसमें पाकिस्तान का एक जवान सेकंड लेफ़्टिनेंट मारा गया था। "जब मैंने उसकी जेब में हाथ डाला, तो उसमें उसकी मंगेतर का पत्र मिला और मेरा दिल दहल गया," उसने बताया था। यह लड़का युद्ध के बाद हमारे पास आया था और कुछ सप्ताह हमारे साथ रहा था। रात को वह उन डरावने सपनों के कारण नींद में बिस्तर से उछल पड़ता था, जिन्हें वह प्रत्यक्ष देख चुका था।

वास्तव में, सेना के जनरल युद्ध नहीं चाहते। यही कारण है कि जनरलों या सेनाओं के बीच भारत-पाक वार्ता ज़रूरी है। यही कारण है कि मैं कहता रहता हूँ कि इंटेलीजेंस के मुखियाओं के बीच भी वार्ता होती रहनी चाहिए, क्योंकि राजनयिक स्तर पर जो कुछ होता है, उससे बहुत ज़्यादा आगे नहीं बढ़ा जा सकता।

दुर्रानी : सही बात है। यहाँ तक कि सेना की शिक्षा भी इसी दिशा में होती है, लेकिन आख़िरकार, अगर आप अपने काम में अच्छे हैं, तो आप इसे बिना बल प्रयोग के पूरा करने की कोशिश करते हैं। युद्ध आजकल पहले की तुलना में ज़्यादा विध्वंसक हो चुका है। इसके पहले, कुछ सैकड़ा या हज़ार लोग मरते थे, लेकिन अब पूरा शहर नष्ट हो सकता है। सुन त्ज़ू के वक़्त से ही, आदर्श सैन्य रणनीति बिना लड़े ही जीतने की रही है। आजकल कोई भी अच्छा देश किसी ना किसी तरह से इसी सलाह का पालन करेगा।

दुलत : यही बात अच्छे जनरलों के लिए भी लागू होती है।

दुर्रानी : यही कारण है कि वे उपदेश देते रहते हैं कि इतने तैयार रहो कि दूसरा पक्ष तुम्हारे ऊपर हमला करने से पहले कई बार सोचे। निवारण, युद्ध से परहेज़, सेना के कम से कम इस्तेमाल के लिए योजनाएँ बनाई जाती हैं। फ्रांसीसी इसमें यक़ीन करते हैं, जर्मनी संतुलन बनाकर कहते हैं कि सेनाएँ युद्ध नहीं करतीं। ये तो राजनीतिक या ऐतिहासिक कारणों से होते हैं, इसलिए नहीं होते कि सेना युद्ध के लिए तत्पर है।

अमेरिकी सेना अपवाद है। जब लोग कोई गैर-सैन्य हल सुझाते हैं, तो सेना कहती है कि हमने विशाल मशीनरी फ़ालतू में नहीं तैयार कर रखी है। जिस वजह से आपके कज़िन को रात को नींद नहीं आती, तो इससे उन्हें ख़ुशी मिलती है। यह उनकी संस्कृति में है, जैसा कि वे इराक़ में कर रहे हैं, अनायास निशाना लगाते रहते हैं। अफ़गानिस्तान में वे कहते हैं कि वे बोर हो रहे हैं, तो क्यों ना आज बाहर चलकर बेकसूर नागरिकों को गोली मारकर आते हैं, क्योंकि तालिबान तो काफ़ी कड़े हैं। यही कारण है कि अमेरिकी सैनिकों और बाक़ी जगह के सैनिकों की ट्रेनिंग में फ़र्क़ है।

हालाँकि भारत और पाकिस्तान अलग हैं। वे एक दूसरे का आदर करते हैं।

सिन्हा : 71 के युद्ध के बारे में क्या कहेंगे?

दुलत : 65 का युद्ध ज़्यादा गंभीर था।

दुर्रानी : 71 का युद्ध किसी और जगह शुरू हुआ था और मैं रेगिस्तान में अपनी यूनिट में भागकर आया था। रेगिस्तान का अभियान बहुत अच्छा नहीं रहा था। एक सैनिक के नज़रिए से, और तब हाल ही में मेरी तरह क्वेटा से स्टाफ कोर्स करके युद्ध कला सीखकर आए इंसान के नज़रिए से। यह सीखने का शानदार स्रोत था। अपनी खुद की गलतियों से हम सीखते हैं।

रेगिस्तान वहीं था, जहाँ मेरी यूनिट थी। हम जैसलमेर के काफ़ी निकट गए थे। वहाँ रेगिस्तान है, खुला है, उसके बाद हम वापस आ गए, क्योंकि ऑपरेशन को सामान की आपूर्ति नहीं हो पा रही थी।

दुलत : जब मैं प्रधानमंत्री कार्यालय में था, तो मुझे नियमित रूप से नेशनल डिफेंस कॉलेज में कश्मीर के बारे में बोलने के लिए बुलाया जाता था। एक बातचीत में एक वरिष्ठ अधिकारी ने मुझसे कहा था, “राजनेताओं ने 2001 में सेना को युद्ध करने से क्यों रोक दिया था? हमें हर तरह से उकसाया जा रहा था।” मैंने कहा, यह आपने कैसे सोच लिया कि राजनेताओं ने सेना को रोका था? आपको यह कैसे पता चला कि युद्ध करने की इच्छा ना रखने वाले जनरल नहीं थे?

जनता को ये बातें सुनने को नहीं मिलतीं, इसलिए यह मूर्खतापूर्ण धारणा बनती है कि हम सभी युद्ध में जाना और लड़ना चाहते हैं, जबकि युद्ध सबसे ज़्यादा पागलपन का विकल्प है।

दुर्रानी : यहाँ तक कि बर्लिन की पगवाश कॉन्फ्रेंस में मोसाद के दो पूर्व प्रमुखों ने भी बार-बार यही बात कही थी कि ईरान के खिलाफ़ युद्ध में जाना सबसे मूर्खतापूर्ण विचार है।

दुलत : मोसाद के मेरे समकालीन एफ़राइम हैलेवी वार्ता और शांति के पक्षधर थे। दो-तीन साल पहले वे दिल्ली आए थे और हमने वार्ता के बारे में यही बात बोली थी। लोग चकित थे कि मोसाद का कोई चीफ़ ऐसी बात बोला, हालाँकि पाँच साल तक मोसाद के चीफ़ रहे हैलेवी बहुत विनम्र इंसान थे।

VI

न्यू ग्रेट गेम

इस बात को ध्यान में रखते हुए कि भारत और पाकिस्तान का पड़ोस ऐतिहासिक है और बाद में ग्लोबल पावर बनने के इच्छुक देशों की इसमें काफ़ी दिलचस्पी रही है, बातचीत अफ़गानिस्तान पर की जा रही है। दुर्रानी बताते हैं कि ओसामा बिन लादेन की अमेरिकी तलाश के चरमोत्कर्ष में जो हुआ, उसके बारे में वे क्या सोचते हैं। वे और दुलत चर्चा करते हैं कि अफ़गानिस्तान इस समय सुलझाने योग्य क्यों नहीं है। वे इस बात का भी आकलन करते हैं कि डोनाल्ड ट्रंप इस इलाक़े के साथ कैसा बर्ताव करते हैं, वे परखते हैं कि भारत का कभी सबसे अच्छा दोस्त रहा रूस अब पाकिस्तान को लुभा रहा है।

मंच की तैयारी

बैंकॉक, 29 अक्टूबर, 2017 : हम लोग बातचीत के लिए अपने होटल की 13वीं मंज़िल के लाउंज में बैठते हैं, जहाँ हम उस सामान्य नकारात्मकता को दूर करने की कोशिश करते हैं, जो पिछली ट्रैक-2 वार्ता पर छाई रही थी। कॉफी, कुकीज़ तथा दुलत साहब का अटल आशावाद इस प्रोजेक्ट को बेकार और ख़त्म होने से बचा लेता है।

26
ओसामा बिन लादेन का सौदा

अमरजीत सिंह दुलत : मैंने अतीत में चीज़ें, बनावटी चीज़ों को सँभालने का श्रेय पाकिस्तान को दिया। पाकिस्तान में ओसामा बिन लादेन के पकड़े[1] जाने को चाहे आप जिस नज़र से देखें, लेकिन था यह बड़ा काम। मुझे लगा कि पाकिस्तान ने किसी ना किसी तरह से इसमें सहयोग किया, लेकिन अगर उसने नहीं किया और कोई आपके देश में घुसता है और जिसे चाहे पकड़कर ले जाता है, तो पाकिस्तान ने ये सारी चीज़ें बहुत अच्छी तरह से सँभालीं।

आदित्य सिन्हा : यही बात सेमॉर हर्श कहते हैं।

असद दुर्रानी : 2 मई, 2011 को मुझे बीबीसी से फ़ोन आया। मैं अफ़गानिस्तान से संबंधित एक हाई-प्रोफाइल ट्रैक-2 के लिए अबू धाबी में था। ये फ़ोन ओसामा बिन लादेन के बारे में एक विशेष कार्यक्रम के लिए था, जिसे बीती रात मार डाला गया था। मुझे ज़्यादा नहीं पता था, लेकिन मुझे उस शो में आमंत्रित किया गया था, क्योंकि कुछ सालों से मैं कहता रहा था कि ओसामा बिन लादेन कबाइली इलाक़ों में नहीं होगा, बल्कि किसी बड़े शहर में होगा। अब चूँकि मेरी बात सही साबित हुई थी, तो शायद उन्हें लगता था कि मुझे कुछ पता था।

यह केवल एक आकलन था कि ओसामा बिन लादेन का कबाइली इलाक़ों में छिपा होना व्यावहारिक नहीं था। वह कहाँ था, यह जानने में मेरी कोई दिलचस्पी नहीं थी। उन्होंने बताया कि यह 'हार्डटॉक' का विशेष एपिसोड होगा, क्योंकि पिछले आम कार्यक्रमों से अलग, इस बार इसमें पूर्व ब्रिटिश मिलिटेरी चीफ़ माइकेल जैक्सन होंगे, और शायद उनके पूर्व विदेश मंत्री डेविड मिलिबैंड भी। एक तरह से वे यह बता रहे थे कि मैं पाकिस्तान का बचाव करूँगा।

स्टूडियो में कोई मिलिबैंड नहीं था। उनकी जगह अमेरिका का एक पूर्व उप एनएसए आया था। मैंने कहा, मुझे नहीं पता, लेकिन मुझे लगता है कि पाकिस्तान ने सहयोग किया था। बिना सहयोग के यह ऑपरेशन ख़तरनाक हो सकता था। ख़तरा इतना ज़्यादा था कि अन्य विचार कि हम किसी को अलर्ट करते, वह हमारे सहयोग के बदले छोड़ दिया गया।

तब आप इसे मान क्यों नहीं रहे हैं? राजनीतिक कारणों से, मैंने कहा, पाकिस्तान में इसे अच्छी नज़र से नहीं देखा जाएगा कि हमने किसी ऐसे इंसान को मरवाने में अमेरिका का सहयोग किया, जिसे कई पाकिस्तानी हीरो मानते थे।

मेरे इस कथन पर कोई शोरगुल नहीं हुआ था। दो साल बाद, मैंने शायद कहीं और भी यही बात दोहराई, लेकिन अब तक एक और अभिशाप की गिरफ़्त में दुनिया आ चुकी थी, जिसे सोशल मीडिया कहा जाता है। मैं ऑक्सफोर्ड में अल-जज़ीरा पर क़रीब 400 दर्शकों के सामने था और जिस पल मैंने अपना आकलन बताया कि पाकिस्तान ने सहयोग किया था, उसी पल हॉल के बाहर 400 मैसेज भेज दिए गए, जिनमें मेरी बात को बुरे से बुरे तरीक़े से तोड़-मरोड़ दिया गया था। उन्होंने कहा, "आईएसआई के पूर्व मुखिया जनरल दुर्रानी ने कहा कि पाकिस्तान ओसामा बिन लादेन को पाल रहा था।" मैंने यह बात कही ही नहीं थी। मैंने कहा था, किसी स्तर पर शायद हमें पता चल गया था और हमने सहयोग किया, उसे सुपुर्द किया, जिस वजह से उन्हें सारा श्रेय मिल सका।

सेमॉर हर्श से मैं कुछ बार मिला था और उनके संपर्क में था। उन्होंने मुझे कॉल किया। इस बार भी मैं ट्रैक-2 बैठक के लिए देश से बाहर था। उन्होंने कहा "मेरे पास सबूत हैं कि पाकिस्तान और अमेरिका में सहयोग हुआ था, लेकिन उन सबूतों को लेने वाला कोई नहीं है। हम दोनों मिलकर क्या कर सकते हैं?" मैंने कहा, आप जो कुछ लिखते हैं, उसे मेरे पास भेजिए। मैं अपनी टिप्पणियाँ भेजूँगा। उन्होंने ऐसा ही किया।

इस कथन के बारे में और मीडिया पर अमेरिकी नियंत्रण शानदार था। हर्श एक मशहूर, इज्ज़तदार और माहिर खोजी पत्रकार हैं। उन्होंने वियतनाम और अबू ग़रैब पर भी किताबें लिखी हैं, जिनके लिए उनकी काफ़ी सराहना हुई है, लेकिन ओसामा के बारे में उनकी इस रिपोर्ट का समर्थन खुलकर किसी ने नहीं किया।

ओसामा बिन लादेन की हत्या के बारे में हर्श और गेरेथ पोर्टर की कई और भी जाँचें हैं। एक तो पाकिस्तान के रिटायर्ड ब्रिगेडियर शौक़त क़ादिर ने की है और एक कनाडा में रहने वाले रिटायर्ड ब्रिगेडियर ने की है। सभी ने सहयोग की वही बात कही है। पाकिस्तान के लिए, सहयोग करने के आरोप को झेलने के बजाय, कुछ ना कर पाने का दोष झेलना आसान रहा है। अमेरिकी हेलिकॉप्टर देश के अंदर 150 किलोमीटर तक घुस आए, तो उसे कैसे पता नहीं चला?

आख़िरी बात भारत, पाकिस्तान और उन सभी लोगों के लिए अहम है, जो अमेरिका से रिश्ते रखते हैं। बात यह है कि इस ऑपरेशन के बाद अमेरिका ने अपने वचनों को निभाया नहीं।

इसमें कुछ भी नया नहीं है। वह हमेशा से ऐसा ही रहा है। 1960 के दशक में जब अयूब ख़ान सत्ता में थे, तब कैनेडी ने ख़ुद कहा था कि अगर उन्होंने दक्षिण चीन की तरफ़ तिब्बत और पूर्वी पाकिस्तान में संपत्ति बनाने में अमेरिका की मदद की, तो वे कश्मीर के बारे में कुछ करेंगे। यह सब ब्रूस रीएडेल ने लिखा है, जो कि किसी भी तरह से पाकिस्तान समर्थक नहीं हैं।

बाद में जब अयूब ख़ान अनिच्छा से सहमत हुए, तो अमेरिका ने अपना वचन नहीं निभाया। अफ़गानिस्तान के बाद, ओसामा के बाद, ना पूरे किए गए वचनों के ऐसे बहुत सारे उदाहरण हैं। यह उनके डीएनए में है। वे इसे क़बूल करते हैं कि जब वचनों को निभाने की बात आती है, तो पैराशूट बेहतर हैं।

ओसामा पर छापे के बाद के चार-पाँच महीने पाकिस्तान-अमेरिकी संबंधों के लिए ख़ास तौर पर ख़राब वक्त रहे। 2012 में हम थोड़ी सामान्य स्थिति बहाल कर सके। यह पूरी तरह से नहीं हुई है। अफ़गानिस्तान में मुश्किलों के कारण इलाक़े में उनकी आलोचना जारी है।

दुलत : तो, ओसामा के बारे में क्या सौदा हुआ था?

दुर्रानी : मुझे नहीं पता। यह तो मेरा आकलन भर है। उस समय आर्मी चीफ़ अशफाक़ कयानी थे। वे एनडीसी में मेरे पसंदीदा छात्र थे। पेशेवर तौर पर मज़बूत थे, हालाँकि वे अब रिटायर्ड हो चुके हैं, लेकिन वे मुझसे दूरी बनाए हुए हैं कि कहीं मैं उनसे पूछ ना लूँ कि क्या आपने सौदेबाजी की थी?

मुझे नहीं लगता कि उनके पास या उस समय के आईएसआई प्रमुख पाशा के पास चुप रहने का कोई कारण है। राज़ खुलने दीजिए, क्योंकि हमें दोनों दुनिया की तरफ़ से बुरा-भला कहा जा रहा है। हम पर निकम्मेपन और डबल गेम खेलने का दोष मढ़ा जा रहा है और बदले में हमें क्या मिला? मैं तो यही जानना चाहता हूँ।

हालाँकि बीबीसी के उस कार्यक्रम में उन्होंने मुझसे पूछा कि क्या सौदा हुआ था। मुझे नहीं पता था, लेकिन मेरा अनुमान था कि यह अफ़गानिस्तान से निकलने के बारे में रहा होगा।

धन कोई बड़ा मसला नहीं है। एक बार आपको ओसामा बिन लादेन मिल गया, अगर आपको राज-काज की समझ है, और अशफाक़ कयानी समझदार थे, तो आप किसी और चीज़ की नहीं, बल्कि समझौते के मुताबिक़ निकलने की उचित रणनीति की बात तय करते। हॉलब्रुक की टीम के वली नासिर[2] ने भी एक्ज़िट प्लान के बारे में बोला था।

अगर कयानी कुछ फ़ार्म या एक अरब डॉलर की बात तय करते, तो मैं ख़ुद उनके खिलाफ़ अभियान शुरू कर देता, जबकि मैं उन्हें कभी बहुत पसंद करता था और मानता हूँ कि वे हमारे सोचने वाले सेना प्रमुखों में से एक हैं।

दुलत : ओसामा को उठाए जाने के कुछ दिनों बाद कयानी किसी से मिले थे। कहाँ पर?

दुर्रानी : एक जहाज़ पर।

दुलत : या किसी हवाई ठिकाने पर। एक मीटिंग हुई थी, जिसके बारे में मुझे लगता है कि बाद के दिनों में क्या हुआ, उस बारे में वह अहम थी। कयानी उस मीटिंग के लिए क्यों गए थे? उस वक्त अफ़गानिस्तान में अमेरिकी कमांडर कौन था?

दुर्रानी : 2011 में? (डेविड) पेट्राइयस थे।

दुलत : ऐसा प्रतीत होता है कि बहुत सारे संयोग[3] हुए थे, क्योंकि दो दिन बाद ओसामा को मार डाला गया था।

दुर्रानी : मैं सहमत हूँ। यह तार्किक नतीज़ा है कि उन मुलाक़ातों का संबंध छापे से था। पाकिस्तानी पक्ष की मेरी आलोचना यह है कि केवल कुछ माह पहले ही एक और समझौता कयानी और पाशा[4] के साथ हुआ था, उसका ही पालन नहीं किया गया था। लाहौर में सीआईए के एक कॉन्ट्रेक्टर ने दो पाकिस्तानियों को गोली मार दी थी।[5] जब वह पाकिस्तान के हवाई इलाक़े से सुरक्षित तरीक़े से बाहर हो गया, तो हमें संदेश देने के लिए कबाइली इलाक़ों में एक जिरगा पर ड्रोन हमला हुआ था जिसका निशाना गैर लड़ाकू लोग थे।

अप्रिय सीआईए डायरेक्टर पैनेटा, जो बाद में रक्षामंत्री भी बने, वे हमारे विरोधी थे। उनके कारण ही मैं नहीं चाहता था कि हिलेरी क्लिंटन चुनाव जीतें। हमले के बाद उनसे पूछा गया था, "वह तो कबाइली जिरगा था, तो वहाँ आपने हमला क्यों किया?" उन्होंने बेदिली से जवाब दिया था, "यह हर्षोल्लास की पार्टी नहीं थी।" उन्हें हमें यह संदेश देना था कि उनके आदमी को छह सप्ताह तक जेल में रखने की हमारी हिम्मत कैसे हुई।

दुलत : उस डॉक्टर की क्या भूमिका थी, जिसे लॉकअप में डाला गया था?

दुर्रानी : पोलियो प्रोग्राम के बहाने उसने ओसामा बिन लादेन के ठिकाने का पता लगाया था।

दुलत : तो वह अमेरिकी लोगों के लिए काम कर रहा था। ऐसा लगता है कि अमेरिकी लोगों ने उसी डॉक्टर के ज़रिए ओसामा को ढूँढा था, और फिर उन्होंने बोला था, अब हमें पता चल गया है। आप सहयोग करना चाहते हैं या हम इसे अपने ढंग से करें?

दुर्रानी : हाँ, उन्होंने कहा, मिलकर काम करते हैं। कयानी बोले, हम इसे ऐसे करेंगे, और हमें बदले में क्या मिलेगा। उन्हें ओसामा केवल डॉ.आफ़रीदी की वजह से नहीं मिला। मुझे इसमें कोई संदेह नहीं है कि इंटेलीजेंस में काम करने वाला एक रिटायर्ड पाकिस्तानी अधिकारी ने जाकर अमेरिकी लोगों को बताया था। मैं उसका नाम नहीं लूँगा, क्योंकि मैं उसे साबित नहीं कर पाऊँगा और मैं उसका प्रचार भी नहीं करना चाहता। 50 मिलियन डॉलर में से उसे कितना मिला होगा, किसे पता, हालाँकि वह पाकिस्तान से ग़ायब है। मुझे यह पता होना चाहिए।

दुलत : उसे कुछ फ़ार्म ज़रूर मिले होंगे।

दुर्रानी : जी हाँ।

दुलत : आईएसआई में एक सीआईए जासूस की कहानी थी। आप कह रहे हैं कि वह कोई रिटायर्ड अधिकारी है।

दुर्रानी : उस वक्त वह आईएसआई में नहीं था। रिटायरमेंट के बाद उनका एक छोटा-सा क़ारोबार था और संयोग से उसे यह मिल गया, या उसने इस ऑपरेशन पर काम किया। दोनों के ख़िलाफ़ मेरा आरोप यह नहीं है कि उन्होंने दुनिया के सबसे वांछित आदमी को पकड़ने में अमेरिका के लिए काम किया। हमारे काम में सबसे बुरा अपराध कोई इंसान—ख़ासकर

कोई मुखबिर, सैनिक, इंटेलीजेंस का आदमी यही कर सकता है कि किसी दूसरे देश की इंटेलीजेंस एजेंसी के लिए काम करे। चाहे वह मित्र देश ही क्यों ना हो।

सिन्हा : यही कारण है कि बेचारा डॉ.आफ़रीदी जेल में है।

दुर्रानी : पोलॉक सालों तक अमेरिकी हिरासत में रहा, और केवल इसीलिए उसे रिहा नहीं किया जा सका, क्योंकि वह किसी दूसरे देश की गुप्तचर एजेंसी के लिए काम कर रहा था, हालाँकि वह देश उनका सबसे ख़ास दोस्त है। उसका (डॉ. आफ़रीदी का) दूसरा अपराध यह है कि उसके फ़र्ज़ी प्रोग्राम के कारण पोलियो टीकाकरण[6] का नाम बदनाम हुआ और बच्चे उससे बचने लगे थे। कुछ पोलियो वर्करों को भी निशाना बनाया गया।

दुलत : पोलियो प्रोग्राम फ़र्ज़ी था?

दुर्रानी : बिलकुल फ़र्ज़ी था, लेकिन उसके बहाने वह जगह-जगह गया, कई दरवाज़े खटखटाता था और पूछता था कि क्या उनके यहाँ कोई बच्चा है।

दुलत : और इस तरह से उसने ओसामा का पता लगाया।

दुर्रानी : लगा लिया पता।

27
अफ़्गानिस्तान में स्वार्थी निजी हित

आदित्य सिन्हा : क्या अफ़गानिस्तान भारत और पाकिस्तान के बीच विश्वास बहाली का उपाय बन सकता है?

असद दुर्रानी : कभी मैं मानता था कि दोनों देशों के बीच सार्थक सहयोग का कोई क्षेत्र है, तो वह अफ़गानिस्तान ही है। यह ऐसा क्यों नहीं कर पा रहा है? इसके पीछे अन्य कारणों के अलावा, मानसिकता भी एक कारण है।

अमरजीत सिंह दुलत : अहमद राशिद ने कहा था कि अगर भारत और पाकिस्तान अफ़गानिस्तान का मसला सुलझा सके, तो कश्मीर का काम आसान हो जाएगा।

मुझे अफ़गानिस्तान में हमारी नीति उलझाने वाली लगती है। जब मैं नौकरी में था, तो ऐसा लगता था कि हमने अपना ज़्यादातर दाँव नॉर्दर्न एलाइंस पर लगा रखा था। नॉर्दर्न एलाइंस, रूस, ईरान सभी हमारे थोड़े-बहुत प्रयासों में मदद कर रहे थे। अब तो कोई नॉर्दर्न एलाइंस बचा ही नहीं है और रूस तथा ईरानी अब भी आस-पास हैं, लेकिन उनमें से किसी के साथ हमारा उचित संपर्क नहीं है।

जब तक मुख्य पक्ष, तालिबान बातचीत में शामिल नहीं होगा, तब तक अफ़गानिस्तान में गृहयुद्ध लगातार चलते रहने वाला है। बातचीत ज़रूरी है। अमेरिका तक अब इसी नज़रिए का हो गया है।

हम चूक कर गए, क्योंकि जब तालिबान सत्ता में था, तो हमने उसे मान्यता देने से इनकार कर दिया और फिर 2000 में, 2002 में हमने यही किया। पाकिस्तान की तरह हमारा प्रभाव कभी नहीं होगा, क्योंकि पाकिस्तान बिलकुल वहीं है।

अगर हमारे तालिबान और अफ़गानिस्तान के नेताओं से संपर्क होते, तो इससे मदद मिलती।

यहाँ तक कि अमेरिकी भी सहमत हैं कि पाकिस्तान इस वार्ता में मुख्य भागीदार है। पाकिस्तान के बिना यह नहीं हो सकती या नहीं आगे बढ़ सकती। मुख्य भागीदार आपके साथ हैं और इसलिए आपके पास मुख्य पत्ते हैं।

हम अफ़गानिस्तान में क्यों झगड़ा कर रहे हैं? हम सहयोग क्यों नहीं कर रहे हैं?

मेरा विचार साफ़ है कि हमने कितना कुछ किया हो, कितना कुछ निवेश किया हो, हम वहाँ लाचार हैं और यही कारण है कि मिलकर काम करना समझदारी की बात है। अगर छोटा भाई खेल में ज़्यादा सक्रिय है, तो मैं यह बात क्यों छिपाऊँ कि वह मेरा छोटा भाई है? चलिए, आगे बढ़ते हैं।

दुर्रानी : हमें अपने पीछे के आँगन को भारतीय असर से दूर रखने की चाह के लिए बार-बार दोष दिया जाता है। मैं जानता हूँ कि भारतीयों का असर है, उनका सांस्कृतिक असर बहुत ज़्यादा है। ऐसा सोचना कि हम भारतीयों को बाहर करने का खेल खेल रहे हैं, समझदारी नहीं है, हालाँकि बहुत सारे लोग इस पर यक़ीन करते हैं।

मुख्य मसला है कि अमेरिका चाहता है कि हम तालिबान और हक्कानी नेटवर्क की तलाश करें, जो बकौल उसके, 'विदेशी क़ब्ज़े' के खिलाफ़ लड़ रहे हैं और इसमें अमेरिका अपने उस उद्देश्यों और लक्ष्यों की भी परवाह नहीं करता, जिनके बारे में इस किताब में कहीं ज़िक्र किया जा चुका है। समस्या यह है कि अगर उपद्रवी पाकिस्तानी सरज़मीं पर होते और अगर हम ऐसा कर सकते–तो यह उससे भी बड़ी तबाही होती, जब हमने 2004 में कबाइली इलाक़ों में पहली बार सेना तैनात की थी, जिसके बाद टीटीपी का निर्माण हुआ था। अमेरिकी क़ब्ज़े का प्रतिरोध करने वालों के खिलाफ़ कबाइलियों और आम जनता में सहानुभूति है। और फिर, उनके खिलाफ़ जाकर, हम अपने कुछ और लोगों को अपने खिलाफ़ कर लेंगे, जबकि इन संगठनों ने हमें कोई नुक़सान पहुँचाया भी नहीं।

2001 में जब हम अमेरिकी नेतृत्व वाली गठबंधन सेना में शामिल हुए, तो उनके मन में एक नाराज़गी तो आ गई, लेकिन वे उसे भूलने को तैयार हैं, क्योंकि वे हमारी मज़बूरी समझते हैं। कुछ सालों बाद पाकिस्तान ने दबाव के बावजूद जो कुछ संभव था, वह करने की कोशिश की। उस पूँजी को गँवाने का मतलब था कि उससे कभी उबरा नहीं जा सकता था। हम अभी तक 2004 के झटके से पीड़ित हैं।

अगर यह होता है, तो हम अपना उतना नुक़सान करेंगे, जितना भारत या अमेरिका भी कभी नहीं कर सकते।

अफ़गानिस्तान पर बॉलीवुड का असर शानदार है। कुछ लोग तो बॉलीवुड के कारण ही मुझसे मेरी ज़बान में बात करते हैं। जब अज़ीज़ ख़ान और मैं 2015 में हेरात में थे, तब एक दस वर्षीय लड़की ने हमें उर्दू बोलते सुना, तो वह मुड़कर हमारी तरफ़ देखने लगी और उसने ऐसे किया (हाथ जोड़ लिए)। मैंने कहा, क्यों भाई, कहाँ से सीखा। "टीवी पर देखते हैं ना," उसने बताया।

आप सही कहते हैं। हमारे पास ताक़त है। हमारी भौगोलिक स्थिति ख़ुदा की देन है। पाकिस्तान की सामरिक गहराई वह है, जो अफ़गानिस्तान की है, जो हमें पसंद नहीं करते उनके लिए भी।

यहीं अफ़गानी लोग आते हैं और उन्हें काम मिलता है। कराची सालों से दुनिया का सबसे बड़ा पख़्तून शहर रहा है और अब 25 लाख पख़्तून आबादी वाला दूसरे नंबर का 'अफ़गान' शहर है। वे आते हैं और चले जाते हैं। जो सुबह पाकिस्तान की बेइज़्ज़ती करते

हैं, वे शाम तक डेंटिस्ट के पास या क़ारोबार या परिवार के लिए पेशावर में होते हैं। उनमें से कुछ ने हमसे कहा कि उनकी कार की टंकी फुल और लोडेड बूट है, और वे इसका इस्तेमाल नहीं करते, सिवाय तब जब कभी-कभी बैटरी को जीवित रखने के लिए इंजन को स्टार्ट करना होता है। "अगर कुछ होता है, तो हम पेशावर के लिए सीधा रास्ता बना रहे होते हैं," वे कहते हैं। उत्तर में अस्पताल हैं, जिनमें अफगानियों का मुफ़्त इलाज होता है। जिनके बस का है, वे पेशावर आते हैं, क्योंकि वे यहाँ के अस्पतालों पर ज़्यादा यक़ीन करते हैं।

जब असलम बेग ने कहा कि पाकिस्तान सामरिक कौशल प्रदान करता है, तो उनका आशय सैन्य रूप से था। जैसे हम ईरान को रिलीफ ज़ोन कहा करते थे कि भारतीय हमले की सूरत में हम अपनी एयर फ़ोर्स को ईरान शिफ्ट कर देंगे, जैसा कि इराक़ ने 1991 के युद्ध में किया था। लोगों को लगा कि वह अफ़गानिस्तान पर क़ब्ज़ा करना चाहता है। देखिए, ऐसी कोशिश करने वाली दुनिया की सबसे बड़ी सेनाओं का क्या हुआ, पाकिस्तान ऐसा सोचता भी है, तो उसकी मूर्खता है।

हम ख़ुशी से कहते हैं कि हम अब जानते हैं कि भारत के साथ क्या करना है। अगर भारतीय सेना हमला करती है, तो हम रास्ता दे देंगे और उन्हें अफ़गानिस्तान की ओर जाने देंगे, जहाँ बड़ी सेनाओं को दफ़नाया जा सकता है।

पारंपरिक सामरिक कौशल यह है कि जब कभी अफ़गानों पर कोई विदेशी सेना हमला करती है, तो वे पाकिस्तान आ जाते हैं। वे रुके रहते हैं, काम करते हैं और घुल-मिल जाते हैं। लंबे अरसे तक यह होता रहा। यहाँ तक कि मेरा ख़ुद का ख़ानदान भी क़रीब 150 साल पहले किसी अलग सिलसिले में कश्मीर गया था, और उनमें से कुछ दक्षिण भारत तक चले गए।

यह सही नहीं है कि पाकिस्तान की अफ़गान नीति भारत-केंद्रित है। अफ़गान स्थिति की जटिलता ऐसी है कि मैं अपनी जानकारी और आकलन हर छह माह में दोहराता रहता हूँ।

दुलत : राष्ट्रपति अशरफ़ ग़नी अचानक क्यों पाकिस्तान के दुश्मन बन गए?

दुर्रानी : वे हमेशा दुश्मन ही थे। उनके साथ दिक्क़त यह है कि एक आयातित और थोपा हुआ राष्ट्रपति पश्चिमी तालीम हासिल करने वाले और महत्त्वाकांक्षी तथा तेज़ी से तरक्की करने वाले लोगों से घिरा है। इन लोगों का अफ़गानिस्तान से ताल्लुक़ नहीं है और उनका कोई ठोस आधार या इलाक़ा नहीं है। यह सरकार अमेरिकी सेना, वित्तीय और सियासी मदद के बिना अपने आप बची नहीं रह सकती।

दूसरी तरफ़, तालिबान 16 सालों तक दुनिया के सबसे ताक़तवर गठबंधन का सामना करता रहा। यह बहुत अहम कारक है और एक अंतर-अफ़गान बंदोबस्त इसकी शर्तों पर होगा। तालिबान के साथ बात की जा सकती है, जैसा कि दोहा[1] और पिछले साल मुरी[2] में दो दौर में हो चुका है। कोई हैरत की बात नहीं कि अमेरिकी और अफ़गानी सरकारों ने दूसरे मुरी दौर को बिगाड़ दिया।

दुलत : जैसा कि आपने कहा कि अशरफ़ ग़नी ने जीएचक्यू पर ख़ुद ही धमाका किया था।

दुर्रानी : वह बेकार की तिकड़म थी। मैंने सोचा था, या खुदा, इस इंसान ने एक साधारण सैनिक राहिल शरीफ़[3] के लिए ऐसी सूरत पैदा कर दी, जिसे बचाए रखना मुश्किल होगा। कुछ पाकिस्तानी इतने मूर्ख हैं कि उन्हें अशरफ़ ग़नी बहादुर लगते हैं क्योंकि उन्होंने जीएचक्यू के दरवाज़े पर दस्तक दी थी।

आख़िरकार, अशरफ़ ग़नी से पहले शासन करने वाले सभी लोग, और यहाँ तक कि जिन्होंने सोवियत संघ को स्थापित किया, चाहे वह दाऊद हो, हफीज़ुल्ला अमीन हों या तराकी हों, रूस ने जब भी उनसे पाकिस्तान के तार कसने को कहा, तो उन्होंने अनिच्छा दिखाई, और उनमें से कुछ को नौकरी खोना पड़ी, बाक़ी को अपने सिर ही गँवाने पड़े। अशरफ़ ग़नी के पास इस तरह की कोई रुकावट नहीं है। उन्होंने अमृतसर में हमारी निंदा की थी।

अशरफ़ ग़नी करज़ई[4] की तुलना में पाकिस्तान के लिए ज़्यादा घातक हमेशा से हैं। करज़ई से मुझे सहानुभूति है और मैं उनकी तारीफ़ करता हूँ। कम-से-कम वे अपने पैर ज़मीन पर तो रखते थे और जानते थे कि किस तरह से इन खेलों को खेलना है। उनके पास यह कौशल भी था कि अमेरिकी लोगों से कह सकें कि वे उनके बारे में क्या सोचते हैं, जबकि वे 13 साल तक अमेरिकी धन और सुरक्षा से ही राष्ट्रपति रहे थे। बाद में उन्होंने अमेरिका पर आईएस को पैदा करने और मदद करने का भी इल्ज़ाम लगाया था।

दुलत : क्या हम इसे हल्के में ले सकते हैं कि अशरफ़ ग़नी अमेरिका के आदमी हैं?

दुर्रानी : वे तो हैं।

दुलत : तो इस तरह से वे चुने गए थे?

दुर्रानी : जी हाँ, लेकिन इससे ख़राब बात यह कि वे ज़लमे ख़लीलज़ाद गुट[5] के हैं। वे ऐसे अफ़गान हैं, जो ख़लीलज़ाद का प्रतिनिधित्व करते हैं, अमेरिकी सेना, सियासी और माली मदद पर निर्भर थे। वे हमारे और अफ़गानिस्तान के लिए भी तबाही हैं।

दुलत : अगर वे इतने ही अमेरिकी हैं, तो वे पाकिस्तान के इतने ख़िलाफ़ क्यों हैं?

दुर्रानी : क्योंकि अमेरिका पाकिस्तान की अफ़गानिस्तान नीति से खुश नहीं है। अफ़गानिस्तान के बारे में हर अमेरिकी रिपोर्ट में अमेरिकी कमियों की बात की जाती है, लेकिन अंत के कुछ पन्ने इस बात पर केंद्रित होते हैं कि पाकिस्तान और तालिबान के साथ उसकी संलिप्तता ना होती, तो वे किस तरह से सफल होते। यह डबल गेम वगैरह है। वे ऐसा करना जारी रखे हैं, जबकि हमने कई बार प्रस्ताव किया कि मिलकर एक रणनीति बनाते हैं, ताकि आप जा सकें और अपने पीछे जो गड़बड़ी छोड़ जाएँगे, उसके लिए पाकिस्तान को दोषी ठहरा सकें, बस आप तुरंत निकल जाएँ, क्योंकि आपकी (सैन्य) मौजूदगी का मतलब है : युद्ध जारी है।

दुलत : वे खुश नहीं होंगे, लेकिन अमेरिका वाले आपसे सीधे निपट सकते हैं। अशरफ़ ग़नी का इस्तेमाल क्यों करना?

दुर्रानी : अशरफ़ ग़नी शायद बुरे पुलिस अधिकारी के रूप में उनका इस्तेमाल करना जारी रखेंगे। राहिल शरीफ़ से मुलाक़ात के बाद यह अफ़गानी राष्ट्रपति फिर अमेरिका गया और बोला, "2014 तक मत जाइए।" सिर्फ इस बात के लिए उन्होंने तालिबान को अलग कर दिया, जबकि बातचीत और समझौते के लिए उसकी एक मात्र शर्त है कि अमेरिका वहाँ से जाने का ठोस वचन दे। और बुरी बात यह कि उन्होंने कहा कि वे इस बात के लिए अमेरिकी सेना के शुक्रगुज़ार हैं कि उसने अफ़गानिस्तान में कुर्बानी दी।

वैसे तो तालिबान विरोधी अफ़गान भी नाराज़ थे, और मैं भी था। अफ़गानिस्तान ने अमेरिकी बमबारी में पिछले दस सालों में 300,000 लोगों ने जान गँवाई है, जबकि अमेरिका की तरफ़ से 2,000-3,000 लोगों ने ही 'कुर्बानी' दी।

अशरफ़ ग़नी अफ़गानिस्तान के लिए शर्मिंदगी की वजह हैं। उन्हें पाकिस्तान का दोस्त मानना मुश्किल है। छह माह बाद उन्होंने हमसे कहा था कि हम लोगों ने अपना किरदार नहीं निभाया : "मैंने आप लोगों के बदले सियासी कुर्बानी दी, पाकिस्तान अफ़गानिस्तान में अलोकप्रिय है," उन्होंने कहा था। छह माह! छह माह में तो अफ़गानिस्तान वाले हिलना-डुलना तक शुरू नहीं करते। उनके पास बहुत सब्र और वक्त है। तालिबान को जानने वाला हर कोई यह भी जानता है कि वे छह माह तो यही जानने के लिए इंतज़ार कर लेंगे कि आप कितने गंभीर हैं।

अशरफ़ ग़नी के लिए यह सबसे बड़ी मूर्खता होगी कि वे यह सोचें कि पाकिस्तान की एक यात्रा में वे इस इलाक़े को सिर के बल खड़ा कर देंगे। अशरफ़ ग़नी को ख़ुश रखने की कोई वजह हमारे पास नहीं है।

दुलत : अफ़गानिस्तान के खेल को आप कैसे देखते हैं?

सिन्हा : ट्रंप के साथ कोई नया पुनर्निर्धारण?

दुर्रानी : नए पुनर्निर्धारण तो पिछले पाँच-छह सालों से होते आ रहे हैं। उदाहरण के लिए, 2011 में, एक नई धुरी बनती दिखी थी : पाकिस्तान, ईरान, रूस और चीन। 2012 में मेरी रूस यात्रा में मैंने देखा था कि ये मुल्क़ अफ़गानिस्तान के बारे में नीति का तालमेल मिलकर कर रहे थे। ईरानी और रूसी, दोनों लोग तालिबान से बात कर रहे हैं। चीनियों ने बुनियादी तौर पर यह कहा था, "आप आगे बढ़ें, और अगर इससे क्षेत्रीय देश साथ आए, तो शायद हम अपनी भूमिका निभा सकेंगे।"

यहाँ मैं यह भी बताना चाहता हूँ कि 2016 के मध्य में मैं अफ़गानिस्तान पर चर्चा के लिए माइकेल फ्लाइन के साथ अल जज़ीरा पर था। बाद में वे कुछ वक्त के लिए ट्रंप के एनएसए बने थे। जब उन्होंने कहा, "पाकिस्तान और अमेरिका अपने 'स्वार्थी निजी हित' देख रहे थे।" किसी बात पर ज़ोर देने का अमेरिकी तरीक़ा दोहरा नकारात्मक होगा, मसलन 'आपको कुछ नहीं पता'—मैंने सोचा कि यह आदमी ईमानदार है, जिसके साथ काम किया जा सकता है। वे पक्के 'मुस्लिम-विरोधी' थे, लेकिन जब उन्हें निकाला गया, तो रूसियों को भी उनकी याद आई होगी।

दुलत : ज़ाहिर बात यह है कि भारतीय पक्ष ओबामा के वक्त में बनी इस चौकड़ी के खिलाफ़ बराबरी का मुक़ाबला करने के लिए ट्रंप को लुभा रहा है। ओबामा के वक्त में हमारे अमेरिका के साथ ख़ास रिश्ते थे। भारत-अमेरिकी रिश्ते अधिक आरामदेह बनेंगे। इससे हमें कुछ हासिल होगा या नहीं, मुझे नहीं पता क्योंकि हम परमाणु समझौते के अलावा खो ही रहे हैं। हमारी अब भी अफ़गानिस्तान पर वही नीति है। हम अमेरिका पर ज़्यादा ही निर्भर बन रहे हैं। अमेरिका वापस चला जाएगा तो अशरफ़ ग़नी की तरह, भारतीय भी ख़ुश नहीं होंगे, क्योंकि हम ऐसा सोचते दिखते हैं कि अमेरिका वहाँ हमें राहत या मदद देता है।

जिस पल चीनियों ने ऐलान किया कि वे तालिबान के साथ वार्ता को तैयार हैं, उसी पल मैंने सोचा था कि इसमें हम कहाँ हैं। तालिबान के साथ रिश्तों की शुरुआत करने के लिए कई सारे साल मिले, मौक़े मिले, लेकिन हमने ऐसा नहीं किया। हम इस धारणा में ऐसा नहीं करते कि अमेरिका जो भी करता है, सही ही करता है, और बाक़ी जो करते हैं, सब ग़लत ही करते हैं।

सिन्हा : तो, भारत स्वार्थी निजी हित की चाह नहीं करता?

दुलत : नहीं, हम इस स्वार्थी निजी हित के बारे में उलझन में हैं। इसका कोई मतलब नहीं, स्वार्थी के अर्थ में भी नहीं।

जो हमारा दोस्त था, वह लंबा सा इंसान, जिसे आपने अबू ग़रैब (गुआंतानामो) भेज दिया? मुल्ला ज़ईफ। अज़ीज़ कहा करते थे कि ज़ईफ थर्ड क्लास इंसान है, लेकिन अब वह कहाँ हैं, काबुल में?

दुर्रानी : ज़ईफ काबुल में हैं।

दुलत : बर्लिन में पगवाश में हमने लंबी वार्ता की थी और उन्होंने यहाँ तक कहा था कि भारत दिलचस्पी लेता ही नहीं दिखता, उसे चिंता ही नहीं है। अब वहाँ एक ब्रिटिश इंसान है, जिसे अवांछित इंसान घोषित किया गया है, वह दाढ़ी वाला आदमी, 'लॉरेंस ऑफ़ अरेबिया'? जिसकी पत्नी पाकिस्तानी है?

दुर्रानी : जी हाँ, जी हाँ, माइकेल सेंपल। वह आइरिश इंसान है।

दुलत : उस इलाके के बारे में उसे अच्छी जानकारी है। मैंने बर्लिन की बैठक में उससे पूछा कि क्या ज़ईफ से बात करने का कोई मतलब है। और उसने जवाब दिया था, "जी हाँ, सुनने और रिपोर्ट करने के लिए ज़ईफ काबुल में रुका है।"

दुर्रानी : भारत की अफ़गान नीति के बारे में क्षेत्रीय मामलों के एक और अच्छे जानकार भद्रकुमार भी चिंतित हैं। वास्तव में यह हमारे द्विपक्षीय बैर का नतीज़ा है। अफ़गान का मामला तय हो जाता है, तो पाकिस्तान बेशक़ सबसे ज़्यादा फ़ायदे में रहने वाला है। हमारी ट्रैक-2 वार्ताओं में मैं जब भी रिटायर्ड भारतीय राजनयिकों को छेड़ता था कि वे अब भी कौटिल्य की मानसकिता में हैं, तो उनकी तीखी प्रतिक्रिया साफ़ बताती है कि उनकी

कमज़ोर नस छू दी गई–उनकी दुम पर पैर आ गया। पाकिस्तान को परेशान करने के लिए अफ़गानिस्तान का इस्तेमाल करना ठीक 'पड़ोसी का पड़ोसी' वाली लाइन पर चलना है, जिसका प्रतिपादन चाणक्य ने किया था। वे अफ़गानियों को यह बताने का कोई मौक़ा नहीं चूकते कि उनकी दिक्क़त और किसी से नहीं, केवल पाकिस्तान से है : "वह आपको अपना पाँचवाँ प्रांत बनाना चाहता है।" मैं पिछले 25 सालों से अफ़गानिस्तान के मामले प्रत्यक्ष या परोक्ष तौर पर देखता आ रहा हूँ, और किसी ने अपने होशो-हवास में पाँचवें प्रांत की बात नहीं की। मौजूदा चार प्रांतों में ही हमारे पास बहुत सारी दिक्क़तें हैं।

आपका एक पूर्व विदेश सचिव सचमुच इस कला में माहिर है। वह लगातार अफ़गानियों से कहता रहा है, "आपने हम पर 200 सालों तक राज किया है (या 400?), तो हमें आपसे कोई दिक्क़त नहीं है। केवल इन्हीं पाकिस्तानियों की यह फ़ालतू सोच है कि भारत में मुस्लिमों के शासन के असली उत्तराधिकारी वही हैं।" सच्चाई से दूर, यह तरीक़ा अफ़गानियों के साथ बेहतर काम करता है। हमने भले ही उनका पक्ष लिया हो या लाखों अफ़गानी शरणार्थियों को पनाह देकर अच्छे पड़ोसी धर्म का पालन किया है, लेकिन जब हम उनसे शुक्रगुज़ार होने की माँग करते हैं, तो हमारा सारा निवेश बेकार चला जाता है। मैं शरणार्थियों की तालिबान, दाएश या भूख से परेशान होकर आने वाली एक और भीड़ का इंतज़ार कर रहा हूँ, ताकि मेजबान के तौर पर अपने पुराने घाटे को पूरा किया जा सके।

दुलत : पाकिस्तान को अफ़गानिस्तान से दूर करने के बारे में सोचना वैसा ही है, जैसे पाकिस्तान सोचता है कि नेपाल में हमारा कोई काम नहीं है। अफ़गानिस्तान पाकिस्तान के लिए जितना अहम है, उतना ही नेपाल हमारे लिए है। अगर पाकिस्तान नेपाल में दख़ल देता होता, तो यह चिंता की बात होगी। मैंने काठमांडू में चार सालों तक काम किया है और नेपाल को हमेशा अपने बहुत निकट का देश पाया है, हालाँकि बाद के संबंध बहुत अच्छे नहीं रहे हैं।

दुर्रानी : जब मैं रियाद में राजदूत था और मैंने यमन की यात्रा की थी, जिसे मैं अक्सर सऊदी आपदा के बाद याद करता हूँ। सना में ताज होटल में मेरी अच्छी ख़ातिरदारी की गई थी। वहाँ सारे भारतीय थे और उन्होंने कहा था, "पाकिस्तान के राजदूत यहाँ आए हैं।"

सिन्हा : भारत की अफ़गानिस्तान पर कोई नीति-निर्माण प्रक्रिया नहीं है?

दुलत : यह अमेरिकी नीति पर बहुत ज़्यादा निर्भर है। जब तक अमेरिकी वहाँ हैं, तब तक हम ठीक हैं। हमें कभी नहीं लगा कि अमेरिकी वापस जाना शुरू करेंगे। अगर ट्रंप कह दें कि ओके, बाहर निकल आओ, तो भारत को सदमा लगेगा।

दुर्रानी : भारत ने स्वायत्त संपत्तियाँ बनाई हैं। कुछ हद तक मीडिया, बड़ी हद तक पत्रकारिता। हेरात सांस्कृतिक तौर पर दूर है।

दुलत : भारत को अफ़गानिस्तान पर असर बनाने और इसकी कोशिश करने का पूरा हक़

है, ठीक वैसे ही जैसे आप नेपाल या श्रीलंका में असर बनाने या इसकी कोशिश करने के लिए आज़ाद हैं।

दुर्रानी : नीतियों के हिसाब से हो सकता है कि वे कुछ कार्ड छिपाकर रखे हों, लेकिन कुल मिलाकर, अफ़गानिस्तान में भारत की नीति पड़ोसी का पड़ोसी...

दुलत : दुश्मन का दुश्मन अपना दोस्त होता है?

दुर्रानी : ट्रंप प्रशासन की ही बात करें, तो उसकी अफ़गान नीति में कोई बदलाव नहीं है। कुछ भी नहीं। पहले ओबामा बातें मीठी बात करते थे और उनके लोग विदेश मंत्री और जनरल वगैरह जब बाहर जाते थे, तो छड़ी लेकर जाते थे। ये लोग आते थे और हमें उनके फ़रमान पढ़कर सुनाते थे। अब वही संदेश सीधे राष्ट्रपति के मुँह से वहीं से आया करते हैं।

अफ़गानिस्तान में वास्तविक नीति का सार वही बना हुआ है कि ठिकानों पर जमे रहो। इसी तरह से ये ठिकाने बनाए गए हैं, भूमिगत किले या साइलो के तौर पर। इन विशाल गढ़ियों को बनाने में उनके अरबों डॉलर खर्च हुए हैं और उनका विचार इनमें जमे रहने का है, क्योंकि उन्हें अफ़गानिस्तान में सेना के ऐतिहासिक क़ब्ज़े का दोबारा मौक़ा नहीं मिलने वाला है। भू-राजनीति में इसे केंद्रीय स्थल या हार्टलैंड कहा जाता है। इससे अफ़गानिस्तान के आस-पास, चीन, ईरान और मध्य एशिया में, सभी ख़ास जगहों पर घटनाओं पर असर की काबिलियत मुहैया होती है। दुनिया का यह सबसे अच्छा नोडल पॉइंट है।

अमेरिका के लिए बाक़ी कुछ मायने नहीं रखता। ईरान, अफ़गानिस्तान, पंजशेर घाटी, हेल्मड के आस-पास शांति हो या नहीं। तो जब तक आप वहाँ हैं और आपके पास काबुल में एक ग्राहक है, दिल्ली में एक दोस्त है, तब तक सब कुछ सही है। यही पॉलिसी है। मुझे इसमें कोई बदलाव नहीं दिखता।

सिन्हा : टिलरसन ने भारत की बढ़ी हुई भूमिका, और भारत-अमेरिकी भागीदारी की शताब्दी की बात कही।

दुर्रानी : भारत की भूमिका है और उसे मौक़ा दिया गया था, जो अमेरिका ने नहीं दिया था, बल्कि भारत की ताक़त, संस्कृति और वित्तीय सहायता के कारण मिला था। बढ़ी हुई भूमिका मुहैया कराने की अमेरिकी का काबिलियत एक फ़र्ज़ीवाड़ा है जिसे हम भुगत चुके हैं। जी हाँ। वह काबुल में अपने मित्रों तक को तो बढ़ी हुई भूमिका दे नहीं सकता। वे सब अपने किलों तक सीमित रहते हैं। अगर कोई अपेक्षा करता है कि ट्रंप की इच्छा के कारण भारत ज़मीनी तौर पर अपने सैनिक भेजेगा, तो भारतीय सैन्य तौर पर शामिल होने के हिसाब से तो बहुत चतुर हैं। इससे भारत-अफ़गानिस्तान संबंधों में गिरावट का चलन शुरू हो जाएगा।

दुलत : यह मज़ेदार और समझ में आने वाली बात है कि अमेरिकी दिखावे का व्यवहार करता है, मुझे यक़ीन है कि जनरल साहब सही कह रहे हैं। मुझे भी अमेरिकी पॉलिसी में

कोई बदलाव नहीं दिखता। फ़र्क़ केवल यह है कि जनरल साहब उन गहरे खुदे ठिकानों को देख रहे हैं, जबकि ऐसी कोई पॉलिसी नहीं है।

मुझे लगता है कि अमेरिकी तालिबान के साथ बात करने को बेसब्र हैं, लेकिन उन्हें पता नहीं है कि उस तक कैसे पहुँचा जाए। मैं दो बार लंदन जा चुका हूँ (2017 की गर्मियों में) और मुझे लगता है कि वे ब्रिटेन का अफ़गानिस्तान में ज़्यादा इस्तेमाल करते हैं। ब्रिटिश लोग ज़्यादा तीक्ष्ण बुद्धि के हैं, इन मामलों से निपटने में अधिक तजुर्बेकार हैं। अपने देश में भी वे इन समस्याओं से अमेरिकी लोगों की तुलना में बेहतर तरीक़े से निपटते हैं। सीआईए और एमआई 6 में ऐसा होता है कि जो हम नहीं कर पा रहे हैं, वह प्लीज़ आप हमारे लिए कर दें।

बॉस पाकिस्तान को कमतर समझने की ग़लती कर रहे हैं। अमेरिकी जानते हैं कि आप पाकिस्तान की मदद के बिना अफ़गानिस्तान में कुछ नहीं कर सकते। मुझे नहीं पता कि वे कैसे भारत के दोस्त बन गए, जहाँ अमेरिकी-पाकिस्तान संबंधों काफ़ी पुराने रहे हैं। एक अर्थ में, पाकिस्तानी अमेरिका पर पूरा नियंत्रण रखते हैं।

दुःखद हिस्सा यह है कि कई लोग कह चुके हैं कि भारत की ताक़त उसकी उदार सत्ता में है। जब हम ताक़त या अपनी कठोरता दिखाने की कोशिश करते हैं तो हम एक चाल खो रहे होते हैं। किसी ने कहा है कि सबसे ज़्यादा अहम आपकी चतुराई की ताक़त है। अपनी चतुर बुद्धि का इस्तेमाल ना करके, हम पाकिस्तान से सबसे खराब नतीज़ा पाते हैं।

दुर्रानी : ठिकानों पर पॉलिसी ना होने के बारे में मैं भी उम्मीद करता हूँ कि यह कोई पॉलिसी ना हो। आख़िरकार, संदेश तो यही होना चाहिए कि चीज़ें हो सकती हैं। सही बात है, बदक़िस्मती और मायूसी फैलाने का कोई मतलब नहीं। यही कारण है कि जब दुलत साहब किसी मसले पर, कश्मीर, पाकिस्तान या भारत पर बोलते हैं, तो लोग उन्हें सुनने के उत्सुक रहते हैं। उनकी किताब इन्हीं विषयों पर है।

हालाँकि अगर आप मुझसे पूछें कि यह पॉलिसी क्यों है, तो यह मेरे लिए अधिक तार्किक होगा। अमेरिका एकमात्र विश्व शक्ति है, जिसकी पहुँच पूरी दुनिया में है, ना केवल धन से, बल्कि सैन्य तौर पर भी। उस जैसा देश कोई भी नहीं है। चीन अलग किस्म का है और अलग तरीक़े से चालें चलता है। भारत भी निश्चित तौर पर एक ताक़त है और अलग तरीक़े से ही खेल करता है।

अमेरिका यह भी जानता है कि कौन-कौन से क्षेत्रों में वह अपनी ताक़त का चाहकर भी इस्तेमाल नहीं कर सकता। यूरोप में कुछ मित्र इच्छुक हैं और कुछ अनिच्छुक। भारत का अमेरिका के साथ सुविधा का समझौता है, लेकिन इस जगह पाकिस्तान और अफ़गानिस्तान के साथ मध्य पूर्व और मध्य एशिया, ऐसे क्षेत्र हैं जहाँ अमेरिकी प्रभाव की कुछ गंभीर सीमाएँ हैं-उदाहरण के लिए, उसकी स्वीकार्यता।

यहाँ तक कि तुर्की जैसे नाटो सहयोगी मुल्क़ में भी 95 प्रतिशत तुर्क ऐतिहासिक तौर पर अमेरिकी विरोधी नीति के हैं, ना कि अमेरिका विरोधी है। हर चुनाव में लंबे समय से 80-90 प्रतिशत पाकिस्तानी अमेरिकी नीति को पसंद नहीं करते, जबकि वे भी अमेरिका जाना

और वहाँ काम करना चाहते हैं। वे अफ़गानियों की तरह हैं, जो हमारे खिलाफ ज़हर उग़लते हैं, लेकिन पाकिस्तान में आकर काम करना चाहते हैं। जब से अमेरिका एकमात्र सुपरपावर बना है, क्या उसने इन इलाक़ों में बातचीत के समझौतों पर विवाद को प्राथमिकता नहीं दी है?

अफ़गानिस्तान में तालिबान अमेरिका से सुलह करना चाहता था और 2002 में उसने पहल भी की थी। संपर्क करने का तालिबान का हर प्रयास और इसमें मदद करने का पाकिस्तान का हर प्रयास ठुकरा दिया गया। रम्सफेल्ड ने इनकार कर दिया था। ओबामा एक्ज़िट पॉलिसी चाहते थे और समझौते पर बातचीत हुई थी, लेकिन डीप स्टेट ने इसे चौपट कर दिया।

नवीनतम मौक़ा तब आया, जब अफ़गानिस्तान से सुलह की कोशिश की गई थी और मुरी की पहली बैठक में तालिबान वाले आए थे। तब (अफ़गान इंटेलीजेंस चीफ़ रहमतुल्लाह) नाबिल ने रहस्योद्घाटन किया था कि मुल्ला उमर दो साल पहले ही मर चुका था, लेकिन तालिबान एकता के हित में ख़बर छिपाए रखी गई थी। यह 30 जुलाई, 2015 के आस-पास की बात थी, कुछ ही पहले हुए दूसरे दौर की बात थी, जो बेकार हो गई थी।

इसके बाद, मुल्ला उमर की मौत की घोषणा के बाद तालिबान की कमान सँभालने वाले और तालिबान प्रतिनिधियों को दोहा भेजने वाले मुल्ला अख़्तर मंसूर तालिबान को बातचीत की मेज़ पर लाने के लिए तैयार थे। ऑन रिकॉर्ड, 7 जुलाई 2015 को मुरी दौर की वार्ता के लिए उन्होंने तालिबान का प्रतिनिधिमंडल भेजा था। इसके बावजूद, 21 मई, 2016 को अमेरिकी ड्रोन हमले में उन्हें मार दिया गया। बातचीत एक बार फिर रुक गई।

यह पूरी तरह से स्प्पट है कि अमेरिका काबुल में बातचीत से कोई समझौता नहीं होने देगा। अशरफ़ ग़नी का कोई मतदाता वर्ग नहीं है, और असल में उनके पास अमेरिका के सामने झुकने के अलावा कोई और विकल्प नहीं है। करज़ई, सय्याफ, दोस्तम और बाक़ी लोग अपनी स्थिति को लेकर आश्वस्त हैं, और इसलिए उन्हें किसी समझौते से कोई आपत्ति नहीं है। अमेरिका को है आपत्ति, क्योंकि वह तो झगड़े की सूरत में ही किसी देश या गुट को एक-दूसरे के खिलाफ़ लड़ाने का खेल जारी रख सकता है।

उपद्रव से भी अमेरिका को एक और अहम इलाके में मदद मिलती है। अगर मध्य एशिया में शांति होती है, तो खनिजों का दोहन चीन कर सकता है, जो कि पास में पड़ता है, रूस का भी असर है, और भारत का भी सांस्कृतिक कारणों से और उचित समय पर नज़दीकी के कारण असर है। अगर अमन होता है, तो न्यू ग्रेट गेम में अमेरिका हारता है।

दुलत : इस मामले में आप यक़ीन करने वाले रहे हैं और मैं इसमें अनुसरण करने वाला हूँ कि तालिबान से बात करने के अलावा कोई और रास्ता नहीं है, हालाँकि मैं यह नहीं मानता कि अफ़गानिस्तान में अमेरिकी नीति केवल गड्ढे खोदने और वहाँ जमे रहने की है। अगर यह है और भारतीय नीति अफ़गानिस्तान में अमेरिका पर इतनी ज़्यादा निर्भर है, तो यह दुःख की बात है।

मैंने आपसे और अफ़गानिस्तान में तगड़े विश्वासी रुस्तम शाह[6] से यह जाना कि एकमात्र रास्ता सुलह का है। और दूसरा रास्ता क्या है? यह गृहयुद्ध तो लगातार चलता

रहेगा, जब तक कि मुख्य पार्टी शामिल ना हो। तालिबान के लोग इन गोरों को बाहर निकालने के लिए हर किसी से बात करने को तैयार हैं।

दुर्रानी : इस बात पर कोई असहमति नहीं है। यही बुनियादी शर्त है। आप निकलने का वचन दीजिए, बाक़ी हम निपट लेंगे।

दुलत : मुल्ला ज़ईफ ने मुझसे कहा था, "हम जानते हैं कि इसे कैसे करना है, हम ताज़ि, उज़्बेक और हर किसी को इसमें शामिल करेंगे।"

28

डोनाल्ड ट्रंप, परेशान करने वालों के मुखिया

अमरजीत सिंह दुलत : मैं आपको भारत-पाकिस्तान संबंधों में अमेरिकी भूमिका के अपने अनुभव के बारे में बताऊँगा। वे कितना दोनों पक्षों को धकियाते हैं, कितनी बार यह किया जाता है? अगर वे आपसे कुछ कहते हैं, तो क्या आप वह करेंगे?

पीएमओ में मुझसे यह सवाल किया गया था—हालाँकि, अमेरिकी लोगों ने घुमा-फिराकर पूछा था, "क्या आप लोगों पर किसी तरह का दबाव डाला जाता है?" मैंने कहा था, मुझे कभी नहीं लगा कि पीएमओ में कोई भी किसी तरह के दबाव में है या कि अमेरिकी दबाव डाल रहे हैं।

मेरा काम अलग था और किसी पर दबाव आया भी होगा, तो मुझ पर नहीं, बल्कि शायद ब्रजेश मिश्रा पर आया होगा। लेकिन समय-समय पर परेशान किया जाता है। सहाय और एहसान इसे मानते हैं और कहते हैं कि जब 2003 का संघर्ष विराम हुआ था, तो वे मिले थे। इसमें अमेरिकी हाथ था।

मेरे पास बहुत सारे संदेश आए थे, जिनमें पूछा गया था कि हम पाकिस्तानियों से बात क्यों नहीं करते। मैंने ब्रजेश मिश्रा से कहा था, 'हम क्यों ना इसे आज़मा कर देखें? कई लोगों के सुझाव आ रहे हैं।'

उन्होंने कहा, "नहीं, अभी टाइम नहीं है, अभी रुको।"

मेरा एकमात्र प्रत्यक्ष प्रमाण तब का है, जब सीआईए के आतंकवाद विरोधी केंद्र के निदेशक कॉफर ब्लैक दिल्ली आए थे। उन्हें ब्रजेश मिश्रा से मिलना था, जिन्होंने उन्हें मेरे पास भेज दिया था। हमेशा की तरह रॉ ने एक प्रेज़न्टेशन दिया। उन्होंने कहा, "मैं आपके साथ पाँच मिनट अकेले में बात करना चाहता हूँ।"

हम लोग गए और एक-एक कप चाय पी। "हम लोग पाकिस्तान पर सही व्यवहार करने का दबाव डाल रहे हैं, इसलिए हम उम्मीद करते हैं कि आप लोग कोई गड़बड़ी ना करें," उन्होंने कहा था।

'नहीं, हम यह काम नहीं करते,' मैंने कहा था। 'पाकिस्तानी ही ये हरकतें करते हैं।'

"फिर ठीक है," उन्होंने कहा था।

मैं इसे मोदी जी की रायविंड की यात्रा के सिलसिले में समझ रहा था। क्या यह हो सकता है कि बराक ओबामा ने गले लगते समय कहा हो कि आप मियाँ साहब को गले क्यों नहीं लगाते?

आपके मुताबिक़, ऐसा कितनी बार होता है?

असद दुर्रानी : यह तो शायद हमेशा होता है।

दुलत : हमेशा। आह। मैं यही सुनना चाहता था।

दुर्रानी : हमेशा। वे दबाव डालते हैं, अनुरोध करते हैं, सुझाव देते हैं। यह लगातार होता है, लेकिन यह अहम बात नहीं है।

दुलत : मैं आपके 'लेकिनों' को समझता हूँ, सर! इसका मतलब है कि हमारे ऊपर इससे तनिक भी फ़र्क़ नहीं पड़ता।

दुर्रानी : बुनियादी तौर पर यह हमारे देश की स्थिति और हमारे नेता के मानसिक झुकाव से संबंधित है। कोई दबाव झेल लेता है और कोई अड़ा रहता है, हालाँकि जब कभी इससे हमारे मूल हितों, हमारी मूल नीतियों पर असर पड़ा, तो हमने हमेशा प्रतिरोध किया है और सफल रहे।

दबाव को सँभालने का एक उदाहरण राष्ट्रपति गुलाम इसहाक़ ख़ान के समय का है, जिन्होंने वह तक नहीं माना था, जो वे परमाणु कार्यक्रम में पहले ही कर चुके थे। जो बनाना था, वह पहले ही बनाया जा चुका है। और वे तब भी कहते थे, "नहीं, हम इसे सीमित तक नहीं करेंगे। वापस जाने का कोई सवाल ही नहीं है।" इसी तरह कठिन खेल खेला जाता है।

आदित्य सिन्हा : अगर ट्रंप परिदृश्य से बाहर निकल जाते हैं, तो यह सामरिक भागीदारी भारत के लिए कैसे काम करेगी?

दुलत : अब भी तो यह कोई ख़ास फ़ायदा नहीं दे रही है।

दुर्रानी : मैं इसका श्रेय दुलत साहब को देता हूँ कि उन्होंने कहा था कि ट्रंप के जीतने के आसार हैं। मैं इस बारे में बहुत स्पष्ट नहीं था, लेकिन मैं चाहता था कि वे जीतें, क्योंकि एक वही थे, जो प्रतिष्ठानों को हिला सकते हैं। अमेरिका, पाकिस्तान और भारत के प्रतिष्ठान आमतौर पर जनता के हितों के बजाय अपने हित में काम करते हैं। उन्हें हिला देना कोई बुरा विचार नहीं हो सकता।

दूसरा, मैं हिलेरी क्लिंटन को जाना-माना विनाशक मानता हूँ। जाने-माने विनाशक से तो छुटकारा पाना ही चाहिए, भले ही दूसरा विकल्प और ज़्यादा बड़ा विनाशक निकले। कम से कम, उसके बारे में अभी पता तो नहीं है।

यह जल्दी ही तय हो गया कि वे भी जाने-माने विनाशक होने जा रहे हैं, स्थापित विनाशक होने जा रहे हैं।

दुलत : जिस दिन नतीज़े घोषित हुए, जनरल साहब ने मुझे फ़ोन किया। मज़ेदार बातचीत हुई। ईमानदारी से कहूँ, तो मैं मायूस था, लेकिन इन्होंने कहा था, "बेहतर नतीज़ा है। हम दोनों के लिए।" मैंने जवाब दिया था, जी हाँ, बिलकुल। जो आपके लिए बेहतर है, वह हमारे लिए भी बेहतर होगा।

मेरी उलझन इसलिए थी, क्योंकि जब ब्रेक्ज़िट वोट[1] हुआ, तब मैं लंदन में था। इससे ब्रिटिश लोगों को भी हैरत हुई और इससे लंदन हिल गया। ग्रामीण इलाक़ों या उत्तरी इलाक़े ने किसे वोट दिया, वह अलग बात है। अगर (डेविड) कैमरून जनमत संग्रह में हार सकते हैं, जिसकी कोई ज़रूरत नहीं थी, तो यह बात भी समझ में आती है कि ट्रंप भी जीत सकते हैं।

जनरल साहब से मेरा सवाल यह है कि आप ट्रंप के सामने डील का प्रस्ताव कैसे करते हैं? वे जिस किसी भी तरीक़े से खेलते हैं, वह पाकिस्तान पर ही दबाव डालेगा। आमतौर पर आतंकवाद और हक्कानी नेटवर्क आदि पर निशाना होगा, जो भी ख़ासतौर पर उनके दिमाग़ में होगा। जब आप उस चीज़ पर ध्यान देते हैं, जिस पर वे चाहते हैं, तो मुमकिन है कि उस दबाव से पाकिस्तान को कोई नुक़सान ना हो, और आपको बदले में कुछ मिल भी जाए।

यह तर्कसंगत बात है कि हम पर भी साथ में दबाव हो सकता है। पाकिस्तान का तो यह कहना बनता है, उन लोगों का क्या होगा? हर बार आमतौर पर यही होता है। क्या ट्रंप किसी और हॉलब्रुक को नियुक्त करेंगे? क्या उनके दिमाग़ में कोई जनरल है? जब हॉलब्रुक की नियुक्ति हुई, तो भारत उनके कार्य क्षेत्र में था। हमने विरोध किया था और कहा था, नहीं, हम इसमें कैसे आ सकते हैं, यह तो अफ-पाक है। तब, भारत को बाहर किया गया, लेकिन किसे पता है कि इस बार क्या होता है। यह आदमी पागल है, इसमें कोई शक़ नहीं।

सिन्हा : लेकिन ट्रंप पुरानी लकीरों के मुताबिक़ काम नहीं करते।

दुलत : यह ज्ञात और अज्ञात, दोनों रहेगा। हमारी तरफ़ के लोग उत्साही हैं। प्रधानमंत्री मोदी ने ख़ासतौर पर सोचा था कि उनका आदमी आ गया है, जो बहुत कुछ उनके जैसा ही है।

ट्रंप ने एक व्यापारी को विदेशमंत्री बनाया, जो स्पष्ट तौर पर हँसमुख इंसान है। यह बेहतर हुआ, क्योंकि मोदी को हँसमुख व्यापारी के साथ बात करने में कोई दिक्क़त नहीं होगी, हालाँकि उनकी टीम में कुछ कड़े जनरल भी हैं और यहीं पर पाकिस्तान को आख़िरकार फ़ायदा होगा।

ये जनरल अफ़गानिस्तान में काम कर चुके हैं, इसलिए ऐसी सोच है कि वे जानते हैं कि पाकिस्तान क्या कर सकता है, आदि आदि, हालाँकि हम भी जानते हैं कि पाकिस्तान के पेंटागन से सालों से बेहतर रिश्ते रहे थे। (रक्षामंत्री जेम्स) मैटिस केंटकॉम के चीफ़ थे, इसलिए पाकिस्तान उन्हें जानता है।

साउथ ब्लॉक भूल जाता है कि परंपरागत तौर पर पेंटागन और पाकिस्तानी सेना के बीच एक ख़ास तरह का रिश्ता रहा है। वह रिश्ता अब भी है और मज़बूत भी है। मुशर्रफ़ के

सत्ता सँभालने के तुरंत बाद, जब जॉर्ज टेनेट पाकिस्तान गए थे, तो कोई भी संदेश लेकर वे गए हों, लेकिन गए थे, क्योंकि फिर से एक जनरल सत्ता में था।

दुर्रानी : अगर विदेशी सैन्य उपक्रमों से अलग होने के अपने वादे को पूरा नहीं करते हैं, या अलग तरीक़े से काम करते हैं, तो इससे अमेरिका और उसके सहयोगियों में अव्यवस्था, बदइंतज़ामी, भ्रम और आंतरिक झगड़ा बढ़ेगा। संदेह से देखा जाए, तो यह सब हमारे लिए ठीक है, क्योंकि इसका अर्थ है कि अब कोई बड़े भाईचारे वाला रवैया नहीं रहा।

जनरलों की मदद से दोनों तरह से खेल किया जा सकता है। वे अफ़गानिस्तान में हमारी दिक्क़तें जानते हैं और जानते हैं कि जो कहा जाता है, उसे हम खुलकर क्यों नहीं कर सकते, जिसे समय के साथ-साथ कुछ लोगों ने पहचाना भी है। मैटिस ने अफ़गानिस्तान में काम किया है और मैं उनसे दोहरा खेल खेलते रहने की अपेक्षा करता हूँ : आप हमारी मदद कर रहे हैं, हमारी मदद नहीं कर रहे हैं। मैं कारणों को समझता हूँ और उनके दबावों की सीमाओं को समझता हूँ, किस हद तक हम कर सकते हैं, यह समझता हूँ।

मुझे नहीं लगता कि इस तरह का संबंध हमेशा के लिए है, लेकिन उम्मीद है कि अमरजीत सिंह दुलत सही हैं और अमेरिकी जनरलों का पाकिस्तान के प्रति सहानुभूति वाला रवैया है, ना केवल अतीत के संबंधों के कारण, बल्कि अफ-पाक स्थिति के व्यावहारिक आकलन के कारण भी। उनके सिस्टम में हालाँकि, अच्छे सैनिक हमेशा बुरे सैनिकों के पीछे चलते हैं।

हाँ, आख़िरकार, दबाव आएगा, लेकिन दूसरे आप के ऊपर उतना ही दबाव डाल सकते हैं, जितनी आप उन्हें अनुमति देते हैं। अगर आप अनुमति नहीं देते, तो गुस्सा होने के अलावा, वे असल में और क्या कर सकते हैं? कुछ बम यहाँ पटकेंगे और कुछ ड्रोन वहाँ पटकेंगे। 2011 और 2012 में हमने उनकी ज़मीनी संचार लाइन रोक दी थी, तो अमेरिकी समझौते के लिए मेज़ पर लौट आए थे।

दुलत : पाकिस्तान को पता है अमेरिकी लोगों के साथ किस तरह से संबंध बनाने हैं। वह यह काम लंबे अरसे से करता आ रहा है। वह अमेरिका की कमज़ोरियाँ भी जानता है।

पाकिस्तान ओसामा बिन लादेन जैसे को उनके हवाले करने में भी सक्षम है और फिर बदले में बहुत सारे डॉलर भी ले लेता है। इससे फिर, भारत को जोश आता है। ऐसा कुछ भी होगा, तो एकतरफ़ा नहीं होगा।

यह हमारी दिक्क़त है। सब कुछ ठीक-ठाक लगता है, लेकिन जब रिश्तों की बात आती है, तो हम उतने अच्छे नहीं हैं। हमसे ख़ास रिश्ते की अपेक्षा की जाती है। अब इससे हमें क्या हासिल होता है? मोल-तोल में आपने रूस के साथ अपने संबंधों में खींचतान की, चीन के साथ कोई नहीं है और किसी पड़ोसी के साथ अच्छे संबंध नहीं हैं।

हमें अमेरिका के साथ सामरिक संबंध रखना है। अमेरिका के दिमाग़ में शायद यह बात है कि भारत चीन के खिलाफ़ प्रति-संतुलन मुहैया करा सकता है। यह महत्त्वाकांक्षी सोच है, क्योंकि (क) हम ऐसा करने की स्थिति में नहीं हैं और (ख) भारत में कोई सरकार चीन को एक सीमा से ज़्यादा नाराज़ नहीं करेगी। वे किसी दूसरे की तरफ़ से नहीं लड़ेंगे।

सिन्हा : अगर अमेरिकी ज़मीन पर कोई बड़ा आतंकवादी हमला होता है, तो क्या होगा, ट्रंप पाकिस्तान के साथ क्या करेंगे?

दुर्रानी : अगर आतंकी हमले की शुरुआत पाकिस्तान से होती है। यहाँ आकर कुछ जगह बम गिराने का नाटक भी हो सकता है। यह मुमक़िन है कि भारत से पाकिस्तान को ठीक करने को कहा जाए। जब कभी वे चाहते हैं, वे सहायता रोक देते हैं। मुझे लगता है, वे जानते हैं कि कोई भी देश पूरी तरह से जिम्मेदार नहीं ठहराया जा सकता। 9/11 के बाद सऊदी अरब पर हमला नहीं किया गया, जबकि पर्दे के पीछे से उन पर राजनीतिक दबाव था।

चढ़ाई या बड़ा हमला आमतौर पर किसी कमजोर या अपनी रक्षा कर पाने में अक्षम देश पर होता है, जो जवाब नहीं दे सकता। पाकिस्तान क्या कर सकता है? इस बारे में हमें बात करने की ज़रूरत नहीं, लेकिन देश में और इलाके में पाकिस्तान की ताक़त को देखते हुए मुझे इसमें संदेह है कि कोई अफ़गानिस्तान जैसा हमला हो सकेगा। इधर-उधर कुछ बम गिराने की अपेक्षा हम कर सकते हैं।

अलग हो जाने से भी किसी आतंकवादी हमले की संभावना कम हो जाती है। इस महाद्वीप पर ध्यान लगाने वाले कुछ अमेरिकी लोगों में से कुछ किसी संभावित आतंकी हमले के विषय पर आगे बढ़ सकते हैं, जिनकी जड़ें पाकिस्तान में हैं। वे पाकिस्तान को अराजक देश बनाने की बात करते हैं। यह ना केवल मूर्खतापूर्ण है, बल्कि इसका मतलब यह भी है कि अफ़गानिस्तान और इराक़ बुरे काम-काज वाले राष्ट्र नहीं, बल्कि पूरी तरह से सही कामकाज करने वाले राष्ट्र नहीं रह गए हैं। मुझे यक़ीन है कि पाकिस्तान एक संभावित तूफ़ान का सामना कर सकता है, लेकिन मुख्य बात हमारे दिल में सांसारिक भय पैदा करना है।

दुलत : मैं अमेरिकी लोगों से अक्सर कहा करता था, बहुत हो गया, आप लोग पाकिस्तान पर दबाव क्यों नहीं डालते? उनका जवाब होता है, हम दबाव डालते हैं, लेकिन केवल एक निश्चित मात्रा तक ही यह हम कर सकते हैं। उसके आगे हम असहाय हैं।

दुर्रानी : सही बात है और इसीलिए मेरा यक़ीन है कि पाकिस्तान में एक बड़ी भ्रांति है कि अमेरिका भारत के साथ हमारे मसलों को हल करा सकता है। अगर अमेरिका इस बारे में गंभीर और ईमानदार हो, तो भारत उनसे कह देगा कि चले जाओ और वे चले जाएँगे।

दुलत : आप सही कहते हैं, लेकिन मुझे नहीं लगता कि भारत अमेरिका से जाने को कह देगा।

दुर्रानी : आप इस तरह से इसे नहीं कहते हैं।

दुलत : क्योंकि हमारे अमेरिका के साथ वैसे संबंध नहीं रहे हैं, जैसे कि आपके रहे हैं। हम सोचते हैं कि हमारा एक ख़ास रिश्ता है, इसलिए मुझे नहीं लगता कि मोदी जी उनसे जाने को कहेंगे।

दुर्रानी : चले जाने को कहने का मतलब, उस तरह से नहीं है। मेरे कहने का मतलब है...

दुलत : सर, वे नहीं कहेंगे कि बातचीत और आतंक एक साथ नहीं चलते। वे आपसे यह बात कहेंगे। मैं यही कहने की कोशिश कर रहा हूँ।

दुर्रानी : वे ट्रंप से कई सारी बातें कहेंगे, लेकिन बुनियादी तौर पर इसका मतलब होगा, आपकी चिंता के लिए बहुत-बहुत धन्यवाद। निर्भर करता है कि वे यह बात किस तरह से कहेंगे।

दुलत : अगर आप सोचते हैं कि प्रधानमंत्री मोदी बराक ओबामा को दोस्त समझते हैं, तो अब वे डोनाल्ड ट्रंप को और बड़ा दोस्त समझते हैं। ऐसे में वे किसी बात के लिए उनका विरोध कैसे करेंगे या कैसे इनकार करेंगे?

दुर्रानी : यह कहकर कि आप बड़े अच्छे दोस्त हैं, बहुत-बहुत शुक्रिया, और अब आपने कहा है तो हम कड़ी मेहनत करेंगे। राष्ट्रपति ने जो कहा है, उस पर विदेश मंत्री काम शुरू करेंगे और बताइए, पाकिस्तान को कैसे ठीक करना है। उदाहरण के लिए मुशर्रफ़ के मामले में 9/11 के बाद उन पर दबाव डाला गया था : आप ठीक से काम कीजिए और सहयोग कीजिए। वे भी करना चाहते थे, लेकिन वे जानते थे कि स्वदेश में आलोचना होगी। ऐसे में उन्होंने एक कहानी बनाई। मैं क्या करता? हमें धमकी दी गई, पाकिस्तान पर बम गिराया जाएगा, कश्मीर का मसला ख़तरे में है, हमारी परमाणु संपत्तियाँ नष्ट कर दी जाएँगी और हमारी अर्थव्यवस्था बर्बाद हो जाएगी। यही कारण है कि मैंने इसे स्वीकार किया।

बेशक़, उन्हें इस तरह से नहीं धमकाया गया था

दुलत : उन्होंने सार्वजनिक रूप से फ़रमान पढ़कर सुनाया गया था। बुश ने कहा था, "या तो आप हमारे साथ हैं या हमारे खिलाफ़ हैं।"

दुर्रानी : जी हाँ, लेकिन यह तो अपेक्षित था कि सहयोग करने के साथ-साथ मुशर्रफ़ ने कुछ अन्य माँगों पर भी मोलभाव किया था। कुछ माँगें मानी गईं, कुछ के लिए मना कर दिया गया, और बाक़ी पर मोलभाव हुआ। इस तरह से यह होना चाहिए था।

दुलत : लेकिन जैसा कि आपने ज़िक्र किया, पहली मौत जनरल महमूद की थी। अमेरिका बोला, यह बुरी ख़बर है, उसका सिर काट दिया गया था!

दुर्रानी : बिलकुल ठीक है। एकदम सही बात।

सिन्हा : क्या ट्रंप तालिबान के साथ डील करेंगे?

दुर्रानी : उनके लोग करेंगे। मैटिस समझदार माने जाते हैं और पाकिस्तान तथा तालिबान पर पिछले दस सालों से दबाव डालते आ रहे हैं। वे कोशिश करेंगे और कोई तरीक़ा निकालेंगे, लेकिन यह नहीं कहेंगे कि वे तालिबान के आगे झुक गए हैं।

दुलत : अमेरिकी तो तालिबान से बात कर रहे हैं।

दुर्रानी : लगातार कर रहे हैं।

दुलत : अगर ट्रंप को लगता है कि तालिबान से बात करना सही पॉलिसी है, तो वे करने वाले इंसान हैं, वे कहेंगे, चलो काम शुरू करो। डील करो। वे क्या चाहते हैं और हम क्या चाहते हैं?

सिन्हा : वे इस बात को आसानी से प्रचारित कर सकते हैं कि वे डील-मेकर हैं।

दुलत : ट्रंप, तो अपने को डील-मेकर मानते हैं, इसीलिए तो मैं शुरू में सोच रहा था : क्या डील जनरलों के ज़रिए की जाएगी या उनकी बेटी और दामाद के ज़रिए? अगर आपका दामाद ही आपका सलाहकार हो, तो इसके फ़ायदे और नुक़सान दोनों होते हैं, यह इस पर निर्भर करता है कि सफलता कैसे मिलती है।

दुर्रानी : मैं ऐसे किसी इंसान को नहीं जानता, जो डील ना करता हो। यहाँ तक कि पाकिस्तानी भी डील करते हैं।

दुलत : इस्राइली भी करते हैं। हर कोई डील करता है।

दुर्रानी : डील-मेकर के तौर पर ट्रंप बिज़नेस की तरह की डील चाहते होंगे, लेकिन यह बिज़नेस डील की तरह नहीं है। इसमें कड़ा मोलभाव होता है, सार्वजनिक धमकियाँ दी जाती हैं, अन्य संदेश दिए जाते हैं।

दुलत : हालाँकि, अमेरिका के लिए, पाकिस्तान को धकियाना आसान नहीं होगा, क्योंकि जब कुछ करना होता है, आप करते ही हैं।

हम यह समझाने क़ाबिल हैं कि धकियाना हमारी कूटनीति की सफलता है, और देखिए, इसी कारण अमेरिका को दख़ल देना पड़ा है, हालाँकि सच्चाई यही है कि धकियाना तो धकियाना ही होता है।

दुर्रानी : 9/11 के बाद हमने करने की कोशिश की, लेकिन पाया कि कुछ भी ख़ास अच्छा नहीं है। वे हमेशा और ज़्यादा की माँग करते थे, यहाँ तक कि हमारे राष्ट्रीय हितों के ख़िलाफ़ भी या हमारी क्षमता के बाहर भी माँग करते थे।

हालाँकि, भारतीय तो प्रतीकात्मक संकेत तक नहीं देंगे। अमेरिका की तरफ़ से भारत पर कोई दबाव नहीं आएगा।

दुलत : अगर पाकिस्तान को धकियाया जा रहा है, तो तार्किक रूप से भारत को भी धकियाया जाएगा। पाकिस्तान को यह कहना ही होगा : धत, भारत से आप क्यों नहीं कहते? देखो, कश्मीर में वह क्या कर रहा है। आप हमें क्यों दोष दे रहे हैं? अगर उपद्रव बढ़ता है, तो जिम्मेदार भारत है क्योंकि उसके हाथ में सत्ता है और वह किसी से बात करने से इनकार करता है। उसे लगता है कि वह अलग किस्म का है, और यह सब आपके साथ रिश्तों के कारण ही हो रहा है।

सिन्हा : कश्मीर में अमेरिका की क्या दिलचस्पी या भूमिका है?

दुर्रानी : वे हर मुमक़िन जगह पर दिलचस्पी दिखाते हैं, लेकिन कश्मीर में कुछ भी योगदान देने की उसकी क्षमता सीमित है। पहली बात, वह कुछ कर नहीं सकता। पाकिस्तान पर ज़बर्दस्ती करने में वह अक्सर नाक़ाम रहा है। भारत से अमेरिका वह सब नहीं करा सकता, जो भारत नहीं करना चाहता। दूसरी बात, ख़ुदा ना करे, हम कभी जंग में पड़ें और अमेरिका को बिचौलिया क़बूल करना पड़े। वह भारत का ही पक्ष लेगा।

दुलत : कश्मीर में अमेरिका की जो भी दिलचस्पी हो और 1990 के दशक में बहुत सारे अमेरिकी आते-जाते थे, 9/11 के बाद सब रुक गया। पर्ल हार्बर की ही तरह इस गंभीर घटना ने पूरा गेम चेंज कर दिया। इसने अमेरिकी लोगों को भी हिला दिया। यहाँ तक कि आतंकवाद पर सुर तक बदल गया। स्वतंत्रता सेनानी आतंकवादी बन गए। नई दिल्ली में अमेरिकी राजदूत ने यह बात स्पष्ट की कि अब उनके दूतावास से श्रीनगर कोई नहीं जाता है। उसी राजदूत और उसके एक पूर्ववर्ती ने शब्बीर शाह के साथ हाउस बोट पर लंच करने की बात बताई थी, जिसे हुर्रियत से निकाल दिया गया था।

जनरल साहब से मेरा एकमात्र मतभेद यहाँ इसी पर है, जो मैंने कश्मीरियों से सुना है कि अमेरिका के पास पाकिस्तान के साथ ज़बर्दस्ती करने की क्षमता है, हालाँकि उनकी धारणा ग़लत हो सकती है। आमतौर पर मैं इस बात से सहमत हूँ कि भारत और पाकिस्तान दोनों पर ही ज़बर्दस्ती नहीं की जा सकती।

दुर्रानी : किसी भी सूरत में हमें अपने को याद दिलाना होगा कि जब हम अपने विवादों में किन्हीं बाहरी मध्यस्थों को बुलाते हैं, तो समझौता उनके ही पक्ष में और उनकी ही शर्तों पर होता है। उस बंदर की कहानी याद कीजिए, जिसे दो बिल्लियों ने रोटी के बँटवारे के लिए बुलाया था, और वह पूरी रोटी खा गया था।

दुलत : मैं सहमत हूँ, अमेरिका तो भारत और पाकिस्तान के बीच होने वाली खटपट के जारी रहने से ख़ुश है। ऐसे में, इसे सर्वाधिक सकारात्मक तरीक़े से देखने का तरीक़ा यह है कि भारत-पाकिस्तान के बीच काफ़ी कुछ ऐसा चल रहा है कि दोनों मिलकर सही दिशा में सोचें। और मैं जनरल साहब की बात पसंद करता हूँ कि यह हमारी शर्तों पर होगा।

दुर्रानी : हेनरी किसिंजर का मशहूर और जगह-जगह सुनाया जाने वाला बयान नहीं भूलना चाहिए : अमेरिका से दुश्मनी तो ख़तरनाक है ही, उससे दोस्ती भी घातक है। मुशर्रफ़, सद्दाम, मुबारक, ईरान के शाह जैसे मामलों में यह साबित हो चुका है, और यह जारी रहेगा। यूरोपीय लोगों के साथ भी कई बार ऐसा हुआ है।

29

पाकिस्तान के दोस्त, पुतिन

आदित्य सिन्हा : भारत और पाकिस्तान के रिश्तों को आगे बढ़ाने में क्या रूस कोई भूमिका निभा सकता है?

अमरजीत सिंह दुलत : रूस कर तो सकता है, लेकिन करेगा नहीं। उसके और महान पुतिन के बारे में यही जानकारी है। वे तमाशा देखकर ही खुश रहने वाले हैं।

हमारे रूस से अच्छे संबंध हुआ करते थे। मैं तो मानना चाहता हूँ कि अब भी अच्छे संबंध हैं, लेकिन मुझे पता नहीं है। ऐसे रूसी राजदूत हुए हैं, जो हमेशा दिल्ली में तैनात रहे। एक का देहांत अभी हाल ही में हुआ (अलेक्ज़ेंडर मिखाइलोविच) कदाकिन और केजीबी के बैकग्राउंड वाले सबसे ज़्यादा समय तक रहे। कदाकिन रहे। उनसे पहले त्रुबनीकोव रहे। जैसे पुतिन थे।

येल्तसिन के समय से चीज़ें बदलने लगीं। शीतयुद्ध के सेनानी कहलाने वाले इन लोगों को लगा कि वे अपनी अहमियत खो रहे हैं। ये केजीबी के पुराने आदमी स्टाइल में रहते थे, शानदार कॉटेज में रहते थे, विलासिता का सारा सामान और विशेषाधिकार उन्हें हासिल थे। मॉस्को में सड़क के बीच की एक लेन इन संभ्रांत लोगों के लिए आरक्षित है। अच्छी कारों के मालिक ही वहाँ चल सकते हैं।

पुराना सोवियत संघ हर तरह से भारत का समर्थन करता था, जैसा कि 71 के युद्ध के समय उसने किया। इंदिरा गाँधी के वक्त में संबंध सबसे अच्छे थे। राजीव गाँधी के समय उसमें थोड़ी गिरावट आई, लेकिन वाजपेयी के समय भी संबंध अच्छे थे।

जब मैं मॉस्को गया, तब त्रुबनीकोव इंटेलीजेंस के चीफ़ थे। उन्होंने पूछा, "इंटेलीजेंस को लेकर रूस-भारत-चीन की धुरी पर आपकी क्या प्रतिक्रिया होगा?" मैंने कहा कि यह बहुत अच्छा विचार है, हम दोनों के बीच तो कोई दिक्क़त है ही नहीं, लेकिन चीन की क्या प्रतिक्रिया होगी? त्रुबनीकोव हँसे और बोले, "चीन का मामला आप हमारे ऊपर छोड़ दीजिए, आप तो यह सोचिए कि पाकिस्तान क्या करेगा।" हम लोग हँसने लगे और बात वहीं छूट गई।

जब मैं चीन गया, तो वहाँ मैंने इसका ज़िक्र किया। चीनियों ने अपनी ख़ास शैली में कहा, "बहुत अच्छा विचार है। हम इसकी पड़ताल ज़रूर करेंगे।" वे ऐसे बोले, जैसे इसे अनुसंधान के लिए किसी यूनिवर्सिटी में भेजा जाना हो।

रूस ने हमारे संबंध के लिए हमेशा बहुत कुछ किया। त्रुबनीकोव दिल्ली में इज़्वेस्तिया में थे। तीन साल बाद वे राजदूत बनकर लौटे, इस बीच वे मॉस्को में इंटेलीजेंस चीफ़ रहे। जब पुतिन ने येल्तसिन से सत्ता अपने हाथ में ली, तब त्रुबनीकोव को ऊपर चढ़ा दिया गया और विदेश विभाग में राज्यमंत्री बना दिया गया। वे दिल्ली आए और तब मैं रॉ में था। मैंने कहा, चीफ़, अब आप सुप्रीम चीफ़ बन गए हैं, कैसा लग रहा है? उन्होंने जवाब दिया कि अच्छा नहीं लग रहा है और यह असली चीज़ नहीं है।

त्रुबनीकोव इंटेलीजेंस चीफ़ के तौर पर भारत आए थे और वाजपेयी से मिलना चाहते थे। मैंने उन्हें बताया कि वाजपेयी इंटेलीजेंस के प्रमुखों से नहीं मिलते। वे बोले, "क्या आप भूल गए हैं कि मैंने आपको पुतिन से मिलवाया था? आपको वाजपेयी से कहना होगा कि आप मुझे जानते हैं और जब मैं इज़्वेस्तिया में था, तब मैंने आपका साक्षात्कार लिया था।" वाजपेयी काफ़ी उदार थे और वे त्रुबनीकोव से मिले भी। त्रुबनीकोव बहुत खुश हुए थे।

गड़बड़ यह हुई कि परमाणु समझौते के बाद हमने अमेरिका के साथ अपने संबंधों को इतना महत्त्व दिया कि रूस को लगने लगा कि हमने उसे भुला दिया है। पुतिन की सत्ता के समय, कुछ लोगों के मुताबिक़, यह दुनिया का सबसे ताक़तवर इंसान, बकवास करने नहीं जा रहा है। ठीक है, अगर आपको लगता है कि अमेरिका से आपके ख़ास रिश्ते हैं, तो अच्छी बात है, हम आपके दोस्तों को दोस्त बना लेंगे।

सिन्हा : इस तरह के सबसे ताक़तवर इंसान से मुलाक़ात कैसी हुई? क्या पुतिन अकेले जासूस हैं, जो किसी सरकार के मुखिया बने?

असद दुर्रानी : आंद्रोपोव।[1] सीनियर बुश।[2]

दुलत : पुतिन प्रधानमंत्री थे। शांत, सही थे और ज़्यादा कुछ नहीं बोले। त्रुबनीकोव भाषांतर कर रहे थे, तो तीस मिनटों में बातचीत केवल दस-बारह मिनट ही हुई। हमारा रिश्ता कितना विशेष है, हम भारत के साथ दोस्ती की कितनी क़दर करते हैं, यही सब बातें हो सकीं।

मॉस्को में मुझे यह बात समझ में आई कि सत्ता कितनी अहम है। केजीबी में होने के बावजूद त्रुबनीकोव येल्तसिन के क़रीबी बने। एक दिन दिल्ली में हम लोगों को इसी होटल ताज में लंच करना था। सुबह से ही मुझे मैसेज आने लगे थे कि त्रुबनीकोव का पेट ख़राब है। डेढ़ बजे मुझे बताया गया कि उनका पेट अब बेहतर है। जब मैं ताज पहुँचा, तो मैंने उनका हाल पूछा। "मैं ठीक हूँ," उन्होंने बताया, "आज येल्तसिन का जन्मदिन है और आपसे बात करने से पहले मुझे उनसे बात करनी थी।"

रूसी लोगों के साथ यह बात है। वे हमेशा उसी की तरफ़ देखते हैं, जिस तरफ़ सत्ता होती है। सत्ता अहम है। वास्तव में त्रुबनीकोव ने मुझसे एक अज़ीब सवाल पूछा, "क्या आपके हाथ में युद्ध सामग्री की बिक्री है?" मैंने कहा, नहीं। हम यह काम करते हैं, करना भी चाहिए, हथियार की ख़रीद-बिक्री आपके हाथ में होनी चाहिए।

तो ये लोग इतने ताक़तवर हैं। कुछ मायनों में सीआईए से बेहतर और ज़्यादा प्रभावी।

सिन्हा : आप इसमें कैसे आ गए, जनरल साहब, अफ़गानिस्तान में आप उन्हें कुचल आए थे?

दुलत : इस काम में कोई स्थायी दोस्त या दुश्मन नहीं होता। पुतिन और पाकिस्तान को यह अहसास हो गया था।

दुर्रानी : अमरजीत सिंह दुलत एक बहुत मनोरंजक क़िस्सा सुनाने वाले हैं, जो पेशावर के क़िस्सा-कहानी बाज़ार या बगदाद के अलिफ़-लैला की परंपरा के हैं। संयोग से मैं भी एस्टाना में पगवाश सम्मेलन में त्रुबनीकोव से मिला था, जिसमें एएसडी दुर्भाग्य से नहीं जा पाए थे। भारत-पाकिस्तान-अफ़गानिस्तान के सेशन में त्रुबनीकोव ने पाकिस्तानी पक्ष का समर्थन किया था, जिससे अफ़गानिस्तान सरकार के प्रतिनिधियों को बहुत असुविधा हुई थी।

हम पाकिस्तान के लोग सोवियत संघ और भारत के बीच की केमिस्ट्री को कई तरह से जानते हैं। इनमें इब्राहिम जलीस जैसे हमारे वामपंथी (सुर्खा) शामिल हैं, जिन्होंने राज कपूर के समक्ष मॉस्को में उनके लिए शराब ख़रीदने का प्रस्ताव किया था। राज कपूर ने मना कर दिया था, और कहा था, "उस देश में उनके पास बहुत धन है, क्योंकि उनकी फ़िल्में वहाँ बहुत लोकप्रिय हैं।" संयोग की बात है कि उनकी फ़िल्में, क्रांति से पहले ईरान में भी लोकप्रिय थीं और अफ़गानिस्तान में वे हमारे ख़िलाफ़ ताक़त बढ़ाने का काम करती थीं। मुझे याद है, एक फ़िल्म में पृथ्वीराज कपूर रूसी जहाज़ पर सवार दिखे थे। वह फ़िल्म अपने मुख्य गाने के कारण मशहूर हुई थी।

हमारे साथ सोवियत संघ के रिश्ते समस्या से ग्रस्त रहे, क्योंकि अपने ज़्यादा बड़े पड़ोसी के फ़ायदे का संतुलन बनाने के लिए हम वेस्टर्न ब्लॉक में शामिल हो गए। 65 के युद्ध के बाद, जब सोवियत संघ ने ताशकंद में मध्यस्थता की, तब हमारे संबंध ठीक हुए, लेकिन तभी हमने 1971 में अमेरिका और चीन के बीच सेतु का काम किया, और बेशक़ 71 के युद्ध में रूस ने हमारा विरोध भी किया था।

1979 में अफ़गानिस्तान में सोवियत संघ के हमले ने हमें एक दूसरे का उतना बड़ा विरोधी बना दिया, जितने बड़े विरोधी हम कभी नहीं थे और जब सोवियत संघ ने ऑक्सस के पार से सेना हटाई और तब उनका साम्राज्य ख़त्म हुआ, तब स्वाभाविक तौर पर पाकिस्तान के ख़िलाफ़ बैर भाव बन गया, जबकि हमने उनके सैनिकों की वापसी में मदद की थी।

लेकिन, स्थायी तो कुछ भी नहीं है। रूस उबर गया। उसने चीन से संबंध बनाए और पुराने शंघाई फाइव[3] को पुनर्जीवित किया, ताकि एकमात्र सुपरपावर के ख़िलाफ़ संतुलन बनाया जा सके। 9/11 के बाद, एशिया के हृदयस्थल में ताक़तवर पश्चिमी गठबंधन बैठ गया, तो इसे क्षेत्र में और सहयोगी मिल गए। मध्य पूर्व में अन्य घटनाक्रमों ने रूस को पाकिस्तान तक पहुँचाया और आईएसआई ने सकारात्मक जवाब दिया। जब भारत अमेरिका के निकट जाता दिख रहा था, तो रूस-पाकिस्तान के संबंधों पर वह रोक नहीं लगा सकता था।

पिछले दशक में यह संबंध विकसित हुए और मैं उसका फ़ायदा पाने वालों में हूँ। 2012 और 2017 में मॉस्को में विशाल परमाणु निरस्त्रीकरण सम्मेलनों के लिए दो यात्राओं में मैंने न्यू ग्रेट गेम पर विचार रखे। पहली यात्रा में ही, मैं समझ गया था कि द्विपक्षीय संबंध सुधारे जा सकते हैं।

दुलत : रूसी लोगों के लिए एक और चीज़ अहम है, वह है कॉंग्रेस पार्टी से उनके संबंध। जब तक कॉंग्रेस सत्ता में रही, तब तक भारत से रूस की स्वाभाविक दोस्ती रही। अब कॉंग्रेस अधिक मध्यमार्गी पार्टी बन चुकी है। द्विपक्षीय रिश्ता कॉंग्रेस पार्टी के लिए संदेश है कि वह किस ओर जा रही है, और उसे कहाँ होना चाहिए था।

मोदी जी कितने भी बड़े क्यों ना हो, रूस उनके साथ असहज ही महसूस करेगा। जनरल साहब ने जो कहा, वह हमारी अमेरिका के साथ परमाणु समझौते के समय की बात है। कम्युनिस्टों ने डील का समर्थन नहीं किया था और सोनिया गाँधी की कुछ समय तगड़ी आपत्तियाँ रहीं, क्योंकि वह उन्हें नाराज़ नहीं करना चाहती थीं।

इस सबने हमारे संबंधों को प्रभावित किया। पुतिन की सोच में भारत कैसे फ़िट बैठता है, यह कहना मुश्किल है, लेकिन यही कहा जा सकता है कि ये संबंध बहुत आरामदायक तो नहीं हैं। यह तो स्पष्ट है।

दुर्रानी : जब सम्मेलनों के लिए बुलाया गया, तो वहाँ केवल चार जगहें ऐसी थीं, जहाँ मैं अपनी पत्नी को साथ ले जा सकता था। दिल्ली में 2004 में क्योंकि मैं ताजमहल देखने से चूकना नहीं चाहता था। उसके बाद जॉर्डन का मृत सागर, जहाँ मेरी पत्नी पहली बार दुलत परिवार से मिली थीं। दिसंबर 2016 में हम उज़्बेकिस्तान गए थे वहाँ के राजदूत के निमंत्रण पर, जहाँ मेरी पत्नी तक को महिला अनुवादक मिल गई थी। शायद वह हमारे ऐतिहासिक, वैचारिक, बौद्धिक और बाद में बने भू-राजनीतिक संबंधों के कारण था।

मेरी पत्नी मेरे मेजबानों के आग्रह पर दो बार रूस गई। दोनों ही मौक़ों पर, नागरिक और सैन्य विश्वविद्यालयों में मेरी बातों को हैरतअंगेज तरीक़े से उत्साही श्रोता मिले। इससे मुझे अपनी पत्नी को प्रभावित करने का दुर्लभ अवसर मिला।

संयोग से, किसी भी मौक़े पर रूस ने भारत-पाकिस्तान कटुता में कोई रुचि नहीं दिखाई। अमेरिका तो बाक़ी देशों को एक दूसरे के खिलाफ़ लड़वाने में मज़ा लेता है, लेकिन रूस तो हम दोनों देशों की आपस की बयानबाज़ी से नाराज़ ही दिखा।

सिन्हा : आपने रूसी बौद्धिक/विशेषज्ञ का सीपीईसी के बारे में एक लेख दिया था, जो भारत के लिए चिंता का विषय बन गया था। लेख अपने आप में सकारात्मक था और उसमें पाकिस्तान को विभिन्न रिश्तों के आधार के तौर पर देखा गया था।

दुर्रानी : 2015 में जब मुझे ये दोनों लेख मिले थे, तो मुझे सुखद आश्चर्य हुआ था। पहला तो रूसी सामरिक अध्ययन संस्थान के एंड्रयू कोरिब्को ने लिखा था। उनका रवैया पाकिस्तान के प्रति सकारात्मक था, इसमें कोई संदेह नहीं। दूसरा लेख पॉलिना तिखोनोवा का था, जो लंदन में रहने वाली लेखिका हैं। उन्होंने यह कहकर हमें आश्चर्य में डाल दिया था कि चीन, रूस और पाकिस्तान की नई सुपरपावर धुरी उभर रही है। उन्होंने इसमें ईरान का भी ज़िक्र किया था।

पिछले कुछ सालों में मुझे लगा है कि ये चारों देश आपस में एक समझदारी बनाने की कोशिश कर रहे हैं। इन लेखों का नज़रिया हम लोगों से भी ज़्यादा आशावादी था। और

नहीं, उन्हें आईएसआई ने नहीं लिखवाया था। वह तो ऐसे लोगों से लिखवा पाने की स्थिति में है ही नहीं।

सिन्हा : जनरल साहब, अपनी हालिया रूस यात्रा (आख़िरी सत्र के ठीक पहले वाली) के बारे में बताइए।

दुर्रानी : रूसी मुझसे बात करने के इच्छुक थे। उन्होंने मुझे 2012 में परमाणु सम्मेलन में बुलाया था, लेकिन उससे पहले हम दुबई में मिले थे और यह स्पष्ट हो गया था कि परमाणु सम्मेलन तो नाम का रहेगा, दरअसल वे सोवियत-अफ़गानिस्तान के बाद के बारे में चर्चा करना चाहते थे। इस बार मुझे आमंत्रित किया गया, तो मैंने सेंट पीटर्सबर्ग देखने की भी इच्छा जताई, और उन्होंने पीटर्सबर्ग स्टेट यूनिवर्सिटी में वार्ता का इंतज़ाम किया, जिसमें पुतिन भी शामिल हुए। अधिकतर नोबेल पुरस्कार प्राप्त रूसी लोग इसी यूनिवर्सिटी के विद्यार्थी रहे हैं।

मैंने भाषण दिया, मॉस्को आया, परमाणु सम्मेलन में शामिल हुआ, लेकिन ज़्यादातर वक्त मैंने सैन्य विश्वविद्यालय के अफ़गानी लोगों से बातचीत में बिताया। विदेशमंत्री सर्गेई लेवरोव वहाँ थे। यहाँ मैं यह भी बताना चाहता हूँ कि परमाणु सम्मेलनों में रूस और अमेरिका के बाद पाकिस्तान का तीसरा सबसे बड़ा प्रतिनिधिमंडल था, जबकि 2012 और 2017 में भारत की ओर से केवल एक प्रतिनिधि था। पहले में लेफ़्टिनेंट जनरल वीआर राघवन थे, जो एक थिंक टैंक चलाते हैं, और उनसे बात करना उपयोगी था। इस बार भारत ने विदेश विभाग से किसी को भेजा था।

दुलत : जनरल साहब ने बहुत सारी सार्थक बातें बताईं, और मैं यह कहने से अपने को नहीं रोक पा रहा हूँ कि अफ़गानिस्तान में हमने ज़मीन गँवा दी।

पुतिन ताक़त की नीति वाली दुनिया के सबसे कड़क आदमी हैं कि हम आपको दिखा देंगे कि हम क्या कर सकते हैं, इस तरह से वे ट्रंप की परीक्षा लेते रहते हैं। इसमें उन्हें बड़ी शान महसूस होती है, उन्होंने अपने इंटेलीजेंस अधिकारियों के लिए बधाई रिकॉर्ड करवाई। उन्होंने दुनियाभर के रूसी अवैध लोगों को भी बधाई दी। वे मोदी का ही एक रूप लगते हैं।

दुर्रानी : सही बात है। पुतिन ने अपने पत्ते बहुत अच्छी तरह से चले। अमेरिका ने उन्हें ताक़त हासिल करने में मदद की। घरेलू स्तर पर वे अलोकप्रिय हो रहे थे। यहाँ तक कि अपने गृह क्षेत्र पीटर्सबर्ग में भी लोग उनसे खुश नहीं दिख रहे थे।

दुलत : लोग उनके ख़िलाफ़ थे, लेकिन कोई उन्हें चुनौती नहीं दे रहा था।

दुर्रानी : लोकप्रियता दोबारा हासिल करने का मौक़ा तब मिला, जब उन्होंने क्रीमिया पर क़ब्ज़ा किया। उक्रेन और क्रीमिया बहुत अहमियत रखते हैं, ना केवल ऐतिहासिक तौर पर, बल्कि इसलिए भी क्योंकि वहाँ बहुत सारे रूसी हैं। इससे रूस को लेवांत में प्रभाव हासिल करने में मदद मिली, वह भी उस हद तक कि तुर्की तक ने उनसे सुलह कर ली, जिसने रूसी

विमान[4] को मार गिराया था। पुतिन ने अपनी चालें इतनी अच्छी तरह से चलीं कि उन्होंने अपने लोगों के बीच भी ज़मीन फिर से हासिल कर ली।

दुलत : येल्तसिन के समय, केजीबी के ऐसे कई पुराने लोग नरम हो गए, लेकिन पुतिन नहीं। उनके लोग अब केजीबी भले ही ना कहलाते हों, लेकिन वे अब भी ताक़त और गंदी चालें चलने के लिए आस-पास रहते हैं।

दुर्रानी : सही बात है।

सिन्हा : शी जिनपिंग ने 2017 में फिर पाँच सालों के लिए सत्ता हासिल कर ली। चीन की भविष्य के लिए महत्त्वाकांक्षी योजनाएँ हैं। पुतिन केवल अतीत के गौरव को फिर हासिल करने की कोशिश कर रहे हैं। वास्तव में क्या शी जिनपिंग दुनिया के सबसे ताक़तवर इंसान नहीं हैं?

दुलत : मैं इससे असहमत नहीं हो सकता। रूस और चीन के अच्छे संबंध हैं और दोनों एक दूसरे को अच्छी तरह से समझते हैं। अंतर केवल यह है कि चीन जल्दबाज़ी में नहीं है। शी आगे की ओर देख रहे हैं और बहुत सारी योजनाएँ बना चुके हैं। पुतिन के लिए तो अब, आज, कल और आने वाला कल है। मैं ये चीज़ें अभी करने जा रहा हूँ। वे पूरी दुनिया में यही कर रहे हैं। सीरिया को देखिए। स्थिति यह है कि अमेरिका तक महसूस करता है कि जब तक वह रूस के साथ सहयोग नहीं करेगा, वह सीरिया में आगे नहीं बढ़ पाएगा। आप ज़मीन पर सैनिक तक नहीं उतार सकते। रूस के हाथ में कमान है और रूस-ईरान संबंधों के कारण ईरान का विस्तार इराक़, सीरिया, खाड़ी में ज़्यादा देखा जाने लगा है। अचानक ट्रंप उन्हें फिर धमका रहे हैं।

दुर्रानी : चीन और रूस बहुत सोच-समझकर चालें चलते हैं। वे इस बात से खुश नहीं हो जाते कि आज वे एक प्लेटफॉर्म पर हैं, और वे दुश्मन नहीं बन रहे। उनकी प्रतिक्रिया धीमी होती है। मुझे नहीं लगता कि उन दोनों ने कभी एक दूसरे पर यक़ीन किया है, हालाँकि उनके हित इस हद तक मेल खाते हैं कि अब एससीओ ही नहीं, बल्कि द्विपक्षीय तरह से भी वे अलग नहीं होना चाहते। वे हमारी तरह काम नहीं करते कि तुरंत तलवारें निकाल लीं। अगर उन्हें कुछ आपत्तियाँ भी होती हैं, तो वे समय लेते हैं, वरना अमेरिका उनके दरवाज़े पर पैर जमा लेता।

सिन्हा : तो, भारत-पाकिस्तान को रूस-चीन की तरह होना चाहिए।

दुर्रानी : जी हाँ, क्यों नहीं? आराम से और तनावरहित, धैर्यवान, यह नहीं कि दूसरे दिन बड़ा बयान आ जाए और हम तुरंत पलट जाएँ। हम करते तो यही हैं।

संयोग से, मैं उत्तर कोरिया में हुए जिस परमाणु निरस्त्रीकरण सम्मेलन में गया था, उसका विषय यही था।

दुलत : मैं बिलकुल यही कहने वाला था कि उत्तर कोरिया जो भी कर रहा है, वह इसीलिए कर रहा है, क्योंकि वह जानता है कि उसके पीछे रूस और चीन हैं।

VII

आगे की सोच

आख़िरी अध्यायों में भारत और पाकिस्तान के बीच का गतिरोध ख़त्म करने के विभिन्न तरीक़ों पर विचार किया गया है। दोनों पूर्व प्रमुखों का नज़रिया अलग-अलग है : दुलत विश्वास बहाली के उपायों के पक्ष में हैं, जबकि दुर्रानी दीर्घकालीन सफलता के लिए टिकाऊ संरचना को ज़रूरी मानते हैं। कई अद्‌भुत विचारों पर चर्चा की जाती है। ये विचार इतने अनूठे हैं कि दोनों देशों में कट्टर सोच रखने वाले आश्चर्यचकित हो सकते हैं। उपसंहार में, समझौते का एक अचूक बिंदु है कि दोनों देशों के बीच पागलपन ख़त्म होना ज़रूरी है।

मंच की तैयारी

बैंकॉक, 30 अक्टूबर 2017 : हमारी चर्चा के आख़िरी सत्र में सकारात्मक टिप्पणी वाली बातें समेटी गई हैं (और यहाँ तक कि हम एक जटिल रूसी सज्जन से भी मिलते हैं), तो हम मिलकर लंच और फिर थोड़ी थाई आइसक्रीम का लुत्फ़ लेते हैं।

30

संरचना बनाएँ या गतिरोध ख़त्म करें?

(टिप्पणी : आगे की राह के लिए, दोनों पूर्व प्रमुखों से एक रोडमैप देने को कहा गया था। पहले इन्हें ही दिया जा रहा है, फिर उन पर चर्चा दी जा रही है।)

अमरजीत सिंह दुलत :

- लोगों के बीच संपर्क को बढ़ावा/उसकी सुविधा देना।
- वीज़ा प्रणाली को आसान करना—वीज़ा ऑन एराइवल केवल हवाई अड्डों पर ही नहीं, बल्कि वाघा पर भी देने पर विचार हो।
- दिल्ली/मुंबई से लाहौर/इस्लामाबाद/कराची के बीच उड़ानें बढ़ाना।
- सांस्कृतिक, कला, साहित्य और खेल आयोजनों को बढ़ावा देना
- भारत और पाकिस्तान के बीच क्रिकेट फिर से शुरू किया जा सकता है, अगर ज़रूरत हो, तो किसी तीसरे देश में भी यह हो सकता है। पाकिस्तानी खिलाड़ी आईपीएल में शामिल किए जा सकते हैं। पूर्व क्रिकेटर/कमेंटेटर जब भारत में समय बिता सकते हैं, तो युवा क्यों नहीं?
- वृहद पंजाब-पंजाब के बीच संवाद/व्यापार।
- विश्वास बहाली के संकेत—जब डील हुई है, तो एमएफ़एन को क्यों रोका जाता है?
- सरहदों को खोलकर/वहाँ नरमी बरतकर संचार बढ़ाना।
- व्यापार, मुद्रा, बैंकिंग में विश्वास बहाली में कश्मीर को प्राथमिकता देना।
- कश्मीर का समाधान सबसे पहले किया जाना चाहिए। आतंकवाद और सियाचिन, सर क्रीक जैसे आसान मुद्दे अपने आप सुलझ जाएँगे।
- बात करें, भारत-पाक के बीच, और भारत-कश्मीर के बीच, एक दूसरे पर हावी होने की आदत छोड़कर।
- विदेश सचिव स्तर की वार्ता और उससे भी अधिक अहम एनएसए, इंटेलीजेंस प्रमुखों,

सेनाध्यक्षों की भी संस्थानिक मुलाक़ातें होनी चाहिए। अगर कोई संवाद नहीं हो रहा है, तो अजित डोभाल को क्यों नहीं आमंत्रित करते?

- खुफ़िया सहयोग से विश्वास बढ़ेगा—स्टेशन चीफ़ दोनों देशों में चौकियाँ खोलें।
- क्षेत्रीय सहयोग को आगे बढ़ाएँ—सार्क को गुजराल डॉक्ट्रिन को फिर जीवित करने पर विचार करना चाहिए।
- अंतरराष्ट्रीय मंचों पर भी सहयोग बढ़ाने पर विचार करना चाहिए। हमारी मुस्लिम आबादी को इस्लामिक मंचों पर महत्त्व देना चाहिए।
- दोनों तरफ़ के मीडिया को खोलना चाहिए। अधिक भारतीय सिनेमा। बॉलीवुड में अधिक पाकिस्तानी अभिनेता आएँ।

असद दुर्रानी :

- 'ऑन-अगेन ऑफ़-अगेन' बैक चैनल को औपचारिक बनाएँ। जनता की निगाह से इसे छिपाना चाहिए।
- प्रत्येक प्रधानमंत्री के विश्वस्त के बजाय, टीम की अगुवाई कोई ऐसा इंसान करे जिसे सभी मुख्य दल, विदेश विभाग और सेना उचित मानते हों (दीर्घकालिक प्रासंगिकता को सुनिश्चित करने के लिए)। वह विदेश, सुरक्षा और क्षेत्रीय मामलों में विशेषज्ञता वाली एक छोटी टीम का चयन करे।
- इसके प्राथमिक कार्यों में दूसरे पक्षों से नियमित संचार, संकट/विवाद प्रबंधन पर विचारों का आदान-प्रदान, और दूसरे पक्ष की भय आधारित प्रतिक्रियाओं को रोकना/स्थानांतरित करना।
- बुरी स्थिति में—मसलन, मुंबई हमला—टीम को ऐसे नए कल्पनाशील सुझाव देने चाहिए, जिन पर अमल करके दोनों देश सहयोग कर सकें—मसलन, कश्मीर में हाइडल प्रोजेक्ट या अफ़गानिस्तान के बारे में—ताकि दोनों पक्षों को आश्वस्त किया जा सके कि आलोचकों का इस प्रक्रिया में हाथ नहीं होगा।
- संकट की स्थितियों में, इसे किसी भी नुक़सानदेह क़दमों को रोकना चाहिए,जिसे राजनीतिक उपाय के तौर पर देखा जाए।
- अवधारणा के तौर पर, यह उस पारंपरिक ज्ञान से अलग नहीं है, जिसमें लड़ने वाले पक्षों के बुद्धिमान लोगों को काम पर लगाया जाता है। इसे ओएससीई1 का बदला रूप कहा जा सकता है, जो कि यूरोप में विवाद रोकने के लिए बनाई गई शीत युद्ध संस्था थी, जिसमें पूर्वी और पश्चिमी, दोनों तरफ़ के प्रतिनिधि शामिल थे। वारसा संधि समेत सभी देशों ने इसे मध्यस्थ के रूप में काम करने की अनुमति दी थी। इसे परंपरागत जिरगा का प्रबंधनीय रूप माना जा सकता है, जिसका इस्तेमाल झगड़ा करने वाले दोनों पक्षों में सुलह कराने के लिए किया जाता है।
- अगर इसका चयन सही तरह से हो, प्रासंगिक सहयोग इसे प्राप्त हो, और दूसरे पक्ष को समझने तथा यक़ीन स्थापित करने के लिए समय दिया जाए, तो यह संस्था

विवाद प्रबंधन से विवाद समाधान तक जाने के लिए वृद्धि संबंधी प्रक्रिया का विकास कर सकती है।

- सदस्य बहुत अधिक वादे ना करें, तारीफ़ बटोरने या चर्चा में आने की कोशिश ना करें।
- इस संस्था का मुख्य कार्य किसी एक दीर्घस्थायी तरीक़े या पूर्व विचारित उद्देश्य पर चिपका रहने का नहीं हो और यह विकसित हो रही परिस्थितियों के अपने आकलनों को मापती रहे।

दुर्रानी : एक सैनिक की तरह मैंने स्ट्रक्चर्ड आन्सर दिए हैं।

दुलत : स्ट्रक्चर्स ने तो हमें घुमा दिया है, सर।

दुर्रानी : सीधे-सीधे कहता कि ये करना चाहिए—वो करना चाहिए, तो उससे कुछ नहीं होता। आप पूछते, कैसे? किस तरह से? अब यह एकदम ठोस रूप में है, एकदम तैयार। हम इसे पहले कर भी चुके हैं।

दुलत : आप सही कह रहे हैं। जब आपने ये मॉडल मुहैया कराए, तो मैंने संकेतों की बात की, और आपने कहा कि मैं उन्हीं फ़ालतू के संकेतों पर आ गया हूँ। आपको गतिरोध तोड़ना होगा। यह गतिरोध इतना कठोर है कि आपको लोगों को चकित करने की ज़रूरत है। यही कारण है कि जब मैं मोदी को पूरे अंक देता हूँ, तो आप समेत पाकिस्तान के कई लोग इसे तिकड़म कहते हैं और मोदी को सर्कस मैन कहते हैं।

मैंने कहा, पूरे अंक। उनके पास रायविंड जाने का साहस था। पाकिस्तानी मीडिया तो उत्साही था।

दुर्रानी : वो तो पागल है।

दुलत : हम सब पागल हैं।

दुर्रानी : जो स्ट्रक्चर मैंने सुझाया है, उसे देखिए। यह कोई पहली बार नहीं है, लेकिन बहुत प्राचीन भी नहीं है। मैं नहीं कहता कि पाँच या दस या 20,000 साल के मानव इतिहास में कुछ बहुत नया कर सकेंगे। मैंने दोहा में अमेरिका-मुस्लिम विश्व संवाद में अफ़गानिस्तान के लिए यही सुझाव दिए थे। भारत-पाकिस्तान के मामले में, चीफ़ एक्ज़ीक्यूटिव्स के सलाहकारों के तौर पर पर्दे के पीछे कुछ चेहराविहीन लोग रहते हैं और उनके विश्वासपात्र होते हैं। वे दूसरे पक्ष तक भी पहुँच रखते हैं।

दुलत : क्या आप हमारी छह सदस्यीय वार्ता की जगह इसको दो सदस्यों तक करने की पैरवी करेंगे?

दुर्रानी : वारगेम में आप दो रखो या चार, फ़र्क़ नहीं पड़ता, लोग और उनका काम ख़ास होता है।

दुलत : आप संकेतों को गंभीरता से क्यों नहीं लेते?

दुर्रानी : इसके लिए संदर्भ की ज़रूरत है। उदाहरण के लिए, मुंबई के बाद, दोनों सरकारें अड़ गई थीं। मैंने भारत सरकार से सहानुभूति जताई और बताया कि उन्हें क्या करना चाहिए। भारत में सबसे अच्छे इरादों वाली और सबसे अच्छे नेतृत्व वाली सरकार होते हुए भी वे यह नहीं कह सके कि मुंबई को भूल जाओ और पाकिस्तान के साथ बात करो। तब यह संगठन सक्रिय होता है, बात करता है, और कहता है कि माहौल ऐसा है कि कोई दिखने वाली हरकत मुमकिन नहीं है, हालाँकि अब कुछ ऐसा सोचना चाहिए, जो भटकाने वाला ना हो, लेकिन कम-से-कम कोई और राह तो हो जिस पर बढ़ना शुरू किया जाए।

उदाहरण के लिए, तब किसी ने सुझाव दिया था, चूँकि कश्मीर उसी तरह से एक मसला है, जिस तरह से आतंकवाद है, तो क्यों ना कश्मीर पर एक संयुक्त परियोजना शुरू की जाए, जिससे कश्मीरियों और दूरदराज के पाकिस्तानियों को फ़ायदा हो? इससे गरमी कुछ कम हुई और आपको बातचीत का कुछ और बिंदु मिला।

चाहे इसे फायर ब्रिगेड कहिए, मामलों को रास्ते पर रखने और प्रक्रिया को पटरी से उतरने से रोकने के लिए पर्दे के पीछे के अक्लमंद लोग कहिए। मैं इसे अलग तरह के समाधान के बजाय, अलग तरह का इंतज़ाम कहता हूँ। कबाइली समाज में मामले सुलझाने का यही तरीक़ा है, जबकि उनके विवाद ज़्यादा गंभीर होते हैं। वे ख़तरनाक हैं और सैकड़ों सालों से इसे जारी रखे हैं। यद्यपि, जब सुलह होती है, तो दोनों पक्षों में विश्वसनीयता रखने वाले दो-तीन लोगों के कारण ही होती है, जो दोनों दिशाओं में पहुँच सकते हैं और चीज़ों को हाथ से बाहर निकलने से रोकते हैं।

एक अंतरराष्ट्रीय उदाहरण सऊदी अरब का है, हालाँकि उसने जिस तरह से यमन से निपटा, वह मुझे अच्छा नहीं लगा। 9/11 के बाद, ध्यान आतंकवाद, अफ़गानिस्तान और मध्य पूर्व पर है। शहज़ादा अब्दुल्लाह[2], जो बाद में शाह बने, ने 9/11 के चार सप्ताह बाद कहा था : अगर-मगर को देखते हुए हमें इस्राइल को मान्यता देने के लिए तैयार रहना चाहिए। इसमें कुछ नया नहीं था, लेकिन अविश्वसनीय रूप से कई महीनों तक लोग इस फ़ॉर्मूले की बात करते रहे। उन्होंने इसे सही वक्त पर उछाला था, सही प्रभाव पैदा किया और राज्य पर पड़ने वाले दबाव को ख़त्म कर दिया और अमेरिका तथा इस्राइल पर दबाव डाल दिया।

दुलत : तो, आप अजित डोभाल को लाहौर आमंत्रित करने के मेरे सुझाव को क्यों नहीं स्वीकार करते?

दुर्रानी : मैं ऐसा संकेत नहीं दे रहा हूँ, अजित के लिए नहीं दे रहा हूँ। अगर कोई और ऐसा करता है, तो मुझे खुशी होगी, लेकिन इस वक्त गेंद आपके पाले में है।

दुलत : यह तो वही बात हुई कि हम हॉकी खेलेंगे, क्रिकेट नहीं खेलेंगे। और हॉकी तो हम खेल चुके हैं, हालाँकि अब आतंकवाद और सुरक्षा संबंधी ख़तरों के बीच सारी दुनिया पाकिस्तान के साथ क्रिकेट खेलती है, लेकिन हम वही बकते रहते हैं : हम सारे लोगों की तरह पाकिस्तान के साथ क्रिकेट क्यों खेलें?

इसी तरह, जनरल साहब कहते हैं कि हम अजित डोभाल को क्यों आमंत्रित करें? मानसिकता वही है। मैं किसी के लिए ऐसा-वैसा क्यों करूँ?

दुर्रानी : यह एक इंसान पर निर्भर करता है और मैं पूरी संरचना की बात कर रहा हूँ, जिसमें कोई नया नेता आएगा और इसे तितर-बितर कर देगा। यह इंसानों को बदलेगा, लेकिन पूरा किला ध्वस्त नहीं होगा। वह संस्था या व्यवस्था संस्थानिक है।

दुलत : तो, आप सती लांबा जैसे किसी का सुझाव देंगे?

दुर्रानी : सती लांबा को करना चाहिए, क्योंकि वे रचनात्मक हैं, रचनाशील हैं। एक बार उनके विचार जब ख़त्म होंगे और वे अभी 70 साल से ऊपर के हैं, तो उनकी जगह किसी और को लाइए। वे स्थायी तौर पर नहीं है, स्ट्रक्चर स्थायी है। बदलाव एकदम से नहीं होता। हमने अपनी ही सरकार को यह सुझाव दिया है, जो भारत से संबंधित नहीं है, बल्कि व्यवस्था से संबंधित है।

आदित्य सिन्हा : आपने ये सारे काम लाइमलाइट से दूर रहकर करने की बात कही है, हालाँकि भारत में किसी पॉलिसी को जन समर्थन की ज़रूरत होती है। अगर आप कोई नया विचार उन पर उछालेंगे, तो क्या यह काम करेगा?

दुलत : काम करेगा अगर आपको उसमें यक़ीन है तो। वाजपेयी ने लाहौर बस ले जाने से पहले उसका प्रचार नहीं किया था। उन्होंने बस फ़ैसला किया और मिल्खा सिंह, कपिल देव, देव आनंद जैसे कुछ लोगों को लिया और चल दिए, जैसे वे हर पंजाबी को लाहौर ले जा रहे थे।

दुर्रानी : आप किसी नतीज़े या प्रावधान का सुझाव देते हैं और फिर सोचते हैं कि इसका फीडबैक कैसा होगा। इस ग्रुप की भी यही रणनीति होनी चाहिए। अगर आप इसे अंतिम रूप दिए बिना जनता या मीडिया के सामने रखेंगे, तो कई लोग निश्चित ही चिल्लाने लगेंगे, 'फलाना गद्दार है, पलट गया, यह यू-टर्न ले डाला।'

सिन्हा : ऐसा लगता है कि अगले 50-100 सालों तक यही यथास्थिति क़ायम रहनी है।

दुलत : मैं स्थायी तौर पर यथास्थिति का पक्षधर नहीं हूँ। मैं यह कह रहा हूँ कि कुछ करने की ज़रूरत है।

दुर्रानी : यथास्थिति ख़त्म करना आसान काम नहीं होने जा रहा है। शायद हममें से हर कोई यही सुझाव दे रहा है कि बीते कल की यथास्थिति को आने वाले कल की यथास्थिति बनाना ज़रूरी नहीं है, जो कि बेहतर दिख सकती है।

सिन्हा : तब भी यह स्थायी गतिरोध रहेगा ही।

दुलत : और यह ज़्यादा ख़राब भी दिखेगा।

सिन्हा : अब आपकी लिस्ट की बात करते हैं।

दुलत : जनरल साहब ने इसे करने का एक तरीक़ा सुझाया है, जबकि मैंने कहा कि कुछ आसान चीज़ें हैं जिन्हें किया जाना चाहिए।

उदाहरण के लिए, मार्च, 2014 में जब अब्दुल बासित बिलकुल आए ही थे, तो मैंने कहा था, 'हाई कमिश्नर, मुझे उम्मीद है, आप इस्लामाबाद से अच्छी ख़बर ला रहे हैं।' उन्होंने कहा, "जी हाँ, अच्छी ख़बर क़रीब ही है।" मैंने सुना कि यह एमएफ़एन का ऐलान है, लेकिन इस काम में बीजेपी पड़ गई और कुछ व्यापारी लाहौर और इस्लामाबाद गए, और यह चीज़ थम गई। यह अब तक नहीं हो सका है। अब दिल्ली में हमारे लोग कहते हैं, एमएफ़एन में क्या बड़ी बात है? हमें इसकी ज़रूरत नहीं।

यहाँ एक तरह का हठीलापन है, लेकिन सवाल यह है, अगर 2014 में यह डील हो चुकी थी, तो अब तक यह हुई क्यों नहीं? यद्यपि, भारत-पाकिस्तान की यही ख़ासियत है, जो दुःख की बात है।

मेरी लिस्ट एक लिस्ट ही है। इसमें वे बुनियादी चीज़ें हैं, जो आसान हैं।

जैसे इंसानों के बीच संवाद की सुविधा देना। हम इसके बारे में बात करते रहते हैं, लेकिन यह होता नही है क्योंकि वीज़ा तक पाना बहुत मुश्किल है। एक बार किसी ने वरिष्ठ नागरिकों के लिए वीज़ा-ऑन-एराइवल का सुझाव दिया था। अगर पाकिस्तानी बुज़ुर्गों को दिल्ली या मुंबई या वाघा में आने पर वीज़ा मिल जाए तो बहुत अच्छा होता। इसी तरह से यहाँ के लोगों के लिए भी है।

अब उड़ानें भी तक़रीबन पूरी तरह से रुक गई हैं। यहाँ तक कि जहाँ पीआईए की उड़ान है, वहाँ केवल पीआईए की ही उड़ान है। उच्चायुक्त ने बताया कि उन्होंने जेट से बात की, इंडिगो से बात की और वे उड़ानों के लिए तैयार हैं, लेकिन हुआ कुछ नहीं।

सिन्हा : उड़ानों में क्या बाधा है?

दुलत : हठीलापन। अगर एयर इंडिया की उड़ान नहीं है, तो जेट या इंडिगो की क्यों हो? यह बकवास है, और कुछ नहीं।

सिन्हा : आपकी लिस्ट में हठीलेपन की काफ़ी भावना है। ये सारे काम करने योग्य हैं।

दुलत : और इनके बारे में अनेक बार बातें हो चुकी हैं, लेकिन इन्हें किया कभी नहीं गया।

मज़े की बात यह है कि अगर कोई कश्मीरी किसी अन्य भारतीय की तरह वीज़ा चाहता है, तो उसे जल्दी नहीं मिलता, लेकिन अगर गिलानी साहब या मीरवाइज़ वीज़ा की सिफ़ारिश कर दें, तो उसे तुरंत मिल जाता है। मेरी पत्नी को वीज़ा शायद आसानी से मिल जाए, लेकिन मुझे ना मिल पाए।

सिन्हा : तो, आप गिलानी साहब के पास सिफ़ारिश के लिए कभी भी जा सकते हैं।

दुलत : किसी ने सचमुच ऐसा सुझाव दिया था। मैंने कहा था, शायद हमें वीज़ा ना मिले।

वह बोला था, "हम दिला देंगे, गिलानी साहब से बोलेंगे। उनकी सिफ़ारिश से हो जाएगा।" इस हद तक पागलपन है।

सिन्हा : क्रिकेट टीमें भी नहीं खेलती हैं।

दुलत : जी हाँ, इसे शुरू किया जाना चाहिए। अगर ब्रिटेन और अमेरिका के लोग सुरक्षित महसूस कर सकते हैं, तो हम में कौन-सी ख़ास बात है? अगर हम असुरक्षित महसूस करते हैं, तो हम इंग्लैंड में पाकिस्तान के साथ क्यों नहीं खेलते? या अबू धाबी में क्यों नहीं खेल लेते?

सिन्हा : उन्होंने टी 20 लीग मैच लाहौर में आराम से बिना किसी घटना के कराया था। लोगों ने मज़ाक़ उड़ाया कि दर्शकों से ज़्यादा तो सुरक्षाकर्मी हैं, लेकिन उन्होंने फिर भी मैच कराया।

दुलत : जी हाँ। अगर हमें लाहौर या कराची जाने में हिचक है, तो पाकिस्तानी टीम को भारत बुलाने में क्या दिक्क़त है? वे तो आने को तैयार हैं।

अब पिछले सात सालों से हमारे यहाँ आईपीएल नाम का सर्कस चल रहा है और बहुत सारे शानदार पाकिस्तानी क्रिकेटर हैं, जो बहुत मज़ेदार खेलते हैं। आफ़रीदी शायद रिटायर हो चुके हैं, लेकिन लोग उन्हें बल्लेबाज़ी करते देखने के लिए ख़ास तौर पर आते हैं। ऐसे खिलाड़ी आईपीएल में शामिल नहीं किए जाते। क्या कारण है? कारण वही हठीलापन है कि पाकिस्तानी को पैसा कैसे बनाने दिया जाए?

विडंबना यह है कि कई वरिष्ठ पाकिस्तानी क्रिकेटर ज़्यादातर वक्त भारत में ही रहते हैं, जैसे ज़हीर अब्बास, जिन्होंने एक भारतीय महिला से शादी की है। या वसीम अकरम और रमीज़ रज़ा जैसे कमेंटेटर। वसीम अकरम तो कोलकाता नाइट राइडर्स के मैनेजर भी हैं। जब ये लोग यहाँ रह सकते हैं, तो नए लड़के क्यों नहीं? और उनमें से कुछ तो बेहद जोशीले खिलाड़ी हैं।

सिन्हा : यह हठीलापन क्यों?

दुलत : कौन जाने? अगर आप जनरल साहब के किसी जर्मन मित्र और किसी फ्रांसीसी को यहाँ बैठाते और ये सब बातें सुनने देते, तो वे हैरान रह जाते।

तब, हम क्यों सरहदें नहीं खोलते या वहाँ नरमी बरतते हैं? पंजाब, राजस्थान और गुजरात की सरहदें हैं और इन सबको लोगों की आसान आवाजाही के लिए खोलने पर विचार किया जा सकता है।

मैंने सुझाव दिया कि कश्मीर को विश्वास बहाली में प्राथमिकता दी जाए। मुफ़्ती साहब ने एक समान मुद्रा का सुझाव दिया था।[3] एक समान मुद्रा से बैंकिंग अहम हो जाएगी। लोगों को अहसास नहीं है कि जम्मू-कश्मीर बैंक की संपत्तियाँ केवल कश्मीर में ही नहीं हैं, बल्कि भारत के बाक़ी हिस्सों में भी हैं। उत्तरप्रदेश चुनावों के बाद मैंने एक बात सीखी कि मुस्लिमों के पिछड़ेपन का एक कारण यह भी है कि मुस्लिम बस्तियों में बैंक नहीं होते। बैंकिंग बहुत बड़ी समस्या है।

सिन्हा : तो, आप कह रहे हैं कि स्टेट बैंक ऑफ़ पाकिस्तान आए और भारत में अपनी शाखाएँ खोले?

दुलत : और जम्मू-कश्मीर बैंक पाक अधिकृत कश्मीर में खोले। मैं जनरल साहब से सहमत हूँ कि शुरुआती बिंदु कश्मीर होना चाहिए। आइए बैठें और कश्मीर पर बात करें। भारत-पाकिस्तान वार्ता की ज़रूरत है, भारत-कश्मीर वार्ता की ज़रूरत है और पाकिस्तान-कश्मीर की वार्ता की ज़रूरत है, जिस तरह से वाजपेयी के दौर में अनौपचारिक तौर पर हुआ था।

इसके बाद और औपचारिक राजनयिक वार्ताओं की बारी आती है। विदेश सचिव स्तर की वार्ता, जनरल साहब की पसंदीदा समग्र वार्ता। हम इसे दोबारा शुरू क्यों नहीं करते? ख़ैर, उसे तो अभी एक तरफ़ रखिए, क्योंकि हम तो बिलकुल भी बातचीत नहीं कर रहे हैं और जो हमारे एनएसए के बीच हो रहा है, वह गोपनीय तरीक़े से हो रहा है।

जनरल साहब ने बताया कि किस तरीक़े से आगे बढ़ना चाहिए। मेरे लिए शुरुआती बिंदु यह होगा कि डोभाल को लाहौर जाने दिया जाए। जब शिष्टाचार दोबारा शुरू हो जाए, तो गणतंत्र दिवस पर अगला विशेष अतिथि पाकिस्तान का प्रधानमंत्री होना चाहिए। वास्तव में तो पाकिस्तानी प्रधानमंत्री को दिल्ली में नियमित अतिथि होना चाहिए। जब मौसम अच्छा हो, वह आकर हैदराबाद हाउस में मोदी जी के साथ लंच करे।

सार्क रुका पड़ा है और उसे फिर सक्रिय करना चाहिए। गुजराल डॉक्ट्रिन पर विचार करना चाहिए।

अगर अच्छे चलते रहें, तो हम अंतरराष्ट्रीय स्तर पर भी सहयोग पर विचार कर सकते हैं। इस बात को अक्सर भुला दिया जाता है कि हमारी मुस्लिम आबादी दुनिया में कोई दूसरे नंबर पर है? तो भारत को ओआईसी का सदस्य क्यों नहीं होना चाहिए?

सिन्हा : भारत को कभी आमंत्रित नहीं किया गया?

दुर्रानी : एक बार किया गया था।[4] पाकिस्तान ने आपत्ति की थी। हमने कहा था, भारत क्यों? यह सम्मेलन तो मुस्लिमों के लिए है और वे यहाँ पगड़ी बाँधे किसी सिख को बैठा देंगे।

दुलत : अगर आप पगड़ी बाँधे मुस्लिमों को भेज सकते हैं, तो बेचारे पगड़ी वाले सिख को क्यों नहीं भेजा जाए?

दुर्रानी : मज़ेदार बातें कही गई थीं, लेकिन सोच यह थी कि हम भारत को इस मंच पर नहीं बैठने देंगे।

दुलत : आख़िरी बात मीडिया को खोलने की थी। हम पाकिस्तानी टीवी नहीं देख सकते, जबकि वे भारतीय टीवी देख सकते हैं, हालाँकि हाल ही में वह भी बंद करा दिया गया। बॉलीवुड फिल्में पाकिस्तान में उसी तरह से पॉपुलर हैं, जिस तरह से इंडियन म्यूज़िक। पाकिस्तान में बेहतरीन अदाकार हैं और कुछ बॉम्बे आते रहे थे। अब यह सब बंद हो गया है।

लोग मोटे तौर पर इस सहयोग की तारीफ़ करेंगे। हमारे उच्च समाज का सबसे लड़ाकू तबका पाकिस्तानी सीरियल पसंद करता है।

सिन्हा : एक अतिरिक्त दिक्क़त यह है कि जो कोई भी यह सब करना चाहे, उसे पहले जनमत तैयार करना होगा।

दुलत : यही कारण है कि जनरल साहब ने जो लिखा है, वह अहम है, क्योंकि वे कहते हैं कि इसे ज़ाहिर मत करो, इसे चुपचाप करो। स्ट्रक्चर बनाएँ या गतिरोध तोड़ें?

सिन्हा : जनरल साहब की बारी।

दुर्रानी : ये सब बातें नहीं हो रही हैं, इस पर अक्सर चर्चा हुई है कि अब मैं इसे अहमियत नहीं देता। ये अच्छे विचार नीति-निर्धारकों पर असर नहीं छोड़ते। बाधाएँ ज़रूर हैं, और इनकी शुरुआत अफ़सरशाही से होती है। उन्हें नुक्ताचीनी करने की ट्रेनिंग मिली होती है। वे सुरक्षित खेल ही खेलते हैं। हमारे माहौल में लड़ाकू होने की क़ीमत चुकानी पड़ती है। और ये लोग हमेशा दूसरों के कंधे तलाशते हैं—अपने ही साथियों की तलाश करते हैं, जो कड़ी प्रतिद्वंद्विता में 'नरम' हो रहा हो, उसे नीचे गिराने की कोशिश करते हैं।

इसके बावजूद निर्णय राजनीतिक नेतृत्व को लेना होता है। मनमोहन सिंह वैसे तो दिल से बहुत अच्छे थे, लेकिन राजनीतिक विरोधियों, मीडिया और अपने ही साथियों की आलोचना के शिकार होते रहते थे। हम भाग्यशाली हो सकते थे और एक और वाजपेयी पा सकते थे, जो व्यवस्था के ऊपर अपनी चला सकता, हालाँकि क्रियान्वयन करने वालों ने उनका खेल बिगाड़ा, या हमारी तरफ़ से होने वाली घटनाओं के वे शिकार हो गए।

सिस्टम को समझाएँ, तो शरत सभरवाल को क्षेत्र की अच्छी जानकारी थी, उन्होंने जाने से कुछ माह पहले इस्लामाबाद में वार्ता की थी। मैंने उनसे गुजराल डॉक्ट्रिन के बारे में पूछा। यहाँ मैं यह बता दूँ कि उनका जो भी उत्तर था, वह उनके पदानुक्रम में कोई दिक्क़तें पैदा करने वाला नहीं था।

यही कारण है कि हमने लाइमलाइट से दूर प्रक्रिया की बात की। इसमें वे लोग शामिल हों, जो कम लेकिन सारगर्भित क़दमों के बारे में सोचें और सिस्टम की छलकपट के शिकार ना होने वाले हों। मेरा पसंदीदा तरीक़ा बुद्धिमान लोगों की एक परिषद बनाने का है। सम्मानित लोग जिनके पास सब्र हो, नम्रता हो, और जिन्हें सही समय पर सही बात बोलने की कला आती हो।

दुलत : पीटर जोंस ने अपने साथ नेकी करते हुए, हमारे साथ भी नेकी की थी। हर पक्ष के तीन पूर्व इंटेलीजेंस अधिकारी बैठे थे और अच्छी बातें हुई थीं। वे अपने-अपने पक्षों के पास संदेश ले गए थे, क्योंकि हमारे पास ऐसे लोग हैं, जिनके पास यह क्षमता या योग्यता है।

तो, मेरा सुझाव है, मान लीजिए, हम हर तरफ़ के लोग घटाकर दो-दो कर देते हैं और ऐसा करने में पीटर जोंस की बजाय अजित डोभाल या जनरल जंजुआ की निगरानी में यह करें।

शुरुआत शांति से करें, अहम मसलों को निपटाते हुए करें, जो दोनों सज्जनों को स्वीकार्य हो। अगर कुछ निकलता हो, तो उसे सबके सामने या प्रधानमंत्री के सामने रखा जाए। तब हम आगे बढ़ सकते हैं।

दुर्रानी : यह करने का निश्चित ही एक अच्छा तरीक़ा है, लेकिन यह एक तरीक़ा है। मैं सहमत हूँ कि एक बार हम वापस आ जाएँ, तो यह संदेश अपने-अपने एनएसए को दे सकते हैं। यह एक संभावना है।

दुलत : मैं नहीं कह रहा हूँ कि यह संभावना है। मैं कह रहा हूँ, इस संभावना पर काम करना चाहिए।

दुर्रानी : विश्वस्त मायने अजित डोभाल के विश्वस्त।

दुलत : अजित डोभाल के लिए विश्वस्त, ऐसे लोग जिन पर अजित विश्वास कर सकें।

दुर्रानी : और जंजुआ उन्हें नियुक्त करें, जिन पर वे यक़ीन करते हों। मुझे यक़ीन है कि उनमें से एक तो एहसान ही होंगे। अगर मेरा नाम आता है, तो मुझे ख़ुशी होगी, लेकिन वे दूसरे नाम भी सुझा सकते हैं।

दुलत : एक बार हम दोनों एनएसए के साथ शुरुआत करें और जब-जब उन दोनों के पास दो लेफ़्टिनेंट हों, तो वे अस्थायी रूप से विशिष्ट विषयों के जानकारों को साथ ले सकते हैं। दोनों देशों के पास विशेषज्ञों की कोई कमी नहीं है।

दुर्रानी : ऐसे बहुत लोग हैं।

31
गुप्तचर परिषद

आदित्य सिन्हा : ख़ुफ़िया एजेंसियाँ 'दुर्गम' क्षेत्रों में काम करती हैं। अन्य सरकारी विभागों के लिए तय रहता है कि उन्हें क्या करना है और क्या नहीं करना है। ख़ुफ़िया सहयोग के आपके विचार में यह कैसे फ़िट बैठता है?

अमरजीत सिंह दुलत : हम समय-समय पर बात करते तो हैं ही, तो क्यों ना इसे संस्थानिक कर दिया जाए, जब हम दुनिया में हर किसी से बात करते हैं? आपको हमेशा पड़ोसी देशों, ख़ासकर पाकिस्तान के साथ दिक्क़त लगती है, तो क्यों ना पाकिस्तान से बात की जाए?

उसके सामने भी आतंकवाद की यही बड़ी समस्या है, जिसके लिए स्वतः ही सहयोग या कम-से-कम संस्थानिक बातचीत की ज़रूरत होती है, क्योंकि जब आप बैठेंगे, तो सबसे पहले बात आप यही कहेंगे कि आइए, आतंकवाद की बात करते हैं। आप लोग क्या कर रहे हैं? अगर यही होना है, तो क्या हमें यह नियमित तौर पर नहीं करना चाहिए? किसी के पास कुछ स्पष्टीकरण देने को होगा, लेकिन बातचीत से चीज़ों का सरलीकरण ज़्यादा आसान हो जाता है।

मैं अनुरोध करता रहा हूँ कि इस्लामाबाद और दिल्ली के स्टेशन प्रमुखों को खुला पद घोषित किया जाए। इससे आसानी से बैठकों के लिए कहना और बातचीत करना अधिक सरल हो जाएगा। ये चीज़ें, आज के दिन और आज के दौर में सबको पता हैं कि कौन कौन हैं। हर गुप्तचर एजेंसी दूतावासों में ऐसे अधिकारी रखती हैं जिन्हें खुले तौर पर घोषित नहीं किया जाता, इसलिए घोषित पद स्टेशन चीफ़ या उसके नंबर दो का हो सकता है।

भारतीय नज़रिए से हमारे आदमी को इस्लामाबाद में मुश्किल वक्त गुज़ारना पड़ता है, जहाँ दिल्ली की तुलना में निगरानी बहुत ज़्यादा आक्रामक होती है। उनमें से कुछ तो कुछ भी नहीं कर पाए। ऐसे में इस्लामाबाद में ऐसा अधिकारी क्यों रखा जाए, जो कुछ हासिल ही ना कर पाए? इसी तर्क से कई लोग इस्लामाबाद नहीं जाना चाहते, जबकि हमारे श्रेष्ठ अधिकारियों को वहाँ जाना चाहिए।

जनरल साहब और मैंने अपने पेपर में इन दुर्गम स्थानों का ज़िक्र किया है। कई चीज़ें की जा सकती हैं, जो खुली निगाह में नहीं हैं और तुरंत जवाबदेह नहीं हैं, जबकि उनको

राजनीतिक समर्थन है। हमारे पास वह स्वायत्तता ही नहीं है, हालाँकि आईएसआई के पास शायद हो। क्या आप मुझसे सहमत हैं?

असद दुर्रानी : बिलकुल सहमत हूँ। स्थिति जितनी ज़्यादा जटिल है, उतना ही ज़्यादा इसे करने की ज़रूरत है। केवल यही लोग यह काम कर सकते हैं, अल्प समय की सूचना पर कठिन परिस्थितियों में कुछ समझदारी सुनिश्चित कर सकते हैं।

हालाँकि, इंटेलीजेंस के क्षेत्र में जानकारी के आदान-प्रदान या सहयोग में, देश के अंदर भी दिक्क़तें हैं। इसका कारण यह भर नहीं कि किसी ख़ास अभियान का आप श्रेय लेना चाहते हैं, बल्कि यह है कि कई बार आप ख़ुद निश्चित नहीं होते कि कोई संदिग्ध ख़ुफ़िया जानकारी दूसरों के साथ बाँटी जाए या नहीं। यह शर्मिंदगी का कारण बन सकती है और दूसरे पक्ष को गुमराह भी कर सकती है।

हालाँकि, इस अहम क्षेत्र में जहाँ सहयोग से कुछ ख़ास संगठनों के खिलाफ़ मदद मिल सकती है, जो शांति के प्रयासों को पटरी से उतारना चाहते हैं। कथित मित्रों को सहयोग देने की तुलना में यह बेहतर होगा।

दुलत : सच्चाई यह है कि बहुत सारी गड़बड़ियाँ होती हैं और आतंकवाद पाकिस्तान की तरफ़ से आता है, लेकिन अगर हमारे बीच एक समझ है या एजेंसियों के बीच संवाद है, तो इनसे निपटना आसान हो जाएगा। जैसे मैं कहूँ, आईएसआई लश्कर का संचालन करती है या उसे मदद करती है। वे हाफ़िज़ सईद को नहीं सौंपेंगे, लेकिन अगर हम सहयोग कर रहे हैं, तो बाक़ी बातें तो हो सकती हैं।

सिन्हा : जैसे क्या?

दुलत : अब आप जो चाहें सोच सकते हैं। इसमें कोई मुश्किल नहीं है।

हमने पहले विदेश सेवाओं के मेलजोल की बात की थी। ख़ास बात वह है, जो जनरल साहब ने की कि जब आपका मेलजोल बहुत अच्छा हो और चीज़ों का गहन विश्लेषण आपके पास हो, तो कोई एजेंसी काम की या संचालन योग्य बहुत ही कम चीज़ें बाँटती है। दूसरी तरफ़, दक्षिण एशिया में हम जिस तरह से काम करते हैं, उस हिसाब से इस तरह की जानकारी बाँटना और एक दूसरे की मदद करना बहुत आसान होगा।

उदाहरण के लिए, अगर अमेरिका ने कुलभूषण जाधव को कब्ज़े में लिया होता, तो उसे वापस पाना असंभव होता। पाकिस्तान से ऐसा करना ज़्यादा कठिन नहीं है। एक वरिष्ठ रॉ अधिकारी 2004 में अमेरिका से मिल गया[1], और हमारे पास उसकी कोई जानकारी नहीं है, हालाँकि कुछ का कहना है कि वह वर्जीनिया में किसी फ़ार्म में रहा है या मर चुका है। यह विडंबना लगेगी, लेकिन पाकिस्तान में वह होता, तो उसे वापस लाना आसान होता।

दुर्रानी : मैं अपने दोस्त से सहमत हूँ कि हमारी तरफ़ से कमज़ोर तरीक़े से मामला सँभालने के बावजूद जाधव अंततः वापस आएगा। एक बेहतर तरीक़ा रॉ को यह संदेश भेजना होगा

कि वह हमारे पास है, सारे खुले और गुप्त फ़ायदे निकालिए, और किसी स्थिति में उसे 'सही क़ीमत पर' वापस भेज दीजिए।

सिन्हा : अगर ख़ुफ़िया सहयोग हो सकता है, तो आतंक का इस्तेमाल ख़त्म क्यों नहीं किया जाता? लश्कर को अपनी ज़मीन पर काम करने से क्यों नहीं रोकते? हाफ़िज़ सईद को क्यों नहीं सौंप देते? या यह केवल उस समय बात सँभालने के लिए रखा है, जब मामले गरम हों?

दुलत : यह बात सँभालने के लिए नहीं है, लेकिन जब गरमा-गरमी हो, तब यह मदद करेगा। हाफ़िज़ सईद एक बड़ा मामला है और मुझे नहीं लगता कि पाकिस्तान उसे हमारे हवाले करेगा।

जब सहयोग होगा, तो हम बैठकर कह सकते हैं, आप अब तक क्यों आतंकवाद या घुसपैठ आदि करवा रहे हैं? क्या हम इसे सीमित नहीं कर सकते या रोक नहीं सकते? इसे एक स्तर तक रखिए। 2003 में भारत और पाकिस्तान युद्धविराम पर सहमत हुए थे। सीडी सहाय और एहसान उल हक़ दोनों ने दावा किया था कि उनकी दो मुलाक़ातों ने सरहद पर गरमा-गरमी कम की थी।

संस्थानिक व्यवस्था में दोनों राजधानियों में स्टेशन चीफ़ के औपचारिक पद होंगे। दिल्ली में उच्चायोग में आईएसआई का अफ़सर सबकी जानकारी में होगा और रॉ या आईबी के प्रमुखों से नियमित संवाद करेगा या अजित डोभाल से करेगा।

जब आप नियमित तौर पर बात करते हैं, तो बहुत सारी बातें मुमकिन हो जाती हैं। आज हम वीज़ा तक नहीं पा सकते। मैं चार बार पाकिस्तान जा चुका हूँ और ऐसा कभी नहीं हुआ कि मुझे वीज़ा ना मिला हो। हाल ही में मुझे अहसास हुआ कि शायद मुझे वीज़ा ना मिल पाए। जनरल साहब सर्दियों में दिल्ली आना चाहते थे और एक आमंत्रण चाहते थे। मैंने अपने सहयोगियों से बात की, तो उन्होंने कहा कि यह सही वक्त नहीं है। यह माहौल बदक़िस्मती वाला है।

दुर्रानी : हम उनके आदमी को जानते हैं और वे हमारे आदमी को जानते हैं, तो बातचीत के लिए खुले पद होना समझ में आता है।

दुलत : खुले पद होने से बहुत सारी धुँध छँट जाएगी।

दुर्रानी : सही बात है। उदाहरण के लिए, हाफ़िज़ सईद के मामले में, हम एक कारगर समझ बना सकते हैं और उसके बाद अदालत को मामला सुलझाने देंगे। उसकी तरह के और भी मामले हैं, जो कम जटिल हैं।

दुलत : मसूद अज़हर का है। हर बार जब हमारी बातचीत में उसका नाम आता है, एहसान तुरंत कहते हैं कि मसूद अज़हर वांछित तो है, लेकिन उसका पता नहीं लगाया जा सकता। अगर यह सही है, तो वह एक ऐसा ख़ास आतंकवादी है, जिसकी भारत और पाकिस्तान दोनों को तलाश है। सहयोग का यह स्वाभाविक मामला होगा। अगर पाकिस्तान को वह मिल

जाता है और वह उसे भारत नहीं भी भेजता है, तो भी आईबी से कोई जाकर उससे बात तो कर सकता है। इसमें कोई बड़ी दिक्क़त नहीं होगी।

जब भरोसा हो, तो ये बातें हो सकती हैं।

दुर्रानी : सही बात है। इसमें यह भी अहम होगा कि चीन संयुक्त राष्ट्र में मसूद अज़हर के मामले में कार्रवाई करने पर वीटो करना बंद कर देगा। अगर दोनों ही देश उसे चाहते हैं, और हम संयुक्त निर्देश देते हैं, तो फिर इसमें कोई दिक्क़त ही नहीं होगी। चीन तो पाकिस्तान का पक्ष लेने के लिए वीटो करता है, लेकिन मुझे यक़ीन है कि वह इस मामले में शर्मिंदा महसूस करता है।

दुलत : हमारे बातचीत ना करने या सहयोग ना करने का नतीज़ा है कि पाकिस्तान और चीन एक साथ आकर भारत के बारे में आलोचना करते हैं, और जब भारत तथा अमेरिका मिलते हैं, तो वे पाकिस्तान की बुराई करते हैं। हम सबको लगता है कि हम दोस्त हैं। हमारे अमेरिका से अच्छे रिश्ते हैं। पाकिस्तान के चीन से सदाबहार रिश्ते हैं, यह महसूस नहीं करते कि हमारे खुद के रिश्ते सभी से श्रेष्ठ हो सकते हैं।

दुर्रानी : जी हाँ। कई बार यह दयनीय स्थिति होती है, जब हमारे जैसे समझदार देश अपने रिश्तों में बड़े भाई के कार्ड का सहारा लेने लगते हैं।

दुलत : तब वे सदाबहार दोस्ती के लिए बेचैन नहीं होंगे।

दुर्रानी : यह किसी नीति में बदलाव किए बिना हो सकता है। आपको यह कहने की ज़रूरत नहीं कि कश्मीर अब चर्चा में नहीं रहेगा। यह उसी स्थिति में बना रहेगा, जिसमें आप उसे चाहते हैं।

दुलत : इसके बजाय जब पाकिस्तानी उच्चायोग के छह अधिकारी स्वदेश भेजे जाते हैं और पाँच-छह हमारे लोग स्वदेश भेजे जाते हैं, तो एक गतिरोध बन जाता है। अमेरिका और रूस शीतयुद्ध के समय इस मामले में बेहतर थे, लेकिन उन्होंने बातचीत कभी बंद नहीं की।

बात करना, बात ना करने की तुलना में ज़्यादा समझदारी का काम है, चाहे परिस्थितियाँ कितनी भी प्रतिकूल क्यों ना हों। वास्तव में परिस्थितियाँ जितनी कठिन होती हैं, बातचीत उतनी ही ज़रूरी होती है। अगर उरी हुआ, जैसा कि जनरल साहब ने पहले कहा था, तो हम सर्जिकल स्ट्राइक की बात करेंगे। संचार और समझ की इस कमी के कारण मीडिया इसमें कूद पड़ता है और कहता है कि हमारे पास अब मुज़फ़्फ़राबाद उड़ाने की क्षमता है, वगैरह वगैरह।

दुर्रानी : मैं सहमत हूँ, सर्जिकल स्ट्राइक को सँभालने वाले दोनों तरफ़ के लोग माहौल शांत करने वाले बयान दे सकते थे। फॉकलैंड का युद्ध इसका बेहतरीन उदाहरण है। इंग्लैंड ने क़रीब 18,000 किलोमीटर जाकर अर्जेंटीना से द्वीप समूह वापस लिया था। बहुत अच्छा किया। उसके बाद अंग्रेज़ों ने कहा, “यह हो चुका है और अब और कुछ नहीं करना है, कोई मुआवज़ा नहीं, एपिसोड ख़त्म।” वे इसे खींचना नहीं चाहते थे कि दस साल बाद यह मामला

फिर उठ खड़ा हो। इसे निपटाने का यही परिपक्व तरीक़ा है, लेकिन हम ऐसा नहीं करते।

जाधव के मामले में यह चिंता की बात है कि कितना शोर-शराबा मचाया गया, जैसे यह कोई क्रिकेट मैच की जीत हो। हम अपने को सँभाल ही नहीं पाते। हमारे मीडिया के लिए भई मेरे पास कोई अच्छे शब्द नहीं हैं, आपका मीडिया फिर भी कुछ बेहतर व्यवस्थित है।

दुलत : हमारा मीडिया आपके मीडिया से ख़राब है।

सिन्हा : हो सकता है कि यह हम लोगों के एक समान डीएनए के कारण हो, जो हमें ज़्यादा ही भावुक कर देता है।

दुलत : जब हमारे यहाँ पंजाब में समस्याएँ थीं, फिर कश्मीर में हुईं, तब एजेंसियों के बीच सहयोग था, पंजाब के बारे में तो ज़्यादा ही था। यह तब होता है, जब यह दोनों पक्षों को अनुकूल लगता है या कौन जानकारी दे रहा है। 26/11 के बाद, अमेरिका ने हमें इंटेलीजेंस मुहैया कराई, लेकिन हुआ कुछ नहीं। उन्होंने कब मुहैया कराई? क्या मुहैया कराया? क्यों कोई कार्रवाई नहीं हुई?

इस ऑपरेशन में शामिल आदमी डेविड हैडली आईएसआई के लिए काम कर रहा था, वह अमेरिका के लिए काम कर रहा था और जब अमेरिका में जेल में डाला जाता है, तो वह अपराध क़बूल करता है। इन जानकारियों में स्पष्ट तौर पर पता नहीं चला कि हमें क्या बताया गया या क्या चीज़ शेयर की गई।

जनरल साहब, मुझे बताइए, जब मुंबई हमला हुआ और यह ऐलान किया गया कि आईएसआई के डीजी भारत जाएँगे, तो वे क्यों नहीं आए?

दुर्रानी : मुझे ब्योरा तो नहीं पता, लेकिन यह ज़रदारी का मूर्खतापूर्ण बयान था कि सेना को आईएसआई के डीजी को भेजना चाहिए। उन्हें केवल इतना करना था कि चीफ़ से कहना था कि वे यह बयान देना चाहते हैं। चीफ़ सहमत हो जाता और किसी उचित आदमी को भेज देता। अगर आप आईएसआई के डीजी का ज़िक्र करते हैं, तो सारा ध्यान उस पर ही चला जाएगा, फिर हर घटना के लिए यह रिवाज बन जाता।

दुलत : तो ज़रदारी या गिलानी को बस इतना कहना था कि हम अपने इंटेलीजेंस के चीफ़ को भेज रहे हैं।

दुर्रानी : इंटेलीजेंस चीफ़ का मतलब होता है आईएसआई का हेड।

दुलत : ज़रूरी नहीं।

दुर्रानी : आईबी चीफ़ या डीजी...

दुलत : उसका नंबर दो, तीन वगैरह।

सिन्हा : अवसर खो दिया।

32

अखंड भारत परिसंघ का सिद्धांत

अमरजीत सिंह दुलत : मैं आशावादी हूँ और कहता हूँ कि इस बारे में उम्मीद नहीं छोड़नी चाहिए, अन्यथा निराशा फैल जाएगी। बस वापस बैठ जाइए और कहिए, भूल जाइए, कुछ नहीं हो सकता। आप अगले 20 सालों तक यथास्थिति की बात कह रहे थे, लेकिन हम अगले 100 सालों तक ऐसे ही बने रहेंगे, क्योंकि हमारी नियति ही ऐसे रहने की है।

जनरल साहब कहते हैं कि हम इस मामले में ऊपर नहीं उठ सकते, लेकिन आप प्रयास करना नहीं छोड़ सकते। वाजपेयी हमेशा कहते थे, "यह पागलपन अनिश्चितकाल तक नहीं चल सकता।" पाँच साल गहरी नज़र रखने के बाद मैं कह सकता हूँ कि वाजपेयी के समय, मनमोहन सिंह या मोदी के समय से ज़्यादा समस्याएँ थीं। इसके बावजूद वाजपेयी लगातार कोशिश करते रहे और आगे बढ़ते रहे।

कोशिश करते रहना चाहिए, और ऐसा करने के लिए सबसे बुनियादी बात यह है कि बातचीत कभी बंद मत कीजिए। चाहे, एक दूसरे को गाली ही क्यों ना दी जा रही हों।

असद दुर्रानी : पागलपन का आपका वर्णन बहुत मज़ेदार है। अब मैं समझ गया कि आप हामिद अंसारी के अच्छे दोस्त क्यों हैं। उन्होंने मुझसे कहा था, "यह दीवानगी कब ख़त्म होगी।"

दुलत : जब आपने कहा कि भारत-पाकिस्तान ऊपर नहीं उठ सकते, तो इसका मतलब है कि कोई भी देश 1947 के बोझ से नहीं उबर पाया है। हम एक देश थे। लोगों के संपर्क की बात से पंजाबी क्यों उत्साहित हो जाते हैं? क्योंकि उनके बीच निकटता रही है, लेकिन वही भार आपको नीचे ले जाता है। "क्या आपको पता है, इन लोगों ने 47 में क्या किया था? कितने लोगों को इन्होंने मार डाला था? क्या आपको पता है, मेरे परिवार के साथ क्या हुआ था? क्या आपको पता है, मेरे शहर का क्या हुआ था? मुझे अपनी सारी संपत्ति वहाँ छोड़कर आनी पड़ी थी। मैं अपनी गाड़ी तक नहीं ला सकता था। हम तो कपड़ों के बगैर आए।"

इस तरह की बातें जारी रहती हैं।

दुर्रानी : लेकिन कश्मीर में यह कश्मीरियों ने शुरू किया था। इसका पंजाब से कुछ लेना-देना नहीं था।

दुलत : यह कश्मीरियों ने वहाँ शुरू किया था, जहाँ कभी एक भी दंगा नहीं हुआ था। 1947 में महात्मा गाँधी ने कहा था, "इस उपमहाद्वीप में कोई शांति का टापू है, तो वह कश्मीर है।"

दुर्रानी : कोई भी चीज़ हमेशा नहीं रहती। यही कारण है कि मैं सुझाव देता हूँ कि 47 हमेशा नहीं रहेगा। उदाहरण के लिए, बंगालियों ने पाकिस्तान के ख़िलाफ़ विद्रोह किया, और लोग कहते थे, "ओह, ये बंगाली, ये तो वॉयलेंट नहीं हैं। ये आंदोलन कर सकते हैं, बंद कर सकते हैं, लेकिन उग्रवादी नहीं हो सकते।"

आदित्य सिन्हा : जनरल साहब, क्या हम भारत-पाकिस्तान संबंधों के बारे में गुजराल साहब के रवैये की चर्चा कर सकते हैं?

दुर्रानी : गुजराल डॉक्ट्रिन[1] में काफ़ी सारगर्भित बातें थीं। अगर आप हर देश के साथ अपने संबंध नहीं सुधार सकते हैं, तो पहले छोटे देशों से शुरुआत कीजिए। और अगर पाकिस्तान के साथ आप संबंध सुधारने की शुरुआत कर सकते हैं, तो निचले स्तर से शुरुआत कीजिए : दोनों पंजाबों के बीच, दो कश्मीरों के बीच उप-क्षेत्रीयकरण और सरहद के पार कीजिए।

एक पहले का उदाहरण बावरिया और ऑस्ट्रिया का है, जो जर्मनी और ऑस्ट्रिया के ज़्यादा निकट है। वे पड़ोसी हैं, उनका आना-जाना लगा रहता है। बावरियाई कई बार बर्लिन को धमकी तक दे देते हैं कि अगर कभी आपने बावरिया को बावरिया राष्ट्र के बजाय जर्मनी का कोई प्रांत बनाने का फ़ैसला किया, तो हम ऑस्ट्रिया में शामिल हो जाएँगे, जो हमसे ज़्यादा मिलता-जुलता है। इसने यूरोप के पड़ोसी समुदायों को क़रीब किया है।

उप-क्षेत्रीयकरण का मतलब, दोनों पंजाबों, दोनों कश्मीरों आदि को स्वायत्तता देना। आपस में क्रिकेट, हॉकी खेलनी है, नियंत्रण रेखा के पार भी खेलनी है, तो नेट लगाइए और वॉलीबॉल खेलिए। लोग इस तरह के काम करने में सक्षम हैं। एक बार वे ये सब करेंगे तो आत्मविश्वास आता है और वे कहते हैं, हम इसी तरह से रह भी सकते हैं।

लेकिन अब कोई भी गुजराल के उप-क्षेत्रीयकरण के बारे में बात तक नहीं करता। आपके महाराजा (अमरिंदर सिंह) और शहबाज़ शरीफ़ दोनों पंजाबों में यह कर रहे थे, जबकि उन्हें इस बात का अहसास भी नहीं था कि गुजराल ने यही सुझाव दिया है।

यह भारत की तरफ़ से रोका गया, जिसका कारण सत्ता प्रतिष्ठान का पागलपन था। दिल्ली अगर अपने सरहदी इलाक़ों में नियंत्रण छोड़ दे, तो लोग ख़ुशी-ख़ुशी एक दूसरे से पंजाबी में बात करने लगेंगे या कश्मीरी व्यंजनों का लेन-देन करने लगेंगे। सत्ता प्रतिष्ठान को उन्हें छूट देने में डर लगता है। उसकी निगाह में व्यापारी तक विश्वसनीय नहीं है, जिनमें ईसाई, कश्मीरी, पंजाबी सब शामिल हैं। उन पर यक़ीन नहीं किया जा सकता, वे क़ाबू से बाहर हो जाएँगे।

दुलत : वे सार्क की बात कर रहे थे या केवल भारत-पाकिस्तान की?

दुर्रानी : मेरी समझ है कि दोनों पंजाबों का आपस में काफ़ी संबंध है, हमारे तरफ़ का सिंध और आपकी तरफ़ के सिंध की सरहद से लगे इलाक़े।

दुलत : जी हाँ, आप यह कर सकते हैं।

दुर्रानी : इसके बाद कश्मीर के दोनों हिस्से। बिना ताम-झाम के अगर आप यह शुरू करते हैं, तो आख़िरकार आपको पता लगेगा कि दोनों इलाक़े एक दूसरे के क़रीब आकर सिनर्जी (सहक्रिया) पैदा करेंगे। बस ने प्रक्रिया को आगे बढ़ाया था, लेकिन तभी : हुई मुद्दत के मर गया ग़ालिब, पर याद आता है, वो हर बात पे ये कहना, के यूँ होता तो क्या होता। उप-क्षेत्रीयकरण से मैं तो यही समझता हूँ।

दुलत : पिछली बार पंजाब में काँग्रेस अकालियों से चुनाव हार गई थी, जबकि महाराजा अच्छे मुख्यमंत्री थे, लेकिन आप देख रहे थे कि वे हारने जा रहे हैं। उनके प्रशंसक कहते थे, ज़रा पाकिस्तान से लगी सरहद खोल दीजिए, और वे आराम से जीत जाएँगे, क्योंकि उन्होंने पंजाब-पंजाब के बीच संपर्क के लिए काफ़ी कुछ किया था। यहाँ तक कि वे शहबाज़ से एक घोड़ा तक ले आए थे। अंतर-पंजाबी खेल हुए थे। बहुत कुछ हुआ था।

सिन्हा : जनरल साहब भी अखंड भारत की बात करते रहे हैं।

दुलत : अखंड भारत पागलपन है, अव्यावहारिक विचार है। यह अति दक्षिणपंथियों की तरफ़ से शुरू हुआ था और किसी स्तर पर आडवाणी जी ने भी इसमें योगदान दिया। इसे ठंडे बस्ते में डालने वाले वाजपेयी थे, जो उन्होंने फ़रवरी 1999 में पाकिस्तान की यात्रा करके किया था, जब वे मीनार-ए-पाकिस्तान गए थे।

उसके बाद एनडीए ने अखंड भारत की बात कभी गंभीरता से नहीं की, लेकिन अब एक गिरोह है, जो ज़्यादा ही दक्षिणपंथी है और उसे इसकी धुन सवार है। मैं इसका सारा दोष मोदी जी और उनके सलाहकार अमित शाह को नहीं देता। यह तो दुनियाभर का नज़ारा है। राष्ट्रवाद के प्रति पागलपन भरी सनक।

सिन्हा : शायद यह भविष्य के लिए चुनावी कार्ड हो सकता है।

दुलत : यह तो है, लेकिन यह भी है कि हम बड़ी ताक़त हैं। हम अतीत के लिए इतने नरम दिल नहीं हैं। मोदी अलग तरह के प्रधानमंत्री हैं।

दुर्रानी : अखंड भारत एक कल्पना नहीं है, जो आजकल कुछ लोग सोच रहे हैं। इस बारे में बहुत कुछ कहा जा चुका है कि मोहम्मद अली जिन्ना का अटल मक़सद पाकिस्तान नहीं था। उन्होंने यह विचार मुसलमानों के लिए तब बेस्ट डील हासिल करने के लिए दिया था, जब अंग्रेज़ जा रहे थे। उन्हें लगता था कि सबसे अच्छा फ़ॉर्मूला मुस्लिम बहुल इलाक़ों के लिए अधिकतम स्वायत्तता का है। अमेरिका में भारत-पाकिस्तान मामलों के सबसे अच्छे जानकार स्टीफन कोहेन ने बुनियादी तौर पर *आइडिया ऑफ़ पाकिस्तान* में यही कहा है।

उन्होंने कहा है कि भारत का विभाजन अपरिहार्य नहीं था।

कई लोग विभाजन को एक ग़लती मानते हैं, और कहते हैं कि इससे मुस्लिमों को क्या मिला? संयुक्त भारत में वे विशाल अल्पसंख्यक थे, क्या उन्हें कोई धमकी थी? क्या वे अपनी स्थिति का मोलभाव करने की स्थिति में थे? इराक़, बहरीन या दक्षिण अफ्रीका तक में अल्पसंख्यकों को दबाया नहीं जा सका है।

दो टुकड़ों में, या तीन टुकड़ों में विभाजन से कई समस्याएँ पैदा हुईं : बांग्लादेश, कश्मीर समस्या। और अब दोनों देश सदैव लड़ते ही रहते हैं। ऐसे में अगर ये विभाजन ना हुआ होता, तो उन्हें अफ़गानिस्तान में अमन से फ़ायदा होता, या ईरान से गैस पाइपलाइन मिल जाती।

मैंने तहलका संवाद का ज़िक्र किया था, जिसमें 2008 में लंदन में मैं शामिल हुआ था। सह-आयोजक एक सिख रेस्टोरेंट मालिक था, जो हमें डिनर देता था और उसने हमें अपने घर भी आमंत्रित किया था। शानदार मेजबानी थी उसकी। मेरी मौजूदगी में एक बार उसने कहा था, "आप पाकिस्तानी लोग स्वदेश में इस तथ्य को क्यों नहीं छपवाते कि जिन्ना ने कैबिनेट प्लान[2] स्वीकार कर लिया था?[2] असल में वे अविभाजित भारत का उल्लंघन रोकने की कोशिश कर रहे थे। असल में तो काँग्रेस ने पाकिस्तान बनवाया। वह सोच रही थी कि वह बचेगी नहीं, जाना किधर है।"

मुझे खुशी हुई कि भारत को तोड़ने का श्रेय अब भी भारतीय राष्ट्रीय काँग्रेस को दिया जाता है।

दुलत : मौलाना अबुल कलाम ने भी अपनी किताब *इंडिया विंस फ्रीडम* में तर्क दिया था कि पाकिस्तान या विभाजन अपरिहार्य नहीं था। उन्होंने कहा था कि हमारे अपने नेता ही विभाजन के लिए जिम्मेदार हैं, और उनका रवैया जिन्ना के लिए सही नहीं था। वे इतना अतिवादी क़दम नहीं उठाना चाहते थे, बल्कि काँग्रेस ने यह अड़ियल रवैया अपनाया।

सिन्हा : पाकिस्तानी इतिहासकार आयशा ज़लाल कहती हैं कि जिन्ना अपने लोगों के एकमात्र प्रवक्ता थे, जो भारत के अंदर उन्हें ज़्यादा से ज़्यादा हक़ दिलाने के लिए मोलभाव करने की कोशिश कर रहे थे।

दुर्रानी : बँटवारे से कुछ दिक्क़तें तो हुईं, लेकिन अब सरहदों को ख़त्म करके एकीकृत भारत बना पाना मुमकिन नहीं है। पाकिस्तानी अपनी आज़ादी का लुत्फ़ ले रहे हैं और संयुक्त भारत में शायद गुलामी ना झेलनी पड़ती, लेकिन निश्चित ही ऐसी आज़ादी तो नहीं मिल पाती। आप इतिहास को पलट नहीं सकते।

मेरा विचार यह था कि अगर हम कुछ निश्चित चीज़ों पर आपत्तियाँ समझते हैं और पीछे के रास्तों से उनका हल निकालने की कोशिश कर रहे हैं, तो हम उनका हल निकाल सकते हैं। हम 1947 के पहले की स्थिति नहीं ला सकते, लेकिन धीरे-धीरे ऐसी स्थिति बना सकते हैं, जिसमें उन समस्याओं का हल निकाल सकें। हम उन लोगों की इच्छा भी पूरी कर सकते हैं, जो कहते हैं, भारत माता का पता नहीं क्या हो गया।

तो, हम ऐसी स्थिति बनाएँ, जिसमें सभी ज़रूरतें एकदम ना सही, तो आंशिक या ख़ास-ख़ास तो पूरी हो सकें। अभी तो कोई गठबंधन या यूरोपीय संघ जैसा संघ बना पाना नामुमकिन है, जिसकी ख़ुद की प्रासंगिकता संदेह में है, लेकिन किसी स्तर पर हम एक समान मुद्रा या क़ानूनों की बात सोच सकते हैं, जो तब लागू हों, जब हम नया दक्षिण एशियाई संघ : दक्षिण एशिया परिसंघ विकसित करेंगे।

जितना यूरोपीय देशों ने किया है, उतना तो कम से कम हम कर ही सकते हैं। अगर नहीं, तो हम इस पर ही सहमत हो जाएँ कि हमारे कुछ मसले सुलझ जाएँ, और इनसे पंजाब, बलूचिस्तान, कश्मीर, तमिलनाडु आदि को फ़ायदा होगा। यह अपने विचारों का प्रकट करना है, हम समान न्यूनतम सहमति पर पहुँच सकते हैं।

इतने बड़े प्रोजेक्ट के लिए हम शायद तैयार ना हों, लेकिन भारत-पाकिस्तान सरहदों पर नरमी बरतकर हम इसके तत्वों पर काम कर सकते हैं, जैसे कि कश्मीर में, और उन्हें समय के साथ-साथ अप्रासंगिक बना सकते हैं। इसके बाद पाँच या दस साल बाद हम अगले क़दम की तरफ़ देख सकते हैं।

दिल्ली इस संघ की राजधानी हो। हथियारबंद सेनाएँ संयुक्त हों। अनुपात के हिसाब से सेना में कटौती हो। सौ सालों में अखंड भारत की अधिकतर माँगें पूरी हो सकती हैं।

इसकी चर्चा करने का कारण यह है कि किसी संभावना को नकारा ना जाए। पश्चिमी जर्मनी के लिए पूर्वी और पश्चिमी जर्मनी का एकीकरण ताज़िंदगी मुमकिन नहीं लगता था।

यही सिद्धांत तब लागू होता है, जब मैं एकीकृत आज़ाद कश्मीर की बात करता हूँ। मैं जानता हूँ कि यह विचार दोनों ही मुल्क़ों में नापसंद है, भारत में शायद ज़्यादा ही, क्योंकि यह बड़ा राजनीतिक और भावनात्मक मसला है। पाकिस्तान तो इसके बिना 70 सालों से रहता आया है, लेकिन आप तो नहीं रहते आए हैं, तो आप इसे कैसे पचाएँगे?

मैंने अमानुल्लाह ख़ान से बात की थी। माफ़ करें, मैंने उसके आज़ादी के विचार को कभी अहमियत नहीं दी। अब मेरा आकलन है कि अगर बहुमत ना सही, लेकिन दोनों तरफ़ के कश्मीरियों की, आपकी तरफ़ के कश्मीर की तो निश्चित ही, एक ठीक-ठाक तादाद यह कहेगी, "पाकिस्तान, आप लोगों का लोकस स्टैंडाई क्या है, हम आप दोनों को बहुत झेल चुके, दोनों के चेहरों पर दाग हैं। हमें अब आज़ादी चाहिए।"

हालाँकि, यह मुमकिन नहीं है।

इसके बावजूद, अगर यह भावना है, तो क्यों ना इसे वार-गेम बनाएँ? अब आइए, आज़ाद कश्मीर पर नज़र डालते हैं। भारत और पाकिस्तान में यह किसके साथ खड़ा होगा या किसकी तरफ़ झुकेगा? पिछले 70 सालों से यह भारत में रहा है। संभव है, वे लोग कहें, नहीं, हम भारत में बहुत भुगत चुके हैं, अब हम देखते हैं पाकिस्तान के साथ क्या कर सकते हैं।

हालाँकि, अगर यह अंतरराष्ट्रीय साजिश का ठिकाना बन गया, तब क्या होगा? इस सब पर चर्चा की जा सकती है। और जब चर्चा शुरू होती है, तो सवाल और विचार निकलते हैं। एक दिन यह अपरिहार्य हक़ीक़त बन सकती है, ना तो पाकिस्तान और ना ही भारत इसका विरोध करने के क़ाबिल होगा।

दुलत : इनके सुझावों का मैं समर्थन करता हूँ, लेकिन अखंड भारत का मेरा विचार अलग है। दो पंजाबों के बीच एक संघ–क्या आप कल्पना कर सकते हैं? महाराजा अमरिंदर सिंह लाहौर में बैठकर शासन करें? एक सैनिक के तौर पर उन्हें इस बात का खेद रहा है कि 65 में भारत लाहौर को नहीं ले पाया। अब लाहौर को चाहने के पीछे उनके पास कुछ और भावनात्मक या जज़्बाती कारण हो सकते हैं।

दुर्रानी : जिन्ना के सपने पूरे नहीं हो सके, लेकिन उन्होंने कहा था, "ओके, अगर मोल-तोल में यही हुआ है, तो मैं इसे मान जाऊँगा।" तो अखंड भारत वालों ने कहा था, "हम वास्तव में ऐसा नहीं चाहते थे, लेकिन हम इसे ले लेंगे।[3]" यह बेमिसाल नहीं है।

मैं खुद अपने पागलपन के पलों में कुछ भारतीय वार्ताकारों को धमकी दे देता हूँ कि पाकिस्तान मेल के लिए और बँटवारा ख़त्म करने के लिए तैयार हैं, ताकि हम भारत के अंदर रहकर उसे बर्बाद कर सकें। वे कहते हैं, "अखंड भारत से हमारा यह मतलब नहीं है। किन्हीं भी दो लोगों के विचार एक समान नहीं होते। किसी भी मामले में, परंपरागत बुद्धि यही कहती है कि आप जो चाहते हैं, वह हमेशा आपको नहीं मिलता।"

ख़ैर, अखंड भारत पर उनका विचार क्या है?

सिन्हा : अखंड भारत फारस से लेकर इंडोनेशिया या कहीं और तक फैला होगा।

दुलत : नई भारतीय खिलाफ़त।

दुर्रानी : बेचारा दाएश ने ख़ोरासन खिलाफ़त का ख़्वाब देखा था, लेकिन उसे पूरा नहीं कर पाया। आप उसकी माँग कीजिए और उम्मीद कीजिए कि उसके बदले आपको मिलेगा–सी-राक़। सीरिया और इराक़।

दुलत : इस तरह की बातों पर संयुक्त राष्ट्र में बहस हो चुकी है, जहाँ किसी ने यह कहकर बात ख़त्म की थी कि सरहदों में बदलाव को बढ़ावा नहीं दिया जाना चाहिए।

समझदार मुशर्रफ़ और डॉ. मनमोहन सिंह ने इन्हीं बातों पर बात की थी। मुशर्रफ़ के कारण कुछ और रहे होंगे, लेकिन उन्होंने कहा था, अब आप सरहद नहीं बदल सकते। डॉ. मनमोहन सिंह ने इसका समर्थन किया था।

दुर्रानी : उनके बीच क्या बात हुई थी, वह बहस का विषय है, लेकिन सच्चाई यह है कि पूरे इतिहास में सरहदों का समायोजन लगातार होता रहा है। तीस साल पहले उक्रेन की आंतरिक सरहद बदली थी और क्रीमिया बनाया गया था। लेवांट की सरहदें कहाँ होंगी, कोई नहीं जानता। बांग्लादेश को भी मत भूलिए। सिक्किम की आंतरिक सरहदें ग़ायब हो गईं।

यह दावा करना फ़ालतू की बात है कि हम ऐसा नहीं होने देंगे। सरहदें बदलती हैं। मनमोहन सिंह ने एक बार कहा था कि ख़ून से सरहदें दोबारा तय नहीं की जा सकतीं। यह राजनीतिक बयान था, जो कसौटी पर खरा नहीं उतरता, क्योंकि सरहदें हमेशा ख़ून से ही दोबारा तय हुई हैं।

दुलत : नहीं, सरहदें दोबारा ख़ून से तय नहीं होंगी। जब आप अमन की बात कर रहे हैं, जैसा कि मनमोहन सिंह और मुशर्रफ़ करने की कोशिश कर रहे थे, तो इन सरहदों को दोबारा तय करना आसान नहीं है।

दुर्रानी : इसीलिए, इतिहास की समझ नहीं रही। सरहदें तय होती हैं, बार-बार तय होती हैं। अगर आप अमन क़ायम करने की कोशिश कर रहे हैं, तो कई बार अमन इसी शर्त पर क़ायम होता है कि आप सरहदों को दोबारा तय करने पर सहमत हों।

मेरा मतलब यह है कि लोग इस पर चर्चा करने तक को तैयार क्यों नहीं हैं, बौद्धिक या सैद्धांतिक रूप से? हम आज जो करते हैं, वह कल सच्चाई बन सकता है। अगर स्थिति इतनी कमज़ोर है कि यह सच्चाई बन सकती है, तो मुझे और कुछ नहीं कहना है।

दुलत : अगर आप इसे व्यावहारिक नज़रिए से देखें, तो अगर कश्मीर जाता है, तब बाक़ी भारत में मुस्लिमों की ज़िंदगी मुश्किल हो जाएगी। यह सच्चाई है, जिसका सामना आपको करना होगा। कुछ लोग पहले से ही कहते हैं, उसे पाकिस्तान भेज दो। अगर कश्मीर पाकिस्तान में जाता है या आज़ाद हो जाता है, तो बहुत सारे लोग कहेंगे कि इस बोझ को भी साथ में भेज दो।

दुर्रानी : यह तर्क मुस्लिमों की हालत के बारे में है, लेकिन मुझे नहीं लगता कि वे इस स्थिति के शिकार होंगे। कश्मीरी क़ीमत चुका ही रहे हैं।

दुलत : यह दुर्भाग्यपूर्ण हिस्सा है। कश्मीरी क़ीमत चुकाने को तैयार नहीं हैं और बाक़ी भारत के मुस्लिम कश्मीर के लिए क़ीमत चुकाने को तैयार नहीं हैं। मैंने भारतीय मुस्लिमों के साथ यह मसला उठाया है और उनका कहना है, आप लोग कई बातों पर बहस करते हैं, लेकिन कश्मीर पर नहीं करते। वे आपके भाई ही हैं।

दुर्रानी : मुझे कुछ देर के लिए बात बदलने दीजिए और आज़ाद पख़्तूनिस्तान की बात करते हैं। अफ़गानिस्तान की तुलना में पाकिस्तान में पख़्तूनों की आबादी दोगुनी है। पख़्तूनिस्तान के आसार कम हैं, क्योंकि सभी अफ़गानी अफ़गानिस्तान की मौजूदा सरहदों के अंदर रहना चाहते हैं, और वास्तव में पख़्तून ही मेरा देश चला रहे हैं, हालाँकि अगर यह होता है, तो यह पेशावर के साथ पाकिस्तान का हिस्सा बन जाएगा, या कंधार भी, जो इसकी राजधानी बनेगा। मेरा हमेशा से मानना है कि भारत-पाक परिसंघ की तुलना में अफ-पाक परिसंघ के आसार ज़्यादा हैं। यह विचार 50 साल पुराना है।

दुलत : इस सबका नतीज़ा क्या है? अखंड भारत, कोई भारत नहीं, कश्मीर की आज़ादी?

दुर्रानी : नतीज़ा हमेशा की तरह कुछ नहीं है और इसके लिए खुला दिमाग़ रखना पड़ता है।

याद कीजिए, आडवाणी जब (जून 2005 में) कराची आए थे, तो दोस्ती का शोर मचाया था। ऐसी चीज़ बात बना सकती है। उनकी पार्टी ने उनका गला पकड़ लिया था,

जो एक अलग मसला है, लेकिन हमारे लिए यह ऐसा उदाहरण बन गया जिसका अनुसरण करना चाहिए।

सिन्हा : उन्होंने क्या ख़ास कहा था?

दुर्रानी : सहयोग के बारे में तो उन्होंने कुछ ख़ास नहीं कहा था, लेकिन उन्होंने जिन्ना की तारीफ़ की थी। जसवंत सिंह की जिन्ना पर लिखी किताब ने उन्हें अपनी ही पार्टी में अवांछित बना दिया, हालाँकि इन लोगों ने सही विचार रखा था, जो अहम बात है। हमें यह नहीं बताना है कि आप कहाँ से शुरुआत करें।

हम मानवीय समस्या पर ध्यान देते हुए शुरुआत करते हैं, जिसके लिए बहुत शोरगुल करने की ज़रूरत नहीं है। किसी को अपनी स्थितियों में बदलाव नहीं करना है, यह ख़ास बात है।

दुलत : मैं बॉस का पूरी तरह से समर्थन करता हूँ। एक तरह से यह मुशर्रफ़ के चार-सूत्रीय फ़ॉर्मूले का कुछ सरलीकृत रूप है, जो कि शुरुआत करने का अच्छा तरीक़ा है।

सिन्हा : मुशर्रफ़ तो अब भगोड़ा हैं।

दुलत : उनके विचारों को भागने की ज़रूरत नहीं है।

अज़ीज़ साहब यहाँ नहीं हैं और आजकल वे एक अलग मानसिकता में हैं, लेकिन मुझे याद है, जब वे भारत में उच्चायुक्त थे, तो हमने कई बार कश्मीर पर चर्चा की थी। उन्होंने कहा था, "भारत यह क्यों नहीं समझता कि जब हम हुर्रियत से मिलते हैं, तो आपकी ही मदद कर रहे होते हैं, क्योंकि हम हुर्रियत से यही तो कहते हैं कि भारत से बात करनी चाहिए।"

सिन्हा : जब बातचीत की बात आती है, तो क्या जनरल साहब सत्ता प्रतिष्ठान को इंतज़ार कराने का तरीक़ा नहीं ढूँढ़ रहे होते हैं? जबकि आप चाहते हैं कि सत्ता प्रतिष्ठान काम में लग जाए।

दुलत : मैं कह रहा हूँ कि बेचारे कश्मीरी इतने बेचैन हैं कि अगर आप उनसे कहेंगे कि आगे बढ़ो और जो करना चाहते हो, करो, तो वे यक़ीन नहीं करेंगे। वे कहेंगे, कोई फँसाने की चाल है।

दुर्रानी : सत्ता प्रतिष्ठा को शामिल होना पड़ेगा, क्योंकि इससे संदेश जाएगा कि अगर आप कुछ करना चाहते हैं, तो आगे बढ़िए। लेकिन, वार्ता के दौरान कमरे में बैठना सत्ता प्रतिष्ठान का काम नहीं है।

दुलत : हमें आने के लिए एक मंच चाहिए, जो दरअसल शुरू हो चुका था। ये आना-जाना और व्यापार। कश्मीर में लोग खुश थे।

दुर्रानी : इससे वास्तव में सत्ता प्रतिष्ठान के मक़सदों में बाधा आती है। सत्ता प्रतिष्ठान देखता

है कि कौन-सी चीज़ भारत के पक्ष में है या कौन-सी चीज़ पाकिस्तान के पक्ष में है, और तभी यह ब्रेक लगा देता है, वीज़ा और परमिट देने से इनकार कर देता है।

दुलत : सिंध में कोई अमरकोट है?

दुर्रानी : उमरकोट, हाँ, पाकिस्तानी सिंध में है।

दुलत : वहाँ हिंदु समुदाय की अच्छी-ख़ासी आबादी है।

दुर्रानी : सही बात है।

दुलत : ज़्यादातर ठाकुर हैं। जयपुर की हमारी एक लड़की की शादी वहाँ हुई है और मैं कुछ साल पहले दिल्ली में उसके ससुर से मिला था, जो लंबे क़द के, ज़ोरदार आवाज़ के मालिक हैं। मैंने उनसे कह ही दिया था, ठाकुर साहब, आपको साइलेंसर की ज़रूरत है। आपकी आवाज़ नीचे दूर कॉरिडोर तक सुनाई दे जाती है।

उन्होंने बताया था, "हम हिंदुओं का वहाँ दबदबा है, बड़े ज़मींदारों की तरह। हमें कोई दिक्क़त नहीं है। हम होली, दीवाली वैसे ही मनाते हैं, जैसे यहाँ राजस्थान में मनाई जाती है। हमारे सारे नेता आते हैं, सभी पीपीपी के सपोर्टर आते हैं।"

भारत की दिक्क़त क्या है? क्यों नहीं सुलझाते?

दुर्रानी : जो चीज़ आज ना हो, वो यह ना कहें कि कभी ना हो।

दुलत : मैं लाहौर में महाराजा अमरिंदर सिंह से मिलना चाहता हूँ। वे सोचते हैं कि वे महाराजा रणजीत सिंह के अनुयायी हैं।

दुर्रानी : उनके साथ महारानी के तौर पर कौन आएगा?

दुलत : हमारे महाराजा के पास पहले से ही एक महारानी है।

33
दीवानगी ख़त्म

असद दुर्रानी : इस प्रोजेक्ट के लिए मेरे उत्साह के पीछे की सोच यह है कि यह अलग-अलग तरह के विचारों पर आधारित है। अपने रिटायरमेंट के बाद से ही मुझे पता चला कि बाहर के लोग क्या कहते हैं और मुझे जो जानकारी थी, उससे वह कितनी अलग है। मैंने इस पर विचार किया। कई बार यह बहुत ही अलग होता था और कई बार बात इतनी ज़्यादा घुमा-फिराकर कही जाती कि उसमें काफ़ी बदलाव आ जाता था।

लोग कौन-सा संस्करण स्वीकार करना चाहते हैं, उसकी समस्या नहीं है। मैं केवल यह कहना चाहता हूँ कि मैं किस तरह से चीज़ों को देखता हूँ। लोग इसे स्वीकार कर सकते हैं या छोड़ सकते हैं।

आदित्य सिन्हा : ठीक है, हम कुछ और आशावादी होने का कारण तलाशने की उम्मीद कर रहे हैं।

अमरजीत सिंह दुलत : जनरल साहब के साथ बात करना, कई बार बहस करना एक विशेष सौभाग्य की बात है। यह बहुत अच्छा विचार रहा, हमने साथ समय बिताया, बहुत सारी बातों पर चर्चा की।

इसमें शामिल होने का मेरा एकमात्र कारण यह है कि यह ट्रैक-2 : भारत-पाकिस्तान संबंध में होने के जैसा है। यह केवल सपना हो सकता है, लेकिन मेरा मानना है, जैसा वाजपेयी माना करते थे कि भारत और पाकिस्तान के बीच यह पागलपन ख़त्म होना चाहिए। यह पुस्तक उसके बारे में है, और भारत-पाकिस्तान संबंध के बारे में है, आगे बढ़ने के बारे में है, जिससे चीज़ें सुधरेंगी। हमने बहुत सारी बातों पर बात कीं, लेकिन हमारा मुख्य विषय यही रहा है कि भारत और पाकिस्तान को समझने की ज़रूरत है और साथ आने की ज़रूरत है, क्योंकि एक दूसरे को समझने से बहुत कुछ हासिल किया जा सकता है।

यही कारण है कि हम इंटेलीजेंस सहयोग के बारे में बड़बड़ाते हैं और हमने इसे बहुत सारा समय दिया और इस पर ध्यान दिया। यह मुख्य चीज़ों में से एक है। जो लोग लगातार बात करने की स्थिति में हैं, उनके लिए यह कितना अहम है। क्या आप सहमत हैं, सर?

दुर्रानी : बिलकुल। यह पागलपन की बात लें। मैं आपको एक घटना के बारे में बताना चाहता हूँ। 2015 में हमने हामिद अंसारी के साथ एक ज्वॉइंट कॉल की थी। मैं पाँच मिनट पहले पहुँच गया था। जैसे ही मैं पहुँचा, मैंने, हैलो, हैलो किया। उपराष्ट्रपति बहुत सज्जन आदमी हैं। उनका पहला वाक्य यही था, "यह दीवानगी कब ख़त्म होगी?" इस तरह का दमदार वाक्य, हमारी किताब के लिए बेहद ज़रूरी है।

दुलत : बिलकुल इसी बात पर मैं पूरे समय ज़ोर देता रहा हूँ।

सिन्हा : आपकी चर्चा से यह लगता है दुलत साहब कि भारत और पाकिस्तान के लोगों से ज़्यादा, आप कश्मीर के लोगों के लिए कुछ करना चाहते हैं।

दुलत : जब मैंने भारत और पाकिस्तान के लोगों की बात की, तो इसमें कश्मीरी भी शामिल हैं। कश्मीर हमेशा मेरे दिमाग़ में रहा है और यह एक जुनून बन चुका है। मेरी पिछली किताब का विषय यही था कि बातचीत के अलावा और कोई रास्ता नहीं है, और यही कारण है कि जब कश्मीरियों के साथ बात करने के लिए किसी को नियुक्त किया जाता है, तो मैं बहुत उत्साहित हो जाता हूँ। मुझे आशा बँध जाती है।

सबसे बढ़कर, यह किताब जब छपकर आएगी, तो कश्मीरियों को उत्साहित करेगी। वे सुनते हैं और शब्द इस्तांबूल या बैंकॉक या न्यूयॉर्क वगैरह से आते हैं कि ये दोनों पागल मिल रहे हैं, और मिलते रहते हैं, और कुछ चल रहा है। भारत और पाकिस्तान के बीच कुछ चल रहा है। जब वे हम दोनों के साथ की तसवीर देखते हैं, या हम दोनों को एक साथ सुनते हैं, तो वे उत्साहित हो जाते हैं।

जी हाँ, प्रेरणाओं में से एक यह भी है कि यह किताब कश्मीरियों के बारे में है।

Notes

1: 'Even if we were to write fiction, no one would believe us'

1. Kashmir: The Vajpayee Years by A.S. Dulat with Aditya Sinha, 2015, HarperCollins India, New Delhi.
2. The Pugwash Conferences on Science and World Affairs bring together academics and public experts to offer solutions on global security.
3. A US-sponsored security meeting of US, Indian and Pakistani retired officials, in Pakistan.
4. Foreign Secretary, India, 1995-97.
5. A Strategic Security Initiative focussed on India and Pakistan. This one was sponsored by the Jinnah Institute.
6. The guerrilla resistance which fought for Bangladesh's independence from Pakistan in 1971.
7. Vikram Sood, Secretary, RAW, 2001-03.
8. Also referred to as 26/11. On November 26, 2008, ten Lashkar-e-Toiba (LeT) terrorists came from Pakistan by sea and attacked several points in Mumbai. The attack ended after three days, leaving 164 dead and over 300 wounded.
9. Former diplomat and an academic at the University of Ottawa who organised the 'Intel Dialogue' meetings of retired intelligence chiefs from India and Pakistan.
10. Mufti Mohammad Sayeed (1936-2016): India's Union Home Minister (1989-90), Jammu & Kashmir Chief Minister (2002-05, 2015-16). Founded the People's Democratic Party (PDP).
11. Mehbooba Mufti, Chief Minister of J&K, daughter of Mufti Mohammad Sayeed.
12. Farooq Abdullah, Chief Minister of J&K (1982-84, 1986-90, 1996-2002). Son of J&K National Conference leader Sheikh Mohammad Abdullah.

2: The Accidental Spymaster

1. The Union of Soviet Socialist Republics (USSR) invaded Afghanistan at the request of the local communist regime in December 1979. The mujahideen resistance, supported by ISI, the USA and Saudi Arabia, forced the USSR to withdraw a decade later.

2. General Mohammad Zia-ul-Haq, military ruler of Pakistan (1977-88). He was killed in a plane explosion in August 1988.
3. Benazir Bhutto (1953-2007), former Prime Minister of Pakistan, head of the People's Party.

4: Pakistan's Deep State

1. See Chapter 26.
2. Agha Mohammad Yahya Khan (1917-80), Commander-in-Chief, Pakistan Army (1966-71); third President of Pakistan (1969-71).
3. Sheikh Mujibur Rehman (1920-75): The central figure behind Bangladesh's liberation from Pakistan.
4. Z.A. Bhutto (1928-79): Pakistani Prime Minister from 1973 to 1977, deposed in a military coup.
5. In July 2007, a confrontation developed between the Government of Pakistan and terrorists inside Islamabad's Lal Masjid. It took commandoes eight days to end the siege; the government claimed 154 militants, security personnel and civilians were killed.
6. On December 16, 2014, terrorists attacked the Army Public School in Peshawar, killing 141 including 132 schoolchildren.
7. DG, ISI, 1987-89.
8. Secretary, RAW, 1987-90. He and Gul met in Interlaken, Switzerland, to discuss Khalistan and Siachen.
9. The Bear Trap: Defeat of a Superpower (1992) by Mohammad Yousaf and Mark Adkin.
10. Akhtar Abdur Rahman Khan, DG, ISI, 1979-87. He perished in the same flight as General Zia-ul-Haq.
11. Amanullah Khan (1934-2016), one of the founders of the pro-independence Jammu & Kashmir Liberation Front, the group that started the 1989 militant insurgency against India.
12. To mark in protest the day in 1947 when India sent troops to Kashmir after J&K ruler Hari Singh signed an instrument of accession. Pakistan would stop the protest at the Line of Control whenever it happened.
13. Actually, on November 3, 1988, the Maldives experienced an attempted coup d'etat. President Abdul Gayoom requested India's help, and the Indian Army foiled the coup attempt.
14. Prime Minister of India, 1984-89.
15. Nepal and India's negotiations on a transit treaty broke down at the same time, leading to the embargo.
16. J.N. Dixit (1936-2005), High Commissioner to Pakistan (1989-91), Foreign Secretary (1991-94), National Security Advisor (2004-05).
17. Abdul Qadeer Khan, father of Pakistan's nuclear programme, dismissed after the US suspected his involvement in a nuclear components' black market.

5: ISI Vs RAW

1. Indira Gandhi (1917-84): Prime Minister of India, 1966-77, 1980-84.
2. Independent India's 2nd Director, Intelligence Bureau (1950-1964).
3. Ram Nath Kao (1918-2002): Founder and Secretary (1968-77) of the Research & Analysis Wing.
4. Director, IB (1987-89, 1991-92); National Security Advisor (2005-10); Governor, West Bengal (2010-14).
5. Director, IB (2004-05); NSA (2014-current).
6. All Parties Hurriyat Conference was a 30-plus conglomerate of Kashmiri separatist groups, formed in 1993.
7. Dawood Ibrahim, fugitive wanted by India for the 1993 serial bomb blasts in Mumbai which claimed 257 lives and over 700 injured. He is on the FBI's 'world's ten most wanted' list.
8. Chief of the Jama'at-ud-Da'wah, co-founder of the Lashkar-e-Toiba. The USA has a bounty on his head for masterminding the 2008 Mumbai attack.
9. Founder and chief of the Jaish-e-Mohammed, Maulana Masood Azhar was one of the terrorists freed by India in exchange for the passengers held hostage by the hijackers of flight IC-814. India holds him responsible for the 2001 Parliament attack, and the 2016 attack on the air force base in Pathankot, Punjab.
10. Hizb-ul Mujahideen, the pro-Pakistan terrorist group in Kashmir. It took over the separatist movement from the pro-independence JKLF in 1990.
11. See Chapter 6.
12. Shyamal Datta, Director IB.
13. Field Marshal Mohammad Ayub Khan (1907-74): President of Pakistan (1958-69).

6: The CIA and Other Agencies

1. USA Deputy NSA (1989-91); Director of Central Intelligence (1991-93); Secretary of Defense (2006-11).
2. Vladimir V. Putin, KGB officer (1975-91); President of Russia (2000-08, 2012-current); Prime Minister (1999-2000, 2008-12).
3. A series of terrorist attacks took place in London on July 7, 2005, killing 52 and injuring over 700.
4. On March 22, 2017, a terrorist drove a vehicle into pedestrians near Westminster, London, killing four and injuring over 50.
5. James Woolsey, Director of Central Intelligence (1993-95).
6. Shariah: The Threat to America, 2010.
7. Leon Panetta, Director CIA (2009-11), Secretary of Defense (2011-13).
8. George Tenet, Director of Central Intelligence (1996-2004).

7: The Intelligence Dialogues

1. Gauri Shankar Bajpai, Secretary, RAW (1990-91).
2. C.D. Sahay met Lt Gen Ehsan-ul Haq; P.K. Hormis Tharakan met Lt Gen Ashfaq Pervez Kayani.
3. General Mahmud Ahmed, DG, ISI (1999-2001), took over after Musharraf's coup, was transferred out after 9/11.
4. See Chapter 15.
5. End-January 2017, Intel Dialogue in Bangkok, Thailand.
6. C.D. Sahay, Secretary, RAW, 2003-05.
7. Former IB Special Director, served in Kashmir as Additional Director, 2000-02.
8. October 2017.

8: Status Quo

1. See Chapter 15.
2. The ruling alliance in J&K since March 2015.
3. Burhan Muzaffar Wani was a 21-year-old Kashmiri militant commander of the Hizbul Mujahideen, whose death in an encounter with security forces in July 2016 led to several months of unrest. Over 100 residents were killed and thousands injured by pellet-shots.
4. Chief Minister of J&K (2009-15), son of Farooq Abdullah, grandson of Sheikh Abdullah.
5. In June 1961, US President John F. Kennedy and Soviet Premier Nikita Khrushchev went for 'a walk in the woods', alone with interpreters, to defuse a crisis over Berlin. Two months later, construction of the Berlin wall began.

9: The Core K-word

1. Capt. Liddell-Hart's 1920 paper on the Expanding Torrent System of Attack: Like flowing water, an attacking army looks for a breach against a defence of depth. That breach is widened as the penetration is deepened, by automatically progressive steps, enlarging the deployment.
2. The Heart of Asia—Istanbul Process is an annual discussion between Afghanistan and its neighbours. On December 3-4, 2016, it was held in Amritsar, India. In his statement, Afghan President Ashraf Ghani said: 'Taliban insurgency would not last a month if it lost its sanctuary in neighbouring Pakistan.'

10: Amanullah Gilgiti's Dreams of Independence

1. Syed Mohammed Yusuf Shah, contested the 1987 J&K assembly election from Srinagar, then headed Hizbul Mujahideen from the other side of the LoC.
2. Sardar Mohammed Abdul Qayyum Khan (1924-2015). For much of the post-1947 period he was either Prime Minister or President of Pakistan-administered Kashmir.
3. J&K's socio-religious organisation that favoured Kashmir accession to Pakistan

and was thus able to take the post-1989 movement over from the pro-independence J&K Liberation Front (JKLF).

4. Article 370 of the Constitution of India guarantees J&K special status, with certain exclusive rights, such as on state residentship.
5. One of the early leaders of the JKLF in Kashmir, charged with murdering Indian Air Force personnel in 1990.
6. Ravindra Mhatre was a 48-year-old Indian diplomat kidnapped and murdered by the JKLF in Birmingham, UK, in 1984.
7. Mirza Afzal Beg was a key lieutenant of Sheikh Abdullah. He formed the Plebiscite Front after his leader's removal (as J&K Prime Minister) and arrest in 1953.
8. Syed Ali Shah Geelani is the seniormost Kashmiri separatist. He was for long the head of the J&K Jamaat-e-Islami. He was also thrice a state legislator from Sopore.

11: Kashmir: The Modi Years

1. The J&K assembly has 87 seats, so 44 meant a majority for government formation.
2. In April 2017, assembly elections in Uttar Pradesh produced a three-fourths majority for the BJP, and a government was formed under religious hardliner Yogi Adityanath.
3. Rex Tillerson, US Secretary of State, 2017.
4. Jammu is the winter capital of J&K from November to April. The other six months, the darbar moves to Srinagar.
5. Professor Abdul Ghani Butt is a leading founder-member of the All Parties Hurriyat Conference.

13: Take What You Can Get

1. The negotiations took place at Camp David, hosted by US President Bill Clinton. Arafat has been blamed for its failure as he made no counter-offer to Barak's concessions.
2. In March 628 (6 AH), this treaty called for a ten-year peace and authorised 'The First Pilgrimage'. It was significant in the formation of Islam.

14: India and Pakistan: 'Almost' Friends

1. Lalu Prasad, Indian Railways Minister (2004-09), Bihar Chief Minister (1990-97).
2. L.K. Advani, Deputy Prime Minister of India (2002-04).
3. On December 24, 1999, IC 814 from Kathmandu to Delhi was hijacked. One hostage was killed, the others released in Kandahar, Afghanistan, on December 31, in exchange for three terrorists lodged in Indian jails.
4. India and Pakistan agreed to a bus service between Delhi and Lahore. The first bus arrived in Lahore on February 20, 1998 with Vajpayee on board.
5. In early 1999, Pakistan infiltrated armed personnel into the Kargil heights

overlooking the Srinagar-Leh highway. It led to a military conflict from May to July 1999, when Pakistan withdrew. Also see Chapter 21.

6. Vajpayee and Musharraf had a summit on July 14-16, 2001. It produced no agreement, however.
7. Lt Gen (retd) Naseer Khan Janjua, NSA, Pakistan, 2015-current.
8. In the midst of civilian agitation over the death of Burhan Wani, on September 18, 2016, four terrorists attacked an Indian army brigade camp, killing 19 soldiers. Eleven days later, India quietly conducted a surgical strike on suspected terrorist camps on the other side of the Line of Control in Kashmir.

15: Lonely Pervez Musharraf

1. Lt Gen M.L. Chibber headed Northern Command of the Indian Army.
2. Lt Gen (retd) Iftikhar Ali Khan, Pakistan Secretary of Defence (1997-99).
3. Lt Gen (retd) Sikander Afzal was DG (analysis), ISI, in the mid-2000s. He was initially part of the Ottawa process.

16: Modi's Surprise Moves

1. Sujatha Singh. After the Modi-Sharif meeting she stated that India expected Pakistan to prevent terrorism and show progress in the trial on the 2008 Mumbai attack.
2. Nepal hosted a SAARC summit in November 2014, where Modi and Sharif, amidst tense relations, shook hands.
3. Modi and Sharif stayed at the same hotel in New York during the UN General Assembly in September 2015, but did not meet.
4. Modi stopped in Pakistan on December 25, 2015, on the way back from Russia to India. During a stopover in Kabul Modi informed Pakistan of his proposal for a brief visit. It was Sharif's birthday and the two leaders proceeded to Sharif's Raiwind Palace for Sharif's granddaughter's wedding.
5. Burhan Wani's death in July; Uri attack in September; surgical strike across the LoC announced in October.
6. Modi criticised Pakistan for fomenting terrorism in the region, in a speech at Dhaka University in June 2015.
7. On the way back from Russia and before he landed in Lahore, in December 2015, Modi stopped in Kabul where he criticised Pakistan for its role in terrorism in the region.

17: The Doval Doctrine

1. India's first Consul-General in Karachi, 1978-82, later joined the Congress party, served as minister in different governments.
2. John le Carré, 2017.
3. In April 2016, the Ananta Aspen Centre organised a Track-II with six former Pakistan high commissioners and nine former Indian high commissioners in Delhi. The group also met various functionaries and dignitaries.

4. Lambah was Prime Minister Manmohan Singh's special envoy to Pakistan, 2004-13. He was High Commissioner to Pakistan, 1992-95.
5. Bangkok, end-October 2017.

18: The Hardliners

1. Government of India building on Raisina Hill in New Delhi, housing the foreign office, the defence ministry and the Prime Minister's Office.
2. Bangkok, October 2017.

19: BB, Mian Saheb and Abbasi

1. Rajiv Gandhi visited in July 1989. He had already been to Islamabad once in November 1988 for a SAARC summit.
2. This is from the session in Bangkok in October 2017, before the November siege of Islamabad by the religious right.
3. Imran Khan Niazi, former international cricketer, head of the Pakistan Tehreek-e-Insaf, member of Pakistan's National Assembly & current PM.
4. Mohammed Shehbaz Sharif, Chief Minister of Punjab (2013-2018).

20: Good Vibrations, India-Pakistan

1. India conducted nuclear tests on May 11 and 13, 1998. Pakistan conducted tests on May 28 and 30, 1998.
2. A city in Gujrat district, Punjab, Pakistan.
3. Field Marshal Sam Hormusji Framji Jamshedji Manekshaw, 1914-2008, Indian Army chief during the '71 war.
4. Morarji Desai is the only Indian to be bestowed the Nishan-e-Pakistan. It was conferred by President Ghulam Ishaq Khan in 1990.

21: Hafiz Saeed and 26/11

1. Hafiz Saeed founded the LeT and is Amir of the JuD.
2. This part of the conversation took place during February 1-3, 2017, in Bangkok.
3. He was released on November 24, 2017.
4. The report of the UK inquiry into the 2003 Iraq invasion, published in 2016, found Tony Blair guilty of exaggerating the threat posed by Saddam Hussein and of going to war before exhausting all peace options.

22: Kulbhushan Jadhav

1. On March 3, 2016, Jadhav, an ex-naval officer, was either arrested in Balochistan or snatched from Iran. Pakistan said he was from RAW and charged him with aiding the Baloch insurgency. India denied this. Pakistani authorities released a video in which Jadhav confessed to espionage. India said it was made under duress. Pakistan sentenced him to death on April 10, 2017. The International Court of Justice stayed the execution on May 18, 2017.

2. By India's NSA in New Delhi. See Chapter 17.
3. Son of assassinated Punjab Governor Salman Taseer. Shahbaz was kidnapped in August 2011 and was recovered from Balochistan four and a half years later, on March 8, 2016.
4. Malik Mumtaz Hussain Qadri, Salman Taseer's bodyguard who shot the Punjab Governor in January 2011. Shahbaz was a witness in the trial. Qadri was sentenced to death and hanged in February 2016.
5. List of insurgencies: 1948, 1958-59, 1962-63, 1973-77, 2003-current, though the intensity waned after 2008.
6. Mullah Omar's successor as Supreme Leader of the Taliban. See Chapter 27.
7. See Chapter 17.
8. A member of the Baloch Regi tribe, Rigi was captured and executed by Iran in June 2010.
9. An agreement was almost reached at the Egyptian resort in July 2009 between Prime Ministers Manmohan Singh and Syed Yusuf Raza Gilani.

23: Talks and Terror

1. Former US assistant Secretary of State for South Asian Affairs, who in 1993 became unpopular in India.
2. Islamic State of Iraq and Syria, also known as IS (Islamic State) or Da'esh (in Arabic) or ISIL.
3. Tehrik-i-Taliban, Pakistan: a pro-Taliban umbrella group of anti-State terrorists operating along the Afghanistan border.
4. Donald Rumsfeld, Secretary of Defense (2001-06), author of Known and Unknown: A Memoir, 2011.
5. The Meadow by Adrian Levy and Cathy Scott-Clark, 2012.
6. Mahmud Ali Durrani was NSA, Pakistan, 2008-09.
7. BJP president during 1991-93. He undertook an 'Ekta Yatra' to Srinagar in 1992, when militancy was at a peak.

24: Surgical Strike

1. See Chapter 1.
2. In January 7, 2013, after a confrontation just inside the border near Mendhar, two Indian soldiers were beheaded.
3. As defined by Air Commodore Jasjit Singh, the sheer existence of nuclear weapons with both adversaries imposes major limitations on the way force and violence can be used against each other without risking a nuclear war.

26: The Deal for Osama bin Laden

1. Osama bin Laden, head of al Qaeda, was killed in a raid by US Navy SEAL commandoes at his house in Abbottabad, Pakistan, on May 1, 2011.
2. Vali Reza Nasr was senior advisor (2009-11) to Richard Holbrooke, Obama's special envoy for AfPak. His book The Dispensable Nation: American Foreign

Policy in Retreat goes into how Holbrooke and team unsuccessfully pushed for a peace plan (involving the Taliban) to end the war in Afghanistan.

3. US officials who met Kayani in April 2011: Centcom chief General James Mattis on April 8; Chairman of the Joint Chiefs of Staff Admiral Mike Mullen on April 20; US commander for Afghanistan General David Petraeus on April 26. On April 28, President Obama signed orders for Petraeus to be the next CIA director. On April 29, Obama signed the order for the Osama raid.
4. Lt Gen Ahmed Shuja Pasha: DG, ISI (2008-12).
5. January 27, 2011: Davis was released after paying 'blood money' to the kin of his victims.
6. Dr Shakil Afridi has been charged in Pakistan with running a fake Hepatitis B vaccination programme. Other Hepatitis B workers have been targeted after the Osama raid.

27: Selfish Self-interests in Afghanistan

1. Qatar allowed Taliban to set up an office in Doha in 2013, for quiet diplomacy. Two rounds of talks with the Afghan Government have taken place there.
2. The first round of the Murree peace process, between the Afghan Government and the Taliban, took place on July 7, 2015.
3. Pakistan Army Chief, 2013-16.
4. Hamid Karzai, President of Afghanistan, 2001-14.
5. Former US ambassador to Afghanistan (2003-05), to Iraq (2005-07) and to the UN (2007-09). He is a Pushtun.
6. Rustam Shah Mehmand served as Pakistan's High Commissioner to Afghanistan and as Chief Commissioner for Afghan Refugees.

28: Donald Trump, Nudger-in-chief

1. On June 23, 2016, 51.9 per cent of the UK electorate voted to leave the European Union.

29: Pakistan's Pal, Putin

1. Yuri Andropov (1914-84) headed the Soviet Union from 1982 till his death. KGB chairman, 1967-82.
2. George H.W. Bush, US President, 1989-93. Director, Central Intelligence, 1976-77.
3. The Shanghai Five was created in April 1996 comprising China, Russia, Kazakhstan, Kyrgyzstan and Tajikistan. In June 2001 it became the Shanghai Cooperation Organisation, of which India and Pakistan became full members in June 2017.
4. On November 24, 2015, Turkey shot down a Russian Su-24M military aircraft near the Syria-Turkey border. Putin accused the Turks of wanting to 'lick the Americans in a certain place'. In June 2016, Turkish President Recep Erdogan sent a letter to Putin expressing sympathy and deep condolences.

30: Forge Structure or Break Ice?

1. Organisation for Security and Cooperation in Europe.
2. Abdullah bin Abdulaziz al Saud, King of Saudi Arabia (2005-15).
3. For the two parts of Kashmir.
4. The OIC was founded in 1972 but was preceded by an Islamic summit in Rabat, Morocco in September 1969. India was invited through Ambassador Gurbachan Singh. Delhi decided to send a delegation led by Fakhruddin Ali Ahmed. President Yahya Khan refused to attend saying that Pakistan had agreed to the participation of the Muslims of India, not its government, as represented by the non-Muslim Gurbachan Singh.

31: Council of Spies

1. Rabindra Singh. He was under investigation and slipped out via the land route to Nepal.

32: Akhand Bharat Confederation Doctrine

1. The five-point Gujral Doctrine sought to remove quid pro quos from diplomacy with India's neighbours:

   (1) With neighbours like Bangladesh, Bhutan, Maldives, Nepal and Sri Lanka, India does not ask for reciprocity, but gives and accommodates what it can in good faith and trust.

   (2) No South Asian country should allow its territory to be used against the interests of another country in the region.

   (3) No country should interfere in the internal affairs of another.

   (4) All South Asian countries must respect each other's territorial integrity and sovereignty.

   (5) They should settle all their disputes through peaceful bilateral negotiations.
2. The 1946 Cabinet Mission Plan of the British Imperial government sought to keep India united by proposing a power-sharing arrangement between Hindus and Muslims. It envisioned India comprising three groups of provinces with strong decentralisation of power, and Delhi controlling nation-wide subjects: defence, currency and diplomacy. The Congress Party, however, wanted a strongly centralised government.
3. See Chapter 13.